사선을 걷는 남자

WALK THE WIRE

사선을 걷는 남자

데이비드 발다치 장편소설 | 김지선 옮김

북로드

마이크 라오와 모니카 라오에게,
당신들이 VCU를 위해 한 모든 것들에 감사하며

일러두기

옮긴이 주는 작은 괄호 안에 '옮긴이'를 별도 표기했다.

0 001

할 파커는 사냥감을 확실히 궁지로 몰아넣고 있었다. 흙먼지 속으로 한 발 한 발 무겁게 내디딜 때마다 맥박이 빨라졌다. 어둠이 내려앉은 땅 위, 풍요로운 토양에 흩뿌려진 광택 잃은 루비 같은 혈흔의 간격과 양으로 미루어 과녁이 점차 가까워지고 있음을 알 수 있었다. 사냥감은 죽지는 않았어도 상처를 입은 게 확실했다.

보수를 받으려면 사체를 가져다줘야 한다는 것이 계약 조건이었다. 출혈량을 보자 기운이 솟구쳤다. 특히 이런 가혹한 기후에서라면, 이는 필연적인 결과를 약속할 터다.

파커는 천천히 체계적으로 앞으로 나아갔다. 가을이 코앞까지 다가왔지만 여름은 여전히 끈질기게 버티면서 그 타는 듯 뜨겁고도 축축한 손아귀로 삭막한 툰드라를 갈퀴질하고 있었다. 파커는 마치 달궈진 프라이팬 위의 달걀이 된 기분이었다. 만약 지금이 겨울이라면 특수 방한복으로 몸을 꽁꽁 싸매고 있을 테고, 절대, 그 어떤 상황에서도 사냥감을 뒤쫓아 뛰는 일은 없을 것이다. 영하

7

50도에서 달린다면 폐출혈이 일어나 터진 혈구 속에서 익사하고 말 테니까.

하지만 이렇게 덥고 습할 때는 탈수 역시 똑같이 순식간에 죽음을 불러올 수 있었다. 그리고 알아차렸을 때는 이미 너무 늦어 있으리라.

파커는 자신의 좁은 앞길에서만큼은 말 그대로 밤을 낮으로 바꿔주는 환한 전문가용 헤드램프를 달고 있었다. 근처 몇 제곱미터 내에 살아 있는 인간은 자신이 유일할 듯했다. 하늘을 가로질러 휙휙 지나가는 구름은 습기를 머금어 잔뜩 부풀었고, 불안정한 대기에 둘러싸여 있었다. 부디 일을 마칠 때까지 비가 기다려주어야 할 텐데.

왼편을 바라보았다. 그리 멀지 않은 곳에 캐나다가 자리 잡고 있었다. 남쪽으로 한 시간 남짓 가면 이곳 노스다코타주의 석유 시추 우주의 중심인 윌리스턴 타운이 있었다. 하지만 바켄 셰일 지대는 너무도 광활해서, 파커의 발밑 땅은 수억 배럴 분량의 석유와 수천억 세제곱미터 분량의 천연가스를 담고 있었다. 어쩌면 그 이상일지도 모른다고, 파커는 생각했다. 그 양이 얼마나 되는지, 실로 그 누가 알겠는가? 젠장.

파커는 다음 행보를 계산하면서 쪼그려 앉았다.

전방에 시선을 꽂은 채 컴퍼스처럼 180도로 원을 그리며 혈흔의 크기를 바탕으로 시간과 거리를 계산했다. 일어나서 약간 속도를 올려 앞으로 움직였다. 입가에는 커다란 낙타 방광으로 만든 물주머니에 연결된 빨대가 달려 있었다. 잘 마르는 천으로 만들어진 옷은 가벼우면서도 튼튼했다. 하지만 밤 11시인데도 파커는 여전히 덥고 땀범벅이었다. 그리고 공기를 한 번 흡입할 때마다 아바네

로고추를 입안에서 터뜨리는 기분이었다. 인간이 제아무리 고급 장비를 착용하고 으스대봤자, 대자연의 어머니가 늘 그보다 한 수 위라는 걸 파커는 모르지 않았다.

지금 쫓고 있는 늑대가 무슨 수로 도망친 건지, 도무지 이해가 안 됐다. 녀석은 파커를 고용한 주인의 가축 중 암소 두 마리를 물어 죽였다. 대략 350미터 거리에서 장애물 없이 정통으로 맞혔는데. 녀석은 그냥 거기에, 뭔가 잘못됐다고 느낀 사슴처럼 얌전하게 앉아 있었다. 파커는 자신이 쏜 라이플 총탄이 녀석의 상체에 박혔다고 확신했다. 녀석은 격렬한 충격 반응을 보인 후 거의 움직임을 멈췄고, 그래서 파커는 그 한 방으로 끝냈다고 확신했다. 하지만 막상 녀석이 있던 지점에 도착했을 때 녀석은 사라져버렸고, 지금 추적 중인 혈흔이 이어지기 시작했다.

파커는 땅이 살짝 솟은 것을 알아차렸다. 지금 있는 지역을 "대평원"이라고들 했는데, 언덕이 꽤 많은 땅이라 사실 적절한 명칭은 아니었다. 하지만 배드랜즈 공원 북부의 울퉁불퉁한 가장자리들이 바로 이곳으로부터 시작된다. 마치 강물의 물방울 하나하나가 모여 작은 만을 이루듯. 하지만 그저 칙칙한 언덕과 평평한 초원이 공존하는 게 대부분이었다. 밤안개가 슬슬 피어올라 점점 가시거리를 제한했다. 파커는 인상을 찌푸렸다. 비록 이 일에는 베테랑이지만, 아드레날린이 솟구치는 게 느껴졌다.

멀리서 우르릉거리는 천둥소리에 뒤이어 석유가 실린 유조트럭을 운반하는 열차 기적 소리가 들려왔다. 아마 땅에서 굴착한 후 이송을 위해 액체화한 천연가스 역시 실려 있을 것이다. 기적 소리는 어쩐지 슬픔과 희망을 동시에 담고 있는 듯했다.

그 후 또다시 우르릉 소리가 들렸다. 이번에는 저 하늘 높이에서 들려왔다. 폭풍이 밀어닥치고 있었다. 이 부근에서는 늘 있는 일이었다. 일을 빨리 마치지 않으면 안 된다.

윈체스터 라이플을 단단히 감아쥐고 이번에는 한 방에 제대로 끝장낼 수 있도록 곧장 암시경을 눈가로 들어 올릴 준비를 했다. 다음 순간, 뭔가가 보였다. 왼쪽으로 15미터 거리. 그림자 하나, 주변의 어둠보다 더 어두운 그림자였다. 파커는 땅을 내려다보고 전등으로 그 지점을 비췄다. 그리고 놀람에 이어 어리둥절함에 빠졌다. 혈흔은 명백히 **왼쪽**으로 이어졌다. 어떻게 이럴 수가 있지? 사냥감이 갑자기 날개가 생겨서 날아갔을 리는 없는데. 하지만 어쩌면 녀석은 저 앞에서 급격히 방향 전환을 했을지도 모른다. 그리고 힘이 빠진 다리로 비틀거리다 쓰러졌을지도.

파커는 혹시 모를 덫을 피하려고 발을 끌며 앞으로 나아갔다. 그 지점의 4.5미터쯤 앞에서 멈췄다. 다시 쪼그려 앉아 손전등이 드리운 환한 빛기둥 아래에서, 발 앞에 펼쳐진 방대한 공간을 휘휘 둘러보았다. 심지어 사냥감이 자신을 노리고 있다가 뒤에서 덮칠지도 모른다는 생각에 뒤돌아보기까지 했다. 파커는 1차 걸프전에서 싸웠고, 살아 있는 존재들이 서로를 죽이려 들 경우 더러 일어나는 미친 일들을 그때 보았다. 지금도 그런 때인가 하는 생각이 문득 들었다.

여전히 쪼그려 앉은 채, 그 지점의 3미터 내로 게걸음을 쳤다. 이윽고 1.5미터.

갑자기 가슴이 꽉 막혔다. 헛것을 보고 있는 게 분명했다. 수분을 보충하려고 빨대를 빨았다. 하지만 그건 여전히 거기 있었다. 신기루가 아니었다. 저건…….

파커는 조심조심 일어나 그 지점까지 남은 1미터를 살금살금 걸어가 땅을 내려다보았다. 환한 손전등 빛은 방금 파커가 발견한 악몽을 구석구석까지 비추고 있었다.

여자였다. 적어도 파커의 생각은 그랬다. 그렇다. 가까이 허리를 숙이자 불룩한 가슴이 보였다. 알몸이었고, 도살당했다. 하지만 주변의 깨끗한 땅을 더럽히는 피는 한 방울도 보이지 않았다.

얼굴을 뒤덮은 가죽은 뒤통수에서 잘리고 잡아당겨져 드러난 턱뼈 위에 놓여 있었다. 톱질로 갈라지고 윗부분이 제거된 두개골이 머리통 옆에 놓여 있었다. 드러난 구멍은 비어 있었다.

망할 놈의 뇌는 도대체 어디 갔지?

그리고 가슴. 절개한 후 도로 꿰맨 게 분명했다.

시신 주변의 잘 다져진 흙을 살펴보았다. 땅 위의 눈에 띄는 흔적을 보자 파커의 이마에 고랑이 파였다. 그 흔적은 낯익어 보였다. 다음 순간, 전에 어디서 인간 가슴에 난 그런 봉합 자국을 보았는지가 머릿속에 떠오르면서 파커는 흔적에 관한 생각을 잊고 천천히 무릎을 꿇었다.

그것은 'Y자 절개'라고 했다. 수많은 텔레비전 경찰 드라마와 영화에서 본 적 있었다. 영안실의 판 위에 절개돼 있는, 흔한 시신의 모습. 다만 파커가 지금 있는 곳은 영안실이 아니었다. 여긴 광활한, 끝없이 펼쳐진 노스다코타주 한복판이었다. 검시관이나 텔레비전 드라마와는 아무런 상관도 없는 곳이었다.

이 불운한 여성은 부검을 당했다.

할 파커는 급히 몸을 틀어 토했다. 쏟아져 나온 것은 주로 담즙이었다.

하늘이 쩍 갈라져 비를 쏟아붓기 시작했다. 토양은 더는 새로 갈아엎은 듯 깨끗하지 않았다.

0 002

"노스다코타주라." 에이머스 데커가 웅얼거렸다.

데커는 작은 엠브라에르 제트기에 알렉스 재미슨과 나란히 앉아 있었다. 덴버까지 점보 787을 타고 와서 한 시간 기다린 후 훨씬 작은 항공기로 갈아탔다. 길쭉한 리무진에서 서커스용 소형차로 바꿔 타면 이런 느낌일까.

키 198센티미터에 체중이 거의 140킬로그램에 육박하는 데커는 작은 제트기가 게이트를 향해 움직이는 걸 지켜보면서 끙 소리를 냈다. 그리고 기내의 조그마한 좌석을 보자 더 크게 끙 소리를 냈다. 자신에게 허락된 공간에 몸을 어찌나 힘겹게 욱여넣었던지, 만약 난기류가 닥치기라도 하면 안전을 위해 무릎 벨트가 필요할 것 같았다.

"가본 적 있어요?" 재미슨이 물었다. 훤칠한 키와 탄탄함 그 자체인 몸매에 갈색 머리를 길게 기른, 30대 초반의 재미슨은 남자들이 몇 번이고 고개를 돌려 바라볼 정도로 예뻤다. 전직 기자, 현직은 FBI 특수요원으로, 데커와 함께 FBI에서 특수 임무를 맡고 있었다.

"아뇨, 하지만 오하이오주 미식축구팀에 있을 때 노스다코타주와 시합을 했죠. 그쪽에서 콜럼버스로 원정 경기를 왔어요."

데커는 대학 시절 벅아이팀 소속 선수였고 그 후 프로로 가서 잠시 클리블랜드 브라운스에서 뛰다 시합 도중 치명적인 부상을 입었다. 그 부상은 두 가지 증상을 남겼는데, 하나는 과잉기억증후군, 다른 말로 완벽한 기억력, 그리고 또 하나는 공감각이었다. 후자는 데커의 감각 경로가 뒤엉켰다는 뜻이었다. 이제 데커는 그 어떤 기억도 잊을 수 없었고 뭔가, 그러니까 숫자 같은 걸 보면 자동으로 특정한 색깔이 떠올랐다. 그리고 더 극적인 건, 시신이 아찔한 형광 파란색으로 보인다는 거였다.

"누가 이겼어요?" 재미슨이 물었다.

데커는 한껏 내려뜬 눈으로 재미슨을 보았다. "웃기려고 그러는 거예요?"

"아닌데요."

데커는 좌석에서 자세를 1밀리미터쯤 고쳐 앉아 입을 열었다. "내가 뛰던 시절에는 D-Ⅰ 또는 D-Ⅱ라고들 했어요. 이제는 FBS랑 FCS라고들 하죠." 재미슨의 어리둥절한 표정을 보며 데커가 덧붙였다. "미식축구 볼 지부와 미식축구 선수권 지부요. 오하이오주, 앨라배마, 클렘슨, 미시간, 루이지애나 주립대학. 여기까지는 전부 FBS에 속하는 학교들이죠. 1티어, 거물들요. 노스다코타주, 제임스 매디슨, 그램블링, 플로리다 A&M, 이곳들은 FCS, 다른 말로 2티어라고 해요. 자, 노스다코타 주립대는 요즘 들어 아주 잘나가죠. 하지만 보통 그 팀들이 서로 경기할 때는 FBS 학교들에 쩔도 안 돼요."

"그럼 애초에 경기를 왜 잡는데요?"

"1티어에게는 차려진 밥상이자 잔칫날이고 그 반대편에게는 텔레비전에 나갈 기회니까요."

"하지만 딱히 재미있게 시청할 만한 좋은 경기는 아니라는 거죠?"

"이기는 경기는 언제나 좋은 경기예요. 그리고 점수가 마구 올라가면, 주전 선수들은 3쿼터나 심지어 전반전 이후부터는 벤치에 앉아 쉴 수 있어요. 내가 1학년 때는 흔히 그랬죠. 주전일 때는 압도적인 승리 덕분에 추가로 얻는 휴식이 얼마나 고마웠다고요."

"이해가 안 돼요. 한 팀이 돈 때문에 다른 팀을 묵사발 내다니."

"원래 학교 발전기금 위원회 아니면 미국 대학 체육 협회 회계 담당자들이나 이해할 수 있는 시스템이에요."

재미슨은 고개를 내젓고는 창밖을 내다보았다. 비행기는 어둡고 짙은 구름 아래로 내려앉고 있었다. "저쪽은 폭풍인가 봐요."

"앞으로 이틀간은 기본적으로 더위와 습기가 최고조에 달할 거예요. 뇌우도 심할 거고, 기온도 떨어지고, 저녁마다 꽤 심한 돌풍이 불겠죠. 하지만 그 후에는 머지않아 눈보라가 몰아치고 여기가 남극인가 싶어질 겁니다."

"끝내주네요." 재미슨이 냉소적으로 말했다.

"하지만 밝은 면을 봐야죠."

"예컨대 어떤?"

"앞으로 이틀 정도는 매일 하는 운동을 거를 수 있잖아요. 차까지 걸어가기만 해도 몸에서 수분이 1킬로그램은 빠질 거예요. 하지만 그다음에는 겨울을 대비해 지방을 좀 축적해둬야죠."

비행기는 고도를 더 떨어뜨렸다. 제트기는 거센 역풍과 걷잡을 수 없는 기류에 맞서, 마치 거친 물 위로 물수제비를 뜨듯 몸부림 쳤다. 재미슨은 팔걸이를 꽉 붙잡고 심호흡을 하려고 안간힘을 썼다. 위가 마구 꿀렁거렸다. 비행기 타이어가 마침내 아스팔트에 닿아 통통 튀다 활주로에 착륙하자, 재미슨은 꽉 쥐었던 팔걸이를 천천히 놓고 한 손으로 배를 지그시 눌렀다. 멀리 하늘에서 번개가 지그재그를 그리며 번뜩였다.

"아이고, 재미있어라." 가쁜 숨을 내쉬며 간신히 내뱉은 재미슨이 데커를 보았다. 데커는 졸린 듯한 표정을 짓고 있었다. "전혀 아무렇지도 않았어요?" 재미슨이 물었다.

"뭐가요?"

"난기류요!"

"그게 뭐 별거라고요." 데커가 무심하게 대꾸했다.

"도대체 비결이 뭐예요? 다른 승객들은 전부 기도하는 것 같던데. 승무원들까지 말이에요."

"대학 때 불시착을 한 번 당했어요. 이륙 도중 엔진이 나갔죠. 조종사가 방향을 틀고 연료 일부를 버렸는데 다른 엔진도 죽어버리는 바람에 즉시 착륙을 시도해야 했어요. 나중에 알고 보니 이중 버드 스트라이크(항공기가 새와 충돌하는 것—옮긴이)였죠. 하도 세게 부딪혀서 이착륙 장치가 떨어져 나가고 기체에 금이 간 거예요. 다들 내리고 나서 엔진 연료에 불이 붙어서 기체를 집어삼켰죠. 난 옷가방도 미처 못 챙기고 내렸고요." 데커는 마지막 문장을 별거 아니라는 듯 가볍게 덧붙였다.

"맙소사." 재미슨이 창백한 낯빛으로 내뱉었다. "그럼 나보다 더 불안해했어야 하는 거 아니에요?"

"확률을 찾아봤거든요. 한 사람이 비행기 사고를 두 번이나 겪을 확률은 10억 분의 1이더라고요. 그러니 난 무적이나 다름없죠."

두 사람은 비행기에서 내려 SUV 임대 계약서에 서명을 하고 윌리스턴 베이신 국제공항을 나섰다.

"와." 밖으로 나온 순간 정면으로 불어닥친 바람에 재미슨이 자동적으로 내뱉었다. 데커의 거구조차 흔들릴 정도였다. "옷을 잘못 챙겨 왔나 봐요." 재미슨의 말투에는 후회가 가득했다. "껴입을 것들을 바리바리 챙겨 오는 건데."

"바지와 셔츠에 배지와 총만 있으면 다 있는 것 아닌가요?"

"여자들은 다르거든요, 데커."

데커는 운전하는 재미슨 옆에서 휴대전화 내비게이션 앱에 주소를 입력했다. 그리고 뒤로 편하게 기대앉아 옆으로 쌩쌩 지나쳐 가는 길을 바라보았다. 저녁 6시였고 앞쪽에서는 폭풍이 밀려오고 있었다. 위협적인 적운이 마치, 상부 중서부인 이 부근에 뭔가 심각한 불만이라도 있는 거대한 뱀처럼 그들 앞에서 고개를 쳐들고 있었다.

"아이린 크레이머." 달리는 차 안에서 데커가 나직이 읊조렸다.

재미슨이 침울한 표정으로 고개를 끄덕였다. "늑대를 추적하던 남자가 허허벌판에서 그 여자의 시신을 발견했죠."

"가장 눈에 띄는 건 확실히 부검을 당했다는 거고요." 데커가 덧붙였다.

"적어도 나한테는 그게 최우선이에요. 당신은 어때요?"

"그동안 난자당한 시신들을 숱하게 봤지만 그 사진들하고는 달랐어요. 범죄 현장은 발견자가 토한 흔적만 빼면 무척 깨끗하더군요."

16

"연쇄 살인일까요? 그래서 우리가 호출된 걸까요? 보거트는 아무 말도 없던데요."

로스 보거트는 그들이 속한 작은 특무대의 수장으로, 극히 짧은 브리핑만 해주고 두 사람을 노스다코타로 보낸 장본인이었다.

"어쩌면요."

"혹시 보거트랑 통화할 때 뭔가 이상한 느낌 없었어요?" 재미슨이 물었다. "난 좀 이상하던데."

데커가 고개를 끄덕였다. "뭔가 하고 싶은 말이 있는데 못 하는 눈치더군요."

"어떻게 알아요?"

"정치적인 상사들을 모시고 있는 고지식한 사람이니까요."

"이쪽 끝도 저쪽 끝도 수수께끼인 사건이라니, 마음에 안 들어요." 재미슨이 투덜댔다.

"꼭 연쇄 살인이라는 법은 없어요."

"왜 없죠?"

"데이터베이스에 부합하는 결과가 없었어요. 비행기에 타기 전에 확인했거든요."

"이제 시작하는 초심자일 수도 있죠."

"초심자는 보통 이렇게 정교하지 못해요."

"어쩌면 이제 이름을 알리려 하는 걸지도 모르죠." 재미슨이 지적했다.

"다들 이름을 알리려 하죠." 데커가 대꾸했다.

"하지만 지역 살인사건 가지고 FBI에 연락을 하지는 않잖아요."

"그거라면 살인자가 아니라 **피해자** 때문일 수도 있죠."

"아이린 크레이머가 뭔가 FBI에 중요한 인물이었을 거다?"

17

"그렇다면 보거트의 과묵함도 설명이 되겠죠."

"어쨌든 우리가 찾는 살인범은 법의학적 지식을 갖고 있는 게 분명해요."

"그런 사람이야 꽤 많죠. 우리 쪽에 있는 사람들도 포함해서요."

"어쩌면 맛이 간 검시관이라든가?" 재미슨이 추측했다.

데커가 모호한 표정으로 대답했다. "유튜브만 봐도 마네킹을 해부하는 영상이 널려 있으니, 그걸 보고 배웠을 수도 있겠죠. 하지만 보고에 따르면 자상은 전문가의 솜씨였다고 하더군요."

"범인이 무슨…… 수련을 받았다는 거예요?"

"난 아무 추정도 안 할 겁니다. 적어도 지금은요."

"여기 고속도로가 전부 콘크리트인 거, 혹시 알았어요?" 재미슨이 창밖을 내다보며 물었다.

"아스팔트로는 아무래도 이곳의 가혹한 기후를 견디기 힘들 테니까요." 데커가 지적했다. "콘크리트라고 해서 얼마나 잘 견뎌줄지는 모르겠지만요."

"흠, 정말 정보의 보고시네요."

"그저 남들처럼 구글 검색을 했을 뿐이에요."

"얼마나 더 가야 해요?" 재미슨이 물었다.

데커는 휴대전화 화면을 확인하고 대답했다. "45분 남았다네요. 캐나다 국경이 코앞이에요."

"그 공항이 아마 여기서 가장 가까운 공항이었나 봐요."

"아마 여기서 유일한 공항일걸요."

"벌써 하루가 너무 길고 지치네요."

"밤도 길 것 같고요."

"오늘 밤부터 당장 조사를 시작하려고요?" 재미슨이 못 믿겠다는 투로 물었다.

　데커는 웃음기 없는 표정으로 재미슨을 보았다. "바로 시작해서 손해 볼 건 없죠, 알렉스. 특히나 죽어서는 안 되는 사람이 죽은 상황이라면요."

"저게 뭐죠?" 목적지에 거의 다 와서 재미슨이 물었다.

쌩하니 달려 지나가는 차 안에서, 재미슨은 어둠 속에서 마치 핼러윈의 유령 등불처럼 깜빡이는, 불타는 듯한 황금색 연기 기둥을 가리켰다.

"가스 분출기둥이에요." 데커가 대답했다. "유전에서 나오는 거죠. 석유가 나오는 곳에서는 천연가스도 나오거든요. 여기서는 둘다 채굴해요. 하지만 때로는 가스를 방출하고 유정에 불을 붙이기도 하죠. 아마 다른 방법을 쓰기에는 비용이 너무 많이 드는 상황에서 그러나 봐요. 그리고 타지로 이송할 기반시설이 없을 때도요."

재미슨이 경악한 표정으로 물었다. "가스 매장량이 도대체 얼마나 되는데요?"

"내가 읽은 내용에서는 매달 태워버리는 가스로 400만 가구에 난방을 공급할 수 있다더군요."

"400만 가구라니, 진담이에요?"

"내가 읽은 바로는요."

"하지만 환경에 해로운 거 아니에요? 내 말은, 순수 메탄을 태우는 거잖아요, 맞죠?"

"그것까진 모르겠네요. 하지만 아마 해롭겠죠."

"불길이 너무 소름 끼쳐요. 마치 좀비 군단이 횃불을 들고 다가오는 것 같기도 하고."

"익숙해지는 게 좋을 겁니다. 온 사방에 있는 것 같으니까요."

실제로 그곳을 지나가는 동안 온 사방에서 불길을 볼 수 있었다. 그곳 지평은 마치 수백 개의 초를 켜놓은 거대한 케이크 같았다.

차는 트레일러 주택들로 이루어진 커다란 동네와 포장도로, 도로 표지판 그리고 놀이터들을 지났다. 트레일러 앞쪽의 금속 간이 차고들에 세워져 있는 차들은 진흙으로 뒤덮인 픽업트럭 아니면 튼튼한 SUV였는데, 대체로 관리 상태가 엉망이었다.

이윽고 철제 컨테이너와 장비들과 불이 붙은 석유와 가스 유정이 자리 잡고 있는 거대한 땅이 나타났다. 주위에는 위협적인 보안 철망들이 둘러쳐져 있었다. 철모를 쓴 남자들이 오렌지색 방화 조끼를 입고 차를 몰거나 바삐 뛰어다니며 다양한 작업을 하는 중이었다. 멀리서 보면 막중한 임무를 수행하고 있는 거대한 개미들 같았다.

"여기는 시추 타운이에요." 데커가 말했다. "아직 이 타운이 남아 있는 유일한 이유가 그거죠. 이 지역에서 발견되는 셰일 오일과 가스를 시추하려고 수천 명의 노동자들이 노스다코타의 이 지역으로 이주해 왔어요. 좀 더 구체적으로 말하자면 '바켄' 셰일암이죠. 내가 읽은 바로는 이곳 땅에 100년은 넉넉히 쓸 화석 연료가 묻혀 있다더군요."

"그렇군요. 하지만 혹시 기후 변화라고는 못 들어봤대요?"

"어이, 이건 직업이에요."

"네. 오늘은 직업이고, 내일은 살 행성이 없어지겠죠."

"누가 그걸 모릅니까. 하지만 오늘 당장 먹을 게 없는데 어쩌겠어요? 그리고 이 유전에서 일하면 여섯 자리 숫자의 보수가 들어오거든요. 이곳은 호황도 겪고 불황도 겪었지만, 지금은 더 안정적으로 자리를 잡은 모양이에요."

"그것도 구글이 알려준 건가요?"

데커가 어깨를 으쓱하고는 대답했다. "난 호기심이 많으니까요. 게다가 매형이 석유와 가스 업계에서 일하기도 하고요. 아마 그것 때문에 좀 알게 된 것도 있어요."

차는 열다섯 대를 동시에 주유할 수 있는 화물 자동차 휴게소를 지나쳤다. 휴게소에는 식당과 샤워장, 빨래방 그리고 상점이 딸려 있었다. 상점에는 뜨거운 피자, 프로판가스, 디젤 배기액, 트럭 주행계, 선풍기 그리고 부동액을 비롯해 다양한 상품들을 판다는 안내문이 붙어 있었다. 한 안내문에는 짧은 반바지와 깊이 파인 상의를 입은 유혹적인 웨이트리스의 거대한 사진들도 보였다. 또 다른 안내문은 이 시설이 노스다코타주 최고의 성인용 DVD를 판다고 광고했다. 주차장은 온갖 크기와 색상과 스타일의 세미 트레일러로 가득했는데, 저마다 크롬 재질로 리폼하거나 휠캡에 스파이크를 박거나 차체에 스프레이 페인트로 그림을 그리는 등 다양하게 힘을 준 모습이었다. 그려진 그림은 다양했는데, 용, 화기, 미국 국기, 큰 가슴의 헐벗은 여성 등등.

"흠, 이 동네에서 뭐가 인기 있는지 짐작이 가네요." 재미슨이 말했다.

"이런 것들이 인기 있는 게 여기만은 아니죠." 데커가 건조하게 대꾸했다.

이윽고 차는 꽉 들어찬 레저용 자동차 주차장과 새로 지은 듯 보이는 쇼핑몰 하나를 지났다. 쇼핑몰에는 이 근방 최고의 남부식 풀드 포크라는 광고 간판을 내건 BBQ 식당이 있었다. 서브웨이, 차이나 익스프레스, 24시간 체육관, 바 앤 그릴, 심지어 스시 식당도 보였다. 한쪽 벽에 올려진 전광판에는 석유와 천연가스의 현재 가격이 떠 있었다. 쇼핑몰 옆에는 커다란 벽돌 건물 교회가 있었는데, 외부 간판 앞에 누군가가 검은 글자로 이렇게 써놓았다. **하나님은 하늘과 땅과 석유와 가스를 만드셨습니다. 부를 나누세요. 하나님께 바치세요. 벤모**(모바일 결제 및 송금용 앱—옮긴이) **송금도 가능합니다. 매일 저녁 7시 성경 공부.**

재미슨이 뒷거울을 들여다보며 말했다. "세미트레일러와 덤프트럭들이 꽁무니에 줄줄이 바짝 붙어 따라오네요. 30분째예요." 그리고 계속 밀려드는 차들을 보면서 덧붙였다. "거기다 반대쪽으로 가는 군단도 있고요. 이곳 전체에서 디젤 연료 냄새가 나요."

"장비와 비품을 들여오는 겁니다. 땅에 주입하는 화학물질도 포함해서요. 밤도 없고 주말도 없는 업계인가 봐요."

"그러면 반대편으로 가는 트럭들은요?"

"석유와 가스를 싣고 나가는 거겠죠, 아마도." 데커가 앞쪽을 가리켰다. "우린 곧 이 길을 벗어나야 해요. 트럭이 짐을 싣고 시내로 들어올 필요가 없도록 타운 주위에 순환로를 만들어놨어요."

다음 출구를 타고 나오자 곧 저 멀리 한 무리의 불빛이 보였다. "저게 아마 우리가 가려는 타운이겠죠."

"맞아요. 노스다코타주 런던시."

"왜 런던이라는 이름을 붙였는지 궁금하네요." 재미슨이 물었다.

"어쩌면 어떤 영국 출신 남자가 여기 와서 깃발을 꽂았나 보죠. 석유와 가스의 바다 한복판에요. 여기 인구는 1만 5천 명 정도 되는데, 절반 이상은 유전에서 일하고 나머지 절반은 그 사람들에게 서비스를 제공합니다. 고작 3년 전과만 비교해도 숫자가 세 배로 뛰었죠. 그리고 상황이 지금처럼만 가면 그 절반의 기간 만에 다시 세 배로 뛸 테고요."

"맙소사, 이곳에 관해 아주 본격적으로 조사를 했나 봐요." 재미슨이 말했다.

"내가 무엇에 발을 들여놓으려는 건지 미리 알아두는 편이 좋아서요."

재미슨이 호기심 가득한 표정으로 데커를 보았다. "그래서, 뭐에 발을 들여놓는 것 같은데요? 살인 조사를 빼면요."

"여기는 서부 무법지대예요, 알렉스. 1849년의 캘리포니아 골드 러시의 스테로이드 맞은 버전인 거죠."

"그게 정확히 무슨 말이에요?"

"일반적인 문명의 법칙이 이곳에 반드시 적용되지는 않는다는 겁니다."

"진지하게 하는 말인 거죠?"

"몹시요."

차는 메인 스트리트로 향했다. 다가오는 폭풍우에도 아랑곳없이 거리는 사람들로 부산했다. 차가 막다른 골목에 닿은 순간 싸늘한 첫 빗방울이 떨어지기 시작했다.

"길 안내 부탁해요."

"다음에 좌회전요." 데커가 말했다.

그들이 차를 세운 곳은 알고 보니 장례식장이었다.

이제는 데커가 재미슨에게 흥미로운 눈길을 보낼 차례였다.

"노스다코타주의 검시관은 전문 법의학자는 아니에요. 이 지역 담당자는 장례식장, 화장장에 영안실도 같이 운영해요. 풀 서비스인 셈이죠."

"찾아본 거예요?" 데커가 물었다.

재미슨이 짓궂게 웃었다. "난 호기심 많은 **아가씨**거든요."

"이 사람이 최소한 법의학 수련은 받았을까요?"

재미슨은 어깨를 으쓱했다. "그러기를 빌어야죠."

시신을 확인하기 위해, 두 사람은 커튼처럼 쏟아지는 비를 피해 간신히 앞문으로 달려갔다.

0 004

두 사람은 검시관이자 장례식장 주인인 월트 서던과 통성명을
했다. 월트는 숱이 적은 모래색 머리를 한 중키의 40대 남자로, 달
리기로 다져진 군살 없는 몸매를 하고 있었다. 거북 등껍질 안경
을 쓰고 주름이 잡힌 검은 정장 바지 위에 하얀 셔츠를 받쳐 입었
는데, 오목한 천장등 빛을 받은 셔츠가 어찌나 하얗던지 꼭 스스로
발광하는 듯했다.

월트가 놀란 얼굴로 두 사람을 보며 물었다. "그런데 FBI가 이
사건에는 웬 관심이죠?"

"잠깐만요, 우리가 오는 줄 모르셨나요?" 재미슨이 물었다.

"네, 아무한테도 못 들었는데요."

재미슨이 말했다. "음, 어쨌든 우리는 이 사건을 조사하도록 배
정받았고, 이렇게 왔어요. 작성하신 검시 보고서는 이미 봤으니 이
제 시신을 볼 차례죠."

"아니, 잠깐만요. 이 사건을 담당하는 형사한테 확인하기 전까지

는 허락해드릴 수 없습니다."

데커가 말했다. "그럼 전화하시죠. 지금 당장."

"지금 외부에 나가 있을지도 모르는데요."

"그런지 아닌지는 전화해봐야 알겠죠."

서던은 한쪽 구석으로 가서 휴대전화를 꺼내어 전화를 걸었다. 누군가와 대화를 하더니 다시 데커와 재미슨에게 왔는데, 썩 유쾌한 표정은 아니었다.

"알겠습니다. FBI는 늘 뜻을 관철시키는 모양이군요."

"이 정도로 놀라시면 곤란하죠." 데커가 말했다.

"음, 시작하죠. 내일 관 공개를 위한 준비를 아직 마치지 못한 시신이 있는데, 여성분이라 가족이 의상과 화장에 정말 까다로워서요."

"겨울에도 이곳에 시신을 매장하시나요?" 데커가 물었다.

"웬만하면 피하려고 하죠. 눈도 파야 하고, 땅이 강철처럼 단단하거든요. 굴착기로도 쉽지 않죠. 그리고 15도 아래로 떨어지는 날씨에 한자리에 꼼짝 않고 서서 사랑하는 고인에게 작별인사를 하고 싶은 사람이 있겠습니까? 눈물이 얼마나 빨리 마르는지, 생각해보면 우스울 정도죠. 손발가락과 귀가 얼기 시작하면 사람들은 순식간에 사라져버린답니다. 요즘 대다수 사람들은 어차피 흙에 묻기보다는 잽싸게 구워내는 걸 선호하죠."

"잽싸게 구워내요?" 재미슨이 물었다.

"화장요." 남자가 키득댔다. "그러니까, 어차피 지옥에 가면 그렇게 되는 거 아닌가요?"

"시신을 볼 수 있을까요?" 데커가 찌푸린 얼굴로 물었다.

서던은 짧은 복도를 앞장서서 걸어갔다. 일행은 가는 길에 소독

약과 포르말린과 살 썩는 악취가 동시에 풍기는 작은 다용도실을 통과했다.

방 한복판에는 철제 들것이 있었다. 불룩하게 솟아오른 시트 밑에 있는 것이 두 사람이 찾아온 목적이었다. 모쪼록, 시신이 살인자에 관한 이야기를 들려주기를 바랄 뿐이었다.

재미슨은 데커에게 흘끗 눈길을 던졌다. 데커는 이미 방 안을 형광 파란색으로 보고 있었다. 이제 이것을 거의 괴롭게 느끼지도 않는다는 건 데커가 그만큼 많은 시신을 봤다는 증거였다.

"이미 부검한 피해자에게 사후 부검을 또 실시하는 건 이번이 처음이네요." 서던이 옆에서 말했다.

"자격이 있으신 거라고 생각해도 되겠죠?" 데커가 불쑥 물었다.

"정식 자격증을 갖추고 있습니다." 서던은 데커의 질문에 전혀 불쾌한 기색 없이 대답했다. "이게 제 본업이 아니라고 해서 제가 자부심이 없다는 뜻은 아닙니다."

"그렇다니 잘됐네요." 데커가 퉁명스럽게 대꾸했다.

서던이 시신을 덮은 시트를 벗긴 후, 세 사람 모두 아이린 크레이머의 유해를 응시했다.

"사망 원인, 방식 그리고 시각은요?" 재미슨이 물었다.

"원인과 방식은 꽤 간단합니다." 서던이 가슴 한복판의 상처를 가리켰다. Y자 절개의 교차 부분 위에 난 상처의 길이는 10센티미터 안팎이었다. "길고 날카로운 톱니 날로 된 칼이 여기를 관통해 심장을 이등분했습니다. 방식은 물론 살인이었고요."

"살인자가 칼을 꽤 정확히 휘둘렀네요." 재미슨이 더 자세히 보려고 허리를 숙이며 지적했다. "깔끔하고 효율적이에요. 한 방에 목적을 달성했어요."

"저도 그렇게 생각합니다."

"그렇다면 감정은 개입되지 않았군요. 야만적인 행위나 자제력 상실도 없었고요." 데커가 의견을 제시했다. "살인자는 피해자가 누군지 몰랐을 수도 있어요. 아니면 적어도 개인적인 관계는 없었거나요."

"어쩌면 그랬을 수도 있겠죠." 서던이 맞장구쳤다.

"그리고 사망 시각은요?" 데커가 물었다.

"음, 거기서는 추측이 개입하게 되는데요." 서던이 말했다. "제가 파악한 바로 피해자는 죽은 지 대략 일주일에서 열흘쯤 됐습니다."

데커가 못마땅한 표정을 지었다. "그건 범위가 꽤 넓은데요. 그보다 더 좁힐 수는 없나요?"

"안타깝게도요." 서던이 시무룩한 표정으로 대꾸했다. "알리바이로 누군가가 풀려나느냐 마느냐 하는 상황이라면 음, 제 보고서는 거기에 전혀 도움이 안 될 겁니다. 죄송합니다."

"곤충 침입 정도는요?" 재미슨이 물었다.

"상당하죠. 그래서 일주일 정도로 추측할 수 있었습니다. 그 이상은 불확실해지죠. 적어도 저로서는요. 다시 말하지만, 전 제 업무에 익숙하지만, 아무래도 여기가 FBI 실험실은 아니니까요."

"그럼 발견되기 전에 오랫동안 야외에 있었을까요?" 재미슨이 물었다.

"어려우면서 단순한 질문이네요."

"그게 무슨 말씀이죠?" 재미슨이 다시 물었다.

"저 바깥에 오랫동안 누워 있었다면 분명히 야생동물들이 발견했을 겁니다. 그런데 그렇지 않았죠."

"그게 단순한 부분이고, 그럼 어려운 부분은요?" 데커가 물었다.

"곤충 침입 정도가 그 추측과 부합하지 않는다는 건가요?"

"정답. 곤충은 엄청 많았는데 동물이 물어뜯은 흔적은 전혀 없었어요. 그리고 또 한 가지, 시반이 형성돼 있었어요. 사후에 엎드린 자세로 누워 있었다는 뜻이죠."

"제가 읽은 보고서에는 반듯이 누운 자세로 발견됐다고 적혀 있던데요." 데커가 지적했다.

"맞아요. 그런데 시반의 착색이 그 사실과 부합하지 않는 게 보이죠. 피가 땅과 접촉한 신체 부위에 모이지 않아요. 하지만 시반이 형성되면, 즉 심장이 멈추고 커다란 적혈구 세포들이 중력 때문에 세포 간 조직에 가라앉으면, 세포는 다시는 움직이지 않습니다. 착색은 그 자리에 그대로 남아 있죠."

"그렇다면 누군가가 피해자를 살해한 후 엎드린 자세로 눕힌 것이 분명하군요. 하지만 시신은 그 후 어느 시점에서 반듯이 눕혀졌고요. 발견됐을 때 그 상태였으니까." 재미슨이 정리했다.

"맞아요. 시반이 형성된 **후죠.**"

"출혈은 미미했을 겁니다. 심장은 칼을 맞은 직후 멈췄을 테니까요." 데커가 말했다. "하지만 혈흔이 어느 정도는 있었을 텐데, 범죄 현장에서 전혀 발견되지 않았어요. 이건 피해자가 다른 곳에서 살해당한 후 여기로 옮겨졌다는 뜻이죠. 그렇게 가정하면 시반의 불일치도 설명이 되고요."

서던이 고개를 끄덕였다. "하지만 곤충의 침입이 이 정도로 심하면 야생동물의 침범도 예상할 법하거든요. 제 말은, 그동안 내내 바깥에 누워 있었다면 이 근방에 사는 동물들이 일주일도 안 돼서 뼈까지 갉아먹었을 거라는 겁니다. 일주일은 제가 추정하는 가장 짧은 사망 시각이고요." 서던이 거기서 말을 멈추고 사무적으로 덧붙였다. "그것만 빼면 아주 좋은 상태였습니다. 아주 건강했어요. 심장도, 폐도, 다른 장기도 아주 멀쩡했죠."

"네, 피해자는 아주 좋은 상태였죠. 죽은 것만 빼면요." 데커가 음울하게 대꾸했다.

"살인자의 사후 부검 기술은 어느 정도 수준으로 생각하면 될까 요?" 재미슨이 물었다.

"절개는 1급이었어요. 제 생각에는 의학 수련을 받은 사람 같아 요. 그리고 기본적인 법의학도 알고요. 그 지식과 수련을 어디서 얻고 받았는지는 제가 함부로 짐작할 게 아니지만요."

데커가 Y 절개 흔적을 가리키며 물었다. "사용한 도구는요? 평 범한 칼인가요, 아니면 의료용인가요?"

"수술용 메스**하고** 스트라이커 톱이나 뭔가 그 비슷한 것으로 두 개골을 갈라 연 것 같아요. 그리고 사용된 봉합사는 수술용이었고 요."

데커는 시신을 건너다보고 검시관의 도움을 받아 시신을 돌려 눕혔다.

"문신이나 식별에 도움이 되는 표식은 전혀 없군요." 데커가 지 적했다.

"검버섯이나 별에 탄 흔적도 없죠. 검버섯이 생기기에는 너무 젊 은 나이지만 피부 태닝도 안 했어요. 햇볕을 별로 많이 받지 않았 죠."

시신을 도로 원래대로 눕힌 후 데커는 다시 한번 쓱 훑어보았다.

이런 상황에서 시신을 도대체 몇 번이나 봤지? 대답은 쉽게 나 왔다. **셀 수도 없을 만큼.** 하지만 시신을 보고 싶지 않다면 직업을 바꿔야 할 것이다.

"체내에 뭔가 관심이 갈 만한 게 있었나요?" 재미슨이 물었다.

"위가 거의 텅 빈 걸 보면 식사를 한 지 오래된 모양이에요. 약물 사용의 명확한 흔적은 전혀 없고요. 바늘 자국이나 그런 것도 없어요. 약물 보고서는 아직 들어오기 전이고요."

"뭔가 특기할 만한 건요?" 데커가 물었다.

"저한테 오기 전에 사후 부검이 이루어진 게 아무래도 가장 특기할 만한 점이라고 해야겠죠." 서던이 씩 웃었다.

"그래서 없다는 겁니까?" 데커는 정색하고 다시 물었다.

서던의 얼굴에서 웃음기가 사라졌다. "네, 없습니다."

"피해자가 이 부근에 살았나요? 신원은 누가 확인했죠?"

서던은 가슴 앞으로 팔짱을 꼈다. "얼굴 가죽을 도로 씌우자 경찰서에서 누가 알아봤어요."

그 순간 문이 열리고 재미슨 또래의 한 남자가 들어왔다. 청바지를 입고 체크무늬 셔츠에 남색 스포츠코트를 받쳐 입은, 태슬 달린 로퍼를 신은 남자였다. 키는 한 180센티미터 정도에 몸매는 날렵하고 강단 있어 보였으며, 유달리 툭 튀어나온 목젖에 하관이 좁은, 고전적인 생김새였다. 진갈색 머리카락은 숱이 많고 뻣뻣해서 뒤통수에서 잠망경처럼 뻗쳐 있었다.

남자는 데커와 재미슨을 번갈아 본 후 말했다. "런던 경찰서의 조 켈리 부서장입니다."

"저와 통화한 분이에요." 서던이 말했다.

켈리가 고개를 끄덕였다. "형사과 소속입니다. 뭐 듣기만큼 대단한 건 아니고요. 저 혼자거든요."

"당신 말씀은, **살인사건을** 혼자 조사한다는 뜻인가요?" 데커가 물었다.

"살인사건, 도둑, 강도, 가정폭력, 인신매매, 마약…… 더 있는데 생각이 안 나네요."

"상당한 원맨쇼군요." 재미슨이 눈을 휘둥그레 뜨고 말했다.

"제가 택한 건 아닙니다. 예산 때문이죠. 석유 경기가 불황이다가 최근에 활황을 띤 후 경찰력을 늘렸는데, 아직 형사과는 미비한 상태예요. 그냥 경찰복 입은 어중이떠중이가 순찰을 하고 경찰차를 몰고 다니는 수준이죠. 다음 불황이 올 때쯤이면 제복 경관이 형사로 승진할 테고 우린 모두 잘리겠죠." 켈리가 말을 멈추고 데커를 보았다. "FBI에서는 전부 다 당신처럼 덩치를 키우나요?"

"그럼요. 하지만 다른 친구들은 번쩍이는 갑옷을 입고 있죠. 난 청바지가 취향이라서."

세 사람은 잠시 서로 신분증과 배지를 확인했다. 그 후 켈리가 서던을 보고 말했다. "곧장 오지 못해서 미안해요, 월트. 오케이 코럴에서 살짝 문제가 있었어요. 거길 지나가는데 일이 생겨서 소음이 바깥까지 들리더라고요."

"싸움이 또 붙은 거야?"

"또 뭔가가 있었죠. 하여튼 바 이름을 멍청하게 붙이니까 그 모양이지. 테스토스테론과 돈, 술이 넘쳐나니. 난 그 조합이 영 마음에 안 들어요."

"원상 복구된 피해자를 형사과의 누가 알아봤다고 들었는데요." 데커가 말했다.

"그 누가 아마 저일 겁니다." 켈리가 대꾸했다.

데커는 한쪽 눈썹을 치켜올렸다. "어떻게 된 겁니까?"

"아까 제가 여기 런던에서 담당하고 있는 업무 중에서 한 가지를 빼먹었습니다. 매춘이죠."

"그러면 크레이머가 매춘부였다는 말씀인가요?"

놀랍게도, 켈리는 어깨를 으쓱했다. "확실히는 모릅니다."

"왜 모르죠?" 재미슨이 물었다. "누가 매춘을 하는지 안 하는지 는 쉽게 알 수 있지 않나요?"

"그렇게들 생각하겠죠. 그게, '거리의 여자'라는 말은 요즘에는 거의 쓰지 않지만, 여기서는 여전히 그 말을 씁니다. 남자들이 차 를 몰고 타운의 특정 구역들로 가면 여자들과 바로 그 자리에서 만남이 이루어지죠. 그 말이 나왔으니 말인데, 그런 만남 중 다수 는 온라인에서 이루어집니다. 공공장소에서의 직접적인 호객행위 를 피하기 위해서요."

"그래서, 크레이머는 온라인에서 예약을 받았다는 건가요?" 데 커가 물었다.

"저는 그런 사이트들을 찾느라 늘 컴퓨터에 접속해 있습니다. 어 디를 찾아야 하는지 알죠. 적어도 이 동네에서 벌어지는 유형에 관 해서는요. 여기 런던의 석유와 가스 업계에서 '컨설팅 서비스'를 제공한다고 광고하는 그런 사이트를 하나 찾았어요. 제법 합법적 으로 보이려고 꽤나 용을 썼더군요. 그야 이런 작자들은 경찰들이 찾고 있는 걸 아니까요. 하지만 정말 눈에 익은 사진 하나가 있었 어요. 오해는 마세요. 정말 달라 보였으니까요. 화장, 머리 그리고 옷도요. 하지만 전 크레이머를 알아봤어요. 타운에서 몇 번 본 적 있었거든요." 켈리가 서둘러 덧붙였다. "그래서 최소한, 크레이머 가 어떤 식으로든 '에스코트' 사업에 몸담고 있는 것 같다고 생각 했죠. 제가 알기로 사이트에서는 민디라는 이름을 썼고요."

"그래서 크레이머가 죽은 걸 알았을 때 충격을 안 받았나요?" 재 미슨이 물었다. "그야, 매춘은 위험성이 높은 직업이니까요."

"음, 사실 **놀라긴** 했습니다. 왜냐하면 살인은 자주 있는 일이 아니거든요. 적어도 이 부근에서는요. 매춘부라고 해도 예외는 아니죠. 그리고 발견된 **방식도 충격적이었고요.**"

"그렇겠군요." 데커가 켈리를 자세히 뜯어보며 맞장구쳤다.

"하지만 제가 정말 이해가 안 가는 건, 도대체 왜 두 분이 이 사건에 불려왔느냐는 겁니다. 월트에게 전화를 받은 후 서장님에게 전달하러 갔는데, 그때서야 FBI의 요청을 받고 부검 결과와 경찰 보고서가 워싱턴 D.C.로 곧장 보내진 걸 알았죠. 제 말은, 이건 확실히 괴상한 살인사건이긴 하지만 괴상한 살인사건이야 수두룩하잖아요. 그리고 대체로 지역 경찰이 다루고요."

데커가 말했다. "**당신은** 왜 우리가 불려왔다고 생각하십니까? 뭔가 추측하는 게 있을 텐데요."

"왜 제가 추측을 해야 하죠?"

"당신은 그런 유형으로 보이거든요."

대답 대신 켈리는 탁자와 그 위에 놓인 시신을 가리켰다. "아마 크레이머가 당신네 FBI의 관심사와 어떤 접점이 있었겠죠. 그게 뭔지는 저도 모르지만. 정말 알고 싶네요."

"누군 안 그렇겠습니까." 데커가 웅얼거렸다.

0 005

"내 방 페인트는 오늘 새로 칠한 것 같은 냄새가 나고 카펫은 방금 깐 것 같아요." 재미슨이 말했다.

두 사람은 런던의 메인 스트리트에 있는 호텔에 체크인하고 로비에 있는 식당에서 저녁 식사 중이었다. 늦은 시각인데도 실내는 꽉 차 있었다.

"활황과 불황의 사이클에 따라오는 거죠." 데커가 찌푸린 얼굴로 메뉴판을 훑으며 대꾸했다. "여기 두부가 있네요? 노스다코타주 시골에?"

"안 될 건 뭐죠?" 재미슨이 되물었다. "여기 사람들도 당연히 두부를 먹겠죠."

"네, 어쩌면 베이컨이랑 소시지와 같이요. 그리고 엘크도."

주문을 마친 후 데커는 의자에 등을 기대고 웨이트리스가 가져다준, 라임 조각을 끼운 코로나 병을 어루만졌다. 재미슨은 아이스티를 홀짝였다.

"그래서, 켈리 형사에 대해서는 어떻게 생각해요?" 재미슨이 물었다.

"이런 곳에서 일하기엔 아까운 사람 같아요. 하지만 또 모르죠. 이곳이 범죄의 온상일지도."

"돈이 썩어나는 남자들이란." 재미슨이 생각에 잠겨 말했다. "켈리가 그렇게 말했죠."

데커는 건성으로 고개를 끄덕였다. "켈리는 우리가 왜 여기 왔는지 궁금해하더군요. 나도 그래요. 보거트한테 전화해서 음성을 남겨놨는데 아직 아무 연락도 못 받았어요."

"나도 마찬가지예요. 아무 연락 없어요. 시신을 보고 나서 뭐 생각난 것 좀 있어요?"

"법의학에 페티시를 가진 사이코거나, 딴에는 무슨 메시지 같은 걸 남긴 것일 수도 있겠죠."

"어떤 메시지요?"

"크레이머가 뭔가를 알아서 살해당한 거라면, 그리고 다른 사람들도 알았다면, 그건 입을 열면 똑같은 일을 당할 거라는 경고일 수도 있겠죠."

"뭘 알았을 것 같은데요?"

"글쎄요, 그걸 내가 알면 우린 당장 범인을 체포하고 비행기를 타고 돌아갈 수 있겠죠." 데커가 대꾸했다.

"일리 있는 말씀."

데커의 표정이 어두워졌다. "난 이게 단발적인 사건이 아닌 것 같아요, 알렉스."

"무슨 뜻이죠?"

"월트 서던이 한 말 들었죠. 의료 등급의 절개 솜씨와 도구라고 했어요. 스트라이커 톱은 홈디포에서 살 수 있는 게 아니에요. 그리고 시신은 거기에 눕혀지기 전에 절개됐어요. 그렇지 않았다면 시술 흔적이나 적어도 혈흔이 조금이라도 남아 있었겠죠. 그리고 놈은 크레이머를 거기로 운반해야 했어요. 확실히 그 장소를 주의 깊게 골랐을 겁니다."

"그렇다면 놈은 그 지역을 잘 알고 있겠군요. 아니면 적어도 그 특정 지역을 미리 자세히 연구했거나."

데커가 고개를 끄덕였다. "그러려면 미리 계획을 짜야 하고 인내심도 필요하죠." 그때 어깨 너머를 돌아다본 데커가 놀라움으로 눈을 휘둥그레 떴다. 헛것을 본 게 아닌지 확인하려는 듯 눈을 두 번 깜빡였다.

"스탠?"

방금 식당에 들어온 거한은 그 이름을 듣자 데커 쪽으로 재빨리 날카로운 시선을 던졌다. 얼굴에 떠오른 놀라움의 표정은 데커와 쌍벽을 이뤘다.

"에이머스?"

스탠이라고 불린 남자가 다가오자 데커는 일어서서 악수를 나눴다. 재미슨은 어리둥절한 표정으로 그 광경을 지켜보고 있었다.

"도대체 여기는 무슨 일입니까?" 데커가 물었다.

"나도 같은 걸 묻고 싶은데." 남자가 말했다.

키가 데커와 거의 맞먹는 남자는 하얗게 세어가는 붉은 머리에 얼굴은 발그레했고, 반짝이는 눈동자는 녹색이었다. 짧게 친 턱수염은 머리카락과 동일한 색이었다.

"안녕하세요." 재미슨이 자리에서 일어나 손을 내밀며 말했다. "알렉스 재미슨입니다. FBI에서 데커와 함께 일하고 있어요."

"실례했네요." 데커가 말했다. "알렉스, 이쪽 덩치는 스탠 베이커. 내 매형이에요. 우리 르네 누나 남편이죠. 캘리포니아에 살아요." 데커는 베이커를 호기심 어린 눈으로 응시했다. "집에서 꽤 멀리까지 왔네요."

베이커는 두꺼운 근육질 손가락을 문지르며 안절부절못하는 기색이었다. "난, 어, 지금은 여기 살아. 그리고 곧 전 매형이 될 거야."

"뭐라고요?" 데커는 놀란 기색이 역력한 얼굴로 뒷걸음쳤다.

"르네한테 아직 못 들었나?"

"뭘요?"

"우린 이혼 절차를 밟고 있어."

데커는 못 믿겠다는 얼굴로 베이커를 응시했다. "이혼요? 왜요?"

"이유야 많지. 각자 잘못이 있고."

"그러면 애들은요?"

"엄마랑 같이 살 거야."

"아직 캘리포니아에 있어요?"

"그래." 베이커가 불편한 기색으로 대답했다. "어린애들은 학교도 다녀야 하고 그러니까. 그리고 르네 직장도 좋고."

"하지만 매형은 여기 노스다코타에 와 있잖아요. 상황이 어떻게 돌아가는 거죠?" 데커가 따져 물었다.

"알래스카로 가서 거기서 얼마 동안 일했는데 별 소득이 없었어. 팀이 거기 있는 석유 회사의 중역이었거든. 내 일자리를 구해줬지."

"팀이 석유 회사 중역**이었다**니 무슨 말이죠?"

"팀이 누구예요?" 재미슨이 끼어들었다.

"에이머스의 또 다른 매형이죠." 베이커가 대신 대답했다. "에이머스의 다른 누이인 다이앤의 남편이에요."

"팀은 어떻게 됐는데요?" 데커가 물었다.

"회사에서 잘렸어. 가장 최근에 듣기로는 우버를 운전하면서 작은 회사들의 회계를 처리해준다더군. 그리고 그 후 나도 잘렸고, 새 출발을 하고 싶었어. 이곳은 활황이야. 현장 경력자들을 필요로 하지. 여기 온 지 이제 1년 됐어. 돈이 아주 짭짤해."

"아이들은요?" 데커가 다시 물었다.

"거의 매일 한 번씩은 스카이프로 통화하고 있어." 베이커가 방어조로 말했다.

"스카이프로 서로 껴안을 수 있는 것도 아니잖아요. 수천 킬로미터 거리에서 야구 배트를 휘두를 수도 없고요. 위의 두 아이가 태어났을 때 매형은 군대에 있어서 집에 없을 때가 많았죠."

"난 나라를 위해 싸우고 있었어, 에이머스!"

"전 그냥 아이들한테 아빠가 필요하다고 말하는 거예요."

베이커가 짜증이 가득한 어조로 말했다. "그래, 음, 하여튼 지금 이게 내 상황이야. 그러니까, 사람들은 **실제로** 이혼을 해. 그리고 우린 잘해보려고 노력했어. 카운슬링이니 이것저것 다 해봤다고."

"어쩌면 더 열심히 노력했을 수도 있었겠죠." 데커가 말했다. "가족이잖아요, 스탠. 쓰고 버릴 수 있는 게 아니라고요."

이제 베이커의 녹색 눈동자는 분노로 활활 타고 있었다. "이거 봐, 자네가 무슨 말 하려는지는 알아. 캐시하고 자네 처남한테 무슨 일이 생겼는지 우린 다들 알아……. 몰리에게도. 끔찍한 일이었지. 내 평생 그 장례식장에서보다 더 심하게 울어본 적은 한 번도 없어. 하지만…… 그건 자네 일이지 나는 아니야. 전혀 다르다고.

그리고 내가 이렇게 되고 싶어서 이렇게 된 것도 아니야. 르네도 마찬가지고. 그냥 그렇게 된 거야. 인생이란 게 원래 그렇잖아."

데커가 재미슨을 본 후 고개를 내리깔았다. "네, 알겠어요. 전, 전 르네한테 전화를 해야겠어요. 전⋯⋯ 그동안 연락을 그렇게 잘 챙기지 못했거든요."

"흠, 누나가 이혼하는 것도, 다른 매형이 일자리를 잃은 것도 모르고 있었다면 그 말이 그리 틀린 말은 아닌 것 같네요." 재미슨이 믿기지 않는다는 투로 끼어들었다.

"그럼 여기는 무슨 일로 왔나?" 베이커가 물었다.

"살인사건을 조사하려고요."

"살인사건?"

"여기라고 해서 살인자가 없지는 않겠죠?" 데커가 부루퉁하게 되물었다.

"그래, 보통은 두 얼간이가 잔뜩 취해서 서로 싸우거나, 어떤 갱단 녀석들이 마약 판매 구역을 놓고 싸우지. 메스암페타민, 코카인 그리고 헤로인은 여기서 사탕이나 마찬가지야. 누가 살해당했는데?"

"그건 말할 수 없어요." 재미슨이 재빨리 제지했다. "하지만 아마 뉴스에서 보게 되실 거예요."

"젠장. 그리고 FBI가 호출됐다고? 왜 지역 경찰이 다루지 않고?"

데커가 대답했다. "우린 가라고 하는 곳에 갈 뿐이에요, 스탠."

"저녁 같이 드실래요?" 재미슨이 물었다.

베이커는 얼굴이 핼쑥해져서 한 걸음 뒤로 물러나며 데커를 응시했다. "네? 아뇨, 전, 음, 이미 저녁을 먹어서요."

"그럼 여긴 왜 왔어요?" 베이커의 불편한 기색에 호기심을 드러내며 데커가 물었다. "여기 온 지 1년도 넘었다면 이 호텔에 묵고 있는 건 아닐 텐데요."

"그래, 집을 구했지. 여기 온 건 만날 사람이 있어서, 어……." 베이커가 우물거렸다.

"그게 **누구**인데요?" 데커가 날카롭게 물었다.

"스탠?"

다들 돌아보니 30대 초반의 여자가 느긋하게 걸어 들어오고 있었다. 아니, 적어도 데커는 여자의 움직임을 보고 **느긋하게**라는 말을 떠올렸다. 여자는 꽤 아름다웠고, 이곳의 많은 남자들의 눈이, 심지어 다른 여자들과 함께 있어도, 그 여자에게 쏠리는 것을 데커는 놓치지 않았다..

"캐럴라인, 왔어요." 베이커가 데커를 불안하게 건너다보며 경직된 태도로 말했다. 그리고 데커에게 여자를 소개했다. "이쪽은 캐럴라인 도슨이야."

"네, 짐작대로군요." 데커가 곧 전 매형이 될 매형을 차가운 눈으로 응시하며 대꾸했다.

"음, 캐럴라인. 이쪽은 에이머스 데커와 그 파트너 알렉스예요. 데커는……."

"전 스탠의 친구입니다." 데커가 끼어들었다. "둘 다 서로가 이 지역에 온 줄 모르고 있다 우연히 만났네요."

캐럴라인이 생긋 웃었다. "신기하네요. 정말 반가운 우연이군요. 준비됐어요?" 캐럴라인은 베이커에게 그렇게 물은 후 알렉스를 보았다. "안녕하세요, 같이 가실래요? 저희는 클럽에 갈 거거든요."

"**여기**에 클럽이 있다고요?" 재미슨이 믿기지 않는다는 투로 물었다.

캐럴라인이 생긋 웃고는 눈을 희번덕거렸다. "알아요, 믿기지 않겠지만 정말 있어요. 괜찮은 데가 아마 세 군데는 될걸요. 음, 클럽보다는 바에 더 가깝겠네요. 하지만 전부 다 컨트리 음악만 틀지는 않아요. 스탠은 컨트리를 좋아하지만 전 질색이라서."

"우린 괜찮습니다." 데커가 말했다. "비행기로 방금 도착해서요. 꽤 녹초가 됐죠."

"그렇군요. 그럼 다음에 기회가 있겠죠."

"네."

캐럴라인이 베이커의 손을 잡았다. "움직이죠. 처음 목적지는 오케이 코럴 살롱이에요."

"런던에 사십니까?" 데커가 불쑥 물었다.

캐럴라인이 씩 웃었다. "네. **영국** 런던이면 더 좋겠지만요. 어쩌면 언젠가는 그럴지도 몰라요. 아버지가 이 호텔 주인이고, 다른 사업도 많이 하세요. 전 아버지 일을 돕고 있답니다. 아버지는 타운에서 한참 떨어진 대저택에 사세요. 전 가끔 거기서 지내기도 하는데, 타운에도 아파트가 있죠."

"그렇군요."

"나중에 봐요." 캐럴라인은 그렇게 말하고 베이커를 이끌고 식당을 나갔다.

재미슨이 데커를 보고 말했다. "이런 우연이 다 있네요?"

데커는 도로 자리에 앉아 나무로 된 테이블 상판을 심드렁하니 바라보았다.

"누나 일은 안됐어요." 재미슨이 말했다.

"나한테 전화를 했어야 하는데." 데커가 충격이 역력한 표정으로 말했다.

"누나 쪽에서 연락 안 한 거 확실해요?" 재미슨이 의심스럽다는 어조로 물었다.

데커의 표정에 갑자기 죄책감이 어렸다. "그러고 보니 음성 사서함에 뭔가가 있었는데 내가 전화하는 걸 잊은 것 같기도 해요."

"와, 아무것도 잊지 못하는 사람이, **정말** 놀랍네요."

"알아요, 알아요." 데커가 괴롭게 말했다. "내가 잘못한 거 안다고요."

"누나랑 통화 꼭 해요. 응원해줘요. 판단은 삼가고 그냥 누나 얘기를 들어주기만 해요."

"사람들은 늘 해결책을 찾죠. 그리고 스탠은 이미 다른 사람을 찾았고요."

"평생의 동반자를 목표로 하는 관계는 아닌 것 같던데요, 데커. 보아하니 캐럴라인도 그런 것 같고요. 그냥 잠깐 즐기고 있는 것 같았어요."

마침내 주문한 음식이 도착하자 데커는 겨우 몇 입쯤 먹는 시늉을 하다 말고 재미슨에게 말했다. "미안해요, 난…… 입맛이 없어졌어요. 아침에 봅시다."

데커는 그대로 일어나 식당을 나가버렸다.

오케이 코럴 살롱.

그곳은 크고 시끄럽고 과연 번잡했다.

모든 유리창에서 번개가 번뜩였고, 꽝꽝 울리는 음악 소리가 바깥까지 들렸다. 컨트리 음악에, 데커가 듣기에는 로큰롤도 약간 섞여 있는 듯했다. 음악은 마치 포성처럼 공중을 꿰뚫었다.

가게 앞에 잠시 서 있으니 폭풍우가 지나간 뒤에 돌아온 습기로 살갗이 서서히 오므라드는 게 느껴졌다.

바깥의 기도에게 신분증을 보여준 후 문을 여는 순간, 열기 그리고 땀과 쏟아진 알코올이 뒤섞인 냄새가 포탄처럼 데커를 강타했다. 실내에는 에어컨이 없거나, 있다 해도 몸을 흔드는 사람들이 내뿜는 열기를 따라잡기엔 역부족인 듯했다. 그리고 그곳에 취하지 않은 고객은 데커 혼자뿐인 것 같았다.

앞문 근처에 소수의 젊은이들이 모여 있었다. 아직 10시도 채 되기 전인데, 젊은이들은 비틀대며 서로에게 기대고 있었다. 데커는 한밤중에 그들 근처에 있고 싶지 않았다.

남자 넷에 여자 리드 싱어로 이루어진 밴드가 생음악을 연주하고 있었다. 머리를 돌리 파튼처럼 거대하게 부풀린 여자는 페이스 힐의 애절한 발라드를 완벽하게 소화했다. 그리고 머리채를 소용돌이처럼 휘두르며 춤을 추었다. 그 화려한 소용돌이 옆에 있으니 밴드는 목석처럼 보였다. 여자는 다음 곡을 시작했는데, 가사는 남자, 여자, 마약 그리고 총을 중심으로 셰비 픽업트럭을 상당량 투입한 듯한 내용이었다. 벽에는 90인치 텔레비전 네 대가 걸려 있었는데, 모두 스포츠 채널에 맞춰놓았다. 한쪽 구석에 세워진 허리 높이의 파티션 뒤에는 기계 황소가 있었지만 작동하는 건 아닌 듯했다. 황소는 그냥 화난 표정으로 가만히 앉아 있을 뿐이었다.

데커는 안쪽에 자리를 잡고 천천히 방 안을 훑어보았다. 한쪽 벽의 간판에는 커다란 글자로 '바 규칙'이라고 적혀 있었다. **여기서 허튼짓을 하면, 특히 싸우면 영원히 출입 금지임. 한번 잘리면 끝. 절대 안 봐줌. 좋은 시간들 보내시길.**

1분 후 데커는 그 한 쌍을 발견했다. 캐럴라인은 쪽매널 댄스플로어 위에서 평발의 베이커 주위를 무척 커다랗고 무척 뻣뻣한 꽃 주위를 비행하는 벌새같이 날아다니고 있었다. **아니, 꽃이라기보단 선인장에 더 가까운 것 같은데.** 베이커는 양손을 쳐든 채 발을 좌우로 약 4, 5센티미터씩 움직였는데, 딴에는 상황을 즐기는 것처럼 보이려고 애쓰는 듯했다.

저 여자는 스탠을 도대체 왜 만나는 걸까?

그때 누군가가 데커를 쿡 찔렀다. 데커보다도 덩치가 큰 남자였다. 남자가 낮지만 위협적인 목소리로 데커에게 말을 걸었다.

"말인데, 친구. 여기 있고 싶으면 뭘 좀 주문하지 그래. 음식이든 음료든 말이야. 둘 다면 더 좋고." 당구공처럼 매끈한 대머리의 남자는 체중이 150킬로그램은 돼 보였고, 떡 벌어진 근육질 어깨가 축 늘어진 뱃살 위로 그림자를 드리우고 있었다. "안 그러면 그만 가줘야겠어. 누군가는 이 가게의 전기세와 술값을 내야 하거든."

데커는 한쪽 벽을 완전히 차지하고 있는 바로 갔다. 바 의자는 모두 임자가 있었다. 데커는 입술을 포갠 채로 맥주를 들이켜는 재주를 보여주고 있는 커플과 과일이 500그램은 담긴 듯한 칵테일 잔을 든, 잘 차려입은 40대 초반 여자 사이에 자리를 잡았다.

바에는 비어 탭이 백 개는 있었고 병맥주 역시 그만큼 있었다. 그중 다수는 데커가 들어본 적도 없는 인디아 페일 에일(알코올 도수와 홉의 함량을 높인 맥주—옮긴이)이었다. 버드와이저 캔을 주문하고 5달러를 지불한 데커는 바에 등을 돌리고 선 채로 매형이 바보짓을 하는 모습을 구경했다.

아니, 곧 전 매형이지.

캐럴라인은 이제 베이커에게 매달려, 꿈꾸는 듯한 눈빛으로 남자의 얼굴을 그윽하게 들여다보다 입을 맞췄다. 이 영 어색한 광경을 보는 데커는 누나인 르네와 네 조카들을 떠올릴 수밖에 없었고, 분노에 사로잡히기 전에 애써 고개를 돌려야 했다. 하지만 이내 마음을 가다듬었다. 이게 나랑 무슨 상관이란 말인가? 애초에 난 도대체 왜 여기에 온 거지?

"FBI 맞죠?"

소리 나는 왼쪽을 돌아보았다. 과일이 든 칵테일을 마시고 있던 여자였다. 삼두박근의 라인이 딱 붙는 블라우스 옷감 위로 날씬하면서도 탄탄한 몸매가 드러났다. 여자는 결혼반지와 도금한 새끼손가락 반지를 끼고 있었다. 금발 하이라이트를 넣은 밝은 갈색 머리는 어깨까지 내려왔다. 귀에는 옥으로 만든 불교 사찰 미니어처 귀걸이를 걸고 있었다. 연푸른색 눈에, 공들여 조각한 듯한 매력적인 이목구비였다.

"왜 그렇게 생각하시죠?" 데커가 물었다.

"전 리즈 서던이에요. 제 남편 월트가 방금 그쪽 피해자에 관해 보고했죠. FBI가 이곳에 왔다고 남편한테 들었어요."

"하지만 그렇다 해도, 이곳의 수많은 사람들 중에 저인 줄은 어떻게 안 거죠?"

"40대에 전직 내셔널 풋볼 리그의 공격 라인맨처럼 보이는 남자를 찾으면 된다고 들었거든요."

"이 안에 있는 남자 중 열 명은 거기 해당될 텐데요. 더 될 수도 있고요."

"아직 말 다 안 끝났어요. 남편은 또 당신이 음울하고 지적인, 무슨 생각을 하는지 읽기 어려운 표정을 지녔다고 했어요. 그건 확실히 당신이 말한, 이 안에 있는 열 명 남짓한 남자들한테는 해당되지 않죠. 저 남자들은 닥터 수스 책(미국의 아동도서—옮긴이)처럼 훤히 읽히니까요."

데커는 한 손을 내밀어 악수를 청했다. "에이머스 데커입니다."

"요즘에는 그다지 흔치 않은 이름이네요." 서던이 악수를 나누며 말했다.

"남편분이 혹시 사건에 관해 자세히 말씀하시던가요?"

"기밀 협약 같은 걸 어기지는 않았어요. 혹시 그걸 물어보시는 거라면요. 하지만 전 장례식장을 관리하니까, 거기서 보내는 시간이 꽤 많죠. 안심하세요. 제가 뭘 알게 되든 밖으로 새어 나갈 일은 없으니까요."

데커는 맥주를 한 모금 마시고 작동하지 않는 기계 황소에 눈길을 던졌다. "저건 무슨 사연이 있습니까? 여기 손님들한테는 인기 있을 물건 같은데요."

"그랬죠. 인기가 **너무** 있었죠."

"무슨 말씀이시죠?"

"법적인 책임 문제가 됐어요. 셰일가스 시추 노동자가 저걸 타서 다리나 팔이나 목이 부러지면 그 남자나 남자 가족, 또는 그 남자를 현장에서 간절히 필요로 하는 회사의 누군가가 소송을 걸죠. 그렇다고 치워버리기에는 또 돈이 너무 많이 들 테고요. 이제 사람들은 저걸 맥주 캔이나 병 같은 걸 던지는 용도로 종종 써요."

그렇게 말하는 순간, 마침 카우보이모자를 쓴 술 취한 젊은 남자 하나가 와인드업 동작에 이어 황소를 향해 빈 유리 맥주병을 던졌다. 황소의 단단한 엉덩이에 맞고 깨진 병 조각은 바닥에 쌓여 있는 작은 쓰레기 더미에 합류했다. 남자는 친구들과 하이 파이브를 했다.

"매일 밤 치워도 이튿날 밤이면 또 가득 차버려요. 하지만 적대감을 다른 누군가의 얼굴이 아니라 저기다 쏟아낼 수 있다면 그게 바로 분노 관리죠. 노스다코타주 스타일의."

데커가 고개를 끄덕였다. "그래서 당신은 피해자를 아셨습니까?"

"아뇨. 하지만 조 켈리가 알았다는 건 알아요."

"**그 남자를** 잘 아십니까?"

"알 만큼은 알죠. 런던은 지금 활황을 맞았지만 늘 그렇지는 않았어요. 다들 서로 알고 지냈죠. 석유 시추가 시작되면서는 완전히 달라졌지만요. 이제는 전국 각지에서 사람들이 찾아왔고, 심지어 외국에서 온 사람들도 있어요. 지난주에는 식료품점에서 러시아어도 들은 것 같아요." 여자가 잠시 말을 멈춘 후 덧붙였다. "하지만 늘 그렇지는 않았어요. 우린 마지막 불황 때 거의 문을 닫을 뻔했죠."

"그래도 사람들은 여전히 죽어가고 있었을 텐데요. 비록 호황기가 끝났을 때라고 해도요."

"아, 그야 물론이죠. 모든 걸 잃고 절망에 빠져 스스로 세상을 하직한 사람들도 있었고요. 다만 유족이 장례를 치를 돈이 없었던 거죠. 그쪽에서는 물물교환 같은 걸 제의했고 우리도 가능한 한 협조했지만, 우리 쪽에서도 내야 할 요금들이 있으니까요. 하지만 운 좋게도 그 시기를 버텨냈고, 지금은 상황이 좋아졌죠. 지금으로서는요. 내일은 또 어떻게 될지 누가 알겠어요?" 여자가 주위를 돌아보았다. "당신 파트너는 여기 같이 안 왔어요? 월트 말로는 다른 요원과 함께 왔다고 하던데요."

"호텔에서 헤어졌습니다."

"다른 요원들도 더 오나요?"

데커는 대답 대신 맥주를 홀짝였다. 캐럴라인 도슨은 이제 아예 베이커에게 매달린 채 그를 댄스 폴로 이용 중인 듯했다.

"저 사람들 아세요?" 데커의 시선 끝을 바라본 서던이 물었다.

"뭐, 그렇다고 할 수 있죠."

"뭔가 실마리는 찾았나요?"

"그건 말씀드릴 수 없습니다."

"못 찾았다는 것으로 알게요."

그 말에 데커가 여자를 뚫어지게 응시한 채 물었다. "혹시 범인이 누군지 아십니까?"

"제가요?" 여자는 그렇게 되물었지만 그 질문에 진심으로 놀란 기색은 아니었다. "음, 이곳에서 폭력 범죄가 실제로 일어난다는 건 말씀드릴 수 있어요. 지난 호황 사이클 때만큼은 아니지만요. 예전에는 빨리 돈 벌 일을 찾아서 왔다가 떠나는, 출신에 문제 있는 뜨내기들이 전부였어요. 여전히 출신이 미심쩍은 남자들이 들어오긴 하지만, 지금은 가족 단위로 이곳에 들어오는 경우가 더 많죠. 여기에 뿌리를 내리는 거예요. 그 사람들은 좋은, 안전한 공동체를 원해요."

"그다음 말은 **하지만**일 것 같은데요."

여자가 슬며시 미소를 지었다. "**하지만** 이런 곳들이 있죠. 젊은, 특히 독신 남자들이 돈을 쓰고 열을 식히러 오는 곳이요. 그리고 때로 그건 안 좋은 결과로 이어지기도 하죠."

"켈리한테서 아까 여기서 사고가 있었다고 들었습니다."

"남자들이 패싸움을 한 게 더 심각한 상황으로 번졌다고 들었어요. 조가 상황을 진정시키긴 했지만요. 하지만 몇 명은 감옥에 갔고 몇 명은 병원에 갔죠."

"제가 찾고 있는 남자는 아마 '멍청한 술집 드잡이'를 벌이는 부류는 아닐 겁니다."

"시신이 들어올 때 저도 봤어요." 서던이 나직이 말했다. "그래서 그 말이 무슨 뜻인지 알아요."

"그다지 아름다운 광경은 아니었죠."

"우린 상태가 심각한 시신들을 종종 받아요. 살인은 아니고요. 사고 피해자죠. 폭발과 석유 시추 때 발생하는 화재 때문에요. 그건…… 미용적인 관점에서 보면 힘들어요. 우린 관을 닫고 고인들의…… 더 행복했던 시절 사진을 그 위에 올려놔야 했죠."

"이해가 갑니다."

서던은 술을 마저 비운 후 빈 잔을 바에 내려놓았다. "이런 일은 정말이지 이 타운의 발목을 잡을 수 있어요. 이렇게 일이 순조롭게 돌아가려 하는 상황에."

"그리고 아이린 크레이머를 위한 정의를 실현하는 것 역시 그것 못지않게 중요한 일이죠." 데커가 불쑥 내뱉었다.

여자가 살짝 고개를 숙였다. "그야 당연한 말씀이죠. 먼저 갈게요, 데커 요원님."

여자는 자리를 떠 2층으로 이어지는 계단을 올라갔다. 다시 댄스 플로어를 바라본 데커는 스탠 베이커와 캐럴라인 도슨이 사라진 것을 깨달았다. 주위를 둘러보았지만 두 사람은 아무 데도 보이지 않았다. 데커는 잔을 마저 비우고 다시 바깥의 더위 속으로 나갈 각오를 했다. 하지만 막상 나와보니 실외가 더 시원했다.

멀리 서쪽에 벼락이 꽂히더니, 전기가 땅에 닿은 지점에서 뭔가가 폭발한 듯했다. 그 소리는 데커의 귀에까지 들렸고, 연기 기둥이 치솟아 주변 하늘을 수 킬로미터 거리까지 밝혔다. 하지만 행인들은 태연히, 아니 일부는 비틀대며 걸음을 옮겼다. 이런 폭발쯤은 늘 있는 일이라는 듯이.

노스다코타주 런던은 시시각각 더 흥미로운 곳이 되어간다고, 데커는 지친 발걸음을 끌며 생각했다.

오전 6시.

데커는 휴대전화가 울리기도 전에 눈을 번쩍 뜨고 자리에서 일어났다. 욕실로 터벅터벅 가서 샤워를 하고 새 옷으로 갈아입었다. 호텔 창밖을 내다보았다. 하늘은 어두웠고 여전히 구름으로 뒤덮여 있었지만 한 줄기 여명이 밝아오는 것이 보였다. 마치 졸음에 겨운 눈꺼풀을 조금씩 들어 올리는 것 같았다. 휴대전화의 날씨 앱을 확인했다. 겨우 20도였지만 습도는 루이지애나 못지않을 정도였다. 하도 습기가 짙어서, 바깥 공기가 실제로 눈에 보일 것만 같았다.

침대 가장자리에 2초쯤 더 앉아서 완전히 잠이 깨기를 기다렸다. 또 다른 타운, 해결해야 할 또 다른 사건. 데커의 삶. 데커를 기다리는 것들.

아침 식사를 하러 내려가니 재미슨이 이미 조 켈리와 함께 호텔 식당 테이블에 앉아 있었다. 켈리는 검은 투피스 정장에 칼라 달린 흰 셔츠를 받쳐 입었지만 넥타이는 하지 않았다. 신발은 뒤축과 가죽이 심하게 닳은 검은 부츠였다.

테이블에 앉으며 데커가 말했다. "내가 1등일 줄 알았는데요."

"전 경계선 불면증이라서요. 보통 4시쯤에 첫 커피를 마신 뒤로 계속해서 들이붓죠." 켈리가 말했다.

"그리고 이 지역으로 와서 우린 한 시간을 벌었고요." 재미슨이 메뉴에서 시선을 떼지 않은 채로 한마디 보탰다. "그러니 사실 나한테는 좀 늦은 시간이에요."

데커가 켈리를 눈여겨보며 말했다. "어젯밤에 좀 돌아다니다 번개가 멀리 있는 뭔가를 때리는 걸 봤습니다. 거기서 폭발이 일어났고요."

"나도 들었어요." 재미슨이 끼어들었다. "도대체 뭔가 궁금했죠. 하지만 호텔에서는 아무도 신경 쓰는 사람이 없는 것 같았어요."

켈리가 고개를 끄덕이며 말했다. "아마 그냥 번개가 소금물 저수지를 때린 걸 겁니다. 번개는 뭐랄까 그런 것들에 이끌리거든요. 그리고 철제 담수 탱크랑 배관도요. 번개에 맞으면 폭발이 일어나고, 사람들이 와서 수리하죠. 여기서 사업하는 데 드는 기본비용이에요."

"그렇군요." 데커가 그렇게 말하고 재미슨에게 흥미 어린 표정을 지어 보였다.

주문을 마치고 커피가 온 후, 켈리가 말했다. "아이린 크레이머가 왜 FBI에 중요인물인지, 뭔가 새로 알아내신 게 있나요?"

재미슨이 데커를 보자, 데커가 대답했다. "아직은 없습니다."

"그럼 FBI끼리도 서로 비밀이 있다는 건가요?" 켈리가 실망한 표정으로 물었다.

"요즘 세상엔 누구나 서로 비밀이 있죠." 데커가 대꾸했다. "그쪽에서는 뭐 나온 거 없습니까?"

"크레이머가 살던 집의 집주인을 신문할 예정입니다. 그 부인하고 만나기로 했는데 두 분이 타운에 왔다는 소식을 듣고 일단 미뤄뒀거든요."

"고마워요. 크레이머가 '에스코트' 말고 다른 직업이 혹시 있었나요?" 재미슨이 물었다.

"사실은 있었습니다. 꽤 중요한 일이었죠." 켈리가 대답했다. 그리고 잠시 입을 다물었다가 다소 저어하는 태도로 말했다. "브라더스의 교사로 일했습니다."

"누구요?" 재미슨이 물었다.

"브라더스요. 종교 단체예요. 재세례파의 한 분파죠."

"좀 더 자세히 설명해주시겠습니까?" 데커가 물었다.

"일종의 아미시파인데, 다만 자동차를 운전하거나 중장비를 모는 건 가능해요. 농사를 짓고 어느 정도 제조도 하죠. 공동체 생활이 기본이고요. 성경을 곧이곧대로 따르고, 좋은 사람들이긴 한데 자기들끼리만 어울려 살아요."

"그럼 종교 단체에서 '에스코트'를 교사로 채용했다는 겁니까?" 데커가 눈썹을 치켜올린 채 물었다. "도대체 그게 어떻게 가능하죠? 그리고 왜 어젯밤에는 그 얘기를 하지 않았습니까?"

"음, 그 사람들은 확실히 크레이머가 에스코트 일도 한다는 건 몰랐어요. 게다가 크레이머는 분명 무척 좋은 교사였고 아이들하고도 아주 잘 지냈어요. 크레이머가 죽은 걸 알면 아이들은 큰 충격을 받을 겁니다. 목회자인 피터 건서에게는 말해뒀는데, 아이린의 '다른' 직업이나 무슨 일을 당했는지는 아직 알리지 않았어요.

그리고 두 분한테는 말하려고 했는데, 어젯밤에는 도저히 말이 나오지 않더군요. 당신네 FBI들이 이 타운에 온 게 꽤 뜻밖이어서요. 그 상황을 어떻게 받아들여야 할지 갈피를 잡지 못했죠."

"목회자요? 목사를 말하는 건가요?" 재미슨이 호기심 가득한 투로 물었다.

"아뇨, 그 조직의 지도자예요." 켈리가 재미슨을 보며 대답했다. "재세례파는 남성이 이끄는 종파예요. 여자들은 노동을 많이 하죠. 도축, 요리, 청소 그리고 바느질은 여자들이 전부 도맡고, 지도자는 남자들이죠."

"1950년대로의 귀환이군요." 재미슨이 건조하게 말했다.

"말했다시피, 그래도 좋은 사람들이에요." 켈리가 방어조로 대꾸했다.

"그 사람들에 관해 어떻게 그렇게 많이 알죠?" 데커가 물었다.

"우리 조부모님이 제가 어렸을 때 거기 속해 계셨거든요." 켈리의 대답은 두 사람을 놀라게 했다.

"그리고 남성 지배 시대의 공동체 삶을 사는 데 질려서 나오신 건가요?" 재미슨이 비꼬았다.

"아뇨, 하지만 부모님은 그러셨던 것 같아요. 두 분은 조부모님이 돌아가신 후 그곳을 나오셨어요. 그때 저와 여동생은 아직 어렸었죠."

"부모님은 아직 여기 사십니까?"

"아뇨. 3년쯤 전에 은퇴해 플로리다로 가셨어요."

"동생은요?" 재미슨이 물었다.

"몇 년 전 세상을 떠났어요."

"아, 죄송해요. 그럼 꽤 젊으셨을 때인데요?"

"네. 동생이 고생을 많이 했죠."

"브라더스에 관해 또 말해주실 만한 게 있을까요?" 잠시 침묵이 흐른 후 데커가 물었다.

"반전 평화주의자들이에요. 일부는 후터파고, 국내의 재세례파 중에서는 제일 크죠. 제2차 세계대전 당시 그런 조건 때문에 박해받았고요."

데커가 고개를 끄덕이고는 말했다. "그럼 크레이머는 거기서 살면서 교사 일을 할 수 있었겠군요. 에스코트 일은요? 실제로 에스코트였는지는 확실하지 않다고 하셨죠. 웹사이트에서 사진을 알아봤는데도요. 하지만 그게 크레이머였다고 **확신합니까?**"

"네."

"어떻게요?"

"그 사이트를 통해 크레이머에게 연락을 해봤어요. 만날 약속을 잡았죠. 타운 반대편의 싸구려 여인숙에서요. 제가 먼저 와서 기다리고 있다가 크레이머가 왔을 때 배지를 보여줬죠."

"체포했나요?" 재미슨이 물었다.

"아뇨."

"왜죠?" 데커가 물었다. "당신은 경찰이잖아요. 상대는 법을 어겼고요. 꽤 단순한 상황 같은데요."

"그게, 전 그 여자를 돕고 싶었습니다. 크레이머에게 필요한 건 투옥이 아니었어요. 그저 긍정주의 강화와 길잡이가 필요할 뿐이었죠. 제가 양쪽 모두에 실패한 것 같지만요."

"그래도, 당신과 만났을 때 크레이머가 자신이 성매매를 한다고 인정하던가요?" 데커가 물었다. "아까 당신은 크레이머가 무슨 일을 했는지 확실히는 모른다고 했을 텐데요."

"자기가 매춘부라거나 에스코트라고 인정하지는 않았어요. 그냥 외롭다고는 했고, 웹사이트에서 남자들을 만나기로 약속을 잡은 건 인정했지만 돈은 받지 않았다더군요. 그리고 늘 섹스를 한 건 아니라고 했어요. 때로는 그냥 대화만 나누기도 했다고요."

"아무렴." 데커가 못 미덥다는 투로 대꾸했다. "분명히 그랬겠죠."

"그리고 크레이머는 제가 본 대다수의 매춘부들과는 옷차림이 달랐습니다. 꽤 멀쩡한 옷을 입고 있었죠."

주문한 음식이 도착했고 세 사람은 재빨리 식사를 했다. 먹어치워야 할 음식이 많았다.

떠날 준비를 하는데 데커가 물었다. "IAFIS로 지문을 확인하셨겠죠? 기록이 있는지 확인하려고요." IAFIS란 FBI의 통합 자동 지문 식별 시스템의 약자였다.

"맞아요. 그런데 어떻게 아셨습니까?"

"바로 그것 때문에 우리가 여기 온 거니까요. 크레이머의 지문이 입력됐을 때, 틀림없이 FBI의 저 위쪽에 있는 누군가에게 띵 하고 알림이 갔을 겁니다. FBI에서 요청을 받고 당신의 보고서를 워싱턴 D.C.로 보냈을 거고요. 그렇게 해서 안 게 분명해요."

"그렇다면 크레이머가 **중요한** 인물이었다는 말이죠?" 켈리가 물었다.

"모두 중요하죠." 데커가 냉랭하게 대꾸했다.

"하지만 지문 검색 결과는 전혀 나오지 않았어요." 켈리가 말했다. "FBI가 아는 한, 아이린 크레이머에 관한 범죄 기록은 전혀 없었습니다."

"음, 아마도 그 이름으로는 아니었겠죠." 데커가 대꾸했다.

"하지만 만약 데이터베이스에 그 지문이 다른 이름으로 등록돼 있었다면, 우리에게도 알려줬어야죠." 켈리가 약간 화난 투로 말했다. "저한테 정말 아무것도 감추고 있는 게 없나요?"

"스카우트의 명예를 걸죠." 데커가 말했다.

"보이스카우트 같은 걸 했을 타입으로는 안 보이는데요."

"안 했어요. 이제 갑시다. 오늘 하루 할 일이 많고, 내가 더 젊어질 것도 아니니까요. 그리고 아이린 크레이머는 더 나이를 먹지 않고요. 그리고 누군가는 그것에 책임을 져야죠."

데커는 밖으로 나섰다.

떠나는 데커의 뒷모습을 생각에 잠긴 듯 바라보던 켈리가 이윽고 재미슨을 보았다. "당신 파트너에 관해서 혹시 내가 알아둬야 할 게 있을까요?"

재미슨은 억지로 입꼬리를 끌어올리며 대답했다. "아, 그건 곧 저절로 알게 될 거예요."

0 008

렌트한 SUV로 걸어가는 길에 빗방울이 투두둑 떨어졌다. 켈리는 재미슨 옆 조수석에 탔고, 데커는 혼자서 뒷좌석을 거의 몽땅 차지했다.

"그럼 크레이머는 이 지역에 가족이 전혀 없었나요?" 재미슨이 물었다.

"제가 알기로는 그렇습니다. 찾아봤는데 못 찾았고요."

"어떻게 이곳에 오게 됐을까요?"

"온 지 1년 남짓 됐을 겁니다. 그 전 기록은 제가 찾은 바로는 없습니다. 애머스트 대학에 다녔다는 걸 제외하면요. 그리고 그나마 그것도 브라더스에서 알아낸 거고요. 마치 과거가 없는 사람 같아요. 그야, 여기서는 그런 경우가 드물지 않죠. 그러니까, 과거라든지 그런 것에서 도망쳐 온 사람들이 많거든요. 하지만 제가 그 정도로까지 아무것도 못 찾은 사람은 크레이머가 처음입니다."

"이상하군요." 재미슨이 말했다.

켈리가 재미슨을 보고 말했다. "음, 어쩌면 그렇게 이상한 건 아닐 수도 있겠죠. 그쪽에서 보면요. 전 그쪽과 뭔가 관련이 있을지도 모른다고 생각했습니다."

"무슨, WITSEC을 말하는 건가요?" 재미슨이 물었다. WITSEC이란 연방보안청이 관리하는 증인 보호 프로그램의 약자였다.

"솔직히 말하면 제가 떠올릴 수 있는 가능성은 그게 전부였습니다. 그야, 그렇게 찾아도 아무것도 안 나오는 이유를 달리 어떻게 설명하겠습니까?"

"하지만 그게 사실이라면 연방보안청에서 벌써 달려왔을 테고, FBI가 수사를 지휘하고 있지는 않을 텐데요." 데커가 말했다. "그런데 그 사람들이 아니라 우리가 이 일을 맡고 있죠. 그러니 WITSEC일 리가 없어요. 계속 파헤쳐보는 수밖에요."

켈리가 눈을 가늘게 뜨고 말했다. "그럼 도대체 뭘까요?"

"크레이머에 관해 아시는 걸 좀 말씀해주시죠."

"예뻤어요. 무척 예뻤죠. 키도 크고 몸가짐도 우아했고요. 거의 모델 같았어요. 그리고 교육도 잘 받았고요. 그냥 대화만 나눠보고도 알 수 있었죠. 교사 자리는 겉모습만으로 얻은 게 아니었어요. 애머스트는 최고의 학교죠."

"실제로 다녔다면 그렇겠죠." 데커가 지적했다. "인품은 어땠나요? 그 부분도 좀 설명해주시죠."

"차분한 자신감이 느껴졌어요. 자신이 어떤 상황이든 대처할 수 있다고 믿는 것 같았죠. 크레이머에게 그 일을 그만두라고 설득했을 때 제 말이 안 먹힌 게 그래서인 것 같아요. 스스로 알아서 할 수 있다고 생각한 거죠. 지나가는 말로 한 얘기들이 있었는데, 그걸 들으니 왠지 여행을 많이 한 사람 같았어요. 꽤 세련된 사람 같았죠."

"그런데 크레이머는 자기가 매춘부라는 걸 부정했다면서요." 재미슨이 지적했다. "그렇다면 자기가 하고 있는 일을 그만둘 이유가 없다고 생각했을 수도 있잖아요."

"맞는 말이에요." 켈리가 수긍했다.

"혹시 돈이 많은 것 같은 티는 안 나던가요?" 재미슨이 물었다. "입은 옷이라든가, 가지고 다니는 소지품 같은 거라든가? 무슨 말이라든가?"

"아뇨. 크레이머는 중고 혼다를 몰았어요. 우리가 가고 있는 아파트는 대단한 곳이 아닙니다. 그 집 벽에 렘브란트 그림 같은 게 걸려 있을 가능성은 희박하다고 봅니다. 아마 교사 봉급으로 지출을 감당하기엔 충분했을 거예요. 하지만 지나치게 비싸지 않은 가격에 괜찮은 집을 찾는 건 힘든 일이죠."

"이 동네 생활비가 정말 그렇게 높은가요?" 재미슨이 물었다.

"몇몇 집들은 대도시 지역들과 집세가 맞먹을 겁니다. 처음 여기 오는 사람들은 보통 한 달 넘게 차에서 자거나 친구네 트레일러의 남는 방에서 자곤 했죠. 아니면 남의 집 소파에서 자든가요. 새로 들어오는 시추 노동자들은 보통 처음에는 낡은 선적컨테이너에 꾸려진 비좁은 원룸에 수용됐죠. 침대 하나, 화장실, 샤워실 그리고 냉장고와 전자레인지, 끝. 출입구는 하나뿐이고요. 주택 건설을 최대한 서둘렀지만 도저히 따라잡을 수가 없었어요. 여기서 쏟아져 나오는 돈을 좇아 모두 몰려왔거든요. 그 결과 우리는 너무 빨리 성장했고, 여기저기서 균열이 생기기 시작했죠."

"섹스를 하고 돈을 받지 않는다는 크레이머의 말을 믿었습니까?" 데커가 물었다.

"그게, 우리는 크레이머의 집을 샅샅이 수색했고 은행 계좌도 뒤져봤어요. 교사 봉급 말고 다른 수입의 흔적은 전혀 없었어요."

데커는 어리둥절한 표정이었다. "그래요, 그건 이상하군요. 대다수 매춘부들은 어딘가에 현금 유입의 증거가 있는데요."

"약물 사용 흔적 같은 건요?" 재미슨이 물었다. "검시관은 체내에서 어떤 흔적도 발견하지 못했어요."

"제가 관찰한 바로는 없었습니다. 전 어딜 봐야 하는지 잘 알고요."

"그렇다면 당신은 왜 그 많은 에스코트들 중에서 하필이면 그 여자한테 '예수님께 오라' 하는 설교를 한 거죠?" 데커가 물었다.

"제가 크레이머하고만 이야기를 해본 게 아닙니다." 켈리가 대답했다.

"또 누가 있죠?" 재미슨이 물었다.

켈리가 손가락으로 창문을 불안하게 두드렸다. "저기요, 다 까놓고 말씀드리죠. 제 동생도 똑같은 문제가 있었습니다. 다만 그 애는 마약에 중독됐고, 매춘이 유일한 출구였어요. 적어도 그 애가 생각하기에는 그랬죠. 결국 약물을 과용했고, 의사들도 손을 쓸 수 없었어요. 모든 면에서 비극이었죠."

"너무 끔찍하네요, 조. 유감이에요." 재미슨이 말했다.

"그래서 에스코트를 체포하지 않는 겁니까?" 데커가 물었다.

"제가 아는 건 그저, 매춘은 피해자 없는 범죄가 아니라는 겁니다. 그리고 도움이 필요한 사람들에게 제가 뭔가 도움을 줄 수 있다면, 전 그렇게 할 겁니다. 애초에 그러려고 경찰이 된 거기도 하고요. 전 사회에서 격리되어야 할 사람들을 잡아넣는 데 아무 불만 없습니다. 다만 그것만 하고 싶지는 않아요."

"브라더스와 크레이머의 관계에 관해서는 어떻게 알아내셨죠?" 재미슨이 물었다. "다들 알고 있었던 사실인가요?"

"여기서 브라더스를 잘 아는 사람들은 얼마 안 되는데, 전 그중 하나예요. 그 사람들의 주거지를 콜로니라고 하는데, 거기도 여러 번 가봤죠. 그냥 지역 경찰 업무의 일환으로요. 우리 공동체에 어떤 사람들이 있는지 알아둬야 하니까요. 사실 거기서 크레이머를 봤어요. 그래서 웹사이트의 사진을 보고 알아본 거죠. 그리고 브라더스 소속원이 성적인 서비스를 이용하려고 그 웹사이트에 들어갈 가능성은 아주 낮다고 봅니다. 그러니 크레이머의 비밀은 아마 저만 알고 있었을 겁니다. 전 아무한테도 말하지 않았고요."

"브라더스 사람들한테는 말 안 하셨겠죠? 안 그러면 거기서 쫓겨났을 테니까요." 재미슨이 말했다.

켈리가 고개를 끄덕였다. "그 사람들한테는 특히 못 하죠. 크레이머는 어떤 면에서는 괴로워하는 것 같았어요. 전 그 괴로움을 더 해주고 싶지 않았습니다." 켈리는 말을 멈추고 고개를 끄덕였다. "그리고 저는 많은 매춘부들을 만나봤는데, 대다수는 거지 같은 환경과 상황 때문이었어요. 취약하고 방황하고 있죠. 하지만 크레이머는 그 패턴에 들어맞지 않았어요. 뭔가 음, 사람이 또렷해 보이고 생각이 있는 것 같았죠. 어떤 사명 같은 걸 띠고 있는 것처럼요. 그래서, 솔직히 말하자면, 제 마음속 한구석에는 크레이머가 하려는 일이 그게 아니라는 믿음이 있었어요."

"음, 우리가 호출됐으니 크레이머에게 뭔가 다른 일이 있었다는 건 확실하겠죠." 재미슨이 지적했다.

데커가 말했다. "살인자는 어쩌면 시신이 발견되기 직전에 시신을 그곳에 내다 버렸을 수도 있습니다."

갑작스럽게 화제를 바꾼 데커에게 재미슨과 켈리는 날카로운 시선을 보냈지만, 이윽고 켈리가 고개를 끄덕이며 말했다. "그 생각은 저도 해봤습니다. 거기 허허벌판에 시신이 누워 있다고요? 음, 여기 동물들이 얼마나 많은데 그렇게 멀쩡한 상태로 있길 기대하긴 힘들죠." 켈리가 재미슨을 보고 말을 이었다. "하지만 사람을 죽이고 나서 시신을 그렇게 절개하다니, 꽤나 지독한 변태 새끼 아니겠습니까."

"우리가 사냥하는 대상은 보통 그렇습니다." 데커가 대꾸했다.

재미슨은 켈리의 길안내를 따라 황폐한 4층 벽돌 건물 앞 연석에 차를 세웠다. 그 어떤 건축 크레인과 노동자도 아직은 이곳에 둥지를 틀지 않은 듯했다. 아직은.

일행은 차에서 내렸고 켈리는 두 사람을 이끌고 서둘러 안으로 들어갔다. 바람의 포효가 거세지고 빗방울이 떨어지고 있었다.

집주인의 아파트 겸 사무실은 1층 정문 바로 앞에 있었다. 아파트 벽의 녹색 페인트는 색이 바랬고, 낡고 너덜거리는 가구는 1970년대에서 곧장 가져온 것 같았다. 하지만 한쪽 구석에 자리잡은 텔레비전은 60인치 삼성 4K로, 안테나는 아무 데도 보이지 않았다.

집주인의 이름은 아이다 심스였다. 70대인 심스는 듬성듬성해진 머리카락을 뒤로 바짝 잡아당겨 묶었고, 몸은 가로와 세로 폭이 거의 일치했다. 커다란 진홍색 티셔츠에 빛바랜 코듀로이 바지를 입고 연녹색 크록스를 신었다. 정중한 태도로 일행을 맞이했지만,

데커는 심스의 떨리는 목소리와 단단히 주먹 쥔 쭈글쭈글한 손을 놓치지 않았다.

일행은 심스가 권하는 커피를 사양하고 작은 거실에 죽 둘러앉았다.

심스는 낡은 리클라이너에 무너지듯 앉아 일행을 둘러보았다. "아이린이, 죽었다고요? 난…… 도무지 믿기질 않네." 공포에 질린 표정으로 데커를 보며 덧붙였다. "거기다 FBI가 불려왔다고? 이게 영화인지 현실인지."

"그야 그러시는 것도 당연하죠. 이해합니다." 재미슨이 다정하게 말했다. "저희는 그냥 몇 가지 여쭤보려고 찾아뵌 거예요."

"내가 말해줄 수 있는 거면 뭐든 말해줘야지. 그게 이런 짓을 한 자를 잡는 데 도움이 된다면야." 심스는 열의를 띠며 말하고는 위엄 있는 태도로 티슈에 코를 풀었다.

"크레이머가 언제 이 집으로 들어왔나요?" 데커가 물었다.

"한 달쯤 전이었지, 아마."

"그 전에는 어디 사셨는지 혹시 아십니까?"

"도슨 타워스 단지에 살았던 것 같아요. 여기서 1.5킬로미터쯤 떨어진, 타운의 더 고급스러운 지역에. 꽤 사치스러운 곳이라우."

"도슨요?" 데커가 물었다. "캐럴라인 도슨의 도슨요?"

"그래요. 캐럴라인의 아파트가 거기 있지. 그리고 그 애 아버지인 휴는 그 타워 주인이고. 그야 런던 전체 사업의 4분의 3이 그렇지만. 여기 이 건물은 그 친구가 갖지 않은 얼마 안 되는 건물 중 하나라우. 아마도 그 친구한테는 푼돈이라 눈에 들어오지도 않겠지." 심스가 무시하는 투로 덧붙였다.

"그렇다면 지역 거물이군요?" 재미슨이 물었다.

"하지만 스튜어트 매클렐런이란 남자는 그보다 돈이 더 많다우."

"어떻게 그럴 수가 있죠?" 데커가 물었다.

켈리가 대신 대답했다. "이 지역의 석유와 가스 시추 사업의 거의 대부분이 그분 소유거든요."

"그래서, 그 두 남자는 사이가 좋은가요?" 재미슨이 물었다.

이번에도 켈리가 대답했다. "두 분은 동업자 관계죠. 하지만 절친한 사이라고 하기는 힘들 것 같네요."

심스가 콧김을 뿜으며 말했다. "둘 다 남자에다 부자니까. 평생 오줌 높이 싸기 경쟁을 할 운명이지. 누가 더 크고 더 센 개인지 입증하려고. 거친 말 미안하우." 심스가 고개를 내저으며 덧붙였다. "남자들은 도무지 철이 안 든다니까. 돈이 아무리 많아도 그건 안 변해요."

"크레이머 씨를 잘 아셨나요?" 재미슨이 물었다.

심스가 말했다. "이 건물 주민들은 내가 다 알지. 브라더스의 학교에서 교사로 일했다면서."

"저희도 그렇게 들었습니다. 그분에 관해 저희한테 알려주실 만한 게 있나요?"

"조용한 사람이었다우. 혼자였지. 내 말은, 그렇게 매력적인 젊은 여자가 한 번도 누굴 집에 데려오는 걸 못 봤다니까. 적어도 내가 알기로는 말이우."

"왜 도슨 타워에서 여기로 왔을까요? 여기가 더 싼가요?"

"아, 그럼. 훨씬 싸지. 이미 말했듯 좋기야 타워가 훨씬 좋지만. 하지만 우리가 방이 더 깨끗하고 쓰레기도 버려주고 케이블 TV도 볼 수 있지."

"밤에 외출하는 걸 보신 적이 있나요?"

"아니. 난 무척 일찍 일어나고 밤에도 일찍 잠들어서. 만약 9시 이후에 나갔다면 내가 못 봤겠지."

재미슨이 말했다. "혹시 개인사를 말한 적이 있나요? 여기 오게 된 사연이라든가?"

심스는 뒤로 기대앉아 잠시 생각에 잠겼다. "생각해보니 정말 그런 적이 없네. 왠지는 모르겠지만 내가 느끼기엔 웨스트코스트 출신 같았어요. 하지만 그냥 내 짐작일 뿐이고."

데커는 창밖을 내다보았다. 여전히 장대비가 퍼붓고 있었다. "애초에 왜 런던에 왔는지 말한 적이 있나요? 이곳에 취직해서 오게 됐다거나?"

"아니, 난 그런 말을 들은 적 없어요. 하지만 이미 말했듯이 브라더스에서 교사로 일하긴 했지. 그러니 아마 그것 때문에 여기 오지 않았겠수?"

재미슨이 말했다. "아니면 누구랑 같이 온 건 아닐까요? 어쩌면 남자 친구를 따라왔다든가?"

"내가 알기로는 아닐걸."

"마지막으로 보신 게 언제입니까?" 켈리가 물었다.

심스는 다시금 생각에 잠긴 듯 보였다. "내가 생각하기로는 딱 일주일 전 오늘인 것 같아."

데커는 켈리를 응시했다. "그렇다면 열흘에서 닷새 사이라는 검시관의 사망 추정 시각이 더 좁아지겠군요. 시신이 이틀 전에 발견됐으니까요."

"하지만 일주일 동안 못 보셨는데 걱정이 안 되셨나요?" 재미슨이 물었다.

"아니, 그게, 잠깐 휴가 갔다 온다고 했거든."

"휴가요? 어디로요?" 재미슨이 켈리에게 재빨리 눈길을 보내며 물었다. 이 새로 밝혀진 사실에 켈리 역시 놀란 기색이었다.

"그건 말 안 하던데."

"누굴 만난다거나 같이 갈 거라는 말도 없었고요?" 켈리가 끼어들었다.

"아니. 다시 말하지만, 제대로 시간 내서 이야기한 게 아니라서."

"여기 사는 친구가 있었나요?" 재미슨이 물었다.

"있었을지는 몰라도 난 못 들었어요."

"뻔한 소리처럼 들릴 수도 있지만, 아이다." 켈리가 말했다. "주변에 누가 어슬렁거리는 건 못 보셨나요? 아니면 아이린이 누군가와 문제가 있다는 말을 했다거나?"

"아니, 그런 건 전혀 없었는데." 심스가 근심이 가득한 표정으로 대답했다. "여기는 좋은 타운이에요. 대부분은 안전하지. 아, 술주정뱅이들이 흥분해 싸움을 벌여서 누가 죽었다는 이야기는 들었는데, 하지만, 음, 사람들이 일부러 서로 죽이고 다니거나 하는 일은 없지."

"지금까지는 그랬죠." 데커가 말했다. "제 생각에는 이제 아이린의 방을 봐야 할 것 같습니다."

* * *

아파트는 깔끔했다. 아니, 어쩌면 지나치게 깔끔한 게 아닐까 하고 데커는 생각했다. 가구는 아파트에 원래 딸려 있는 것처럼 보였는데, 심스가 맞는다고 확인해주었다. 비좁은 주방은 실용적이었고 마치 한 번도 사용한 적 없는 것처럼 보였다. 침실에는 침대 하나뿐, 다른 건 없었다. 책도, 사진도, 기념품 하나조차도 없었다. 데스크톱도 노트북 컴퓨터도 없었다. 심지어 전자기기를 사용했다고 짐작할 만한 전선 하나 없었다.

데커는 켈리를 보았다. "심스는 크레이머가 밤에 나가는 걸 한 번도 못 봤다고 했는데, 아마 너무 일찍 잠자리에 들어서겠지요."

"심스가 잠자리에 든 지 한참 후에 거리로 나섰을 겁니다."

"심스는 이 건물에 크레이머의 친구가 있었는지 어땠는지 모른다고도 했죠. 하지만 그 점은 잘못 알았을 수도 있어요." 재미슨이 말했다.

켈리가 물었다. "하지만 크레이머가 과연 손님을 여기로 데려오거나 자기 건물에서 남자와 자려고 했을까요? 그러면 금방 들켰을 텐데요."

데커가 고개를 젓고는 말했다. "하지만 만약 합의에 의한 성관계를 위해 누군가를 데려왔다면요?"

켈리의 얼굴에 호기심이 어렸다. "어쩌면 심스가 모르는 남자 친구가 있었을지도 모르죠."

"당신한테는 그런 이야기를 전혀 안 했나요?" 재미슨이 물었다.

켈리가 고개를 저었다. "하지만 전 없었을 것 같아요."

데커가 물었다. "이곳에서 지문 채취를 했습니까?"

"아뇨, 하지만 여긴 범죄 현장이 아니라서요."

"해야 합니다." 데커가 날카롭게 말했다.

"전문가가 한 명 있는데, 이 지역의 경찰서 몇 곳을 돌아다니고 있어요. 연락해서 이곳을 최우선으로 처리해달라고 하겠습니다."

데커가 말했다. "차는 어떤가요? 거리에 혼다가 서 있는 건 못 봤는데요."

"수배 중인데, 아직은 아무 소식도 없습니다."

"만약 웹사이트로 일을 잡았다면 아마 노트북이 있었을 거예요. 그리고 휴대전화도 있었어야 하고요." 재미슨이 말했다.

"분명히 그랬겠지만 둘 다 아직 못 찾았습니다." 켈리가 말했다.

"남자들과 주로 만나는 곳이 어디였죠? 당신과는 싸구려 여인숙에서 만났다고 했죠?"

"네. 안 그래도 다음에 갈 곳이 거기입니다."

"그래요. 이제 거기로 가보죠." 데커가 말을 이었다. "그리고 브라더스와도 이야기를 해봐야 하고요. 당연하지만."

"그 사람들이 이 일과 무슨 관계가 있을 것 같지는 않은데요. 거긴 평화주의자 집단입니다."

"평화주의자든 아니든, 무리에 썩은 사과 하나만 있으면 돼요. 그리고 무리에는 거의 늘 썩은 사과가 있죠."

0 0010

"이곳은 이 타운의 정말, 정말 지저분한 지역인가 봐요." 나무로 뒤덮인 3층 건물 앞에 차를 세우며 재미슨이 말했다. 다 쓰러져가는 건물은 지은 지 족히 100년은 되어 보였다. 크레이머의 아파트에서 겨우 400미터쯤 떨어져 있었지만 훨씬 더 낙후돼 있었다.

"그렇게 말해도 무리는 아닐 것 같네요."

"이 건물의 주인은 누굴까요?" 데커가 물었다.

"휴 도슨 아니면 휴 도슨의 회사일 거예요. 사실, 아이다 심슨이 말했듯 휴는 런던의 거의 대부분을 소유하고 있거든요. 좋은 부분과 나쁜 부분 다요."

40대쯤 돼 보이는 접수데스크의 남자는 여기만 아니면 지구상의 어떤 곳이라도 좋으니 당장 떠나고 싶은 듯한 표정이었다. 그는 다가오는 일행을 보더니 들고 있던 아이폰을 내려놓고 검은 테 안경을 벗어 셔츠 소매에 닦은 후 다시 썼다. 데커나 재미슨에게는 거의 눈길도 주지 않았다.

"안녕, 조." 남자가 켈리에게 경계하는 시선을 보내며 말했다.

"어니, 이분들은 워싱턴에서 오신 FBI 요원들이세요." 켈리가 데 커와 재미슨을 가리키며 말했다.

어니의 툭 튀어나온 목젖이 마치 고장난 엘리베이터처럼 위아래로 꿀럭거렸다.

"그렇군." 어니가 수상쩍다는 투로 말했다. "FBI 요원은 처음 만나뵙네요. 일반인이랑 별로 다르지도 않아 보이시는데요. 좀 더 무서울 거라고 상상했는데."

"우린 무척 무서워질 수 있답니다. 상황에 따라, 필요하면요." 재미슨이 명랑하게 말했다.

"몇 가지 물어보고, 이곳을 좀 둘러보기도 하려고요." 켈리가 말했다. "그래도 문제없겠죠?"

"문제 있는데. 무슨 질문인데? 그리고 영장도 없이 여길 둘러봐도 되는지 모르겠는데."

켈리가 어니에게 몸을 가까이 기울였다. "뜻밖인데요, 어니. 그런 우호적이지도 친절하지도 않은 태도라뇨."

"난 그런 걸 하라고 돈을 받는 게 아니라서."

"사실은, 우린 살인사건을 조사 중이에요."

"누가 살해당했는데?"

"피해자를 아마 '민디'로 알고 있을 겁니다."

어니의 표정이 일순 굳었다. "민디? 난 그런 이름을 가진 사람은 모르는데? 그런 이름이라면 기억했을 거야."

"당연히 기억하죠, 어니." 켈리가 말했다. "요전 날 밤 여기서 내가 그 여자와 만났는걸요. 당신은 내가 그 여자랑 같이 있는 걸 봤고, 나도 당신을 봤어요."

어니가 고개를 저었다. "자네 기억력이 나보다 훨씬 나은가 봐."

켈리가 어니 뒤편을 바라보며 말했다. "어, 저게 뭐지? 마약 거래 전과자가 저기 선반에 처방약처럼 안 보이는 약병을 놔뒀네? 가석 방 조건의 심각한 위반인 것 같은데. 다시 안에 들어가고 싶은 건 아니죠?"

어니의 흔들리는 시선이 약병에 가서 멎었다. "저건 내 거 아니 야. 그냥 친구 거 잠깐 맡아주고 있는 거라고."

"그럼 가서 뭔지 봐도 상관없겠죠." 켈리가 접수데스크 안쪽으로 발을 들여놓았다.

"알았다고. 민디, 알아." 어니가 불쑥 내뱉었다. "됐어?"

"마지막으로 본 게 언제죠?"

"까먹었어."

켈리가 약병을 향해 손을 뻗었다.

"알았어, 알았다고. 지난주였어."

"좀 더 자세히." 데커가 말했다.

어니가 아랫입술을 문지르며 머릿속으로 계산을 했다. "엿새 전 요."

데커는 켈리를 보고 말했다. "이제 우리의 사망 추정 시각이 4일 로 좁혀졌군요. 그것만으로도 이 남자와 이야기한 보람이 있네요."

"민디와 이야기를 했나요?" 켈리가 물었다.

"아니."

"누구 다른 사람이랑 같이 있던가요?" 재미슨이 끼어들었다.

"누구랑 같이 있지 않으면 여기 안 오죠." 어니가 딱 잘라 대답했 다. "그게 그 여자가, 음, 몸담은 업계의 핵심이니까."

"남자 이름은요?" 켈리가 물었다.

"그건 못 들었는데. 그 사람들은 나한테 현찰을 주고 방을 잡아. 그리고 난 아무 질문도 안 하고. 아무도 굳이 신분증을 내보이지 않지."

"그럼 인상착의라도 알려주시죠." 데커가 몰아붙였다.

"키 작고 근육질에 금발이고 젊고 멍청하고 발정 났고."

"남자요, 여자요?" 재미슨이 물었다.

"진담이에요?" 어니가 쏘아붙였다. "**남자**였어요."

"석유 시추 노동자였나요?" 켈리가 물었다.

"그런 것 같더군. 손이 엉망이고 피부는 그을었고, 거의 자기 몸 뚱이만 한 지갑이 지폐로 가득한 걸 보면."

"여기엔 얼마나 오래 머물렀나요?" 데커가 물었다.

"한 45분쯤. 보통 그 정도 걸려요. 그다지 많은 대화가 오갔을 것 같지는 않네요."

"나갈 때 같이 갔습니까, 따로 갔습니까?" 데커가 물었다.

"남자가 먼저 나가고 다음에 민디가 갔어요."

"남자는 어때 보이던가요?"

"어떨 것 같아요? 입이 양쪽 귀까지 찢어져서 발바닥에 스프링 이라도 달린 것처럼 깡충깡충 뛰어가더군요. 젠장, 누가 보면 복권 에 당첨된 줄 알겠더라고."

"민디는 괜찮아 보였나요?" 켈리가 물었다.

"안 괜찮아 보이지는 않던데."

"좀 더 구체적으로요." 재미슨이 추궁했다.

"음…… 행복해 보였어요, 사실은. 아마 섹스가 좋았나 보지, 나 야 모르지만."

재미슨이 말했다. "분명히 여기엔 남자랑 같이 오는 다른 여자들도 있을 텐데, 그러니까…… 좋은 시간을 보내려고요."

"난 당신 말이 무슨 뜻인지 모르겠는데요." 어니가 퉁명스럽게 내뱉었다.

"우린 이 일로 당신을 잡아넣으려는 게 아니에요." 재미슨이 말했다. "그냥, 민디가 다른 여자들과 다른 점이 있었는지 알고 싶어서 그래요."

데커가 재미슨을 본 후 어니를 바라보며 대답을 기다렸다.

"다르다니, 어떻게요?"

"그거야 당신이 알겠죠." 재미슨이 말했다.

어니는 한숨을 푹 내쉬었다. "보세요, 다른 여자들은 받은 돈을 세면서 내려와요. 현찰로 받았을 경우에는요. 더 안전한 벤모로만 받는 여자들도 있지만요. 하지만 전부 일이에요. 그 여자들이 모르는 남자들이랑 자는 걸 좋아하거나 그런 건 아니에요."

"관찰력이 무척 뛰어나시네요. 그러면 민디는요?"

"음, 민디는…… 그런 식으로 보이지 않았어요. 사실 돈을 세는 건 한 번도 본 적이 없죠. 그리고 다른 여자들하고는 달랐어요. 다른 여자들은 내가 보기엔 반 이상은 늘 마약을 하거든요. 민디는 알약 한 번 먹는 걸 못 봤고, 하다못해 마리화나도 안 해본 것 같았어요."

"그 분야에서는 당신이 전문가죠, 어니." 켈리가 지적했다.

"그 남자를 다시 보면 알아볼 것 같아요?" 재미슨이 물었다.

"아닐 것 같은데요. 나한테는 다 똑같아 보여요. 그리고 난 볼 만큼 봤고요."

켈리가 계단 쪽을 보았다. "크레이머가 쓴 방으로 안내해줘요."

"알았어. 하지만 그 뒤에 거기에 묵은 사람들이 한둘이 아닌데."

어니는 접수데스크에 놓인 상자에서 열쇠를 집어 들고 맨 위층으로 이어지는 계단을 올랐다. 그리고 복도를 걸어가 잠긴 문을 열고 일행에게 안으로 들어가라는 몸짓을 했다. "실컷들 보세요."

어니는 세 사람을 그대로 두고 마치 침몰하는 배에서 도망치는 쥐처럼 서둘러 계단을 내려갔다.

데커는, 다시 아래층으로 내려갔을 때 과연 그 남자가 거기 있을지 의심스러웠다.

0 0011

"이건 역겹다는 말로는 부족한데요." 재미슨이 고찰했다. "방 청소를 하기는 하는 걸까요?"

넝마가 된 카펫은 얼룩으로 가득했다. 작은 침대는 정돈되지 않았고, 공기는 숨 막히게 탁하고 악취를 풍겼다. 벽의 페인트는 떨어지고 벗겨지고 있었다. 얼마 안 되는 가구는 전부 수십 년은 된 것 같았고 수리 상태가 심각했다. 천장에는 외알전구가 흡사 선체에 달라붙은 따개비처럼 매달려 있었다.

재미슨의 시선이 바닥에 떨어져 있는 뜯긴 콘돔 포장지에 가서 멎었다.

"좋아요, 난 여기서 나가는 즉시 파상풍 예방 주사를 맞아야겠어요."

데커는 방 안을 돌아다니며 모든 걸 뇌리에 새겼다. 데커의 관찰은 정신적 슬라이드들로 정리되어 대체로 오류가 없는 기억의 클라우드에 업로드됐다. "우린 적어도 이곳의 모든 지문을 확인하고 무관한 것들을 배제할 필요가 있어요."

켈리가 말했다. "음, 어니가 말해준 바로는, 그날 밤 크레이머와 젊은 남자가 섹스를 한 것 같네요."

"네, 그래요." 재미슨이 말했다. "그리고 어쩌면 그 남자가 그렇게 행복해한 건 크레이머가 돈을 안 받아서였을지도 모르죠."

"그리고 어니는 크레이머도 행복해했다고 말했어요. 이유가 궁금하네요."

데커가 말했다. "우린 크레이머의 행보를 되밟아야 해요. 매일의 매 순간을. 크레이머가 여행을 갈 계획이었다고, 아까 심스가 말했죠." 데커가 켈리를 보며 말했다. "9월 초니까, 학기가 막 시작했을 텐데요. 브라더스의 학사 일정이 다르지 않다면요."

"네, 대체로 그 부분에서는 전통적인 일정을 따르고 있어요."

"크레이머가 유일한 교사인가요?"

"브라더스 콜로니 소속인 여자를 빼면요. 크레이머는 의무 교육 과정하에서 주 교육 당국이 요구하는 과목들을 가르쳤어요. 영어, 사회, 수학 같은 것들요."

"그러면 크레이머가 자리를 비운 동안은 어떻게 할 예정이었대요?" 재미슨이 물었다.

"아마도 그냥 다른 교사들에게 배우게 했겠죠. 어차피 브라더스는 열다섯 살 때까지만 학교에 다니니까, 일주일 정도는 어느 쪽이든 크게 문제는 아니었을 거예요."

데커가 말했다. "그럼 이제 가서 브라더스와 이야기를 나눠보죠."

"먼저 약속을 잡아야 할 겁니다."

데커가 얼굴을 찌푸렸다. "왜요, 그 사람들이 바쁜가요?"

"그냥 일반적인 예의죠."

"좋아요. 그럼 전화해서 우리가 지금 간다고 해요."

"데커, 그 사람들은 우리가 그렇게 끼어드는 걸 좋아하지 않을 수도 있어요."

데커가 켈리를 내려다보며 말했다. "그리고 아이린 크레이머도 도살당하는 걸 '좋아하지는' 않았겠죠. 그러니 난 아이린의 살인범을 가능한 한 빨리 잡는 걸 가장 우선시할 겁니다. 우리의 **방문** 때문에 누군가의 심기가 불편해지느냐 아니냐보다는요." 말을 잇는 데커의 시선은 더한층 차가워졌다. "이건 살인사건 수사입니다, 켈리. 그것보다 우선시해야 할 건 존재하지 않아요. 적어도 내 교본에는요. 당신 생각이 다르다면, 우리의 협력이 어려워질 수도 있습니다."

켈리가 재빨리 재미슨을 본 후 다시 데커를 보았다. "전 아무 불만 없습니다."

"그렇다니 다행이군요. 갑시다."

* * *

"도대체 저게 뭔 놈의 물건이죠?" 재미슨이 물었다.

일행은 렌트한 SUV를 타고 동쪽으로 향하고 있었다. 온통 평평한 평원에서 살짝 솟은 지대를 지나자 피라미드 꼭대기를 잘라 그 단면에 거대한 골프공을 얹어놓은 듯한 모양의 건물이 보였다. 높이가 45미터쯤 돼 보이는 그것은 석재로 만들어진 듯했다. 그 뒤의 모든 다른 건물들은 상대적으로 난쟁이처럼 작아 보였다. 모든 것이 이중의 담장으로 둘러쳐 있었고, 담장 윗부분에는 레이저 와

이어가 박혀 있었다.

"더글러스 S. 조지 방어 복합체입니다. '런던 공군 기지'라는 이름으로도 부르죠." 재미슨 옆 조수석에 타고 있던 켈리가 말했다.

재미슨이 물었다. "공군 기지요? 비행기나 활주로는 전혀 안 보이는데요."

"공군 항공기지가 아니니까요. 공군 **기지**예요. 비록 항공기용 활주로와 헬리콥터 패드가 있긴 하지만요. 그리고 저 둥근 부분에는 그 무시무시한 레이더 장비도 수용돼 있죠. 우주를 볼 수 있어요. 누군가가 북미에 핵폭탄을 터뜨릴 경우를 대비한, 조기 경보 시스템의 일환이죠."

"이런 외딴곳에요?" 재미슨이 물었다.

"노스다코타의 어떤 정치인이 로비를 열심히 한 게 아닐까요? 하지만 꽤 흉물이죠. 그러니 누가 저런 걸 자기네 뒷마당에 두고 싶겠어요? 어쨌든 저건 1950년대부터 줄곧 계속 여기 있었어요. 제가 태어나기 한참 전부터요." 켈리는 앞쪽 차도를 가리켰다. "저기서 우회전이요, 알렉스."

우회전하자 공군 기지가 바로 옆으로 다가왔다.

"이제 얼마 안 남았어요." 켈리가 말했다. "그냥 쭉 앞으로 가서 좌회전하면 바로 도착이에요."

데커가 어리둥절한 표정을 지었다. "하지만 여긴 아직 공군 부지인 것 같은데요."

켈리가 씩 웃으며 대답했다. "10년쯤 전에 부지 대부분이 경매로 넘어가서 브라더스가 매입했어요. 그 후 최근 들어 석유 시추업자들이 그 일부를 브라더스한테서 다시 임차했고요."

"브라더스가 공군 시설이 있는 땅을 연방 정부에게서 매입했다고요?" 재미슨이 놀란 표정으로 물었다.

"엉클 샘(미국Untied States을 의인화한 캐릭터—옮긴이)이 비용 절감을 하려고 했나 보죠. 아니면 그 넓은 공간이 전부 다는 필요 없었거나요. 그리고 당연하지만 공군 기지를 산 건 아니에요. 그냥 남는 면적만 산 거죠. 그리고 브라더스는 그 땅이 **정말이지** 필요했어요. 콜로니 몇 곳이 더 생겨서 농장을 비롯한 시설들을 설치할 공간이 필요했죠."

"그냥 확실히 해두고 싶어서 묻는 건데요. 그러니까 이쪽으로 날아오는 핵폭탄을 탐지하는 정부의 공중 전자 감시 장치 바로 옆에서 종교 집단이 땅을 갈아엎고 있다는 건가요?"

"〈새터데이 나이트 라이브〉의 좋은 소재가 될 만하죠." 켈리가 말했다.

다음 갈림길에서 좌회전해 새로 포장한 도로를 타고 400미터쯤 달린 끝에 차는 브라더스의 단지에 도달했다.

켈리가 미리 전화를 넣어두어서, 두 남자가 커다란 철제 농장 문 옆에서 대기하고 있었다. 이 열기와 습기에도 아랑곳없이 두 남자 다 묵직한 검은 옷을 차려입고 은회색 띠를 두른 낡아빠진 검은 페도라를 썼다. 둘 다 덥수룩한 턱수염이 턱을 온통 뒤덮고 있었다. 50대 정도로 보이는 한 남자는 구식 코안경을 쓰고 있었다. 또 다른 남자는 그보다 열 살쯤 젊어 보였는데, 뿔테 안경 뒤의 호기심 어린 눈이 일행을 바라보았다. 그들 뒤편으로 30미터쯤 떨어진 곳에 40대 후반으로 보이는 키 큰 여자가 서 있었는데, 은발이 드문드문 섞인 갈색 머리에 다채로운 줄무늬가 들어간 긴 드레스를 입고 흰색 물방울무늬가 찍힌 스카프를 두르고 있었다. 여자 역시 일행을 자세히 살펴보고 있었다.

저 멀리, 잘 관리된 잔디밭이나 으깨진 자갈밭이 정면에 깔린 납작한 모양의 브리즈 블록 건물이 데커의 눈에 들어왔다. 커다란 골강판 건물들, 곡식을 저장하는 사일로들, 담장이 쳐진 논밭, 그리고 가지런히 정리된 무거운 농기구들이 다른 기계들과 나란히 있었는데, 데커가 보기에는 건축이나 제조 공정에 사용되는 것들 같았다. 모든 것이 사려 깊고 신중하게 배치돼 있다고, 데커는 판단했다.

"이미 말씀드렸듯이, 이곳의 삶은 전부 공동입니다." 차가 멈출 때 켈리가 말했다. "개인 재산은 전혀 없어요, 정말요, 옷가지와 집 안에 있는 것 말고는요."

"저 커다란 건물들은 뭐죠?" 재미슨이 물었다.

"달걀이랑 채소 같은 것들을 여기서 직접 키워 팔아요. 또한 가구랑 제조를 위한 부품도 만들어서, 금속을 가공해 석유 시추업계에 판매하죠. 그것들을 전부 배송하기 위한 독자적인 트럭 함대가 있어요. 한마디로 말하자면 꽤 대규모의 사업이죠. 자립도가 무척 높아요. 모국어는 독일어지만 영어도 유창하게 구사하죠."

"우리가 여기 온 이유는 말하지 않은 건가요?" 재미슨이 물었다.

켈리의 표정이 어두워졌다. "네, 전화로는 좀 그렇죠. 충격일 테니까요."

"전화가 있다니 놀랍네요." 재미슨이 말했다.

"음, 여기서는 텔레비전이나 인터넷은 엄밀히 말하면 금지예요. 하지만 더 젊은 세대는 페이스북과 인스타그램을 쓰고 이메일을 사용해서 친구들과 소통하기도 하죠. 비록 철저히 검사받긴 하지만요. 그리고 휴대전화 역시 사업과 개인 임무에 필요하다 보니 쓰고 있죠. 중앙 유선 전화는 하나뿐이에요. 외부 세계에 잠식될까 봐 걱정이 많습니다."

"그리고 어쩌면 일부 젊은 세대를 빼앗길까 봐요?" 재미슨이 물었다.

"외부 세계는 유혹적일 수 있죠. 바람직하지 못한 이유로요." 켈리가 수긍했다.

일행은 차에서 내려 남자들에게 다가갔다. 남자들은 앞으로 다가와 손을 내밀어 악수를 청했다. 통성명이 이어졌다.

두 남자 중 나이 든 쪽은 이 콜로니의 목회자인 피터 건서였고, 옆에 있는 남자는 비서인 밀턴 에임스였다. 에임스는 앞으로 나오지 않고 계속 뒤에 서 있는 여자가 자신의 아내인 수전이라고 알려주었다. 콜로니의 담당 재단사라고, 건서가 옆에서 덧붙였다.

"그게 무슨 뜻인지 여쭤봐도 될까요?" 재미슨이 호기심을 드러냈다.

"옷이나, 최소 옷감을 전부 고르고, 옷을 만드는 책임을 맡고 있죠." 에임스가 대답했다.

재미슨은 몸을 돌려 여자에게 손을 흔들었지만 여자는 그저 빤히 쳐다볼 뿐이었다.

건서가 데커에게 경계하는 시선을 보냈다. "그래서, FBI시라고요? 조는 왜 우리를 만나고 싶어 하시는지 말해주지 않던데요."

켈리가 말했다. "안으로 들어가도 될까요? 여기 온 이유를 말씀드리겠습니다. 하지만 유쾌한 이유는 아닙니다."

건서와 에임스는 경악에 찬 시선을 교환했다. 건서는 몸을 돌려 한 건물을 향해 앞장섰다.

그곳은 놀랍도록 깨끗한 공동 식당으로, 피크닉풍 식탁 두 개가 양편 벽에 붙어 있었고, 비슷한 탁자 하나가 중앙에도 있었다. 전

자제품들은 업소용이었다. 수전 에임스와 비슷한 옷을 입은 여자가 비품들의 포장을 뜯어 머리 위 찬장에 말끔히 정리해 넣고 있었다.

"실례 좀 할게요, 마사." 건서가 말했다. "중요한 일로 이분들과 할 이야기가 좀 있어서."

마사는 수상쩍은 눈길로 데커와 재미슨을 보고 서둘러 옆방으로 갔다.

일행은 방 한복판에 있는 테이블에 앉았다. 건서가 초조하게 양손을 맞잡았다.

"자 그럼, 이곳에는 무슨 일로 오신 거죠?" 건서가 켈리에게 물었다.

"아이린 크레이머 때문입니다."

건서는 놀란 시선을 켈리에게서 떼지 않았다. "아이린요? 아이린이 왜요?"

데커가 끼어들었다. "저희가 듣기로는 그분이 여행을 간다고 하셨다고요?"

에임스가 말했다. "맞아요. 우리 학교는 이제 막 학기 시작이지만 그렇다고 붙잡을 이유는 없었죠. 그분은 콜로니 소속 교사인 도리스에게 인수인계하고 가셨어요. 겨우 일주일 정도인데요, 뭐. 금방 돌아올 겁니다."

"여행 이야기는 언제 들으셨습니까?" 재미슨이 물었다.

건서가 대답했다. "왜 아이린에 관해 이렇게 캐물으시는 거죠?"

켈리가 데커를 보자 데커는 고개를 끄덕였다. "아이린이 시신으로 발견됐습니다." 켈리가 건서에게 말했다.

"시신요?" 공포에 질린 건서가 외쳤다. "어디서요? 어떻게요?"

"'어디서'는 허허벌판 한복판에서고요. 어떤 사냥꾼이 발견했습니다. '어떻게'는, 살해당했습니다."

"흠, 놀랍진 않네요."

조금 전 마사가 나간 문가에 서 있는 수전 에임스에게 모두의 눈길이 쏠렸다.

"수전?" 에임스가 외쳤다. "놀랍지 않다니, 도대체 무슨 말을 하는 거야?"

"민디 아니고? 어차피 시간문제였어."

0 0012

"좋아요, 허를 찔린 건 인정해야겠네요." 켈리가 말했다. 세 사람은 밖으로 나와 무더운 열기 속에 서 있었고, 켈리는 담배를 피우고 있었다. 데커는 조금 전에 나온 건물을 돌아다보고 있었고, 재미슨은 켈리의 담배 연기를 피해 조금 떨어진 곳에 서 있었다.

건서와 밀턴 에임스는 수전 에임스의 말에 너무나 큰 충격을 받은 나머지 데커와 일행을 급히 건물 밖으로 내보냈다. 자기들끼리 '논의할' 게 있다는 거였다.

"그 여자는 크레이머의 이중생활에 관해 알고 있었어요." 데커가 말했다. "그렇다면 왜 계속 자기네 아이들을 가르치게 놔뒀느냐는 의문이 생기죠. 그리고 또 다른 것도 있습니다."

"뭐죠?" 켈리가 담배꽁초를 자갈길 위에 던지며 물었다.

"수전 에임스가 알았다면, 이곳에서 또 다른 누가 알았을까요?"

"정말 브라더스가 크레이머를 그런 식으로 도살했다고 생각하십니까?"

"이 지역 사람들도 여기 올 수 있죠. 크레이머도 외부인이었는데 여기서 **일했잖아요**. 또 다른 브라더스 외부인이 있나요?"

켈리가 약삭빠른 표정으로 데커를 보았다. "네, 제조 일과 농장 운영에 도급업자들을 고용해서 도움을 받고 있죠."

"그렇군요." 데커가 식당 건물을 바라보며 말했다. "만약 우리를 이 바깥에 더 오래 붙잡아둔다면, 난 열사병에 걸리기 전에 그냥 문을 박차고 들어가버릴 겁니다."

"그러면 썩 좋아하지 않을 텐데요." 켈리가 경고했다.

"평화주의자라면서요. 뭐 어쩌겠어요?"

켈리가 씩 웃고는 손가락질했다. "흠, 방금 소원을 이루셨네요."

데커가 그쪽을 바라보자 피터 건서가 열린 문 앞에서 일행에게 들어오라고 손짓하고 있었다.

안에서는 수전과 밀턴 에임스가 중앙 탁자에 나란히 앉아 있었다. 밀턴은 언짢은 표정이었고 수전은 다소 후회하는 듯한 표정이었다.

밀턴이 말했다. "음, 수전이 아까 한 **언사**를 해명하고 싶답니다."

"알겠습니다." 켈리가 부부의 맞은편에 앉으며 말했다. 데커와 재미슨은 뒤에서 어정대며 서 있었다. 켈리가 수전에게 물었다. "그러면, 아이린에 관해 알고 계셨습니까?"

수전은 고개를 들지 않은 채 대답했다. "네. 그리고…… 제가 아까 한 말은 너무 몰인정했어요. 무슨 생각을 한 건지 모르겠어요. 아마…… 아마 너무 심란해서 그랬나 봐요." 이제 고개를 든 수전의 눈은 눈물로 그렁그렁했다. "하지만 전 아이린을 정말 걱정했어요. 그리고 그 걱정이 불행히도 기우가 아니었던 것 같고요."

"아이린의 이중생활은 어떻게 아셨습니까?" 데커가 물었다.

"지난봄에 우리 맏아들이 펜실베이니아에 있는 제 이모 집에 갔었어요. 그쪽은 여기 소속이 아니지만, 우리는 서로 연락하고 거기 가서 지내다 오기도 해요. 아들은 버스로 갔어요. 전 정류장으로 그 애를 데리러 갔어요. 아이가 늦게, 아마 자정이 지나서 들어왔을 거예요. 트럭에서 기다리고 있는데 그 사람이 웬 남자랑 같이 거리를 걸어가더군요."

"아이린 말씀이시죠?" 켈리가 물었다.

"전 제대로 본 게 맞나 싶어서 세 번이나 다시 봤어요. 정말이지 걸음걸이나 고개를 갸웃하는 모습을 보니 맞다 싶었어요. 학교에서 늘 그러는 걸 봤거든요."

"관찰력이 뛰어나시군요." 데커가 지적했다.

수전이 남편에게 불안한 시선을 보냈지만, 남편은 여전히 탁자를 내려다보고 있었다. "전…… 전 뭘 잘 알아차리는 편이에요. 그리고 여기서 제가 하고 있는 일 때문에 더욱 사소한 것에 주의를 기울이는 버릇이 있고요."

"계속 말씀하시죠." 켈리가 재촉했다.

"음, 그 남자는 확실히 술에 취해서 아이린을 마구 더듬고 있었어요. 전 아이린이 곤란한 상황에 처한 줄 알았죠. 그래서 트럭에서 내려서 아이린을 불렀어요. 절 보더니 공포에 질린 기색이 역력했어요. 그러고는 같이 있던 남자를 떼어내려 하더군요. 하지만 그 남자는 아이린을 민디라고 부르면서, 제가 그래서 그 이름을 안 건데, 어쨌든, 아이린더러, 음, 아이린더러 자기한테 특정한 **행위**를 해주면 100달러를 더 주겠다고 고함을 치지 뭐예요." 그 말을 하는 수전의 얼굴은 시뻘겋게 물들었고, 밀턴과 건서는 병에라도 걸린 듯한 표정이었다. 두 남자의 표정을 본 수전은 서둘러 말을 이었다. "그때 그게 단순히 막가게 된 데이트가 아니라는 걸 깨달았죠. 남자는 마침내 가버렸고, 우리는 제 트럭에 앉아서 같이 이야기를 나눴어요. 아이린은 제가 큰 충격을 받은 걸 알고 그 상황에 관해서 길게 설명했죠."

"천천히 시간을 들여서 기억나는 걸 저희에게 전부 말씀해주세요." 재미슨이 말했다.

"자기 어머니가 암이라고, 보험도 없다고 했어요. 그래서 자기가 버는 돈을 전부 보내고 있다고요. 음, 그러니까 남자들을 상대해서 버는 돈을……."

그 대목에서 건서가 쯧쯧 혀 차는 소리를 냈다.

"……어머니를 도우려고요." 수전이 서둘러 말을 맺었다.

"그래서 오해가 없도록 다시 짚어두자면, 아이린이 자기가 돈을 위해 성매매를 한다고 말했다는 거죠?" 켈리가 물었다.

"그 일이 어떤 식으로 돌아가는지에 관해서 저는 당연히 전혀 모르지만, 그게 요점 아닌가요? 돈을 위해서 그걸 하는 거?"

켈리는 아무 말 없이 데커를 보았다.

"어머니에 관한 이야기를 믿으셨습니까?" 데커가 물었다.

"전 너무 경악해서 뭘 믿어야 할지 어째야 할지 판단이 안 서더라고요. 하지만 아이린이 깜짝 놀랄 정도로 진심으로 보여서, 그래서, 전 그러면 안 된다는 걸 머리로는 알면서도 제가 본 걸 아무한테도 말하지 않겠다고 약속했어요. 제가 말했다면 여기 일에서 바로 잘렸을 거예요."

"당연히 그랬겠지." 건서가 고함쳤다. "그리고 자네는 우리에게 **말했어야** 했어, 수전. 우리 아이들이 그런 사람에게 가르침을 받다니…… 그런 부도덕한 행동을 하는 사람에게 말이야."

수전이 반항적인 눈빛으로 건서를 올려다보았다. "그러면 그 여자 어머니가 죽게 놔두는 게 도덕적인 건가요?"

"분명히 다른 방법이 있었을 거야." 건서가 말했다. "자네는 동의하지 않나, 밀턴?"

밀턴은 깜짝 놀란 표정이었다. 마치 교실 뒤쪽에 숨어 있다가 교사에게 답을 모르는 질문이라도 받은 학생 같았다.

"네, 네, 당연하죠. 다른 길이 있었을 거라고 확신합니다." 밀턴의 얼굴이 밝아졌다. "우리한테 올 수도 있었고요. 우리라면 도와줬을 겁니다."

"바로 그거야." 건서가 말했다.

"어쩌면 다른 사람의 도움을 받기 싫었나 보죠." 수전이 일축하듯 말했다.

"음, 그럼 혼자 힘으로 책임져야지." 건서가 단호하게 말했다.

"그렇게 한 것 같네요." 그 말에 모두의 시선이 데커에게 쏠렸다. "누군가가 아이린의 목숨을 빼앗았습니다. 무척 야만적으로요." 데커는 수전을 자세히 뜯어보며 말했다. "또 달리 무슨 말을 했습니까? 누굴 두려워하고 있지는 않던가요? 어떤 종류의 위협 같은 걸 받았다든가? 스토킹을 당하고 있지는 않았나요?"

"그런 건 전혀 아니었어요." 수전이 잠시 멈칫했다 다시 말을 이었다. "하지만 뭔가가 있긴 했어요. 아이린이 뭐라고 말한 게 있었어요. 보름쯤 전이었을 거예요. 아이린이 여기서 수업 계획을 짜고 있는데 제가 들어왔어요."

"뭐라고 했나요?" 재미슨이 끼어들었다. "가능한 한 자세히 말씀해주세요, 제발."

"동요된 기색이었어요. 전 이유를 물었죠. 신경 쓰이는 쪽지인지 편지를 받았다고 하더군요."

"하지만 위협을 받지 않았다고 하셨잖아요." 켈리가 지적했다.

"음, 그 쪽지가 위협적이었다고 말하지는 않았어요. 그냥 **신경 쓰인다**고 했죠."

"누가 보낸 건지 혹시 들으셨나요?" 데커가 물었다.

"아뇨. 하지만 그 직후 여행 이야기를 하더군요." 수전이 남편을 보았다. "당신도 거기 있었지. 아이린이 학교를 일주일 쉬어도 되겠느냐고 물어볼 때."

"그래, 그래, 맞아. 어머니를 뵈러 갈 거라고 했지."

"어머니는 어디 사시는데요?"

"그건 못 들었어요." 수전이 대답했다. "사실, 전 아이린의 배경에 관해 거의 아는 게 없어요."

"하지만 아이린이 여기서 아이들을 가르쳤다면 분명히 배경 조사를 하셨을 텐데요." 재미슨이 말했다. "아이린은 적절한 자격과 경험 같은 게 필요했을 거예요. 켈리 형사 말로는 아이린이 애머스트를 졸업했다는 걸 여기서 알려주셨다고 하던데요?"

밀턴이 끼어들었다. "아, 네. 면접 볼 때 자격증과 교사 자격증을 가져왔어요."

"그 서류들은 복사본이 있나요?" 데커가 물었다.

밀턴이 말했다. "아뇨, 제가 직접 봤지만 복사는 안 했습니다."

"신원 확인은 했습니까?" 재미슨이 물었다.

밀턴이 고개를 저었다. "아뇨, 우린…… 아뇨, 우린 그러지 않았습니다. 아이린은 범죄 전력이 있을 사람처럼은 안 보였어요. 젊은 여자에 선량하고 명문대 학위까지 갖춘, 어디 내놔도 빠지지 않을 번듯한 사람으로 보였죠." 밀턴은 건서를 응시했다. "과거에 무슨 문제가 있을 거라는 생각은 전혀 못 했습니다. 여기서 일한 1년 동안 아무런 문제도 없었고요."

"그리고 무척 좋은 교사였어요." 수전이 덧붙였다. "활기 넘치고 참여적이고, 교육과정은 흥미롭고 절대, 음, 우리가 여기서 중요하게 여기는 것들을 위반하지 않았어요. 그리고 아이들은 아이린을 사랑했죠. 이 소식을 들으면 크게 충격받을 거예요."

"우린 다른 교사를 찾을 거야." 건서가 확고하게 말했다.

"물론 그러시겠죠." 데커가 말했다. "그리고 그 사람에게는 아무 일도 일어나지 않기를 다 함께 기도합시다."

"이건 우리와는 절대적으로 아무 상관도 없습니다." 건서가 분개해서 내뱉었다. "이 여자는 창녀였어요. 그 여자가 그런 일을 하면서 얼마나 역겹고 위험한 사람들을 마주쳤을지, 난 상상도 잘 안 갑니다. 그 남자 중 누군가가 그 여자의 죽음의 원인일 게 분명합니다."

"저도 당신처럼 확신이 있었으면 좋겠네요." 데커는 그렇게 대꾸한 후 수전을 건너다보았다. "크레이머를 마지막으로 본 게 언제였습니까?"

수전은 잠시 생각에 잠겼다. 머릿속으로 날짜를 세는 듯, 입술이 달싹거렸다. "여드레 전이요."

"여기서, 학교에서요?" 재미슨이 물었다.

수전이 고개를 저었다. "전 시내에 나가 있었어요. 우린 음……
비품을 살 게 있었거든요. 우리가 가는 상점이 있는데, 보통은 여기까지 배달해주는데 직원 둘이 병가를 내는 바람에 제가 시내로 차를 가지고 갔죠."

"그래서 어디서 보셨습니까?" 데커가 물었다.

"어떤 건물을 나오고 있었어요."

"대화를 나눠보셨나요?" 켈리가 물었다.

"어머니를 뵈러 언제 떠날 거냐고 물어봤어요. 실은 이미 떠난 줄 알고 있었지만요. 그랬더니 연기됐다고, 하지만 그다음 날 떠날 거라고 하더군요. 그리고 돌아오는 날짜는 변동이 없을 거라고요."

데커가 물었다. "그 간다는 곳에 혹시 **어떻게** 갈지도 말하던가요?"

"차가 있었어요. 낡은 혼다요. 학교에 출근할 때 몰고 와서 알아요. 하지만 어머니 집에 어떻게 간다는 말은 못 들었어요."

재미슨이 말했다. "어때 보이던가요? 불안해 보였다거나? 즐거워 보였다거나?"

수전은 잠시 생각에 잠겼다 입을 열었다. "체념한 느낌이었어요. 맞아요. 제가 보기엔…… 체념한 기색이었어요."

데커가 말했다. "마치 자신의 운명이 이미 결정된 것처럼, 그런 말씀입니까?"

"당시에는 그렇게 생각하지 않았지만…… 왜냐하면 살해당할 줄 저는 몰랐으니까요. 하지만 이제 알고 보니 그런 것 같아요."

켈리가 말했다. "그렇다면 어쩌면 자신의 죽음이 닥쳐오는 걸 예감한 걸까요?"

데커가 켈리를 응시했다. "흠, 그렇다면 그 예감이 맞은 거겠죠."

0 0013

"혹시 스탠 베이커라는 남자를 아십니까?" 돌아오는 길, 차 안에서 데커가 켈리에게 물었다.

켈리가 되물었다. "스탠 베이커요? 딱히 생각나는 사람은 없는데, 제가 **알아야** 하는 사람인가요?"

"석유 시추 회사에서 일합니다. 어, 제 매형이죠."

"매형요? 그러면 여기 있다는 걸 알고 오신 건가요?"

"아뇨, 만나서 깜짝 놀랐어요. 덩치가 거의 저만 한 사람이죠. 머리카락은 붉은 기가 돌고, 턱수염도 똑같은 색이고요. 외모는 억세게 생겼고. 혹시 이젠 좀 떠오르는 거 없습니까?"

켈리가 씩 웃었다. "젠장, 당신이 방금 말한 사람은 여기 있는 전체 남자들의 절반에 해당돼요."

"네, 그런 것 같네요." 데커가 건성으로 대꾸했다.

재미슨이 말했다. "크레이머의 아파트에는 아무런 쪽지나 편지도 없었어요. 가지고 갔거나 아니면 없애버렸을 수도 있겠죠."

"적어도 그건 크레이머에게 뭔가 걱정거리가 있었다는 사실을 보여주는 거겠죠." 데커가 말했다. "그리고 수전 에임스가 말한, 체념한 분위기도 설명해줄지 모르고요."

"캐럴라인 도슨에 관해 뭔가 말해줄 수 있는 게 있나요?" 재미슨이 데커를 흘끗 보고는 갑자기 물었다.

"캐럴라인요?" 켈리가 되물었다. "왜요? 만나보셨습니까?"

"아주 잠깐 동안요. 보아하니 데커의 매형과 만나고 있는 것 같더라고요."

켈리가 묘한 표정으로 재미슨을 보았다. "정말요? 그렇군요. 흠, 캐럴라인은 휴 도슨의 외동딸이에요. 어, 유일하게 살아 있는 자식이죠."

"그게 무슨 말이죠?" 재미슨이 물었다.

"오빠가 있었어요, 휴 주니어라고. 캐럴라인의 오빠였죠."

"그 사람은 어떻게 됐는데요?"

"그 사람은, 어, 자살했어요. 몇 년 전 일이죠."

"맙소사. 혹시 왜 그랬는지 아세요?"

"아버지와 무슨 문제론가 불화가 있었는데, 그게 큰 문제로 번진 것 같아요. 우울증에 걸렸고 그래서…… 그렇게 됐죠."

"좀 더 자세히 설명해주시겠습니까?" 데커가 물었다.

"아뇨, 그건 정말 사양하겠습니다. 전 남 이야기를 하는 건 썩 내키지 않아서요. 어차피 그 사건과 상관있는 일도 아니고요."

"그러면 도슨의 아내는요?"

"몇 년 전에 세상을 떠났습니다. 사고로요."

"캐럴라인은 자기가 아버지의 사업을 거들고 있다고 하던데요." 재미슨이 말했다.

켈리가 고개를 끄덕였다. "휴가 언젠가 자기 사업을 물려주려고 캐럴라인을 훈련시키고 있어요. 그 친구는 정말 영리해요. 다른 주에서 대학을 다녔죠. 그리고 여기 돌아와 '수업'을 받기 시작했고요."

"우리가 만났을 때는 파티걸에 더 가까워 보이던데요." 재미슨이 지적했다.

"열심히 일하고 야심이 커요. 10대 때는 본격적인 꼬마 반항아였죠. 하지만 자기 앞에 황금 달걀이 있다는 걸 모르지 않고, 그걸 깨뜨릴 생각은 없는 친구예요. 그리고 다시 말하지만 휴는 이제 겨우 60대고 제가 알기로는 건강해요. 가까운 시일 내에 은퇴할 일은 없을 겁니다."

"듣자 하니 캐럴라인을 잘 아시는 것 같네요." 데커가 말했다.

켈리가 생각에 잠긴 표정을 지었다. "우린 함께 자랐고, 고등학교 때까지 내내 꽤 가까웠어요. 하지만 전 캐럴라인의 속내를 아는 사람이 있다고 생각지 않아요. 겉으로 보기에는 재미있는 친구지만, 대부분은 절대 깊은 속내까지 도달하지 못하죠. 적어도 제가 보기에는 그랬습니다."

"그리고 아버지는요?" 재미슨이 물었다.

"휴 도슨은 덩치 크고 사교적인 남자죠. 그렇게 부자이면서도 그냥 평범한 남자로 보이기를 좋아하고요. 사람을 잘 웃겨주지만 만약 비위를 건드리면 울게 될 겁니다. 잘못 보이고 싶지 않은 남자죠."

"그래서, 이 공군 기지는 도대체 뭡니까?" 데커가 끼어들었다. "거기서 일하는 사람들은 어떤 사람들이죠?"

"전에는 다양한 사람들이 있었어요. 군인과 도급업자들요. 하지만 1년쯤 전에 군대가 모든 사업을 한 도급업자에게 아웃소싱했어요. 거기에는 자체적인 소방서, 볼링장, 그리고 심지어 바도 하나 있죠. 공군 대령 하나가 여전히 그 시설을 지휘하고 있습니다. ……마크 섬터라는 사람이죠."

"거기서 뭔가 문제가 생긴 적이 있습니까?"

"심각한 건 없었어요."

"그 섬터라는 남자를 아십니까?"

"네. 여기 온 지 1년쯤 됐어요. 하지만 왜 이곳에 관해 그렇게 캐물으시는 거죠?"

"여자가 도살당했는데 근처에 민감한 정부 시설이 있다? 적어도 한번 살펴볼 가치는 있죠." 데커가 재미슨을 응시하자 재미슨이 말했다. "어쩌면 FBI가 호출된 이유가 거기에 있을지도 모르고요."

"그리고 크레이머도 1년쯤 전에 여기 왔죠. 이 섬터 대령과 동일하게." 데커가 덧붙였다.

켈리가 천천히 고개를 끄덕였다. "좋아요, 네, 이해가 갑니다. 어쩌면."

"그러면 **어쩌면** 면담과 방문을 할 수 있도록 연락을 부탁드리고 싶은데요." 데커가 말했다.

"제가 그쪽에 전화를 해두죠."

켈리를 내려준 후 데커와 재미슨은 호텔로 갔다. 호텔로 들어서는데 데커의 휴대전화가 울렸다. 데커는 화면을 보며 겁먹은 표정을 지었다.

"누구예요?" 재미슨이 데커의 표정을 알아채고 물었다. "보거트예요?"

"아뇨, 누나예요, 르네 누나요."

데커가 전화를 받을 기미를 보이지 않자 재미슨이 말했다. "뭐예요? 통화하고 싶어 했잖아요. 지금이 기회예요."

데커는 한쪽 구석으로 가서 휴대전화를 귀에 갖다 댔다. "여보세요, 르네."

"스탠이 전화했더라, 에이머스."

"그래, 그럴 것 같았어. 있잖아, 스탠한테 들었어…… 두 사람 일에 관해서."

"우린 이혼할 거야. 불치병에 걸린 게 아니고. 그러니까 그렇게 죽을 것 같은 목소리 내지 마. 세상이 끝난 것도 아니잖아. 어차피 나한테 연락하지도 않은 주제에. 심지어 여기로 날 보러 오지도 않았으면서."

"음, 너무 멀잖아."

"그리고 난 널 보러 매번 그 먼 길을 갔지. 하지만 말다툼이나 하자고 전화한 건 아니야."

"그럼 왜 전화했어?"

"그냥 스탠과 내가 각자의 길을 가기로 했지만 우린 잘하고 있다고 알려주려고 전화한 거야. 애들도 이해해. 애들은 괜찮아."

"왜 나한테 전화해서 말하지 않았어?"

"너한테 메시지 두 통 남겼어. 그리고 어차피 알았어도 네가 뭘 했겠어? 언젠가는 알아챌 거라고 생각했어. 물론 다이앤은 알아. 이미 날 보러 왔었어."

"스탠은 두 사람이 잘해보려고 애썼다고 하던데."

"그리고 넌 아마 우리가 충분히 노력하지 않았다고 생각하겠지. 하지만 우린 노력했어, 에이머스. 그냥 노력으로 해결이 안 됐을 뿐이야. 난 더 젊어지지 않는데 아이 둘은 아직 집에 있고, 하나는

100

대학에 다녀. 그리고 대니는 이제 막 대학을 졸업해서 집으로 들어왔어. 난 끝도 없는 부부 상담을 받을 시간이 없었어. 이미 그게 아무 소용 없다는 게 명확해진 와중에 말이야."

"재정적으로는 괜찮을 것 같아?"

"스탠이 돈을 잘 벌고, 아이들한테 들어가는 돈을 전부 도와주고 있어. 그리고 대학 학비는 마련해놨고. 그리고 난 돈을 잘 주는 좋은 직장이 있고 건강 보험 혜택도 좋아."

"그래서, 어떻게 된 거야? 둘 다 그렇게 행복해 보였는데."

"네가 뭘 알겠니? 장례식 이후로 한 번도 못 봤는데. 그리고 네가 혹시 1년에 한 번 이상 전화를 했다면, 엉뚱한 데다 한 거야. 네가 방금 전화를 받았을 때 난 하마터면 심장마비에 걸릴 뻔했어."

"난…… 내가 최근에 좀 연락이 뜸하긴 했지."

"캐시와 몰리가 죽고 나서 난 너더러 우리랑 같이 살자고 했지. 넌 그걸 거절했고 난 그럼 우리 온 가족이 오하이오주로 가겠다고 제의했어. 너랑 가까이 있을 수 있게."

"내가 그걸 어떻게 수락하겠어, 르네. 그러면 온 가족의 삶이 흔들렸을 텐데."

"난 당장 그렇게 했을 거야. 넌 내 유일한 남동생이잖아, 누가 뭐래도."

"난 견뎌냈어. 이젠 괜찮아."

"네가 그 짓을 한 놈을 찾아낸 거 알아. 비록 넌 나한테 한 번도 그 이야기를 하지 않았지만. 난 신문을 읽고 알았어." 르네가 상처받은 어조로 덧붙였다.

"음, 그래, 정말이지 난 그 이야기는 안 하고 싶어."

"하지만 어떤 종지부가 찍힌 느낌은 받았겠지."

"누나가 생각하는 그 정도로는 아니야."

다소 긴 침묵 끝에 르네가 말했다. "그래서, 스탠은 어떻던?"

"잘 있는 것 같았어. ……내가 봤을 때는, 스탠은……." 데커는 도저히 누나에게 그 이야기를 꺼낼 수 없었다.

"괜찮아, 에이머스. 누구 만나고 있는 거 알아. 괜찮다고. 우린 이혼할 거야."

안도한 데커가 말했다. "그래서, **누나도** 누구 만나고 있어?"

"그래, 그것도 네 명이나. 우리 애들 말이야. 엄마라는 건 일종의 풀타임 직업이거든. 하지만 나 자신을 다시 알아갈 시간이 좀 생기면, 그리고 실제로 필요한 일들을 처리하고 나면, 동반자를 찾아볼까 하는 생각도 없지 않아. 내가 정말 다시 그 시장에 뛰어들지는 잘 모르겠지만. 넌 어때?"

"난 어떠냐니, 뭐가?"

"누구 만나고 있냐고."

"나도 계속 바빠서. 있잖아, 그만 끊어야겠다. 일이 생겨서."

"너랑 **얘기해서** 좋았다, 동생아." 르네가 냉소적으로 쏘아붙였다.

데커는 전화를 끊고 재미슨에게 갔다.

"어떻게 됐어요?" 재미슨이 초조한 표정으로 물었다.

데커는 뭔가 말하려다 입을 다물고 그대로 뒤돌아 자리를 떴다.

데커의 등 뒤를 바라보던 재미슨이 나지막하게 말했다. "엄청 좋았나 봐요?"

데커와 재미슨은 호텔에서 이른 저녁 식사를 하기로 했다.

"바깥 날씨를 확인했어요. 기온은 27도에 습도는 1,000퍼센트예요. 겨울이 착실히 다가오고 있나 봐요." 재미슨이 웃음을 지으려 애쓰며 말했다.

데커가 메뉴판을 내려놓으며 말했다. "마크 트웨인이 그렇게 말했던가요? 모두가 날씨를 가지고 투덜대지만, 그걸 어떻게든 해보려는 사람은 아무도 없다."

웨이트리스가 주문을 받고 간 후 재미슨이 말했다. "그래서, 누나랑 통화가 어땠는지 왜 말 안 해줘요?" 그리고 익살맞은 표정을 지어 보이며 덧붙였다. **"기억할지 모르겠는데,** 당신은 아까 말 한마디도 않고 자리를 떴어요."

데커가 한숨을 푹 내쉬었다. "재정적으로 아무 문제 없대요. 중요한 건 아이들이고, 아이들이 잘 받아들이고 있다고요. 좀 더 자리가 잡히면 자기를 챙기는 데 집중할 거래요."

"흠, 현명한 생각이네요. 그리고 스탠은요?"

"서로 우호적이고 응원해줬대요."

"모든 이혼이 그렇게 순조롭지는 않을 것 같은데요. 그러니 두 사람에게는 잘된 거죠."

데커가 말했다. "재혼 생각해본 적 있어요?"

"믿을지 모르겠지만, 난 딱 이 남자다 싶은 남자를 만난 적이 없어요, 전남편도 포함해서요."

"당신한테 구혼하는 남자들이 분명히 있을 텐데요."

"도대체 언제 적 표현을 쓰는 거예요. 네, 날 **쫓아다니는** 남자들이 있었어요. 그 남자들이 날 왜 쫓아다니냐면, 음, 결혼이 목적은 아닌 것 같아요."

데커가 한 손을 들어 올렸다. "알았어요, 물어봐서 미안해요."

"난 솔직히 내 생각을 말해요. 그리고 독립적이죠. 그리고 그게 어떤 남자들을 팍 식게 만들고요." 재미슨이 잠시 침묵에 잠겼다. "비록 당신의 보좌역을 하는 데는 아무런 문제가 없어 보이지만요."

데커가 그 말에 놀란 표정을 지었다. "나라면 그런 식으로 말하지 않겠는데요. 난 사람들 비위를 긁을 때가 많아요. 때로는 그게 효과가 있지만, 그렇지 않을 때도 있고요. 당신은 균형을 다시 잡는 걸 아주 잘하잖아요."

"그래서, 우리가 좋은 팀이라 이거죠?"

데커는 그 질문에 놀란 표정이었다. "네. 나 혼자만의 생각인가요?"

재미슨이 데커의 손을 토닥이며 말했다. "걱정 말아요. 난 새 파트너를 찾을 마음 없으니까. 그냥 당신을 길들이는 중이에요."

"혹시 이 파티에 저도 낄 수 있나요, 아니면 완전히 사적인 자리인가요?"

두 사람이 고개를 드니 캐럴라인 도슨이 테이블 옆에 서 있었다. 저번에 봤을 때에 비하면 훨씬 보수적인 차림새였다. 버튼을 목까지 채운 얌전한 흰색 블라우스와 검은 정장 바지에 낮은 펌프스를 신고 머리카락은 뒤에서 하나로 모아 묶었다. 화장은 최소한도로 했지만 생기발랄한 느낌은 처음 만났을 때 그대로였다.

재미슨이 의자를 가리키며 말했다. "앉으세요. 우린 간단히 뭐 좀 먹으려는 참이었어요."

도슨이 자리에 앉으며 말했다. "스탠한테서 당신에 관해 들었어요, 데커. 진짜 굉장한 수사관이라던데요. FBI에서 제일 뛰어나다고요."

"그랬나요?" 데커가 썩 유쾌하지 않은 기색으로 물었다.

"그런 분한테 클럽이나 가자고 했으니. 정말 죄송해요."

"그거야 우리가 왜 여기 왔는지 모르셨으니, 그럴 수도 있죠." 재미슨이 끼어들었다.

캐럴라인이 재미슨을 보고 말했다. "스탠은 당신에 관해서는 잘 모르던데요. 하지만 당신도 FBI 요원이라면 역시 분명 뛰어난 분이겠죠. 그리고 FBI에 남자들만이 아니라 여자들도 일하고 있다는 게 전 너무 좋네요."

"그 점에서는 저도 같은 생각이에요." 재미슨이 대꾸했다.

"음, 노스다코타의 조그만 타운인 런던에 이렇게 화력이 집중되다니 반가운 일이네요. 사건은 분명히 신속히 해결되겠죠. 스탠한테 듣기로는 살인이라고요?"

"맞습니다."

"아이린 크레이머요?"

"그건 어떻게 아셨죠?"

"할 파커한테서요. 때때로 저희 아버지를 위해 사냥 일을 하거든
요. 아버지의 가축을 해치는 늑대를 쫓고 있다가 그 시신을 발견했
죠."

"이 더위에 정말 바깥에서 가축을 키우시는 건가요?" 재미슨이
물었다.

"동물들은 여름보다 오히려 겨울에 더 힘들어요. 그리고 바깥 기
온이 10도 이하로 떨어지면 건조한 잠자리를 만들어주는데, 그게
아주 중요하죠. 털은 추위에 적응할 수 있지만, 실내에 가둬놓으면
통풍에 주의해야 하거든요. 질소나 습기나 악취가 어느 정도를 넘
거나 하는 그런 요인들 때문에 호흡기 감염이 일어날 수 있죠. 더
위에는 물과 그늘이 있고 먹이가 충분한지를 확인하는 게 중요해
요. 아버지는 이 일을 오랫동안 해오셔서, 완벽한 균형을 몸으로
아시죠."

"게다가 따님까지 잘 가르치신 것 같네요." 재미슨이 말했다.

도슨의 얼굴이 밝아졌다. "아버지는 저를 잘 가르치셨어요. 어쩌
면 지나치게 잘 가르치셨죠. 제가 이렇게 잘 알지도 못하는 두 분
과 음식점에 마주 앉아 소 우리니 질소 농도니 하는 이야기를 떠
들고 있으니 말이에요."

재미슨이 말했다. "제가 동물을 가까이서 접해본 유일한 경험은
체험 동물원에서였죠."

"할 파커에게서 시신을 찾아낸 상황에 관해 뭔가 다른 이야기를
들으신 건 없습니까?" 데커가 물었다.

"자기가 토했다고요. 그런 끔찍한 광경은 평생 처음 봤다던데요.

할은 중동에 파병을 갔었는데도요."

"하지만 그 사람은 그게 아이린 크레이머였는지 몰랐을 텐데요. 크레이머는 여기로 옮겨진 **이후에야** 신원이 밝혀졌거든요."

도슨은 뒤로 기대앉아 데커에게 이제 처음 본 듯한 진지한 눈빛을 보냈다.

"전 리즈 서던하고 무척 친한 친구라서요. 리즈한테 들었어요. 하지만 리즈가 곤란해지지 않았으면 좋겠네요. 전 그냥, 할한테 여자 시신을 발견했다는 이야기를 듣고 나니 궁금해서 물어본 거예요."

"괜찮습니다." 재미슨이 말했다. "여긴 작은 마을이고 소식은 금방 퍼지게 돼 있으니까요."

"누구, 용의자가 있나요?"

"알려드릴 만한 사람은 없습니다." 데커가 재빨리 끼어들었다. "크레이머 씨와는 아는 사이였습니까?"

"아뇨. 하지만 브라더스 콜로니에서 교사로 일한 건 알아요."

"거기 사람들을 아십니까?"

"그렇게 잘 안다고 하기는 힘들 것 같은데요." 캐럴라인이 데커를 응시하며 말했다. "그건 그렇고, 스탠한테서 처남이시라는 얘기도 들었어요."

"머지않아 '전 처남'이 되겠죠. 분명히 그것도 들으셨겠지만요."

"스탠이 행복한 결혼생활을 하고 있었다면 전 스탠을 만나지 않았을 거예요." 캐럴라인이 단호하게 말했다.

"그렇다니 다행이네요." 데커가 대구했다. "터놓고 말씀드리죠. 오케이 코럴 살롱에 가서 두 분이 춤추는 걸 봤는데, 솔직히 스탠이 그렇게 불편해하는 건 처음 봤습니다."

도슨이 씩 웃으며 대꾸했다. "그 사람은 그런 상황에서는 정말 몸둘 바를 몰라 해요. 하지만 그게 또 귀여운 거죠." 그리고 데커를 올려다보며 말했다. "하지만 전 그 사람한테 삶에 더 많은 게 있다는 걸 보여주는 걸 좋아해요. 정말로."

"뭔지 알겠어요." 재미슨이 이해한다는 투로 말했다. "때때로 남자들은 그런 면에서 도움이 좀 필요하죠."

"스탠은 좋은 사람이고 뭔가 매력이 있어요. 모르겠어요. 순진함이랄까, 그게 정말 매력적이에요. 게다가 꽤 신사적이고요. 거기다 조국을 위해 싸웠죠. 제 말은, 확실히 같이 있으면 안전한 기분이 들어요."

"스탠한테 군인 시절 이야기를 들어보셨나요?" 데커가 물었다.

"한 번도 못 들어봤어요. 제가 물어봤는데도요."

데커가 말했다. "스탠은 특수부대원이었습니다. 중동에서 싸웠고, 훈장을 잔뜩 땄죠. 심지어 부상도 입었고요. 하지만 전쟁에서 가장 크게 활약한 사람들은 절대 자기 입으로 그걸 말하지 않죠. 그게 스탠이 말하지 않는 이유입니다. 정직한 남자죠."

"와, 감탄했어요."

"하지만 스탠이 당신에게 어울리는 상대일지는 잘 모르겠네요." 데커가 말했다.

"우린 결혼을 생각하는 게 아니에요. 그냥 즐기는 거죠." 재미슨의 어깨 너머를 바라본 도슨의 얼굴에서 웃음이 사라졌다. 160센티미터 될까 말까 한 작달막한 60대 초반의 남자가 식당으로 들어왔다. 남자는 더위에도 불구하고 값비싼 울 스리피스 정장에 파란 페이즐리 무늬 타이를 매고 짝을 맞춘 포켓 손수건까지 갖추고 있었다. 데커는 남자의 눈을 보며 그보다 더 강렬한 눈동자는 본 적이 없다고 생각했다. 그 옆에는 훤칠한 키와 탄탄한 체격의 미남자가 있었다. 나이는 캐럴라인 도슨 또래였다.

"제가 한번 맞혀볼게요." 재미슨이 말했다. "스튜어트 매클렐런인가요?"

도슨이 말했다. "네, 옆에 있는 사람은 아들 셰인이고요. 여기는 도대체 무슨 일로 온 건지 모르겠네요."

"이런 곳에 자주 안 오나 봅니다?" 데커가 두 남자를 뜯어보며 물었다.

"우리 아버지가 소유한 곳은 어디든 자주 안 오죠. 적어도 스튜어트는요."

"음, 제가 듣기로, 그러면 갈 수 있는 곳이 얼마 남지 않을 텐데요." 데커가 말했다.

"아버지가 그 점을 무척 좋아하시죠."

도슨을 본 스튜어트 매클렐런이 아들을 뒤에 달고 다가왔다.

"안녕, 캐럴라인." 매클렐런이 놀랍도록 낮은 바리톤 음성으로 말했다. 너무 낮아서, 데커는 일부러 꾸민 목소리가 아닌지 의심했을 정도였다.

도슨은 간신히 "스튜어트" 하고 대꾸하고는 이내 매클렐런의 아들에게로 고개를 돌렸다. "안녕, 셰인."

셰인은 씩 웃더니 식탁으로 더 가까이 다가왔다. "안녕, 캐럴라인. 잘 있었어?"

아버지가 아들을 팔꿈치로 거칠게 밀쳤다. "그리고 이 두 분은 FBI 요원이신가?"

"네." 재미슨이 데커를 한 번 본 후에 대답했다.

"힘든 일을 하시는군요. 난 스튜어트 **매클렐런**이라고 합니다. 그건 그렇고. 두 분은 아마도 여기 오실 때 내 유정을 지나오셨겠지요."

"맞습니다." 재미슨이 대꾸했다. "그리고 당신의 노동자들이 사는 동네 일부도 본 것 같고요."

"난 그중 일부의 시공을 셰인에게 맡겨 감독하게 했습니다, 그리고 셰인은 그때 한 번만큼은…… 그러니까, 꽤 잘해냈죠."

"고마워요, 아버지." 셰인은 아버지의 '칭찬' 밑에 숨은 의미를 알아차린 티를 전혀 내지 않았다. 눈길이 오로지 캐럴라인에게만 쏠린 듯했다. 하지만 캐럴라인은 눈을 맞추지 않았다.

데커가 말했다. "혹시 두 분 중 아이린 크레이머를 아시는 분이 있습니까?"

스튜어트가 고개를 저었다. "셰인?"

셰인은 마침내 캐럴라인에게서 간신히 시선을 거두고 대답했다. "아뇨. 전 처음 듣는 이름인데요."

"FBI가 여기엔 무슨 일입니까?" 스튜어트가 물었다. "그러니까, 당신네 사람들은 지역 살인사건을 조사하는 것보다 더 나은 업무가 있지 않나요? 우리 일은 우리 경찰이 처리하게 두고요. 테러리스트나 뭐 그런 걸 쫓아야 하지 않습니까?"

"우린 많은 업무를 담당하죠." 데커가 말했다. "그리고 가라고 하는 곳에 갑니다. 그러니, 크레이머에 관해 뭔가 달리 말씀해주실 만한 건 없습니까?"

캐럴라인 도슨이 말했다. "크레이머는 아파트에 살았어요. 그다지 좋은 집은 아니었지만, 값이 괜찮았죠."

"하지만 그건 당신 아버지가 소유하지 않은 얼마 안 되는 집이기도 했죠. 적어도 우리가 듣기로는요." 재미슨이 지적했다. "그런

데 크레이머가 거기 살았다는 건 어떻게 알았죠?"

"마침 오늘 아침 그 건물에 매각 의사를 타진하러 갔었어요. 크레이머가 거기 살았다는 건 관리인인 아이다 심스한테 들어서 알았고요."

"그 건물을 사려는 모양이군?" 스튜어트가 말했다. "그건 왜지? 자네 아버지는 지난 2년간 미친 듯이 건물을 지어댔는데."

"음, 아버지가 아무리 건설에 박차를 가해도 **어르신네** 시추 회사에서 일하려고 이곳에 들어오는 사람들을 전부 바로바로 수용하는 건 무리라서요." 도슨이 비꼬았다. "그래서 그 건물을 사서 재개축한 후 임대를 줄 생각이에요. 품이 많이 들겠죠."

"그리고 모든 게 끝나면 짭짤한 프리미엄을 얹어 받겠지." 스튜어트가 말했다.

"그게 핵심이죠." 도슨이 대꾸했다. "하지만 재개축하는 데 드는 돈도 적지는 않아요. 그리고 일꾼들을 찾기도 정말 힘들고요. 다들 석유 시추 일을 하고 싶어 하거든요. 돈을 많이 주니까."

"그건 내가 알 바 아니지." 스튜어트가 대꾸했다.

"우린 어르신네 일꾼들을 위해 대규모 주거 지역을 엄청나게 서둘러 건설했거든요."

스튜어트는 너털웃음을 터뜨리고는 주머니에서 가늘고 짧은 담배를 꺼내어 불을 붙이지 않은 채로 입에 물었다. "자네 노친네는 늘 그렇듯이 싸구려 자재를 썼어. 내 일꾼들한테서 불만을 하루 이틀 들은 게 아니야. 그게 내가 직접 건축을 시작하는 이유고."

도슨이 차가운 눈으로 스튜어트를 보았다. "일꾼들이 불만이 있으면 우리한테 가지고 와야죠, 어르신이 아니라. 우린 아예 그런 문제들만 전담하는 부서가 따로 있다고요."

스튜어트가 눈을 희번덕댔다. "아무렴, 아무렴, 그게 자네들 모두가 가장 중시하는 사안이겠지."

그 말에 마침내 인내심이 한계에 달한 도슨이 데커와 재미슨을 보고 말했다. "음, 찾는 사람을 꼭 찾으시길 빌어요. 전 이만 실례할게요."

도슨이 떠나려고 몸을 돌리자 셰인이 불렀다. "잘 가, 캐럴라인. 볼 수 있으면 또 보자."

캐럴라인은 뒤돌아보지도 않고 손만 흔들었다.

데커는 스튜어트 매클렐런이 캐럴라인의 뒷모습을 사라질 때까지 뚫어지게 쳐다보는 것을 놓치지 않았다.

캐럴라인이 가버린 후, 스튜어트가 말했다. "저 계집애는 문제가 좀 있어. 분노 조절 장애."

"제가 보기엔 완벽하게 이성적으로 보이던데요." 재미슨이 반박했다.

셰인이 말했다. "캐럴라인은 열심히 일해요, 아버지. 그것만큼은 인정하셔야 해요."

"그거야 인정하지. 그리고 너도 그렇게 열심히 일했으면 싶고."

"음, 일은 인생의 전부가 아니니까요." 셰인은 뒤돌아 캐럴라인이 간 방향을 응시했다.

그 시선 끝을 좇던 스튜어트가 아들의 넓은 가슴 앞에 손가락을 하나 세우고 말했다. "넌 네 가족을 위해 일해. 나를 위해 일해야지. 네가 충성해야 할 대상은 그거다, 아들아. 다른 건 꿈도 꾸지 마라. 그리고 일을 충분히 오랫동안 네 삶의 전부로 삼으면, 일이 끝났을 때 원하는 걸 뭐든 할 수 있는 힘이 네게 있다는 걸 깨닫게 될 게다." 스튜어트가 데커를 향해 물었다. "동의하지 않습니까?"

"전 사람마다 다를 수 있다고 생각하는데요. 한 충고가 모든 사람에게 다 적용될 수는 없죠."

"흠, 모두가 그런 시각이면 우린 아직도 영국의 식민지거나 2차 세계대전에서 패배했을 겁니다. 당신이 한다는 조사에 행운이 따르길 빕니다. 그런 태도라면 아무래도 행운이 아주 많이 필요할 것 같아서 말이죠."

스튜어트는 뒤돌아 성큼성큼 자리를 떴다.

셰인이 눈치를 보며 말했다. "아버지는…… 자기주장이 많이 강하세요."

"그런 것 같네요." 재미슨이 말했다.

"만나서 반가웠습니다." 셰인은 작별 인사를 하고 서둘러 아버지 뒤를 따라갔다.

재미슨이 데커를 보고 말했다. "난 저 친구 아버지랑 5초도 같이 못 있겠어요."

데커가 아무 대꾸도 하지 않자 재미슨은 데커를 보았다. 데커는 깊은 생각에 잠겨 천장을 올려다보고 있었다.

"매클렐런 부자가 여기는 왜 온 걸까요?" 데커가 물었다.

"그게 우리랑 무슨 상관인데요?"

"왜냐하면 상황이 어떻게 전개될지는 아무도 모르니까요, 알렉스. 그게 이유죠."

0 0015

"내가 본 중에 가장 특이한 건물로 한 손에 꼽힐 것 같아요. 그것도 이런 지역에서는요." 데커와 켈리와 함께 더글러스 S. 조지 방어 복합체의 센터피스인, 윗부분이 잘린 피라미드에 다가가면서 재미슨이 말했다. 이제는 그 피라미드를 둘러싸고 있는 다른 훨씬 평범해 보이는 건물들이 눈에 들어왔다.

켈리가 말했다. "어렸을 때 저걸 보면서 그 안에서 벌어지고 있을 온갖 일들을 상상하곤 했죠. 저게 위기에 처한 아가씨가 갇혀 있는 성이고, 우리가 구하러 갈 거라고요. 자전거와 미니를 타고 돌격하곤 했어요."

재미슨이 재미있어하는 표정을 지었다. "실제로 구한 적은 있나요?"

켈리가 소심한 미소를 지으며 대답했다. "꿈에서만요. 현실은, 이곳 근처에도 올 수 없었어요. 어렸을 때 몇 번 가까이 오긴 했죠. 심지어 한번은 엄청나게 큰 총을 든 병사랑 마주치기도 했어요. 그

병사가 허허벌판에서 갑자기 나타난 순간 아마 우리 모두 바지를 적셨을 거예요. 하지만 그 남자는 착했어요. 우리를 괴롭히지 않았죠. 우린 그냥 쓸데없이 싸돌아다니는 멍청한 남자애들이었어요. 병사는 우리에게 겁을 좀 주고 주의를 줘서 돌려보냈죠."

"여기서 전에 무슨 사고가 있었다고 하셨죠?" 데커가 지적했다.

"그냥 바보 같은 일이에요. 술꾼끼리 두어 번쯤 싸움이 붙었죠."

"또 다른 건요?" 데커는 끈질겼다.

"별거 없는데요."

"그렇군요." 데커가 생각에 잠긴 투로 말했다.

일행은 2형 방탄복을 입고 전투용 무기를 든, 무척 심각한 표정의 남자 네 명이 지키고 있는 경비 초소를 지났다. 다들 검은 옷에, 등판에 **보안**이라고 새겨진 조끼를 입고 있었다.

"벡터?" 데커가 한 경비원의 소매 라벨에 적힌 이름을 읽었다.

켈리가 말했다. "벡터는 이곳을 운영하는 도급업자의 이름이에요. 이 분야의 어떤 거물의 자회사죠. 적어도 제가 알기로는요."

일행은 단층 벽돌 건물로 차를 몰았다. 건물은 피라미드에서 걸어갈 수 있는 거리에 있었다.

피라미드 옆에 일렬로 주차돼 있는 구급차들이 데커의 눈에 띄었다.

일행은 제복 입은 경비원을 따라 안으로 들어가 짧은 복도를 지나 널찍한 사무실로 갔다. 경비원이 자리를 뜬 후 켈리는 마크 섬터 대령에게 일행을 소개했다. 대령은 중키에 나이는 50대 정도로, 대머리에 수염을 말끔히 깎았고 사람을 꿰뚫어보는 듯한 파란 눈을 지녔다. 위장복 무늬가 들어간 미 공군 군복 차림이었다.

일행은 대령의 권유에 따라 책상 맞은편에 놓인 등판이 평평한 의자 세 개를 하나씩 차지하고 앉았다. 대령은 켈리에게 "만나서 반갑네, 조" 하고는 이어 데커와 재미슨을 보고 말했다. "그래서, FBI에서 나오셨다고요. 제가 어떻게 도와드릴까요?"

데커가 대꾸했다. "살인사건이 발생했습니다. 아이린 크레이머라는 젊은 여성입니다."

"그래요, 그건 들었습니다."

"브라더스 콜로니의 학교 교사였지요." 켈리가 덧붙였다.

"그랬나?" 섬터의 얼굴에 관심이 드러났다. "그곳의 누군가가 개입됐을 수 있다고 생각하나? 내가 듣기로 그 사람들은 신심이 무척 깊다던데. 사실은 평화주의자라고 하더군."

데커가 어깨를 으쓱했다. "우린 그냥 사실을 수집하는 중입니다. 신문을 하고 시간대를 확정하는 거죠."

재미슨이 끼어들었다. "종교적 단체와 부지를 맞대고 있는 게 흔한 일은 아닐 것 같은데요."

그 말에 섬터가 살짝 발끈했다. "국방부는, 돈이 그렇게 썩어나면서도, 무슨 이유에선지 이 시설을 둘러싼 토지의 대부분을 반드시 팔아치워야겠다고 결심했죠. 자, 브라더스에는 아무런 불만 없어요. 그냥 난 분명히 군 기지에 있는데 저 멀리서 트랙터가 땅을 갈아엎는 광경이 보이는 게 익숙지 않을 뿐이지. 석유 굴착 장치가 땅에서 원유를 퍼 올리는 광경도 그렇고. 난 완충재가 좀 더 있었으면 할 뿐입니다. 특히 우리가 여기서 하는 일을 감안하면 말이죠."

"그리고 그 일이 어떤 일일까요?" 데커가 물었다. "켈리 형사에게서는 대략적인 개요밖에 듣지 못해서요."

섬터의 얼굴에 즉시 좀 더 경계하는 빛이 어렸다. "우리가 하는 일 대부분은 기밀입니다."

"그냥 그럼 기밀이 아닌 부분만요." 데커가 말했다. "여기 퀠리 형사 말로는 공중의 핵폭탄을 감시한다던데요?"

"일부는 그렇죠. 파크스(PARCS)라고 혹시 들어본 적 있습니까?"

"사람들이 가는 공원 말씀하시는 건가요?" 재미슨이 물었다.

섬터가 씩 웃었다. "아뇨, 약자입니다. 군대에서는 모든 게 그렇죠. 시야 획득 레이더 공격 특성체계를 말합니다."

"이름이 기네요."

"그럴 만하죠. 핵무기를 감시하는 것 외에도, 우리는 지구 궤도를 도는 물체들도 추적합니다."

"이유가 뭡니까?" 데커가 물었다.

"뭐랄까, 외부 우주를 위한 항공 교통 통제 같은 거죠. 하루에 약 2만 개의 물체를 분석하고 추적합니다. 거대한 위성에서 작은 우주 먼지까지요. 축구공 크기의 물체를 3,000킬로미터 떨어진 곳에서도 포착할 수 있죠."

"값비싼 쌍안경이네요." 데커의 한마디는 섬터로부터 날카롭고 약간 비우호적인 시선을 이끌어냈다.

재미슨이 좀 더 가벼운 어투로 말했다. "부지에 바는 물론이고 볼링장까지 갖추고 계신다면서요."

섬터가 씩 웃으며 대꾸했다. "그래요. 술과 볼링, 최고의 조합은 아니지만 그래도 긴장을 푸는 데 도움이 되죠."

"벡터가 이곳을 운영한 지는 얼마나 됐습니까?" 데커가 물었다.

"미국 공군이 이곳을 **운영합니다**." 섬터가 단호하게 대꾸했다. "하지만 벡터가 개입한 건 꽤 최근이죠. 기밀이기 때문에 정확한 날짜는 제공할 수 없습니다."

"그렇다면 아이린 크레이머 이야기로 돌아가죠. 여기에 온 적이 있습니까?" 데커가 물었다.

"아뇨. 그리고 그 사람은 이 시설을 통과하지 못했을 겁니다."

"혹시 여기서 일한 사람들 중에 지인이 있었을까요?"

"왜 그래야 하죠?"

"그야, 바로 옆에서 일했으니까요." 재미슨이 말했다.

"네, 하지만 브라더스의 누군가가 그냥 여기 와서 어정대는 건 불가능합니다."

"크레이머는 부업이 있었어요." 데커가 말했다.

"그게 뭐였는데요?"

"구식으로 말하자면 '밤의 여자'였죠."

"창녀였다는 겁니까?" 섬터가 똑바로 몸을 세우며 물었다.

데커는 물끄러미 바라보기만 했다.

이제 섬터는 좀 더 경계하는 표정을 지었다. "그러면 당신 생각에는 혹시 이곳의 남자가……?"

"전 그냥 사실을 확보하고 싶을 뿐입니다. 뭐랄까, 여기 있는 레이더 같은 거죠. 항상 정보를 흡수하고 있는."

섬터가 사뭇 달라진 눈빛으로 데커를 보았다. "난, 음, 주위에 물어볼 수 있습니다."

데커가 말했다. "사실, 그래주시면 저희야 좋죠. 여기의 누군가가 자진해서 창녀를 돈 주고 샀다고 나서지는 않을 테니까요. 그러면 곤란해지지 않겠습니까?"

"그럴 수도 있죠. 하지만 우리는 진실을 찾아내는 데 능숙합니다."

켈리가 말했다. "그쪽에서 먼저 쭉 훑으셔서 후보를 추린 다음 우리가 그 사람들을 신문하면 어떨까요?"

"생각을 좀 해봐야겠습니다."

"이건 살인사건 조사입니다." 데커가 말했다. "젊은 여자가 끔찍하게 도살당했어요."

"그리고 여긴 미국 군사 기지입니다." 섬터가 비꼬았다. "우린 고유의 작업 방식이 있습니다. 이제, 말씀 다 하셨으면 전 제 하던 업무로 돌아갈 테니 그쪽 분들도 그렇게 하시죠."

방을 나서던 데커가 문득 뒤돌아보고 물었다. "여기서 사건이 많이 일어납니까?"

"아뇨. 이곳은 주둔해 있기에 그리 위험한 지역은 아닙니다. 이라크나 아프가니스탄이 아니죠." 섬터가 억지로 웃음을 지으며 대답했다.

"그거 잘됐군요. 그럼 수고하십시오."

타고 온 트럭을 향해 돌아갈 때 재미슨이 말했다. "그건 왜 물어봤어요?"

"그야 대답을 듣고 싶었으니까요." 데커가 퉁명스럽게 대답했다. "그리고 대답은 다른 질문으로 이어졌죠."

"그게 뭔데요?" 켈리가 물었다.

데커가 구급차를 가리키며 대답했다. "이곳이 그렇게 안전한 장소라면, 저것들은 다 뭐에다 쓴답니까?"

0 0016

호텔방으로 돌아온 데커는 결국 재미슨의 조언을 따라 누이에게 전화를 걸었지만, 그 의도는 파트너가 기대한 것과 사뭇 달랐다.

르네가 감탄사를 외쳤다. "이런, 나 뇌졸중 일으키겠어. 에이머스 데커가 누나에게 전화를 다 하다니. 세상에 이런 일이!"

"어렸을 때는 누나가 이렇게 재미있는 사람인지 미처 몰랐네."

"지난번 통화가 뜻대로 흘러가지 않아서 실망했어? 화해하고 싶어서?"

"지금은 그냥 스탠의 휴대전화 번호를 알고 싶어."

"만났을 때 못 들었어?"

"그럴 상황이 아닌 것 같더라고."

데커는 르네가 불러주는 번호를 연락처에 입력했다. "고마워. 스탠이 그러던데? 다이앤의 남편이 실직했다고."

"1년 전이야. 팀은 다시 일어섰고 다이앤에겐 좋은 일자리가 있어. 둘 다 잘 지내고 있어. 뒷바라지해야 하는 아이가 없어서 그것도 다행인 것 같고. 자, 이제 앞으로 1년간은 나한테 전화하지 마."

"뭐, 왜?"

"이렇게 짧은 기간에 너랑 **두 번이나** 통화했는데, 그 충격에서 회복할 시간이 필요하지 않겠어?"

데커는 이제 매형에게 전화를 걸었다. 베이커는 근무 중이었지만 5시 30분에는 퇴근한다고 해서, 오케이 코럴 살롱에서 7시 반에 만나기로 약속을 잡았다.

데커는 그때까지 죽여야 할 시간을 유용하게 쓰기로 결정했다.

아이린 크레이머의 유해에 대한 월트 서던의 부검 병리학 보고서 사본을 꺼냈다. 보고서를 한 장 한 장, 한 줄 한 줄 자세히 뜯어보았다. 그리고 거의 말미에 있는 긴 문단 한가운데에 파묻힌 한 문장에 다다랐을 때, 데커는 자세를 똑바로 고쳐 앉았다.

이 개자식이.

곧장 방을 나섰다. 내리던 비는 멈췄지만 습도는 천장을 꿰뚫을 정도였다. 좌회전해서 몇 분 후 장례식장에 도착했다. 눈부시게 하얀 셔츠만 빼면 온통 검은색으로 빼입은 젊은 남자가 작은 책상 뒤에서 일어나 데커를 맞았다. 데커는 월트 서던이 어디 있느냐고 물었고, 남자는 지금 안에 없다고 했다. 대신 아내인 리즈가 있었다.

리즈는 잠시 후에 나왔다. 리즈 서던은 검은 옷이 아니라 라벤더색 옷을 입고 있었다. 그 색채는 사막의 분홍 플라밍고보다 더 두드러졌고, 데커는 리즈가 얼마나 놀라울 정도로 매력적인 여자인지를 더한층 강렬하게 느꼈다. 과연 이런 여자가 죽은 사람들을 대상으로 일하는 데 얼마나 만족을 느낄 수 있을까. 하지만 다시 생각해보면, 어차피 누군가는 해야 할 일이었다.

"뭘 도와드릴까요, 에이머스 데커?"

"남편분과 이야기를 좀 나누고 싶었는데요."

"지금은 출장 중이에요. 내일 돌아올 거예요. 제가 뭔가 도와드릴 게 있나요?"

대답 대신 데커는 부검 보고서를 내밀었다. "여기에 관해 질문이 좀 있어서요."

리즈는 놀란 표정으로 데커를 보았다. "월트가 제출한 보고서에 질문이 있으시다고요?"

"수사관들이 부검 보고서에 후속 질문을 하는 게 드문 일은 아니죠."

"음, 제가 도와드릴 만한 일이 있을까요? 그냥, 월트랑 같이 살다 보니 주워듣은 것들이 있어서요. 그리고 일도 같이하고 있고요."

데커는 보고서 한 장을 넘겨 긴 문단을 짚었다.

"여기 중간을 보면 크레이머의 장과 위가 **잘려서** 열려 있었다고 적혀 있습니다."

리즈가 몸을 굳혔다. "하지만 내용물을 분석할 때는 위를 들어내고 잘라서 여는 게 표준 절차 아닌가요?"

"맞습니다. 다만 그걸 한 사람이 남편분이 아니었다는 거죠. 그게 제가 크레이머의 유해를 봐야 하는 이유입니다. 당장요."

리즈는 온도 조절 장치로 온도를 아주 낮게 맞춰놓은 방으로 데커를 안내했다. 바깥의 더위에 비하면 엄청나게 쾌적했다.

튀김기에서 나와 냉동실로 들어왔군.

한쪽 벽에는 작은 문들이 있었는데, 시신을 냉동 보관하는 서랍들이었다.

서던이 그중 한 서랍을 열고 들것을 꺼냈다.

"여기 있어요." 서던이 말했다.

데커는 고개를 끄덕이고, 나갈 낌새를 보이지 않는 서던을 빤히 응시했다. "고맙습니다. 다 끝나면 알려드리죠."

서던은 이 상황이 썩 내키지 않는 눈치였지만 별수 없이 방에서 나갔다.

데커는 갑자기 떠오르는 생각에 시신을 돌아보았다.

이 방은 형광 파란색이 아니다.

그 현상이 딱히 아쉽거나 한 건 아니었다. 하지만 최근 데커의 뇌에서 변화가 시작됐다. 기억이 삑사리를 냈고 절대 잊지 않을 거라고 생각한 것들을 깜빡깜빡하곤 했다. 썩 마음에 드는 변화는 아니었다.

데커는 시신을 덮은 시트를 들추고 크레이머를 내려다보았다.

처음 시신을 보았을 때는 이 여자의 과거에 관해 아무것도 알지 못했다. 이제는 교사였으며 아마도 매춘부 또는 에스코트임을 안다. 비록 아직 확실한 건 아니지만. 그리고 또한 이곳에 오기 전의 과거가 수수께끼라는 것도 안다.

하지만 데커가 **늘** 알고 있었던 것은 누군가가 이 여자를 살해했다는 사실이다.

보고서에서 고인의 유해를 찍은 사진들이 담긴 장을 펼쳤다. 모든 장기가 사진으로 찍혀 있었다. 하지만 데커가 집중한 것은 소장과 대장과 위의 사진들이었다. 보고서에 언급된 잘린 흔적은 사진이 찍히지 않았는데, 그게 지금 여기 온 이유였다.

데커는 이제 한 번도 한 적이 없는 일을 할 참이었다. 생각조차 해본 적 없는 일이지만, 지금 상황에서는 도저히 피해 갈 도리가 없었다.

사물함을 뒤져 찾아낸 장갑을 끼고 긴 앞치마를 걸친 후 외과 수술용 마스크로 입과 코를 가린 다음 고글을 썼다. 그리고 쟁반에서 손잡이가 짧은 겸자를 집어 들어 Y 절개 봉합선을 뜯었다. Y 절개는 더러 '야구공 바느질'이라고도 불렸는데, 야구공에 나 있는 봉제선과 모양이 닮아서였다. 드러난 공간 안에는, 빠져나오지 않도록 봉투에 담아놓은 여자의 장기들이 들어 있었다.

우선 위를 꺼내어 가능한 한 모든 각도에서 살폈다. 맨 밑까지 갈라져 있어서, 잘린 풍선처럼 내부가 훤히 드러났다. 다른 절개 흔적이 눈에 띄지 않는 걸 보면 서던은 이 구멍을 이용해 위의 내용물을 검사한 게 분명했다. 이 절개를 한 누군가는 서던의 수고를 덜어준 셈이었다. 데커는 흉부 구멍을 머리 위 전등을 이용해 다시 한번 자세히 살펴본 후 장기가 든 봉투를 열었다. 장기는 마치 잠든 뱀처럼 안에서 똬리를 틀고 있었다. 이것들 또한 여러 곳이 잘린 채 열려 있었다. 데커는 잘린 부분들을 빛으로 가능한 한 잘 비춰 보았다. 잘린 틈은 손을 집어넣을 수 있을 정도로 컸다. 그리고 데커는 직접 손을 넣어 그 사실을 확인했다. 잘린 흔적을 보면 삐죽삐죽한 것이, 급하게 한 듯했다. 살인자는 서둘렀던 것일까, 아니면…….

낙심한 걸까?

데커는 스마트폰으로 전부 사진을 찍었다. 장기들을 봉투에 원래대로 담아 복강에 집어넣고 Y자 절개를 재봉합한 후 시신을 다시 시트로 덮어 서랍에 도로 밀어 넣었다. 그 후 장갑과 앞치마와 마스크를 **의료 폐기물**이라고 표시된 철제 용기에 집어넣었다. 사용한 고글은 철제 탁자에 놓았다. 이윽고 개수대로 가 손을 씻었다. 그리고 온수와 비누로 세수를 한 후 개수대 위 벽에 부착된 거울에 비친 자신의 모습을 보았다.

내가 방금 그런 일을 했다니, 제기랄, 믿을 수가 없군.

눈을 감았다. 토할 것 같았지만 안간힘을 쓴 끝에 위 속에 든 것들을 그 자리에 붙잡아둘 수 있었다.

아이린 크레이머가 그럴 수 없었던 것은 유감이었다.

데커는 리즈 서던을 부르지 않고 그곳을 나섰다. 아무 할 말도 없었고, 그저 밖으로 나오고 싶은 마음뿐이었다. 다리가 후들거렸고 다시금 멀미가 올라왔다.

외부 문을 열자 열기가 데커를 강타했고, 그러자 놀랍게도 멀미가 가라앉기 시작했다. 어쩌면 몸이 이제 더위에 대처하는 데 역량을 집중하기로 한 걸까.

데커는 그대로 천천히 조심조심 걸어 호텔로 돌아갔다.

방으로 올라가서 휴대전화를 꺼내고 찍어 온 사진들을 보았다. 월트 서던의 보고서에 있던 노이즈가 자글자글한 사진보다 훨씬 선명한 고화질 사진이었다.

어쩌면 데커는 방금 조사를 크게 한 발짝 진척시켰을지도 모르지만, 다른 한편으로 그것은 훨씬 많은 질문들을 낳았다.

위와 장은 공통적으로, 몸의 다른 장기들과 다른 점이 하나 있었다. 뭔가를 삼키면 그 물체가 결국 그 두 목적지에 도달한다는 것. 아이린 크레이머의 배나 장에는 뭔가가 들어 있었다.

그리고 아이린을 살해한 누군가는 그것을 그 여자에게서 가져갔다.

0 0017

"맙소사. 뭘 했다고요?"

렌트한 SUV의 운전석에서, 재미슨은 마치 데커가 아이린 크레이머를 자기가 죽였다고 자백한 걸 듣기라도 한 듯한 눈으로 데커를 응시했다.

"못 들었어요?" 데커는 약간 민망해하는 눈치였다. "살인자는 크레이머가 삼킨 뭔가를 되찾으려고 한 게 분명해요."

"있죠, 당신이 새로 발견한 사실들을 감안하더라도 그 추론은 좀 너무 갔어요."

"마약 운반책은 늘 그렇게 해요. 마약이 든 비닐봉투를 항문에 숨기거나 아니면 입으로 삼키죠."

"그리고 그 봉투가 터져서 마약이 전신으로 퍼지는 바람에 운반책이 사망하는 일이 자주 있죠." 재미슨이 데커에게 날카로운 시선을 던졌다. "당신 생각이 그거예요? 아이린이 마약 운반책이었다고?"

"그러면 간단한 답이 되겠지만, 맞는 답일지는 모르겠어요." 데커가 대꾸했다. "그리고 다른 것도 있고요."

"뭔데요?"

"월트 서던은 왜 이 사실을 우리에게 강조하지 않았을까요? 그건 말 그대로 보고서의 글자 속에 '파묻혀' 있었어요. 눈에 띄지 않게요. 그 절개 부위를 찍은 사진도 없었고요. 그리고 내가 뭔가 특기할 만한 게 없냐고 물어봤을 때 그는 없다고 대답했죠."

"서던이 그게 중요하지 않다고 생각했을까요?"

"밥값을 하는 검사관은 누구나 밀수품의 체내 운반에 관해 알고 있죠."

"이상하네요. 그래서, 당신 생각은 뭐예요?"

"서던이 우리가 그냥 자기 말을 믿고 검시 보고서를 자세히 들여다보지 않을 거라고 생각하고 그런 식으로 보고서를 쓰고 사진을 찍은 걸까요?"

"하지만 왜 그런 짓을 하죠? 잠깐, 혹시 서던이 범인이라고 생각해요? 그러면 그렇게 해부당한 것도 설명이 되겠네요. 그냥 크레이머에게 해부를 **두 번** 한 거죠."

"시신을 그런 식으로 절개하지 않았다면 우린 정말이지 서던 같은 사람을 의심할 이유가 **전혀** 없었을 겁니다. 그러니 왜 그런 식으로 일을 처리하죠? 나 잡아가쇼, 하는 것도 아니고?"

"네, 그것도 말이 안 되긴 하네요." 재미슨이 말했다.

"그러니 크레이머가 몸 안에 뭘 가지고 있었는가 하는 질문으로 돌아가봅시다."

"냉전 시대의 일들이 힌트를 줄 수 있을 것 같은데요. 크레이머는 스파이고, 정부 비밀이 가득 담긴 문서를 잔뜩 삼킨 거죠."

데커가 아무 반응도 보이지 않자 재미슨이 덧붙였다. "그냥 농담이에요. 냉전이랑 무슨 관련이 있기에는 너무 젊은 나이였잖아요."

"하지만 그게 꼭 말이 **안 될** 이유도 없지 않을까요? 꽤 민감한 정부 시설이 바로 옆에 있는데."

재미슨이 느릿느릿 말했다. "우린 크레이머의 과거를 모르니까, 어쩌면 스파이**였을** 수도 있겠죠."

"그리고 어쩌면 여기 온 목적도 더글러스 S. 조지 방어 복합체를 염탐하기 위해서일 수도 있죠. 1년 전에 왔다고는 하지만." 데커는 마지막 문장을 당혹스러운 표정으로 덧붙였다.

"왜 그렇게 오래 걸렸느냐는 건가요." 재미슨이 물었다.

데커가 고개를 끄덕였다.

"어땠어요······? 그······ 그 일을 할 때요?" 재미슨이 물었다.

"두 번 다시는 하고 싶지 않네요."

"그래서, 지금은요?"

"보거트한테서는 아직 아무 연락 없어요. 만약 우리가 크레이머의 과거를 FBI 쪽에서 얻어낼 수 없다면 다른 각도에서 시도해봐야죠. 크레이머는 여기 1년 동안 있었잖아요. 누군가는 그 사람에 관해 뭔가 수상한 걸 보거나 들었을지도 모르죠."

"그럼 뭐, 사람들을 만나서 이야기를 들어본다든가? 하지만 그건 이미 했잖아요."

"우리가 이야기를 나눈 사람들 중에 그다지 솔직하지 않았던 사람들이 있는 것 같아요. 그리고 섬터 대령은 우리를 대놓고 가로막으려 했죠."

"하지만 그 남자 입을 어떻게 열죠? 뒤에 국방부가 떡하니 버티고 있는데. 명령에 따라 움직이는 남자잖아요."

"나도 모르겠어요. 지금으로서는 계속 다른 경로들을 밀고 나가 봐야죠. 지역 거물 중에 스튜어트 매클렐런은 만났으니 이제는 다른 거물을 만나볼까 싶네요."

"캐럴라인의 아버지요? 그 남자라면 뭔가 도움이 될 걸 알고 있을지도 모르겠네요."

"음, 우선 확실한 건, 자기 가축을 물어 죽인 늑대를 잡으라고 할 파커를 고용한 게 그 남자죠. 그래서 그 시신이 **그 남자의** 땅에서 발견됐다는 거고요."

"그 남자가 아이린 크레이머를 알았다고 생각해요?"

"난 그걸 맨 처음으로 물어볼 생각이에요."

* * *

두 사람은 가는 길에 켈리를 태웠고, 켈리는 휴 도슨의 저택으로 가는 길을 알려주었다.

켈리는 재미슨 옆자리에 앉아 있는 데커에게 눈길을 보냈다. "그래서, 도슨한테는 웬 관심이죠? 아직 설명을 못 들었는데요."

"그냥 이 시점에서 그 땅을 좀 봐두고 싶어서요."

"아, 예, 정말 궁금증이 확 풀리네요."

재미슨이 덧붙였다. "우린 시침 떼는 게 아니에요, 조. 이 사건에 관해 뭔가 실마리를 찾아 헤매는 거죠. 공군이랑 브라더스, 크레이머를 아는 사람들과는 이야기를 해봤고, 캐럴라인 도슨과도 대화를 나눴고 매클렐런 부자하고는 우연히 만났으니, 이제는 휴 도슨을 만나러 갈 차례잖아요."

"매클렐런 부자는 언제 만났는데요?"

"우리가 묵는 호텔 식당에서요." 재미슨이 대답했다.

"두 사람 다요?"

그렇게 묻는 켈리가 하도 어리둥절해하는 눈치라 데커는 몸을 돌려 켈리를 보았다. "네. 왜요? 그게 그렇게 이상한가요?"

켈리가 어깨를 으쓱했다. "스튜어트는, 대체로 휴 도슨이 소유한 곳에 잘 가지 않거든요."

"그러면 아들은요?" 재미슨이 물었다. "셰인 매클렐런은 내가 보기엔 캐럴라인한테 홀딱 빠진 것 같던데요."

"셰인은 좋은 친구예요. 딱히 가방끈이 길다고 할 순 없지만 심성이 곱죠." 켈리는 이어 좀 더 감정을 억누른 어조로 이렇게 덧붙였다. "그리고…… 맞아요. 그 친구는 캐럴라인한테 완전히 반해 있어요. 우리가 어릴 때부터 그랬죠."

"하지만 그러면 곤란할 텐데요. 두 사람의 아버지가 사업적으로 경쟁 상대잖습니까." 데커가 지적했다.

"로미오와 줄리엣 이야기 같네요." 재미슨이 끼어들었다.

"난 '햇필드와 맥코이'가 생각나는군요." 데커가 대꾸했다.

"제 생각엔 그쪽이 더 가까운 것 같네요." 켈리가 말했다. "하지만…… 비록 서로 사이가 좋은 건 아니고, 아이다 심스 말처럼 일종의 오줌 높이 싸기 경쟁 같은 걸 하긴 하지만, 두 분은 엄밀히 말해 진짜 라이벌도 아니에요. 휴가 하는 사업의 고객은 스튜어트의 노동자들이니까요. 두 분은 사실 윈윈 관계예요."

"그러면 셰인의 어머니는요?" 재미슨이 물었다.

"캐서린 매클렐런은 죽은 지 좀 됐어요. 암이었죠. 셰인하고는 무척 가까웠는데. 아버지와의 사이보다 훨씬 가까웠어요. 그래서 셰인과 아버지 둘만 남은 후로는 상황이 썩 좋지 못했죠. 캐서린이 두 사람 사이에서 완충작용을 했거든요. 캐서린이 가고 나서는, 음, 썩 아름답지 못했죠."

"뭔가 복잡한 사연 같네요." 재미슨이 말했다.

켈리가 고개를 끄덕였다. "맞아요."

"그러니까 셰인하고는 친구라는 거죠? 나이도 비슷해 보이던데."

"고등학교를 같이 다녔어요. 캐럴라인도요. 네, 다들 서로 친했어요. 거의 붙어 살다시피 했죠."

"다시 사건 이야기로 돌아가자면, 할 파커는 휴 도슨이 고용했죠." 데커가 말했다. "늑대를 사냥하기 위해서. 맞나요?"

"네."

"이 부근에서는 늑대가 골칫거리인가요?"

"확실히 그럴 수 있죠. 늑대랑 들개도요. 코요테, 퓨마도. 가축을 초토화하죠."

"휴 도슨에 관해 달리 또 알려주실 만한 게 있나요?" 데커가 물었다. "전에 그 남자가 덩치 크고 사교적이지만 필요하면 사람의 목을 자를 수도 있다고 하셨죠."

"그거면 그분에 관해 알아야 할 건 거의 다 안 겁니다. 나머지는 그분을 만나서 직접 판단하세요."

"그리고 그분 아내가 사고로 죽었다고 했죠?" 재미슨이 물었다.

켈리가 고개를 끄덕였다. "정말 비극적인 사고였어요. 최악이라고 해도 무리가 아닐 겁니다. 한꺼번에 여러 가지 일들이 겹쳐 더할 수 없이 나쁜 상황이었죠. 매디 도슨은 차를 타고 가다가 눈보라에 갇혀서 일산화탄소 중독으로 사망했어요." 켈리가 고개를 내저었다. "다행히도, 아마 무슨 일이 일어나는지 모르고 의식을 잃었을 거예요. 그래도 그런 식으로 세상을 떠난다는 건 끔찍한 일이죠."

"맞습니다." 데커가 말했다. "그래도 아이린 크레이머가 당한 일보다는 훨씬 낫지만요."

0 0018

"마치 〈댈러스〉라는 드라마에 나오는 집 같아요. 그런데 크기가 그 두 배네요."

울창한 잎사귀로 하늘을 완전히 뒤덮은 거목들로 양편이 에워싸인, 조약돌 깔린 긴 진입로를 따라 차를 몰아 가면서 재미슨이 말했다.

"스튜어트 매클렐런은 어디 삽니까?" 데커가 물었다.

"런던 시내에 아파트가 있어요."

"아파트라고요?" 재미슨이 물었다. "도슨보다 부자라면서요?"

"활황과 불황을 하도 많이 오가다 보니 아마 몸을 사리는 것 같아요."

"그럼 그 아들은요?"

"셰인은 카운티의 서쪽 경계에 작은 농가와 땅이 있어요. 돌아온 직후에 산 곳이죠."

"돌아오다니, 어디서요?" 재미슨이 물었다.

"해외 파병에서요. 육군에 있었거든요. 고교 졸업 직후 입대했죠. 그 친구는 단순한 삶을 좋아했어요. 사냥철이면 사냥을 하고, 맥주를 마시고, 노친네가 시키는 일을 하고, 잘못한다고 고함 치는 걸 듣고, 즐거움을 찾으려고 애쓰죠. 그 아버지가 자기 아들이 석유 시추 사업을 물려줄 인재가 못 된다고 생각하는 건 공공연한 비밀이에요."

"그럼 당신 생각은 어떤데요?" 재미슨이 물었다.

"열심히 일하는 친구고, 바보도 아니에요. 우린 함께 사냥을 많이 다녔어요. 그 친구는 예리하고 체계적이고 자신이 관심 있는 분야에 관해서는 해박해요. 그냥 사업에 관심이 없을 뿐이죠. 태생이 그런 겁니다."

일행은 집 앞에 차를 세우고 내렸다. 켈리가 이중 앞문으로 이어지는 계단을 앞장서 올랐다.

"그래서, 우린 이제 어떻게 되는 겁니까?" 데커가 물었다. "환대를 받을까요, 아니면 등에 칼을 맞게 될까요?"

"모든 건 당신이 뭘 어떤 식으로 묻느냐에 달렸겠죠, 아마도."

"이건 제가 데커를 잘 알아서 하는 말인데, 다들 척추에 칼이 꽂힐 준비를 하죠." 재미슨이 파트너를 향해 짓궂은 미소를 지어 보이며 말했다.

문을 열어준 것은 하녀 복장을 한 여자였다. 켈리가 배지를 보여주자 여자는 일행이 지나갈 수 있도록 뒤로 물러섰다. 그리고 물푸레나무 바닥으로 된 복도를 지나 오크나무 이중 문을 향해 일행을 안내했다.

일행이 방 안에 들어서자 커다란 책상 뒤에서 몸을 일으킨 남자는, 거의 데커만큼 키가 컸지만 훨씬 날렵하고 엉덩이가 작았다.

갈색 고수머리는 앞쪽 대부분이 회색으로 변해 있었다. 말끔히 면도한 얼굴에 코는 부러졌다가 약간 비뚤게 자리 잡은 것 같았고, 흰색 셔츠를 검은 청바지 위로 빼입었다. 남자가 책상을 돌아와 켈리에게 손을 내밀었을 때, 데커는 남자가 신은 짙은 청색 슬리퍼에 찍힌 D자 모노그램을 눈여겨보았다. 벽은 죽어서 전시물이 된 딱한 동물들의 머리로 장식돼 있었다.

"조, 도대체 어떻게 지냈나? 이게 얼마 만인지."

켈리는 악수를 나누고 데커와 재미슨을 휴 도슨에게 소개했다.

일행이 텅 빈 석재 벽난로 앞에 각자 자리 잡고 앉은 후 켈리가 말했다. "만나주셔서 감사합니다. 한 달쯤 후면 외국으로 가신다고 들었어요."

도슨이 데커와 재미슨을 바라보며 말했다. "예전에는 겨울을 피해 따뜻한 남쪽으로 떠나는 사람들을 비웃곤 했습니다. 그 후 여러 해가 지나서, 매디가 오스트레일리아가 여름일 때 거기 가서 겨울을 보내자고 하더군요. 우린 물가에 집을 빌렸습니다. 그리고 전 매디가 떠난 후에도 계속 그곳을 찾았죠. 거기서 정말 멋진 시간을 보냈어요."

"그런 기억은 중요해요." 재미슨이 말했다. "심리상담 같은 효과가 있죠."

"맞아요. 자, 어떤 여자가 살해당했다고 들었습니다. 그리고 할 파커가 그 여자를 발견했다고요."

"할은 늑대를 찾으러 나갔었죠." 재미슨이 말했다.

"그 망할 녀석이 내 암소를 두 마리나 죽였습니다. 난 녀석을 없애려고 할을 고용했죠."

"늑대 짓인지는 어떻게 아셨죠?" 데커가 물었다.

"나중에 결국 할의 총탄이 박힌 사체를 찾았으니까요. 그래서, 살해당한 사람이 누구였다고요?"

"아이린 크레이머라는 이름의 여자요." 켈리가 대답했다. "아실 줄 알았는데요. 경찰에서 이름을 공개했거든요."

대답 대신 도슨은 고리 세 개로 된 바인더로 뒤덮인 책상 위를 가리켰다. "난 재정 업무로 머릿속이 가득해서. 큰 사업 거래가 진행 중이거든. 언제 뉴스를 보거나 들었는지 까마득해."

"하지만 살인사건에 관해서는 분명 알고 계셨을 테죠." 데커가 말했다.

"그거야 할이 말해줬으니까요."

"그렇다면 피해자를 모르셨다는 거죠?" 데커가 물었다.

도슨이 고개를 저었다. "예전에는 이 지역에서 내가 모르는 사람이 없었죠. 하지만 지금은 너무 유입되는 사람이 많아요. 뭐, 불만이라는 건 아닙니다. 내 사업에는 득이 되죠."

"아이린 크레이머는 브라더스의 학교에서 교사로 일했습니다." 켈리가 말했다.

"브라더스요? 난 그 사람들하고 사업을 하는데. 정말 신용 있는 사람들이죠."

"군사 시설은 어떤가요?" 데커가 물었다.

도슨의 눈이 가늘어졌다. "런던 공군 기지요? 그건 왜 묻습니까?"

"그쪽하고도 사업을 하십니까?"

"당연하죠. 그 사람들은 타운에 와서 내 업장들을 방문합니다. 그리고 우린 그 사람들한테 몇 가지 비품을 공급하고요. 그건 왜요?"

데커가 어깨를 으쓱했다. "이건 살인사건 조사입니다. 물어볼 수 있는 건 전부 물어보죠."

도슨이 켈리를 응시했다. "하지만 FBI가 어째서 지역 살인사건에 불려온 거죠?"

켈리가 대답했다. "도와주면야 감사할 따름이죠."

도슨이 켈리에게 회의적인 시선을 보냈다. "믿을 걸 믿으라고 해."

"저번에 따님을 뵀어요." 재미슨이 끼어들었다. "아버지로서 무척 자랑스러우실 것 같아요."

도슨이 씩 웃었다. "그 애는 오래지 않아 모든 걸 운영할 겁니다. 결국엔 내가 한 모든 일을 뛰어넘겠죠."

"따님이 스탠 베이커라는 남자와 만나고 있더군요." 데커가 말했다. "우리는 그 남자도 만났습니다."

도슨의 눈에서 빛이 꺼지는 듯했다. "그렇습니까? 음, 난 그 부분엔 관여하지 않습니다. 그 애는 성인이고 스스로 결정을 내릴 수 있죠. 특히 **남자** 문제에 관해서는요."

재미슨이 말했다. "와, 우리 아버지도 그렇게 깨어 있는 분이셨으면 좋겠네요. 전 삼십 대인데도 여전히 제가 만나는 사람들에 관해서 시시콜콜 이메일을 보내고 전화를 해 물어보시거든요."

도슨이 씩 웃으며 말했다. "아, 나도 여기저기에 참견을 해보려고 안 한 건 아닙니다. 네 번 만에 포기했죠. 됐다, 이건 내 영역 밖이다, 괜히 속 끓여봤자 나만 손해다, 하고요." 이윽고 어두워진 표정으로 덧붙였다. "그리고 매디가 죽고 나서는……." 잠시 어색한 침묵이 흐른 후 도슨이 다시 입을 열었다. "달리 더 물어볼 건 없으신가요?" 그리고 책상 위에 놓인 서류 뭉치에 시선을 보냈다.

"아드님이 자살을 하셨다고 들었습니다." 데커가 말했다.

그 말에 도슨이 즉시 몸을 굳혔다. "그 애는 비겁한 방식으로 떠났습니다, 네. 하지만 그게 도대체 이 일과 무슨 놈의 상관이 있습니까." 도슨은 그렇게 쏘아붙이고 켈리를 노려보았다. 켈리 역시 데커의 갑작스러운 말에 충격받은 눈치였다.

데커가 말했다. "그리고 당신과 스튜어트 매클렐런이 아주 좋은 친구 사이라고도 들었습니다."

데커를 잠시 황당한 표정으로 응시하던 도슨이 이윽고 너털웃음을 터뜨렸다. "좋아요, 유머 감각이 있는 분인 줄은 몰랐군요. 사실은, 그건 좀 과장된 이야기입니다. 그 친구와 내가 조만간 함께 휴가를 떠날 일이야 없겠지만, 타운은 활황이고 우리 둘 다 돈을 갈퀴로 긁어 들이고 있죠. 그리고 우린 경쟁 관계가 아닙니다. 그보다는 상호보완 관계죠." 도슨의 어조는 이제 좀 더 사무적인 분위기를 띠었다. "하지만 이건 한 여성이 살해당한 사건과는 아무런 관련이 없죠. 그렇지 않습니까?"

"이미 말씀드렸듯, 우리는 앞으로 나아갈 실마리를 찾으려는 바람으로 질문을 많이 합니다."

"내가 듣기에는 진흙탕 속에서 금을 찾으려고 하는 것처럼 들리는군요."

"주맥을 찾기 직전에는 늘 그렇게 보이는 법이죠." 데커가 대꾸했다.

재미슨이 말했다. "스튜어트 매클렐런과 그 아들인 셰인과는 이미 만났어요. 따님도 그 자리에 있었죠. 저희가 묵고 있는 호텔에서요. 그곳도 소유하고 계신다면서요."

"그렇군요. 그래서요?" 도슨이 물었다.

"혹시 매클렐런이 거기 왜 왔는지 짐작이 가시나요?" 재미슨이 물었다. "캐럴라인은 거기서 그 두 사람을 보고 적잖이 놀란 눈치던데요."

"여긴 자유 국가입니다. 누구든 원하면 어디든 갈 수 있죠." 도슨이 씩 웃으며 대답했다. "그리고 망할, 스튜어트가 내 주머니에 돈을 찔러주겠다는데 내가 마다할 이유도 없고 말입니다."

"셰인은 아무래도 캐럴라인에게 홀딱 반한 눈치던데요." 재미슨이 꼬집었다.

도슨이 자리에서 일어섰다. "음, 만나서 반가웠습니다. 근방에서 다시 뵐 수 있으면 뵙도록 하죠."

다른 사람들도 따라 일어섰지만 데커는 그대로 앉아 있었다.

"따님은 아이린 크레이머가 살았던 아파트 건물에 매입 제안을 하셨습니다. 혹시 알고 계셨습니까?"

"캐럴라인은 그런 사소한 일들을 전부 나한테 허락받지 않아도 됩니다. 우린 부동산을 매입하는 데 주력하고 있어요. 그리고 지금은 그러기에 좋은 시기죠. 아직은 꽤 싼 편이니까요."

"하지만 활황인 시기라면 보통 부동산 가격이 상승할 텐데요." 재미슨이 말했다.

"지난번에도 활황이었죠. 그리고 몇 년 후면 모든 게 지옥으로 곤두박질치고요." 도슨이 말을 멈추고 턱을 문질렀다. "혹시 석유 시추에 관해 아시는 게 있습니까?"

재미슨이 대꾸했다. "그냥 신문에서 읽은 게 다예요. 그러니까 많이 알지는 못하죠."

"텍사스만 빼면 석유 생산은 우리 노스다코타가 일등입니다. 하지만 시추 사업은 **두 가지** 단점이 있죠. 하나는, 보수가 좋은 일자리를 찾는 사람들이 감당하기 어려울 만큼 몰려든다는 거, 그리고 마약, 매춘은 물론 다른 범죄 발생률도 폭발적으로 늘어난다는 거죠. 집, 학교, 도로, 상점, 사람들이 원하는 그런 모든 것들을 짓는 속도를 따라잡기 힘들고요. 그다음으로 두 번째 단점이 있습니다. 불황이 온다는 거죠. 지난번 석유수출국기구가 석유 생산을 늘려 유가가 밤새 바닥을 뚫고 추락했을 때는 대다수의 시추 노동자들이 실직했습니다. 그 후 이곳의 모든 게 문을 닫았죠. 그러니까, 전부 다요. 난 마지막 한 푼까지 잃을 뻔했습니다. 하지만 매클렐런은 그 덕분에 이 주변의 셰일 토지를 제대로 손아귀에 넣었죠."

"그게 무슨 뜻이죠?" 재미슨이 물었다.

"석유 시추 산업이 얼마 전에 정말 흥하기 시작하면서, 큰손들이 제대로 한탕 할 준비를 갖추고 이곳으로 찾아왔죠. 그리고 시장에 나와 있는 임대 계약을 최고가에 몽땅 긁어모았습니다. 하지만 불황이 닥치자 그들은 제풀에 떨어져 나갔고, 매클렐런이 그들의 임대차 물건들을 헐값에 사들였죠. 그리고 매클렐런은 자기 사업 모델을 완전히 가다듬었어요. 그래서 확실히 그 친구에게는 더 이상 활황과 불황이 존재하지 않죠."

재미슨이 말했다. "그래도 지금 이곳 수위의 부동산 가격에 관한 제 질문은 여전히 남아 있는데요."

"음, 매클렐런의 사업이 지금 썩 보기 좋은 모양새이긴 해도, 사람들은 점점 불안해하고 있고, 또 한 번 양탄자를 잡아 빼듯 판이 갈아엎어지길 기다리고 있죠. 그러면 위험을 반기는 사람들에게는 기회가 될 거고요."

"하지만 거의 몇 년 전에 발을 뺄 뻔하셨잖아요." 켈리가 말했다.

도슨이 켈리를 노려보았다. "그야 매디가 더는 여기 살고 싶어

하지 않았으니까. 아내는 나와 함께 그 아수라장을 다 겪었어. 마지막 불황이 왔지만, 그때 상황이 다시 좋아지기 시작했지. 하지만 매디는 그만 질려버린 거야. 어떤 일이 있어도 여길 벗어나고 싶어 했어. 우린 몇 달러쯤 수중에 남아 있었지. 그래서 프랑스에 작은 빌라를 사서 거기서 노후를 보내려고 했지. 그런데 그때……."

"저희가 듣기로는 사고로 돌아가셨다던데요." 재미슨이 말했다.

도슨이 고개를 끄덕였다. "난 시골을 떠나 있었고 매디는 눈보라 속에서 차를 몰았습니다. 차 뒤꽁무니가 둔덕에 부딪힌 줄도 모르고요. 그래서 배기관이 휘어서 막힌 겁니다." 그렇게 말하는 도슨의 눈동자에는 고통이 아로새겨져 있었다. "그걸 전부 들이마셨고…… 목숨을 잃었죠."

"왜 이곳을 떠나 계셨나요?" 데커가 물었다.

"프랑스의 그 집을 사려고요. 캐럴라인도 함께 갔었지요."

"그러면, 따님도 거기서 함께 사실 생각이었나요?"

"그 애도 이곳에 질렸거든요. 완전히 새 출발을 하고 싶었죠. 매디도 그러고 싶어 했고요." 도슨이 데커를 응시하며 물었다. "하지만, 아까도 물었지만 이런 일이 당신 조사와 무슨 관련이 있다는 겁니까?"

데커가 자리에서 일어서며 대답했다. "관련이 없다는 게 밝혀지기 전까지는 모든 게 관련이 있다는 입장을 견지하고 있습니다."

"그리고 당신은 아까 한 내 질문에 대답하지 않았습니다. 당신네 FBI가 왜 지역 살인사건에 불려왔는지, 난 아직도 모르고 있죠."

"음, 그 점에 관해서라면 저희도 마찬가지입니다." 데커가 문으로 가면서 대꾸했다.

0 0019

시내로 운전해 돌아오는 도중에 재미슨이 데커를 보고 말했다. "당신이 알아낸 걸 켈리한테도 말해줘야 해요."

데커는 켈리에게 자신이 크레이머의 시신을 가지고 뭘 했는지를 알려주었다.

데커의 이야기를 듣는 켈리의 눈이 점점 더 휘둥그레졌다.

"좋아요. 난 내가 들을 만큼 들은 줄 알았는데, 방금 완전히 새로운 차원으로 들어갔네요."

"나라고 그게 버킷 리스트에 있었던 건 아닙니다. 그건 확실히 말해줄 수 있어요."

켈리가 물었다. "아이린이 뭔가를 체내에 가지고 있었을 거라고, 정말 그렇게 믿는 겁니까?"

"그러면 왜 누군가가 아이린의 내장과 배를 갈라서 열었는지가 설명되겠죠. 난 나머지 '해부'는 그 사실을 덮기 위한 위장이었다고 확신합니다."

"누군가의 목숨을 빼앗을 정도면 다량의 마약이어야겠네요."

재미슨이 고개를 저었다. "하지만 요즘 누가 마약 운반에 운반책을 쓴다고요. 미국 우편 제도가 부지불식간에 해주는데. 페덱스도 있고. 아니면 UPS도."

"바로 그것 때문에 난 마약은 아닐 거라고 봐요." 데커가 그렇게 말하자 재미슨의 입이 쩍 벌어졌다.

"와, 알려줘서 고마워요, 데커." 재미슨이 투덜거렸다.

데커가 켈리를 돌아보고 물었다. "좀 물어보고 싶은데요, 월트 서던하고는 얼마나 잘 압니까?"

"꽤 잘 알죠. 왜요?"

"그냥 궁금해서요."

데커는 더 이상의 질문에는 대답하지 않겠다는 표정이었다.

"자, 그럼 이제 진작에 했어야 할 일을 하러 가보죠." 데커가 말했다.

"그게 뭔데요?" 켈리가 물었다.

"가서 범죄 현장을 직접 봐야죠." 재미슨이 대꾸했다.

* * *

숨 막히도록 아름다운 경관이었다. 방문의 목적 때문에 그 아름다움을 온전히 즐기지 못하는 게 아쉬울 정도로.

데커는 크레이머의 시신이 발견된 지점을 응시했다. 멀리에서는 그 불모지에 불쑥불쑥 돋아난 혹들만 가까스로 보였다. 하늘은 이 지역에 도착한 이래로 가장 맑게 개 있었다. 북쪽으로는 서스캐처원주가, 서쪽으로는 방대한 몬태나 땅이 펼쳐져 있었다.

하지만 데커는 어느 쪽에도 관심이 없었다. 유일한 관심사는 누군가가 아이린 크레이머의 시신을 내다 버린, 이 노스다코타 토양 위의 조그마한 지점이었다. 주위를 둘러보는 동안 데커의 뇌는 백만 가지 다양한 요소들을 분석하고 있었다. 조사에 실제로 중요한 요소는 그 백만 가지 중 단 하나뿐이겠지만, 거기 도달하려면 나머지 모두를 훑고 가야 했다. 그곳은 시신을 발견할 법한 장소이면서 동시에 그럴 법하지 않은 장소이기도 했다. 고립된 외딴곳이라, 처분하고 싶은 시신을 눈에 띄지 않게 치워버리기 좋은 장소라는 점에서는 그럴 법했다. 하지만 하도 탁 트여 있어서 시신을 버리는 동안 눈에 띄지 않게 가려줄 지형지물이 전혀 없다는 점에서는 그럴 법하지 않았다. 말 그대로 수 킬로미터 거리까지 한눈에 보였다. 물론 밤이라면 이야기가 달랐을 것이다.

"근처에 뭐가 있죠?" 데커는 SUV에 몸을 기대고 있던 켈리에게 물었다. 재미슨은 데커 오른쪽에서 어슬렁거리며 크레이머가 발견된 지점을 응시하고 있었다.

"휴 도슨의 소 목장이 저쪽에 있습니다." 켈리가 서쪽을 가리키며 대답했다. "한 3킬로미터 가서 있죠. 큰 곳이에요. 땅부자죠. 하지만 땅이라면 여기도 얼마든지 있어요."

"도슨이 늑대를 발견했다고 했죠. 그게 어딥니까?"

"여기서 한 300미터쯤 떨어진 곳요. 파커의 총탄이 아직 박힌 채였죠. 아까 휴가 말한 것처럼. 망할 녀석이 보통 큰 게 아니더군요. 할이 좀 늦게 도착했더라면 그 녀석이 아마 크레이머의 유해를 갈가리 찢어발겼을 겁니다. 그 점에서는 우리가 운이 좋았죠."

"할이 사냥하고 있었다던 곳이 이 부근인가요?" 이제는 무릎까지 꿇은 채 시신이 놓여 있던 땅 위를 자세히 살펴보던 재미슨이 물었다.

"지난 사흘 밤 동안 녀석을 추적하고 있었다더군요. 늑대의 사냥 패턴을 기반으로, 확인해야 할 장소들의 목록을 작성했답니다. 사냥은 저도 하지만 할에 비하면 아무것도 아니죠. 진짜 프로예요. 뭐든 어디서든 추적이 가능하니까요. 자기가 분석한 바로는 이 사분면이 늑대를 포착하기에 그럴싸한 장소였답니다. 두 시간쯤 추적하다가 그 녀석을 발견하고 명중시켰죠."

"소를 공격한 바로 그 늑대인 게 분명한가요?"

"네. 소들의 흔적이 녀석의 배 속에서 발견됐답니다."

"크레이머의 시신 주위에 무슨 흔적 같은 건 없었나요? 발자국이나 차 타이어나, 뭐 그런 거요."

"당연히 찾아봤지만 문제는 할이 시신을 찾아냈을 때는 폭우가 시작된 직후였다는 겁니다. 흔적이 있었다 해도 비에 쓸려서 다 지워졌겠죠."

"그리고 파커는 비가 내리기 전에 뭔가 봤다는 이야기가 없었고요?"

"네. 그리고 그게 제가 흔적이 없었을 거라고 생각하는 또 다른 이유입니다. 그 사람은 노련한 사냥꾼이자 추적자거든요. 그런 게 있었다면 분명히 알아차리고 우리한테 말해줬을 겁니다."

"그러면 동물들이 시신을 건드리지 않은 건 시신이 파커의 눈에 띄기 직전에 여기 버려져서일 수 있겠군요. 이전에 당신이 추측한 것처럼요, 데커." 재미슨이 말했다. "그 점에서는 우리가 운이 좋았다고 볼 수도 있겠네요."

"그리고 어쩌면 애초에 그 늑대가 이 지역에 있었던 이유가 그 시신의 냄새를 맡았기 **때문일지도** 모르죠." 켈리가 덧붙였다. "하지만 그러면 곤충 침입 정도는 설명이 안 되는데요."

데커가 말했다. "그 전에는 다른 곳에 **보관됐을** 수 있죠. 파리와 곤충은 접근할 수 있지만 동물들은 접근할 수 없었던 곳에."

"하지만 살인자가 왜 굳이 그런 수고를 감수했을까요?" 켈리가 물었다.

"어쩌면 사망 시각 추정을 방해할 생각이었을지도요. 그러면 우리 일이 더 어려워지니까요. 그리고 만약 크레이머의 체내에 자신이 원하는 게 있었다면, 그걸 되찾는 데 시간이 걸렸을 거고 살아 있는 채로 배를 가를 수는 없었겠죠. 그러진 않았으리라는 게 적어도 내 희망사항입니다."

재미슨이 물었다. "혹시 근처에 아무도 없었나요? 뭘 보거나 듣거나 한 사람은 전혀 없대요?"

켈리가 고개를 저었다. "아뇨, 할 혼자였어요. 밤 그 시각에 이 근처에 다른 살아 있는 사람이 있었을지 의심스럽네요."

"파커는 여기서 얼마나 멀리 삽니까?" 데커가 물었다.

"여기서 한 45분 정도요."

"음, 가서 그쪽 이야기를 들어봅시다."

0 0020

도로는 길고 흙길이었다. 뻥 뚫린 길 위로, 지구에 지나치게 가까이 다가온 듯 보이는 태양이 열기를 내뿜었다. 아지랑이가 피어올랐다.

멀리서 펌프질에 한창인 석유 굴착 장치들과, 곧장 허공으로 타오르는 가스 화염의 바다가 보였다. 차는 길에서 벗어나 농지를 향해 가는 듯한 탱커 트럭을 지나쳤다.

"도대체 무슨 망할 놈의 짓거리를 하는 거죠?" SUV 운전대를 잡고 있는 재미슨이 물었다.

"소금물 폐수를 버리러 가는 거예요." 켈리가 분개한 표정으로 대꾸했다. "그러면 그 물의 일부가 셰일을 분쇄하기 위해 내려가는 파이프로 도로 올라오죠. 저 트럭이 하는 짓은 위법입니다. 농토가 영영 못쓰게 되고 말 거예요. 염분은 토양을 완전히 태워버리거든요. 저 자식들이 시간과 수고를 절약하려고 노상 하는 짓이죠. 놈들한테 벌금을 왕창 물려도 막을 수가 없어요."

"얼마나 더 가야 합니까?" 데커가 물었다.

"바로 앞이에요, 왼쪽에."

차가 좌회전을 하자 소박한 목장주 주택이 시야에 들어왔다. 오래되고 낡은 회색 픽업트럭이 집 앞에 서 있었다.

"파커는 가족이 있나요?" 재미슨이 물었다.

"아뇨. 아내가 있었는데 죽었어요. 애들은 다 커서 떠났고요."

일행이 SUV에서 내릴 때 데커의 시선이 파커의 트럭 꽁무니에 붙은 범퍼 스티커에 가 멎었다.

총기 규제는 양손으로 총을 단단히 잡는다는 뜻이다.(총기 규제 주장을 비꼬는 표현─옮긴이)

켈리가 앞장서서 널빤지 층계를 올라갔다.

앞문은 살짝 열려 있었다. 그걸 본 순간, 세 사람 모두 본능적으로 무기를 꺼냈다. 켈리가 열린 틈새로 외쳤다. "할? 조 켈리입니다. 거기 있어요? 괜찮아요? 물어볼 게 좀 있어서 왔어요."

안에서는 뭔가 소리가 들려왔지만 무슨 소리인지는 알아들을 수 없었다.

"할? 괜찮아요?" 켈리가 다시 한번 외친 후 데커를 보고 물었다. "도대체 이게 어떻게 된 상황일까요?"

데커가 켈리를 보았다. "당신이 결정해요. 들어갈까요?"

"당연히 들어가야죠." 켈리가 앞장서서 총을 들지 않은 손으로 문을 완전히 열어젖히자, 다들 일제히 안으로 돌진했다.

한쪽 벽 시렁에 걸린 레밍턴 샷건과 윈체스터 라이플, 그리고 한쪽 구석에 기대 세워진 낚싯대를 제외하면 그 안은 평범한 가정집 거실이었다. 따놓은 맥주 캔 하나가 리클라이너 옆 테이블에 놓여 있었다. 하지만 파커의 흔적은 보이지 않았다.

"할?" 켈리가 다시 외쳤다.

데커는 그곳을 천장에서 바닥으로, 왼쪽에서 오른쪽으로 훑으며 전부 머리에 입력했다. 파커가 그냥 갑자기 자리에서 일어나서 방을 나간 것 같았다. 텔레비전도 아직 켜져 있었다. 좀 전에 들은 소리는 텔레비전 소리임이 분명했다.

한쪽 벽에는 사진들이 걸려 있었다. 데커는 하나하나 훑었다. 커다란, 죽은 동물들의 시체 옆에서 파커가 다양한 사냥 단체와 함께 찍은 사진들이 있었다.

"저기에 셰인도 있네요." 데커가 말했다.

켈리가 고개를 끄덕였다. "네, 둘이 같이 사냥을 많이 다녔어요. 전 저쪽 사진에 있어요. 그 여행에서 8포인트 수사슴을 잡았죠." 또 다른 사진을 가리키며 그렇게 덧붙인 켈리는 주위를 돌아보며 말했다. "이 상황이 영 꺼림칙하네요. 저렇게 문을 열어놓고 그냥 나갔을 사람이 아닌데."

"그 트럭 말고 다른 차도 있나요?" 재미슨이 물었다.

"ATV가 있어요. 평소 뒤쪽 헛간에 넣어두죠."

일행은 재빨리 작은 침실을 포함해 집 안을 수색했지만 아무도 없었다.

"침대는 정돈돼 있네요." 켈리가 지적했다.

데커는 거실로 도로 나와 탁자 위에 놓인 맥주를 만져보았다. "미지근해요. 원래 낮술을 잘 하나요?"

"제가 아는 할 파커라면, 아니요."

데커는 주방으로 가서 주머니에서 꺼낸 라텍스 장갑을 끼고 식기세척기를 열었다. 접시 하나, 식기 세트 하나, 그리고 물잔 하나가 들어 있었다. 뒤따라 온 재미슨에게 의미심장한 눈길을 보내며 말했다. "어제 저녁 식사예요. 맥주를 마시며 텔레비전을 본 거죠. 무슨 일이 일어났다면, 내 생각엔 어젯밤에 일어난 것 같아요."

다음으로, 데커는 조리대에 놓인 포도주잔 두 개와 반쯤 빈 포도주병으로 시선을 옮겼다. "맥주 캔은 하나인데 포도주잔은 두 개네요. **이걸** 어떻게 설명하죠?"

"할이 맥주를 마시며 텔레비전을 보고 있는데 누군가가 찾아온 걸까요, 혹시?" 켈리가 추측했다. "둘이 포도주병을 따서 마셨어요. 그 후 그 사람이 할을 데려갔든가, 아니면 다른 누군가가 들어와서 할과 다른 사람을 데려간 거죠. 하지만 그게 누군지를 모르겠네요."

"적이 있었나요?" 재미슨이 물었다.

"할에 관해 나쁜 말 한마디라도 하는 사람을 못 봤어요. 누구나 할을 좋아하죠."

"가서 헛간을 확인해봅시다." 데커가 말했다.

일행은 밖으로 나가 작은 판자 헛간으로 향했다. 위로 열리는 헛간 문은 잠겨 있지 않았다. 데커가 장갑 낀 손으로 주의 깊게 들어 올리자 기름칠 잘된 문이 스르륵 위로 말려 올라갔다. 나머지 두 사람은 그 안에서 혹시 나타날지도 모를 어떤 존재를 향해 총구를 겨눈 채 준비 태세를 갖추고 있었다.

안에는 ATV가 좁은 공간에 딱 맞게 주차돼 있었다.

데커는 그 안에 할 파커의 시신이 있을 거라고 반쯤 예상했다.

파커는 안에 없었다.

하지만 또 다른 시신이 있었다.

여자는 ATV 위에 엎드린 자세로, 몸통과 머리를 핸들에 기대고 다리를 벌린 채 누워 있었다. 짧고 딱 달라붙는 치마와 몸매를 그대로 드러내는 깊이 파인 상의, 그리고 허벅지까지 올라오는 검은 스타킹에 뾰족구두 차림이었다.

머리 오른쪽에는 여자의 목숨을 빼앗은 총탄이 들어가며 남긴 구멍과 그것을 둘러싼 혈흔이 보였다.

일행은 잠시 거기 그대로 선 채 멍하니 시신을 바라보았다.

"젊네요. 20대 초반쯤으로 보여요." 데커가 시신을 응시하며 말한 후 켈리를 향해 말을 이었다. "혹시 누군지 압니까?"

켈리는 어두운 표정으로 고개를 끄덕였다. "파멜라 에임스예요. 수전과 밀튼의 맏딸이죠. 콜로니에 사는."

"하지만 거기 사는 다른 여자들하고는 옷차림이 다른데요." 재미슨이 지적했다. "옷을, 어, 꽤 유혹적으로 입었네요."

"이유가 궁금하군요." 데커가 말했다.

0 0021

런던 경찰서의 내부를 둘러보던 데커는 기시감을 느꼈다. 끔찍한 이유에서였다. 딸이 살해당했다는 소식을 듣고 달려와 유해를 보고 신원을 확인한 밀턴과 수전 에임스가 경찰서 의자에 앉아 있었다.

수년 전, 데커는 오하이오주 벌링턴의 자기 집에서 아내, 딸 그리고 처남의 시신을 발견했다. 경찰을 부른 후, 데커는 침실 바닥에 쓰러지듯 주저앉아 딸의 시신을 그저 멍하니 응시했다. 몰리 데커는 목욕가운 허리띠로 변기에 비끄러매인 채였다. 그리고 살인범은 그러기 전에 그 띠로 몰리의 목을 졸랐다. 데커는 손에 근무용 권총을 든 채 거기 앉아 있었다. 마침내 총구를 입안에 넣고 단한 방으로 그들을 따라갈까 진지하게 생각했다. 하지만 뭔가가, 알수 없는 뭔가가 데커를 막았다.

뇌를 다친 후 데커는 성격에도 변화를 겪었다. 그래서 더는 이런 순간, 섬세함과 공감을 요구하는 순간에 능숙하게 대처하지 못했다. 보통은 잘못된 말이나 행동을 했다. 스스로는 도저히 통제할 수 없는 그런 단절은 드물지 않게 일어났다.

데커는 비탄에 잠긴 에임스 부부에게 다시 눈길을 고정했다. 보통 이런 종류의 일은 재미슨에게 맡겨두곤 했다. 재미슨 역시 데커 옆에 앉아서 에임스 부부를 살펴보고 있었다. 데커는 재미슨이 자신의 손을 건드리며 뭐라고 말하는 걸 느꼈지만 반응하지 않고 그대로 자리에서 일어나 충격에 빠진 부부에게 다가갔다. 그리고 두 사람 앞에서 무릎을 꿇었다.

재미슨은 경악해서 그 광경을 바라보았다. 자식을 잃은 부모를 응대한다는 게 자신의 파트너에게는 절대 무리라고 확신했던 것이다.

수전 에임스는 저번에 봤을 때보다 10년은 더 늙어 보였다. 살은 축 처지고, 눈은 충혈되고, 양손이 부들부들 떨렸으며 가냘픈 가슴이 고르지 않게 들썩이고 있었다. 스카프가 떨어진 것도 알아차리지 못하는 듯했다.

밀턴은 그저 자기 양손만 내려다보고 있었다. 눈가가 붉었다.

수전이 스카프를 주워 건네는 데커를 바라보았다.

손가락으로 스카프를 감아쥐는 수전에게 데커가 말했다. "정말 유감입니다."

수전이 고개를 끄덕이며 입을 열었다. "그 애는…… 그 애는 무척 영리했어요. 그 애 앞에는 많은 가능성이……." 더 말을 잇지 못하고 고개를 내저었다.

데커가 헛기침을 하고 말했다. "저도 딸이 있었습니다. 그 애도 영리했고 수많은 가능성이 있었죠. 하지만 누군가가 그 가능성을 그 애에게서 빼앗아 갔습니다."

그 말에 밀턴이 데커를 바라보았다. 마치 처음 보는 사람을 바라보는 듯한 시선이었다.

데커가 말을 이었다. "그리고 전 그 범인을 잡았습니다. 그리고 전 따님을 위해서도 똑같이 할 겁니다. 왜냐하면 그게 따님에게 응당한 일이니까요."

수전이 고개를 천천히 끄덕이고 웅얼거렸다. "감사합니다."

재미슨은 자신이 본 광경에 경악해 그 자리에 얼어붙어 있었다. 데커가 돌아보자 재미슨은 재빨리 태연한 표정을 지으려고 했지만 한발 늦었다. 하지만 데커는 아무런 반응도 보이지 않았다.

데커가 일어서서 에임스 부부에게 말했다. "지금 무척 힘드신 건 알지만, 정보를 더 빨리 주실수록 우리가 이 짓을 저지른 자를 더 빨리 잡을 수 있어서요."

밀턴은 아무 말 없이 그대로 앉아 있었지만 수전은 고개를 끄덕였다. "이해해요."

그때 켈리가 문가에 나타났다. "준비되셨으면, 가실까요?" 켈리가 나지막이 말했다.

마치 밧줄로 하나로 묶인 것처럼 동시에 일어난 에임스 부부는 켈리의 뒤를 따라 복도를 지나 작고 창문 없는 방으로 갔다. 방에는 직사각형 탁자가 하나 있고 그 양편에 의자가 각각 두 개씩 놓여 있었다. 데커만 제외하고 모두 자리에 앉았다. 데커는 벽에 기대어, 넓은 가슴 앞으로 두꺼운 양팔을 팔짱 끼고 있었다.

"좋아요, 가장 뻔한 질문부터 가죠. 할 파커와 따님 사이에 뭔가 관계가 있었습니까?" 켈리가 작은 공책을 펼치고 받아 적을 준비를 하며 물었다.

"제가 아는 한은 없었어요." 수전이 말했다. "아시겠지만, 그럴

154

이유가 없어요. 그 사람은 우리를 위해 일한 적이 없거든요. 우린 그 사람한테 부탁할 일이 없었죠. 그 사람은 콜로니에 한 번도 온 적이 없어요. 그 애도 그 사람 이야기를 한 번도 한 적이 없고요."

"알겠습니다." 켈리가 말했다. "마지막으로 파멜라를 보신 게 언제인가요?"

그 말에 수전은 남편에게 불안한 시선을 보냈다.

데커가 말했다. "우린 오후 1시경 시신을 발견했습니다. 추정 사망 시각은 어젯밤 9시경입니다. 그러니 설명되지 않은 긴 시간 간격이 있죠."

밀턴이 눈물로 그렁그렁한 눈을 들었다. "그 애, 패미는 콜로니를 떠났습니다. **우리**를 떠났죠."

"그게 언제였습니까?" 명백히 놀란 기색으로 켈리가 물었다. "그 이야기는 지금 처음 들었는데요."

"음, 우린 사람들이 떠날 때 방송 같은 걸 하지는 않아요." 수전이 좀 더 침착하고 단정해진 태도로 대답했다. "우린 그런 이야기는 될 수 있으면 피하려 하거든요."

"그리고 그건 무척 드물게 일어나는 일입니다." 밀턴이 서둘러 덧붙였다. "하지만 싫다는 사람을 억지로 붙잡아둘 수는 없죠. 특히 어느 정도 나이가 들면요. 우린 절대 그러지 않습니다."

"하지만 우린 그 애한테 조언을 하기는 했어요. 그러면 얼마나 안 좋아질지 알려주려고 했죠." 수전이 말했다.

"따님에게 일어난 일로 다시 돌아가보죠." 데커가 말했다.

그 말에, 밀턴과 수전의 눈에 다시금 새로운 눈물이 차올랐다.

재미슨은 두 사람에게 티슈를 건네주었다.

"패미는…… 콜로니의 삶을 지루해했어요." 밀턴이 입을 열었다.

"그래서 우린 작년에 그 애를 샌안토니오에 사는 제 사촌 집에서 지내게 해줬죠. 그 애는…… 바깥 삶의 맛을 봤어요. 아무래도 그게 무척이나 좋았나 봐요. 다시 여기로 돌아와서는 떠나고 싶다고 했죠. 샌안토니오로 돌아가고 싶어 했어요. 학교를 다니고 일자리를 찾고……."

"……자기 삶을 살려고 했죠." 수전이 대신 말을 맺었다.

"하지만 두 분은 따님이 그러지 않도록 설득하려 하셨죠." 재미슨이 말했다. "말씀하신 대로요."

"그리고 우린 실패했습니다. 이미 말씀드렸지만요." 수전이 딱딱하게 대꾸했다.

"따님이 정확히 언제 콜로니를 떠났습니까?" 켈리가 물었다.

"한 달 전이요." 밀턴이 퉁명스럽게 대답했다.

"하지만 샌안토니오로 가지 않은 건가요?" 데커가 지적했다. "아직 여기 있었죠. 갔다가 다시 돌아온 게 아니면요."

"그 애는…… 그 애는 아직 가기 전이었어요." 밀턴이 기어들어가는 목소리로 말했다.

"뭔가를 기다리고 있었나요?" 재미슨이 물었다.

밀턴이 대답하려는데 수전이 헛기침을 했다. 그리고 자신을 쳐다보는 남편을 빤히 보았는데, 눈길이 어찌나 냉엄한지 살아 있는 사람이 아니라 돌로 만들어진 것 같았다.

밀턴은 입을 다물고 고개를 돌렸다. 데커는 부부 사이의 이 상호작용을 눈여겨보았다.

수전이 말했다. "우린…… 우린 여기서 공동생활을 해서, 개인적인 재산은 전혀 없어요. 하지만 그 애가 샌안토니오까지 갈 수 있게 여비를 좀 도와달라고 공동체에 요청할 수는 있었어요. 그리고 그 애가 자립할 수 있을 때까지 약간만 더 도움을 달라고요."

"하지만 그러지 않으셨군요." 재미슨이 말했다.

수전은 말없이 고개만 저을 뿐이었다.

밀턴이 말했다. "우린 도움을 못 받으면 그 애가…… 집에 돌아올 수도 있을 거라고 생각했어요." 밀턴은 이제 완전히 무너져서 이마를 탁자에 기댔다. 몸이 벌벌 떨리고 있었다. 수전은 고개를 돌린 채로 남편의 등을 부드럽게 다독였다.

데커는 켈리에게 시선을 보내며 말했다. "우린 따님의 행적과 친구들을 확인해야 하고 일자리가 있었는지 어떤지를 알아야 합니다. 어디서 묵었는지 그리고 할 파커와 뭔가 관계가 있다면 그게 뭐였는지도요." 데커는 말을 멈추고 수전을 응시했다. "그 전에, 파커가 콜로니에 한 번도 온 적 없다고 하셨죠. 하지만 그다음에는 그 사람한테 일을 부탁한 적이 없다고 하셨는데, 그 말씀은 할이 무슨 일을 하는지 아셨다는 것으로 들립니다. 할 파커를 아셨습니까, 에임스 부인?"

수전은 여전히 엎드린 채 조용히 흐느끼고 있는 남편을 보았다.

"전…… 전 그 사람을 알았어요. 밀턴하고 달리 전…… 전 처음부터 여기 콜로니에서 살지는 않았거든요. 할은 저보다 훨씬 나이가 많았지만 가족끼리 이웃에 살아서, 어릴 때 그 사람을 많이 봤어요. 전…… 전 그 사람이 무슨 일을 하는지 알아요."

재미슨이 말했다. "그러면, 파멜라는 할을 알았나요? 여길 나와서 도움을 청하려고 할에게 갔을 수도 있을까요?"

"그랬을 수도 있죠." 수전이 말했다. "확실히는 모르지만요."

재미슨이 얼굴을 찌푸렸다. "따님과 연락 안 하셨어요?"

수전이 방어적으로 말했다. "그 애는 휴대전화가 없었어요."

"납득이 잘 안 되네요." 재미슨이 말했다. "비록 콜로니에서는 휴대전화를 안 썼다 해도, 거길 나온 후에는 없이 지내기 힘들었을 텐데요."

켈리가 덧붙였다. "그리고 런던이 그리 넓은 곳도 아니잖아요. 분명히 파멜라를 보러 가셨을 텐데요."

"전 그 애를 보지 **않기로** 결정했어요." 수전이 쏘아붙였다. "그 애는 스스로 결정을 내렸어요. 더는 우리 세계에 속해 있기 싫다고요."

데커는 벽에서 몸을 밀어내고 다가와 퉁명스럽게 말했다. "그럼 따님은 파커의 집에 묵었을 수도 있겠군요. 그리고 만약 누군가가 거기 가서 할을 납치했는데 따님이 거기 있었다면, 그냥 잘못된 장소와 잘못된 시간에 있었던 거고요."

켈리는 동의로 고개를 끄덕였다. "그럴 수 있죠, 네."

재미슨이 말했다. "하지만 데커, 거긴 방 한 칸짜리 집이에요. 그리고 우린 파멜라가 거기 살았다고 짐작할 만한 어떤 옷이나 물건도 발견하지 못했어요. 파커의 차 말고는 다른 차도 없었고요." 그러고는 당혹한 표정으로 데커를 올려다보며 말을 이었다. "전부 당신도 아는 이야기잖아요."

데커는 밀턴에게서 시선을 떼지 않았다. "맞아요, 알렉스. 그러니 이제 어쩌면 밀턴이 우리에게 수전이 말하고 싶어 하지 않는 걸 알려줄 차례겠죠."

모든 눈이 천천히 의자에 등을 기대고 앉는 밀턴에게 쏠렸다.

"수전과 달리, 전 패미와 연락을 했습니다."

"그래서요?" 데커가 물었다.

"그 애는 타운으로 들어오는 큰길의 대형 트럭 휴게소에서 웨이트리스로 일하고 있었죠.”

“따님한테서 직접 들은 건가요?”

“아뇨. 다른 사람에게서 들었습니다. 여기로 배달을 하는 트럭 운전수한테요. 패미를 알았거든요. 그 애가 거기 있다고 하더군요. 전…… 전 거기 가서 만났습니다. 하지만 제가 그걸 발견했을 때는…….”

“죄송하지만, 무슨 말씀을 하시는 건지 잘 모르겠네요.” 재미슨이 말했다. “뭘 발견하셨을 때요?”

“음, 그 애가 무슨 옷을 입었는지요! 그곳의 모든 웨이트리스가 무슨 옷을 입었는지. 거의 헐벗은 거나 다름없더군요. 그리고 모든 남자들이 추파를 던졌죠. 그건…… 전 믿을 수가 없었습니다. 제 딸이…….”

수전이 혀 차는 소리를 내며 남편에게 냉랭한 시선을 던졌다.

밀턴은 불안하게 침을 삼키고 고개를 내리깔았다.

“그래서, 따님에게 그런 본인의 생각을 말씀하셨나요?” 재미슨이 물었다.

밀턴은 여전히 고개를 내리깐 채 끄덕였다. “전…… 전 그 애한테 네가 수치스럽고 다시는 보고 싶지 않다고 했습니다.”

그 말과 함께 밀턴은 무너져 흐느꼈고, 더는 다른 질문에 대답하지 못했다.

0 0022

데커는 호텔방 창밖으로 사람들과 차들로 번잡한 거리를 내다
보았다. 이 시추 사업은 정말 노스다코타주의 일부를 단순한 '교차
로 주'에서 세계적으로 손꼽히는 엄청난 경제 활황지 중 하나로 바
꿔놓았다고, 데커는 생각했다.

파멜라 에임스가 왜 할 파커의 집에 있는지는 아직 알아내지 못
했다. 만약 핸드백이 있었다면 그것 또한 누군가가 가져갔다. 휴대
전화도 마찬가지였다. 파멜라를 죽인 총은 어디서도 발견되지 않
았다. 또한 파커의 트럭에 에임스가 있었다는 흔적도 발견하지 못
했고, 그래서 어쩌다 거기서 나타났는지 또한 아직 알 수 없었다.
월트 서던이 부검을 하고 있을 테고, 데커는 거기서 뭔가가 나타나
기만 빌고 있었다.

트럭 휴게소 사람들과 이야기를 나눠보았다. 에임스는 거기서
일한 게 맞았다. 그날 밤 근무에 오지 않았다고 했다. 휴대전화로
(그렇다, 파멜라는 실제로 휴대전화가 있었다) 전화를 걸어보았지만 연

락이 닿지 않았다. 켈리가 휴대전화의 위치 추적을 시도해보았지만 아무 소득도 없었다. 또한 에임스가 어디에 살았는지도 추적하려 했지만 그것 역시 현재까지는 아무 소득 없었고, 트럭 휴게소 사람들 역시 모른다고 했다. 회사는 월급을 우편으로 보내지 않고 그냥 금요일마다 직접 준다고, 매니저가 말했다. 만약 이사를 다녔거나 여기 사람들 일부가 그러듯 버려진 빈집에 살았다면, 특정한 날 정확히 어디에 있었는지를 짚어내기가 불가능할 것이다.

시계를 확인했다. 오케이 코럴 살롱에서 30분 후 베이커와 만나기로 돼 있었다. 보거트의 개인 휴대전화 번호로 전화를 걸었지만 음성사서함으로 넘어가기에 메시지를 남겨놓았다. 크레이머의 죽음이 파멜라 에임스의 살인과 할 파커의 실종과 뭔가 관련이 있는지 어떤지, 데커는 알지 못했다. 그리고 파커는 납치당했을까? 아니면 모종의 이유로 에임스를 살해하고 도망친 것일까?

데커는 씻고 깨끗한 옷으로 갈아입은 뒤 밖으로 나갔다.

바에 도착하기 전에, 그리로 가고 있던 베이커를 만났다.

"조사는 어떻게 돼가?"

"그냥 가고 있어요. 석유 시추는 어때요?"

베이커가 씩 웃었다. "뜨겁지. 기온을 말하는 게 아니야."

가게 안으로 들어간 두 남자는 기적적으로 빈 테이블을 하나 찾아서 자리를 잡고 생맥주 두 잔을 주문했다.

술이 오자 두 남자는 각자 반 잔씩 마셨다.

"르네 누나랑 다시 통화했어요." 데커가 말했다.

"그래, 들었어. 이 상황에 관해서 자네 기분이 좀 나아졌으면 좋겠는데."

"있죠, 스탠, 내가 기분이 나아지든 말든 스탠은 걱정할 필요 없어요. 두 사람이 괜찮고 아이들만 잘 보살핀다면, 잘된 거죠."

베이커는 이 말에 놀라는 한편으로 기분이 좋아진 듯했다. "고마워, 에이머스. 난 여전히 르네를 좋아하고 르네도 나를 좋아해. 아마 앞으로도 계속 그럴 것 같고. 우린 오래 함께했고 물론 아이들도 있지. 정말이지 그게 가족을 무슨 일이 있어도 하나로 묶어주는 끈이거든. 아이들은……." 마지막 말을 내뱉은 즉시 베이커의 얼굴이 살짝 창백해졌다. "어, 내 말은……."

"무슨 말인지 정확히 알아요, 스탠." 데커가 맥주를 한 모금 마시며 말했다. "그래서, 여기가 마음에 드신다고 했죠?"

"아, 그럼. 젊은 녀석들은 여기가 너무 고립됐다고 더러 생각하기도 하지. 젠장, 나야 알래스카에서도 살다 왔으니. 거기서 '고립'은 전혀 다른 뜻이야."

"그러면 이 석유 시추 사업에 관해 이야기 좀 해주세요." 데커가 말했다.

베이커는 놀란 표정을 지었다. "그게 자네한테 왜 중요한데?"

"전 살인사건 조사 중이에요. 사람들은 다양한 이유로 살해당해요. 돈과 권력도 그 이유에 속하죠. 여기서 돈과 권력은 석유 시추에 연결돼 있고요, 맞죠?"

"맞아. 그렇지 않으면 이곳엔 거의 아무도 없을 테지. 그래서, 뭘 알고 싶은데?"

"기본적으로 그게 어떻게 돌아가는지요."

"땅속에 석유와 가스가 있어. 그리고 사람들은 그걸 뽑아서 거액에 팔지."

"그 부분은 알아요. 다만 제가 알기로 그걸 땅에서 파내는 게 늘 그렇게 쉽지는 않을 텐데요."

"맞아. 그래서 여기 오기 전에 나도 조사를 좀 했어. 난 아무 딸린 식구도 없는 젊은 녀석이 아니잖아. 실패를 감수할 수 없었지. 그래서 이 일이 지속성이 있는지 어떤지 알고 싶었어. 노스다코타는 전에 호황과 불황을 겪었으니까."

"이해했어요. 계속하세요."

"음, 노스다코타에서 석유가 처음 발견된 건 1950년대 초반, 티오가라는 작은 도시에서였어. 하지만 여긴 바켄 지역이라 시추가 불가능하다고들 여겼지. 석유를 뽑아내기가 너무 어려웠거든. 내로라하는 거물들이 몇십 년을 시도하고도 실패했지. 다들 그냥 영원히 거기 처박혀 있겠구나 했어. 그래서 1990년대 말에, 석유 시추는 여기서 더는 가망이 없었지. 그런데 나중에 알고 보니 석유 회사들이 **엉뚱한** 지점을 파고 있었던 거야. 수직 방식은 거의 다른 모든 곳에서 통하는데, 여기서는 통하지 않아. 셰일 지역에 도달할 만큼 충분히 깊이까지 수직으로 판 다음 다시 **수평으로** 파야 하지. 그리고 그걸 수압파쇄법과 병합해서 해야 해. 설명하자면 석유가 저장된 지점으로 물과 진흙과 화학물질을 내려보내는 거지. 그리고 계속해서 드릴질을 하면서 셰일을 깨뜨리는 거야. 그러면서 모래도 내려보내. 셰일의 깨진 부분이 다시 붙어버리지 않게."

"의사가 막힌 동맥을 뚫으려고 스텐트를 넣는 것 같은 방식인가요?"

"바로 그거야. 그리고 추출하는 부분은, 물잔에 빨대를 넣는다고 생각해봐. 액체를 비롯한 것들을 그 빨대를 통해 물에 투입하지. 달리 갈 곳이 없으니, 아래의 물은 빨대를 통해 올라올 수밖에 없어. 그러니까 여기서는 수압파쇄를 하고 나면 석유가 표면으로 떠오르기 시작하는 거야."

"얼마나 깊이 들어가요?"

"수직으로 한 3킬로미터쯤, 그리고 모니터링을 계속하면서 양옆으로 또는 수평으로 몇몇 단계를 조심스럽게 거치지. 때로는 몇 킬로미터씩 더 가야 할 수도 있어. 전부 합치면, 드릴링과 배관 매설을 6킬로미터 남짓 하게 되지."

"그럼 이 주위에서 눈에 띄는 그 많은 굴착 장치들이 석유층과 가스층 위에 있는 건가요?"

"그렇지. 석유층을 찾으면 거의 늘 가스층이 같이 있어. 우물 하나를 수압파쇄하려면 민물이 400만 리터에서 최고 2천만 리터까지 필요해. 거기에다 트럭 2천 대 분량의 모래도. 해당 부지의 유정 하나가 생산 준비를 갖추기까지는 대략 3개월에서 6개월 정도 걸려. 하지만 그렇게 준비된 유정은 20년, 30년 또는 40년까지도 생산이 가능하지. 석유와 가스를 다 뽑아내고 나면 전부 들어낸 후 표면을 정리하고, 땅을 임대한 소유자가 다시 그 땅을 사용하게 돼."

"이 모든 일에서 스탠이 하는 일은 뭐죠?"

"내가 처음 여기 왔을 때는 그저 지극히 평범한 유전 노동자였어. 다른 모든 젊은 친구들과 함께 파이프를 설치하고 천공 탑 작업을 했지. 그 후 경력이 있다는 게 알려져서, 굴착 장치를 모니터링하는 업무를 맡게 됐어. 트레일러에 앉아서 컴퓨터 화면을 보는 일이지. 원하면 나중에 직접 가서 보여줄게."

"그러면 저야 좋죠, 스탠. 감사해요."

베이커가 씩 웃었다.

"뭐예요?" 데커가 물었다.

"자네가 대학 졸업하고 프로로 간 이후로 나랑 이렇게 오래 마주 앉아 이야기하는 건 처음이야."

"맞아요." 데커가 말했다. "그런 의미에서 캐럴라인 도슨에 관해 얘기해주세요."

베이커가 당황한 표정을 지었다. "알아, 영리하고 아름답고 젊은 데다 돈까지 많은 여자가 덩치만 큰 늙은 얼간이랑 뭘 하는지 궁금한 거지?"

"그런 생각은 안 했는데요."

"자네는 거짓말에 서툴러."

"그래서요?"

"그래서 내가 어느 날 이 바에 들어왔는데, 캐럴라인이 거기 있더군. 젠장, 칵테일을 만들고 있길래, 난 그냥 여기서 일해서 밥값을 버는 바텐더인가 보다 했지."

"칵테일을 왜 만들죠?"

"아버지가 그 바 주인이거든."

"그건 몰랐지만, 말이 되네요. 하지만 확실히 캐럴라인은 그 돈이 필요 없을 텐데요."

"캐럴라인은 직접 현장에서 발로 뛰기를 좋아해. 호텔과 아파트 건물 몇 곳에서 메이드 일도 하고, 상점 몇 곳에서 캐셔 일도 하고, 심지어 세미 트레일러도 몰아봤다니까. 운전면허가 1종이야."

데커는 자못 감탄한 표정이었다. "그렇군요. 좋은 얘기네요."

"어쨌든, 난 누군지도 모르고 캐럴라인에게 맥주를 달라고 했어. 물론 젊고 술에 취한 불량한 녀석들이 밤새 캐럴라인에게 추파를 던지고 있었지만, 캐럴라인은 꿈쩍도 하지 않았지. 나한테 관심을 보이는 것 같았는데, 아마도 내가 자기한테 집적대지 않아서 그런 것 같아. 그리고 남자 놈들 중에 몇몇은 내가 아는 녀석이라 자제

시킨 것도 있고. 캐럴라인이 나에 관해서 이런저런 것들을 물어보길래 대답해줬지. 아이들 사진을 보여줬어. 그랬더니 자기 근무가 몇 시에 끝나는지 말해주더군."

"왜 그랬을까요? 나중에 따로 만나자고 하던가요?"

"아니야. 그냥 **내가** 물어보니까 대답해준 거야. 약간 김이 샌 눈치더라고. 내가 자기한테 **지분댄다고** 생각했는지. 그래서 난 그냥 집에 무사히 가는지 확인하려고 그랬다고 했어. 그 불한당 놈들이 그냥 얌전히 갈 것 같지 않았거든. 그랬더니 밖에 차를 세워놨다고 하더군. 그거 승차감이 엄청 좋아. 포르셰 SUV인데 넓은 특수 타이어에 접지면이 아주 고급이지. 아버지한테 생일 선물로 받았다나. 물론 그런 것들은 나중에야 알았지만."

"그렇군요. 그래서 어떻게 됐나요?"

"길 맞은편에서 기다리고 있는데 캐럴라인이 나오더군. 끈질기게 괴롭히던 불한당 두 놈이 따라 나왔고. 캐럴라인은 꺼지라고 했지만 잔뜩 취한 놈들에겐 통하지 않았어. 점점 위험해 보이는 거야. 급기야 놈들이 캐럴라인에게 손을 댔고, 난 정말 안 좋은 상황으로 번질까 봐 걱정됐지. 그래서 달려가서…… 음, 놈들한테 캐럴라인을 가만두라고 설득했어."

데커가 씩 웃었다. "정확히 어떻게 설득했는데요, 스탠?"

"뭐, 대체로 흠씬 두들겨주는 방법으로? 아마 내 나이 때문에 놈들은 생각도 못 했던 것 같아. 어쨌든 캐럴라인은 정말 고마워했고…… 음, **캐럴라인이 나한테** 데이트를 청했어. 믿을 수가 없었지. 그런 여자는 만나본 적 없으니까. 심지어 르네도, 르네도 어디 가서 빠지지는 않지만 말이야. 그래서 우린 때때로 만나고 있어. 내가 급이 안 되는 건 알지만, 음, 캐럴라인이랑 같이 있으면 나도 꽤

찮은 사람이 된 기분이 들어, 아마도. 그리고 같이 있으면 재미있고. 누구나 가끔씩은 재미를 좀 봐도 되잖아, 안 그래?"

"물론이죠. 캐럴라인의 아버지는 만난 적 있나요?"

"아니. 그리고 우린 절대, 내 말은, 안 했어, 알지."

"같이 자는 거요?"

"맞아. 우린 그냥 친구야."

"솔직히 터놓고 말하자면, 난 첫날 밤 스탠을 쫓아 여기 왔었어요. 캐럴라인이 스탠한테 온통 매달리고 난리가 났던데요."

"즐기는 걸 좋아하는 친구야. 하지만 난 오십 대지. 젠장, 아빠뻘이야."

"그런 건 신경 안 쓰는 사람들도 있죠."

"흠, 그래." 베이커가 술잔 위로 몸을 숙였다.

"둘 다 제가 안 보는 사이에 사라졌더군요. 전 두 사람이 어쩌면, 음……."

"아니야. 캐럴라인은 바 위에 방이 있어. 거기로 올라갔어. 두통이 있다면서. 난 집에 갔고."

"그렇군요."

데커는 켈리가 준 아이린 크레이머의 사진을 꺼내어 밀어 보냈다. "이 사람을 알거나 만난 적이 있나요?"

베이커가 사진을 집어 들어 찬찬히 살펴보았다. "살해당했다는 그 사람인가?"

데커가 고개를 끄덕였다. "아이린 크레이머요. 브라더스의 콜로니에서 교사 일을 했어요."

"학교 교사였단 말이지? 누가 학교 교사를 죽이고 싶어 하지?"

"그리고 부업도 있었어요. 에스코트였죠. 민디라는 이름을 썼어요."

"그렇군." 베이커가 탄식하듯 말하며 사진을 도로 밀어 보냈다. "한 번도 본 적 없는데. 그리고 난 '에스코트'는 관심 없어. 애가 넷인데, 거기서 더 늘기라도 하면 큰일이지. 그러느니 맥주를 마시면서 영화나 보겠어."

"주변에 스탠과는 생각이 다른 젊은 녀석들도 있겠죠?"

"아, 그럼. 적지 않지."

데커가 사진을 도로 밀어 보내며 말했다. "그럼 이 사진을 두루 보여주고 반응 확인 좀 부탁할게요. 그럼 이제, 공군 기지에 관해서 혹시 아시는 게 있나요?"

"매일 출퇴근할 때 지나가긴 하지."

"전 거기 가서 그곳 사령관하고 이야기를 나눠봤어요. 입이 무겁더군요."

"그래, 거기는 분위기가 꽤 심각하지. 적어도 내가 듣기로는 그래. 보안이 삼엄하다면서."

"그곳이 꽤 일하기 안전한 곳이라고, 사고도 없다고 하더군요. 그런데 거기 구급차가 줄줄이 서 있었어요. 그러니 말이 안 되죠."

베이커가 그 말에 생각에 잠겼다. 얼굴에 서서히 그림자가 졌다.

"뭡니까?" 변화를 알아차린 데커가 물었다.

"음, 가끔 거기서 일하는 녀석이 바에 오곤 했어. 나도 군인이었으니 서로 말이 통하잖아. 물론 그쪽은 공군이고 난 육군이었지만, 그래도. 난 작전과 훈련을 많이 하다 보니 그쪽과 협력할 때도 많았거든."

"그렇군요."

"음, 어느 날 밤 그런 녀석들 몇 명이랑 같이 술을 마시고 있었어. 그런데 한 녀석이, 이름이 벤이었는데, 뭔가 이상한 소릴 했어. 근데 그게 기억에 남더란 말이야? 그 친구가 한 말이 잊히질 않더라고."

"도대체 무슨 소리를 했는데요?"

대답하기 전, 베이커는 맥주잔을 비운 후 데커를 똑바로 보았다.

"우리 모두가 망할 놈의 시한폭탄 위에 앉아 있다는 거야."

0 0023

데커와 베이커는 각자 맥주를 한 잔씩 더 마시고 칠리, 칩스 그리고 할라페뇨 접시 하나를 같이 비운 후 술집을 나섰다. 둘 다 바에서 그들을 감시하고 있던 젊은 남자들의 존재를 알아차리지 못했다. 이젠 날이 어두워졌고, 길도 이전보다 비어 있었다. 시간이 늦어서만이 아니라 가느다란 빗줄기가 떨어지기 시작한 탓도 있었다.

두 남자는 베이커가 트럭을 세워둔 갓길로 향했다. 그리로 가면 데커의 호텔로 가는 지름길이기도 했다. 하지만 한 블록도 가지 않아서 데커가 서서히 걸음을 늦췄다.

"뭐야?" 뭔가 낌새를 챈 베이커가 물었다.

"따라온 친구들이 있네요. 우호적인 녀석들은 아닌 것 같고요. 봐요."

베이커가 앞쪽을 보았다. 세 명의 젊은 남자가 우뚝 서서 앞길을 가로막고 있었다.

그 후 데커는 뒤를 돌아다보았다.

또 다른 세 남자가 뒤쪽을 막고 있었다.

"아는 친구들이에요?" 데커가 물었다.

남자들이 양쪽에서 거리를 좁혀오자 베이커가 나지막이 말했다. "두어 명은 알아보겠어. 그때 캐릴라인을 뒤따라가서 나한테 얻어 터진 녀석들이야."

"그럴 줄 짐작했어요. 앙갚음하러 왔나 보네요."

"이건 자네 싸움이 아니야, 에이머스. 녀석들은 분명 자네는 그냥 보내줄 거야."

데커가 무슨 소리냐는 표정으로 베이커를 보았다. "정말 내가 스탠을 여기 혼자 두고 갈 것 같아서 하는 말이에요?"

베이커가 씩 웃었다. "음, 우리가 함께한 싸움이 이번이 처음은 아니지."

"그리고 아마 마지막도 아니겠죠."

"무기 보여?"

"하나는 칼을 가지고 있을 수도 있을 것 같아요." 데커가 뒤를 돌아보며 말했다. "그리고 하나는 야구방망이를 들었고요."

"자네 총 있나?"

"안타깝게도 방에 두고 왔네요. 스탠이랑 맥주 한잔하는 데 굳이 필요할 것 같지 않았거든요. 신분증은 보여줄 수 있겠죠."

"젠장, 저 멍청이들은 아마 글자도 못 읽을 거야."

"그래요."

"아무래도 구식으로 처리해야 할 것 같아. 썩 내키진 않네. 모처럼 좋은 옷을 입었는데 녀석들의 피 따위로 망가지면 불쾌하니까."

"피해 갈 방법은 없을 것 같아요, 스탠."

데커는 왼편에 일렬로 놓인 쓰레기통들을 보았다. "칼 든 놈 상대할래요, 아니면 야구방망이 든 녀석으로 할래요?"

"난 사실 칼이 더 끌려. 자네 3학년 때 미시간하고 붙었을 때가 생각나는군. 자네가 어떻게 했더라?"

"내가 쿼터백을 날려버렸더니 센터가 내 얼굴에 침을 뱉더라고요. 그래서 녀석을 경기장 바닥에 메다꽂았죠. 15야드 퍼스널 파울을 받았지만 뭐, 그 정도는 감수해야죠. 그리고 우리가 이겼으니까."

"맞아, 이제 기억나네. 좋아, 자네는 그럼 자네 교본에 따라 저 녀석을 상대해. 녀석들이 다가오고 있으니까."

여섯 남자가 앞으로 돌진했다. 야구방망이와 칼이 앞장섰다.

데커도 베이커도, 마지막 순간까지 움직이지 않았다.

야구방망이 녀석이 30센티미터 거리 내로 들어오자, 데커는 쓰레기통 뚜껑을 재빨리 낚아채 남자의 얼굴에 휘둘렀다. 정통으로 얻어맞아 이빨이 두 개나 날아간 남자는 방망이를 놓치고 얼굴에서 피를 흘리며 쓰러졌다.

베이커는 칼을 휘두르는 놈을 향해 다가섰다. 놈이 아래쪽을 향해 칼을 내지르자 베이커는 상박으로 막았다. 그 후 잽싸게 손목을 낚아채고 팔을 등 뒤로 돌려 팔꿈치를 가능한 한도까지 위쪽으로 꺾어 올리자, 놈의 어깨가 말끔하고도 고통스럽게 분리됐다. 놈은 땅바닥에 쓰러져 비명과 욕설을 내뱉었다.

데커는 땅에 떨어진 야구방망이를 집어 들어 한 녀석의 무릎을 후려친 후 셋째 녀석의 신장 부위를 가격했다. 둘째 녀석이 다시 덤벼들자 데커는 방망이를 떨구고 상대를 내팽개쳤다가 허리를 쥐고 공중으로 들어 올려 땅에 박았다.

남자는 긴 신음을 토한 후 눈을 감고 정신을 잃었다.

그러는 동안 베이커는 한 녀석의 얼굴에 그 커다란 주먹을 박아 코를 부러뜨렸다. 남자는 피를 뿜으며 벽돌 벽에 가 부딪혔다. 그리고 정신을 잃고 축 늘어졌다. 마지막 녀석은 개중 가장 영리했다. 뒤돌아 데커나 베이커가 쫓아오기 전에 재빨리 튀었다.

베이커는 쓰러진 남자들을 보더니 손을 뻗어 자신이 기절시킨 한 녀석의 지갑을 꺼냈다.

"뭐 하는 거죠?" 베이커가 20달러 지폐 몇 장을 빼낸 후 지갑을 도로 남자의 가슴 위에 떨구는 것을 보고 데커가 물었다.

베이커는 대답 대신 심하게 얼룩진 자기 셔츠를 가리켰다. "놈의 피가 내 새 셔츠에 묻었잖아. 세탁비를 내 돈으로 낼 순 없지." 남자의 팔을 부츠로 쿡 찌르며 내뱉었다. "얼간이." 그리고 지폐를 접어 주머니에 넣었다.

데커는 쓰러졌지만 아직 의식이 있는 녀석들을 내려다보며 배지를 꺼냈다. "너희 모두를 멍청한 죄로 체포할 수도 있지만 서류 작업을 하기가 귀찮아서 말이야. 자, 혹시 병원 치료가 필요하면 직접 너희들 발로 갈 수 있겠지? 우리가 굳이 누굴 부를 필요 없게. 왜냐하면 우리한테 부탁하면 시간이 좀 걸릴 거고 나중에 너희 천치들은 몽땅 감옥에 가게 될 거거든."

"지랄하네." 한 남자가 고함쳤다. "도대체 너희가 뭐라도 되는 줄 알아?"

데커는 공식 신분증을 꺼내어 그들에게 보여주었다. "여기 에프-비-아이라고 씌어 있지. 혹시 모를 수도 있으니 알려주자면, '연방-수사-국'이라는 뜻이야. 그러니 내가 기소를 하면 너희는 여기서 아주 멀리 떨어진 연방 교도소에 가서 너희의 그릇된 행동을 회개하면서 한 10년쯤 썩어야 할 거야. 그리고 너희가 시간을 함께 보내게 될 친구들은 아마 나와 내 친구처럼 마음이 넓지 않을 테고."

데커에게 무릎을 얻어맞은 남자가 얼굴을 들고 고개를 끄덕였다. "우리끼리 알아서 할게요." 남자가 재빨리 말했다. "그만 가보셔도 돼요, 선생님."

"좆 까." 베이커한테 어깨를 탈골당한 남자가 소리를 질렀다.

"그런 말대답도 할 줄 알아?" 데커가 건조하게 대꾸했다.

데커와 베이커는 다음 블록까지 같이 걸어가 거기서 헤어졌다.

"현장 견학 약속은 내일 전화로 잡죠." 데커가 말했다.

"난 보통 아침 6시부터 저녁 6시까지 거기 있어. 그리고 아까 도와줘서 고마워. 자네 싸움도 아니었는데."

"내가 굳이 필요했을지 모르겠네요." 데커가 대꾸했다.

데커는 베이커를 두고 걸음을 옮겼다. 지금 걷는 길은 심지어 이전 길보다도 더 인적이 없었다. 이제는 빗줄기가 한층 굵어졌고, 데커는 걸음을 재촉했다. 곧 나올 골목을 따라 지름길로 가면 시간을 반으로 줄일 수 있을 거라고 생각했다.

순간 비가 후두둑 쏟아졌고, 데커는 때맞춰 골목길로 몸을 피했다. 골목을 절반쯤 갔을 때, 뭔가가 옆에서 데커를 가격했다. 맥 트럭만큼이나 강한 그 힘은 데커를 즉시 바닥에 쓰러뜨렸다. 뇌 외상을 초래한, 예전에 당한 블라인드사이드 태클이 떠오를 정도의 강력함이었다.

찰나의 순간, 총성과 동시에 데커가 서 있었던 바로 옆 벽돌 벽에 총탄이 명중했다. 5센티미터쯤 되는 구멍이 뚫리고, 즉시 작은 폭발이 일어나 불길이 벽돌을 집어삼켰다. 거기 맞았다면 데커는 이미 이 세상 사람이 아니었으리라.

데커를 친 남자는 데커 위에 엎드려 있었다. 남자가 데커의 귀에 속삭였다. "그대로 안전하게 누워 있어요. 금방 돌아오죠."

다음 순간, 데커는 혼자였다.

O 0024

데커를 저격한 남자는 이제 숨었던 곳에서 나와 달아나고 있었다. 남자는 저녁 내내 데커를 미행하다 골목길로 따라 들어왔다. 데커와 친구가 불한당 무리에게 습격당했을 때, 남자는 어쩌면 자신이 직접 손을 쓰지 않아도 되겠다고 생각했다.

총탄이 빗나갔을 때 남자는 당황했지만, 어떤 이유에서인지 데커는 그 즉시 쓰러졌다.

마치 누군가가…… 젠장. 임무 실패다.

몸을 흠뻑 적시는 빗줄기 속에서 남자는 속도를 높였다. 이 일이 직업인 남자의 머릿속에서 편집증 안테나가 마구 돌아가고 있었다. 남자의 무기는 특수 개조한 44구경 권총으로, 각별히 긴 총신은 사정거리를 늘리기 위한 것이었다. 데커가 십자선 안에 들어오자마자 곧장 방아쇠를 당겼지만, 그 모든 수고는 수포로 돌아갔다.

짜증이 났다. 이제는 보수를 못 받는 게 문제가 아니었다. 타깃을 놓쳤으니 되려 **자신이** 살해당할 것 같았다. 이건 그런 유형의 위험도 높은 작업이었다. 자기를 고용한 사람이 누군지 남자는 전혀 알지 못했지만, 업계에 몸담은 세월 덕분에 뭔가 대단한 유력자라는 것만큼은 충분히 짐작할 수 있었다.

그렇다, 오늘 밤은 거지 같은 시간이 될 것이다.

남자는 렌트한 차에 닿았다. 권총을 앞좌석 밑으로 밀어넣었다. 운전석에 올라 시동을 켜는 버튼을 눌렀다.

하지만 버튼은 거기에 없었다. 버튼이 사라졌다. 남자는 버튼이 있어야 할 빈 공간에 드러난 기계 장치를 살폈다. 도대체 이게 무슨 엿 같은…….

순간 조수석 문이 열렸다. 의문의 답이 거기에 서 있었다. 이쪽으로 총구를 겨누고 있는 것은 바로 데커를 넘어뜨려 목숨을 구해 준 남자였다.

청부업자의 눈이 깜빡거리며 이 새로운 등장인물을 위아래로 훑었다. 남자의 눈은 차가웠다. 지금까지 본 눈 중 가장 차가웠다. 그리고 왠지는 모르지만 그보다 더 차가워질 수도 있을 것 같았다. 180센티미터 정도의 키에 철사처럼 말랐다. 울룩불룩한 근육 덩어리 없이도 황소처럼 강한 남자였다. 민첩하고, 기민하고, 빠르고, 프로였다. 쏟아지는 빗속에서 그토록 침착한 모습만 봐도 읽어낼 수 있었다.

"당신이 누구인지 묻는 게 의미가 있을까?" 청부업자가 말했다.

남자는 고개를 한 번 저었다. 단 한 번이었다.

"당신이 내 총을 빗나가게 했지."

대답 대신 남자는 퉁명스럽게 단 한 번 고개를 끄덕였다.

"터놓고 말할게. 엄청난 세력이 내 뒤를 봐주고 있어. 당신은 여길 무사히 나가거나 아니면 바퀴 밑에 깔릴 수 있어. 여기 나와 있는 건 나 혼자가 아니야. 괜찮은 거래지. 받아들여."

이번에도 남자는 그저 살짝 머리를 저을 뿐이었다.

"그럼 뭘 원하는데?"

그때 청부업자는 자신에게 겨눠진 총신 끝에 달린 소음기를 알아차렸다.

"당신 크게 실수하는 거야." 청부업자가 말했다. "이건 단순히 우리 둘을 한참 넘어서는 일이야."

"처음으로 말이 되는 소리를 하는군." 남자가 말했다.

남자는 단 한 번 방아쇠를 당겨 상대의 이마에 구멍을 뚫었다. 덤덤탄이 그 안에 박혔다. 청부업자는 운전대 위로 엎어졌다.

귀에 이어버드를 끼고 있던 남자가 재킷에 부착된 마이크에 대고 말했다.

위치와 상황을 알려주자 저쪽에서는 '청소'가 곧장 시작될 거라고 대답했다. 남자는 가져갔던 시동 버튼을 원래 있던 곳에 돌려놓았다. 그 후 자신이 방금 쏴 죽인 상대를 거들떠보지도 않고 차 문을 닫았다.

권총을 허리띠 뒤쪽에 달린 권총집에 넣은 후 조금 전 데커를 두고 온 곳을 향해 다시 달렸다.

데커는 아직 골목 한중간에서 배를 바닥에 깐 채 엎드려 있었다. 멈출 줄 모르는 빗줄기 때문에 마치 입은 옷 그대로 웅덩이에 뛰어든 사람처럼 흠뻑 젖어 있었다.

골목으로 다가오는 남자를 보자 데커가 외쳐 불렀다. "저기요, 이제 일어나도 됩니까?"

"됩니다." 남자는 서둘러 다가와 데커를 부축해 일으켰다. 데커는 상대 남자의 손아귀 힘이 얼마나 강한지 느낄 수 있었다.

"누군가가 방금 날 죽이려 했어요." 데커가 말했다.

남자가 벽돌에 뚫린 구멍을 가리켰다. "44구경 철갑소이탄입니다. 누군가가 반드시 당신을 저세상으로 보내주고 싶었던 모양입니다."

"하지만 당신이 날 구해줬죠. 왜죠?"

"그게 내 일입니다."

"왜요?"

"그게 답니다."

"다른 남자는 어떻게 됐습니까?"

"그자도 내 일이었습니다."

"그래서, 그 남자는 어떻게 됐는데요?"

"그게 답니다."

데커는 이 기묘한 응답에 갈피를 못 잡는 눈치였다. "도대체 뭐가 어떻게 돌아가는 겁니까?"

"당신이 우리를 그 답으로 이끌어주길 바라고 있습니다, 데커 씨."

"**우리**가 누구죠?"

"그 질문에 굳이 대답함으로써 당신의 지능을 무시할 생각은 없습니다."

"그리고 내가 답을 찾지 못하면요?"

"그런 선택지는 없습니다. 그건 **당신** 일입니다."

"난 살인사건을 조사하러 여기 왔어요. 그 외에 다른 일에 관해서는 전혀 모릅니다. 당신이 어디 소속인지도 모르고요."

"우린 같은 팀입니다. 그저 부서가 다를 뿐입니다."

데커가 남자를 위아래로 훑어보았다. "이곳에는 언제 왔습니까?"

"그냥 당신과 함께 도착했다고 해두겠습니다."

"언제부터 날 미행한 겁니까?"

"거기에 유의미한 대답을 할 수 있을 정도로 오래 하지는 않았습니다. 저 멍청이들과 저격수를 제외하면, 오늘 밤은 어땠습니까?"

"그럼 멍청이들도 봤군요?"

남자가 고개를 끄덕였다. "끼어들었을 수도 있었겠지만, 당신과 친구가 잘 처리한 것 같았습니다. 내가 굳이 2군 팀 앞에 나서는 건 별로 영리한 방법이 아닙니다. 그랬다간 저격수가 겁먹었을 겁니다."

"그 얼간이들은 내 '친구들'하고 상관있었지, 나하고는 아무 상관도 없었어요."

"하지만 저격수는 달랐습니다. 놈은 철저히 **당신과** 상관있었습니다."

"진실이 밝혀지기를 바라지 않는 누군가가 있는 겁니까?"

"진실이 밝혀지기를 바라지 않는 누군가는 늘 있습니다. 그래서, 오늘 밤 뭘 알아냈습니까?"

"석유 시추에 관해 알아냈죠." 데커가 대답했다.

남자가 데커를 뜯어보았다. "그게 당신 시간을 들일 만한 일이었다고 생각합니까?"

"아니라고 해야 할 이유가 있다면, 어디 한번 들어보죠."

"당신이 그 부분을 **그냥 넘어가기에** 충분한 정도로 아는 건 없습니다."

"당신은 이곳에서 뭔가가 일어나고 있다는 걸 확실히 알고 있죠."

"다만 그게 뭔지는 모릅니다. 난 탐정이 아닙니다. 내 재능은 다른 분야에 있습니다."

"저격수는 잡았습니까?"

"놈은 다시는 당신을 괴롭히지 않을 겁니다."

"놈을 신문해볼 수도 있을 텐데요." 데커가 말했다.

"놈은 다시는 당신을 괴롭히지 않을 겁니다."

"죽었다는 겁니까? 우리에게 실마리를 줄 수 있었을 텐데요."

"놈은 우리에게 아무 실마리도 못 줬을 겁니다. 아마 놈과 우리가 가야 할 곳 사이에 장벽이 적어도 네 겹은 있었을 겁니다. 시간 낭비입니다. 그리고 우린 낭비할 시간이 없습니다."

"그냥 죽여버렸다는 겁니까?" 데커가 물었다.

"그게 당신한테 중요합니까?"

"난 경찰입니다. 그런 일은 나한테 중요합니다."

"그 걱정은 나한테 맡기십시오. 당신은 당신 할 일을 하면 됩니다. 우린 당신에게 의지하고 있습니다."

"이 일이 그렇게나 중요하다면, 왜 여기에 연방 요원이 아무도 와 있지 않죠?"

"이건 잠행입니다, 데커 씨."

"왜 당신이 노스다코타로 일반 비행기를 타고 오지 않았을 거라는 생각이 들죠?"

"여긴 자유 국가입니다. 뭘 생각하든 당신 자유입니다. 난 막을 생각 없습니다."

"그럼 내가 어떻게 당신한테 연락하죠? 그리고 당신은 나한테 어떻게 연락하고요?"

"우린 방법을 찾아낼 겁니다."

"적어도 이름이라도 말해줄 수 있습니까?"

남자가 망설였다. 데커가 남자에게서 망설임을 본 건 그때가 처음이었다.

"로비입니다. 윌 로비."

O 0025

"월 로비요? 그 남자가 이름을 말했다는 거예요?"

재미슨은 흠뻑 젖은 몸으로 벽에 기댄 채 카펫에 물을 뚝뚝 떨어뜨리고 있는 데커를 응시했다. 곧장 호텔로 돌아온 데커는 재미슨의 방문을 두드려 잠을 깨웠고, 이제 재미슨은 운동복 바지에 긴 소매 티셔츠를 입은 채 침대에 걸터앉아 불신 가득한 눈으로 데커를 바라보고 있었다.

"네, 그렇다고요."

"그러면 내가 다시 정리해볼게요. 우선 한 무리의 얼간이들이 당신을 공격해서 당신과 베이커가 놈들을 때려눕혔다고요?"

"놈들이 노린 상대는 스탠이었어요, 내가 아니라."

"그 후 누군가가 당신을 노리고 폭발하는 탄환을 쐈는데, 이 로비라는 남자가 당신을 구해줬다는 거죠. 그 후 로비가 당신을 죽이려 했던 남자를 쫓아가 제거했고요. 그리고 그 후 돌아와서 당신에게 이 도시에서 뭔가 큰일이 벌어지고 있다는 걸 몰래 알려줬고,

다른 요원들은 아무도 여기 오지 않을 거지만 우리는 한시라도 빨리 그게 뭔지 알아내야 한다?"

"꽤 괜찮은 요약 정리네요."

재미슨이 침대 머리판에 기대어 몸을 축 늘어뜨렸다. "그리고 이 월 로비라는 남자가 정말 자기 입으로 자기가 우리 편이라고 말했다고요?"

"부서는 다르지만 같은 팀이라고 했어요. 하지만 오늘 밤 내가 알아낸 것 중 가장 흥미로운 건 스탠이 공군 기지 남자한테 들었다는 이야기였어요."

"우리가 시한폭탄 위에 앉아 있다는 거요? 네, 그것 참 마음이 놓이네요." 재미슨이 냉소적으로 말했다.

"스탠은 그 남자 이름을 벤으로 기억했어요. 그리고 제복을 입고 있었다니까 벡터가 거기를 넘겨받기 전이었죠."

"그 남자가 말한 걸 더 캐보지는 않았대요?"

"스탠은 경찰이 아니니까요. 그리고 바에서 술을 마시다가 한 말이고요. 아마 그냥 헛소리라고 생각했겠죠."

"하지만 그래도 확실히 기억에 남았잖아요."

"네, 그랬죠." 데커가 수긍했다. "돌이켜보면요."

"그래서, 이 로비라는 남자는 뭐예요? 당신 수호천사?"

"오늘 밤엔 그랬죠. 그 남자만 아니었으면 난 머리통이 말 그대로 폭발한 채 영안실에 누워 있었을 겁니다."

재미슨은 그 말에 몸서리를 쳤다. "절대 다시는 당신 혼자 나가게 하지 않겠어요. 당신은 늘 사건에 말려들어요. **늘** 말이에요."

"난 그냥 스탠과 맥주 한잔하면서 이야기나 하자고 간 겁니다. 사건을 일으키러 나간 게 아니에요."

"음, 그럼 사건이 늘 당신을 **찾아낸다**고 해두죠." 재미슨이 비꼬았다. 그리고 좀 더 차분해진 어조로 물었다. "그러면 이제 이 일이 우리 조사에 어떤 영향을 미치는 거죠?"

"오늘 밤 일어난 일과 로비의 등장이 아이린 크레이머의 살인과 엮여 있다는 명확한 증거는 없어요."

"노스다코타주 런던 같은 장소에 어두운 음모가 동시에 두 개나 존재할 수 있다고요?"

데커가 젖은 머리카락을 쓸어넘기며 대꾸했다. "그냥 논리적으로 따져봅시다. 크레이머는 서른 살이었어요. 작년에 여기 왔고, 대학 졸업장이 있었죠."

"그걸 입증해줄 건 콜로니 쪽 증언밖에 없어요. 그리고 콜로니에서는 크레이머가 보여준 것 말고 다른 기록은 수중에 없다고 했죠."

"그건 맞아요. 하지만 크레이머가 **실제로** 대학을 졸업했다면, 그러면 18세에서 22세나 그쯤에 학교를 다녔을 겁니다. 그리고 그로부터 8년 후 이곳에 왔는데, 그 기간에 관한 기록을 전혀 찾을 수 없는 게 말이 됩니까? 그리고 크레이머의 지문이 FBI의 검색 시스템에 들어오자 경고가 띵 하고 울린다고요?"

"그래서, 요점이 뭐예요?"

"크레이머에게는 어떤 국제적 스파이로 자리를 굳힐 만한 시간이 없었어요. 그건 이미 우리가 생각해본 거고요. 사실, 지문이 들어왔을 때 FBI가 펄쩍 뛸 정도로 놀라운 뭔가를 할 시간이 부족했죠. 하지만 실제로 그런 일이 일어났잖아요. 그리고 그게 내가 크레이머가 과거에 일어난 어떤 일의 촉매 역할을 했을 거라고 진지하게 추정하는 이유입니다. 그러니 우린 실제로 그 촉매가 뭐였는지를 알아내야 해요."

"하지만 WITSEC이 아니면, 그럼 뭐죠?" 재미슨이 이마에 고랑을 지으며 물었다. "난 다른 건 전혀 생각이 안 나서 하는 말이에요."

"음, 난 한 가지 생각났어요."

"그게 뭔데요?"

데커는 생각에 잠긴 얼굴로 재미슨을 응시했다. "**부모**의 죄가 아이들에게 이어진다는 거죠, 알렉스."

재미슨의 당혹한 표정이 알겠다는 표정으로 바뀌었다. "크레이머의 부모요? 그래서 **그 사람들이** 한 일이 아이린이 지하로 숨도록, 그리고 이름을 바꾸도록 만들었을지도 모른다는 거죠?"

"난 크레이머가 가명일 거라고 확신해요. 실제로 누구였는지를 알아내야만 합니다."

"우린 실마리가 많지 않아요."

"보통 그렇죠."

"그리고 우린 크레이머에게 일어난 일이 '똑딱거리는 시한폭탄'이라는 말과 관계가 있는지 알지 못하죠."

"네, 모르죠. 하지만 그래도 알아낼 겁니다."

"나도 당신처럼 자신감이 있었으면 좋겠네요."

"자, 이제 좀 자둬요."

"잠깐만요, 켈리한테 오늘 밤 일 말할 거예요?"

"지금은 우리끼리만 알고 있죠."

"정말요? 켈리는 이곳 경찰이잖아요."

"확신은 없지만, 내 감을 믿으려고요."

데커는 문으로 향했다.

"데커, 다시 나가지 않겠다고 약속해줘요." 재미슨이 애원조로
말했다.

"문 앞에 책상을 대놓을게요. 그리고 한쪽 눈을 뜨고 총을 쥔 채
로 잘 겁니다."

O 0026

데커는 잠들지 않았다, 적어도 곧장은.

젖은 옷을 고스란히 입은 채 바닥에 앉아 있었다.

지갑에서 사진 두 장을 꺼냈다. 아내와 딸의 사진이었다. 두 장 다 죽기 직전에 찍은 것이었다.

오늘 밤, 태어나서 가장 죽음에 가까이 갔었다고, 데커는 생각했다. 만약 이 로비라는 남자가 몇 초만 늦었다면, 아니면 아예 거기 없었다면?

난 죽었겠지. 캐시와 몰리처럼.

데커는 사진을 내려다보았다. 이 사진들을 꺼낸 건 꽤 오랜만이었다. 장례식날, 데커는 말을 할 수 없었다. 어딘가가 고장난 것 같았다. 눈물로 가득 차서, 절망에 빠진 사람들이 계속해서 다가와 정말 가슴 아프다고 말했다. 그리고 데커는 당시에 그들이 도대체 무얼 전하려고 하는지도 이해할 수 없었다. 마치 아내와 딸처럼 죽은 느낌이었다. 실제로 죽기를 **원했다.** 왜냐하면 그들이 살 수 없는

데 계속 살아갈 욕망이 없었기 때문이다.

하지만 그 후 시간이 지났고, 데커는 처음에는 매우 비통해했다. 지나치게. 왜냐하면 모든 걸, 자기 목숨까지 잃을 뻔했기 때문이다. 그 후 더 많은 시간이 지났고 데커의 낮과 밤은 자기 일을 하고, 다른 사람과 소통하고, 심지어 새로운 친구를 만드는 데 쓰였다. 상실은 여전히 거기에 있었다. 늘 그곳에 있겠지만, '삶은 계속된다'라는 문구는 알고 보니 정확했다.

그리고 때때로 데커는 자신이 일에 너무 열중한 나머지 가족의 기억을 머릿속 작은 상자 안으로 물러나게 하고 어쩌다 한 번씩만 꺼내 보며 눈물을 흘린다는 것에 죄의식을 느끼곤 했다. 그건 데커에게 있어 아내와 딸을 잊어버린다는, 아니 적어도 두 사람이 살아있을 때 데커의 삶의 우선순위에서 차지하던 자리를 다른 것들에 내준다는 뜻이었다. 두 사람의 무덤을 굽어보며, 언젠가 다시 만나는 그날까지 두 사람이 자기 삶의 중심일 거라고 약속해놓고서. 배신의 자책이 서서히 스며들었다.

오른쪽 눈에서 눈물 한 방울이 몰리의 사진 위로 떨어졌다. 데커는 아주 조심스럽게 눈물을 닦았다. 마지막 모습을 찍은 사진이 망가질까 봐 두려웠다.

벌링턴에서 그들의 무덤을 찾아갔을 때 데커는 자신에게 말했었다. 넌 과거에 살 수도 있고 현재에 살 수도 있지만 둘 모두에 살수는 없다고. 비록 마음속 한구석에서는 절박하게 그걸 원했지만.

그래서, 어떻게 할 건가, 에이머스?

데커는 그런 상실을 겪은 모든 사람이 자신처럼 괴로워한다고 생각했다. 하지만 그걸 안다고 해서 전혀 위로가 되지는 않았다.

우리 모두 외톨이라고 느껴. 우리 모두 우리의 고통을 특별하게 느껴.

데커는 사진을 도로 지갑에 넣고 치웠다.

그때였다. 재킷 주머니가 불룩함을 알아차린 것은.

천천히 손을 집어넣고 꺼낸 것은…… 휴대전화인가?

답이 1초 후 머리를 때렸다.

로비.

그 남자가 이 휴대전화를 데커를 골목에서 부축할 때 재킷에 슬쩍 넣은 것이다. 로비는 그들이 소통할 방법을 알아낼 거라고 말했었다. 그리고 이게 그 방법임이 분명했다. 데커는 그 기기를 더 자세히 살펴보았다. 그것은 전형적인 휴대전화처럼 보이면서 그렇게 보이지 않기도 했다.

연결되는지 보려고 자기 휴대전화 번호를 입력해보았다. 연결되지 않았다.

휴대전화를 내려다보다가 그냥 녹색 통화 버튼을 눌렀다.

휴대전화가 작게 윙윙 소리를 내더니, 목소리가 들렸다.

"좀 더 빨리 알아차리기를 기대했는데요." 로비가 말했다. "한 시간째 전화를 기다리고 있었어요."

"방금 휴대전화가 있는 걸 알았고 그걸 작동하는 법을 알아냈습니다."

"뭔가 일이 있었나요, 아니면 그냥 확인한 건가요?"

"후자입니다. 그래서, 내가 녹색 버튼을 누르면 당신이 달려오는 건가요?"

"아니죠. 당신이 **빨간** 버튼을 누르면 내가 그렇게 합니다. 하지만 난 망토와 초능력이 없으니 내가 몇 초 안에 도착할 거라고는 기대하지 마세요."

"그래서, 그럼 패닉 버튼 같은 건가요?"

"그리고 오로지 정말 당황했을 때만 사용해요. 이제 다른 게 없으면 난 좀 눈을 붙여야겠습니다."

"방해해서 죄송합니다." 데커가 무뚝뚝하게 말했다.

"재수 없게 말할 생각은 아니었어요, 데커. 하지만 이건 일이에요. 중요한 일이죠. 우린 여기 친구가 되려고 있는 게 아닙니다."

"나도 당연히 그렇게 생각합니다."

"잘됐군요."

"한 가지만 더요."

"뭐죠?"

"오늘 날 살려줘서 고마워요."

"천만에요." 로비는 전화를 끊었다.

데커는 자리에서 일어나서 휴대전화를 침대 옆 협탁에 놓고 젖은 옷을 벗은 후 마른 속옷으로 갈아입었다. 침대에 누워 갑자기 어디든 좋으니 여기 말고 다른 곳으로 가고 싶다는 생각이 들었다. 놀라운, 아니 심지어 충격적인 일이었다. 평소 데커가 있고 싶어 하는 곳은 해결해야 할 범죄가 있는 곳이었기 때문이다. 그리고 지금은 그게 정확히 노스다코타주 런던이었다.

첫 피해자인 아이린 크레이머는 수수께끼의 과거를 가졌고 어쩌면 모두가 생각하는 그런 사람이 아닐 수도 있었다. 낮에는 교사였고 밤에는 전혀 다른 일을 했다. 살해당했고, 시신은 부검당했다. 아마도 살인범에 의해서. 어쩌면 위나 장에서 뭔가가 꺼내졌다.

크레이머를 발견한 남자, 할 파커는 휴 도슨이 소유한 소 몇 마리를 죽인 늑대를 쫓고 있었다. 그리고 이제 파커는 실종됐다. 그리고 파멜라 에임스가 죽었다. 할 파커가 크레이머와 에임스를 죽였을까? 하지만 만약 그렇다면 왜 시신을 발견한 척하며 경찰에 신고했을까? 그건 할을 곧장 용의선상에 놓을 수 있었으니 말이 되지 않는 일이었다.

이제 데커는 윌 로비의 개입에 도달했다. 로비가 연방 정부를 위해 일한다는 증거는 오로지 로비의 말밖에 없었다. 하지만 로비가 데커의 목숨을 구한 것은 **사실이었다.** 그리고 데커를 죽이려 한 남자는? 그 남자는 누가 보냈을까?

그리고 마지막으로, 데커는 매형이 공군 기지 출신의 남자에게 들었다는 시한폭탄 이야기로 돌아갔다. 그게 그 시설에 있던 구급차들과 관련이 있을까, 그리고 그게 그 기지의 지휘관인 섬터 대령이 그들에게 협력하기를 주저한 이유를 설명해줄까? 그들은 그 말을 한 남자를 찾아야 했다. 또한 데커는 이 석유 시추 사업에 관해 더 많은 걸 알아내려면 베이커의 도움이 필요했다. 데커의 경험상, 벌어야 할 돈이 있을 때는, 여기처럼 큰돈일 때는, 살해할 탁월한 동기가 발생했다.

물론 인간이 다른 인간을 사냥할 때 군이 이유가 필요한 건 아니었지만.

그 생각과 함께 데커는 어지러운 잠으로 빠져들었다.

"무슨 작전 지휘 본부처럼 보여요." 재미슨이 말했다.

재미슨과 데커는 널찍한 트레일러 안에서 길고 코팅된 책상 위에 놓인 일련의 컴퓨터 화면들을 응시하고 있었다. 그들은 수압파쇄 공정이 이루어지고 있는 석유 시추 현장에 있었다. 베이커는 데스크톱 컴퓨터들을 앞에 두고 회전의자에 앉아 있었다. 시선이 각 화면을 민첩하게 오갔다. 화장실과 에어컨과 창문을 갖춘 트레일러 실내는 꽤 쾌적했다.

"바로 그거예요." 베이커가 말했다. "우린 실제로 이곳을 **데이터** 센터라고 불러요. 그게 이 일의 핵심이거든요." 베이커는 화면을 가리키며 덧붙였다. "데이터요."

재미슨은 플라스틱 뚜껑이 덮인 채 테이블에 놓여 있는 맥스웰 하우스 커피 캔을 가리켰다. "큐리그 커피머신이 있는데 왜 저걸 마시죠?"

"뚜껑 열지 마세요." 베이커가 씩 웃으며 경고했다. "다른 감독의

타구(唾具)예요. 굴착 장치 근처에서는 담배를 피울 수 없어서, 니코틴 중독자들은 그 대신 **씹는** 담배를 애용하거든요."

"멋지네요. 미리 알려줘서 고마워요." 재미슨이 역겨워하는 표정을 지으며 대꾸했다.

베이커가 한 화면을 가리켰다. "이건 우리가 구멍에서 몇 배럴씩 뽑아 올리는 수압파쇄 용액을 초단위로 감시합니다."

"그걸 밀착 감시하는 게 중요한가요?" 재미슨이 물었다.

"아, 그럼요. 왜냐하면 뭔가가 순식간에 잘못될 수 있고 그러면 사람들이 다칠 수 있거든요. 그러다 결국 시추 현장이 결딴나는 수가 있죠. 그런 일이 일어나는 건 아무도 바라지 않고요. 우린 이 원전에 수압파쇄 작업을 이제 막 시작했습니다. 굴착과 배관 설비는 모두 별도의 팀이 담당하죠."

"전체 진행 과정이 어떻게 됩니까?" 데커가 물었다.

"맨 처음에는 유정을 굴착해야지. 그게 끝나면 굴착 파이프와 드릴 비트를 꺼내고, 다음은 강철 튜브 차례야. 우리는 표면 케이싱이라고 부르는데, 그걸 구멍에 투입해. 유정 측면을 튼튼하고 안정적이고 새지 않게 만드는 작업이야. 그 후 케이싱 튜브를 고정하기 위해 시멘트를 부어. 그리고 갱도가 잘 버틸 수 있게 압력을 가하지. 비행기 기체를 시험하는 방식과 다소 비슷해. 그 후 굴착 파이프와 드릴 비트가 다시 투입되고 수직 굴착이 계속 진행되지. 그게 끝나면 수평 굴착 시작이야. 그동안 안정화를 위해 지속적으로 케이싱과 시멘트를 더 많이 내려보내고. 그리고 그 모든 게 끝나면, 이제는 수압파쇄 용액을 투입할 차례야. 이건 모두 **단계별**로 이루어져. 그리고 각 단계는 두 시간쯤 걸리지."

"전부 몇 단계인데요?" 데커가 물었다.

"거의 100단계." 베이커가 대답했다.

"맙소사." 재미슨이 말했다. "왜 그렇게 많아요?"

"가야 할 길이 멀거든요. 그리고 정확한 방식과 방향으로 바위를 깨야 하죠." 베이커가 작은 창 앞으로 가 손가락질하며 말을 이었다. "저 트럭들은 혼합액을 유정으로 뽑아 올리는 용도입니다. 겹겹으로 연결된 파이프들을 통해서요. 거기에 필요한 폭발물들을 준비하고 폭발용사 장치를 천공 총에 연결하기 위한 대포 승합차도 있습니다."

"대포 승합차라." 재미슨이 감탄사를 발했다. "전쟁에라도 나가는 것 같네요."

"어떻게 보면 그런 셈이죠. 우리의 상대는 엄청나게 오래되고 누구의 손길도 닿은 적 없는 정말 튼튼한 지하 바위니까요. 바위에 풍압파쇄를 하기 위해 총을 아래로 발사합니다. 그 후 천공 기구로 바위 틈새와 균열을 벌려 석유층에 도달하죠. 그러니까 뭔가를 꺼내려고 손가락을 찔러 넣는 식이라고 생각하면 됩니다. 그 후 공을 떨어뜨려 플러그에 안착시킵니다. 그렇게 해서 우리가 관심 있는 지역을 고립시킨 다음 바위 틈새와 균열에 파쇄 용액을 발사하기 시작하죠."

"그 액체들은 뭘로 이루어져 있죠?" 데커가 물었다.

베이커는 두 사람을 다시 화면 앞으로 데려왔다. "꽤 정교하게 만들어진 칵테일 기술이야. 우리가 구멍으로 내려보내는 용액의 99.5퍼센트는 모래와 민물이 차지하지. 나머지는 화학물질이야. 상품성이 떨어지지 않도록 물속의 박테리아를 죽이기 위한 살충제하고, 액체에 점성을 주기 위한 화학물질도 있지. 구아검, 염화마그네슘, 중정석, 염산, 구연산, 에탄올, 메탄올, 에리소르빈산

염 같은 것들이야. 전부 각자 쓰임새가 있지. 어떤 것들은 겔화를 돕고, 어떤 것들은 철분 통제, 방부, 점토 안정화, 마찰 저감, 가교제로 쓰이고, 말하자면 끝도 없어." 베이커가 빙그레 웃으며 말을 이었다. "젠장, 어떤 날이면 내가 무슨 화학 박사라도 된 것 같다니까. 여기 있는 이 그래프들은 파이프 속의 압력을 나타내. 우린 우선은 프로판트라고 하는 보통 모래를 사용하고 그다음에는 세라믹 모래로 바꾸는데, 그러면 균열이 다시 붙는 걸 더 오래 막아주지." 베이커가 데커를 응시하며 말을 이었다. "자네가 말한, 막힌 동맥을 '스텐트'로 뚫는다는 비유처럼 말이야. 우린 단계당 약 110톤 분량의 프로판트를 사용해."

"모래놀이터를 꽉 채운 것보다는 훨씬 많네요." 데커가 말했다.

"그 수많은 트럭들이 들어오는 게 다 그걸 싣고 오느라 그런 거지." 베이커가 대꾸했다. "모래 없이는 아무것도 안 돌아가. 자연 모래는 위스콘신에서 오지. 세라믹 모래는 중국에서 수입되고."

"그러면 바켄 지역은 석유와 가스로 꽉 차 있나요?" 데커가 물었다.

"노스다코타 북서부 끝은 화석 연료의 잭팟이야. 그 주는 하루에 도합 200만 배럴의 석유를 뽑아내고 있지. 대략적인 감을 좀 주자면, 사우디아라비아 한 곳에서 하루에 뽑어내는 양이 약 1,200만 배럴이야. 중동을 다 합치면 전 세계의 알려진 총 석유 매장량의 절반을 차지하고. 천연가스로 말하자면 전체의 40퍼센트 이상이지."

"그래서 다들 그곳의 돌아가는 상황에 관심이 많은 거군요." 데커가 말했다.

"그러면 석유 대부분은 트럭에 실려 나가는 건가요?" 재미슨이 물었다.

"아뇨, 여기서 꺼낸 석유 대부분은 다코타 액세스 파이프라인으로 수송됩니다. 그편이 트럭째로 기차에 실어 보내는 것보다 훨씬 싸죠. 하지만 파이프라인은 금방 가득 차서, 새로 또 하나를 더 짓고 있어요."

재미슨이 말했다. "그리고 이건 스튜어트 매클렐런의 사업 중 하나고요?"

"맞아요."

데커가 말했다. "공군 기지는 여기서 가깝죠. 그리고 브라더스의 콜로니도요."

"맞아. 이 지역에서 굴착 장치들은 전부 매클렐런 소유지. 공군 기지 근처에 위치한 또 다른 한 회사를 제외하면."

"그 가스 화염은 다 뭐죠?" 재미슨이 물었다. "낭비 아닌가요?"

"맞아요." 베이커가 인정했다. "하지만 여기엔 그 가스를 수송하기엔 파이프라인이 충분하지 않아요. 그리고 설사 충분하다 해도, 이곳에서 나오는 가스는 탄화수소 비율이 너무 높거든요. 그러면 파이프가 막혀서, 파이프라인 작업자들이 싫어하죠."

"그럼 해결책이 뭐죠?" 데커가 물었다.

"메탄과 탄화수소를 현장에서 바로 분리하는 기술을 개발 중이야."

"파쇄 작업 중에 문제가 발생하기도 하나요?" 데커가 물었다.

베이커가 고개를 끄덕였다. "'스크린 아웃'이라는 게 꽤 흔해. 모래가 구멍을 막아서 일어나는 현상이지. 그렇게 되면 펌프가 자동으로 닫히는데, 압력이 치솟고 경고가 울리지."

"그걸 어떻게 해결하는데요?" 재미슨이 물었다.

"유정을 열고 방금 내려보낸 엄청난 양의 액체를 강제로 끌어올려 막힌 걸 뚫죠. 더 심각한 문제, 그러니까 유정이 악화되거나 장비가 부식되거나 저수지 상태가 바뀌거나 해서 침습성 개입이 필요하면, 개수용 리그를 부릅니다. 그런 다음 문제를 확인하고 해법을 찾을 수 있도록 와이어를 통해 측정 및 시험 장치들을 내려보내요. 그러면 보통 해답을 찾을 수 있고, 다시 작업이 시작되죠."

데커는 감탄한 표정이었다. "난 그런 줄도 모르고 스탠이 그냥 삽질하는 사람인 줄만 알았네요."

베이커가 씩 웃었다. "음, 그것도 할 만큼은 했어. 옛날에 말이야. 이제는 전부 기술이고 과학이고 공학이야. 하지만 뭐, 단독 화장실과 에어컨, 난방기가 딸린 트레일러 안에서 일하라면 나야 감사합니다지."

"대단한 사업이네요." 재미슨이 한마디했다.

"여기서 얼마나 오래 있을 것 같아요, 스탠?" 데커가 물었다.

"아이들을 부양하고 학비를 낼 수 있을 만큼 돈을 모아서 은퇴할 수 있을 때까지. 그다음엔 플로리다로 가서 휴대전화는 바닷속에 처박고 낚시나 하러 갈 거야. 관짝에 들어가는 순간까지."

"이제 시한폭탄 이야기를 했다는 그 남자에 관해 기억나는 걸 말해주세요." 데커가 말했다. "이름이 벤이라고 했죠?"

"그래, 적어도 자기 말로는 그랬어."

"성은요?"

베이커가 얼굴을 비비며 의자 등받이에 몸을 기댔다. "잘 모르겠어. 1년도 더 전이고 정신없는 상황이었고 난 술을 마시고 있었으니까."

"그러면 그 남자가 공군에 있었던 건 확실한가요?"

"그래, 공식 위장복을 입었고 자기가 거기 배치됐다고 했어."

데커가 물었다. "우리가 거기서 일한 사람들 사진을 보여주면요? 그러면 도움이 될까요?"

"그럴지도, 응. 하지만 어떻게 보여줄 건데? 내가 군에 있어봐서 알지만, 거기서는 아무한테나 정보를 주지 않아."

데커가 재미슨을 응시했다. "방법은 우리가 생각해내야죠."

0 0028

"섬터 대령한테 도대체 무슨 수로 직원 명단을 얻어낼 건데요?" 돌아오는 차 안에서 재미슨이 물었다. "대령은 켈리가 전에 한 요청에도 응답하지 않았잖아요. 그리고 수색 영장이 나올 가망은 희박해 보이고요. 타당한 이유가 없잖아요. 그리고 무엇보다, 이 벤이라는 남자는 군인이었어요. 어차피 더는 거기 없다고요. 이제는 전부 벡터 쪽 사람들이죠."

"그렇다면 이제 전화를 믿어봐야죠." 데커가 로비에게 받은 휴대 전화를 꺼냈다.

"그게 뭐예요?" 재미슨이 물었다.

"배트맨과의 직통선 같은 거랍니다."

데커가 녹색 버튼을 누르자, 2초도 안 돼 로비가 전화를 받았다.

"네."

"도움이 필요한데요, 혹시 가능하실지?"

"무슨 일인지 말해주면 가능한지 알아보겠습니다."

200

"우린 이곳 공군 기지에서 일하던 남자를 찾고 있습니다. 이름은 벤이고 성은 몰라요."

"군인입니까?"

"네. 우리가 알기론 국방부가 군 사람들을 내보내고 벡터라는 회사에 외주를 주었다고 합니다. 혹시 그 회사를 아세요?"

"그 남자가 왜 중요합니까?" 로비가 질문을 무시하고 되물었다.

"내가 믿는 어떤 사람한테 들은 이야기가 있어서요. 그 벤이라는 남자가, 우리가 똑딱거리는 시한폭탄을 깔고 앉아 있다고 그 사람한테 말했답니다. 그래서 그 남자와 이야기를 해보고 싶어요."

"가능한 방법이 있을지 알아보겠습니다."

"한 가지 더요."

"네."

"아이린 크레이머요. FBI가 왜 크레이머에게 관심이 있는지, 혹시 압니까?"

연결이 끊어졌다.

재미슨이 데커를 보고 물었다. "뭐예요?"

"잘 모르겠어요. 어쩌면 내가 방금 하면 안 되는 말을 했을 수도 있고요."

차는 브라더스 콜로니 서쪽 가장자리를 지났다. 다양한 석유 굴착 장비들이 트레일러, 트럭들과 함께 세워져 있었다. 그곳은 온갖 활동들로 번잡했다.

데커는 공군 부지 가장 가까이에 있는 굴착 장비 앞에 세워진 경고판을 읽었다. **올아메리칸 에너지 회사.** 커다란 별 두 개와 줄무늬가 그려진 깃발이 높은 깃대에 매달려 바람에 펄럭이고 있었다. 데커는 건조하게 말했다. "흠, 나라 사랑이 절절하군요."

"석유 시추를 위해 땅을 파는 것보다 더 미국적인 게 어디 있겠어요?" 재미슨이 농담했다.

* * *

켈리가 말했다. "파커가 실종된 걸 확인한 즉시 수배령을 냈습니다. 하지만 아무런 소식도 없네요."

세 사람은 월터 서던이 파멜라 에임스를 부검한 방으로 걸어가고 있었다.

"이 지역에는 시신을 갖다 버릴 만한 장소가 넘쳐날 것 같아요." 재미슨이 말했다.

"맞아요. 매일매일 쓰레기가 추가로 들어오는 매립지들이 있죠. 굴착 과정에서 자연적으로 나오는 방사능 물질을 포함해서요."

"방사능이라." 재미슨이 말했다. "그걸 매립지에 그냥 버려도 되는 거예요?"

"음, 원래는 그러면 안 되죠. 하지만 사람들은 하면 안 되는 수많은 일들을 하잖아요."

"그게 우리 일자리를 지켜주고 있고요." 데커가 불만스럽게 내뱉었다.

방에 들어갔을 때 서던은 종이 파일에 뭔가 끄적이기를 마친 참이었다.

서던이 데커에게 경계하는 시선을 던졌다. "제가 출장 간 사이에 크레이머의 시신을 보러 오셨었다고요."

"그랬죠."

"봉합을 다시 뜯으신 것 같던데요."

"그랬죠." 데커가 다시 말했다.

"왜요?" 서던이 날카롭게 물었다.

"그야 필요했으니까요. 자, 그보다는 에임스의 부검 이야기나 하시죠."

서던은 뭔가 말하려다 참는 눈치였다. "그러죠. 한데 그다지 말할 게 없습니다. 발견됐을 때는 죽은 지 열네 시간쯤 지났어요. 오른쪽 관자놀이에 유일한 접촉 총창이 있고요. 덤덤탄이죠." 서던이 탄환이 든 봉투를 들어 올렸다. "완전히 닳아 빠졌어요. 아무런 횡문도, 돌기도, 홈도 확인할 수 없어요. 설계된 목적을 충실히 다했죠. 탄도학 비교는 불가능할 겁니다."

"열네 시간이라." 켈리가 말했다. "그러면 밤 10시 정도인가요?"

서던이 적은 것을 들여다보았다. "그쯤이야, 응."

"위 내용물은요?"

"저녁 식사 약간, 반쯤 소화됐고. 그게 다야. 약물 검사는 보내놨어. 명확한 약물 사용 흔적은 전혀 찾지 못했어. 성폭행이나 최근 성교 흔적도 전혀 없었고."

켈리는 고개를 끄덕일 뿐 아무 말도 하지 않았다. 시선은 데커에게 꽂혀 있었다.

데커가 말했다. "크레이머가 당한 것처럼 누군가에게 부검을 당하지 않은 게 확실합니까? 우린 옷 속을 확인하지 않았습니다. 그냥 총탄 상처만 확인하고 부검을 위해 보냈죠."

재미슨은 놀란 눈빛으로 파트너를 보았다. 이건 흔히 할 만한 말이 아니었기 때문이다. 하지만 데커의 표정을 보니 그럴 만한 이유가 있는 모양이었다.

서던이 천천히 파일을 내려놓고 말했다. "제가 그 말의 행간을 읽어야 하나요? 아니면 직접 요점을 말씀해주실 건가요?"

"당신은 크레이머의 위와 소장이 잘려서 열려 있는 걸 지적했죠. **잘려서**. 그 장기들이 밀수품을 숨기는 데 즐겨 이용되는 장소라는 걸 굳이 말해줄 필요는 없을 테고요. 내가 당신에게 부검에서 뭔가 특기할 만한 점이 없었느냐고 물었을 때, 당신은 둘 다 언급하지 않았어요. 이제는 그 부분에 관한 설명을 좀 듣고 싶군요."

"내 보고서에 다 적혀 **있었는데요**."

"하지만 **부각되지는** 않았죠. 묻혀 있었어요, 사실. 두 장기에 관해 각 한 문장씩이 전부였죠. 그리고 당신은 사진도 찍지 않았습니다. 당신은 우리가 그걸 주목하게 해야 했어요. 그게 표준 프로토콜입니다."

그 말에 서던이 어깨를 으쓱했다. "하지만 어차피 찾아냈잖습니까. 그런데 뭐가 문제입니까? 아무런 피해도 없었고 내가 뭘 위반한 것도 아니잖습니까."

"그런 질문을 하는 사람이 과연 이 업계에 있을 자격이 있을지 난 잘 모르겠군요."

서던이 데커를 노려보았다. "난 공적인 의무감에서 이 일을 하는 겁니다. 돈을 많이 받는 것도 아니에요."

데커가 켈리를 응시했지만, 켈리는 난처한 표정이었다.

서던이 말했다. "그러면 크레이머가 체내에 뭔가 가지고 있었을 수도 있다는 건가요?"

"그런 흔적을 찾았나요?" 재미슨이 되물었다.

"당신 보고서에는 그런 내용이 없었기 때문에 묻는 겁니다." 데커가 끼어들었다.

"그야 전 크레이머의 위나 장 내에서 어떤 외부 물질의 흔적도 발견하지 못했으니까요."

"구체적으로 찾아봤다는 건가요?" 데커가 물었다.

"장기를 확인했죠."

"위와 장을 더 집중적으로 봤습니까? 잘려서 열려 있었기 때문에요?" 데커는 끈질기게 파고들었다.

"난 이만 다 했습니다. 내가 그 문제에 관해 할 말은 그게 전부입니다. 불만이 있으면 조하고 이야기하세요. 자, 그럼 이제 볼일 다 보셨습니까? 오늘 중으로 여러분에게 아주아주 **철저한** 보고서를 준비해드리죠."

그리고 그 말을 끝으로 서던은 나가버렸다.

데커는 잠시 그 자리에 서 있다가 파멜라 에임스의 시신으로 다가가 시트를 들췄다. 죽은 여성의 창백한 얼굴과 Y자 절개가 데커를 마주 보았다.

이번에도 형광 파란색은 없군. 데커는 생각했다. **내 뇌가 자꾸 내게 수수께끼를 던지고 있어. 난 그게 썩 마음에 들지 않고. 아니, 싫어.**

"데커?" 재미슨이 옆으로 다가와 말했다. "괜찮아요?"

데커는 무뚝뚝하게 고개를 끄덕였다.

켈리가 말했다. "저한테 미리 말씀해주셨더라면 좋았을 것 같습니다."

"이제 알게 됐으니, 어떻게 할 생각입니까?"

"제가 뭘 할 수 있죠? 그 내용은 보고서에 들어 있었지 않습니까?"

"최적의 위치에는 없었죠."

"**최적**이라고요? 전 못 받아들이겠는데요. 이해가 안 돼요, 젠장. 월트가 아니면 이곳에는 부검을 할 사람이 아무도 없을 겁니다. 전 다른 선택지가 없어요."

"**그 정도** 사람에 대한 선택지는 많을 것 같은데요."

"설마 그렇게 생각하시는 건 아니겠죠? 혹시 월트가 의도적으로……."

데커가 말을 잘랐다. "난 입증되기 전까지는 무엇을 믿지도, 안 믿지도 않습니다. 그냥 사실을 분명히 짚어두자는 거죠."

그러고는 에임스의 유해를 다시 시트로 덮은 후 방을 나가 등 뒤로 문을 쾅 닫았다.

"화났다는 뜻인 것 같네요." 켈리가 말했다.

"그리고 충분히 그럴 권리가 있다고 봐요." 재미슨이 삐딱하게 말했다.

그 말과 함께 재미슨도 나갔고, 조 켈리 혼자 그곳에 시신과 남 았다.

0 0029

윌 로비는 움직이고 있었다. 밤이었고, 따뜻한 빗줄기가 떨어지고 있었다. 로비는 길리 슈트(나뭇잎 같은 주위의 자연물을 부착해 눈에 띄지 않게 한 전투복—옮긴이)에 야간 고글을 착용하고 상박에는 GPS 추적기를 단 채 달리고 있었다. 사냥복 밑에는 3형 방탄복을 입고 모든 권총 탄환과 대부분의 소총 탄환을 막고 흘려보낼 수 있는 라이플 플레이트를 장착했다. 그것들은 칼날도 거뜬히 막아냈다. 단, 만약 머리나 넓적다리 동맥을 맞는다면 그대로 끝일 것이다.

로비는 땅이 약간 솟은 곳에 자리를 잡고 고글로 앞쪽의 지형을 탐사했다. 왼쪽에는 브라더스 콜로니의 불빛들이, 오른쪽으로는 공군 기지의 불빛들이 있었다. 그리고 석유 굴착 장치들이 그 두 시설을 마치 적을 포위한 군대처럼 에워싸고 있었다.

사람들과 트럭들이 오가면서 석유 굴착 장치들은 끊임없이 움직였다. 로비는 브라더스 땅 위로 움직이는 차량들의 등을 볼 수 있었다. 레이더 장치는 이 모든 활동 위로 밤하늘 높이 솟은 채 이쪽을 향해 올지 모를 핵폭탄을 비롯해 외부 우주의 교통 상황을 탐색했다.

에이머스 데커에 관해 로비가 들은 설명은 단어 세 개가 전부였다. 명석하고, 특이하고, 끈질기다. 직접 만나보니 특이한 건 딱히 느껴지지 않았지만, 데커는 확실히 충분히 지적으로 보였다. 끈질긴 부분도 제발 들어맞기를 빌었다. 그건 꼭 필요한 자질이었으니까. 파트너인 재미슨은 FBI에서 평판이 아주 좋았다. 로비는 파트너의 중요성을 잘 알았다. 이 임무를 **자신의** 파트너와 함께하지 못하는 게 아쉬웠다. 제시카 릴은 현재 다른, 훨씬 더 위험한 곳에서 일하고 있었다. 비록 노스다코타주의 이 지역도 위험성 면에서 그리 뒤처져 보이지는 않았지만 말이다.

로비는 자리에서 일어나 긴 다리를 효율적으로 움직여 앞으로 나아갔다.

공군 기지의 외부 경계가 앞쪽에 가물거리며 나타났다.

로비 쪽 사람들은 이 일을 좋게 좋게 해결하려 했지만, 정중함은 아무런 대가도 얻어내지 못했다.

그리고 이제 로비는 무례한 방식으로 업무를 처리하기 위해 이곳으로 보내졌다.

저항에 마주칠 경우를 대비해 장비를 좀 챙겨 왔지만, 신중하게 사용하라는 지침도 딸려 왔다. 또 다른 지침은 오늘 밤 마주치는 그 누구도 죽여서는 안 된다는 것이었다. 물론 저쪽 편 사람들은 로비를 죽이는 데 아무런 거리낌도 없을 것이다. 그들에게 로비는 단순히 침입자일 뿐이니까. 진실을 찾고 있는 침입자였지만, 그럼에도 침입자라는 사실은 달라지지 않았다.

로비는 휴대전화에 다운로드한 시설 지도에서 외부 경계를 잠깐 훑어보기 위해 그 자리에 멈췄다. 경계를 설치한 사람들은 자기가 뭘 하는지 아는 전문가임이 분명했다. 그 배치는 정교하고 사려 깊었다.

하지만 로비는 방어 시설의 한 가지 맹점에 관해 들은 바 있었다. 첫 담장을 오르는 데 걸린 시간은 10초였다. 손바닥이 금속 메시 재질로 된 장갑 덕분에 담장 위의 가시철조망을 쉽사리 넘어갈 수 있었다. 반대편으로 내려가 앞쪽 땅바닥을 살폈다. 다행히, 로비는 담장을 보완하기 위한 압력 감지판이 45도 각도로 60센티미터마다 매설돼 있음을 알고 있었다. 그리고 그걸 밟으면, 운이 좋으면 경보가 울릴 것이다. 그리고 운이 나쁘면 온몸이 갈가리 찢겨 날아갈 것이다.

로비는 주의 깊게 걸음을 옮겨 무사히 안쪽 담장에 도달했다. 윗부분에 레이저 와이어가 이중으로 설치돼 있어서, 넘어가는 데 바랐던 것보다 더 시간이 걸렸다. 조용히 땅에 착지해 그 자리에 쪼그려 앉아 주위를 감시했다. 이것이 로비의 임무에서 거의 4분의 3을 차지하는 부분, 로비의 목숨을 구해주는 부분이었다. 그래서 로비는 감시에 온 신경을 집중했다. 시체 운반용 부대에 실려서가 아니라 걸어서 이곳을 나가고 싶었으니까.

이제 쉬운 부분은 끝났다.

로비에게 알지 못하는 부분은 여기에 경비견이 있느냐였다. 그 부분에 관한 정보는 매우 빈약했다. 경비견을 방어한다는 건 거의 불가능에 가까운 일이었다. 아주 짧은 시간이라면 모를까. 하지만 개들이 있을 경우에 대비해 로비는 장애물 극복에 도움이 될 뭔가를 준비해두었다.

보도를 따라 감시 카메라가 설치돼 있었지만, 그 위치를 하나하나 전부 알고 있는 로비는 사각지대에 머물렀다.

앞쪽에 첫 경비원이 눈에 띄었다. 검은 옷과 방탄복에 기관단총을 들었고, 30발들이 탄창과 워키토키가 셔츠 앞부분에 벨크로로 부착돼 있었다. 감시탑의 탐조등이 땅 위에 원을 그렸다. 로비는 그 회전 주기를 확인하고 빛을 피해 앞으로 움직였다.

450미터쯤 가서 멈춘 후 경비원이 순찰을 마치기를 기다렸다. 경비원이 건물 모퉁이를 돌아 사라지자 로비는 앞으로 기어갔다. 시선은 앞의 지역을 탐색하고 있었다. 양옆을, 이어 뒤를 돌아보고 뒤쪽과 측면까지 빈틈없이 확인했다.

이윽고 경비병 두 명이 더 나타나고, 한 명이 더 합류했다. 나중에 온 사람은 무장 경비원이 아니라 사복 차림의 여자였다. 세 사람은 함께 담배를 피우며 이야기를 나눴다. 로비는 귀를 쫑긋 세웠지만 대화 내용은 전혀 들리지 않았다.

마침내 여자가 자리를 뜨고 경비원들이 움직였다. 하나는 오른쪽, 하나는 왼쪽으로 향했다.

로비는 그림자 속에서 움직이며 중간중간 GPS 추적기와 휴대전화에 내려받은 시설 지도를 내려다보았다. 가야 할 건물은 오른쪽에 있었다. 문 앞까지 갔지만 지도를 본 후 다른 경로를 택하기로 결정했다.

모퉁이로 살금살금 다가가 창문을 살폈다. 잠금장치는 기본적인 형태였고, 블라인드가 반쯤 내려져 있었다. 안쪽 가장자리에 경보장치가 설치돼 있는지 확인하려고 위험을 무릅쓰고 전등으로 창문을 쳤다. 아무도 보이지 않았다.

그 순간, 누군가가 다가오는 소리가 들렸다.

로비는 칼로 자물쇠를 따고 창문을 위로 올린 후 안으로 재빠르게 들어가 누군가의 형체가 지나가기 몇 초 전에 창을 닫았다. 창밖으로 피라미드 건물 쪽을 바라보는데 뭔가 이상한 게 보였다. 경비원 세 명이 건물 옆문에서, 각각 남자가 한 명씩 누워 있는 들것 두 개를 밀며 나왔다. 구급차로 서둘러 가서는 들것을 차 뒤쪽에 신고 경비병 두 명이 같이 탔다. 바로 시동이 걸리고 후진해서 나간 걸 보면 운전자는 이미 차량에 타고 있던 모양이었다. 미등이 깜빡였다.

로비는 그 모든 광경을 휴대전화로 촬영했다. 이윽고 블라인드를 내리고 창에 등을 돌린 후 주위를 둘러보니 로비가 있는 곳은 작은 사무실이었다. 책상 뒤편으로는 커다란 미국 국기와 미 공군 깃발들이 받침대에 꽂혀 있었다. 그리고 한쪽 벽에는 청회색 파일 캐비닛이 기대 세워져 있었다. 그게 로비의 목적이었다. 이 디지털 세계에서도 군만큼은 여전히, 구식이지만 믿음직한 종이에 의존하고 있을 게 분명했다.

로비는 목표물을 발견할 때까지 서랍을 하나하나 끄집어내 확인했다.

인사 파일.

재빨리 훑어보고, 가능한 한 빛이 밖으로 새어 나가지 않도록 주의하며 입에 문 펜라이트로 서랍 안을 비췄다. 20분 만에 원하던 파일에 손길이 멎었다. 다른 후보자는 없음을 확인한 로비는 휴대전화 카메라로 각 장을 촬영하고 파일을 제자리에 돌려놓은 후 서랍을 도로 닫고 뒤돌아 방을 나갈 준비를 했다. 바로 그 순간 누군가가 문간으로 다가오는 소리에 이어 자물쇠에 열쇠가 꽂혀 돌아가는 소리가 들렸다.

0 0030

아까 본 여자였다. 가까이서 보니 나이는 30대 정도로, 어깨까지 떨어지는 금발 생머리에 운동선수 같은 체구, 그리고 단호하고 지적인 얼굴의 소유자였다. 여자는 문을 닫고 불을 켠 후 창가의 책상으로 다가갔다. 책상에 앉아 잠긴 책상 서랍을 열고 서랍을 끄집어내 파일을 몇 개 꺼냈다.

여자는 책상 앞에 앉아 서류들에 집중했다. 너무나 집중한 나머지 처음에는 알아차리지 못했다. 그 소리를. 아니, 소리들을.

하지만 뒤엉켜 들려오는 외부 소음에 마침내 여자는 그쪽을 응시했다. 잠시 긴장했지만, 그 소리의 원천을 파악한 여자는 다시 마음을 놓았다. 그리고 몸을 틀다 눈길이 우연히 창문에 멎었고, 여자는 다시금 긴장했다. 이제 신경 쓰이는 것은 그저 소음이 다가 아니었다. 훨씬 더 명확한 형체를 가진 무언가였다. 그것은 말 그대로 여자의 얼굴을 똑바로 마주 보고 있었다. 여자의 손이 즉각 책상 위의 전화기로 향했다. 하지만 수화기에 미처 손이 닿기도 전에 여자는 앞으로 쓰러졌다.

깃발 뒤의, 숨어 있던 장소에서 나온 로비가 여자 옆에 서 있었다. 작은 가스 마스크를 쓰고, 손에는 병을 하나 들고 있었다. 기억을 잃게 만드는 물질이 든 기절 스프레이 통이었다. 깨어나도 여자는 아무것도 기억하지 못할 것이다. 로비는 창을 내다보았다. 여자가 본 것은 틀림없이 끝까지 내려진 블라인드였을 것이다. 여자는 아마 이전에 사무실에 있었을 테고, 블라인드를 반쯤 걷어놓은 사람이었을 것이다. 그리고 로비가 막지 않았으면 경비실에 전화를 했을 것이다. 로비는 재빨리 창으로 달려가 블라인드를 옆으로 밀치고 그 틈새로 바깥을 엿보았다. 확실히 바깥에서 뭔가 소동이 벌어지고 있었다. 소음은 다소 줄어들긴 했지만 사라지지는 않았다.

로비는 세 박자를 세며 소음이 멀어지기를 기다린 후 방을 빠져나왔다.

앞서 들어온 길을 되짚어 내부 담장으로 갔다. 가는 길에 위쪽에서 어떤 소리를 듣고 올려다보았다. 어쩌면 그 온갖 야단법석의 원인이 저것이었을까.

작은 제트기가 공군 기지 건물들 뒤편의, 동서 방향으로 깔린 활주로에 착륙을 준비하고 있었다. 이착륙 장치가 아스팔트에 닿고, 조종사들이 역추진 장치와 함께 브레이크를 작동했다. 작은 제트기가 굴러가다 멈췄다. 그러는 사이 몇몇 사람들이 서둘러 비행기를 향해 갔고 골프 카트가 달려가 비행기 옆에 섰다.

누군가 중요한 인물이 이곳에 도착한 게 분명했다.

그 인물이 누군지 확인하고 싶은 너무나 강한 유혹이 로비의 상식을 압도했다. 하지만 어차피 로비가 하는 것과 같은 업무에서 개인적 안전은 최우선 사항이 아니었다. 로비의 초점은 항상 임무에 놓여 있었다. 이곳에 온 목적은 정보 수집이었고, 이것만으로도 비밀 방문의 가치를 다하고도 남을 것이다. 사실, 이게 파일 캐비닛에서 찾아낸 정보만큼 중요할 수도 있었다.

맨 처음으로 내린 사람은 50대 정도로 보이는 키가 크고 어깨가 떡 벌어진 남자였다. 군복이 아닌 검고 날렵한 정장 차림에 타이는 매지 않았다. 그다음 내린 사람은 여자였는데, 역시 50대로 보였고 회색 바지 정장에 부드러운 소재의 가죽 서류가방을 어깨에 메고 있었다. 마지막으로 내린 사람도 여자였다. 더 젊은 나이로, 검은 치마와 재킷을 세트로 맞춰 입었다. 휴대전화를 들여다보고 있었다.

로비는 이 모든 걸 눈으로 보고 심지어 고글에 설치된 카메라로 사진도 찍었다. 골프 카트에 오르는 그들의 움직임을 좇았다. 카트는 승객들이 자리에 앉자마자 속도를 올렸다. 로비는 카트가 방향을 바꿔 두 건물 사이로 사라지기 전에 사진을 몇 장 더 찍었다.

다음 순간, 로비는 그 자리를 박차고 달리고 있었다.

왜냐하면 이제 이곳에 실제로 경비견이 있다는 사실이 밝혀졌기 때문이다. 그리고 그 개들은 로비의 존재를 포착했다.

로비는 그대로 속도를 유지하면서 주머니에서 무언가를 세 개 꺼내어 삼각 편대로 따라오는 개들에게 던졌다. 각각 150센티미터 간격이었다.

뒤를 돌아보았다. 맹수들은 거침없이 달리고 있었다. 관리자들은 아무 데도 보이지 않았다. 다행이었다. 개들이라면 어떻게 해볼수 있어도 날아오는 총알은 어떻게 해볼 도리가 없을 테니까. 개는 두 마리였다. 하나는 저면 셰퍼드로 로비의 팔을 물어뜯고도 남을 만큼 크고 사나워 보였고 하나는 로트와일러 품종으로, 덩치는 더 작았지만 사납기는 더해 보였다. 로비가 뒤에 남겨둔 깜짝 선물은 전문가가 아무리 최고로 훈련된 개들도 절대 저항할 수 없을 거라고 장담한 것이었다. 아무리 본격적인 사냥 모드에 들어가 있어도.

로비는 그 전문가가 부디 믿을 만한 사람이기를 바랐다.

개들은 둘 다 멈추고 로비가 있던 곳을 덮쳤다. 그리고 로비가 던진 것을 한입 먹자마자 비틀대다 쓰러졌다. 곧 다시 완전한 사냥 모드로 돌아오겠지만 그건 이미 로비가 떠난 지 한참 후일 것이다.

로비는 담장을 아까 들어왔을 때의 두 배 속도로 넘고 압력판을 모조리 피했다.

그 순간 난데없이 날아든 총탄이 로비의 등 오른쪽 아래를 때렸다. 플레이트가 운동에너지를 흡수해 총탄을 조끼 위로 날려버렸다. 목숨에는 지장이 없었지만, 로비는 화가 머리끝까지 난 500킬로그램짜리 노새에게 걸어차인 듯한 통증을 느꼈다.

두 번째 담장은 처음 담장보다도 더 빨리 넘었다. 반대편 바닥에 착지하는 순간 탐조등이 땅 위를 휩쓸고 기지 전역에 경보음이 울리기 시작했다.

로비는 곧장 어둠 속으로 모습을 감췄다.

하지만 그때, 로비의 인생이 더 꼬이고 말았다.

물론 로비가 예상하지 못한 일은 아니었다.

0 0031

헬리콥터가 헬리패드에서 떠올라 재빨리 서쪽으로 날았다. 침입자의 등 뒤를 바짝 따라붙었다. 헬리콥터 우현에서 탐조등이 깜빡이며 잠에서 깨어났다. 빛기둥이 땅 위를 훑었다. 어둡고 평평한 땅 위를 강렬하게 비추는 불빛은 화재를 방불케 했다.

잠시 후 빛기둥이 과녁을 포착하고 멈췄다.

1초 후, SUV가 포효와 함께 잠에서 깨어나 전조등을 켰다. 하지만 미처 출발하기 전에 이미 전방에서 헬리콥터가 맴돌고 있었다. 50구경 노즈 카농포가 차 앞창을 일직선으로 겨냥했다. 그게 단 한 번만 불을 뿜으면 SUV는 갈기갈기 찢어지고 탑승자는 살아서는 절대 나올 수 없는 불바다에 삼켜질 것이다.

조종사가 확성기로 운전자에게 차에서 내리라고 명령했다.

운전자는 명령에 따르지 않았다.

공중에 멈춘 헬리콥터 안에서, 조종사는 고위층과 교신하며 이 상황을 처리할 방법을 확인했다. 1분쯤 시간이 흘렀다.

이윽고 헬리콥터가 착륙하고 중무장을 한 남자 네 명이 내려 SUV를 에워쌌다. 차에서 내리라는 명령에 여전히 반응이 없자 남자들은 명령을 강제로 이행하기 위해 차로 다가갔다. 그 순간 자동차 경적이 요란하게 울리기 시작했다. 남자들은 운전석 창문이 내려가는 걸 보며 뒤로 한 걸음 물러섰다. 돌격용 자동소총을 겨누고 차창 밖으로 무기가 드러나는 순간 발포할 태세를 갖췄다.

유리창은 맨 끝까지 내려가서 멈췄다. 울려대던 경적도 멈췄다. 그리고 차 엔진이 꺼졌다. 서로 마주 보던 남자들이 이윽고 앞으로 돌격했다.

차 측면으로 가서 안을 들여다보았다. 앞좌석은 비어 있었다. 뒷좌석도 마찬가지였다. 뒤쪽 짐칸 역시 텅 비어 있었다.

이 사실이 상부 명령계통에 전달된 순간, 단체 무전기에 욕설이 난무했다.

* * *

윌 로비는 전동 스쿠터의 스로틀을 최대한으로 돌렸다. 소형 스쿠터는 전조등을 끈 채 조용한 도로 위를 거의 소리 없이 움직였다. 이미 스쿠터를 싣고 온 차를 세워둔 곳에서 몇 킬로미터나 떨어져 있었다. 트럭 시동, 경적 울림, 전조등 점등, 창문 내림 그리고 엔진 꺼짐까지 미리 프로그래밍해두었고, 그 모든 명령을 휴대전화 앱으로 실행했다. 차 그릴에 설치해둔 카메라를 통해 헬리콥터와 기동대가 접근하는 것을 확인했다. 영상은 휴대전화로 곧장 전송되게 해놓았다.

로비는 갓길로 방향을 틀어 예정대로, 아무도 없는 헛간에 스쿠터를 버렸다. 장비를 벗고 그 밑에 입고 있던 청바지와 코듀로이 셔츠, 그리고 부츠 차림으로 그곳에 세워둔 픽업트럭을 몰고 떠났다. 카우보이모자가 변장을 완성해주었다. 바에서 술을 마시고 돌아오거나 퇴근 중인 지역민으로 충분히 보일 만했다.

타운으로 돌아오기까지 걸린 시간은 나가는 데 걸린 시간의 4분의 3 정도였다.

로비는 데커와 재미슨이 묵고 있는 호텔 뒤편에 트럭을 세웠다.

＊ ＊ ＊

아주 미세한 소음이었다. 하지만 침대에서 곤히 잠들어 있던 데커가 벌떡 일어나 앉기엔 충분했다.

"충고 한마디 하겠습니다. 앞으로는 잠을 더 가볍게 드는 게 좋을 겁니다."

침대 옆 협탁의 등을 켜고 보니 로비가 평온한 표정으로 의자에 앉아 있었다.

로비가 휴대전화를 들어 올렸다. "방금 문서와 사진 몇 장을 보냈습니다. 여기 온 건 상황 설명을 위해서입니다."

"뭐에 관한 사진과 문서죠?"

"벤 **퍼디**, 전에 런던 공군 기지에서 일했던 남자에 관한 겁니다."

"'일했던'이군요. 언제 떠났죠?"

"벡터에게 일을 넘긴 때쯤입니다."

"지금은 어디 있습니까?"

"모릅니다. 그리고 문서에도 없습니다. 좀 당혹스러운 것이, 보통은 다음 배치지를 기록하기 때문입니다. 내가 찾은 다른 인력의 파일은 전부 그렇게 되어 있었습니다."

데커는 침대 옆 협탁에서 휴대전화를 집어 들고 이메일을 열었다. 잠시 로비가 촬영한 문서들을 훑었다.

"이것들을 어떻게 구했죠?"

로비는 그저 데커를 빤히 보기만 했다.

"오늘 밤 거기에 누군가가 왔었다는 걸 그 사람들도 압니까?" 데커가 물었다.

이 말은 로비에게서 감탄한 표정을 이끌어냈다.

"아니면 완벽하게 조용했습니까?" 데커가 덧붙였다.

"바랐던 것만큼 조용하게 나오지는 못했습니다. 하지만 그쪽에서는 내 목적이 뭐였는지 모를 겁니다. 그건 장담할 수 있습니다."

"그렇다니 다행이군요."

"이제 뭘 할 겁니까?"

"사진들을 그 남자가 맞는지 확인해줄 사람에게 보여줘야죠."

"이 사진을 온 사방에 보여주고 다니면 곤란합니다."

"한 명한테만 보여줄 겁니다. 내가 조건 없이 믿는 사람요."

"그 믿음이 근거 있는 것이길 바랍니다."

"있어요. 그건 장담할 수 있습니다."

"그 남자가 찾던 남자가 맞으면 어떻게 됩니까?" 로비가 물었다.

"그럼 이 벤 퍼디라는 남자를 추적해야죠."

"추적이 불가능하면?"

데커가 로비를 보았다. "추적이 왜 문제가 되죠? 이 남자의 현재 소속이 파일에 없다고 해도요. 퍼디는 공군에 있습니다. 숨어 있지 않아요."

"퍼디는 공군에 **있었습니다.** 지금도 있는지는 모릅니다. 그리고

만약 당신이 그를 찾아낸다 해도 입을 안 열 수도 있습니다. 그럴 이유는 많습니다." 로비가 엄숙하게 덧붙였다.

"그렇게까지 복잡한 사건이라고 생각합니까?"

로비가 손끝으로 의자 팔걸이를 훑었다. "참고를 위해 말씀드리는데, 그렇지 않다면 난 여기 오지 않았을 겁니다."

"참고하도록 하죠."

"다른 건요?"

"내가 아이린 크레이머에 관해 물었을 때, 당신은 전화를 끊어버렸습니다. 왜 그랬죠?"

"난 그 논의에 아무것도 기여할 게 없었습니다."

"질문의 답을 피하는 방식이 재미있으시네요."

"그건 내 업무의 자연스러운 일부입니다."

"난 엉터리 대답과 심지어 새빨간 거짓말에도 대처할 수 있습니다. 어차피 거의 누구나 어떤 지점에서는 내게 거짓말을 하거든요. 하지만 이 사건을 해결할 수 있으려면 난 진실을 손에 넣어야만 합니다. 그리고 **참고를 위해 말씀드리는데** 난 이 사건을 해결할 겁니다."

로비가 휴대전화를 응시했다. "거기 있는 것들은 사실입니다. 그걸 가지고 당신이 최선이라고 생각하는 일을 하십시오." 그리고 의자에서 약간 힘겹게 일어섰다.

데커는 그것을 놓치지 않았다. "조용하지 않은 퇴장이 고통스럽기도 했나 보군요?"

"거의 늘 그렇습니다."

문까지 간 로비를 향해 데커가 말했다. "쉽지 않은 일이었다는 거 압니다. 고맙습니다."

"내 일입니다. 이제 당신 일을 하십시오." 로비는 그렇게 말한 즉시 등을 돌려 방을 나갔다.

0 0032

"그 남자 맞아." 베이커가 말했다.

베이커, 데커 그리고 재미슨은 이튿날 아침 호텔에서 조금 떨어진 카페에서 커피를 마시고 있었다. 데커는 베이커에게 로비가 보내준 벤 퍼디의 사진을 보여주었다.

"확실합니까?"

"아, 그럼. 그 남자 맞아. 아직 여기 있나? 그날 밤 이후로는 한 번도 못 봤는데."

"그곳을 운영하는 섬터 대령만 빼놓고 군 소속 사람들은 이제 다 떠났어요. 나머지는 민간 계약자들이죠."

베이커가 고개를 저으며 말했다. "난 그 친구들이 처음부터 마음에 안 들었어. 우리 노가다꾼들이 받는 것보다 돈을 세 배는 더 받으면서, 일은 우리가 하는 것의 반의반밖에 안 하거든." 그러고는 데커를 보며 물었다. "그 사진은 어디서 났나?"

재미슨이 파트너를 바라보았다. 데커에게서 이미 로비와의 회동에 관해 들은 터였다.

"그냥 믿음직한, 구식 경찰 업무죠, 스탠." 데커가 사진이 든 휴대전화를 돌려받으면서 말했다. 재미슨이 그 말에 눈썹을 치켜올렸다.

"지금 거기 없다면 그 친구랑 어떻게 얘기할 건데?"

"방법을 짜내야죠. 퍼디가 뭔가 다른 얘기는 안 했어요? 가족 얘기라든가. 친구는? 우리가 추적하는 데 도움이 될 만한 건 없나요?"

"음, 가족이 몬태나에 있다고 했어. 주 경계 바로 너머에."

데커가 허리를 꼿꼿이 세웠다. "무슨 시인지도 말했나요?"

"아니. 그냥 작은 시골 마을이라고 했어. 하지만 몬태나는 아마 대부분이 시골일걸." 베이커가 시계를 보며 말을 이었다. "그만 가야겠어. 보통 지금쯤이면 출근하거든. 수리할 게 좀 있어서 두 시간은 더 있어야 시작하겠지만."

"고마워요, 스탠. 나중에 봐요."

"어, 있잖아. 캐럴라인이 혹시 두 사람이 오늘 저녁 같이할 생각 있느냐고 묻던데."

"저녁요?" 데커가 말했다. "전 별로……."

하지만 재미슨이 끼어들었다. "그러면 너무 좋죠, 스탠."

베이커가 씩 웃었다. "상세한 건 이메일로 보낼게. 그 식당 마음에 들 거야. 꽤 특별한 곳이거든."

두 사람이 더 뭐라고 말할 틈을 주지 않고, 베이커는 서둘러 자리를 떴다.

데커가 몸을 홱 틀어 재미슨을 보자 재미슨은 한 손을 들어 올렸다.

"당신 매형이잖아요."

"곧 '전 매형'이 되죠."

"그래도 친하죠? 좋아하지 않아요?"

"음, 그래요. 좋은 남자고, 바위처럼 듬직하죠."

"그리고 두 사람은 바로 요전에 다른 남자들 무리와 맞서 싸우지 않았어요?"

"음, 그렇죠."

"요점은, 스탠이 우리를 저녁에 초대했다는 거예요. 우린 받아들여야 해요. 최소한, 어쩌면 뭔가 유용한 정보를 얻게 될지도 모르잖아요."

데커가 커피잔을 어루만지며 모호한 표정을 지었다.

"뭐예요?" 재미슨이 물었다.

"꼭 알고 싶다면, 난 베이커가 저렇게 행복해 보이는 게 화가 나는 것 같아요. 우리 누나 없이요. 멍청하고 쩨쩨한 짓인 줄 알지만……."

재미슨이 데커의 어깨에 한 손을 얹었다. "가족한테 이런 일이 일어나면 그런 기분이 드는 게 정상이에요. 하지만 보내줘야 해요. 스탠은 자기 인생이 있고, 당신 인생이 아니잖아요. 스탠을 판단하지 말아요, 데커. 그냥 지지해줘요. 당신이 방금 말한 것처럼, 좋은 남자잖아요."

데커는 다시 사건 이야기로 돌아왔다. "퍼디의 가족이 몬태나주 경계선 바로 안쪽에 산다면, 찾을 수 있을 겁니다."

"그 경계선은 길어요, 데커. 로비는요? 그 사람 도움을 받을 수 있을까요?"

"로비는 사진과 이름을 알아다 줬습니다. 자기 몫을 한 거죠. 그 사람의 강점은 데이터베이스에서 뭘 찾거나 목격자를 신문하는 게 아니에요. 그건 우리가 해내야 해요.”

“정상적인 사건에서는 그렇죠. 하지만 이건 확실히 정상적인 사건이 아니잖아요.”

데커는 잠시 생각에 잠겼다가 휴대전화를 꺼내 번호를 하나 눌렀다.

“누구한테 전화하는 거예요?” 재미슨이 물었다.

“업계 사람요……. 여보세요, 버니. 에이머스 데커예요. 네, 오랜만이죠. 네, 여전히 사립탐정 일을 하고 있어요. 저기요, 고객이 양육비를 안 보내는 아이 아버지를 찾아달라고 해서요. 이름은 벤 퍼디예요. 공군에 있는데, 아마 무단이탈한 것 같아요. 그러니 사실 이혼 수당과 양육비보다 더 심각한 상황이죠. 압류를 시도했는데 그 자식은 전부 현찰로만 받고 군도 썩 협조적이지 않아서요. 맞아요, 알아요. 뻔한 이야기죠. 그런데 그 남자 가족이 몬태나에 있다는 실마리가 있어요. 노스다코타주 경계 근처에요. 당신이 그런 쪽 일을 꽤 잘하는 남자를 알고 있었다는 게 기억이 나서요. 혹시 그 남자한테 연락해서 퍼디와 그 가족에 관한 정보를 좀 얻어다 줄 수 있을까요? 어디 사는지요. 내가 그쪽으로 갈 일이 있어서요.” 데커는 말을 멈추고 귀를 기울였다. “네, 맞아요. 그러면 될 겁니다. 그 사람한테 제 번호를 알려주세요. 당신이 중간에서 귀찮을 일 없게요. 맞아요, 고마워요, 버니. 다음에 내가 맥주 사고, 그 친구 보수도 내가 줄게요.”

데커는 전화를 끊고 재미슨을 보았다. 재미슨은 못 믿겠다는 표정으로 데커를 보고 있었다.

“방금 뭐, 무슨, 사립탐정 시절 비밀 클럽에 부탁한 거예요? 그런 건 영화 속에나 있는 줄 알았는데."

"버니 호프먼은 예전에 신시내티에서 강력계 형사로 일했어요. 우린 몇몇 사건에서 함께 협력하면서 서로 알고 믿게 됐죠. 내가 사립탐정 일을 시작했을 때쯤 그 친구도 이쪽으로 나섰고요. 당시 서로 돕기도 했죠. 그 친구가 사우스다코타에 꽤 유능한 남자를 알고 있었죠. 이제 버니가 그 남자를 사건에 투입하면 뭐가 나오나 봅시다. 그리고 난 부탁한 게 아니에요. 보수를 줄 거니까요."

재미슨이 눈길을 거두지 않자 데커가 물었다. "뭡니까?"

"음, 당신이 전화로 그렇게 일을 신속히 처리하니까. 난, 당신은 그런, 그러니까……." 재미슨이 말끝을 흐리고 약간 민망한 표정을 지었다.

"난 사회적인 상황에서 말이 잘 안 나와요, 알렉스. 만찬이나 파티나 그 비슷한 자리에 데려다 놓으면 난 말을 술술 하지 못하고 심지어 단어 몇 개도 말이 되게 늘어놓지 못하죠. 하지만 생업으로 하는 일에 관한 한 난 아무 문제 없어요. 오하이오주에서 처음으로 몇 번 만난 이후로 당신이 그 점은 파악한 줄 알았는데요."

재미슨이 민망해하는 웃음을 지었다. "그건 당신 말이 맞아요. 좋아요. 그래서, 퍼디가 했다는 그 똑딱거리는 시한폭탄 이야기가 무슨 뜻일 것 같아요?"

"은유적으로 말한 것일 수도 있겠죠. 아니면 말 그대로일 수도 있고."

"후자라고 생각하면 소름이 쫙 끼치네요."

"로비가 군 시설에 침입해서 사진들을 구해다 줬습니다."

재미슨이 눈을 휘둥그레 뜨고 말했다. "그 부분은 말 안 했잖아요. 그 사람이 자기 입으로 말한 거예요?"

"그럴 필요도 없었습니다. 하지만 정말 위험을 무릅썼던 모양이에요. 내가 보기에 로비는 자기가 원하기만 하면 못 들어갈 곳이 없는 사람 같은데도요. 그러니 그곳 보안은 분명히 무척 삼엄하겠죠."

"음, 그야 비밀 정부 시설이니까요." 재미슨이 말했다.

"맞아요, 난 그냥 그 **비밀**이 뭔지 궁금해요."

"무슨 뜻이죠?"

대답 대신 데커는 휴대전화 화면에 사진 몇 장을 띄웠다. "로비는 이 사진들에 관해 아무 설명도 해주지 않았어요. 아마 그냥 보면 알 거라고 생각한 모양이에요. 어느 정도는 사실이고요."

데커는 들것에 실려 구급차로 옮겨지는 남자들의 사진을 재미슨에게 보여주었다. 그리고 제트기에서 내리는 남자 한 명과 여자 두 명의 사진도.

"이 사람들이 누굴까요?" 재미슨이 물었다. "그리고 들것에 실린 남자들은 어떻게 된 거죠? 섬터는 그곳이 정말 안전하다고 했잖아요. 사고는 없다고."

"음, 어쩌면 그 사람들이 당한 일이 사고가 아닐 수도 있겠죠." 데커가 대꾸했다.

0 0033

방은 어두웠다. 바깥에서 새어 들어오는 빛을 제외하면 광원은 보이지 않았다. 푹신하게 속을 채운 의자에 한 남자가 앉아 있었다. 정장과 빳빳한 하얀 셔츠에 타이 차림이었고 로퍼는 번쩍번쩍 광이 났다. 머리카락은 희끗희끗했다. 남자의 얼굴에는 수십 년간의 걱정으로 인한 주름이 깊이 새겨져 있었다. 모두 조국을 위해 봉사하다가 얻은, 떳떳한 주름이었다. 몸가짐은 차분했다. 극도로 위태로운 시절에도 그 차분함은 한 번도 흔들리지 않았다.

그리고 지금이 바로 그런 시절이었다.

남자의 암호명은 '블루 맨'이었는데, 이는 남자가 미국 정보기관의 아주 높은 연공서열에 속해 있다는 뜻이었다.

윌 로비는 남자 맞은편에 앉아 있었다.

"에이머스 데커가 정보를 확보했나?" 블루 맨이 물었다.

"그렇습니다. 사진도 포함됐습니다."

"어젯밤엔 행운이 자네를 따라줬더군, 로비."

"당시에는 그렇게 느껴지지 않았습니다. 제스는 어떻습니까?"

블루 맨의 대답은 '바쁘다'가 전부였다. "자, 자네의 전반적인 태도로 미루어 보면 우리가 왜 이 특정한 문제에 전면적인 공격을 시작하지 않는지 궁금해하는 것 같은데?"

"전 제 임무를 할 뿐입니다." 로비가 흔들림 없이 말했다.

"하지만 그래도."

"네." 로비가 말했다. "하지만 그래도."

블루 맨은 한 손을 들어 올리며 말했다. "불행히도, 이게 등 뒤로 묶여 있네, 로비. 실은 아주 단단히 묶여 있지."

"그렇습니까?"

"강력한 이해관계들이 이 상황 전체에 배치돼 있어. 문제는 그게 우리 쪽 이익과는 **부합하지** 않는다는 거지."

"돈입니까?"

"그리고 권력이지. 우리가 진행되는 상황을 명확히 알고 보여줄 수 있는 증거가 있다면 문제는 다르겠지. 그게 없으면 난 회의도 열 수 없어. 심지어 이메일에 회신도 못 하지. 사람들은 뭔가 행동을 취하느니 그냥 저절로 사라지길 바라며 잠재적인 문제를 무시하기 일쑤야."

"만약 저절로 사라지지 않으면 어떻게 됩니까?"

블루 맨은 미심쩍다는 시선으로 로비를 보았다. "자네는 이 게임을 할 만큼 했잖나. 문제가 사라지지 **않으면**, 자기 책임을 회피한 자들이 되려 남들에게 손가락질할 거라는 걸 잘 알 만큼 말이야. 그건 확실히 어떤 곳에서는 리더십의 조건이지."

"이 짓거리에 질리지 않으십니까?"

"난 첫날부터 질려버렸어." 블루 맨이 몸을 앞으로 기울였다. "하지만 현 상황을 증오하는 우리 모두가 떠나버린다면 현상이 그대로 유지될 뿐만 아니라 더더욱 난감해지겠지."

"그 말씀은 악이 승리하려면 오로지……."

"……좋은 사람들이 아무것도 하지 않아야 한다는 거지. 난 뭔가를 하기로 선택했어."

"그래서, 지금은 뭡니까?" 로비가 물었다.

"데커가 벤 퍼디를 찾아낼 거라고 보나?"

"누군가가 찾을 수 있다면, 그 사람은 데커일 겁니다."

"난 FBI에 가까운 친구가 있어. 그 친구가 데커를 아주 좋게 평가하더군. 사실, FBI가 가진 최고의 순수한 조사관이라고까지 했지. 좀 별난 구석이 있다고도 했고."

로비가 고개를 끄덕였다. "파일을 읽었습니다. 그런 일을 당했으니 별난 구석이 있는 것도 무리가 아닐 겁니다."

"같은 생각이야."

"벡터는 뭡니까?" 로비가 물었다.

"최근 생긴 회사지만 이미 국방부 사업들 전반에 자리 매김했어. 강력한 정치적 동맹들을 매수한 덕분에."

"하지만 거기서는 그들의 사명과 일치하지 않는 뭔가가 일어나고 있습니다."

"여러 가지 이유로, 난 더글러스 S. 조지 방어 복합체에 관해 우려해왔어. 벡터가 사업 이전 계약을 따낸 후로 줄곧 말이야."

"하지만 그곳을 지휘하는 건 공군 대령 마크 섬터입니다."

블루 맨이 손을 내저어 일축했다. "그 친구는 얼굴마담이야. 불행히도 위에서 내려온 명령을 그대로 따르는 직업 군인이지. 도덕적이거나 법적인 옳고 그름의 판단은 하지 않아."

"섬터가 그 임무를 맡게 된 이유에 그것도 있다고 보십니까?"

"난 그게 **유일한** 이유라고 봐."

"레이더 배치. 공중 전자 감시 장치." 로비가 말했다.

"공식적으로는 그렇지."

"비공식적으로는 뭡니까?"

블루 맨은 좀 더 의자에 깊숙이 몸을 묻었다. "미국 IC 내에는 늘 비밀 유지의 벽이 존재했어." IC란 정보기관을 말했다. "하지만 이 정도의 기밀은 처음 봐. 전부 다 기밀이야. DOJ, DHS, DoD, 그리고 관련 플랫폼 전부에서. 양당 국회의원들이 질문을 했지만 전부 단단한 벽에 부딪혔지."

"거기서 우리가 생각한 것 말고도 뭔가가 일어나고 있을 수 있다는 말씀입니까?"

블루 맨이 말했다. "어쩌면 아이린 크레이머가 여기서 죽어서 발견된 게 다행일지도 몰라."

"그 여자한테는 그리 행운이 아니겠습니다만."

"난 그저 더 큰, 전략적인 그림에 관해 말하는 거야. 크레이머의 피살은 FBI가 공식적으로 움직이게 만들었어. 그들이라면 우리에게는 불가능한 어떤 진척을 볼 수 있을지도 몰라. 자네도 알다시피 우린 국내 활동에 관해 아무런 권한도 없으니까."

"놈들은 이미 데커를 살해하려 했습니다."

"그게 내가 자네를 파견한 이유지. 그런 일이 일어나는 걸 막으려고. 그리고 자네는 막아냈고."

"시신은 처리됐습니까?" 로비가 물었다.

"그래. 놈은 고용주를 추적하는 데 아무런 도움도 안 되는 살인 청부업자였어."

"짐작 가는 건 있습니까?"

"우린 짐작은 할 수 없어, 로비. 그럴 시간이 없어."

로비가 고개를 갸웃하며 다시 물었다. "그리고 FBI는 왜 **불려온** 겁니까? 그건 크레이머와 관련이 있습니다. 데커는 그 여자에 관해 물었습니다. 하지만 전 데커에게 해줄 말이 없었습니다."

"그리고 그 문제에 관해 난 **자네에게** 해줄 말이 아무것도 없네. 어쩌면 나중에는 또 모르겠지만."

로비는 상황을 차분히 받아들였다. 어차피 전체적인 설명을 듣지 못한 채 작전에 투입되는 데는 익숙했다. "알겠습니다. 하지만 크레이머는 우리에게 분명히 중요한 존재일 겁니다."

"어쩌면 살아 있을 때보다 죽어서 더 중요한 존재가 됐을 수도 있어. 하지만 적어도 나만큼은 크레이머가 당한 것 같은 죽음은 반드시 정의 실현과 처벌로 마무리돼야 한다고 믿네."

블루 맨이 퉁명스럽게 고개를 한 번 끄덕이자 로비는 다시 업무로 돌아가기 위해 일어섰다.

"데커와 파트너를 아주 주의해서 보살피게, 로비."

윌 로비는 아무 말도 하지 않았다. 할 필요가 없었다.

0 0034

"섬터한테서는 아무 연락도 없었어요." 약속한 대로 데커와 재미슨이 묵는 호텔 로비로 만나러 온 켈리가 말했다. 회색 투피스 정장에 흰 셔츠 차림이었지만 부츠 대신 검은 로퍼를 신고 있었다.

"그 자체로 많은 걸 말해주는군요." 데커가 말했다.

"국방부는 빙하 같은 식으로 움직이죠. 적어도 내 경험으로는."

"섬터가 1년 전쯤에 여기 왔다고요?"

"맞아요, 그 시설의 운영이 이전됐을 때요."

"벡터에 관해서는 알고 있는 게 있습니까?"

"별로 없어요. 하지만 거기서 일하는 사람들이 엄청 많죠. 그리고 대다수는 무기를 지니고 있고요. 아주 심각한 종류로요."

"질문이 있습니다." 데커가 말했다.

"하세요."

"왜 공군 기지에 그렇게 구급차가 많죠? 섬터는 그곳이 안전하고 아무 사고도 없다고 했으니, 난 그게 왜 필요한지 이해가 안 갑니다."

켈리는 약삭빠른 표정으로 데커를 보았다. "저번에 거기 갔을 때도 물으셨죠."

"그리고 대답을 얻지 못했죠. 다시 확인할 필요가 있다고 봅니다."

"**제가** 그걸 알 거라고 생각하세요?"

"알지는 못해도 뭔가 추측은 해볼 수 있겠죠."

"음, 가장 쉬운 답은 모든 군 시설들은 최악의 상황을 대비하니까, 그냥 그래서일 수도 있다는 거죠."

"그리고 아닐 수도 있고요. 레이더 시설치고는 보안이 너무 삼엄하죠. 내 말은, 누군가가 들어가서 그 피라미드를 훔쳐 갈 리는 없지 않습니까."

"하지만 못 쓰게 **망가뜨릴** 수는 있죠." 켈리가 반박했다.

"좋아요, 그건 인정하죠." 데커가 수긍했다.

"왜 그걸 그렇게 신경 쓰죠?" 켈리가 물었다.

"거기서 아이린 크레이머와 연관이 있는 어떤 일이 일어나고 있을지도 모르니까요."

"전 관련성을 모르겠는데요."

"그걸 찾는 게 우리 일이죠. 존재한다면요."

"음, 이미 말씀드렸듯이 섬터에게선 아무 연락도 못 받았습니다."

"그럼 다른 방향으로 가봐야겠군요."

"그게 어떤 방향일까요?" 켈리가 물었다.

"브라더스의 콜로니에 다시 가보고 싶습니다."

"거기서 뭘 얻을 수 있을 거라고 생각하세요?"

"아이린 크레이머는 거기서 일했어요. 우리가 뭔가를 놓쳤을 수도 있죠. 아니면 최소한 다른 사람들과 이야기를 나눠볼 수 있을 거고요. 또 압니까, 거기서 뭔가 실마리가 나올지."

"우리가 간다고 그쪽에 미리 알려놓을게요. 하지만 좀 섬세하게 가죠. 다들 이 일에 큰 충격을 받았어요."

"그야 분명히 그렇겠죠. 그리고 이 사건을 빨리 해결해야 그 사람들이 다시 이전의 삶으로 돌아갈 수 있을 테고요. 모른다는 게 그 사람들한테는 가장 해로울 겁니다."

"그건 그러네요." 켈리는 순순히 수긍했지만 갑자기 데커에게 추궁하는 시선을 던졌다. "젊은 불한당 녀석 몇 명이 요전 날 밤에 다양한 부상으로 병원을 찾았더군요. 심각한 건 아니었고요. 혹시 그 일에 관해 뭔가 아십니까?"

"내가 왜요?"

"그 녀석들은 경찰에 신고하지 않았지만, 제 동료 하나가 실랑이가 붙은 다른 멍청이들을 신문하러 병원에 갔었어요. 그래서 그 녀석들을 보게 됐죠. 덩치가 엄청나게 크고 거칠게 생긴 남자 둘이 자기들을 때려눕혔다고 했답니다. 6 대 2였다는데, 그 두 명이 정말 본때를 보여준 모양이에요. 녀석들이 스스로 인정하다니 놀랍지만, 그 정도로 감탄한 거죠. 그 일에 관해 전혀 모르는 게 확실합니까?"

"엄청나게 크고 거칠게 생긴 남자들은 이 타운에 넘쳐나죠."

"네, 그렇긴 하죠." 켈리는 수긍했지만 납득한 표정은 아니었다.

"이제 브라더스에 전화를 좀 할까요? 슬슬 출발했으면 하는데." 데커가 말했다. "내가 나가서 차를 대놓죠."

데커는 켈리와 재미슨을 두고 떠났다.

켈리가 재미슨에게 물었다. "그래서, 정확히 무슨 상황입니까?"

"무슨 말인지 모르겠는데요."

"당신도 그렇게 안면몰수할 겁니까?"

"와, 처음 듣는 표현이네요. 왠지 SAT에 출제될 단어 같아요."

"내가 그 단어를 어디서 주워들었을 것 같습니까?" 켈리가 대꾸했다.

콜로니로 가는 길에 차는 올아메리칸 에너지사의 유정을 지나쳤다. 그것은 양편으로 브라더스, 공군 기지와 경계를 맞대고 있었다.

"섬터 대령은 이 모든 것들이 자기 시설 옆에 바로 있는 걸 정말 싫어하죠." 재미슨이 말했다. "난 이해할 수 있을 것 같아요. 내 말은, 만약 저 석유 굴착 장치들 중에 하나라도 사고가 나면요? 화재나 그런 게 나면? 그러면 거기서 대령이 하는 일에 지장이 생길 수도 있잖아요."

켈리가 입에 담배를 물었다. "통에 든 물고기를 쏘는 식이죠."

"그게 뭐죠?" 재미슨이 물었다.

"여기서 석유를 시추하는 거요."

"석유 시추 업계에서 일할 생각은 혹시 안 해봤어요?" 재미슨이 물었다.

켈리는 고개를 저었다. "전 더 안정적인 일자리가 좋아요. 범죄가 사라질 일은 없어 보이거든요." 켈리가 데커를 응시했다. "경찰이 아니었으면 뭐가 됐을 것 같아요?"

"무직이겠죠." 데커의 대답에는 진심이 담겨 있었다.

０ 0035

밀턴 에임스와 피터 건서는 식당에서 일행을 기다리고 있었다. 옷차림은 이전과 동일했지만 둘 다 더 창백해 보였다. 에임스는 툭 치면 쓰러질 것 같았고 혼란스러워 보였다.

에임스가 웅얼거렸다. "패미의 유해가 언제쯤 저희에게 올까요? 정식으로 묻어줘야 하는데."

"가능한 한 빨리 알려드리죠, 밀턴." 그리고 켈리는 더 다정한 어조로 말했다. "얼마 안 걸릴 거예요."

"그걸…… 그걸 해야 했나요?"

"네, 부검을 해야만 했어요." 재미슨이 나지막이 대답했다. "그 상황에서는 법적으로 요구되거든요."

"아…… 그렇겠네요. 수전이 계속 물어봐서요. 아내는…… 우리 는…… 우리는……."

켈리가 말했다. "저희는 할 수 있는 모든 일을 하고 있습니다. 그 건 부디 믿어주세요."

"믿고 있어, 조. 고마워."

데커가 말했다. "크레이머의 서류들이 여기 없다는 건 알지만, 면접을 보신 후 혹시 실제로 거기 다녔는지 애머스트 대학에 확인 해보셨습니까?"

에임스가 확고하게 대답했다. "아뇨, 안 했습니다. 그런 거짓말을 굳이 할 이유가 없지 않습니까?"

건서가 끼어들었다. "그리고 뭐 하러 이 먼 곳까지 오겠다고 굳이 그런 거짓말을 지어내겠습니까? 우리가 돈을 많이 주는 것도 아닌데. 우리에게 자기 과거를 거짓말할 이유가 도대체 어디 있습니까? 전 도무지 이해가 안 갑니다."

"음, 만약 자취를 감추고 싶지만 먹고살 직업이 필요했다면요?" 재미슨이 말했다. "그것도 한 가지 이유가 될 수 있죠."

건서는 전혀 납득이 안 간다는 표정이었다.

재미슨이 말했다. "혹시 확인이 가능할 만한 전 직장 추천서 같은 건 없었나요? 졸업한 지 한 8년쯤 됐잖아요. 그동안 분명히 다른 일을 했을 텐데요."

그 말에 건서와 에임스가 서로 눈빛을 교환했다.

데커가 말했다. "면접 때는 늘 업무 경험에 관해 물어보죠. 추천서를 확인하고요."

건서가 양손을 한데 붙이고 나지막이 말했다. "우린 교사가 필요했고…… 크레이머는 그 일자리에 지원한 유일한 후보였습니다. 우리가 까다롭게 고를 상황이 아니었어요."

"아이들을 가르치는 건 쉬운 일이 아니죠." 에임스가 덧붙였다. "그리고 이곳에서는 그냥 트럭 휴게소에서 캐셔 일만 해도 우리가 주는 돈의 두 배는 벌 수 있고요. 그러니 크레이머가 찾아왔을 때 우린 더없이 기뻤습니다."

"아마 사람이 간절히 필요한 상황이었겠죠?" 재미슨이 물었다.

"맞아요."

"이곳에서 교사를 구한다는 걸 크레이머가 어떻게 알게 됐을까요?" 데커가 물었다.

건서가 대답했다. "우린 온라인에 광고를 냈고 지역 신문에도 냈습니다. 분명히 그걸 보고 왔겠죠. 면접을 아주 잘 봤습니다. 시범적인 수업 계획도 준비해 왔고, 우리 아이들을 가르칠 준비가 아주잘돼 있는 것 같았어요. 확실히 여기서 만족해했고 잘 적응했고요. 그리고 여기 있는 동안은 무척 잘해줬습니다. 그건 수전이 이미 말했죠. 기억하실지 모르겠지만."

에임스가 말했다. "하지만 아이린의 과거에 관해 왜 이렇게 캐물으시는 겁니까? 그게 아이린이 당한 일과 무슨 관련이 있죠? 아이린은 창녀였습니다. 창녀들은 원래 안 좋은 일을 많이 당하지 않나요? 내 말은, 그건 그냥 그 직업에 자동으로 딸려 오는 거 아닙니까?"

"그럴 수 있죠, 네." 재미슨이 대꾸했다. "하지만 우린 다른 각도에서도 살펴봐야 하거든요."

"우린 단순히 아이린의 과거를 추적하려는 겁니다. 아이린이 당한 일에 어떤 영향을 미쳤을 수도 있으니까요." 켈리가 설명했다. "적어도 아직은 그 가능성을 배제할 수 없어요."

"살인범이 아이린의 과거의 인물일 수도 있다는 뜻인가요?"

"그럴 수도 있죠."

건서가 고개를 끄덕였다. "음, 그러면 좀 안심이 되는군요. 적어도 런던 사람은 아닐 수 있다는 거니까요. 여기에 잔인한 살인범이 돌아다니고 있다고는 생각하고 싶지 않습니다."

"얼마나 많은 곳에 잔인한 살인범이 돌아다니고 있는지 알면 놀라실걸요." 데커의 말에 건서가 날카로운 시선을 던졌다.

에임스가 말했다. "여러분이 아이린이 당한 일을 조사해야 한다는 건 알지만, 혹시 제 딸을 죽인 자에 관한 실마리는 없습니까?"

데커가 에임스에게 대답했다. "켈리 형사가 말씀드렸듯, 우린 열심히 노력 중입니다. 이 두 사건 모두 우리에게는 최우선 사항입니다."

"그 둘이 관련이 있을 수도 있다고 보시나요?" 건서가 물었다.

"어떻게요?"

"음, 두 사람 다 이곳과 관련이 있죠. 둘 다 우리 영역 바깥에서 살해됐고요. 혹시 우리 생활양식과 믿음에 불만을 가진 자의 소행일 수도 있을까요? 실제로 그런 일이 종종 있거든요. 종교적인 박해죠."

"네, 그럴 수도 있죠." 재미슨이 말했다. "그리고 우린 그 각도에서도 살펴볼 겁니다, 비록 크레이머는 콜로니 사람이 아니었지만요."

"크레이머가 여기서 가르쳤으니, 여기 사람인 줄 잘못 알고 불만을 품었을지도 모르죠."

"다시 말씀드리지만 그것도 살펴볼 겁니다." 재미슨이 데커를 응시하며 말했다.

켈리가 덧붙였다. "혹시 파멜라가 런던 어디에서 살았는지 아십니까?"

"전 못 들었습니다." 짧게 대답하는 에임스의 표정에 불편한 기색이 어렸다.

재미슨이 재빨리 낌새를 채고 말했다. "뭔가 생각난 거라도 있나요?"

"그 애가 차 안에서 발견됐을 때 입고 있던 옷요. 전 그 옷을 봤습니다. 전…… 그 애는 여기 살 때 그런 옷은 한 벌도 없었습니다. 트럭 휴게소에서 어떻게 입고 다녔는지는 알지만 이건…… 이 옷은 훨씬 더…… 도대체 그게 무슨 상황이었을까요? 전 그게 알고 싶습니다. 그리고 수전도 거기에 관해서 저한테 묻더군요. 많이 신경 쓰고 있어요."

켈리가 말했다. "어쩌면, 아시잖아요. 그냥 새로운 스타일을 시도한 걸지도 모르죠."

에임스가 말했다. "설마…… 설마 그 애가 그랬다고 생각하시는 건 아니죠? 그러니까…… 서, 성관계요. 할 파커와. 그 애는 절대 그 사람이…… 매력적이라고 느끼지는 않았을 겁니다. 그 사람은 우리보다 나이가 더 많잖습니까!" 에임스의 고개가 축 늘어졌다. "하지만 그 애는 어쩌면……." 말을 멈춘 에임스가 고개를 저었다. "아뇨, 제 딸이 그랬다고는 저는 절대 믿을 수 없습니다. 그 애는 절대 그러지 않았을 겁니다. 절대로요."

데커가 말했다. "부검에서는 성관계가 없었다고 나왔습니다. 혹시 마음이 더 편해지실까 해서 말씀드리는 겁니다."

에임스가 양손에 얼굴을 묻고 신음했다. 꽃무늬 테이블보에 당장이라도 먹은 것을 몽땅 게워낼 것 같았다.

데커가 손을 뻗어 에임스의 어깨를 짚었다. "죄송합니다, 에임스 씨. 그냥 따님이 거기에 무슨 일로 갔든, 할 파커와의 사이에 그런 행위는 없었다는 걸 알려드리고 싶었습니다. 이해하시죠? 그 생각은 그냥 머릿속에서 내보내세요. 부인께도 그렇게 전해주시고요."

에임스가 고개를 들어 눈물을 닦고 고개를 끄덕였다. "네, 알겠습니다. 감사합니다."

입을 쩍 벌린 채 이 모든 광경을 지켜보고 있던 재미슨은 데커의 시선이 자신을 향하자 재빨리 표정을 바꾸고 건서에게 말했다. "공군에서 토지를 매입하셨다고 들었는데요? 그리고 그 일부를 석유 시추업자에게 임대하셨다고요?"

건서가 고개를 끄덕였다. "네. 임대 계약은 무척 도움이 됐습니다. 그 경매를 따낸 건 우리가 한 최고의 투자 중 하나였죠."

"정말 그렇겠네요." 재미슨이 말했다.

데커가 말했다. "공군 시설에서 뭔가 수상한 낌새가 느껴진 적은 없었습니까?"

"수상한 낌새요? 없었는데요. 하지만 그쪽에는 솔직히 별 신경을 안 써서요." 건서가 에임스에게 물었다. "자네는 어떤가, 밀턴?"

"제 집은 거기랑 멀어서요. 하지만 그 시설에 더 가까이 사는 사람들도 있죠. 확인해보겠습니다."

"혹시 그걸 저희가 해도 될까요? 가능하면 지금 당장 그분들을 만나뵀으면 좋겠는데요." 데커가 물었다.

건서가 대답했다. "좋습니다. 하지만 무슨 일로 그러시죠?"

"대답해드릴 수 있었으면 좋겠네요." 데커가 대꾸했다. "하지만 저도 확신이 없어서요."

0 0036

주디스와 로버트 화이트는 식당 테이블을 사이에 두고 데커, 재미슨 그리고 켈리와 마주 앉아 있었다. 결혼한 지 3년도 안 된 젊은 부부였지만 주디스는 이미 둘째를 임신 중이었다. 아내는 다채로운 색의 스카프를 맨 반면 남편은 아무 특징 없는 검은 옷 차림이었다. 남편은 불안해 보였고 아내는 호기심으로 가득해 보였다.

이 자리에 불려온 건 부부가 사는 작은 농장이 공군의 외부 경계 담장과 가장 가까이 있어서였다.

로버트는 데커의 샅샅이 뜯어보는 시선이 불편한 듯, 모자를 만지작거리면서 발만 내려다보았다.

"말씀해주실 수 있는 거라면 뭐든 좋습니다." 데커가 이제는 주디스에게 시선을 꽂은 채 말했다. "중요한 것처럼 느껴지지 않아도 상관없습니다."

로버트는 어깨를 으쓱하고 고개를 들었다. "전 아무것도 모릅니다."

아내가 남편의 팔을 팔꿈치로 쿡 찔렀다. "보비, 말씀드려."

"쉿, 주디. 이건 우리랑 상관없는 일이야."

"두 여자가 살해당했습니다." 재미슨이 말했다. "한 명은 여기 살았고 다른 한 명은 여기서 일했죠. 그렇다는 건 그게 '우리 일이라는' 뜻입니다."

주디스의 눈에 눈물이 차오르기 시작했다. "보비, 말씀드려, 중요한 일이잖아. 아, 패미와 크레이머 선생님은 정말 안됐어요."

로버트가 허리를 곧게 펴고 체념한 표정을 지었다. "좋아요, 밤에 이상한 소리를 들었습니다."

"이상하다고요? 어떻게요?" 데커가 물었다.

"비행기들이 오고 가요. 헬리콥터들도 그렇고요. 불빛이 우리 집까지 오더라고요."

"그리고 개들도 있잖아. 개들 얘기 말씀드려." 아내가 재촉했다.

로버트가 허리를 더 꼿꼿이 세웠다. 표정이 심각해졌다. "거기에 경비견이 있어요. 사나운 녀석들이죠. 우린 강아지를 키우는데, 그 녀석이 한번은 바깥 담장을 향해 갔어요. 그냥 호기심 때문에요. 음, 하나님께 감사하게도 녀석과 그쪽 사이에 담장 두 개가 있었죠. 녀석들이 우리 작은 강아지를 덮치려고 했는데, 담장 두 개를 몽땅 찢어발길 기세더군요."

"그리고 그거 말씀드려. 왜 그거 있잖아." 주디스가 종용했다.

로버트는 입을 꾹 닫고 고개를 저었다.

데커가 압박했다. "'그거'라뇨?"

"그 남자요!" 주디스가 말했다. "보비, 당신이 말 안 하면 내가 할 거야."

"맙소사, 이 여자야. 당신이 그런 말을 하면 우리가 곤란해진다

244

는 거 모르겠어?"

"진실이 늘 더 나은 선택입니다." 데커가 말했다. "진실을 말하면 어떤 문제도 생기지 않을 겁니다."

"당신이야 그렇게 말하겠죠." 로버트가 비꼬았다.

"보비!" 아내가 소리쳤다.

남편이 다시 한숨을 푹 내쉬고 말했다. "달포쯤 됐을 겁니다. 늦은 시간이었죠. 그날따라 잠이 안 오길래 제 조그만 작업장에서 연장을 좀 수리하고 있었어요. 담장에서 100미터쯤 떨어진 곳이죠. 그때 바깥에서 뭔가 소동이 벌어진 것 같았어요. 새벽 2시쯤에요. 여기서는 한 번도 무슨 일이 생긴 적 없었지만, 음, 상황이 무척 심각한 것처럼 들리더군요. 그래서 작업대에서 도끼를 집어 들고 밖으로 나가봤어요. 누군가가 뛰는 소리가 들렸고, 고함소리에 이어서 그 개들이 짖는 소리가 들렸죠. 미쳐 날뛰는 것 같더군요. 전 담장 쪽으로 달려갔지만 가다 말고 멈췄어요. 조명이 보였거든요. 그걸 든 사람들이 뛰고 있어서 마구 흔들렸죠."

"계속하세요." 켈리가 말했다.

"전 겁먹고 당황해서 넘어졌지만 그 자리에서 계속 지켜봤어요. 달이 거의 보름달에 가까웠죠. 그때 남자가 어둠 속에서 뛰쳐나와 안쪽 담장으로 뛰어오르더니 꼭대기까지 기어오르려 했어요."

"어떻게 생긴 남자였습니까?" 데커가 물었다.

"턱수염을 길렀고 머리카락은 몽땅 뻗치고 덥수룩했어요. 키가 크고 마른 것 같았는데, 필사적으로 담장을 기어오르고 있었죠."

"옷은요?"

"위아래가 붙은 작업복 같았어요. 맨발이었고요."

"그다음엔 어떻게 됐습니까?" 재미슨이 물었다.

"꼭대기까지 반쯤 올라갔는데 개가 덮쳤어요. 덤벼들어서는 바지 다리를 물고 늘어졌죠. 남자가 비명을 지르더군요."

"혹시 무슨 말을 하는지 알아들으셨나요?"

"아뇨, 너무 멀리 있었고 횡설수설하는 것 같더군요. 미쳤거나 약 같은 걸 했나 보다 했어요. 하지만 개가 저를 그런 식으로 물고 늘어졌다면 저라도 그랬겠죠. 나중에 남자들이 달려와서는 개를 떼어놓고 남자를 펜스에서 끌어내렸어요. 남자는 기어이 포기하고 축 늘어졌죠. 트럭이 와서 남자를 싣고 떠났어요. 다른 사람들도 다 떠났고요. 집에 돌아왔을 때 전 사시나무처럼 떨고 있었죠."

"맞아요." 주디스가 말했다. "제가 진정하라고 차를 좀 타 줬어요. 그랬더니 그런 일이 있었다고 저한테 말하더라고요."

데커가 켈리를 바라보았다. 켈리는 근심스러우면서도 어리둥절한 표정이었다.

"이 이야기를 다른 사람한테 하신 적 있나요?" 재미슨이 물었다.

"아뇨." 로버트가 대답했다. "그게, 정부 쪽 일이잖아요. 그런 일에 엮이고 싶은 생각은 없거든요. 전 그냥 농부라고요. 우릴 귀찮게 구는 일은 없었으면 좋겠어요. 그뿐이에요."

주디스가 잔뜩 흥분한 투로 말했다. "이게 크레이머 선생님이랑 패미하고 혹시 무슨 관계가 있다고 생각하세요?"

"그럴지도 모르죠." 켈리가 대답했다. 데커는 뒤로 기대앉아 생각에 잠긴 채 천장을 올려다보고 있었다.

재미슨이 말했다. "파멜라랑 아이린 크레이머를 아셨나요?"

주디스가 고개를 끄덕였다. "패미하고는 아주 잘 알았어요. 이곳을 좋아하지 않았죠. 그리고 우리 아들은 겨우 한 살이라 학교에 안 다니지만, 전 크레이머 선생님을 교실에서 몇 번 도와드린 적

246

있어요. 그 전임 선생님도 도와드렸고요."

"크레이머가 뭔가 이상한 말을 한 적은 없었나요? 공군 시설에 관해 뭔가 이야기를 했다든가?"

"아뇨, 한 번도요." 잠시 침묵에 잠겼던 주디스가 말했다. "저더러 콜로니 어디에 사느냐고 물은 적이 있어요."

"그래서 알려주셨나요?" 재미슨이 물었다.

"네, 그런데 좀 이상했어요."

"뭐가요?" 재미슨이 재빨리 물었다.

"음, 우린 여기서 공동생활을 하잖아요. 그리고 많은 재세례파 콜로니들은, 다들 보통 서로 가까이 있거나 아예 붙어 있는 작은 집에서 살거든요. 제 육촌이 후터파 소속인데 그애도 노스다코타에 살고 있어서 전 알아요. 여기서 가깝지는 않지만요."

데커는 이제 주디스에게 시선을 고정하고 있었다. "그래서요?" 데커가 물었다.

"음, 여긴 넓어서 모두들 집을 따로 가질 수 있고, 농사도 따로 짓거든요. 그 대부분을 콜로니에 보태지만, 일부는 우리 몫으로 둬요. 그리고 사람들은 각자 키우고 싶은 걸 키울 수 있어요. 콜로니에서 집단적으로 키우지 않는 것들을요."

"그래서요?" 데커가 다시 물었다.

"크레이머 선생님한테 그걸 말씀드렸어요. 그랬더니 선생님이 이상한 말씀을 하시더라고요. 안 그러는 게 좋을 것 같다고. 우리가 자체적으로 농사를 짓지 않는 게 좋을 것 같다고요."

"왜 그런 얘길 했을까요?" 재미슨이 데커에게 시선을 꽂은 채 물었다.

"모르죠. 그건 못 들었어요."

데커가 다급하게 물었다. "학교는 어디 있습니까?"

"달걀을 생산하는 건물 옆에 작은 학교 건물이 있습니다." 로버트가 대답했다.

"교사 사무실도 거기 있었습니까?"

주디스가 고개를 끄덕였다. "안쪽 방에요."

데커가 일어섰다. "좀 보여주시겠습니까? 지금 당장요."

0 0037

노크 소리에 문을 열어준 사람은 콜로니 교사인 도리스였다. 50대의 여성으로, 콜로니의 다른 여자들과 똑같은 옷차림에 오로지 치마와 스카프의 색깔과 무늬만 달랐다. 도리스 뒤편으로 커다란 교실 한복판에 여섯 살에서 10대까지 다양한 나이대의 아이들이 옹기종기 모여 있는 게 보였다. 다들 호기심과 어리둥절함이 뒤섞인 표정으로 방문객들을 바라보았다.

주디스가 켈리, 데커 그리고 재미슨을 소개한 후, 도리스는 자신이 임시로 크레이머의 빈자리를 채우러 왔다고 설명했다.

"아이린 일은 너무 끔찍해요." 도리스가 낮은 목소리로 말했다.

"그렇죠." 데커가 건성으로 대꾸했다. "크레이머의 사무실을 좀 보고 싶은데요."

"아, 네. 이쪽이에요."

도리스는 학생들을 지나 일행을 안내했다. 나이가 어린 남자애들 몇 명이 거대한 데커를 경외감이 담긴 표정으로 올려다보았다.

10대 남자애들 몇 명은 재미슨의 미모에서 눈길을 떼지 못했다.

도리스가 작은 방 문을 열고 일행을 안으로 안내했다.

창문 하나가 딸린, 가로세로 3미터 넓이의 방이었다. 방 한복판에 있는 작은 책상에는 등판이 평평한 의자가 쑥 밀어 넣어져 있었다. 한쪽 벽에 기대 세워놓은 철제 파일 캐비닛 두 개가 보였다.

책상 위에는 압지와 명함정리기, 그리고 책 더미 하나에 학생 문집으로 보이는 책자 몇 권이 있었다.

도리스와 주디스는 일행이 그곳을 둘러보게 두고 자리를 떴다.

"우리가 뭘 찾아야 하죠?" 켈리가 물었다.

"뭐든 우리한테 도움이 될 만한 거요." 데커가 대꾸했다.

"흠, 좀 모호하네요."

"데커는 크레이머의 살인이 과거의 무언가와 관련됐을 수 있다고 생각해요. 여기 오기 전 과거요." 재미슨이 데커를 바라보며 대답했다.

켈리는 호기심이 동한 표정이었다. "그렇군요. 여기 오기 전이라고요. 그게 어쩌면 FBI가 관심을 가진 이유일 수도 있을까요?"

데커가 고개를 끄덕였다. "네. 내 생각엔 애초에 크레이머가 여기 온 이유를 찾는 게 살인범을 잡는 데 꽤 도움이 될 것 같습니다."

"그러니까 살인범이 크레이머의 과거와 상관이 있다고 생각하신다는 거죠?"

"확실히 가능성이 있죠." 재미슨이 말했다.

"납득이 되네요." 켈리가 책상 서랍을 열고 안을 훑어보았다. 심지어 각 서랍의 밑면까지 확인했다. 재미슨은 책들과 공책들을 뒤지기 시작했고, 데커는 파일 캐비닛 서랍 하나를 열어 수색에 착수했다.

"여긴 아무것도 없네요." 켈리가 잠시 후 말했다.

"여기도요." 재미슨이 마지막 공책을 내려놓으며 말했다. 데커는 아직 파일 캐비닛을 샅샅이 살피고 있었다.

재미슨은 책상에 걸터앉아 명함정리기를 자기 쪽으로 당겼다.

"요즘도 이런 걸 쓰다니 신기하네요. 그것도 그렇게 젊은 사람이요."

캐비닛 서랍을 뒤지고 있던 데커가 고개를 들었다. "뭐 좀 있나요?"

재미슨이 A로 시작해 카드 몇 장을 넘겨가며 살폈다. "다 비어 있는 것 같아요." 재미슨이 말했다. "빈 명함정리기를 뭐 하러 책상에 놔두죠?"

데커가 다가가서 명함정리기를 받아 들고 카드를 한 장 한 장 뒤지기 시작했다. 거의 끝까지 넘겨서 마침내 한 장을 꺼냈다. 뭔가가 적혀 있었다.

"무슨 글자 밑에 있었어요?" 켈리가 물었다.

데커가 말했다. "크레이머가 깜찍한 짓을 한 것 같아요. X 밑에 있었어요. 중요한 지점에 X 표시를 하듯요. 카드를 전부 뒤질 사람은 없을 거라고 믿었나 봐요."

"음, 당신 같은 사람이 있을 줄은 몰랐겠죠." 재미슨이 말했다.

"뭐라고 적혀 있습니까?" 켈리가 물었다.

데커가 카드에 적힌 것을 읽었다. "수업 계획 C, 날짜는 작년 12월 15일이고요."

"무슨 뜻인지 짐작이 가요?" 재미슨이 물었다.

대답 대신 데커는 파일 캐비닛으로 황급히 돌아가 거기 있는 자료들을 서둘러 뒤적였다. 그리고 일정 관리 바인더를 꺼냈다. 12월 항목으로 넘겼다.

"좋아요, 12월 15일에 '버드'라는 이름을 적어놨네요. 노스다코타주 윌리스턴 그린힐스 요양원." 데커가 고개를 들었다. "그리고 주소와 전화번호가 있어요."

"왜 수업 계획표에 그런 걸 적어놓았을까요?" 켈리가 물었다.

"음, 명함정리기를 이용한 수법으로 미루어 보면, 아마도 휴대전화에 입력하기는 싫었지만 그래도 필요할 때 꺼내 볼 수 있게 어딘가에 적어놓고 싶었겠죠."

"윌리스턴이라면 여기서 멀지 않아요." 켈리가 말했다. "한번 가서 확인해보실래요?"

"그래야죠. 하지만 먼저 전화해서 버드라는 사람이 거기 있나 확인해보죠."

켈리가 휴대전화를 꺼내어 바인더에 적힌 번호를 보며 전화를 걸었다.

통화가 연결되고 잠시 이야기하던 켈리가 말했다. "확인해보겠대요." 1분쯤 기다린 후 누군가가 다시 전화를 받았고, 켈리는 몇 분쯤 말없이 귀를 기울였다. 이윽고 전화를 끊고 두 사람을 놀아보았다. "버드라는 이름을 가진 사람은 거기 없대요. 최근에 그런 이름을 가진 사람이 거기 산 적도 없고요."

"별명일지도 모르죠." 재미슨이 말했다.

"그러면 어쨌든 윌리스턴으로 가봐야겠군요." 데커가 말했다.

일행은 학교를 나와 차에 올랐다.

"마침내 실마리를 잡게 될까요?" 켈리가 물었다.

"하늘은 스스로 돕는 자를 돕는다고 하죠." 데커가 대꾸했다.

"이제 하늘이 도울 때도 된 것 같은데요." 재미슨이 투덜거렸다.

* * *

"꽤 괜찮은 곳 같네요." 한 시간 남짓 지나, 재미슨이 그린힐스 요양원 주차장으로 차를 몰고 들어가며 말했다.

일행은 차에서 내려 건물로 들어갔다. 파란 의료용 스크럽을 입은 젊은 여성이 프런트데스크에서 세 사람을 맞았다.

"무슨 일로 오셨나요?"

켈리가 신분증을 보여주고, 데커와 재미슨도 그렇게 했다. 이윽고 여성에게 상황을 전달받은 관리자가 나와 일행을 맞이했다. 관리자는 살집 있는 몸매에 하얗게 센 머리를 짧게 친 50대 여성으로, 못마땅해하는 눈치가 역력했다.

"아까 통화했죠." 켈리가 찾아온 용건을 말하자 관리자가 말했다. "버드라는 분은 여기 안 계십니다."

"별명일지도 모르니까요." 켈리가 대꾸했다.

"그럼 성함이 어떻게 되죠?" 관리자가 물었다.

"그걸 알았다면 이미 말씀드렸겠죠."

"아이린 크레이머라는 분이 여기서 일한 적 있습니까?" 데커가 물었다.

"크레이머요? 아이린 크레이머, 아뇨, 아닌 것 같은데요. 저기요, 도대체 무슨 일로 이러시죠?"

켈리가 크레이머의 운전면허증 복사본을 꺼내어 관리자에게 보여주었다. "아니, 메리 라이스잖아요. 적어도 여기서 일할 땐 그 이름이었어요."

"그게 언제였죠?" 데커가 물었다.

"제 사무실로 오시죠."

일행은 관리자를 따라 복도를 지나 작고 창문 없는, 칙칙한 가구들이 놓인 방으로 갔다. 관리자는 책상 앞에 앉아 데스크톱 컴퓨터에 로그인했다.

"마지막 월급을 받은 게 14개월 전으로 돼 있네요."

"여기서 무슨 일을 했나요?" 재미슨이 물었다.

"우리 입주민들을 보살폈어요. 물리 치료를 했죠."

"자격증이 있었나요?" 데커가 물었다.

"네, 정식 서류를 다 갖고 왔어요."

"전부 확인해보신 건가요? 추천장이랑 그런 것들 전부요."

"네, 그게 저희 절차거든요. 전부 확인했죠."

"사본을 모두 확인할 수 있을까요?" 켈리가 물었다.

"영장 없이는 안 되죠. 소송에 얽히고 싶지는 않거든요. 뭐, 무슨 일에 연루됐는지는 몰라도, 메리가 알기라도 하면……."

"메리는 죽었습니다." 데커가 말했다. "그러니 고소 걱정은 안 하셔도 됩니다."

"죽었다고요!"

"살해당했습니다. 그게 저희가 여기 찾아온 이유고요."

"맙소사."

"버드라는 분이 여기 안 계신 건 확실한가요?" 재미슨이 물었다.

"확실해요. 전 주민분을 전부 알거든요. 그런 이름이나 별명을 가진 분은 안 계세요."

데커가 끼어들었다. "하지만 그게 머리글자라면요? B, U, D요."

관리자가 컴퓨터 자판을 두드리기 시작했다. 그리고 몇 분쯤 화면을 스크롤하더니 이윽고 멈추고 씩 웃었다. "브래드네요. 브래들리 엉거 대니얼스. B, U, D, 맞죠?"

"맞습니다." 데커가 대꾸했다.

0 0038

"메리 말인가?" 브래드 대니얼스가 말했다. 다 늙고 쪼그라든 남자는 앞으로 남은 평생 집이라고 부르게 될 작고 소독된 자기 방에서 휠체어에 앉아 있었다.

데커, 재미슨 그리고 켈리가 남자 맞은편에 앉자 비좁은 방 안은 말 그대로 가득 찼다.

재미슨이 고개를 끄덕였다. "네, 메리 라이스요. 여기서 1년쯤 전에 물리치료사로 일했죠."

대니얼스가 관절염으로 굽은 손가락으로 지팡이 대가리를 움켜쥐었다. "메리, 그래, 맞아. 내 알지."

일행은 대니얼스가 90대이고 이곳에 10년 전에 들어왔다는 사실을 들어서 알고 있었다. 아내와는 사별했고, 형제자매는 물론이고 심지어 두 자녀까지 모두 앞서 보냈다고 했다. 손주들은 다른 주에 살고 있었고 1년에 한 번 크리스마스 때만 찾아왔다.

켈리가 크레이머의 사진을 보여주려 하자 대니얼스는 고개를 저었다. "난 이제 장님이나 다름없어."

데커는 방 안을 둘러보았다. 침대 옆 작은 책꽂이 위에는 어린아이들 사진이 몇 장 있었는데, 생일 축하 카드인 것 같았다. 침대 옆 협탁에는 야구모자가 놓여 있었다. 제2차 세계대전에서 복무한 사람들이 쓰는, 군종을 알려주는 모자였다.

"제2차 세계대전 때 공군에서 복무하셨습니까?" 데커가 모자를 응시하며 물었다.

"당시에는 육군 항공대라고 했지." 대니얼스가 미약한 웃음을 지으며 말했다. "그전에는 육군 항공단이었고. 공군이 된 건 한참 지나서야."

"조종사셨어요?" 재미슨이 물었다.

"아니. 항법사였어." 노인의 얼굴에 반짝 생기가 돌기 시작했다. "B-17을 몰았지. 그리고 빅보이, 그러니까 B-29 초공중요새하고. 어휴, 정말 짜릿한 시대였지."

"항법사셨다고요?" 켈리가 말했다.

대니얼스가 천천히 고개를 끄덕였다. "난 항상 그런 걸 좋아했거든. 신호라든가, 무전이라든가. 레이더는 당시에는 신기술이었어. 우릴 목적지에 데려다주고 다시 돌아오게 해줬지. 당시엔 폭격 비행을 많이 했는데, 항상 이번엔 죽겠구나 했어. 하지만 끝내 그러지 못했지." 대니얼스가 낮게 키득댔다.

"전쟁이 끝나고는 뭘 하셨습니까? 제대하셨습니까?" 데커가 물었다.

"아니, 군에 남아서 정부를 위해 일했지."

"무슨 일을 하셨는데요?" 재미슨이 물었다.

이제 노인은 시력이 없는 눈을 가늘게 떴다. "그게 왜 궁금한

데?" 어조가 갑자기 날카로워졌다.

데커가 노인 앞에 쪼그려 앉아 물었다. "어르신이 무슨 일을 하셨는지 메리에게 말씀하신 적이 있습니까?"

"아직 내 질문에 대답 안 했잖아. 그러니 나도 대답할 이유가 없지."

"메리가 마음에 드셨나요?"

"착한 아이였지. 인내심 있고. 치료를 받으라고 자꾸 성가시게 굴었지만 여기 있는 다른 녀석들처럼 그렇게 고압적으로 굴지는 않았어. 떠난다고 해서 아쉬웠지. 어디로 갔나?"

"노스다코타주 런던으로 갔다고 하면 놀라실까요?"

노인이 움찔했다. "런던?"

"네. 더글러스 S. 조지 방어 복합체가 있는 곳으로요."

"흠, 그건 나도 알아."

"거기서 일하신 적이 있어서요? 오래전에?" 데커가 물었다.

"그랬을 수도, 아닐 수도 있지. 기밀사항이라 난 말 못 해." 대니얼스는 그렇게 말하고는 눈을 감고 지팡이 머리를 더 세게 쥐었다.

"하지만 메리한테는 그 이야기를 하신 거죠?"

"자네가 그걸 어떻게 아나?" 대니얼스가 물었다. "메리가 그러던가?"

"아뇨. 하지만 그게 아니라면 왜 거기로 갔겠습니까? 제 말은, 그게 아니면 꽤 엄청난 우연이잖아요."

"난 그 일에 관해서는 아무 할 말이 없어."

"공군이 레이더 시설 주변 땅 대부분을 매각한 걸 아십니까?"

"땅을 매각해?" 대니얼스가 날카롭게 물었다. "누구한테?"

"브라더스라는 종교 단체예요. 들어보신 적 있습니까?"

대니얼스가 고개를 저었다.

"그리고 그 단체는 땅 일부를 다시 석유 시추업체에 임대했고요."

"석유 시추업체?"

"땅을 파서 석유와 천연가스를 시추하는 회사요."

"그 땅을 파고 있다고?" 대니얼스가 물었다.

"네." 잠시 켈리와 재미슨를 향했던 데커의 시선이 다시 대니얼스에게 돌아갔다. 노인은 데커를 뚫어져라 보고 있었다. "문제는, 우린 불행히도 메리와 대화를 나눌 수 없습니다."

"어디 있는지 모른다는 건가?" 대니얼스가 물었다.

"아뇨, 압니다."

"그런데 뭐가 문제야?"

"누군가가 메리를 살해했거든요."

순간 노인이 얼어붙었다. 데커는 노인이 뇌졸중을 일으켰을지도 모른다고 생각했다.

"여기서 나가." 눈을 깜빡여 눈물을 참으며, 노인이 갑자기 고함쳤다. "그냥 여기서 나가라고, 당장. 날 가만 놔둬. 제발 가만 좀 놔두라고."

제복 입은 간호사가 급히 방으로 들어왔다.

"대니얼스 씨?" 여자가 허둥대며 말했다. "왜 그러세요?"

노인이 일행을 가리켰다. "저 작자들이 날 괴롭혀. 가라고 해줘."

간호사가 세 사람에게 엄한 시선을 던졌다.

재미슨이 FBI 배지를 들어 올리고 말했다. "사건 수사 때문에 어쩔 수 없이 힘든 질문을 좀 해야 했어요."

"아, 그렇군요. 하지만 저분은 지금 흥분하셨어요. 어…… 여러

분은 그만 가셔야 할 것 같아요. 건강이 안 좋으시거든요."

재미슨이 데커의 팔을 잡아당기며 말했다. "그 말씀이 맞는 것 같아요. 그만 갈게요."

일행은 방을 나왔다.

복도를 걸어가다가 데커가 말했다. "저 남자는 알고 있어요. 크레이머는 저 남자한테 들은 말 때문에 이곳을 그만두고 이름을 바꾸고 런던으로 간 겁니다."

"하지만 문제는 그 말이 뭔지를 모른다는 거죠." 켈리가 말했다.

"저 남자는 공군 기지에서 일했어요." 재미슨이 말했다. "분명 그게 연결고리겠죠. 레이더니 무전이니 하는 것들을 담당하는 항법사였다고 했는데, 런던에서 하는 일이 그거잖아요."

"정확히 언제 거기 있었는지를 알아내야 해요." 데커가 말했다. "그 시설이 1950년대부터 거기 있었다고 했죠?"

"맞아요." 켈리가 대답했다. "언제 문을 열었는지 정확한 날짜는 모르지만요."

"보거트한테 알아봐달라고 부탁하면 돼요." 재미슨이 말했다.

데커가 말했다. "그리고 언제 거기 있었고 뭘 했는지를 알아내면 여기 돌아와서 저 남자하고 담판을 지어야죠."

"하지만 나이가 너무 많잖아요, 데커." 재미슨이 말했다.

"네, 알아요. 그리고 지금은 우리가 이 사건을 해결하는 데 가장 중요한 열쇠기도 하죠."

바깥으로 나와서 켈리가 말했다. "젠장, 도대체 무슨 일이 벌어지고 있는 거죠?"

"모르죠." 데커가 말했다. "하지만 우린 거기에 다가가고 있어요."

"그래요, 하지만 그전에 저쪽에서 먼저 우리에게 다가오지는 않았으면 좋겠네요." 재미슨의 말투는 어쩐지 불길하게 들렸다.

0 0039

"보거트가 알아보겠다고 했다고요?" 데커가 물었다.

데커와 재미슨은 베이커와 캐럴라인 도슨과 저녁 식사를 하기로 한 음식점으로 걸어가고 있었다.

데커는 새 바지와 깨끗한 흰 셔츠로 갈아입었고, 팔꿈치에 천을 댄 낡은 코듀로이 재킷을 입고 있었다. 데커가 가진 가장 우아한 옷이었다. 날씨가 바뀌어 기온은 15도 대로 뚝 떨어졌고 습기는 흔적도 없이 사라졌다.

재미슨은 무릎까지 내려오는 검은 치마에, 측면에 지퍼와 통굽이 달린 앵클부츠를 신고 흰 블라우스에 청재킷을 받쳐 입었다.

"네. 방금 전에 통화했어요. 그리고 군과 관련된 일이니까 하퍼 브라운한테 연락하겠대요."

하퍼 브라운은 국방정보국, 즉 DIA 소속으로 전에 다른 사건에서 협력한 적이 있었다.

"잘됐군요. 크레이머에 관해서 뭔가 말해주던가요? 크레이머가 왜 FBI에 중요한지요."

"아뇨. 물어봤는데 아무것도 못 알아냈대요. 어휴, 바람이 정말 쌀쌀하네요." 재미슨이 청재킷을 여미며 말했다.

"이틀 전에는 덥다고 투덜댔잖아요."

"내 기억엔 나 혼자만 그런 건 아니었을 텐데요."

음식점이 더 가까워졌을 때 데커가 말했다. "그래서, 오늘 저녁 식사 말인데요. 내가 뭘 해야 하죠?"

어느 정도는 예상했던 질문이라, 데커를 올려다보는 재미슨의 얼굴에 놀라움은 담겨 있지 않았다.

"음, 우선 머리를 비우고 즐겨요. 요 며칠 정신없었잖아요. 아무리 당신이라도 배터리를 재충전할 필요는 있죠. 그다음으로는, 스탠과 캐럴라인을 지지해줘요. 캐럴라인이 당신 누나의 자리를 빼앗으려 한다는 생각 같은 건 접어두고요."

"내가 만약 뭔가 멍청한 소릴 하면요?"

"그냥 말하기 전에 할 말을 미리 생각해요."

"당신이야 그런 말이 쉽게 나오죠." 데커가 웅얼거렸다.

음식점 앞문 옆에는 '매디'라고 새겨진 청동 간판이 걸려 있었다. "캐럴라인의 어머니 이름이잖아요." 재미슨이 말했다.

"우연은 아니겠죠, 아무래도." 데커가 대꾸했다.

매디는 복고풍 벽돌 건물 1층에 있었고, 광을 낸 목재 문 양편에는 일렁이는 가스등이 각각 하나씩 켜져 있었다.

재미슨이 불붙은 등을 보고 농담했다. "여기도 메탄이라니, 멋지네요."

도슨과 베이커는 바에서 술을 마시고 있었다. 베이커는 데커와 비슷한 차림이었다. 면바지, 흰 셔츠 그리고 꽤 낡은 재킷. 도슨은 터키색 드레스에 가죽 벨트, 검은 타이즈 그리고 낮은 굽으로 멋지게 차려입고 머리는 풀어서 어깨 위로 드리웠다. 일행은 테이블로 자리를 옮겼다.

재미슨은 새것 같은 동시에 무척 오래돼 보이는 내부 공간을 둘러보았다. 아주 세심하게 꾸민 게 분명했고, 군데군데는 심지어 예술적인 면도 엿보였다. "와, 정말 아름답네요. 여기에 이런 곳이 있을 줄은 생각도 못 했어요." 그러고는 민망한 표정으로 도슨을 보며 급히 덧붙였다. "그런 뜻은 아니었어요, 죄송해요."

데커가 익살스러운 표정을 짓고 재미슨에게 몸을 기울여 속삭였다. "말하기 전에 생각해야죠."

도슨이 이해한다는 미소를 지으며 말했다. "아뇨, 이해해요. 사실 여긴 제 자식이에요."

"네?" 재미슨이 놀라서 내뱉었다.

베이커가 씩 웃으며 말했다. "이곳 전체를 캐럴라인이 운영해요. 아버지가 아니고요."

"아버님하고 이야기 나눠봤습니다." 데커가 말했다.

"아버지하고 무슨 일로 이야기를 나누셨는데요?"

"그냥 흔한 질문을 좀 했죠."

"여기가 정말 캐럴라인의 음식점이라고요?" 재미슨이 재빨리 화제를 바꿨다.

"엄밀히 말하면 아버지 소유지만 재정적인 부분은 제가 담당했고 공간 기획이랑 증축, 채용 그리고 식기 선택부터 커튼이랑 바에 놓을 진을 고르는 것까지 전부 제가 다 했어요. 웹사이트랑 소셜 미디어 계정도 운영 중이고, 출장 뷔페랑 특별 이벤트도 한답니다."

재미슨이 붐비는 실내를 둘러보며 말했다. "흠, 지금 눈에 보이는 걸로 판단하자면 정말 승자시네요."

"사실 앞으로 석 달간은 예약이 꽉 차 있어요. 이 타운의 거의 유일한 고급 식당이죠. 셰프는 나파 밸리에서 제가 직접 모셔왔어요."

베이커가 키득대며 덧붙였다. "우리가 오늘 여기서 자리를 잡을 수 있는 건 캐럴라인이 여기 주인이라서야."

캐럴라인이 웃으며 베이커의 커다란 손을 잡았다. "그게 말이죠, 아빠는 제가 미쳤다고 생각하세요. 이곳을 이곳답지 않게 바꾸려고 하지 말라고 하시죠."

"그게 무슨 뜻이죠?" 데커가 물었다.

"아버지는 늘 런던을 절대 지금보다 나아지지 않을, 별 볼 일 없는 곳이라고 생각하실 거예요. 심지어 석유 시추로 이렇게 부자 동네가 된 후에도요. 하지만 전 다르게 봐요. 호황과 불황의 사이클은 이제 벗어난 것 같아요. 여기 오는 사람들은 더는 그저 일해서 부자가 돼 얼른 여길 뜨려는 사람들만이 아니에요. 눌러살려고 오는 사람들도 있죠. 살기 좋은 기후가 아닌 건 알지만, 여기 말고도 그런 곳은 많잖아요. 그리고 비행기로 조금만 가면 따뜻한 지역도 금방이고요. 요는, 여기에 좋은 것들이 있으면 뿌리를 내리고 살고 싶어 할 거라는 거죠. 그리고 노스다코타 사람들은 좋은 사람들이에요. 이 땅의 소금 같은 사람들이죠."

"전 중서부 출신입니다." 데커가 말했다. "그래서 그 말씀에 동의합니다."

"그리고 지금은 이곳에 돈이 있으니, 사람들이 제가 제공하고자 하는 편의 시설과 서비스를 이용할 경제력이 되죠."

"정말 멋진데요." 재미슨이 말했다.

베이커가 잔을 들어 올리며 말했다. "멋진 것들을 위하여." 그리고 도슨에게 고개를 끄덕이며 말했다. "그리고 멋진 사람들도."

음식을 주문한 후 도슨이 사건 조사에 관해 물었다. "살인사건이 또 일어났고 할 파커가 실종됐다면서요."

"맞아요. 피해자는 파멜라 에임스라고, 전에 브라더스 콜로니에 살았어요." 재미슨이 말했다.

"그 사람을 도대체 왜 누가 죽이고 싶어 했을까요?" 베이커가 물었다.

"그냥 운 나쁘게 하필이면 그 시간에 그곳에 있었던 탓일 수도 있죠. 파커를 노린 거였다면요."

"하지만 **파커**를 왜 노리죠?" 도슨이 물었다.

데커가 대꾸했다. "혹시 두 분은 파멜라 에임스를 아셨습니까?"

베이커는 고개를 저었지만 도슨은 이렇게 말했다. "전 밀턴 에임스와 사업을 함께한 적이 있어요. 파멜라가 딸인 건 알았는데, 저랑 친구는 아니었어요."

"하지만 애초에 왜 할 파커의 집에 에임스가 있었지?" 베이커가 물었다.

"그냥 아는 사이였을 수도 있죠." 재미슨이 데커를 흘끗 보고 모호하게 대답했다. 그리고 분위기를 바꾸어 도슨에게 말했다. "아버님 댁으로 뵈러 갔었어요. 집이 아름답던데요."

"엄마가 돌아가신 후 우리 둘 다 뭔가 정신을 쏟을 곳이 필요했어요. 엄마 없이 프랑스로 이사 갈 마음은 없었으니까, 아버지를 위해 새집을 지어드리면 좋을 것 같더군요. 뭔가 집중할 거리가 생길 테니까요. 아버지는 세세한 것들을 꼼꼼히 챙기길 좋아하시죠.

집은 이제 막 완공됐어요. 일꾼들이 쉴 틈 없이 일했는데도 거의 2년이나 걸렸죠."

"그리고 캐럴라인은 어떻게 극복했죠?" 데커가 물었다.

캐럴라인의 얼굴에 서글픈 미소가 떠올랐다. "저도 일에 파묻혔죠, 뭐."

"어머님은 눈보라에 갇혀 돌아가셨다고 들었습니다." 데커가 말했다.

도슨은 고개를 끄덕이고 새끼손가락에 낀 반지를 문질렀다. "일산화탄소 중독으로, 차 안에서요." 목소리는 낮고 갈라졌다.

"왜 눈보라 속에서 운전을 하셨을까요?" 데커가 물었다.

"앨리스 프리처드라는 이웃집 할머니에게 와달라는 연락을 받으셨거든요. 전기가 나가서 곤란한 상황이라고요. 몸이 안 좋은 할머니셨어요."

"왜 911에 전화하지 않고요?" 데커가 물었다.

"엄마가 911보다 더 빨리 도착할 테니까요. 그리고 우린 비상 발전기가 있어서, 앨리스는 그냥 우리 집에 지내면 됐거든요. 전에도 그런 일이 있었는데 앨리스는 매번 우리한테 전화했죠."

"하지만 어머님은 앨리스의 집까지 가지 못하셨죠?" 데커가 물었다.

"네, 그리고 앨리스도 죽었어요."

"맙소사." 재미슨이 말했다.

데커가 말했다. "이웃이 죽었다면, 어머님한테 전화를 했는지, 그리고 어머님이 눈보라 속에 밖으로 나가신 게 그것 때문인지 어떻게 알죠?"

"엄마가 앨리스한테 전화를 받고 저한테 문자를 보내셨어요. 하지만 시차 때문에 저는 이튿날 아침에야 그 문자를 봤죠. 그 일을 처음 알게 된 건 눈보라가 가라앉고 사람들이 차 안에 있는 엄마를 발견한 후였어요."

"정말 유감이네요." 재미슨이 말했다. 베이커가 도슨의 어깨를 다정하게 다독였다.

잠시 침묵이 흐르다 데커가 어색하게 내뱉었다. "음, 아버님은 머지않아 따님이 세상을 정복할 거라고 하시더군요."

재미슨은 데커에게 불안한 시선을 보냈지만, 미처 뭐라고 말할 틈도 없이 베이커가 끼어들었다. "아버지의 완벽한 딸이지."

데커는 그 말에 도슨의 얼굴에 못마땅한 기색이 떠오르는 것을 놓치지 않았다. "그리고 오빠가 있었다고 들었는데요." 데커의 말은 다시금 재미슨에게서 따가운 시선을 이끌어냈다.

재미슨이 말했다. "캐럴라인은 아무래도 다른 이야기를 하고 싶을 것 같아요."

도슨이 헛기침을 하고 물을 한 모금 마셨다. "아뇨, 괜찮아요. 네, 휴 오빠가 있었어요. 우린 '주니어'라고 불렀죠. 오빠는…… 죽었어요."

데커가 말했다. "조 켈리한테 듣기로는 오빠와 아버님 사이가 별로 안 좋았다고 하던데요. 하지만 자세히는 못 들었습니다."

그 말에, 도슨은 데커가 불편해질 정도로 강렬한 시선으로 데커를 보았다. "조는 정말 믿음직하다니까요. 정말 신중한 사람이죠."

"그게 무슨 문제인가요?" 재미슨이 물었다.

"아뇨, 아마 그냥 우리 가족에게 불필요한 관심이 쏠리는 걸 막아주려고 한 거겠죠. 조는 늘 그렇게 의리가 강하답니다. 사실 오빠는 동성애자였고 아버지는 그걸 정말 못마땅해하셨어요. 유언장에서 빼고 사업에서도 내치시고, 인생에서 아예 배제하셨죠. 주니어는 결국 그걸 견디지 못했던 것 같아요. 그래서 삶을 끝내기로 한 거죠. 약을 잔뜩 먹었어요. 오빠를 발견한 게 저였죠." 캐럴라인이 냅킨으로 눈가를 톡톡 두드렸다.

"젠장, 캐럴라인, 난 전혀 몰랐어요." 베이커가 말했다.

"당신이 어떻게 알았겠어요. 난 오빠를 정말 좋아했어요. 우린 무척 가까웠죠."

"그건…… 그러면 아버님과 사이가 좀 힘들어졌겠군요." 데커가 말했다.

"주니어가 죽고 거의 1년간 우린 서로 한마디도 하지 않았어요. 하지만 그 후 엄마를 잃었고……. 세상에 유일하게 남은 가족으로서 화해해야 할 필요성을 느꼈죠. 그래서 그렇게 됐고요."

"화해가 오래갈 것 같은가요?" 데커가 물었다.

캐럴라인은 행운을 빌 때 흔히 그러듯 반지로 나무 탁자를 두드리고는 대답했다. "아마 다른 선택지가 없지 않을까요."

데커가 말했다. "음, 스탠이 한 말처럼, 아버님이 캐럴라인을 완벽한 따님으로 보는 것 같네요."

도슨이 딱딱한 어조로 말했다. "그런 게 세상에 과연 존재하긴 할지, 전 잘 모르겠네요."

0 0040

데커와 재미슨이 호텔로 돌아왔을 때, 누군가가 두 사람을 기다리고 있었다.

셰인 매클렐런이 로비의 의자에서 일어나 다가왔다. 청바지에 회색 셔츠를 밖으로 빼 입었고 머리는 매끈하게 빗어 넘겼지만 수염은 며칠 안 깎은 듯 텁수룩하게 자라 있었다.

매클렐런이 두 사람을 번갈아 보다 입을 열었다. "할 파커는요?"

"파커가 왜요?" 데커가 물었다.

"납치당했고 헛간에서 죽은 여자가 발견됐다고 들었습니다."

"그게 당신과 무슨 상관이죠?" 데커가 물었다.

"전 할과 가장 친한 친구였어요. 늘 함께 사냥을 다니곤 했죠."

"사실 할의 집에서 함께 사냥 여행을 가서 찍은 사진을 봤어요." 재미슨이 말했다.

"할이 어떻게 됐는지 아십니까?"

데커가 말했다. "알아보는 중입니다. 두 분이 친구 사이라는 걸 안 김에, 혹시 몇 가지 여쭤봐도 될까요?"

"당연하죠. 제가 도울 수 있는 거라면 뭐든 돕겠습니다."

데커가 로비 옆의 의자들이 놓인 곳으로 앞장섰다. 모두 자리에 앉은 후 말했다. "마지막으로 언제 보셨습니까?"

"그 여자 시신을 발견한 지 이틀 뒤요. 가져올 게 좀 있어서 할의 집에 갔다가 그 이야기를 들었어요. 심한 충격을 받았더군요."

"늑대를 쫓고 있었다는 이야기도 혹시 들으셨습니까?"

"들었죠. 늑대를 쫓던 중에 시신을 발견했다면서요."

"파커가 파멜라 에임스라는 여자를 알았습니까?"

셰인의 이마에 고랑이 파였다. "아뇨, 제가 알기론 아닐 겁니다. 그게 거기서 발견된 여자인가요?"

"맞아요. 이제, 우리가 거기서 발견한 증거에 따르면 에임스는 성매매를 목적으로 거기 있었을 수도 있습니다. 파커를 아시니까, 혹시 그게 가능하다고 보십니까?"

"할이요? 매춘부랑요? 말도 안 돼요. 도대체 어쩌다 그런 생각을 하시게 된 거죠?"

"그럴 가능성을 짐작하게 하는 증거를 약간 찾아냈습니다." 데커가 대충 얼버무렸다.

셰인이 가슴 앞으로 팔짱을 끼고 두 사람에게 고집스러운 시선을 던졌다. "음, 전 그런 말 절대 못 믿어요. 할의 즐거움은 사냥과 낚시와 맥주가 전부였습니다. 그것 말고는 없었어요."

"마지막으로 보셨을 때 혹시 뭔가 걱정이 있는 눈치는 아니었습니까?"

"무슨 말은 못 들었는데요. 그 여자 때문에 충격받은 상태였지만, 그게 다였어요. 우린 곧 사냥을 갈 계획이었어요. 그것 때문에 신나 있었죠."

"아버지와 사업을 같이하시느라 바쁘신 걸로 아는데, 그럴 시간이 있으시다는 게 놀랍네요." 재미슨이 끼어들었다. "아버지가 한시도 틈을 안 주시는 것 같던데요."

"그야 아버지는 한시도 틈을 안 주고 싶어 하시지만, 제게는 비밀 병기가 있죠."

"그게 뭐죠?" 재미슨이 물었다.

"제가 아버지가 좋아하는 일에 조금도 관심이 없다는 거죠. 흙에서 석유를 뽑아내서 돈 버는 것 말입니다."

"농장이 있으시다고요?" 데커가 물었다. "공군 기지 근처에 있나요?"

"맞아요."

"브라더스를 아십니까?"

"네, 좋은 사람들이죠."

"거기 가보신 적은 있습니까?"

"당연하죠. 거기서 금속 가공을 하거든요. 우리 수압파쇄 공법에는 거기서 만드는 것들이 필요해요. 게다가 거기는 트럭이 무척 많아서, 돈을 주고 운송에 빌려 쓰죠."

"아이린 크레이머를 아셨습니까?"

"아뇨, 몰랐는데요."

재미슨이 말했다. "캐럴라인하고는 친구시죠?"

"우린 함께 자랐어요. 저랑 캐럴라인이랑 조 켈리, 셋이요. 고등학교를 같이 다녔죠. 뭐랄까 당시에는 정말 한시도 떨어지지 않았어요."

"맞아요, 켈리에게서 살짝 들었습니다."

"조와 저는 미식축구 팀이었어요. 그 친구는 주전 쿼터백이었고 전 최고의 리시버였죠." 셰인의 얼굴에 서서히 미소가 번졌다. "전 두 시즌 동안 그 친구의 45야드 터치다운 패스를 잡아줬고 우린 주 대회에서 2년 연속 우승했어요. 그리고 으스대려는 건 아니지만, 우린 고등학교 때 정말 인기가 많았죠. 제 인생 최고의 시기였어요. 매일 아침 헤벌쭉 웃으며 잠에서 깼죠."

"그럼 지금은요?" 재미슨이 물었다.

"이젠 별로 못 만나요. 캐럴라인은 아버지 사업을 운영하느라 눈코 뜰 새 없고, 조는 경찰이니 근무시간이 불규칙하거든요." 셰인이 아쉽다는 투로 덧붙였다. "그 시절이 좀 그리워요. 이제는 까마득한 옛날이죠."

"하지만 캐럴라인을 좋아하시죠?" 재미슨이 물었다.

셰인의 표정이 침울해졌다. "젠장, 캐럴라인을 안 좋아하는 사람도 있나요? 전에는 캐럴라인하고 결혼해서 아이를 줄줄이 낳는 꿈도 꿨어요." 잠시 침묵이 흐른 후, 셰인이 덧붙였다. "그 애랑 조는 고등학교 때 사귀기도 했어요. 캐럴라인은 저보다 조를 더 좋아했던 것 같아요." 그리고 말을 맺었다. "저랑 조는 예전에 참 친했죠. 늘 함께 붙어 다녔는데."

"무슨 일이 있었나요?" 재미슨이 물었다.

"인생이…… 인생이 있었죠." 셰인이 서글프게 대답했다. "우린 여전히 친구예요. 그냥 예전 같지 않을 뿐이죠. 예전하고는 다 달라졌어요." 못내 아쉬움이 묻어났다.

"그건 누구나 그렇죠." 데커가 말했다.

"우린 캐럴라인하고 같이 저녁 식사를 하고 오는 길이에요." 재미슨이 말했다.

"그래요? 그 최신식 음식점에서요?"

"네, 매디요. 어머니 이름을 따서 지었더군요."

"그분이 그렇게 되셔서 얼마나 안타까운지 몰라요."

"네, 정말 비극이었죠." 재미슨이 말했다.

"그래서, 조는 경찰이 됐고, 캐럴라인은 대학에 갔고, 당신은 군대에 들어갔군요." 데커가 말했다.

"맞아요."

"군에는 얼마나 계셨습니까?"

"있을 만큼 있었죠. 죽을 때까지 못 잊을 일들을 숱하게 볼 만큼요." 셰인이 날카롭게 대꾸했다. "그렇다고 오해는 마세요. 전 의무를 다한 게 자랑스러우니까요. 하지만 이젠 과거라 기쁩니다. 친구들은 죽거나 팔다리를 잃었죠. 전 제대해서 여기로 돌아왔고요."

"공군 기지에서 혹시 이상한 활동이 일어나는 걸 보신 적 있습니까?"

"이상한 활동요?"

"그냥 뭐든 평범하지 않은 거요."

"그다지요. 그쪽은 보안이 철저하잖아요. 지역민들은 거기 있는 레이더를 하늘의 눈이라고 부르죠. 예전에는 원자폭탄 감시 용도였다고 들었어요. 아버지가 태어나기 전부터 거기 있었다더군요."

"거기 가보신 적 있습니까?"

"아뇨. 왜 이런 질문들을 하시는 거죠?"

"그냥 으레 하는 질문들입니다."

"그래서, 할을 찾는 걸 제가 어떻게 도와드리면 될까요?"

"방금 이야기 나눠주신 것만으로도 충분히 도와주셨습니다."

"그게 다라고요? 제가 더 할 수 있는 게 없나요?"

"아이린 크레이머와 파멜라 에임스를 죽인 자에 관해 뭔가 알려 주실 수 있는 게 아니면요."

셰인이 고개를 저었다. "왜 워싱턴 D.C.에서 아무것도 제대로 안 돌아가는지 알 만하네요."

재미슨이 말했다. "우린 열심히 일하고 있어요, 셰인. 하지만 쉽지 않아요."

"네, 뭐, 그렇겠죠." 셰인이 시큰둥하게 대꾸했다. "그럼, 나중에 또 뵙죠."

셰인이 자리를 떴다.

데커가 말했다. "할 파커가 절대 매춘부를 사지 않을 거라고 꽤 확신하나 보네요. 하지만 내 생각엔……."

데커는 크게 당황한 기색으로 갑자기 말을 멈췄다. 놀란 재미슨이 따지듯 물었다. "데커, 뭐예요?"

"가야 해요." 데커가 뒤돌아 서둘러 문간으로 향하며 대꾸했다.

"가요? 어디로요?"

데커가 어깨 너머로 외쳤다. "시신을 보러요."

0 0041

장례식장 문은 잠겨 있었다. 데커가 거의 30초는 족히 나무 문을 두드리자 드디어 누군가가 조심스럽게 앞문으로 다가오는 게 보였다. 관리인 차림에 대걸레를 든, 마르고 젊은 남자였다.

"누구시죠?" 유리문 뒤에서 남자가 불안한 표정으로 물었다.

재미슨은 FBI 배지를 유리에 갖다 대고 말했다. "FBI입니다. 이 문 열어요. 당장!"

남자는 대걸레를 떨구고 하마터면 넘어질 뻔했다. 허둥대며 자물쇠를 열고, 들이닥치는 데커를 피해 뒤로 펄쩍 물러났다.

"도대체 이게 다 무슨 일이죠?" 남자가 외쳤다. "여긴…… 여긴 장례식장이에요, 제발요. 여기서 이러시면 안 됩니다. 어이, 어디 가는 겁니까?"

재미슨도 데커도 대답하지 않았다.

데커는 재빨리 재미슨을 이끌고 영안실로 가서 문을 열었다. 시신들이 보관된 서랍들이 있는 벽을 쭉 훑어보다 '에임스'라고 적힌 카드가 붙은 서랍을 발견했다. 서랍을 열고 들것을 꺼냈다. 시트를 벗기자 파멜라 에임스의 벌거벗은 시신이 드러났다.

"우리가 뭘 찾아야 하는 거죠, 데커?" 재미슨이 불안하게 물었다.

"옷이 어디 있을 것 같아요?" 데커가 정신이 딴 데 팔린 투로 되물었다.

"아마 경찰서의 증거 보관함에 있겠죠. 켈리가 분석을 위해 가져갔을 거예요."

"켈리한테 전화해서 전부 이리로 가지고 오라고 해요."

"알겠어요. 하지만 이유를 말해줘야 할 것 같은데요."

"파커가 아니라 에임스가 진짜 표적이었다고 해요."

데커와 한두 해 일한 것도 아닌 재미슨은 더 토를 달지 않았다. 당장 구석으로 가서 전화를 걸었다.

시신을 훑어본 후 방 안을 둘러보던 데커의 시선이 다른 테이블에 놓인 파일 폴더에 가 멎었다. 폴더를 후루룩 넘기며 재빨리 월트 서던이 작성한 에임스의 예비 부검 보고서를 찾았다.

모든 기록을 읽은 후 폴더를 들고 다시 시신에게 다가갔다.

재미슨이 다가왔다. "옷을 챙겨서 이쪽으로 온대요. 마침 경찰서에 있다니 오래 안 걸릴 거예요."

데커는 무심하게 고개를 끄덕였다. 재미슨이 시신을 내려다보며 물었다.

"그래서, 에임스가 표적이었다는 게 무슨 말이에요?"

"시신을 봐요, 알렉스. 시반은 빠르면 사망 30분 후부터 자리 잡죠. 그리고 두 시간 후에는 완전히 고착되고요. 서던은 크레이머의 부검에 관련해서 우리에게 그 이야기를 했어요. 우리도 이미 알고 있었지만요."

"맞아요, 그랬죠."

데커는 시신의 허리, 가슴 그리고 허벅지 부근을 가리켰다. "일단 시반이 고착되고 혈액이 응고되면, 시신에 그 어떤 물리적인 압박을 가해도 피는 그 부위로 몰리지 못하고 그곳의 피부는 그대로 창백함을 유지하죠. 자, 우린 에임스가 ATV의 핸들 위에 엎드린 자세로 앞을 보고 누워 있는 걸 발견했어요. 사망 후 심장이 멈추면, 혈액은 중력 때문에 그 방향으로 몰리게 되죠. 하지만 심지어 시반이 고착되기 전에도, 에임스가 입고 있던 딱 붙는 옷들은 제각기 혈압 측정 띠 역할을 했을 거예요. 그런데 그 부위에 혈액이 몰리지 못했다는 걸 보여주는 창백한 흔적이 있나요?"

"아뇨, 보라색과 붉은색으로 변해 있네요." 재미슨이 데커를 날카롭게 올려다보았다. "그렇다는 건 에임스가 살해되고 어느 정도 시간이 지난 후 우리가 본 옷으로 갈아입혀졌다는 뜻이죠. 서던이 보고서에 이런 걸 언급했나요?"

"아뇨, 안 했어요."

"그럼 에임스는 '창녀'가 아니었다는 거죠?"

"우릴 속이려고 그런 옷을 입힌 거죠."

"그게 크레이머랑 어떻게 관련되죠?" 재미슨이 물었다.

"에임스는 확실히 콜로니에서 크레이머를 알고 지냈어요. 만약 에임스가 콜로니를 나와서 도움을 받으려고 크레이머를 찾아갔다면요? 묵을 곳이나 돈 같은 게 필요해서 말이죠. 그리고 크레이머가 에임스에게 뭔가를 말해서, 에임스가 그것 때문에 충격을 받았다면요? 그 후 크레이머는 죽어서 파커에게 발견됐죠. 에임스라면 그 상황에서 뭘 했을까요?"

재미슨의 얼굴에 서서히 깨달은 기색이 번졌다. "에임스가 시신을 발견한 정황에 관해 물어보려고 파커에게 갔을 수도 있다는 거죠? 어쩌면 상황을 파악하는 데 도움이 될 수도 있을 거라고 생각해서? 특히, 당신 말처럼, 크레이머가 이미 에임스에게 뭔가 충격적인 이야기를 했다면 말이죠."

"그런데 누군가가 낌새를 채고 그걸 막으러 찾아간 거죠. 그리고 우리가 봤듯, 목적을 달성했고요." 데커는 보고서를 다시 들여다보았다. "그리고 포도주병이랑 잔 두 개가 있던 거 기억해요?"

"그게 왜요?"

"에임스의 위에는 포도주의 흔적이 전혀 없었어요. 파커와 포도주를 마시고 있었다면 어떻게 그럴 수 있죠?"

"그렇다면 연출된 거로군요."

"**전부 연출된 거죠.**"

"하지만 왜 에임스를 죽이고 파커를 납치하죠?"

"우리가 지금껏 오해한 것처럼 오해하게 만들려고요. **파커**가 타깃이고 에임스는 아닌 것처럼. 그냥 에임스가 시간과 장소를 운 나쁘게 잘못 골랐을 뿐이라고요. 그리고 당연히 파커를 가만 놔둘 수는 없었겠죠. 에임스에게 한 짓을 봤으니까."

재미슨은 긴 한숨을 내쉬었다. "망할. 그럼 파커는 어디 있을까요?"

"난 솔직히 살아 있는 파커를 발견하게 될 일은 없을 것 같아요."

"맙소사, 데커, 일이 정말 마구잡이로 커지고 있네요."

"놈들은 흔적을 지우려 하고 있어요, 알렉스. 하지만 그건 양날의 검이죠. 이런 짓을 벌일 때마다 놈들은 우리에게 실마리를 남길 위험에 처하는 거예요."

"하지만 우리가 놈들을 잡기 전까지 사람들이 도대체 얼마나 죽어나갈까요?"

데커는 아무 말 없이 에임스의 시신을 내려다보았다. 그야 아무런 대답도 들려줄 수 없었으니까.

0 0042

켈리는 옷만 가져온 게 아니었다. 질문도 한 아름 가져왔다.

재미슨이 데커의 추론을 설명해주는 동안, 데커는 옷을 받아서 에임스의 시신 위에 입고 있던 방식 그대로 펼쳐놓았다.

재미슨이 켈리에게 상황 설명을 마치자, 데커가 말했다. "옷이 몸에 걸쳐진 걸 좀 봐요."

세 사람은 시신 주위에 모였다. 데커는 외부 타격점들을 하나하나 체계적으로 지적했다. "여기, 여기, 그리고 여기. 시반은 고착됐죠. 에임스가 살해당했을 때 이 옷들을 입고 있었다면 절대 피부와 혈액웅덩이가 이런 패턴을 보일 수 없어요. 옷이 너무 조여서 실제로 피부를 파고든 상황인데 말이에요. 저기랑 저기를 보세요."

켈리가 열성적으로 고개를 끄덕였다. "에임스는 다른 옷을 입고 있었던 게 확실하네요. 만남의 목적이 성매매였다고 생각하도록 놈들이 이 옷으로 갈아입힌 거죠."

"그 후 원래 옷을 치우고 시신을 헛간의 ATV에 갖다놓은 거죠."

"그리고 파커를 납치하고요. 파커가 죽었다고 보세요?" 켈리가 물었다.

데커가 어깨를 으쓱했다. "전 그쪽에 걸겠습니다. 월트 서던이 이 옷들을 보았나요?"

"당연하죠. 범죄 흔적을 찾고 부검 목적으로도 검사했죠. 아시잖아요."

"네, **전** 압니다. 그냥 그 사람이 아는지가 궁금해서요."

데커가 치마와 신발 한 짝을 집어 들었다. 각각의 사이즈를 가늠한 후 에임스의 시신을 보았다. "알렉스, 좀 도와줘요. 이 사이즈가 에임스에게 맞을까요?"

재미슨은 치마와 신발 사이즈를 본 후 에임스의 발에 신발을 신기려 했다. "이건 두 사이즈는 커요. 이런 걸 신고 돌아다녔을 리는 절대 없어요. 거기다 치마와 상의는 적어도 두 사이즈는 **작고요**. 아무리 딱 붙게 입고 싶어도 저렇게 **딱 붙게** 입지는 않았을 거예요."

"옷이 몸을 얼마나 깊이 파고드는지 보고 나도 그렇게 생각했어요." 데커가 말했다. "썩 편하지는 않았을 겁니다."

"놈들은 심지어 파커의 집에 가기도 전에 에임스를 살해했을 거예요." 재미슨이 말했다. "그리고 여기로 데려와서 옷을 갈아입힌 거죠."

"그러면 시반 형태도, 그리고 ATV에 혈흔이 없는 것도 설명되죠. 이 짓을 저지른 누군가는 법의학을 어느 정도 아는 자예요. 크레이머가 부검당한 걸 생각해봐요. 하지만 시반처럼 더 상세한 부분까지는 모르는 거죠."

"여기 이렇게 아무 때나 쳐들어오는 게 아주 버릇이 됐나 봅니다?"

목소리에 돌아보니 문간에 월트 서던이 서 있었다. 아내도 옆에 함께 있었다.

데커가 돌아보고 말했다. "아까 문을 열어준 남자한테 연락을 받았나 보군요."

서던이 방으로 들어왔고 아내도 따라 들어왔다.

"도대체 무슨 짓이죠?" 에임스의 시신 위에 걸쳐져 있는 옷가지를 본 서던이 물었다. "왜 시신 위에 이런 게 있습니까?"

"그냥 당신 보고서에는 **없었던** 세부사항을 좀 확인하려고요." 데커가 대꾸했다.

"내가 뭔가 놓쳤다는 겁니까?"

"당신 보고서에는 시반 형태에 관한 내용이 전혀 없었죠."

서던이 다가와 데커가 테이블에 놓은 보고서를 집어 들었다.

"아직 완료된 게 아닌데요."

"그렇다 해도, 아무리 예비 보고서라도 그 내용은 들어 있어야 해요."

"좋습니다. 시반이 어쨌는데요?"

"잘못됐죠. 실제 사망 시각도 당신 추정보다 이르고, 피해자는 시반이 고착된 후 이 옷으로 갈아입혀져 헛간의 ATV에 눕혀졌습니다."

"그거야 그쪽 추측일 뿐이죠."

"증거에 기반한 결론입니다."

리즈가 목소리를 냈다. "달리 또 떠오른 건 없나요?"

"글쎄요, 있다 해도 당신에게 알려줄 이유는 없죠." 데커가 퉁명스럽게 대꾸했다. "남편분은 시신의 법의학적 분석을 기반으로 우리에게 정보를 제공하고, 우리는 그분에게 우리 조사에 관해 알려드리지 않습니다. 심지어 부검하는 사람을 믿는 경우에도요." 데커가 말을 마치고 서던을 내려다보았다.

서던이 파일을 테이블에 떨구고 데커를 쏘아보았다. "그쪽 태도가 정말 마음에 안 드네요."

"난 누구의 호감도 사고 싶은 마음 없습니다."

"우린 모두 같은 팀이잖아요." 이제 방 한복판으로 들어와, 마치 연대의 표시라도 하듯 남편 옆에 서 있던 리즈 서던이 말했다.

"'팀원'에 대한 제 신뢰가 흔들리고 있습니다." 데커가 부부에게 더 가까이 다가가 굽어보며 말했다. "그 점에서 절 좀 도와주셨으면 좋겠네요."

"무슨 업무상 방임 같은 걸로 날 걸고넘어질 생각이라면……." 서던이 언성을 높였다.

"아뇨, 방임으로 걸고넘어질 생각은 없습니다."

"호, 의외네요."

"왜냐하면 방임은 **의도치 않게** 실수한 걸 뜻하니까요."

데커를 노려보는 남편 옆에서 리즈 서던이 숨을 들이켰다.

"정확히 무슨 말을 하려는 겁니까, 데커?" 켈리가 물었다.

"당신 입으로 직접 말해볼래요, **월트**?" 데커가 물었다. "커다란 실수 한 번이라면, 드물긴 해도 일어날 수 있죠. 하지만 두 번이라면? 전 '패턴'이라고 하겠습니다."

"난 이런 헛소리를 듣고 있어야 할 이유가 없습니다." 서던이 외쳤다. "내 변호사하고 얘기하시죠." 하지만 말과는 달리 분노로 시뻘게진 얼굴이 데커를 향해 도전하듯 한 걸음 다가섰다.

켈리가 재빨리 두 남자 사이에 끼어들었다.

"자, 잠깐만요. 진정들 하시죠." 켈리가 서던을 돌아보고 말했다.

"하지만 월트, 좀 이상한 일들이 벌어지고 있어요. 그게, 당신을 대놓고 비난하려는 건 아니지만……."

"아, 닥쳐." 서던이 고함쳤다. 그리고 뒤돌아 방을 나갔다.

모두의 눈이 리즈에게 쏠렸다. 리즈는 휘청거리고 있었다.

"리즈?" 켈리가 불렀다. "이게 도대체 무슨 상황입니까?"

"월트가 화난 건 당연해." 리즈가 분노한 표정으로 데커를 노려보았다. "이 커다란 개자식이 그런 온갖 혐의를 뒤집어씌우는데 어떻게 화가 안 나겠어?"

"난 아무것도 뒤집어씌우지 않았습니다." 데커가 반박했다. "당신 남편이 우리 조사를 방해할 의도로 부검 결과를 허위 진술했다고 했을 뿐이죠."

"말도 안 되는 거짓말이에요."

"누가 시켰습니까?" 데커가 추궁했다.

"무슨 소리를 하는지 모르겠네요. 남편은 절대 그런 짓을 할 사람이 아니에요."

그 순간 들려온 총소리에 모두 움찔했다. 그리고 뒤이어 뭔가 쿵 하고 바닥에 쓰러지는 소리가 들렸다.

재미슨을 필두로 모두 방을 뛰쳐나갔다.

복도에 문이 살짝 열린 방이 있었다. 재미슨이 문을 밀어젖히고 서둘러 안으로 들어섰다. 재미슨이 멈춰 서자 다들 따라 그 자리에 정지했다.

그곳은 월트 서던의 사무실임이 분명했다. 학위와 증명서들이 벽에 걸려 있었다. 책상이 한쪽 벽을 등진 채 놓여 있고, 등받이가 높은 의자가 벽에 딱 붙어 있었다.

재미슨, 켈리 그리고 데커는 책상 상판 너머를 들여다보았다. 바닥에 쓰러져 있는 것은 월트 서던이었다. 입에 집어넣고 발사한 총이 시신 옆 카펫 위에 떨어져 있었다.

"월트!" 시신을 본 리즈가 비명을 질렀다.

일행을 비집고 앞으로 나아가려는 리즈를 켈리가 붙잡았다. "안 돼요, 리즈. 이건…… 여긴 이제 범죄 현장이에요, 미안해요."

리즈는 켈리에게 주먹질을 하고 따귀를 때리려 했지만, 켈리는 리즈의 팔을 잡아서 움직이지 못하게 옆구리에 찰싹 붙였다. 힘이 빠진 리즈는 축 늘어져 흐느꼈다.

데커는 먼저 켈리를 본 후 죽은 남자를 보았다.

이런, 이건 예상외의 전개인데.

O O0043

경찰서의 신문실은 세 사람의 뒤섞인 숨소리를 제외하곤 완전한 정적에 잠겨 있었다.

데커, 재미슨 그리고 켈리는 흠집이 난 리놀륨 타일 바닥을 내려다보고 있었다.

아직 동도 트지 않은 새벽이었고, 월트 서던의 시신은 장례식장의 들것 위에 놓여 있었다. 충격에 빠진 리즈 서던은 친구들 집에 가 있었다. 윌리스턴의 또 다른 검시관이 부검을 하러 이곳으로 오는 중이었다. 하지만 방 안의 모두는 월트의 정확한 사인을 이미 알고 있었다.

월트가 죽기 전에 급히 휘갈겨 적은 쪽지가 책상 위에서 발견되었다. '전부 다 미안합니다. 나라는 인간이 싫네요. 난⋯⋯.'

끝을 맺지 않기로 한 모양이었다.

"왜 그랬을까요?" 켈리가 물었다. "정말 뭔가가 있었던 걸까요?"

데커가 말했다. "누군가가 우리를 따돌리려고 부검 결과를 조작하게 시킨 게 분명합니다. 우선, 크레이머가 뭔가를 삼켰고, 그 후 에임스가 파커를 만나러 갔어요. 섹스가 아니라 정보를 목적으로요. 놈들이 우리에게 그 두 가지 사실을 알려줄 부분을 부검에서 제외하도록 월트를 협박한 겁니다."

"월트가 정말 **협박당했다**고 생각해요?" 켈리가 물었다. "어쩌면 그냥 매수당했을 수도 있잖아요."

"돈 때문에 이런 짓을 하는 사람들은 대체로 들켰다고 해서 자기 머리통을 날려버리지 않습니다. 돈을 준 게 누군지를 밝히는 대가로 협상을 하려고 하죠. 그리고 내가 서던한테 그렇게 말하긴 했지만, 사실 우린 서던이 뭔가 의도적으로 잘못을 저질렀다는 직접적 증거가 전혀 없었어요. 그냥 말로만 다그쳤을 뿐인데 그런 식으로 반응했죠. 양심의 가책 때문인 게 분명해요. 유서를 봐요. '전부 다 미안합니다'? '나라는 인간이 싫네요'?" 그리고 덧붙였다. "하지만 그것 때문에 자살한 것 같지는 않아요. 확실히 그건 내가 잘못 생각했어요."

"그럼 뭐 때문에 양심의 가책을 느낀 거죠?" 재미슨이 물었다.

"그 부분은 아내하고 이야기를 해봐야겠죠." 데커가 대답했다.

* * *

그날 저녁, 리즈 서던은 창백하고 지친 표정으로 가까운 친구 집의 손님방 침대에 앉아 있었다. 손에는 커다란 찻잔을 들고 있었고, 충혈된 눈은 극도의 비통함을 말해주었다. 리즈는 옆으로 와 앉는 데커를 적대적인 눈초리로 쏘아보았다. 켈리와 재미슨은 데커 바로 뒤에 서 있었다.

"단 하루도 못 기다리겠던가요?" 리즈가 싸늘하게 쏘아붙였다. "내 남편은 자살했어요!"

"기다릴 수 있다면야 기다렸겠죠. 하지만 그럴 수 없었습니다. 그러니 뭐든 좋으니 아시는 걸 말씀해주시면 대단히 감사하겠습니다."

"월트가 왜 그런 짓을 했는지 난 몰라요."

데커는 의자에서 몸을 앞으로 숙였다. "그럼 함께 하나하나 짚어보죠. 유서에 쓴 것부터 시작해서요."

서던이 눈을 감고 한숨을 푹 내쉬었다.

"중요한 일이에요, 리즈." 켈리가 끼어들었다.

"나도 알아, 조!" 서던이 이글대는 눈으로 켈리를 노려보며 쏘아붙였다.

데커가 헛기침을 했다. "월트가 강요를 받고 크레이머와 에임스의 부검 결과를 조작한 거라면, 우리는 그걸 누가 어떻게 시켰는지를 알아내야 합니다."

"전혀 짐작도 안 가요. 그이가 의도적으로 보고서를 망쳤다는 것도 아직 안 믿기고요. 그이가 죽은 게 누군가의 잘못이라면 당신 잘못이겠죠! 댁이 그이한테 그 모든 끔찍한 혐의를 씌웠잖아요."

데커는 납득할 수 없다는 표정으로 뒤로 기대앉았다. "그분이 무고하게 혐의를 뒤집어쓴 거라면 자살할 이유가 없죠. 방을 나가기 전에 변호사를 부르겠다고 했는데, 제 말 때문에 목숨을 끊을 작정이었다면 왜 그런 말을 했겠습니까."

"그럼 어째서 변호사를 부르지 않고 자살을 했죠?" 리즈가 쏘아붙였다.

"변호사 얘기는 그냥 엄포를 놓은 게 아닐까요. 순간 화가 나서 아무 말이나 한 거죠. 제 생각에는 사무실로 들어갈 때 현실을 깨달았을 겁니다. 그리고 그때 결정을 내린 거죠."

"정말로 내가 내 남편의 구린 속사정을 털어놓기를 바라나요? 지금 나한테 그걸 요구하는 거예요?" 서던이 새된 소리로 따졌다.

"제가 요구하는 건 우리가 잇따른 살인사건을 해결할 수 있게 도와달라는 겁니다. 그리고 남편분을 협박하고 자살로 몰아간 자는 처벌받아야 합니다. 우리가 놈들을 잡으려면 부인의 도움이 필요하고요."

"흥, 댁이 그런 식으로 그이를 몰아가지 않았다면……." 서던이 입을 열었다.

"제가 그런 사실을 놓쳤다면, 전 이 일을 하면 안 됩니다." 데커가 말을 끊고 들었다. "부인은 법의학 업무에 관해 어느 정도 아시죠. 별개의 두 사건에 그렇게 큰 실수를 저지르는 게 정말로 가능하다고 보십니까?"

서던은 깊은 한숨을 내쉬고 데커를 쏘아보았다. "그쪽은 딱 적성에 맞는 일을 찾은 것 같네요, 데커 요원님."

"맞습니다." 데커가 예상했다는 듯 받아쳤다.

서던은 팔을 뻗어 침대 옆 협탁에 있는 티슈함에서 티슈를 한 장 꺼냈다. 눈가를 두드리고는 코를 푼 후 휴지를 구겼다. "남편은 좋은 사람이었어요."

"전 나쁜 사람이라고 한 적 없습니다."

"하지만 그이는…… 문제가 있었어요."

"어떤 문제 말씀이시죠?"

여자의 눈이 눈물로 차올랐다. "그이는…… 다른 사람들이, 특히 이 동네에서…… 안 좋게 보일 일에 빠져 있었어요."

"어떤 종류의 일을 말씀하시는 걸까요?"

"범죄와 관련된 건가요?" 켈리가 물었다.

"아니, 하지만 그이 평판에는 무척 해로웠겠지." 서던이 긴 숨을 내쉬었다. "그이는 친구의 아내와 바람을 피우고 있었어." 서던이 시트 가장자리를 움켜쥐었다. 눈에 눈물이 새로이 차올랐다.

"그건 어떻게 아셨습니까?" 켈리가 물었다.

"문자 메시지로. 그이 컴퓨터에서 봤어. 한밤중에 통화하는 것도 봤고. 그리고 미행도 했어."

"혹시…… 직접 따지셨습니까?" 데커가 물었다.

서던이 티슈를 한 장 더 뽑아 눈을 훔쳤다. "네. 처음에는 전부 부정하더군요. 내가 잘못 안 거라고, 전부 오해라고요. 하지만 결국엔 인정했죠. 우린 이혼 이야기를 꺼냈지만 아직 결정을 짓지는 못했어요."

"결혼생활이 힘드셨겠어요." 재미슨이 말했다.

"결국 전 그냥 넘어가자 했어요. 남편은 마음 내키는 대로 했으니, 저도 그렇게 했죠. 우린 아이가 없잖아요. 그래서 있는 대로 꾸미고 나가서 술을 마시고, 다른 남자랑 외박을 했죠. 그게 뭐 잘못인가요?"

"혹시 바에서 뵀던 그날 밤도?" 데커가 물었다.

"그때 먼저 간 것도 그런 약속이 있어서였죠." 서던이 시선을 피하며 대답했다.

데커가 서던에게 좀 더 바짝 다가앉으며 말했다. "그럼 혹시 다른 누가 남편분의 행각에 관해 알았을 수도 있겠군요. 그래서 사진이나 뭐 그런 증거를 보내서 시키는 대로 하지 않으면 폭로하겠다고 협박했을지도요."

"확실히 그럴 수 있죠."

재미슨이 말했다. "하지만 바람피우는 게 뭐 그렇게 드문 일도 아니잖아요. 폭로 협박이 부검 보고서를 조작하게 만들 정도로 그렇게 무서웠을까요? 자기한테 그런 짓을 시키는 사람은 살인사건과 관련이 있을 거라는 짐작을 하고도 남았을 텐데요."

"월트는 자부심이 무척 강한 남자였어요. 이 타운의 모범 시민이었죠. 체면을 지키겠다고 살인자일지도 모를 누군가의 요구를 들어준다는 게 저도 미친 짓 같긴 해요. 하지만 한편으로 생각해보면, 그이가 원래 그런 사람이에요."

"누구랑 바람을 피웠는데요?" 켈리가 물었다.

서던이 고개를 저었다. "아니, 그건 말할 수 없어. 그건 살인사건과 아무 관련도 없잖아."

"그건 모르는 일이죠." 켈리가 말했다.

하지만 서던은 고개를 저었다.

데커는 이 모든 것을 머리에 새기고 말했다. "혹시 남편분에게서, 지나가는 말로라도, 자신에게 이 일을 시킨 게 누군지 짐작하게 할 만한 말을 못 들으셨나요?"

"저도 그걸 생각하려고 계속 머리를 쥐어짜는 중이에요." 서던이 말했다. "하지만 아무것도 안 떠올라요."

서던은 쓰러지듯 베개에 몸을 기대고 눈을 감았다.

0 0044

재미슨과 데커는 켈리를 경찰서에 내려주고 다시 호텔로 차를 몰았다.

가는 길에 재미슨이 말했다. "자, 세 사람이 죽었는데 둘은 살해당했고 하나는 자살이에요. 그리고 자살한 사람은 앞서 두 사람을 부검한 검시관이었고, 아마도 불륜 때문에 협박을 받아 두 건 다 날림으로 처리했죠. 그리고 첫 시신을 발견한 남자는 실종 상태고 사망한 것으로 추정됨. 엉망진창이네요."

"그리고 많은 걸 알면서 입을 꾹 다물고 있는 요양원의 노인네도 있고요." 데커가 차창 밖으로 어두운 시선을 던지며 덧붙였다.

"크레이머가 브래드 대니얼스한테 들은 말 때문에 여기 왔으리라는 데는 나도 이견이 없어요. 하지만 그 남자가 크레이머한테 무슨 이야기를 했는지 끝까지 말하지 않으려 하면 우린 어떻게 하죠? 그 남자를 물고문할 수도 없고."

"사법 방해 혐의로 위협하고 감옥에 집어넣을 순 있죠." 데커가 지적했다.

"아흔 살도 넘은 요양원에 있는 참전용사를요? 진심이에요? FBI나 법원에서 그걸 허락할 것 같아요?"

로비가 데커에게 주고 간 전화기가 울리기 시작했다.

데커는 주머니에서 전화기를 꺼내 초록색 버튼을 눌렀다. "여보세요? 로비?"

로비가 말했다. "30분 후에 이 주소로 오십시오." 로비는 주소를 불러주고 전화를 끊었다.

전화를 끊고 자신을 바라보는 데커에게 재미슨이 물었다. "뭐예요?"

"계획 변경요."

데커가 휴대전화에 주소를 입력하고, 두 사람은 출발했다.

* * *

차는 타운 외곽으로 25킬로미터쯤 달려 버려진 아파트 건물 앞에 도착했다.

재미슨이 건물 앞에 SUV를 대면서 말했다. "이게 마지막 불황의 피해자인 것 같네요." 그리고 차에서 내린 후 데커에게 물었다. "그래서, 이 로비라는 남자는 어디 있죠?"

정문 출입구의 그림자 속에서 모습을 드러낸 로비가 나지막한 목소리로 두 사람을 불렀다. "이쪽으로 오십시오."

로비는 지붕이 씌워진 통로로 두 사람을 인도했다. 길은 건물 뒤편으로 이어졌다.

로비가 문을 열고 안으로 들어가라는 몸짓을 했다.

로비를 지나치면서 재미슨이 말했다. "만나서 반가워요, 로비."

로비는 말없이 고개만 끄덕였다.

안으로 들어가자 로비는 문을 잠근 후 작은 손전등으로 길을 비추면서 얼룩덜룩한 바닥을 드러낸 빈 수영장을 지나 안쪽 복도로 두 사람을 인도했다. 또 다른 안쪽 문을 열고 안으로 들어가라는 몸짓을 했다.

로비가 등 뒤로 문을 닫자 흐릿한 등불이 켜져 미약하게나마 방 안을 밝혔다.

한 의자에 블루 맨이 앉아 있었다. 워싱턴 D.C.라면 공식 행사에 참석해도 손색없을 정장에 넥타이 차림이었지만, 여기 노스다코타 런던에서는 확실히 눈에 띌 차림새였다.

"데커 씨, 재미슨 요원, 앉으시죠." 블루 맨이 말했다.

"댁은 도대체 누굽니까?" 데커가 물었다.

"현명한 질문이군요. 당신 휴대전화가 곧 울릴 겁니다, 아."

데커는 진동하는 휴대전화를 꺼내 수신 버튼을 눌렀다.

"로스? 도대체 무슨……? 뭐?" 데커는 블루 맨에게 눈길을 꽂은 채 통화를 이어갔다. "그래. 음, 좋아. 확실해? 알았어. 고마워."

전화를 끊은 데커가 재미슨을 보며 말했다. "보거트가 이분이 저 위쪽에 계시다면서 이분 말을 들어야 한다네요."

재미슨은 고개를 끄덕이고 방금 들어온 문에 등을 돌리고 서 있는 로비에게 눈길을 보냈다. "어차피 우리한테 다른 선택지가 있을 것 같진 않네요." 로비의 화강암 같은 표정을 찬찬히 보며 재미슨이 말했다.

블루 맨이 자기 앞의 의자를 몸으로 가리키며 두 사람에게 말했다. "부디 앉으시죠."

데커와 재미슨이 자리에 앉자 블루 맨이 말했다. "최근에 진전이 좀 있었다고 들었는데요?"

"사건을 담당한 검시관이 목숨을 끊은 것을 진전이라고 부른다면, 네, 진전이 있었습니다." 데커가 퉁명스럽게 대꾸했다.

"그리고 이유는요?" 블루 맨이 물었다.

"아내 말로는 불륜 때문에 협박을 받고 있었을 가능성이 있다더군요." 재미슨이 대답했다.

"그 말을 믿습니까?" 블루 맨이 물었다.

"전 그저 누가 나한테 무슨 말을 했다고 그걸 무작정 믿는 사람이 아니어서요." 데커가 대꾸했다. "그리고 지금 앞에 계신 분을 거기서 예외로 삼아야 할지 잘 모르겠네요."

"당신이 다르게 대답했다면 저는 실망했을 겁니다." 블루 맨이 온화하게 대꾸했다. "다른 진전은요?"

"사람을 시켜서 벤 퍼디의 소재를 추적하게 했습니다. 그 남자는 몬태나에 가족이 있습니다."

"'똑딱거리는 시한폭탄'에 관해 내 동료에게 말했다죠?"

"네."

"거기에 관해 뭔가 생각하는 게 있습니까?"

"네, 몹시 종말론적이라고 생각합니다." 데커가 말을 멈추고 블루 맨을 뜯어보았다. "그리고 당신은 이 모든 일에 왜 관심을 갖는 겁니까? 제가 보기에 법 집행관하고는 거리가 멀어 보이는데요."

"난 이 나라 안에서 일어나는 일에는 아무런 권한이 없습니다. 로비도 마찬가지고요."

"흠, 그 선을 대놓고 넘으셨는데요."

"확실히 그렇게 생각하실 수도 있겠죠. 다른 건요?"

"우린 할 파커가 아니라 파멜라 에임스가 표적이었다고 생각합니다."

"왜죠?"

"놈들은 에임스가 창녀로 파커에게 성적 서비스를 제공하러 온 거라고 믿게 하려던 모양이지만, 저는 그게 연출이라고 믿습니다."

"왜 놈들이 그런 짓을 했다고 생각합니까?" 로비가 물었다.

"에임스가 파커의 집에 있었던 이유를 설명하려고요. 섹스가 목적이 아니었다면 왜죠? 에임스는 콜로니에 살았습니다. 아이린 크레이머와도 아는 사이였을 겁니다. 에임스가 콜로니를 떠날 때 크레이머에게 도움을 구하려고 연락을 취했다는 건 매우 타당한 추측입니다. 사실 전 실제로 그랬을 거라고 생각합니다. 그리고 어쩌면 크레이머가 에임스에게 뭔가를 말했고, 에임스가 나중에 그것 때문에 어떤 의혹을 품었을지도 모릅니다. 크레이머를 살해한 누군가는 에임스가 그들의 정체를 탄로 낼 수 있는 뭔가를 알고 있을까 봐 우려했을 수 있습니다. 그리고 또한 놈들에게 파커를 제거할 이유가 있었다는 추측 역시 타당합니다. 놈들은 두 사람을 동시에 제거하면서 파커 혼자 타깃이고 에임스는 그저 잘못된 때에 잘못된 장소에 있었던 것처럼 보이게 만드는 천재적 솜씨를 발휘했죠."

"파커가 알았던, 그들에게 해로울 수 있는 정보가 뭐였을까요?" 블루 맨이 물었다.

"파커는 훈련된 추적자였습니다. 비가 오기 전에 시신을 발견했죠. 자, 살인자는 시신을 거기다 내다 버렸습니다. 그리고 시신이 동물들에게 공격당하지 않은 걸 보면 분명히 거기 오래 누워 있지는 않았을 겁니다. 그래서 제 생각엔 살인자가 시신을 거기다 내려놓기 위해 몇 킬로미터나 직접 걸어서 운반했을 것 같지는 않습니다. 그리고 그곳 땅은 무른 편이고요."

"그렇다면 범인은 차바퀴 자국을 남겼을 것이다?" 로비가 지적했다.

"네. 그리고 만약 그랬다면 아마 파커가 그걸 보았을 겁니다."

"하지만 그렇다면 왜 경찰에게 자기가 발견한 걸 알리지 않았을까요?" 재미슨이 의문을 제기했다.

"그게 바로 흥미로운 질문이죠." 데커가 말했다. "왜냐하면 거기서 많은 가능성이 펼쳐지니까요."

"흥미롭군요." 블루 맨이 말했다. "아주 흥미로워요."

"이거 쌍방통행인가요?" 데커가 물었다.

"무슨 뜻이죠?"

"당신도 우리한테 뭔가 말해줄 수 있습니까?"

블루 맨은 생각에 잠긴 표정으로 천천히 고개를 끄덕였다. "아무래도 약간의 보상이 순리일 것 같군요. 당신은 내게 왜 이 일에 개입했느냐고 물었는데, 그렇다면 당신과 재미슨 요원은 왜 이 일에 개입했습니까?" 블루 맨은 잠시 뜸을 들인 후 스스로 답했다. "답은 당연히 아이린 크레이머죠."

"메리 라이스일 수도 있고요. 윌리스턴의 요양원에서 쓴 이름이 맞는다면." 재미슨이 끼어들었다.

블루 맨이 말했다. "테리 엘리슨이나 데니스 핀리일 수도 있죠. 더 댈 수도 있습니다."

"계속 말씀하세요." 재미슨이 말했다.

"아이린 크레이머는 수십 년 전 미국 정부가 수행한 재앙과도 같은 임무의 의도치 않은 피해자였습니다."

"무슨 사연이죠?" 데커가 물었다.

"아이린의 어머니가 러시아 요원이었습니다."

재미슨이 데커에게 재빨리 눈길을 보냈다. "부모의 죄. 데커, 당신 말대로군요."

"아, 거기까지 알아냈던 겁니까?" 블루 맨이 물었다.

"거기까지가 답니다. 그래서 그 사람의 어머니가 스파이였고 당신은 스파이를 잡았군요. 그런데 그게 왜 재앙이라는 거죠?"

"내 말 아직 안 끝났습니다. 우리는 당시 아이린의 어머니가 러시아 요원으로서 우리에게 방해공작을 펼치고 있다고 생각했습니다. 그런데 알고 보니 실은 이중 첩자였고, 우리와 자매 관계였던 기관을 위해 일하고 있었습니다. 그쪽에서는 우리에게 그걸 미리 알려주지 않았고요."

"그러면 FBI의 개입은요? 크레이머의 지문이 조회되자 FBI 전 부서에 경보가 울렸거든요."

"FBI는 크레이머의 어머니를 데려오는 임무를 맡았습니다. 우리는 누군가를 체포할 권한이 전혀 없으니까요."

"무슨 일이 일어났죠?" 재미슨이 물었다.

"아이린 크레이머는 당시 겨우 여덟 살이었습니다. 실명이 뭐였는지는 말하지 않겠습니다. 요는, 임무가 실패했고 아이린의 어머니가…… 살해당했다는 겁니다. 그리고 불행히도 아이린은 그 끔찍한 상황을 전부 목격했고요."

"아이린의 어머니는 우리 쪽을 위해 일하고 있었는데요?" 재미슨이 물었다. "자기 목숨을 걸고?"

"정말 개판이군요." 데커가 덧붙였다.

"네 그렇습니다. 우리는 당연히 그런 아이린이 러시아로 돌아가게 놔둘 수는 없었습니다. 그래서 여러 가지 의도와 목적으로 아이린을 **입양**했습니다. 새로운 신분을 줬지요. 교육비와 생활비를 댔습니다. 아이린이 어른이 될 때까지 필요할 때마다 돈을 줬죠."

"결국 아이린의 침묵을 돈으로 산 거네요?" 재미슨이 차갑게 내뱉었다.

"어떻게 보면, 그렇습니다. 하지만 누가 아이린의 말을 믿어주겠습니까? 그보다 훨씬 중요한 목적은 아이린을 안전하게 지키는 거였습니다. 러시아인들은 절대 원한을 잊지 않죠. 아이린의 어머니가 자기들에게 첩자 짓을 한 걸 러시아인들이 알면, 모스크바는 주저 없이 그 딸을 본보기로 응징하려 할 겁니다. 그리고 실제로 알아낸 것 같고요. 아이린은 분명히 끔찍한 죽음을 맞았을 겁니다."

"아이린이 여기서 교사 자리에 지원했던 걸 아셨나요?" 재미슨이 물었다. "브라더스에게 자기가 애머스트에 다녔다고 말했답니다. 교사 자격증도 있었고요. 브라더스는 교사가 간절히 필요했던 처지라 자격을 엄격하게 확인하지 않았어요."

"보통 아이린이 뭔가 추천서 같은 게 필요하면, 아이린이 고용주에게 제출하는 정보는 우리 부서 중 한 곳을 거치고, 거기서 처리되죠."

"그래서 가짜 추천장을 준다고요?" 데커가 못 믿겠다는 투로 물었다.

"여객기 조종사나 심장 외과의로 지원한 것도 아니잖습니까. 그리고 사실 아이린은 애머스트의 칼리지에 **갔었어요.** 그리고 아이린 크레이머라는 이름으로 교사 자격증도 가지고 **있었고요.**"

데커는 블루 맨을 보았다. "하지만 그 사람이 여기서 그 일자리에 지원한 것에 관해서는 전혀 몰랐다?"

블루 맨이 고개를 젓고는 대답했다. "14개월 전쯤, 아이린은 우리의 레이더망에서 완전히 사라졌습니다. 전에는 한 번도 없던 일이었죠. 우리는 당연히 우려했습니다."

"아이린이 요양원에서 일을 그만둔 딱 그때쯤이군요." 재미슨이 지적했다.

"그래서 그 사람의 지문과 이름이 FBI 데이터베이스에 떴을 때는요?" 데커가 물었다.

"우린 아이린이 어떻게 됐는지 알았죠. 하지만 누가 아이린을 죽였는지는 모릅니다."

"왜 여기 있었는지도?" 데커가 물었다.

"그렇죠."

"그 요양원에 브래드 대니얼스라는 이름의, 수십 년 전 런던 공군 기지에서 일한 노인이 있습니다. 아이린은 메리 라이스라는 가명으로 물리치료사로 일했고, 그렇게 대니얼스와 만났죠."

"아이린이 요양원에서 일할 당시 사실 우리도 알고 있었습니다." 블루 맨이 말했다. "우리가 물리치료사 교육비를 냈으니까요. 제 생각엔 아이린이 그냥 우리한테 꾸준히 자기 뒤치다꺼리를 시키려고 계속해서 직업을 바꾼 것 같습니다. 우리에게서 교육과 돈을 얻어내려고요."

"아무래도 당신네가 어지간히도 싫었던 모양이네요." 재미슨이 꼬집었다.

"분명히 그랬겠죠. 입장이 바뀌었다면 저도 그랬을 테니까요. 하지만 이 노인은…… 대니얼스라고 했던가요? 더 설명 좀 해주시죠."

데커가 대꾸했다. "우리는 그 남자와 이야기를 나눠보았습니다.

하지만 거기서 한 일에 관해 묻자 입을 딱 다물어버리더군요. 기밀이라면서요."

"그리고 데커가 메리 라이스가 살해당했다고 말했더니 완전히 냉정을 잃었어요. 우리에게 나가라고 고함을 쳤죠."

"당신은 그 남자가 아이린에게 뭔가 말했을 거라고 생각합니까? 그게 아이린이 여기 온 이유라고 보십니까?" 그렇게 물은 것은 로비였다.

데커와 재미슨은 고개를 끄덕였다. "맞아요." 재미슨이 말했다.

"어쩌면 그분은 아이린에게 일어난 일에 관해 죄책감을 느꼈을지도 모르겠군요." 블루 맨이 말했다. "그렇게 화를 낸 걸 보면 말이죠."

데커는 블루 맨을 보았다. "당신은 더글러스 S. 조지 방어 복합체에 관해 뭘 알고 있죠?"

"이론상으로는 공군 기지에서 운영하죠. 하지만 이상합니다."

"뭐가요?" 재미슨이 물었다.

"노스다코타의 그 반대편에 비슷한 시설이 있거든요. 여기 있는 건 50년대에 건설됐고, 저쪽 건 60년대죠. 후자는 아주 짧은 기간만 운영되다 중단됐어요. 원래 임무가 무의미해졌는데, 거기에 비하면 비용이 너무 컸죠. 하지만 그건 여전히 그 PARCS 레이더로 하늘을 추적합니다."

"여기 있는 것과 똑같이요?" 재미슨이 말했다.

"네."

"그러니까 그쪽은 잉여다?" 데커가 지적했다.

"바로 그겁니다."

"구급차도 이상하고, 로비가 휠체어에 실려 가는 남자들을 목격하기도 했죠. 그뿐만이 아닙니다. 우리는 그 시설 바로 옆에 사는 남자와 이야기를 나눴습니다." 데커는 뒤이어 로버트 화이트가 그날 밤 본 것을 설명했다.

"그거 무척 우려스럽군요." 블루 맨이 말했다.

"하지만 뭔가 어렴풋이 짐작이라도 가는 게 없나요?" 데커가 찔러보았다.

"뭔가 선명히 짐작이라도 가는 게 있네요." 블루 맨이 대꾸했다. "로비?"

"네?"

"그걸 확인해봐야 할 것 같군. 당장."

"알겠습니다." 로비가 자리를 떴다.

블루 맨은 데커를 돌아보고 말했다. "이건 확실히 살인사건 조사 수준을 한참 넘어선 일입니다."

"저는 그저 제 업무를 하는 수사관일 뿐입니다."

"당신이 그 업무를 완수하리라는 데 저는 조금도 의심이 없습니다, 데커 씨. 그리고 그건 당신의 조국에게도 필요한 일이고요."

"만약 이 개자식들이 그렇게 중요하다면, 왜 더 윗선에 연락하지 않죠?"

블루 맨은 체념이 어린 차분한 시선을 데커에게 던졌다. "문제는…… 데커 씨, 저는 그들이 이미 이곳에 와 있다는 강력한 심증이 있습니다."

0 0045

데커와 재미슨은 런던으로 돌아왔다. 호텔로 가는 길에 새로 지은 듯 보이는 멋들어진 6층짜리 아파트 건물을 지나쳤다.

"휴 도슨 아니에요?" 재미슨이 물었다. 검은색 최신형 레인지로 버에서 막 내리는 남자를 보고 한 말이었다.

"맞아요."

"늦은 시간에 무슨 일일까요."

두 사람이 지켜보는 사이 도슨은 슬그머니 주위를 둘러본 후 건물 앞문으로 들어가 사라졌다.

"차 세워요." 데커가 말했다.

재미슨은 차를 연석에 세우고 데커와 함께 내렸다.

두 사람은 건물로 들어갔다. 안내데스크로 다가가는 중에 엘리베이터 문이 닫히는 소리가 들렸다.

데스크에는 말끔한 진푸른색 제복에 '세라'라는 명찰을 단 젊은 여자가 서 있었다. 여자가 말했다. "무슨 일로 오셨나요?"

데커가 말했다. "세라, 우린 도슨 씨 밑에서 일하는데요. 오늘 여기서 일정이 있으시다고 알고 있어요. 방금 놓친 것 같아서요." 데커는 재킷 주머니를 톡톡 두드렸다. "그분께 전해드려야 할 서류가 있는데, 잊고 가셔서 갖다달라고 전화하셨거든요."

"방금 놓치신 것 맞아요. 이미 엘리베이터를 타고 올라가셨어요. 제가 가져다드릴게요."

데커는 얼굴을 찌푸리고 고개를 저었다. "세라를 못 믿는 건 당연히 아닌데, 도슨 씨가 좀 까다로우셔서요. 그리고 이게 기밀 서류거든요. 관계자가 아닌 사람한테 넘긴 걸 알면 전 당장 모가지예요."

여자가 재미슨을 보았다.

"장난 아니죠." 재미슨이 말했다.

"흠, 좋아요. 괜찮겠죠. 503호로 가셨어요."

"그렇군요. 그럼……" 데커가 재미슨에게 무력한 시선을 보내며 말했다. "젠장, 그분 이름을 까먹었네." 그리고 애원하는 표정으로 세라를 보았다. "도슨 씨의 계약 상대가 하도 많아서요. 전부 기억하기가 쉽지 않네요."

여자가 생긋 웃으며 말했다. "매클렐런 씨의 아파트예요."

"맞아요. 당연히 그분인 줄 알고 있었는데. 스튜어트 매클렐런 씨. 어휴, 감사합니다."

두 사람은 엘리베이터를 타고 5층으로 올라갔다.

"도슨이 매클렐런과 몰래 만난다고요?" 재미슨이 물었다.

"몰래는 아니죠. 안내원이 알고 있으니." 데커가 대꾸했다.

"도대체 무슨 일일까요?"

"도슨의 책상 위에 있던 바인더 기억해요? 큰 계약을 처리하고 있다고 했던 것도요. 어쩌면 그게 매클렐런과 관계된 걸지도 모르죠."

"하지만 둘이 사이가 안 좋다면서요."

"사이가 안 좋아도 사업은 얼마든지 같이할 수 있죠."

"이게 우리 조사와 뭔가 관계가 있을 거라고 생각해요?"

"그럴 수도 있죠. 사람들이 살해당하고 납치당했어요. 월트 서던은 협박당했고. 파커는 휴 도슨에게 고용됐고. 도슨과 매클렐런은 이곳에서 가장 부자잖아요. 살인과 돈이 관련된 게 처음 있는 일도 아니고요."

두 사람은 엘리베이터에서 내려 503호로 걸어갔다. 데커가 문을 두드렸다.

다가오는 발소리에 이어 문이 열렸다.

조끼 단추를 풀고 타이도 풀어놓은 스튜어트 매클렐런이 문 앞에 서 있었다. 돋보기가 코에 반쯤 걸쳐져 있었다. 매클렐런이 어리둥절한 표정으로 두 사람을 보았다.

"이게 도대체 무슨 일입니까? 그리고 여기까진 또 어떻게 올라온 거죠?"

데커가 뭐라고 대답할 틈도 없이 재미슨이 앞으로 나섰다. "우린 살인사건을 조사하는 연방 요원이에요. 안내원이 우릴 막을 수 있을 거라고 진심으로 믿는 건 아니겠죠?"

데커가 재미슨에게 감탄 어린 시선을 보냈다. 그때 방 안에서 뭔가가 움직이는 소리가 들렸다. 데커는 매클렐런의 머리 뒤편을 엿보았다. "혼자 계신 게 아닌가 보네요."

"그게 당신네하고 무슨 상관인데?" 매클렐런이 쏘아붙였다.

"들어가도 될까요?"

"안 돼!" 매클렐런이 부르짖었다.

재미슨이 말했다. "좋습니다. 그럼 영장이 발행될 때까지 이곳을 감시하죠."

"무슨 근거로?" 매클렐런이 쏘아붙였다.

"지금 우리가 얘기해야 하는 증인을 당신이 은닉하고 있다는 근거로요. 들으셨나요, 도슨 씨?" 재미슨은 마지막 문장을 목소리를 높여 덧붙였다.

도슨이 구석에서 나와 매클렐런 뒤에 와 섰다. 화난 동시에 지친 표정이었다.

"나랑 얘기해야 한다는 게 뭡니까?" 도슨이 물었다.

"복도에서 말해도 되겠습니까?" 데커가 말했다. "남이 들으면 곤란할 것 같은데요."

그 말에 매클렐런이 도슨을 보자 도슨은 어깨를 으쓱했다.

아파트는 널찍하고 인테리어는 사치스러웠다. 데커는 복도를 지나오면서 509호 다음에 곧장 이 503호가 나왔다는 걸 떠올렸다. 그러니 매클렐런은 틀림없이 방 몇 개를 하나로 합쳤을 것이다.

데커는 주위를 둘러보고 말했다. "집 좋네요."

"여긴 왜 온 겁니까?" 매클렐런이 따지듯 물었다. "우린 바쁩니다."

"왜 바쁘신데요?" 데커가 물었다.

"당신네랑은 상관없는 일입니다." 매클렐런이 쏘아붙였다. "연방 요원이든 아니든요." 덧붙인 말은 재미슨에게 하는 말이었다. 노려보는 시선에 살기가 등등했다.

데커는 도슨을 보았다. "매클렐런 씨는 어젯밤 당신 호텔에 있었습니다. 거액의 계약을 하려 한다고 하셨죠. 매클렐런 씨가 마침내 사업 모델을 제대로 잡았다고 하셨는데, 그건 아마 이제 호황과 불황 주기는 끝났다는 뜻일 테고요. 그리고 당신은 싼값에 부동산을 매입하고 있었죠. 그런데 이제 두 분이 몰래 만난다고요?"

재미슨이 도슨에게 말했다. "매클렐런 씨에게 사업을 매각하고 계신 거 아닌가요?"

도슨이 매클렐런을 보았다. "이미 다 까발려진 것 같은데, 스튜."

"두 분이 뭘 하든 저희는 관심 없습니다." 데커가 말했다. 그리고 이어 분노로 금방이라도 폭발할 듯한 얼굴의 매클렐런을 향해 덧붙였다. "그리고 우린 아무에게도 이 일을 밝히지 않을 겁니다."

도슨은 양손을 바지 주머니에 찔러 넣었다. "그럼 당신들이 관심 있는 일은 뭐죠?"

"살인사건 두 건, 자살 한 건, 그리고 실종 한 건이죠."

"자살?" 매클렐런이 물었다.

"월트 서던이 권총 자살했습니다."

매클렐런이 휘둥그레한 눈으로 데커를 보았다. "월트가? 아니, 왜?"

"우리도 아직 모릅니다. 어쩌면 양심의 가책 때문일지도요. 월트하고는 잘 아셨습니까?"

"알긴 했지. 하지만 가깝거나 뭐 그런 건 아니었어요."

데커가 도슨을 보자 도슨이 재빨리 표정을 바꿨다. "양심의 가책?" 도슨이 물었다. "뭐에 대해서요?"

"혹시 짐작 가시는 것 있습니까?"

"아뇨. 그리고 정말이지 그 남자하고는 잘 모릅니다. 무슨 마음의 괴로움이 있어서 자살까지 했는지 저야 모르죠."

"부인의 장례 절차를 그분이 담당했다고 알고 있는데요."

이 도발적인 발언에 도슨이 눈을 가늘게 떴다. "그래서, 그게 무슨 상관이죠? 그렇다고 우리가 친해져야 할 이유는 없는데요."

"그럼 월트 서던이 부인을 부검했습니까?"

"그래요. 일산화탄소로 사망했다고 확인해줬죠. 그리고……." 도슨은 말을 멈추고 데커를 응시했다. "무슨 뜻으로 하는 말입니까?"

"아무 뜻도 없는데요. 그리고 앨리스 프리처드의 사인은 뭐였습니까?"

"동사였습니다. 매디가 오지 않자 직접 차로 가려고 한 모양입니다. 바깥에서 얼어 죽은 채로 발견됐죠."

"그리고 부인께서 보내신 문자 메시지는요?"

"난 캐럴라인이랑 같이 프랑스에 있었습니다. 이튿날 아침에야 그 문자를 봤죠. 하지만 그때는 이미 늦어 있었고요." 도슨이 고개를 돌렸다.

재미슨이 말했다. "캐럴라인한테서 그렇게 들었습니다."

"리즈 서던은 어쩌고 있습니까?" 도슨이 느릿느릿 물었다.

"충격받고 넋을 놨죠. 상상이 가시겠지만." 재미슨이 대답했다.

"리즈 서던을 아십니까?" 데커가 물었다.

"월트는 20년쯤 전에 여기 와서 사업을 시작했어요. 하지만 리즈는 런던 출신입니다. 가족끼리 서로 아는 사이죠. 리즈 부모님은 지금은 돌아가셨고, 리즈와 월트, 아니, 이제 **리즈**는 타운에 살죠. 하지만 그래도 타운 외곽으로 10마일쯤 떨어진 곳에 부모님의 농장을 여전히 가지고 있어요. 그리고 캐럴라인과 오랫동안 좋은 친구였죠. 물론 리즈가 더 나이가 많지만요. 리즈는 형제도 자식도 아무도 없어요. 아마 캐럴라인을 동생처럼 생각하는 것 같아요."

매클렐런이 끼어들었다. "그럼 이제 그만 우리가 사업을 처리할 수 있게 사건 조사로 돌아가주시죠?"

데커가 도슨을 바라보며 말했다. "캐럴라인은 새 음식점을 무척 자랑스러워하더군요. 그것도 이분한테 파실 겁니까?"

매클렐런이 날카롭게 대꾸했다. "이건 **개인** 사업입니다."

"다시금, 그 자체로 대답이 되는군요."

도슨이 대답했다. "걱정 말아요. 캐럴라인은 아무렇지도 않을 겁니다."

"저라면 거기에 농장을 걸지는 않겠습니다." 데커가 대꾸했다.

0 0046

장거리 야간 광학기구는 월 로비의 가장 좋은 친구였다. 로비는 엎드린 채로 가장 좋아하는 감시 장비를 통해 상황을 감시하고 있었다. 비록 지금 보고 있는 레이더 시설의 '시력'에는 미치지 못했지만, 로비의 목적을 위해서는 차고도 넘쳤다.

이곳에 있으면서 거의 한동안 로비는 꼼짝도 하지 않았다. 미동도 없이 누워서 표적에 지나칠 정도로 긴 시간 동안 집중할 수 있다는 것은 로비의 생계 수단이었다. 그게 없다면 임무를 해낼 수 없을 것이다.

벡터의 경비원들이 계속해서 순찰을 돌았다. 작은 제트기가 한 시간쯤 전에 착륙했다. 누가 내렸는지는 볼 수 없었다. 그 전에, 헬리콥터 두 대가 이륙했고 하나는 돌아왔다. 차량 몇 대가 정문으로 시설을 나갔지만 모두 돌아온 후였다.

그때 정문을 향하는 또 다른 차가 보였다. 암시경을 조정해 운전석에 앉은 마크 섬터 대령에게 초점을 맞췄다. 대령에 관한 정보는 이미 접했고 사진도 미리 몇 장 보았다. 섬터는 차에 혼자 있었고 사복 차림이었다.

대령이 이 늦은 시간에 어딜 가는 거지?

암시경을 받치고 있는 삼각대를 접고 전기 스쿠터를 향해 달려 갔다. 10초 간격을 유지하며 섬터를 미행했다.

로비는 등을 끈 채 섬터의 뒤로 따라붙었다. 야시경을 써서, 헤드라이트로 자신을 노출하지 않고도 앞을 명확히 볼 수 있었다. 섬터는 모든 교차로를 무시하고 곧장 앞으로 달리다 런던 시내에서 8킬로미터쯤 떨어진 지점에 도달했다. 거기서 좌회전해 구불구불한 자갈길로 접어들었다. 섬터가 날카롭게 방향을 트는 순간, 로비는 저 앞쪽에 등불이 켜진 작은 집을 포착했다. 앞에는 커다란 나무 한 그루가 서 있었다.

길 한쪽에 스쿠터를 세우고 높이 자란 풀 속에 모로 눕혔다. 집까지 남은 길은 도보로 이동했다. 혹시 보초병이 있을까 싶어 집 주위를 한 차례 둘러보았지만 아무도 보이지 않았다. 앞문에서 약 3미터쯤 떨어진 나무 뒤에 자리를 잡고 감시했다. 집 앞에는 섬터의 차 말고 다른 차는 없었다. 1분 후, 로비는 불빛이 새어 나오고 있는 앞 창가로 재빨리 다가갔다.

창문은 닫혀 있었지만 커튼은 완전히 쳐져 있지 않았다. 빛이 새어 나오는 틈새로 한 남자의 옆모습이 보였다. 나이는 60대 후반으로, 아래턱이 발달하고 머리가 하얗게 세었으며 보수적인 검은 정장에 목 앞으로 파란색과 붉은색 줄무늬가 들어간 타이를 늘어뜨리고 있었다.

로비는 초소형 카메라로 남자를 촬영한 후 주머니에서 펜처럼 생겼지만 펜이라기엔 너무 긴, 한쪽 끝에 유선 이어버드가 부착된 장비를 꺼냈다. 그리고 반대편 끝에 달린 작은 흡반을 유리창에 눌러 붙이고 이어버드를 귀에 꽂았다.

목소리들이 들려왔다.

"침입 사건이 있었다니 우려스럽군, 대령." 다른 남자가 말했다. "예상 못 했던 일이야."

뒤이어 섬터의 대답이 들렸다. "우린 놈들의 목적이 뭔지 모릅니다. SUV는 추적이 불가능했습니다. 그냥 우려스러운 정도가 아닙니다. 제 밥줄이 걸려 있다고요."

"그렇게 겁먹지 마. 별일 없을 거야."

"못 들으셨습니까? 제 밥줄이 걸려 있다니까요."

"우리 모든 요원의 밥줄이 걸려 있어. 하지만 우리가 하는 일은 더 큰 선을 위한 거야. 자네도 거기 동의하지 않나? 국가 안보라든가 말이야."

"네, 그게 아니면 여기 와 있지 않겠죠."

"그럼 우린 그냥 보안을 두 배로 강화하고 눈에 띄지 않게 조심하면 돼. 그리고 워싱턴 쪽은 내가 잘 처리하겠네. 자넨 우리의 전폭적인 지원을 받고 있어."

"그럼 벡터는요?"

"벡터는 자기 몫을 하지. 잘하고 있고. 그럼 된 거야."

"하지만 만약 모든 걸 터뜨릴 수 있는 누군가가 알아내면요?"

"이 문제에 관해서 모두가 우리 편이 아닌 건 사실이야. 하지만 심지어 미국 국민이 알게 된다 해도 별로 신경 쓰지 않을걸."

"맙소사, 여론 조사를 할 수 있는 것도 아니잖아요. 전부 기밀이라고요. 어쩌면 제가 이제껏 해온 일 중에서 가장 비밀스러운 일인 것 같습니다."

"나도 마찬가지야. 난 이 업계에 자네보다 훨씬 오래 있었는데도 말이지. 자, FBI가 찾아와서 캐물었다고?"

"전 행정을 핑계로 미루고 있습니다. 그리고 끝까지 회신해주지 않을 겁니다. 국방부 보안 규정 핑계를 대야죠."

"그게 현명하지. 그 부분은 나도 돕겠네. FBI 저 위쪽에 인맥이 있으니까. 누가 뭔가 낌새를 채도 내가 조용히 무마할 수 있어."

"그래주시면 대단히 감사하겠습니다." 섬터가 잠시 침묵한 후 말을 이었다. "그냥 통화로만 해도 됐던 거 아시죠. 이런 늦은 밤 회의는 의심을 살 수 있습니다."

"아니, 통화로는 안 되지. 아무리 안전한 회선이라 해도. 이메일, 문자, 통화 같은 것들은 전부 캡처돼서 누군가한테 불리하게 이용될 수 있어. 반면 이런 만남은, 일대일 대면은, 아무런 기록이 남지 않지." 남자가 잠시 뜸을 들인 후 덧붙였다. "물론 우리의 기억만 제외하면 말이야."

섬터는 남자의 암시를 이해한 듯했다. "전 절대 아무한테도 이야기하지 않을 겁니다."

남자가 고개를 끄덕였다. "다른 건 전부 괜찮은가? 아무 우려 없나?"

"제가 이미 말씀드린 것만으로도 저는 충분히 우려스럽습니다. 하지만 나머지 작전은 순조롭습니다."

"잘됐군. 자, 난 가서 행동을 개시할 테니 자네는 내가 조언한 대로 하게. 그럼 다음 주에 보지. 시간과 장소는 나중에 알려주겠네."

로비는 집에서 50미터 정도 떨어져서, 밖으로 나와 차에 올라 떠나는 섬터를 지켜보았다.

다른 남자가 나올 기미가 없자, 로비는 집으로 다시 가까이 가서 기다렸다.

오래 기다릴 필요는 없었다.

가까이 다가오는 헬리콥터 소리에 로비는 뒤로 물러나 몸을 웅크렸다. 헬리콥터 배 쪽에서 깜빡이는 불빛이 보였다. 그 후 탐조등이 집과 뜰 위에서 춤을 추었다. 로비는 높이 자란 풀 속에 얼굴을 아래로 한 채 재빨리 납작 엎드렸다.

집 앞문이 열리고 남자가 나오더니 서둘러 앞뜰을 가로질러 뒷문으로 헬리콥터에 탑승했다. 헬리콥터는 즉각 이륙했고, 로비는 그 모두를 촬영했다.

1분 후 로비는 다시 스쿠터에 올라 타운을 향해 날듯이 달리고 있었다. 블루 맨에게 보고할 생각이었다.

하지만 생각보다 훨씬 힘든 여정이 될 운명이었다.

0 0047

"그렇지만 그게 우리 사건하고 무슨 상관인데요?" 그날 밤, 재미슨이 호텔 로비의 소파에 앉으며 말했다.

"휴 도슨이 스튜어트 매클렐런에게 사업을 매각하는 건 범죄가 아니죠." 데커가 말했다. "하지만 당신 질문에 대답하자면, 난 무슨 연관이 있는지 어떤지 몰라요. 아직은요."

"매클렐런이 이 일에 어떻게든 관련돼 있다고 생각해요?"

"아이린 크레이머가 매클렐런에게 해로운 뭔가를 알았다면, 가능하죠. 그 뭔가가 뭔지는 모르지만. 하지만 내 생각에는 군사 시설 쪽이 더 유력해 보여요. 아이린이 여기 온 게 그것 때문인 것 같거든요."

"그쪽에서 뭔가가 벌어지고 있는 건 확실하죠." 재미슨이 말했다. "로비가 알아낸 거랑 블루 맨에게서 들은 이야기로 미루어 보면요."

"브래드 대니얼스하고 다시 이야기해봐야 해요."

"그리고 블루 맨은 거기에 뭔가 이상한 게 있다고 생각하는 것 같아요. 내 말은, 노스다코타에 불필요한 시설이 왜 두 개나 중복으로 있죠?"

"그러니 여기 있는 것에는 어떤 숨은 목적이 있겠죠."

"로버트 화이트가 보았다던, 달리는 남자 말인데요." 데커가 말했다.

"네?"

"그 남자는 확실히 탈주하려던 게 분명해요."

"그럼 그곳에 뭔가 **감옥** 같은 게 있다는 말인가요?"

"어쩌면요."

"그럼 구급차는요?"

"사람들이 정기적으로 다쳐서 시설 바깥에서 치료를 받아야 하는, 그런 종류의 감옥 같아요."

"하지만 거기서 감옥을 운영하고 있다면, 부상당한 죄수들을 어디로 데려가죠? 내 말은, 기밀을 유지해야 하는데 그냥 동네 병원에 데려갈 수는 없을 것 아니에요."

"활주로가 있잖아요. 야심한 시각에 헬리콥터가 오간다고 했죠."

재미슨이 놀라서 데커를 보았다. "이 남자들을 비행기로 실어간다고 생각해요?"

"그리고 어쩌면 돌아오지 않을지도 모르죠."

"데커, 이건 전부 다 완전히 불법적으로 들려요. 내 말은, 그냥 죄수들을 다치게 하고, 비행기로 실어간 다음 그대로 사라지게 하면 안 되는 거잖아요. 인권이 있는데."

"어쩌면 보통 죄수들이 아닐 수도 있어요, 알렉스."

재미슨이 입을 쩍 벌리고 데커를 보았다. "무슨 뜻이에요?"

"군사 시설이잖아요. 어쩌면 일종의 전쟁 포로들일 수도 있죠."

"하지만 전쟁 포로라 해도 인권은 있어요."

"어쩌면 군 소속이 아니거나 심지어 미국 시민이 아닐 수도 있죠. 그 남자가 횡설수설하는 것 같았다고 화이트가 한 말 기억해요?"

"미쳤거나 약을 한 것 같았다고 했죠."

"아니면 외국어를 하고 있었을지도 몰라요."

"정말 내가 생각하는 그 생각을 하고 있는 거예요?"

"어쩌면 노스다코타에 또 다른 관타나모 수용소를 운영하고 있을지도 모르죠."

재미슨이 의자에 몸을 축 늘어뜨렸다. "또 다른 관타나모라니, 여기에요?"

"적 전투원들이나 테러리스트 집단을 뉴욕 같은 인구가 밀접한 지역으로 이송하고 싶지는 않겠죠. 그리고 이 시설이 잉여라면, 완벽한 장소일 거고요."

"맞아요. 그리고 보안을 담당하도록 벡터를 고용한 거죠."

데커가 고개를 끄덕였다. "그들이 오고 공군 인력은 쫓겨나고, 섬터가 군의 체면을 지켜주는 얼굴마담으로 혼자 여기 남는 거죠. 난 벡터가 여기 온 이유가 거기에 가둬둔 사람들을 감시하기 위해서인 것 같아요. 그리고 어쩌면 부상을 감수해가면서 죄수들을 신문하기 위해서요."

"하지만 그건 이제 금지잖아요."

"누가 그럽니까?" 데커가 날카롭게 받아쳤다.

재미슨은 뭐라고 대꾸하려 했지만 이내 생각을 고쳐먹었다.

데커는 의자에서 몸을 앞으로 숙였다. "그러면 로비가 등장한 이유도 설명이 돼요."

"하지만 우린 설명을 들었잖아요. 아이린 크레이머의 어머니에게 일어난 일 때문이라고요."

데커가 고개를 저었다. "내가 보기에 로비의 상관은 정말 중량급 인물 같았어요. 로비도 그렇고요. 어쩌면 크레이머의 어머니가 자기들이 보는 앞에서 살해당했는데 크레이머까지 죽어서 충격받았을 수도 있지만, 죄의식은 그런 급의 인물들을 여기로 부를 이유는 못 돼요. 다른 뭔가가 있어요. 그들이 여기 온 다른 이유가요."

재미슨이 손가락을 딱 튕겼다. "로비의 상관은 뭔가 거물들이 이미 여기 현장에 와 있을지도 모른다고 했죠. 그리고 그게 확실히 심각한 문제라고요."

"불법 신문을 자행하는 비밀 감옥이라면, 그 비밀을 지키기 위해 사람을 죽인다 해도 크게 무리는 아니겠죠." 데커는 의자 팔걸이를 손가락으로 두드리며 말을 이었다. "유일한 문제는 그 이론이 크레이머가 애초에 여기 온 이유와 딱 들어맞지 않는다는 겁니다. 대니얼스가 그 시설에 관해 무슨 말을 했다고 했죠. 하지만 그건 오래전 일이에요. 벡터나 죄수들이 여기 오기 전이죠."

"그러면 당신은 다른 **뭔가가** 진행 중이라는 건가요? 그러니까, 대니얼스가 크레이머에게 말해서 크레이머가 여기 오게 만든 일이?"

데커가 고개를 끄덕였다. "하지만 크레이머가 여기 와서 대니얼스에게 들은 말을 바탕으로 뭔가를 알아냈다면, 그리고 그들이 **지금** 하고 있는 일을 우연히 알게 됐다면요?"

"살해 동기가 성립하죠. 하지만 왜 위와 장을 갈라서 열죠?"

"크레이머의 어머니는 스파이였어요. 그러니 어쩌면 딸에게 뭔가를 삼켜서 숨기는 법을 가르쳐줬을 수도 있죠. 아니면 그냥 크레이머가 어머니를 보고 배웠거나요. 살인범은 어쩌면 그걸 알고 그 뭔가를 되찾기 위해 배를 갈랐을 수 있어요. 그 후 부검을 해서 그걸 감추고 월트 서던을 협박한 거죠."

"하지만 왜 시신을 바깥에 그런 식으로 놔뒀을까요? 내 말은, 어딘가에 묻어버릴 수도 있었잖아요. 아무도 찾아내지 못했다면 우리가 불려올 일도 없었을 텐데요."

"음, 한 가지 설명은 그들이 크레이머의 과거를 몰랐다는 겁니다. 지역의 살인사건은 FBI가 아닌 지역 경찰이 담당하니까요. 크레이머가 매춘부였다는 사실이 밝혀지면 지역 경찰들은 그냥 그렇게 공표하겠죠. 그리고 서던을 협박해 부검 결과를 엉망으로 보고하게 만들면 경찰은 아마 위와 장 같은 건 신경도 안 썼을 겁니다. 난 그 부분에 관한 언급을 찾기 위해 보고서를 세 번이나 읽어야 했어요."

"그걸 적었다는 자체가 놀랍네요."

"모든 게 밝혀질 경우를 대비해 보험을 든 거죠. 어이, 비록 강조하거나 그 부위의 사진을 찍지는 않았지만 그래도 여기 있잖아요, 하려고요. '밀수품이 있나 찾아봤지만 아무것도 안 나왔어요.' 그리고 시반 오류는? 그냥 전문 병리학자가 아닌 탓으로 돌렸겠죠. 네, 딴에는 머리를 많이 썼어요."

"그러면 시신을 발견하고, 부검하고, 조사를 해도 아무 결과도 안 나왔겠죠."

"시신이 발견되지 않아서 경찰들이 계속 파고 다니고 지원을 요청하는 것보다는 그편이 그들에게 더 이로웠겠죠. 크레이머가 매춘부였거나 적어도 그렇게 보였으니 경찰은 손쉬운 답을 내놓을 테고요. 위험도가 높은 직업이니까요. 그런 여자들은 노상 살해당해서 시신으로 버려지죠. 경찰들은 좀 찔러보고 다니다 다른 사건으로 옮겨가고요."

"말 되네요."

"흠, 이 망할 놈의 사건에서 말이 되는 게 하나라도 있다니 그것 참 다행이네요." 데커가 이를 갈며 말했다.

0 0048

로비는 스쿠터를 이전에 블루 맨과의 회동을 위해 데커와 재미슨을 데려갔던 아파트 폐건물 앞에 주차했다. 블루 맨은 거기 없었지만, 건물 안에 블루 맨과 연락하기 위한 보안 회선이 있었다. 그리고 이 폐건물은 당분간 로비의 기지이기도 했다.

그때였다. 로비처럼 훈련받지 않은 사람이라면 몇 초 후에나 알아차렸을 소리가 로비의 귀에 포착된 것은.

이런 상황에서 몇 초는 로비가 하루 더 살아남을 수 있다는 뜻이었다.

어쩌면.

즉시 건물 앞문 근처의 몸을 숨길 수 있는 곳으로 달려가 권총을 꺼냈다. 적어도 다섯 명은 되는 남자가 보였다. 어디서 나타났는지는 알 수 없었다. 아마도 로비가 여기 도착하기 전에 와 있었으리라. 그건 은신처가 발각됐다는 뜻이었다.

놈들이 입은 은색 방탄복과 전투용 자동화기가 달빛을 반사했다. 놈들은 다이아몬드 모양의 공격 패턴으로 다가오고 있었다. 지금 발포한다면 로비는 숨은 위치가 발각될 수밖에 없었다. 그리고 이 위치에서는 집중 사격을 당해낼 수 없었다.

이 상황에서 취할 수 있는 전술적 행보는 하나뿐이었다. 현재 위치는 방어가 불가능하므로, 로비는 움직였다. 놈들에게 정확히 조준할 틈을 주지 않고 신속히 앞문으로 들어가 위층으로 올라갔다. 그리고 윌 로비는 어떤 건물이든 점유하기 전에 철저한 답사를 마쳐두었다. 이 건물 역시 예외는 아니었다.

왼쪽으로 틀어 1층을 양쪽으로 가르는 복도를 내달렸다. 뒷문에 도달해 무릎을 꿇고 바깥을 엿보았다. 군용 손전등들과 총구들이 다가오고 있었다. 뒷문을 차단할 정도의 머리는 있는 녀석들이었다. 이 작전은 미리 계획된 것임이 분명했다. 앞문이 열리는 소리가 들렸다. 층계로 가서 3층을 달려 올라가, 문을 박차고 복도 왼쪽의 마지막 방문을 향해 달렸다.

잠긴 문을 열고 안으로 들어가 등 뒤로 다시 잠갔다. 동시에 계단을 쿵쿵거리며 올라오는 다수의 발소리를 등지고, 로비는 이미 창문으로 달려가고 있었다. 누군가에게 전화해 도움을 청하려는 생각 따위는 떠오르지도 않았다. 그럴 상대가 있다 해도 절대 제시간에 도착하지 못할 터다. 로비를 구할 사람은 자신밖에 없었고, 이는 별로 새로운 일도 아니었다.

창문을 열고 방 안 가구 뒤에 미리 숨겨둔 밧줄 타래를 꺼냈다. 만일을 대비해 준비한 다양한 물건들이 통신 장비와 함께 담겨 있는 더플 백도 있었다. 더플 백을 어깨에 걸쳐 메고 건물 측면에 난 작은 발코니를 두른 난간에 밧줄을 묶었다. 아래를 내려다보니 이제 손전등 빛이나, 누군가가 아래에 있다는 신호는 보이지 않았다.

틀림없이 이미 건물에 진입했을 것이다.

멀리서 맑은 하늘을 가로질러 다가오는 항공기의 깜빡이는 불빛이 보였다. 유전에서 타오르는 불빛도 멀리서 일렁이고 있었다. 마치 누가 반짝이는 물건들을 저곳에 모아둔 것 같았다.

발코니 측면으로 넘어가서 다리를 스태빌라이저처럼 이용해 신중하게 아래로 내려갔다. 발이 땅에 닿자마자 무기를 꺼내어 소음기를 총구에 돌려 끼웠다. 그리고 무릎 꿇은 자세로 막 모퉁이를 돌아 나타난 남자를 조준해 쏘았다. 남자는 비명도 못 지르고 땅바닥에 쓰러졌지만, 소음기를 사용했는데도 총성은 평평한 검은 땅 위로 마치 포성처럼 울려 퍼지는 듯했다.

올라갔던 자들이 이제 다시 내려오고 있었다. 건물 안에서 1층으로 달려 내려오는 발소리들이 쿵쿵 울렸다. 총알들이 비처럼 쏟아지는 순간 로비는 왼쪽으로 달려갔다. 상대는 이제 높은 위치에 있었는데, 그쪽이 가장 유리한 위치였다. 치장벽토로 된 건물 후면을 총알들이 내달렸고, 파편들이 마치 일그러진 금속들로 이루어진 작은 회오리바람처럼 흩날렸다. 로비는 파편 하나가 팔을 파고드는 걸 느꼈지만, 자신이 쓰러뜨린 남자에게 도달할 때까지 속도를 늦추지 않았다. 단 한 번의 매끈한 동작으로 남자를 일으켜 세우고 방패로 이용하면서 남자가 들고 있던 장전된 기관단총과, 남자의 탄창집에 든 30발들이 탄창 세 개를 챙겼다. 총탄이 죽은 남자를 마구 때리는 동안 가만히 기다리고 있던 로비는 발포가 잠시 멈추는 순간 시신을 떨구고 건물 모퉁이를 향해 달렸다.

건물 정면에 도달하자 몸을 날려 땅에 엎드린 채, 서로 바짝 붙어 한 덩어리로 정문을 달려 나오는 남자들을 향해 총알 세례를 퍼부었다.

남자들이 입은 방탄복 때문에 정확히 머리만을 노려야 했고, 로비는 재빨리 사정거리 안에 들어온 다섯 남자를 모두 쓰러뜨렸다. 자리에서 일어나 스쿠터를 향해 달리는 로비 뒤편에서 즉사하지 않은 남자들이 신음하고 비명 지르고 욕설을 퍼부었다.

그때 들려온 또 다른 소리에 로비는 방향을 바꾸어 아래로 몸을 날렸다. 그 순간 총탄들이 로비의 몸 위로 날았다. 로비는 오른쪽으로 몸을 굴려 총을 조준하고 자기 앞쪽 들판을 향해 사격을 가했다. 그렇게 확보한 귀중한 몇 초 동안 새로 나타난 위협을 평가했다.

그건 두 방향에서 다가오고 있었다. 컴퍼스상의 90도와 270도.

각각 무장하고 방탄복을 입은 남자 여섯으로 이루어진 두 팀이었다.

로비는 놈들이 자신을 잡기 위해 말 그대로 일개 소대를 보냈다는 데에 으쓱해졌다.

적을 몇 초 더 붙잡아두기 위해 남은 탄창을 모두 발사한 후, 마지막 남은 탄창으로 갈아 끼웠다.

스쿠터는 이제 포기해야 했다. 그 위치는 적들이 이미 차지하고 있었다.

어차피 스쿠터를 향해 달려갈 수 없었다. 놈들은 몇 초면 로비를 차단할 것이다. 지원도 없었고, 10 대 1의 상황이었다. 그리고 이쪽은 30발들이 탄창 두 개에 권총에 든 일곱 발이 전부였다. 놈들은 아마 로비에게 쏟아부을 탄환이 수천 발은 될 것이다. 소모전이 될 테고, 그 명확한 결과는 하나뿐이었다.

로비는 휴대폰을 꺼내어 데커에게 전화할까 생각했다. 그저 지금 상황을 설명하고 자기 시신을 처리해달라고 부탁하기 위해서였다. 하지만 그러지 않기로 결정했다. 그것은 패배주의자의 태도이고, 로비의 DNA에 그런 건 존재하지 않았다.

좌우를 차례로 확인하고 전방의 남자들이 천천히 앞으로 움직이는 것을 보며 자신의 선택지를 고민했다. 그리고 자신이 만만찮은 상대임을 보여주기 위해 한 남자에게 초점을 맞췄다. 오른쪽 무리를 이끌고 있는 남자였다. 권총의 조준경을 통해 남자를 10초쯤 살펴보면서 상대의 견제행동 패턴을 파악했다. 그리고 파악이 끝난 후 권총을 조준했다. 이윽고 남자가 오른쪽으로 한 발을 떼놓았고, 그것이 남자 인생의 마지막 한 걸음이었다.

죽은 남자가 땅으로 쓰러지는 동안 로비는 즉시 왼쪽으로 몸을 굴려 계속 갔다. 위치가 발각됐으니, 로비가 방금 있던 그 위치에 총탄 세례가 날아들었다.

이윽고 나머지 남자들이 총격을 멈추고 몸을 웅크렸다. 로비는 놈들이 통신장비로 상황을 평가하고 자신이 제기한 사소한 문제의 해법에 도달하는 모습을 상상해보았다.

그들이 결론에 다다를 때까지 기다릴 생각은 없었다. 로비는 죽어가는 꽃들과 작은 덤불로 가득한 모종밭에 도달할 때까지 계속 왼쪽으로 몸을 굴렸다. 안전거리를 두고 로비를 수색하느라 손전등 빛이 온 사방을 훑었다. 기관단총의 정확한 사정거리에는 한계가 있었기 때문이다. 그것은 비좁은 장소에서 벌어지는 전투에서 파괴력을 목적으로 설계됐지, 장거리 사격을 위한 것이 아니었다.

로비는 손전등의 빛기둥을 이용해 한두 명쯤 쓰러뜨릴지 생각해보았다. 쉬운 일이겠지만, 그 결과는 이쪽으로 압도적인 화력을 유도할 것이다. 그리고 계속 몸을 굴려서 위험에서 벗어날 수는 없었다. 놈들이 알아차리고 로비가 갈 수 있는 모든 방향으로 사격을 퍼부을 것이다. 그러고 나면 숫자 싸움이 될 테고, 결국 그중 한 발이 로비를 찾아낼 것이다.

상황을 다시 평가했다. 확실히 개판이었다. 하지만 로비에게는 아직 숨겨둔 카드가 몇 장 있었다.

더플 백을 열고 주먹 크기의 철제 용기 두 개와 배터리가 내장된 헤드폰 하나를 꺼냈다. 헤드폰을 착용하고 전원을 켰다. 철제 통에 부착된 작동 스위치를 누르고 짧은 간격으로 두 개를 모두 던졌다.

용기들은 적들에게서 60센티미터쯤 떨어진 곳에 떨어졌다.

눈을 멀게 하는 섬광에 이어 소음이 연속적으로 폭발했고, 그보다 훨씬 치명적인, 통에 꽉꽉 들어찬 파편들이 누구도 피할 수 없는 속도로 날아갔다.

2초 후, 로비는 자리에서 일어나 연기 속으로 탄창을 남김없이 비웠다. 그 후 추격을 피해 지그재그로 왼쪽의 길을 향해 달렸다.

이쪽을 향하는 총성이 들렸지만, 한 발도 타깃을 맞히지 못했다.

뒤를 돌아보니 연기가 걷혀 있었다. 그리고 자신을 향해 쏜살같이 달려오는 남자 여섯 명을 본 로비는 당황했다. 아무래도 로비의 전술을 예상하고 몸을 낮추어 파편을 피한 모양이었다. 로비는 몸을 돌려 마지막 탄창을 그들을 향해 비워냈다. 둘은 쓰러졌지만 남은 넷은 응사를 하면서 계속 돌격했다.

그렇다 이거군. 이 개판은 아무래도 로비의 최후의 대결이 될 모양이었다.

빈 기관단총을 떨구고 권총을 꺼내 무릎을 꿇고 조준했다. 아마 남은 놈들에게 당하기 전에 두 명은 쓰러뜨릴 수 있을 것이다. 이 순간은 그 어느 때보다도 완벽에 가까워야만 했다.

피카티니 레일의 조준경으로 상대를 조준했다. 상대도 그렇게 하고 있을 게 분명했다. 로비는 자신의 목숨을 끝장낼 총탄의 충격에 대비해 단단히 각오를 갖췄다.

좋아, 로비, 한바탕 잘 달렸어. 하지만 아무리 잘 달려도 결국은 끝이 있게 마련이지.

다음 순간, 한 남자가 쓰러지고 또 한 남자가 쓰러졌다.

그리고 셋째 남자가 쓰러졌다. 모두 허리를 맞았고, 조각 난 두개골과 살점과 분출된 피가 쓰러진 남자들의 주위 땅을 뒤덮었다.

그 총탄들이 어찌나 빠르고 정확했는지, 거의 한 발의 총탄인 것처럼 보였다.

문제는, 로비가 아직 방아쇠도 당기지 않았다는 것이었다.

마지막 남자가 멈춰 서서 그 빌어먹을 총탄들이 날아온 곳을 파악하려고 주위를 둘러보는 순간, 다음 총탄이 남자의 두개골을 꿰뚫고 뒤통수를 날려버렸다.

남자는 마지막 말도 남기지 못한 채 사우스다코타의 흙먼지 위로 쓰러졌다.

로비는 땅에서 일어나 언제든 방아쇠를 당길 준비를 갖춘 채 주위를 둘러보았다. 누군가가 적들을 제거해줬다고 해서 반드시 동맹이라는 뜻은 아니었다.

흐트러짐 없는 발걸음 소리가 가까이 다가올 때, 로비는 몸을 빙그르르 돌렸다. 난입자에게 총을 겨눴다.

상대가 알아볼 수 있을 만큼 가까이 오자, 로비는 깜짝 놀랐다. 인생에서 몇 번 안 되는 일이었다. 총구를 내렸다.

"젠장, 여긴 도대체 무슨 일이야?"

온통 새까만 차림새의 제시카 릴이, 가장 좋아하는 스코프가 부착된 특수 제작 저격총의 총구를 내렸다. 로비를 위아래로 훑어보고는 그들 뒤편의 대학살 현장을 살펴보았다.

그리고 다시 로비를 보며 제시카가 말했다. "뭐겠어? 널 구해주러 온 거지."

0 0049

"도대체 여기서 무슨 망할 놈의 상황이 벌어지고 있는 건지 좀 알고 싶네요." 조 켈리가 외쳤다.

이튿날이었다. 켈리는 버려진 아파트 건물 앞의 땅바닥을 조사하고 있는 데커와 재미슨 옆에 서 있었다. 땅 위에는 시트로 덮인 시신들이 나뒹굴었다. 발견된 탄피와 총탄들의 위치를 표시하는 노란 마커 수백 개가 땅 위를 뒤덮었다.

"상당한 총격전이 벌어진 것 같네요." 데커가 땅을 관찰하며 천천히 말했다.

"그건 저도 보면 알죠." 켈리가 부르짖었다. "전 이유가 알고 싶은 겁니다."

"그걸 우리가 어떻게 압니까?" 데커가 차분하게 대꾸했다.

"이런 일은 당신네가 나타나기 전에는 한 번도 없었거든요." 켈리가 짜증스럽게 대꾸했다.

"그렇다고 꼭 인과관계는 아니죠." 데커가 지적했다.

"시신 중 아는 사람이 있나요?" 재미슨이 물었다.

"누구에게서도 그 어떤 신분증이나 추적 가능한 소지품도 발견 되지 않았습니다. 그리고 미국인처럼 보이지도 않고요. 적어도 대부분은요."

데커가 재미슨을 한번 보고 켈리에게 물었다. "시신들을 찍은 사진이 있습니까?"

"네, 왜요?"

"좀 보고 싶군요. 뭔가가 떠오를지도 모르니까요."

켈리는 경계하는 시선으로 데커를 보고는 말했다. "가져올게요. 어디 가지 말아요."

켈리가 자리를 뜨자마자 재미슨이 말했다. "이건 로비가 자기 상관과 만나게 하려고 우릴 데려온 건물이잖아요."

"나도 알고 있어요."

"당신 생각엔 로비가……?"

"그래서 사진을 보여달라고 한 겁니다."

재미슨이 주위를 둘러보았다. "교전 지역이 따로 없네요."

데커가 고개를 끄덕였다. "켈리가 다른 경관들과 함께 건물을 수색했지만 아무도 없었어요. 하지만 뒤쪽에 또 다른 총격전이 벌어진 흔적이 있고 발코니에서 밧줄이 늘어져 있어요."

"로비가 준 전화로 연락은 해봤어요?"

"솔직히 말하면 겁나서 못 하고 있습니다."

"어차피 곧 알게 되겠네요. 저기 켈리가 오니까."

켈리가 돌아와 죽은 남자들의 사진이 전부 떠 있는 아이패드를 건넸다. 다 훑어보는 데 1분쯤 걸렸다. 데커와 재미슨은 로비가 사진에 없는 걸 확인하고 안도의 눈길을 주고받았다.

"아는 얼굴은 하나도 없지만, 당신 말대로 대부분은 외국인처럼 보이네요. 동유럽, 중동. 동양인도 두어 명 있고요."

켈리가 아이패드를 도로 가져갔다. "다종다양하죠, 맞아요."

"마크 섬터하고는 이야기해봤습니까?" 데커가 물었다.

"섬터요? 왜요?"

"음, 섬터가 이곳 군 시설의 책임자니까요. 이건 어쩌면 펜타곤이 알아야 할 일인지도 모릅니다."

"그렇군요. 하지만 섬터 밑에서 일하는 사람들이 여기 와서 전투를 벌이고 이 모든 시신들을 그대로 놓고 갔을 것 같진 않은데요."

"글쎄요, 물어보기 전에는 모르는 거죠." 데커가 말했다. "정부는 비밀을 좋아하거든요."

켈리가 고개를 내저었다. "우리가 이 현장을 처리하려면 몇 주는 걸릴 겁니다. 혹시 FBI에서 이제 요원을 좀 더 보내줄 수도 있을까요?"

"어쩌면요." 데커가 말했다. "우리가 이게 테러리스트와 관련이 있다는 걸 입증할 수 있다면요."

"테러리스트라고요!" 켈리가 외쳤다. "놈들이 노스다코타에서 뭘 하는데요?"

"글쎄요, 그걸 알아내는 게 우리 일이죠."

데커와 재미슨은 켈리를 두고 SUV로 돌아갔다.

"로비한테 전화할 거예요? 내 말은, 로비는 이 일에 관련이 **있을 수밖에** 없잖아요."

"가능성은 있죠."

"하지만 로비가 이 남자들을 전부 죽였다고 생각해요? 내 말은, 그건 아무래도 불가능하지 않을까요."

"난 그 남자에게 불가능한 게 존재할까 싶어요."

두 사람이 차 앞까지 왔을 때 데커의 휴대전화가 울렸다.

"하퍼 브라운이에요." 데커가 화면을 확인하고 말했다.

"제발, 뭔가 소식이 있었으면 좋겠네요."

데커가 전화를 받자 DIA 소속인 두 사람의 친구 하퍼 브라운이 말했다. "도대체 무슨 일에 말려든 거예요, 데커?"

"그걸 당신이 좀 알려줬으면 했는데요. 그리고 멜빈은 어때요?"

멜빈 마스는 데커의 가장 가까운 친구 중 하나였다. 전직 대학 미식축구 스타로, 텍사스주에서 살인죄로 사형 선고까지 받았지만 데커 덕분에 무죄를 입증받았다. 마스와 브라운은 이제 사귀는 사이였다.

"잘 있죠. 안부 전해달래요. 그리고 자기가 혹시 경호원으로 필요하면 언제든 주저 말고 전화하랬어요."

"그 친구는 이곳에 얼씬도 안 했으면 좋겠네요. 게다가 난 이미 꽤 괜찮은 경호원이 있어요."

"알렉스더러 경호원이라니, 알렉스가 그 말 들어도 돼요?"

"알렉스 이야기가 아니에요. 그래서, 우리한테 알려줄 게 뭔가요?"

"시간이 중요한 문제겠죠?"

"정확해요."

"우선 제일 먼저, 내가 더글러스 S. 조지 방어 복합체에 관해 직접 알아낸 것들은 전혀 쓸 만한 게 없었어요. 한국 전쟁 때 지어진 이후로 줄곧 공군 통제하에 있었어요."

"그동안 내내 미사일을 탐지하는 레이더 시설이었습니까?"

기묘하게도, 하퍼는 곧장 대답하지 않았다. "음, 그건 대답하기 어려워요. 내가 알아낸 바로는, 1960년대 후반까지는 공중 전자 감시 장치로 등재돼 있지 않았어요. 냉전이 한창일 때까지도요."

"한국 전쟁은 1950년대 초반이었죠. 그게 당시에 사용됐습니까?"

"모르겠어요. 알아낼 수가 없더라고요."

"어떻게 그럴 수 있죠? 당신은 존재하는 모든 기밀 정보 취급 허가를 가지고 있지 않나요?"

"나도 그런 줄 알았죠. 그런데 아니더라고요. 이곳에 관해 캐기 시작하니까, 특히 1950년대에 그게 뭘 했는지를 묻기 시작하니까 돌벽에 부딪혔어요."

"여기에 또 다른 공중 전자 감시 장치가 있다고 알고 있는데요."

"그게 또 한 가지 이상한 점이에요. 스탠리 R. 미켈슨 보안 복합체가 노스다코타주 동쪽에 있는데, 21 스페이스 윙과 캐벌리어 공군 기지 소속이에요. 노스다코타 그랜드포크스 근처에 있고 1976년에 운영을 정지했지만 PARCS 레이더 시설이 있고, 아직도 미사일 공격을 탐지하고 우주의 물체들을 감시 중이에요."

"여기 시설 지휘관도 여기서 그런 일들을 한다고 하더군요. 그런데 노스다코타주에 공중 선자 감시 장치가 두 개나 있다? 가뜩이나 냉전이 오래전에 끝났다는 걸 감안하면 좀 과하지 않나요?"

"그래 보일 거예요, 데커. 맞아요." 하퍼가 잠시 침묵에 잠겼다 다시 입을 열었다. "거기서 무슨 일이 벌어지고 있다고 생각해요?"

"아마도 알게 되면 당신 같은 사람조차 두려워하게 만들 일이겠죠."

"상황이 심각해지고 있어." 블루 맨이 말했다.

블루 맨과 로비와 릴은 런던에서 1.5킬로미터쯤 떨어진 인적 없는 도로에 세워둔 릴의 검은 SUV 안에서 마주 앉아 있었다. 멀리서 석유 굴착 장치가 내는 소리와 노동자들이 드릴 비트와 발파 총으로 땅을 파는 소리가 들렸다.

"경찰들이 그곳에 쫙 깔렸습니다." 로비가 말했다.

"음, 그런 걸 치울 자원을 우리가 마련할 수는 없으니까. 하지만 놈들에게 손실을 안겨줬지. 다 자네 덕분이야."

로비가 릴을 보았다. "저와 제스 덕분입니다. 다른 임무를 맡아 지구의 반대편에 가 있는 줄 알았는데."

"맞아." 여자 로비, 릴이 말했다. 릴은 훤칠한 키와 바위처럼 단단한 몸에, 전투기 조종사를 떠올리게 하는 침착하고 단호한 표정을 지녔다. "그러다 아름다운 노스다코타주로 오라는 초대 전화를 받았지. 내가 관심을 가져야 할 시급한 문제들이 거기 있다고."

"날 미행하고 있었던 거야?" 로비의 표정에 우려가 깃들었다.

"네 일정이라면 잘 아니까. 그렇지 않으면 미행할 수 없었을 거야. 걱정 마, 네 실력은 조금도 녹슬지 않았으니까."

"타이밍이 아주 완벽했던 모양이군." 블루 맨이 말했다.

"1초만 늦었어도 전 지금 땅 밑에 있을 겁니다." 로비가 덧붙였다. "제스와 저는 현장을 떠나기 전에 몇몇 시신들을 확인했습니다."

"우리 군 소속이 아니었어요." 릴이 말했다. "심지어 이 나라 출신도 아니었죠."

"국내에 들어와 있는 외국인들이라." 블루 맨이 웅얼댔다.

"이유가 뭔지 궁금해지죠." 릴이 말했다.

로비가 말했다. "거기서 도망치려 하는 남자를 본 농부가 있다고 데커에게 들었습니다. 남자가 횡설수설했답니다."

"외국어일 수 있지. 어쩌면 아랍어나 파르시어라든가. 아마 데커 역시 이미 비슷한 결론에 도달했을 거야."

"그렇다면 감옥이라는 겁니까." 로비가 말했다.

릴이 끼어들었다. "관타나모의 일부 죄수들이 미국 전역의 연방 교도소로 이감됐다는 건 비밀도 아니죠. 하지만 공군 기지는 감옥이 아니에요. 적어도 전 그런 말을 들어본 적 없습니다."

"어쩌면 아무에게도 말하지 않았을 수도 있겠지." 블루 맨이 추측했다.

"지금 관타나모는 어떤 상황입니까?" 로비가 물었다.

"지난 정부들은 각자 그걸 유지하거나 폐쇄하려고 노력해봤지. 알고 보니 후자는 생각보다 더 어려웠고. 이제는 죄수당 1,300만 달러쯤 들어. 현재는 대략 100명의 죄수가 있고."

"다 수용하려면 13억 달러라는 거군요." 릴이 말했다.

"엄청난 액수지." 블루 맨이 덧붙였다. "하지만 아무도 뾰족한 방안이 없는 눈치야."

"그래서, 그들 중 일부를 여기로 이감했다고 생각하십니까?" 로비가 물었다. "무슨 이유에서 말입니까?"

"난 그렇다고 말하지 않았네." 블루 맨이 말했다. "이건 '새' 죄수들일 수도 있어. 우린 물론 아직 거기서 전투 중이지. 탈레반, 알카에다, 이슬람국가는 물론이고 심지어 후티(예멘의 이슬람 무장 단체—옮긴이) 반군과 이란 공작원들도 있지. 그리고 그렇게 잘 알려지지 않은 다른 단체들도 있고."

"그럼 공군 기지가 지금 제2의 관타나모일 수도 있나요?" 릴이 물었다.

"그리고 어쩌면 원래 관타나모에서 더는 허용되지 않는 일들을 죄수들에게 저지르고 있을지도 모르지." 블루 맨이 생각에 잠긴 어조로 말했다.

"고문 말씀입니까?"

"난 예전엔 조직의 공식 입장에 의거해 이렇게 표현하곤 했지. '증진된 신문 기법'이라고. 하지만 물고문 같은 건, 음, 그런 건 있는 그대로 부를 필요가 있지."

"도대체 어떻게 그런 일이 승인될 수가 있죠?" 릴이 따졌다. "그것도 군 시설에서요. 국방부는 늘 그런 일에 반대해왔어요. 그건 제네바 협정 위반이고 포로가 된 미국 병사들 또한 가혹한 대우를 받게 만들 수 있는데요."

"어쩌면 승인이 없었을 수도 있지. 적어도 공식 채널을 통해서는." 블루 맨이 말했다. "난 정치가들이 그 부분에서는 교훈을 얻었을 거라고 생각해."

"그리고 그 결과가 여기 있습니다." 로비는 그렇게 말하고 플래시 드라이브를 꺼내어 노트북 포트에 삽입했다. 그리고 전날 찍은 사진들을 띄워 블루 맨에게 보여주었다.

"이 남자는 섬터와 만나고 있었습니다. 그리고 무슨 일을 하고 있든, 떳떳한 일은 분명히 아니었습니다."

블루 맨은 남자의 사진들을 보았다.

"알아보시겠어요?" 릴이 물었다.

블루 맨이 고개를 끄덕였다. "패트릭 매킨토시. 전직 국회의원인데 D.C.에서 있던 시절엔 별로 한 게 없는, 눈에 안 띄는 인물이었어. 그 이후로 처음에는 싱크탱크의 대표로, 지금은 무시무시한 로비스트이자 다른 누구에도 뒤지지 않을 인맥을 지닌 킹메이커로 족적을 남겼지. 그리고 가능한 한 모든 수단을 이용해 가능한 한 많은 돈을 벌려는 욕망을 지녔고. 모든 주요한 권력 통로에 지극히 줄을 잘 대고 있지."

"전 처음 들어봅니다." 로비가 말했다. 릴도 고개를 끄덕여 동의했다.

"그 말을 들으면 기뻐하겠군. 매킨토시는 그림자 속에서 일을 하니까. 각광을 받고자 하는 유일한 때는 그게 본인한테 이로울 때뿐이야. 예컨대 자기 목적 달성에 필요한 사람들과 친분을 쌓기 위해 하는 자선사업으로 상을 받을 때처럼."

"말씀을 들으니 무척 잘 아시는 것 같습니다." 로비가 말했다.

"몇 번 마주쳤지. 용의주도하고 체계적이고 가차 없고 놀랍도록 공감력이 부족하고, 어떤 방식으로든 자기한테 이로울 때는 거짓말도 서슴지 않는 친구야. 그런 점에서는 정부에서 더 높은 자리에 오르지 못한 게 놀라울 따름이지."

로비는 블루 맨에게 두 남자의 대화가 담긴 녹음기를 건넸다. "이걸 들으셔야 합니다."

블루 맨은 녹음기를 켜고 대화에 집중했다.

다 듣고 나자 녹음기를 끄고 잠시 눈을 감았다 떴다. 로비가 말했다. "이제 어떻게 하실 겁니까?"

"해야 할 일을 해야겠지. 그리고 신속히 움직여야 해. 거기서 감옥을 운영하고 있다면, 우린 가능한 한 빨리 그리고 조용하게 그 싹을 잘라야 하네."

"그 부분에서 저희의 도움이 필요하십니까?"

블루 맨이 녹음기를 들어 올리며 말했다. "필요한 건 자네가 이미 다 줬어."

릴이 가슴 앞으로 팔짱을 끼고 블루 맨에게 엄숙한 표정을 지었다. "그럼 **우리의** 다음 행보는 뭐죠?"

"두 사람은 그림자 속에서 데커와 재미슨을 경호해야지. 자네들이 아는 걸 알려주고 그들이 알아낸 정보와 교환할 시점이 되면 내가 알려주겠네. 모두가 알아낸 것들을 바탕으로 부디 앞으로 진행할 전략을 짤 수 있기를 빌어야지."

"우리가 아는 걸 그들에게 알려주는 게 현명하다고 생각하십니까?" 릴이 놀란 표정으로 물었다.

로비가 말했다. "그 사람들은 믿어도 돼."

"그리고 자네가 데커의 목숨을 구했으니까, 난 데커도 자네를 믿을 거라고 생각하네." 블루 맨이 말했다. "그리고 어느 정도까지는 그래도 되지."

"어느 지점에서는 그쪽과 우리의 의제가 엇갈릴 거라고 보십니까?" 로비가 물었다.

"이전에도 그런 일들이 있었으니, 이번에도 일어나지 말라는 법은 없지. 다만 풀려나가는 상황을 봐야지."

"저희는 언제 두 사람을 만나러 가면 됩니까?"

"지금." 블루 맨이 말했다. "여기서 일어나고 있는 일이 뭔지는 몰라도 금방 터질 거야. 낭비할 시간이 없어. 그냥 이 감옥 일만이 아니야. 뭔가 훨씬 심각한 일이 벌어지고 있어. '똑딱거리는 시한폭탄'이란 말을 감안하면 느긋하게 쉬거나 낭비할 시간이 없어. 자, 이제 활주로까지 태워다주게. D.C.로 가능한 한 빨리 돌아가야겠어. 준비할 일이 많은데 시간이 없군. 그리고 그다음엔 참석해야할 회의도 하나 있고."

릴은 SUV의 기어를 올리고 출발했다.

"에이머스 데커 씨 맞습니까? 저는 렉스 매너스입니다. 벤 퍼디라는 탈영병의 행방을 문의하셨죠."

이튿날, 호텔방에 앉아 있던 데커에게 전화가 걸려왔다.

"맞아요, 렉스. 연락 줘서 고마워요. 뭔가 알아낸 게 있나요?"

"이름과 주소요. 베벌리 퍼디. 몬태나주에 사는데, 노스다코타주와의 주 경계선에서 몇 시간 거리입니다. 그쪽은 지금 노스다코타주에 있다고 들었는데요."

"맞아요."

매너스가 주소를 알려주었다. "베벌리 퍼디는 모친입니다. 남편을 여의었고 자식은 벤 하나입니다. 농장에 살면서 농사를 짓고 소를 치고요. 퍼디가 거기 있는지 여부는 모르지만 거기서 시작하면 될 것 같습니다."

"도와줘서 고마워요. 청구서는 잊지 말고 이메일로 보내주세요. 주소를 불러드리죠."

"그건 신경 쓰지 마세요. 사립탐정끼리는 서로 돕고 살아야죠. 언젠가 저도 그쪽 덕을 볼 일이 있을 겁니다. 그럼 행운을 빌어요."

매너스가 전화를 끊자 데커는 재미슨에게 전화를 걸어 방금 입수한 정보를 알려주었다. 구글에 퍼디의 농장을 검색하자 런던에서 다섯 시간 거리에 있다고 나왔다.

"켈리를 데려갈까요?" 재미슨이 물었다.

"뒷맛이 안 좋을 수 있는 일에 굳이 끼어들게 하고 싶지 않아요. 언젠가 말해야 할 때가 올지도 모르지만, 지금은 그때가 아니에요."

두 사람은 아래층에서 만나 차를 타고 서쪽으로 달려 타운을 벗어났다.

"로비한테는 연락했어요?"

"아직은요. 하려고 했는데 그 전화를 받았어요. 먼저 퍼디의 집을 확인해보고, 그 후 돌아와서 로비를 만나죠."

가도 가도 똑같은 풍경 외에는 구경할 게 아무것도 없다 보니 먼 길이 실제보다도 더 멀게 느껴졌다.

"이렇게 오랫동안 다른 차를 구경도 못 한 건 처음인 것 같아요." 재미슨이 말했다. "난 인디애나 출신인데도 말이에요."

"이 지역들을 '빅 스카이'라고 하죠."

재미슨이 창밖을 내다보며 말했다. "맞아요. D.C.나 뉴욕하고는 전혀 느낌이 달라요."

데커가 재미슨의 손목에 새겨진 '아이언 버터플라이'라고 쓰인 문신을 보았다. "어렸을 때 어머니 때문에 그 밴드에 빠지게 됐다고 했죠. 밴드가 재결성한 다음에요."

재미슨이 씩 웃었다. "와, 기억력도 좋으셔라."

"아직도 그 밴드를 듣습니까?"

"재니스 조플린이랑 도어스로 넘어갔어요."

데커가 재미슨의 손을 응시하며 말했다. "처음 만났을 때, 난 당신 약지에 살짝 눌린 결혼반지 자국을 알아봤죠."

재미슨이 데커에게 날카로운 시선을 던졌다. "당신이 잡담을 좋아하는 줄은 몰랐네요. 무슨 일이죠?"

"어쩌면 진화하고 있는지도 모르죠."

"그렇군요."

"당신은 한 번도 전남편 이야기를 한 적이 없어요. 그냥 결혼한 지 2년 3개월 만에 상황이 안 좋아졌다고 했죠. 남편은 당신이 생각한 남자가 아니었고, 어쩌면 본인도 남편이 생각한 여자가 아니었던 것 같다고요."

재미슨이 얼굴을 찌푸렸다. "가끔은 당신의 완벽한 기억력이 정말 짜증날 때가 있어요."

"난 어떻겠어요. 그래서요?"

"이미 말한 게 정말이지 다예요. 남편인 댄은 남자 친구인 댄이랑 다른 사람이었어요. 사귈 때는 오로지 좋은 점만 보였는데 결혼 서약을 하고 같이 살기 시작한 이후로는 나쁜 점만 보였죠. 그리고 아마 나도 댄에게 그랬을 거예요. 물론 난 내가 전혀 변하지 않은 것 같지만요."

"원만하게 갈라섰나요?"

"우리 둘 다 너무 어렸고 난 너무 순진했어요. 너무 순진했죠. 댄은…… 댄은 그걸 이용했고요. 이제 와서 알게 된 거지만요."

"지금은 어디 있습니까?"

재미슨이 어깨를 으쓱했다. "난들 아나요." 데커를 보던 짜증스

러운 재미슨의 표정이 결국 다정한 미소로 누그러졌다. "지금으로
서는 남의 개인사에 전혀 관심이 없었던 당신이 더 맘에 드네요."

데커는 항복의 표시로 양손을 들어 올린 후 창밖을 내다보았다.
"미식축구 구장에서 쓰러졌다가 병원에서 깨어났을 때, 난 모든 게
정상이라고 생각했어요. 내가 여전히 정상이라고 생각했죠. 그 일
이 일어나기 전까지는요."

"무슨 일요?"

"병원에서 활력 징후를 나타내는, 스탠드 위의 그 작은 모니터
알죠?"

"네."

"거기 있는 숫자들을 보는데, 전부 제각각 다른 색깔들로 보이는
거예요. 처음에는 시력이 아직 다 안 돌아왔거나 그냥 몸 상태가
좀 이상한가 보다 했어요. 나한테 무슨 일이 일어났는지 아직 알기
전이니 무리도 아니었죠. 하지만 나중에, 벽의 시계를 보는데 똑같
은 상황이 벌어졌어요. 정말 이상한 색깔들이었죠. 그때 내가 확실
히 달라졌다는 걸 깨달았어요. 그리고 사람들과 대화를 나누게 됐
는데, 음, 완전히 신세계였죠. 의사랑 간호사들은 내가 퇴원해서 정
말 기뻤을 거예요. 난 정말 짜증나는 자식이었거든요. 몸만 그대로
지, 전혀 딴사람이었죠. 내 대처 방식은 그냥…… 대처하지 않는 거
였어요. 그냥 마치 처음부터 그랬던 것처럼 계속 그렇게 살았죠."

"하지만 당신은 우리가 처음 만났을 때보단 그걸 더 잘 이해하
고 있는 것 같아요. 그 당시 당신은 정말 냉담해 보였고, 속을 읽어
내기가 불가능했어요. 그리고 절대적으로 그 어떤……."

재미슨은 말을 멈추고 불편한 표정을 지었다.

데커가 재미슨을 보았다. "필터가 없었다고요? 맞아요. 그리고

344

지금도 **그리** 나아진 게 없죠."

"그래도 사람들 이야기도 다 안 끝났는데 자리를 떠버리는 일이 예전처럼 그렇게 많지는 않아요." 재미슨이 격려하는 투로 말했다.

"걸음마를 배우며 칭찬받는 아기가 된 기분이네요."

"이 얘기를 전에도 한 건 알지만, 아무것도 잊지 못한다는 건 어떤 느낌이에요?"

"내 개인적 클라우드 말이에요?" 데커가 관자놀이를 톡톡 두드리며 말했다. "아마도 당신 기억이랑 많이 비슷할 거예요. 다만 내 기억력이 좀 더 가지런히 조직돼 있고 당신에 비해 훨씬 접속이 쉬울 뿐이죠. 당신도 그 안에 전부 들어 있어요. 하지만 일부 기억은 다른 것들에 의해 밀려나서, 더는 접근할 수 없죠. 난 그런 문제가 없는 거고요."

"축복이자 저주죠."

"당신이 잊고 싶은 게 있다면요. 대다수의 사람들이 그렇지만."

"힘든 거 알아요, 데커."

데커는 창밖으로 끝없이 펼쳐진 하늘을 바라보았다. 지금 데커에게 하늘은 자신의 기억 저장고만큼이나 광활해 보였다. "인생은 누구나 힘들어요, 알렉스. 그렇지 않다고 말하는 사람은 모두 그냥 매일 아침 깨어나 밖으로 나갈 때마다 따라오는 온갖 거지 같은 것들을 못 본 척하기로 작정했을 뿐인 거죠."

재미슨이 말했다. "그래서, 당신의 극복 방법은 온전히 일에만 초점을 맞추는 건가요?"

데커가 재미슨을 향해 알 수 없는 표정을 지으며 말했다. "내 극복 방식은 그냥 진실을 찾아내는 겁니다, 알렉스. 그걸 할 수 있다면, 다른 건 어떻게든 견딜 수 있어요."

농장은 《분노의 포도》에 나올 법한 곳이었다. 다만 흙먼지가 좀 덜했고 수원이 약간 있을 뿐.

두 사람은 판자를 댄 집 측면에 차를 세우고 내렸다. 집 정면에는 지저분하고 오래된 투 도어 지프 차가 서 있었다. 멀리 헛간 하나와, 소들이 물통과 소금 덩어리를 둘러싸고 모여 있는 울타리들이 보였다. 곱사등이 말 몇 마리가 풀을 씹고 있는 작은 방목장도 눈에 띄었다. 전체적으로 말끔하고 효율적으로 관리되는 듯했다.

흙길 끝에 서 있는 기우뚱한 우편함에 '퍼디'라고 씌어 있는 걸 보니, 옳게 찾아온 모양이었다.

두 사람이 미처 현관 앞 계단까지 가기 전에, 망으로 된 문이 열리더니 한 여자가 나타났다. 위아래에 총신이 있는 레밍턴 산탄총을 든 채였다. 여자는 50대 중반으로, 백발을 길게 길렀고 마르고 강단 있는 몸매에 꿰뚫어 보는 듯한 파란 눈동자의 소유자였다. 빛바랜 작업복과 닳은 부츠에, 체크무늬 셔츠를 바지 안으로 넣어 입었다. 땋은 가죽으로 만든 허리띠를 차고 있었고, 주름지고 볕에 탄 얼굴은 의심으로 가득했다.

"누구야?" 여자가 따졌다.

재미슨이 즉시 FBI 신분증과 배지를 꺼냈다.

"FBI 특수요원 알렉스 재미슨입니다. 이쪽은 제 파트너 에이머스 데커고요. 베벌리 퍼디 씨 맞습니까?"

하지만 그 말은 긴장을 누그러뜨리는 게 아니라 오히려 여자로 하여금 총을 들어 올리고 곧장 두 사람을 겨누게 했다. 손가락이 방아쇠에 바짝 붙어 있었다. "도대체 원하는 게 뭐야? 당장 말해."

데커가 앞으로 한 걸음 나서서 총구와 재미슨 사이를 가로막았다. "저희는 벤과 이야기하고 싶습니다. 여기 있다면요."

여자가 쏘아붙였다. "없어. 하지만 그 애랑 하려는 이야기가 뭔데?"

"저희는 공군에서 나온 게 아닙니다. 혹시 그렇게 생각하시는 거면요. 그리고 무단 탈영한 것에 관해서는 아무 관심도 없습니다. 그저 마지막 배치지였던 노스다코타주 런던에 관해 물어볼 게 있어서 그럽니다."

"개소리. 그 애를 체포하러 왔으면서."

"저희가 왜요?"

"방금 말했잖아. 무단 탈영이라고."

"저희는 런던에서 벌어진 연쇄 살인사건을 조사하고 있습니다."

"벤은 아무도 안 죽였어."

"저희는 죽였다고 말하지 않았습니다. 벤은 살인사건이 일어나기 한참 전에 그곳을 떴고요. 하지만 런던에서 누군가에게 어떤 말을 했습니다. 저희는 그저 그게 무슨 뜻인지 알고 싶을 뿐입니다.

우리 조사와 뭔가 관계가 있을 거라고 믿거든요."

여자가 천천히 총구를 내리며 말했다. "그 애는 여기 없어요. 이미 말했지만."

"혹시 여기서 지낸 적이 있습니까?"

"그랬을 수도 있고." 여자가 방어조로 대꾸했다.

"혹시 어디 가면 만날 수 있을지 아십니까?"

여자가 고개를 저었다. "몰라요. 소식 못 들은 지 좀 됐어요."

"그런데 걱정 안 되세요?" 재미슨이 데커 옆에 와 서며 말했다.

"난 그 애 엄마예요. 당연히 걱정되죠."

"음, 저희도 걱정됩니다. 그러니 함께 찾아보면 어떨까요?"

"난…… 난 잘 모르겠어요."

"의심하시는 건 이해합니다, 퍼디 씨. 그러니 그냥 저희를 믿으실 수 있게, 지금은 이만 가겠습니다. 하지만 혹시 아드님을 만나시면 저희한테 연락할 수 있도록 전화번호를 두고 가도 될까요? 저희가 바라는 건 그저 이야기를 좀 나누는 겁니다. 체포하는 게 아니고요. 그게 전부입니다." 데커는 재킷 주머니에서 명함을 꺼내 여자에게 건넸다.

여자는 경계하는 눈빛으로 명함을 보았다. 마치 손이 닿으면 아프기라도 할 것처럼. 하지만 결국 퍼디는 아들을 체포하러 온 게 아니라는 사실에 누그러진 표정으로 말했다. "저기요, 좀 들어왔다 가실래요? 마침 방금 커피를 새로 탔어요."

데커가 재미슨을 한번 보고 말했다. "좋죠. 여기까지 한참 걸려 왔거든요. 그리고 노스다코타보다 여기가 더 춥네요."

일행은 안으로 여자를 따라 들어갔다. 거실 벽은 동물들의 머리통으로 가득했다.

재미슨이 입을 쩍 벌리는 것을 본 퍼디가 말했다. "남편과 벤은 사냥의 명수였어요. 이 지역 사람들이야 대부분 그렇지만. 하지만 그냥 보여주려고 하는 게 아니에요. 우린 잡은 걸 먹어요."

여자는 두 사람을 소나무 찬장과 검은 소용돌이무늬의 반짝이는 조리대가 있는 작고 평범한 주방으로 인도했다. 바닥은 닳아빠진 리놀륨이었고 비품들은 낡아 있었다. 창에 쳐진 커튼은 한 50년은 된 물건 같았다. 이곳 전체가 주위의 시간 흐름에서 단절된 듯 보였다.

퍼디가 레밍턴을 벽의 총 시렁에 걸고 식탁 주위에 놓인 의자들을 가리키며 말했다. "앉으세요."

두 사람이 자리에 앉자 퍼디가 커피와 잔을 내왔다.

커피를 따라서 두 사람에게 건네준 후, 퍼디도 식탁에 앉았다. 그러고는 눈에 들어간 눈썹을 빼낸 후 두 사람의 호기심 가득한 눈길을 피해 커피를 홀짝였다.

"여기 혼자 사시나 보네요?" 데커가 말했다.

파란 눈동자가 번뜩 빛을 발했다. "누가 그래요? 날 감시라도 한건가요?" 퍼디의 시선이 재빨리 산탄총으로 향했다. "원하는 게 뭐죠? 당장 말해요."

"이미 말씀드렸습니다." 데커가 차분하게 대꾸했다. "아드님과 이야기하는 거라고요."

"그건 당신이 **말한** 거고요." 퍼디가 불신 가득한 어조로 비꼬았다. "꼭 그게 진실이란 법은 없죠."

"그건 진실입니다." 재미슨이 말했다. "우린 그저 아드님과 대화하러 온 겁니다. 체포하려고 찾아온 게 아니에요. 그건 우리 관심사가 아닙니다. 우린 아드님의 군 복무에 아무런 관할권도 없어요."

"연방 요원은 연방 요원이잖아요." 퍼디가 쏘아붙였다.

"그렇게 보이겠지만, 실제로 그런 식으로 돌아가지는 않습니다. 적어도 우리 사건에서는요." 데커가 말했다.

퍼디가 마침내 진정하고 말했다. "남편은 3년 전에 죽었어요. 벤이 돌아와서 농장 운영을 도와주기를 줄곧 바랐는데, 결국 그런 일은 없었죠."

데커가 말했다. "여기 있었을 수도 있다고 하셨는데요. 여기 있었습니까? 거기서 있었던 일에 관해 혹시 들으신 말씀이 있습니까? 왜 그런 식으로 떠나야 했는지에 관해서요."

퍼디가 손가락으로 커피잔을 어루만지며 입을 열었다. "그 사람들은…… 그 사람들은 그곳에 있던 모두를 내보냈어요. 공군 기지 말이에요. 벤도, 그리고 다른 사람들도."

"맞아요, 벡터라는 민간 보안회사가 들어와서 그곳을 운영하게 됐죠." 재미슨이 맞장구쳤다.

"난 그건 모르고요."

"벤이 거기서 뭘 했습니까?" 데커가 물었다.

"기술적인 일들. 컴퓨터랑 뭐 그런 거요." 여자가 손가락을 딱 튕기며 덧붙였다. "아마 레이더라고 했던가. 하지만 그만뒀다고 한 것 같아요."

"왜 그렇게 생각하시죠?" 재미슨이 물었다.

"방금 말했듯이, 벤과 다른 사람들을 재배치했으니까. 내 짐작엔 레이더랑 그런 일을 하는 사람이 아무도 안 남은 것 같아요. 알고 있겠지만 그 애는 그 일을 하도록 훈련받았어요. 자기 일을 잘했죠. 정말 똑똑한 애였어요. 늘 그랬죠."

"그래서, 벤이 근무지 이전을 속상해했나요?" 데커가 물었다.

"네."

"하지만 분명히 그전에도 재배치된 적이 있을 텐데요. 그러니까, 군에서는 어디든 가라고 하면 가야 하잖아요."

퍼디가 어리둥절한 표정을 지었다. "그래요, 맞아요. 그 애는 네브래스카에 얼마 동안 있다가 콜로라도로 갔죠. 그 후 노스다코타로 보내졌고요. 그러니 맞아요."

"전에는 이전에 관해 한 번도 속상해한 적이 없었나요?" 데커가 물었다.

"네."

"하지만 이번에는 그랬고요?"

"그 애는…… 그 애가 어느 날 밤 전화했어요. 1년 남짓 됐는데, 이러더군요. '엄마, 우리더러 나가래요. 동해안 어딘가로 가게 됐어요.' 정확한 건 잊었지만 그 후 콜로라도로 재배치된 것 같아요. 적어도 그 애는요."

"그런데 그리로 안 갔군요?" 데커가 말했다.

퍼디가 불안한 얼굴로 데커를 보았다. "정말 그 애를 곤란하게 만들려고 여기 온 게 아니죠?"

"약속합니다. 벤이 뭔가 걱정거리가 있다고 짐작할 만한 말을 한 적이 있습니까?"

"그다지 말을 많이 하지는 않았어요. 하지만 뭔가 신경 쓰이는 일이 있다는 건 확실히 알 수 있었어요. 전화했을 때, 평소의 그 애랑은 전혀 달랐거든요."

"그 시설에서 어떤 변화가 일어나고 있는지 벤이 알았나요?"

"아뇨, 저한테는 그런 말을 한 적이 없어요."

"마크 섬터 대령 이야기를 한 적 있나요?"

"아뇨."

"그 이후로 여기 돌아온 적은요?" 재미슨이 물었다.

"한 번요." 퍼디가 길고 거칠어진 손가락을 내려다보며 말했다. "10개월쯤 전에요. 살이 많이 빠졌고 저와 눈을 못 마주치더군요. 무슨 일이냐고 물어봤죠. 하지만 그걸 말하면 내가 곤란해질 거라는 말밖에 안 하더군요."

"군복 차림이었나요?"

"아뇨, 그 애는 늘 군복을 갖춰 입고 집에 오지는 않았어요. 하지만 그때는 배낭만 달랑 메고 왔더라고요. 군복 같은 게 다 들어갈 만큼 크지 않은 거로요. 이번엔 어디로 배치됐느냐고 물었죠. '콜로라도로 가니?' 하고 물어봤어요. 하지만 그 애는 그냥 말을 돌렸어요. 누군가가 자기를 찾으러 오면 그냥 꽁무니도 못 봤다고 말하라고 하더군요."

데커가 물었다. "그리고 실제로 사람들이 벤을 찾으러 왔습니까?"

퍼디가 고개를 끄덕였다. "공군에서요. 세 번. 그 애가 탈영을 했다면서요. 아주 큰일났다고. 벤이 여기 왔을 때는 한밤중이었고 오래 있지 않았어요. 이튿날 아침 동틀 녘에 떠났죠. 공군 사람들이 찾아왔었다고 말해줬는데, 걱정할 것 없다고 하더군요. 그 이후로는 한 번도 못 봤어요." 퍼디는 갈라지는 목소리로 침울하게 덧붙였다.

"공군 말고 또 찾으러 온 사람은 없었습니까?" 재미슨이 물었다.

퍼디는 커피를 한 모금 더 마신 후 대답했다. "아뇨, 그냥 공군뿐이었어요. 그 외엔 없었어요."

재미슨이 물었다. "노스다코타에 혹시 친한 친구가 있었나요? 같이 복무한 동료의 이름 같은 건 못 들으셨어요?"

"그런 건 못 들었어요."

"혹시 아이린 크레이머라는 이름을 말하지는 않던가요?" 데커가 물었다.

퍼디가 잠시 생각에 잠겼다가 고개를 저었다. "제 기억에는 없어요. 누군데요?"

"살해당한 사람 중 하나입니다."

퍼디가 고개를 저으며 대답했다. "벤도 죽었을까 봐 걱정돼서 미치겠어요. 이렇게 오랫동안 전화를 안 한 적은 없었는데. 도대체 그곳에서 무슨 일이 벌어지고 있다고 생각하세요?"

"그게 저희가 알아내려는 겁니다." 데커가 대꾸했다. "여기 벤의 방이 있나요?"

"안쪽에요."

"마지막으로 여기 왔을 때 거기서 잤습니까?"

"네."

"혹시 좀 살펴봐도 될까요?"

퍼디는 자리에서 일어나 복도로 앞장서 갔다.

0 0053

오래전 10대 남자아이가 썼던 빛바랜 방이었다. 낡은 영화와 음악 포스터들. 15년 전 과거의 운동선수 사진들. 먼지 자욱한 플레이스테이션 콘솔과 헤드폰이 놓인 작은 청회색 책상. 책장 귀퉁이가 접힌 스티븐 킹과 딘 쿤츠의 소설들이 작은 책장에 기술 서적들과 나란히 꽂혀 있었다. 말끔히 정돈된 침대는 트윈 사이즈였다. 카펫은 낡고 얼룩이 져 있었다.

데커와 재미슨은 비좁은 공간 한복판에 서서 주위를 둘러보았다. 퍼디는 문간에 서서 눈물을 참으려고 눈을 깜빡였다.

"가끔 여기 와서 침대에 앉아본답니다." 퍼디가 침대를 물끄러미 바라보며 말했다. "그 애는 이제 서른 살이에요. 고등학교를 졸업하자마자 자원입대했죠. 시간이 어찌나 빠른지. 믿어지질 않는다니까요. 그 애를 병원에서 데리고 온 게 엊그제 같은데."

"컴퓨터가 있었나요?" 재미슨이 물었다.

"노트북이요. 하지만 그 애가 가져갔어요. 여긴 그게 별로라서…… 그걸 뭐라고 하더라?"

"인터넷 연결이요? 초고속?" 재미슨이 물었다.

"네. 그 애는 늘 그걸 가지고 투덜댔죠. 하지만 어쩌겠어요? 망할 놈의 농장을 들어다 옮길 수도 없고."

데커는 벽장문을 열고 안쪽을 들여다보았다. 옷걸이에 옷 몇 벌이 걸려 있었다. 주머니를 일일이 뒤졌다. 바닥에는 종이 상자가 있었다. 상자를 꺼내 침대에 올려놓았다. 책 몇 권, 잡지 몇 권, 그리고 인쇄물 몇 장이 있었다. 책과 잡지들을 본 후 인쇄물을 훑었다. 책과 잡지들은 모두 기술 관련이었고, 대부분은 전자 통신 장비에 관련된 거였다. 인쇄물은 메릴랜드, 콜로라도, 아칸소 그리고 캘리포니아의 다양한 군사 시설들에 관한 내용이었다. 데커는 인쇄물을 들어 올렸다. "혹시 여기 있는 이곳들에 왜 관심을 가졌는지 아십니까?"

퍼디가 다가와 종이를 받아 들었다. "모르겠는데요. 아마 거기로 이전해달라고 부탁하려던 거 아니었을까요."

"하지만 전부 공군 시설들이 아닌데요."

재미슨이 말했다. "아니면 옛날에 자원입대할 때 생각했던 곳들일 수도 있죠. 어쩌면 아직 어디에 지원할지 결정 못 했을 수도 있잖아요."

"아뇨." 데커가 고개를 저으며 말했다. "종이 오른쪽 밑부분에 타임스탬프가 찍혀 있어요. 언제 인쇄했는지를 보여주죠."

"1년쯤 됐네요." 날짜를 확인한 재미슨이 당혹스러운 표정으로 말했다.

"저희가 좀 가져가도 될까요?" 데커가 퍼디에게 물었다.

"마음대로 하세요."

세 사람은 다시 부엌으로 돌아왔다.

퍼디가 말했다. "제가 아들을 다시 볼 수 있을까요?"

"제가 명확히 대답할 수 있으면 정말 좋겠습니다, 부인. 벤을 찾기 위해 할 수 있는 모든 노력을 하겠다는 건 말씀드릴 수 있습니다."

퍼디가 데커의 팔에 한 손을 얹으며 말했다. "그렇게 말해줘서 고마워요."

두 사람은 집을 나와 차에 올라타 출발했다. 퍼디가 조그만 집 문가에 서서 쓸쓸한 표정으로 그들을 바라보고 있었다.

"얼마나 속상할까요." 재미슨이 말했다. "유일한 아들이 실종됐는데, 그 아들이 뭔가 위험한 상황에 휘말린 게 명확한 상황이니."

데커는 듣고 있지 않았다. 자신이 가져온 종이들을 들여다보며 생각에 빠져 있었다.

길을 절반쯤 왔을 때는 이미 날이 많이 어두워져 있었다. 노스다코타주 경계선을 막 넘었을 때 재미슨이 백미러를 들여다보며 말했다. "음, 뒤에 차가 나타난 게 얼마 만인지 모르겠네요."

데커가 사이드미러를 보고 똑바로 일어나 앉았다.

"꽉 잡아요, 알렉스." 데커가 외쳤다. 그 순간, 뒤따라오던 차가 두 사람의 차 뒤꽁무니를 정면으로 들이받았다.

충돌의 충격으로 두 사람 다 등받이에 몸을 부딪히고 잠시 그대로 얼어붙었다.

이윽고 재미슨이 행동에 나섰다. 액셀을 밟자 SUV가 앞으로 덜컹 움직였다.

"뭔가 보여요?" 재미슨이 외쳤다.

뒤돌아본 데커의 눈에 10미터쯤 떨어져 있는 전조등 빛이 들어왔다. "네, 그리고 다시 오네요."

2차 추돌로 차가 다시금 덜컹하며 두 사람의 몸이 앞으로 쏠렸다. 재미슨은 차가 길을 벗어나지 않게 버티는 것만으로도 온 힘을 다 쏟고 있었다.

"음, 이 상황을 어떻게 처리하면 좋을지 어디 봅시다."

데커는 안전벨트를 풀고 좌석을 넘어가 뒤쪽의 짐칸에 자리를 잡았다. "창문 잠금 풀어요." 허리띠의 권총집에서 글록을 꺼내며 말했다.

재미슨이 잠금을 풀자 데커는 유리창을 살짝 위로 밀어 올렸다.

짐칸 문 뒤쪽을 받침대로 이용해 총을 조준하고 뒤 차의 앞 차창 운전석을 향해 다섯 발을 쏘았다.

차는 즉시 좌우로 갈지자를 그리기 시작했다.

"운전자를 맞힌 것 같아요." 데커가 외쳤다. 그리고 즉시 고개를 숙였다. "조심해요, 알렉스!"

SUV에 기관총 세례가 쏟아졌다.

알렉스는 몸을 낮추고 운전대를 왼쪽으로 거칠게 꺾어 도로 반대편으로 질주했다.

"데커, 데커, 괜찮아요? 데커."

재미슨은 미친 듯이 당황해 백미러를 들여다보았다. "에이머스!"

데커의 머리가 시야에 쑥 들어왔다. "좋아요, 좀 너무하다 싶게 아슬아슬했어요."

SUV가 심하게 흔들리기 시작하자 재미슨이 말했다. "타이어에 맞았어요. 이 속도를 유지할 수 없어요."

데커가 오른쪽을 살폈다. "이쪽에 도로가 있어요. 그걸 타요."

재미슨이 남쪽으로 향하는 또 다른 아스팔트길을 향해 90도로 급격히 핸들을 꺾으면서 그 마찰로 타이어 조각이 떨어져 나갔다. 차 꽁무니가 좌우로 하도 거칠게 미끄러지는 바람에 액셀에서 발을 떼야 했다. "뒤 타이어가 갈가리 찢겼나 봐요. 림으로 굴러가는 것 같아요."

"그냥 계속 가요."

이제 충격을 당한 차량이 방향을 트는 것이 보였다. 이제 보니 허머(다목적 군용차인 험비의 민수용 차량—옮긴이)였다. 그 순간 또 다른 허머 한 대가 처음 차 바로 뒤로 진입했다. 데커는 속이 뒤집힐 것 같았다.

저쪽은 지원 병력과 기관총이 있었다. 이건 긴 싸움도, 공정한 싸움도 아닐 것이다.

그들의 SUV 앞쪽을 보니 부서진 소울타리와 문이 썩어서 대롱거리는 건초 헛간이 보였다. 버려진 농가인 듯했다.

"저 헛간 쪽으로 가요." 재미슨에게 말했다.

SUV는 열린 틈으로 쏜살같이 질주했고 재미슨은 급브레이크를 밟아 반대편 벽을 들이받기 직전에 세웠다. 서둘러 차를 내려 차 뒤편에서 엄호 자세를 취했다.

데커는 이미 911에 구조 전화를 걸려고 시도했지만 휴대폰에 아무런 신호도 뜨지 않았다. 떴다 해도, 아마 경찰 한 명이라도 여기 나타나려면 몇 시간은 있어야 할 것이다.

재미슨은 열린 문틈으로 총구를 겨눈 채 데커를 보고 물었다. "이제 어쩌죠?"

헛간 내부를 둘러보던 데커의 눈길이 위쪽을 향했다. "높은 위치가 최고예요."

두 사람은 낡은 목재 사다리를 황급히 타고 건초 다락으로 올라갔다. 다락은 완전히 썩은 지푸라기로 반쯤 차 있었다.

데커는 다락문으로 넘어가기 전에 바닥이 자신의 체중을 잘 버텨주는지 조심스럽게 확인한 후 문을 빼꼼 열었다.

전조등 한 쌍이 농장 마당의 어둠을 꿰뚫고 들어왔다. 앞창이 깨진 허머의 문짝이 삐걱 소리와 함께 열리고 네 남자가 내렸다. 모두 검은 옷에 스키 마스크를 썼고 자동화기를 들고 있었다. 두 번째 허머의 문이 열리고 세 남자가 더 내렸다. 남자들은 눈 깜짝할 사이에 사방으로 흩어져 몇 초 만에 헛간을 포위했다.

데커가 재미슨을 돌아보며 말했다. "음, 우리의 선택지는 한정적인 것 같네요."

"네, 한 0개쯤요." 재미슨이 음울하게 대꾸했다.

데커가 주머니에 손을 넣어 로비가 준 전화기를 꺼냈다.

재미슨이 그걸 보고 말했다. "그걸 쓰기엔 좀 늦었죠."

"나도 같은 생각이지만, 밑져야 본전 아닌가요?"

바깥의 총소리에 두 사람의 주의가 다시 다락문을 향했다.

두 사람이 지켜보는 가운데, 앞선 허머가 폭발하고, 그 충격으로 몇 톤짜리 차체가 공중으로 곧장 날아올랐다. 그 후 다시 땅으로 떨어져 타이어 네 개가 몽땅 터졌다.

"도대체 뭐죠?" 재미슨이 입을 쩍 벌렸다.

다시금 자동화기가 불을 뿜는 소리에 두 사람은 바닥에 납작 엎드려 뒤로 슬금슬금 물러났다.

잠시 후, 데커는 앞으로 기어가 문틈으로 바깥을 엿보았다. 검은 옷을 입은 두 남자가 총에 맞아 쓰러졌다. 헛간 뒤편에 있던 세 남자가 달려가 부서진 허머 뒤에서 엄호 자세를 취했다.

그들은 먼 곳의 누군가와 총격전을 벌였다.

데커는 문 틈새로 총구를 넣어 조준하고 한 남자의 등 뒤를 쏘아 맞혔다. 남자는 흙바닥에 쓰러졌다. 다른 남자가 뒤돌아 헛간에 사격을 가했다.

데커는 문을 쾅 닫고 재미슨과 함께 두껍게 쌓인 썩은 짚단 뒤에 몸을 숨겼다. 여러 발의 총탄이 목재 문을 꿰뚫고 짚을 파고들었다.

여러 발의 총성에 이어 다시금 폭발음이 들렸다. 고함, 다시 총성, 고함. 그리고 그 후, 자동차 엔진음이 들렸다.

데커와 재미슨이 앞으로 기어 나온 순간, 때맞춰 두 번째 허머가 다시 도로로 내달렸다. 차는 곧 어둠 속으로 사라졌다.

재미슨이 데커를 보고 숨을 몰아쉬며 말했다. "도대체 방금 그게 무슨 놈의 상황이죠?"

그 말에 뭐라고 대답할 틈도 없이 로비가 준 전화기가 울렸다. 데커는 전화를 받았다.

윌 로비가 말했다. "이제 내려와도 됩니다."

0054

런던을 향해 돌아오는 SUV에서 로비와 릴은 앞좌석에, 재미슨과 데커는 뒷좌석에 타고 있었다. 헛간에서 나온 재미슨과 데커는 잔뜩 널린 시신들 옆에 서 있는 두 사람을 만났다.

로비는 두 사람에게 제시카 릴을 소개했다. 릴은 아무 말도 없이 그저 고개만 한 번 끄덕했다.

"우리가 어디 있는지는 어떻게 알았죠?" 재미슨이 물었다.

로비가 미처 뭐라고 대답하기 전에 데커가 전화기를 들어 올렸다. "여기 위치 추적 장치가 있군요."

로비가 고개를 끄덕였다. "우린 당신 목적지까지 따라갔습니다. 그 후 돌아오는 길에 허머들을 보았습니다. 아슬아슬한 상황이었습니다."

"자꾸 이렇게 목숨 빚을 지는 게 썩 달갑지 않네요." 데커가 솔직히 털어놓았다. "등골이 오싹해요."

"이해합니다."

"퍼디의 어머니에게서 알아낸 게 있습니까?" 릴이 SUV의 운전대를 돌리며 물었다.

"벤 퍼디는 10개월 전에 마지막으로 그곳에 들렀습니다. 공군이 몇 번 찾으러 왔답니다. 다른 사람은 없었고요. 퍼디의 방에서 몇 가지 가져온 게 있습니다. 어쩌면 단서일지도 몰라요." 데커가 인쇄물들을 들어 올렸다.

로비가 종이를 받아 들고 훑어보았다. "전부 이곳저곳의 군사 배치지역들입니다. 뭘 찾고 있었다고 생각하십니까?"

"퍼디에게 중요한 무언가겠죠."

"벡터가 런던 공군 기지를 넘겨받은 것과 관련이 있다고 생각합니까?" 로비가 물었다.

"어제 나한테 그 질문을 했다면 어쩌면 그럴 수도 있을 거라고 대답했겠죠. 하지만 난 퍼디가 그게 감옥이 될 거라고는 알지 못했을 거라고 생각합니다."

"당신이 어쩌면 그걸 알아냈을 수도 있을 거라고 생각했습니다." 로비가 말했다.

"퍼디는 그런 일이 일어나기 전에 재배치됐습니다. 모친의 말에 따르면 재배치 때문에 속상해했다고 하더군요. 하지만 자신과 다른 사람들 대신 누가 오는지 상세한 내막은 몰랐습니다. 벡터는 분명히 아직 현장에 오지 않았고, 그들이 오기 전에 죄수들이 거기에 보내지지는 않았을 겁니다."

재미슨이 말했다. "그렇다면 퍼디가 말한 시한폭탄은 감옥과는 관계가 없어 보이네요."

"이런 코딱지만 한 마을에 그렇게 어마어마한 일들이 일어나다니." 릴이 한마디 했다.

"제 생각을 더할 나위 없이 정확히 표현해주셨네요." 재미슨이 말했다.

로비가 말했다. "아까 우리가 처리한 남자들은 요전 날 밤 날 습격한 놈들과 똑같아 보였습니다."

"안 그래도 그 모든 일이 당신과 관련 있을 거라고 생각했습니다." 데커가 말했다.

로비가 릴을 보고 말했다. "여기 제 파트너가 없었다면 제 후임자가 필요했을 겁니다."

릴이 말했다. "우린 각자 자기 일을 하는 거지."

로비가 말을 이었다. "그들은 용병이 분명합니다. 그리고 고용할 용병들은 넘쳐나죠. 누구든 돈만 충분히 있으면 전문가들을 고를 수 있습니다."

"하지만 다시, 왜 하필이면 노스다코타주 런던에 그렇게 관심이 많죠?" 재미슨이 물었다.

"시한폭탄." 데커가 로비가 자신에게 도로 건네준 인쇄물들을 보며 말했다. "그리고 아무래도 이 사람들은 그게 반드시 터지게 만들려는 것 같네요."

* * *

런던에 돌아온 후 한 시간쯤 지나, 데커의 방문을 노크하는 소리가 들렸다.

조금 전에 겪은 일을 떠올리며, 데커는 글록을 손에 쥔 채 문을 열어주었다.

로비였다. "시간 좀 있습니까?" 로비가 물었다.

두 남자는 서로 마주 보고 앉았다. 로비는 어두운 표정이었다.

"나쁜 소식이 있나 보군요." 데커가 말했다.

"놈들이 베벌리 퍼디를 해쳤습니다. 살해했습니다."

데커는 뒤로 기대앉아 천천히 이 그다지 놀랍지도 않은 소식을 받아들였다. 놈들이 달리 뭘 할 수 있었겠는가? 놈들은 벤이 어머니나 데커나 재미슨에게 무슨 말을 했을지 알 수 없었다. 진즉 죽이지 않은 게 놀라울 따름이었다. 하지만 거기에는 단순한 답이 있었다.

"그러면 우리가 거기 간 게 그분의 사형 집행 영장에 서명을 한 셈이군요?" 데커가 말했다. "확실히 우리를 따라온 게 분명해요."

"달라질 게 있었을까 싶습니다." 로비가 말했다. "그분은 맺어야 할 느슨한 매듭이었습니다. 놈들은 결국 언젠가 그분을 해쳤을 겁니다."

데커는 자리에서 일어나 어두운 창밖을 내다보았다. "난 경찰입니다, 로비. 그리고 지금은 제임스 본드 영화 한복판에 들어와 있는 것 같은 기분이에요. 이런 난장판은 겪어본 적이 없어요."

로비는 곧장 대답하지 않았다. 하지만 마침내 침착하고 신중한 어조로 입을 열었다.

"세상은 시간이 지났다고 더 안전해지지 않았습니다, 데커. 그 냥 더 복잡해졌을 뿐입니다. 여전히 인간들이 세상을 통제하고 인간들은 늘 나쁜 짓을 합니다. 과거에는 냉전과 핵무기가 있었다면, 지금은 사람들이 서로 도살하는 분쟁지대들이 온 세상에 있습니다. 민주주의가 교착상태에 빠지고 아무것도 제대로 돌아가지 않는 데 다들 질려버려서 독재자들이 득세하고 있습니다. 하지만 독재자에게 필요한 건 **지지자**가 아니라 그저 **추종자**입니다. 그리고 사람들이 추종하게 만드는 가장 좋은 방법은, 적어도 그런 자들이 보기에는, 그 문제에 관해 사람들에게 아무런 선택지도 주지 않는 겁니다."

데커는 다시 의자에 앉았다. "지정학 수업을 해줘서 고맙군요. 하지만 그건 우리가 앞으로 나아가는 데 도움이 안 돼요."

"제시카 릴과 나는 당신을 도우려고 여기 왔습니다. 우리의 특기는 사람들을 보호하고 가능한 한 가장 효과적인 방식으로 **제거**하는 겁니다."

"당신 특기는 이미 봤죠."

"당신의 특기는 문제를 푸는 겁니다. 그래서, 뭔가 생각난 게 있습니까? 당신은 여기서 감옥이 중요한 문제가 아니라고 아까 말했습니다. 그리고 모르긴 몰라도, 우리 상관도 당신과 같은 생각일 겁니다."

"**그분**은 뭔가 생각하시는 게 있나요?" 데커가 물었다.

"있어도 전 못 들었습니다. 하지만 제 추측으로는 감옥 문제에 관해 뭔가 전략을 실행에 옮기려는 것 같습니다. 그 부분은 그분께 맡겨두는 게 좋을 듯합니다. 당신은 시한폭탄에 초점을 맞추십시오."

데커는 불신 가득한 눈으로 로비를 보았다. "당신들은 국내에서 작전을 수행할 권한이 없잖아요."

"법에 따르면 그렇습니다."

"흠, 당신은 그래도 아무 문제 없이 **작전**을 수행하고 있는 것 같네요."

로비가 자리에서 일어섰다. "당신은 수면을 좀 취해야 합니다."

"내가 해야 할 일은 이 문제를 해결하는 겁니다."

0 0055

블루 맨은 국회의사당 건물에서 돌을 던지면 닿을 거리에 있는, 이름 있는 클럽의 가죽 의자에 앉아 있었다. 풀 먹인 제복을 입은 남자들이 입을 꾹 다문 채 값비싼 위스키, 싸구려 견과류 그릇이 든 쟁반을 들고 돌아다니고 있었다. 패널을 두르고 호화로운 벽지로 뒤덮인 벽에는 정장 입은 늙고 엄숙해 보이는 남자들의 초상화가 걸려 있었다. 발밑의 카펫은 밟으면 10센티는 쑥 들어갔다. 가구들은 낡았지만 값비싼 것들이었다. 바스락거리는 신문지 소리와 함께 교양 있는 말투로 중얼거리는 목소리와 칵테일 잔에서 얼음이 부딪는 소리가 들렸다. 기업계와 정부의 지도자들이 수백만 명의 사람들에게 막대한 영향을 미칠 결정들을 내리고 있었다. 물론 그 사람들은 전혀 알지도 동의할 수도 없었지만.

뭘 모르는 사람이 봤다면 1920년대로 착각했으리라. 그 한 세기 후가 아니라.

블루 맨은 방 안을 둘러보았다. 자신이 좋아하고 존경하는 이들에게 고개를 끄덕여 인사하고 또한 자신이 혐오하고 불신하는 이들에게도 그렇게 했다. 그들에게도 어느 정도의 인정은 필요했다. 블루 맨이 후자의 수가 전자를 압도할 만큼 이 업계에 오래 있었다는 것은 확실히 대단한 일이었다.

블루 맨의 시선이 마침내 방금 방에 들어온 통통한 남자에게 가서 멎었다. 접힌 신문과 진토닉으로 반쯤 채워진 유리잔을 든, 으스대는 표정의 남자였다.

블루 맨은 자리에서 일어나 상대에게 다가가 말을 걸었다. "패트릭?"

여기서 1,500킬로미터 떨어진 곳에 있는 그 작은 집에서 마크 섬터 대령과 회동했던 바로 그 패트릭 매킨토시가 블루 맨을 마주 보았다. 표정에 즉시 경계심이 어렸다.

"로저, 잘 지냈습니까?"

블루 맨의 본명은 로저 월턴이었다. 요즘은 그 이름을 거의 쓸 일이 없었다.

하지만 지금은 그 얼마 안 되는 경우 중 하나였다.

"나쁘지 않아요, 나쁘지 않죠. 당신은요?"

"무척 잘 지내고 있죠, 고맙습니다."

"잠깐 시간 있으세요?" 블루 맨이 물었다. "개인실을 예약해두었습니다."

매킨토시가 억지로 띤 미소는 일자로 굳어버렸다. 적대적인 국회 청문회에서 맹세를 해야 할 때 지을 법한 표정이었다.

"개인실요? 그런 게 왜 필요합니까?" 매킨토시가 키득거렸다. "내가 상세한 신문이라도 받게 되는 건가요?"

"우린 둘 다 충분히 여기 오래 있었으니 그 질문에 대한 대답은 알고 있을 텐데요." 블루 맨은 매킨토시의 팔꿈치를 단단히 붙잡으면서 말했다. 상냥하면서도 무심한 말투였다. "아, 그리고 캐시디 국장이 안부를 전하더군요."

"그럼 레이철하고 이야기를 한 건가요?" 블루 맨에게 이끌려 가면서 매킨토시가 물었다. 두 남자는 검은 패널이 둘러진 복도를 지나 푹신한 의자 두 개가 서로 마주 보고 있는, 가로 세로 3미터의 창문 없는 방으로 들어갔다.

"그야, 내 상관이니까요."

"그분에게 **저에** 관한 이야기를 했느냐고 묻는 겁니다."

"뻔한 소리처럼 들리긴 싫지만, 그건 기밀에 해당될 겁니다." 블루 맨이 그렇게 말하며 웃음을 띠자, 매킨토시는 다소 안도하는 기색이었다.

"난 더는 공공 부문에 있지 않아서 다행입니다. 당신도 넘어와야 해요, 로저. 당신 같은 경험과 인맥을 가진 사람이라면. 돈을 얼마나 벌 수 있을지 생각해봐요."

"난 별로 욕심이 없습니다. 지금 받는 월급으로도 차고도 넘칩니다."

"난 방금 이탈리아 토스카나에 별장을 샀어요. 거기서 셰리와 여름을 보낼 겁니다."

"축하합니다. 이제 자리에 앉으시죠."

두 남자는 마주 보고 앉았다.

매킨토시는 신문을 옆에 내려놓고 진을 마저 비웠다.

"그동안 여행을 좀 했습니다." 블루 맨이 말했다.

"아, 그렇습니까? 어디 좋은 곳 다녀오셨습니까? 남프랑스? 로마? 시드니?"

368

"런던요."

"아, 좋은 곳이죠."

"사우스다코타주 런던 말입니다."

매킨토시가 빈 잔을 의자 옆 테이블에 내려놓았다. 그 손이 조금도 떨리지 않는 것을 보며 블루 맨은 속으로 살짝 감탄했다.

"그게 어딘지는 모르지만 거기서 즐겁게 지내셨나요? 노스다코타주라고 하셨죠?"

"꽤 교육적인 시간이었죠. 그런데 기억이 잘 안 나시나 봅니다?"

"무슨 말씀이신지?"

블루 맨은 주머니에서 봉투 하나와 소형 디지털 녹음기를 꺼냈다. 서둘지 않고 천천히 봉투를 열어 사진 여러 장을 꺼냈다. "이 사진에서 눈에 확 띄네요, 패트릭. 내 기억으로 그날 밤은 꽤 더웠는데. 당신 동료, 아니, 더 정확히 말하자면 당신 **공모자**인 마크 섬터 대령은 제복을 입지 않았죠. 너무 더워서요. 민간인처럼 입었더군요."

매킨토시는 블루 맨이 펼쳐놓는 사진들을 아무 말 없이 그저 보기만 했다.

다음 순간 블루 맨은 녹음기를 내려놓고 재생 버튼을 눌렀다. 매킨토시와 섬터가 나누는 대화가 작은 방 안으로 흘러나왔다.

끝까지 듣고 난 뒤 블루 맨은 전원을 끄고 도로 의자에 몸을 묻었다.

"자, 그럼?"

"자, 그럼, 뭡니까?"

"뭔가 설명의 필요성이 느껴지지 않습니까?"

"전혀요." 매킨토시는 퉁명스럽게 대꾸했다.

"그렇군요. 자 그럼, 내가 잠시 이야기를 할 테니 혹시 내가 하는 말이 당신 대답을 바꿀 수 있는지 어디 한번 봅시다."

"글쎄요, 과연 그럴지."

블루 맨이 말했다. "관타나모에서는 2008년 이후로 새 죄수를 받지 않았습니다. 거기 남은 총 100명의 죄수들에 대한 현재 유지비는 대략 13억 정도 되죠."

매킨토시는 소매의 보푸라기를 뜯었다. "그래서요? 맙소사. 그런 야만인 놈들을 다루는 데 그 정도면 헐값이죠."

"인정합니다. 하지만 그건 **승인됐죠**."

매킨토시는 보푸라기를 튕겨버렸다. "이제 말씀 다 끝나셨습니까? 그게, 솔직히 전 전혀 무슨 말씀인지 알 수 없어서 말이죠."

"당신은 보안업체인 벡터의 이사회 소속입니다."

"그걸 내가 모를까 봐요. 정말 멋지고 애국적인 회사죠."

"그리고 정부 승인 사업을 오로지 한 건만 맡고 있죠. 그러니까 더글러스 S. 방어 복합체, 다시 말해 런던 공군 기지를 운영하는 거죠."

"내가 이미 그걸 알고 있다고 말해도 놀라지 않았으면 좋겠군요. 그래서 거길 간 겁니다. 난 결국 좋은 이사거든요."

"당신은 단순한 이사가 아닙니다. 벡터의 사업에 직접적인 재정적 이해관계가 있죠."

"그건 이사에게 흔히 있는 일이고요."

"그 복합체의 연간 예산은 6억 4,497만 6,000달러입니다."

"미국의 안전을 유지하는 비용은 높죠. 자, 이제 그만 실례해도 된다면." 매킨토시는 자리에서 일어나려 했다.

"그건 현재 거기 수용된 열 명의 죄수 **각각**의 유지비가 6,400만

달러를 넘는다는 뜻입니다. 인당 1,300만 달러인 관타나모에 비하면 헐값이라고 할 수 없죠."

매킨토시가 다시 자리에 앉았다. "**죄수**요? 도대체 무슨 말을 하는 겁니까, 로저? 혹시 뇌졸중이나 뭐 그런 겁니까?"

블루 맨은 로비가 찍은 다른 사진들을 꺼냈다. 구급차에 실려가는 남자들을 찍은 사진이었다. "이 남자들을 이야기하는 겁니다."

"그게 누군데요." 매킨토시가 사진을 보며 말했다. "그냥 공군 인력들이 아파서 실려가는 것 같은데요. 당신이 말했듯, 거긴 더우니까요."

"그들은 공군 인력이 아닙니다. 이미 잘 알고 있겠지만."

"그건 당신 생각이고, 내 생각은 다르죠."

블루 맨의 표정이 엄해졌다. "입씨름하는 것도 슬슬 지치네요. 그리고 오늘은 당신 말고도 처리할 다른 안건들이 있어서 말이죠." 블루 맨이 몸을 앞으로 숙이며 말했다. "벡터의 최고운영책임자와 최고재무책임자도 당신과 **다른** 말을 하더군요. 섬터 대령도 그렇고. 그들이 전투에서 붙잡혀 이 나라로 밀입국된 이슬람국가와 탈레반과 알카에다 죄수들이라던데요. 정부 지도자들이 **모르는** 사이에 말이죠."

매킨토시가 거의 감았던 눈을 살짝 떠서 연푸른색 눈동자를 드러냈다. "당신은…… 섬터 대령과 이야기를 한 겁니까?"

"본인이 어떤 곤란한 상황에 처했는지 알려주자 입을 **다물게** 만들기가 어렵더군요."

"내 시각은 전혀 다릅니다. 그리고 당신 생각과는 반대로, 전부 위쪽에서 암묵적으로 승인된 일입니다."

"아뇨, 오래전에 승인된 건, 그리고 그 후로 달라지지 않은 건 런던 공군 기지를 PARCS 레이더 감시 시설로 운영하는 거였습니다. 그리고 1년 전까지는 그 역할을 하고 있었죠. 그 후 그 목적이 전격적으로 바뀌었습니다. 그 기지는 사촌격인 그랜드포크스와 똑같이 피라미드 비슷한 건물에 똑같이 인상적인 감시 시스템도 가지고 있죠. 그렇지만 노스다코타에 이미 똑같은 게 있고 그랜드포크스 쪽이 더 신형이고 더 위치가 좋으니, 똑같은 걸 두 개나 유지할 필요는 정말이지 없었습니다. 하지만 펜타곤이 잉여를 놔두면서 돈을 낭비한 게 확실히 이번이 처음은 아니죠. 자, 내륙지역에 있는, 중복되는 목적을 가진 복합체라니? 틀림없이 당신은 무릎에 황금 단지가 떨어진 기분이었겠죠. 애초에 이 나라에 들어오지 말았어야 할, 승인받지 않은 죄수들을 추가로 수용할 완벽한 시설이었으니까요. 당신은 그들을 가두고 고문해서 죄수들이 입을 열길 거부하거나 아는 걸 전부 불고 나면 처분해버리죠. 그 후 그 정보를 정상적인 경로로 입수한 척 위장해 정부의 다른 사람들에게 건네줍니다. 구급차들은? 그건 아마 **시신**을 싣고 나가는 영구차들이었을 테죠. 말 나온 김에, 우린 지금 그 부분을 파헤치고 있습니다. 우리에게 들어온 정보를 기반으로요."

매킨토시가 의자에 등을 기댔다. "당신의 일처리 속도가 정말 놀랍네요, 로저. 정말이에요."

"연방 정부는 항공모함과 비슷합니다. 출발하는 데 시간이 좀 걸리지만, 일단 출발하면 조심해야죠."

"정말 그렇습니다." 매킨토시는 간신히 웃음을 지었다. 하지만 낯빛은 해군 군함 측면 같은 잿빛이었다.

블루 맨은 로비가 찍은, 제트기에서 내리는 사람들의 사진을 꺼냈다.

"벡터가 어떻게 계약을 따냈는지 궁금하군요. 그쪽 사람들의 능력은 PARCS 분야에서는 알려진 바 없는데 말이죠. 하지만 벡터의 운영부사장은 내가 잘 알죠. 그 친구는 관타나모에서 6년간 보안 책임을 담당했습니다. 그리고 여기서는 런던 공군 기지에 자신의 가장 고위 부하 두 명과 함께 있군요." 블루 맨은 매킨토시가 볼 수 있게 사진들을 들어 올렸다. "물론 그 친구 또한 체포됐고, 내가 알기로는 이미 협상을 시도하고 있습니다. 최고재무책임자와 최고운영책임자도 이미 증언을 하는 대가로 면책을 받았습니다. 당신 혼자만 거기서 빠져 있는 것 같군요, 패트릭. 그래서 내가 당신을 마지막까지 남겨둔 겁니다. 이유는 아마도 내가 당신을 한 번도 좋아한 적 없었고 지금도 그렇기 때문이겠죠."

매킨토시가 쉿쉿거리며 혀로 공기를 빨아들이는 소리를 냈다. "당신이 도대체 왜 이 일에 관여하는 겁니까? 당신은 국내 활동이 막혀 있을 텐데요. 아마 그게 내 빠져나갈 구멍이 될 테고요."

"우린 조국을 내외의 적으로부터 보호하는 임무를 띤 정보기관입니다. 처음부터 줄곧 FBI와 손을 잡고 일해왔습니다. 이 건에서는 FBI가 주도적인 역할을 맡고 있고, 우린 그저 기꺼이 돕고 있을 따름입니다. 그런 협력은 늘 있어왔고, 법정에서도 전적으로 인정을 받아왔습니다. 따라서 당신은 빠져나갈 구멍이 없는 건 물론이고 앞으로 남은 평생 당신 머리 위의 지붕은 연방 정부에서 제공될 겁니다."

"로저, 우리가 이걸 정중한 방식으로 논의하면……."

블루 맨이 말을 끊었다. "요점만 말하면, 당신은 제대로 작동하는 공중 전자 감시 장치를 위해 쓰여야 할 정부 자금을 전용해 승인되지 않은 비밀 감옥을 운영하고 있고, 그 결과로 관타나모에 죄수들을 수용하는 데 드는 비용의 몇 배를 미국의 세금 수입에서 뜯어냈습니다. 원래 비용부터 놀랍도록 큰 액수였는데 말이죠. 당신네 믿음직한 최고재무책임자가 작년에 계산한 바에 따르면 지금까지 벡터의 수익은 거의 5억 달러를 넘는데, 어떻게 보아도 말도 안 되는 차익이죠. 그런 바가지를 '엉클 샘'이 곱게 보지 않는다는 걸 당신도 확실히 알 겁니다. 사실 곱게 보지 않는 정도가 아니라 그걸 막는 법을 몇 가지나 만들었는데, 당신은 그걸 몽땅 어겼죠."

"우린 잘하고 있었어요, 로저. 우리가 얻어내서 전달한 정보는……."

"……아무런 긍정적인 결과도 낳지 못했죠. 그 거의 전부는 오류이고 따라서 쓸모없는 것으로 밝혀졌습니다. 나머지는 이미 합법적인 정보 출처를 통해 알려진 것들이고요." 블루 맨이 잠시 뜸을 들인 후 다시 입을 열었다. "오해 없도록 최대한 명확히 말하죠. 이건 조국을 돕기 위한 게 아닙니다. 이건 당신 주머니를 채우는 게 목적이죠. 그러니 부디 애국심을 핑계로 내세우는 짓은 그만둬요. 그래봤자 당신만 더 민망해지고 날 한층 더 화나게 만들 뿐입니다."

블루 맨이 말하는 동안, 매킨토시는 자신이 앉아 있던 고가의 고급 의자에 더욱 깊이 가라앉았다.

블루 맨이 말을 이었다. "그런 수법이 애초에 가능했다는 것 자체가 국방부의 발자국 하나하나가 얼마나 크고 난감할 정도로 복잡한지를 말해줍니다. 진실이 밝혀지는 데 이토록 오랜 시간이 걸렸다는 것도 그렇고 말이죠. 하지만 거의 1조 달러의 총예산, 전 세계에 흩어진 수천 개의 시설들, 수백만 명의 직원들과 도급업자들, 수십억 제곱미터의 공간, 그리고 충분한 수의 분파들과 부서들 때문에 오른손이 말 그대로 왼손이 있다는 것조차 모르는 상황이 었으니, 이런 종류의 일을 숨기는 건 그리 어렵지 않았죠. 런던의 예산은, 비록 말도 안 되게 엉망이었지만, 펜타곤의 전반적 지출에 비하면 푼돈에 불과하죠. 물론 당신은 공군, 펜타곤 그리고 국회에 당신이 진실을 묻어버리는 걸 도와줄 협력자가 있었죠. 예닐곱 자 릿수 액수의 뇌물로 매수한. 당신의 최고재무책임자가 그들의 정 보 제공에 협력해줬습니다. 우리 국장님은 이 문제에 관해 철저한 보고를 받았고, FBI 국장 및 공군 감사관들과 국방부와 서면으로 교류하고 있습니다. 그리고 마지막으로, 다시 가능한 한 투명하게 말하자면, 지금 이 순간 당신의 체포 영장이 발행되고 있습니다."

블루 맨은 자리에서 일어나서 정장 셔츠와 타이의 구김을 폈 다. "혹시 나중에 후회할 말이나 행동을 하기 전에 난 이 자리를 뜰 생각입니다. 하지만 그 전에 충고 하나 하자면, 당신은 그 이탈리 아 별장을 팔 계획을 세우는 게 좋을 겁니다. 어차피 사용할 기회 도 별로 없을 테니까요. 그리고 어쩌면 법률 비용을 대는 데 추가 수입이 필요할 수도 있고요. 그리고 부디 도망칠 생각은 접으십시 오. 당신이 이 방을 나오는 순간 여러 쌍의 눈에 감시될 겁니다. 체 포 영장이 발부될 때까지요. 시간 내줘서 고맙습니다." 블루 맨은 빈 잔을 가리키며 말을 이었다. "그리고 한 잔 더 마셔두는 게 좋을 지도 모르겠네요, 패트릭. 잘 가요. 우린 다시는 만날 일 없을 겁니 다."

블루 맨은 등 뒤로 문을 닫았다.

0 0056

더글러스 S. 조지 방어 복합체는 웅성이고 있었다.

데커와 재미슨은 새로 빌린 SUV를 타고 그곳으로 들어가면서 줄을 지어 드나드는 차량들을 보았다. 헬리콥터들이 줄줄이 들어오고 소형 제트기 한 대가 이륙하고 있었다. 시설과 가장 가까이 있는, 올아메리칸 에너지사의 석유 시추 장치를 지났다. 가만히 멈춰 선 채 이웃에서 일어나는 소동을 구경하는 일꾼들이 보였다. 브라더스 쪽에서도 농기구를 운전하면서 똑같이 구경하는 사람들이 보였다.

두 사람이 여기 온 건 로비가 데커에게 전화해 가능한 한 빨리 오라고 했기 때문이었다.

출입 승인을 미리 받아둔 듯, 두 사람은 신분증을 제시한 후 신속히 보안을 통과했다.

로비와 릴이 미리 나와 건물 앞에 차를 세우는 두 사람을 맞았다. 그곳은 전에 마크 섬터 대령과 만난 건물이었다.

일행은 복도를 지나 한 작은 방으로 들어갔다. 블루 맨이 작고 낡은 회의 탁자 상석에 앉아 있었다. 블루 맨은 일행에게 앉으라는 몸짓을 한 후 약 20분에 걸쳐 워싱턴에서 패트릭 매킨토시와의 회동을 포함해 최근 있었던 일들을 알려주었다.

"법 집행 쪽은 FBI가 진두지휘하고, 사법부는 물론 기소를 승인할 겁니다."

"우리가 의심한 대로 정말 죄수들이 맞았나요?" 데커가 말했다.

"그렇습니다. 어떤 권력자가 아부 그라이브를 비롯한 몇몇 지역의 감옥에서 벌어진 일을 다시 시작하는 게 유의미한 프로젝트라는 잘못된 생각을 한 겁니다. 거기서 일어난 대파국에도 불구하고 말이지요. 우리 기관이 그래도 거기서 배운 게 있어서 이 일에 재론의 여지를 주지 않아 다행입니다."

"죄수가 몇 명이나 죽었나요?" 재미슨이 물었다.

"최소한 열두어 명입니다. 아직 정보를 계속 입수 중입니다. 전부 파헤치려면 시간이 좀 걸릴 겁니다."

"지역민들이 여기서 일어나는 일을 궁금해하고 있던데요." 재미슨이 말했다.

"조만간 조용히 정리될 겁니다." 블루 맨이 말했다. "이렇게 떠들썩하게 힘을 과시하는 건 사실 정보를 가진 이들이 자진해서 나오게 하려는 겁니다. 우리가 알지 못하는, 지금 당황해서 도망칠 준비를 하고 있는 관련자도 있을 테고요. 당신네 국장은 그걸 메추라기를 나오게 만들려고 덤불로 사냥개를 보내는 것에 비유하더군요."

"하지만 진실이 드러나긴 할까요?" 재미슨이 물었다.

"언론에 밝혀지지는 않을 겁니다. 문제를 필요 이상으로 지나치게 키울 뿐이니까요. 사람들은 정부에 신뢰를 가져야 합니다."

데커가 말했다. "흠, 어쩌면 정부 쪽에서 그 신뢰를 얻기 위한 노력을 해보면 어떨까요."

"그 말씀에 전적으로 동의합니다. 하지만 지금은 앞으로 나가야 할 때입니다."

데커는 블루 맨에게 재는 듯한 시선을 보냈다. "이 사건은 끝났지만 시한폭탄은 끝나지 않았습니다. 퍼디는 감옥이 운영을 시작하기 전에 사라졌어요. 그리고 전 이게 오래전에 일어난 어떤 일과 관련이 있다고 믿습니다."

"그게 내가 여러분을 여기로 부른 이유입니다. 여기 상황에 관해 알려주는 것만이 아니고요. 우리가 어떻게 도와드리면 될까요?"

"그냥 짐 싸서 돌아가지 않으신다니 놀랍네요." 데커가 말했다.

"이런 식으로 설명해보죠. 만약 국제적 인물이 미국 토양에 미국과 미국 시민을 해칠 목적으로 들어와 있다면, 우리는 이 문제에 관한 지속적인 관여를 충분히 정당화할 수 있습니다. 당신은 어떨지 모르지만, 난 관료주의에 발목이 붙잡힌 채로 제2의 9.11이 일어나도록 방치하고 싶지는 않습니다."

"좋아요, 전 벤 퍼디의 복무 기록을 봐야겠습니다."

"거기서 뭘 찾으려는 겁니까?"

"실마리요. 지금은 아무것도 없거든요."

* * *

데커는 세 잔째의 커피를 내려놓고 거의 건드리지 않은 음식을 한번 보고는 자신이 앉아 있는 호텔 식당 의자에 다시금 등을 기댔다. 방금 휴대폰으로 받은 이메일과 거기 딸린 첨부파일을 확인한 터였다.

벤 퍼디의 복무 기록이었다. 퍼디는 고교를 졸업하자마자 공군에 입대했고 그 후로 십여 년간 군 생활을 했다. 데커는 화면을 위에서 아래로 체계적으로 훑었다. 퍼디는 복무 기간 동안 다양한 업무를 맡았고 공군에서 제공하는 교육 및 훈련 기회들을 아주 많이 이용했다. 영국, 독일, 카타르 그리고 인도 같은 외국 학회들까지 섭렵할 정도였다. 어떻게 보아도 퍼디는 영리한 기술 전문가였다. 비록 평범한 환경에서 자라서 대학에 갈 형편은 못 됐지만 말이다. 기술 부사관 지위까지 승진했는데, 문서에 따르면 그 자리에 오르기란 절대 쉽지 않았다. 퍼디는 그걸 기록적인 단시간 내에 해냈다. 실종됐을 무렵에는 상사가 되려고 준비하고 있었다.

데커는 커피를 홀짝이고 지난 16개월간 퍼디의 행보에 초점을 맞췄다. 퍼디가 마주친 시한폭탄이 뭐든, 그건 좀 더 최근 일이었을 것 같았다. 퍼디는 그 기간에 런던 공군 기지를 잠시 떠나 D.C.로 가서 가장 최근 개발된, 그리고 앞으로 등장할 통신 기술 유형에 관한 수업을 듣고 있었다. 퍼디 같은 전문가에게는 이상한 일도 아니었다. 그 이후로는 다양한 전문 분야에서 공군이 제공하는 여러 강좌를 들었다. 하지만 그중 무엇도 데커를 똑딱거리는 시한폭탄으로 이끌어주지는 못했다.

휴대전화가 울렸다. 보거트였다.

"여보세요, 로스."

"데커, 런던 공군 기지에 관해 들었어. 뭔가 큼지막한 일이 일어나고 있고 FBI가 관련돼 있어."

"알아. 하지만 우리 사건은 그거로는 설명이 안 돼."

"흠, 브래들리 엉거 대니얼스의 군사 기록에 관해 내가 할 수 있는 한도까지 파헤쳐봤어."

"뭔가 흥미로운 거라도?"

"1955년에서 1987년까지 런던 공군 기지에서 복무했더군."

"그건 이해가 돼. 전쟁 때 공군 항법사였고 레이더를 담당했지."

"맞아, 하지만 내가 발견한 가장 흥미로운 건 그 부분의 기록이 삭제되고 기밀로 처리돼 있다는 거야."

데커가 자세를 똑바로 고쳐 앉았다. "대니얼스는 런던에서 있었던 시간에 관해 말해줄 수 없다고 했어. 기밀이라서. 난 그냥 우리를 가지고 노는 줄 알았어. 하지만 왜 그게 기밀이지? 그냥 냉전 기간에 핵폭탄을 감지하는 것에 관한 거라서?"

"나도 몰라, 데커. 누구에게서도 명확한 대답을 듣지 못했어."

"벽에 부딪힌 건가?"

"그런 것 같아. 자네가 앞으로 나갈 길을 발견하지 못한다면 말이야."

"흠, 그게 내 일이지."

데커는 전화를 끊고 머릿속으로 보거트의 말을 되새기며 퍼디의 복무 기록을 내려다보았다.

앞으로 나갈 길은 하나밖에 보이지 않았다.

재미슨에게 전화를 걸었다.

"'버드'와 담판을 지을 시간이에요." 데커가 말했다.

○ ○057

재미슨과 데커는 그린힐스 요양원에 도착했고 이번에도 관리자의 사무실로 안내됐다. 두 사람을 보자마자 여자의 얼굴이 새빨갛게 변했다.

"당신들 때문에 그분이 엄청 흥분하셨어요. 어떻게 또 올 수가 있죠?"

데커가 여자를 내려다보며 말했다. "우리가 돌아온 건 브래드 대니얼스가, 국가 안보가 걸린 사건의 핵심 증인이기 때문입니다. 자, 그분을 못 보게 막으면 연방 요원 일개 대대가 당신과 이 건물에 들이닥칠 겁니다. 직접 결정하세요."

여자의 얼굴에서 적대감이 사라졌다. "진담이에요?"

"그렇지 않으면 여기까지 안 왔을 겁니다."

"좋아요, 하지만 제발 그분을 또다시 흥분시키지는 말아주세요."

"제가 할 수 있는 건 꼭 해야 할 질문을 하는 것뿐입니다. 그분이 흥분하면, 그것 자체로 답이 되죠."

여자는 두 사람을 이끌고 대니얼스의 방으로 갔다. 노인은 방구석의 휠체어에 앉아 있었다. 지팡이를 양손으로 꼭 쥔 채였다.

"누구야?" 일행의 기척을 들은 노인이 날카롭게 쏘아붙였다.

"대니얼스 씨, 방문객이 찾아왔어요." 여자가 말했다.

"무슨 방문객? 크리스마스도 아니잖아. 아닌가?"

"설명은 이분들께 맡길게요." 여자가 다정하게 말하고 방에서 도망치듯 나갔다. 데커와 재미슨이 방으로 들어섰다.

"대니얼스 씨?" 데커가 말했다.

노인은 화들짝 놀라며 쏘아붙였다. "자네군! 목소리를 들으니 알겠어. 눈은 이제 안 보이지만 목소리를 들으면 알지. 당장 여기서 꺼져."

"우리 질문에 대답하시지 않으면 다른 사람들이 찾아와서 똑같은 질문을 할 겁니다."

"알 게 뭐야, 염병할. 꺼져!"

"어르신의 군 복무 기록 일부가 삭제됐더군요. 기밀로 분류돼서요."

"흠, 망할, 그건 내가 말했잖아."

"하지만 이유는 말씀 안 하셨죠."

"못 한다고, 얼간아. 그게 **기밀로 분류된다는** 것의 의미니까."

"더 많은 사람들이 살해당했습니다." 데커가 말했다. "몇 명 더요. 큰일이 벌어지고 있습니다. 그게 무슨 일인지 알아내려면 어르신의 도움이 필요합니다."

"자네 말 말고는 아무런 증거도 없고 난 그 말 안 믿어. 난 안 속아. 자네들이 첩자인지 뭔지 알 게 뭐야."

"우리 신분증을 보여드릴 수 있습니다." 재미슨이 말했다.

"눈이 안 보인다니까. 말했잖아."

데커가 침대 가장자리에 걸터앉아 말했다. "런던 공군 기지에서 근무하셨을 때 일에 관해 저희에게 말씀해주셔도 되는 게 있을까요?"

"없어."

"저희는 거기 있었습니다. 레이더 시설을 봤습니다."

"그래서?"

"재미있더군요."

"뭐가?"

"노스다코타주 그랜드포크스 근처에 똑같은 시설이 있거든요."

대니얼스의 얼굴에 웃음의 흔적이 슬그머니 지나갔다. "그래?"

"알고 계셨잖습니까. 아닌가요?"

웃음기가 도로 사라졌다. "누가 그래?"

"그 시설이 아주 최근에 다른 목적으로 유용됐다는 게 밝혀졌습니다. 공중 전자 감시 장치가 아니라 전혀 다른 것으로요."

"알 게 뭐야?"

"저희를 도와주시면 미국의 국가 안보에 정말 큰 도움이 될 겁니다."

"또, 댁은 그렇게 말하겠지. 날 속일 순 없어. 난 맹세를 했다고."

"군복을 벗으신 지 한참 되셨잖아요."

"맹세는 맹세야. 무덤까지 가져갈 거야. 원래 그렇게 하는 법이지."

데커가 낭패한 표정으로 재미슨을 보았다.

"저희가 어떻게 하면 마음을 바꾸실까요?" 재미슨이 물었다.

"뭐, 미국 대통령을 시켜서 나더러 입을 열라고 명령하든가. 그렇게 못할 거면 꺼져."

"어르신은 당시 런던 공군 기지 사람들 중에서 마지막 남은 분입니다."

"최후의 승자지." 대니얼스가 킥킥댔다.

"그러니 우리가 정말 나쁜 일이 일어나기 전에 막을 수 있는 유일한 분이라는 거죠."

"점심 시간이야. 양파 냄새가 나는군. 난 이만 식당에 가야 해서."

대니얼스가 휠체어를 앞으로 굴려 침대와 벽 사이를 빠져나가 문으로 향했다.

"눈먼 사람치고는 꽤 잘 움직이는데요." 재미슨이 말했다.

"아무래도 입을 안 열 것 같네요." 데커가 말했다.

재미슨이 말했다. "놈들이 여기 와서 저분을 죽이지 않는 게 놀랍네요. 내 말은, 딱한 베벌리 퍼디를 봐요."

"아이린 크레이머가 대니얼스의 이름을 불지 않았다면 아마 놈들은 알 방법이 없을 겁니다."

"하지만 우리를 여기로 미행했다면요? 그리고 우리가 저분에게 질문을 한 걸 알면? 아마 베벌리 퍼디가 그렇게 죽었을 것 같은데요."

"좋은 지적이에요, 알렉스. 여기에 경호를 보내달라고 해야겠어요."

떠나려고 일어선 데커가 문득 침대 옆 협탁을 보더니 대니얼스의 야구모자를 집어 들었다.

재미슨이 옆으로 다가왔다. "공군의 어떤 병과에 배치됐는지를 알려주는 거죠." 재미슨이 말했다. "재향군인들이 많이들 가지고 있더라고요."

"맞아요, 하지만 그뿐만이 아니에요." 데커가 모자에 달려 있는 금속 핀들을 가리켰다. "이것들을 봐요."

"근무한 지역들이네요. 공훈 배지 같아요." 재미슨이 말했다.

배지들을 훑어보던 데커의 시선이 그중 하나에 멎었다.

데커가 모자를 주머니에 집어넣고 말했다. "대니얼스가 돌아와서 모자가 없어진 걸 눈치채기 전에 얼른 여기를 나갑시다."

"앞을 못 본다고 말했잖아요."

"많은 말을 했죠. 난 한마디도 안 믿지만."

"그런데 모자는 왜요?"

"실마리예요. 어쩌면 정말 큰 놈일지도 몰라요."

0 0058

"USACC라." 데커가 말했다.

두 사람은 요양원에서 런던으로 돌아오는 길이었다. 데커는 모자를 손에 들고 거기 꽂힌 핀들을 보고 있었다. 특히 하나가 눈길을 끌었다.

"USACC요? 뭐의 약자인데요?"

데커가 휴대전화를 꺼내어 뜻을 검색했다. "미 육군 화학부대요." 데커가 말했다.

"하지만 대니얼스는 육군이 아니라 공군이었잖아요."

"그런데 이 핀을 가지고 있죠. 그리고 그게 다가 아니에요." 데커가 핀 몇 개를 모자에서 떼어내 들어 올렸다. "빌 공군 기지, 로키 마운틴 조병창, 캠프 데트릭, 파인 블러프, 아칸소. 일부는 육군이고 일부는 공군이에요. 그리고 캠프 데트릭은 메릴랜드주에 있고 지금은 포트 데트릭이죠."

"그러면 그 모든 곳에서 복무한 건가요?"

"핀까지 얻은 걸 보면 짧게 있었던 것도 아니겠죠."

"그런 곳들에서는 무슨 일을 하죠?"

"**대니얼스**가 군에 있는 동안 군에서 뭘 했느냐고 물어야죠." 데커가 잠시 침묵 후에 말을 이었다. "그리고 다른 것도 있어요. 퍼디의 복무 기록에 빌과 로키 마운틴 조병창에 얼마 동안 근무했다고 돼 있었어요."

"그렇군요, 그건 확실한 연결고리인데요."

"그리고 그게 다가 아니에요. 우리가 벤의 벽장에서 찾아낸, 군사 시설들에 관한 인쇄물들 있죠? 전부 대니얼스가 핀을 얻은 곳들이에요."

"정말 실마리 맞네요. 그것도 큰 놈요." 재미슨이 대꾸했다.

재미슨은 데커가 사이드미러를 들여다보는 것을 보고 자신도 백미러로 뒤쪽을 살폈다. "뒤에 아무도 안 보이는데요."

"저번 일도 있고 해서 그냥 확인하는 거예요."

런던에 돌아온 두 사람은 즉시 재미슨의 호텔방으로 가서 컴퓨터에 로그인했다.

재미슨은 데커에게서 대니얼스의 모자와 핀들을 건네받아 각각 온라인에서 검색해보았다.

20분 후, 재미슨은 검색을 마치고 뒤로 기대앉았다. 데커를 보는 재미슨의 얼굴은 창백했고 표정에는 당황한 기색이 역력했다. "전부 대니얼스가 거기서 일했던 시기부터 한 가지 공통분모를 가지고 있네요."

재미슨의 어깨 너머로 줄곧 같이 보고 있던 데커가 고개를 끄덕였다. "당시에 그 시설들은 전부 대량 파괴를 위한 생화학 무기를 개발하는 데 관련됐어요."

"확실히 전부 제2차 세계대전 중에 시작됐어요. 우린 그런 유형의 무기가 없었지만 독일은 있었죠. 그래서 연구와 개발이 시작됐고요. 육군과 공군 모두에서요. 프로그램들은 2차 세계대전 말미부터 한국 전쟁과 그 이후 사건들을 겪으며 속도를 높였어요. 그 시기에 미국과 소련은 지구상의 모든 사람을 죽이기에 충분한 양을 비축했죠. 원자폭탄을 제외하고도 말이에요." 재미슨이 화면을 스크롤하며 말했다. "하지만 닉슨이 1960년대 말에 그 프로그램들을 몽땅 중단시켰어요. 비축분은 전부 파괴되고 그런 프로그램들이 운영된 시설들은 비워지고 재배치됐죠."

"다만 아마도 일부는 파괴되지 않았을 겁니다." 데커가 말했다. "그리고 어쩌면 그런 일을 했던 시설들 중 하나가 당신이 방금 검색한 목록에서 빠져 있을 테고요."

"런던 공군 기지 말이에요?"

데커가 고개를 끄덕였다. "난 그게 원래 레이더 배치가 아니라 생화학 무기를 위해 건설됐다고 생각합니다. 그 후 레이더 시설로 변환된 거죠. 그랜드포크스에 있는 다른 시설을 거의 똑같이 베꼈지만요. 젠장, 어쩌면 그 시설과 동일해 보이게 하려고 그걸 추가했을지도 몰라요. 왜, 꼭대기에 골프 공이 있는 피라미드 말이에요."

"그리고 그 후엔 비밀 감옥으로 쓰이게 됐고요. 뭐야, 다들 뭔가 비밀스럽고 불법적인 일을 저지를 틈만 보고 있다가 그냥 거기다 퐁당 떨어뜨린 건가요?"

"그게 바로 정부예요, 알렉스. 그러니 뭐든 안 될 건 없죠."

"그래서, 여기서 우리 모두가 깔고 앉아 있다는 그 시한폭탄은요? 대량 살상 무기인가요?"

"아직은 가설이지만 그럴싸하죠. 그게 사실인지 아닌지는 우리가 입증해야 하고요."

"그리고 사실이면요?"

"대량 살상 무기를 찾아야죠."

"아, 별거 아니네요. 내일까지 전부 끝내버리죠, 뭐."

재미슨은 자신의 냉소에 아무 반응도 하지 않는 데커를 올려다보았다. 보아하니 또 생각에 빠져든 모양이었다.

"혹시 그걸 **실제로** 할 방법을 궁리 중인 거예요?"

"로비에게 우리가 알아낸 걸 알려줘야 해요. 어쩌면 사람들을 좀 보내줄 수 있을지도 몰라요. 하지만 우리 또한 접근할 각도가 필요하죠."

"뭘로 시작해서요?"

"런던 공군 기지요."

"거기서 대량 살상 무기를 만들고 있었다면, 난 거기 가는 게 영 내키지 않는데요."

"그래도 어차피 가게 될 거예요." 데커가 대꾸했다.

* * *

이튿날이었다. 재미슨은 운전대를 잡고 데커는 창밖을 내다보고 있었다. 폭풍이 또 다가오는 중이었다.

"무슨 생각 하는지 말해주면 1달러 줄게요." 재미슨이 말했다.

"그럴 만한 가치가 있는지 모르겠네요."

"기운 없어 보여요. 뭐, 우리 같은 일을 하려면 어쩔 수 없지만요. 그래도 나야 모르지만, 당신은 늘 잘 극복하는 것 같았는데요."

데커가 재미슨을 돌아보고 말했다. "스탠은 20년 동안 내 매형이었어요. 난 여기서 지난 20년간 스탠과 대화한 것보다 더 많이 대화했어요. 누나들하고도 그렇고요."

"음, 다들 멀리 사시잖아요. 그리고 형제자매들은 원래 자라면 각자 자기 삶을 살게 되죠."

"당신도 형제자매가 있죠. 연락 자주 하는 것 같던데요."

"내가 맏이니까요. 뭐랄까, 맏이의 운명 같은 거죠. 그리고 고정 관념을 강화하고 싶지는 않지만, 자매들은 형제들보다 좀 더 나은 편이에요. 적어도 내 경험상으로는요."

"내가 그런 일을 당하기 전에는 **사실** 연락하고 지냈어요. 전화는 물론이고 심지어 편지도 썼죠. 믿을지 모르겠지만요. 스탠과 르네가 캘리포니아로 떠나기 전에, 콜로라도로 만나러 가기도 했어요. 아직 대학생이었을 때요. 두 사람은 거의 신혼부부였죠. 스탠이 뒤뜰에 벽돌로 파티오 만드는 걸 내가 도와줬어요."

"정말 잘했네요, 데커."

"난 3학년 때 드래프트에서 떨어졌어요. 브라운스의 찌끄레기였고, 죽어라 노력해서 팀에 들었죠. 정말 그냥 특수 팀 선수(경기 중에 전반적으로가 아니라 산발적으로만 뛰는 선수—옮긴이)로요. 난 나쁘지 않은 선수였죠. 덩치도 크고 힘도 좋았어요. 하지만 NFL은 차원이 다르더군요. 최고 중의 최고였죠. 내겐 평범한 선수 이상이 되는 데 필요한 속도라든가, 다른 콕 집어 말할 수 있는 장점들이 없었어요. 그러다 개막식 날 킥오프 이후에 경기장에서 태클을 당했죠. 그리고 정신을 차려보니 병원이었고요. 누나가 둘 다 와 있더군요. 난 며칠간 혼수상태였죠. 둘이서 내 손을 하나씩 잡고 있었죠. 하지만 처음에는 그건 알지도 못했어요. 모니터와 시계에서 기묘한 색깔들이 보였거든요. 내가 미쳐가고 있나 보다 했죠. 그러다가 누나들을 보고, 내 누나들인 걸 머리로는 아는데도 그냥 뭔가가…… 사라졌어요. 아무 감정도 안 들었죠. 전혀 아무것도요."

데커가 고개를 돌렸다.

재미슨은 파트너가 쏟아내는 이 솔직한 토로에 놀란 기색으로, 마침내 간신히 입을 열었다. "당신은 끔찍한 외상을 겪었어요, 데커. 그리고 그 후 예기치 못한…… 난관을 겪었죠."

"그 일을 그렇게 좋게, 점잖게 묘사할 수도 있군요."

"하지만 당신은 달라졌어요. 벌링턴의 그 법정에서 처음 만난 이후로요. 달라졌어요."

"알아요. 그리고 그것 때문에 더럽게 겁이 나요."

데커는 더는 아무 말도 하지 않고 그저 어두워져가는 하늘을 응시했다. 마치 하늘이 당장이라도 한층 어둡고 삭막한 미래를 펼쳐 보여줄 것처럼.

0 0059

시설 정문으로 차를 몰고 가는데 군복 입은 남자 둘이 다가왔다. 재미슨이 창을 내리고 신분증을 보여주었다.

"들어가십시오." 한 남자가 말했다. "이미 승인됐습니다."

차가 열린 문간을 통과했다.

"로비가 한 걸까요?" 재미슨이 물었다.

"아까 로비한테 전화해서 우리가 알아낸 걸 알려줬더니 우리가 여기로 올 수 있도록 준비를 해놓겠다고 하더군요. 그리고 화학무기에 관련해서 비밀리에 조사를 시작할 거랬어요."

두 사람은 저번과 같은 곳에 차를 세우고 내렸다.

재미슨이 말했다. "그러면 어디서 시작하죠?"

"피라미드 건물부터 시작해보죠. 이집트에는 못 가봤는데, 이렇게라도 피라미드를 보게 되는군요."

역시 군복을 입은 또 다른 남자가 그곳을 지키고 있다가 두 사람을 들여보냈다. 검은 구름이 하늘을 완전히 뒤덮었는데도 남자는 선글라스로 눈을 가리고 있었다.

안에 들어와보니 내부 역시 외부와 마찬가지로 돌벽으로 이루어져 있었다.

내부는 거대했다. 시설 중앙에 자리해 있는 것은 섬터가 이야기한 PARCS 레이더 장비인 듯했다. 천문관측대에서 흔히 보는 거대한 망원경 비슷해 보였지만, 다양한 장비들이 마치 벽을 따라 놓인 워크스테이션처럼 그것을 둘러싸고 있었다. 화면이 검게 꺼진 컴퓨터들이 줄줄이 놓여 있었다.

"와." 재미슨이 감탄사를 토했다. "괴상한 공상과학 영화에서 볼 법한 장면이네요. 지구를 날려버릴 음모를 꾸미는 그런 내용요."

"공상이 아닐지도 몰라요." 데커가 말했다.

"이런, 안심시켜줘서 고마워요."

데커는 반대편 벽에 있는 유일한 문을 보았다. "저게 어디로 통하나 확인해봅시다."

수많은 계단을 내려가자 아래층이 나왔다. 로비가 이전에 죄수들이 갇혀 있다고 말해준 곳이었다.

그건 감방이라기보다는 우리였다. 모양새를 보니 급조한 게 분명했다.

"아마도 이곳을 감옥으로 쓰기로 결정하고 나서 그냥 대충 던져 놓은 것 같아요." 데커가 말했다. "뭔가 생각을 하고 만든 것 같지 않네요."

"투옥과 고문에 많은 생각은 필요 없죠. 그냥 부도덕한 사람들이 온갖 그릇된 이유로 온갖 그릇된 짓을 할 뿐." 재미슨이 이를 악물고 말했다.

"이 일에 관해 생각을 많이 했나 봐요."

"전생에 기자일 때 이 주제에 관해 기사를 썼었어요. 그다지 아름답지 못했죠."

우리 바닥에 있는, 혈흔과 인체에서 나온 무언가로 보이는 것들이 두 사람의 눈에 띄었다. 그리고 소변 냄새가 공중에 가득했다.

"이 모든 게 정말 역겹지만, 청문회는 기대하면 안 되겠죠." 재미슨이 말했다.

"우리한테 말한 대로 전부 묻어버릴 겁니다." 데커가 대꾸했다. "그리고 배후의 인물들이 처벌받는 한, 난 아무래도 좋아요. 이 나라엔 이것까지 포함시키지 않아도 해결해야 할 일들이 차고 넘치니까요."

"그건 그렇겠죠." 재미슨이 의심스럽게 말했다. "하지만 진실이 밝혀지는 게 민주주의의 시금석 같은 것 아닌가요?"

데커가 재미슨을 응시했다. "진실에 찌릿거리는 옛날 기자 안테나가 다시 나오려고 해요?"

"하지만 그건 지난 일이에요. 이제는 명령을 따르는 게 내 일이죠."

"아뇨, 지난 일이 아니에요, 알렉스. 그게 우리가 여기 온 이유예요. 진실을 찾아내기 위해서요."

재미슨이 빙그레 웃었다. "내가 당신을 괜히 좋아하는 게 아니라니까요."

"실제로 생화학 무기가 개발됐다면, 분명 여기 어딘가에 있어야 해요." 데커는 왼쪽과 오른쪽으로 갈라지는 쌍둥이 복도를 눈여겨보았다.

"어쩌면 이곳이 오염됐을 수도 있을까요?" 재미슨이 불쑥 물었다. "내 말은, 어떤 물질들은 꽤 오래 남아 있기도 하잖아요."

데커가 몸을 굽혔다. "사실 그 생각은 못 해봤어요. 하지만 사람들이 여기서 수십 년간 일했잖아요. 만약 이곳이 오염됐다면 폐쇄됐을 거예요. 적어도 그랬어야 해요."

"당신 말이 맞기를 빌어보죠. 난 그렇게 확신이 없지만요."

데커는 오른쪽 통로로 앞장서 갔다. 계단 몇 개를 내려간 끝에 두 사람은 PARCS가 있는 위층 공간만큼이나 넓은 방에 도달했다.

"우린 여기에 도달하기 위해 긴 계단을 몇 개나 내려왔어요." 재미슨이 지적했다. "그러니 이 공간은 틀림없이 지하 깊숙이 있을 거예요. 수십 미터나 그 이상요."

데커는 주위를 둘러보며 동의의 뜻으로 고개를 끄덕였다. "감옥을 운영할 때 이곳을 이용했던 것 같지는 않아요. 그리고 곰팡이 냄새도 나고요." 벽을 따라 한 바퀴 돌며 벽과 바닥을 점검했다. 벽의 한 지점이 다른 곳보다 유독 가벼웠다. 데커는 잠시 살펴본 후 계속 움직였다.

이윽고 갑자기 멈춰서 재미슨을 돌아보았다. "잠깐만요. 벤 퍼디가 여기서 그런 일이 일어났다는 걸 도대체 어떻게 알았죠? 여기서 생화학 무기가 만들어지고 있었다는 걸요."

"나도 모르죠. 하지만 우린 퍼디가 그 인쇄물에 적어놓은 것들을 봤잖아요." 재미슨이 일순 긴장했다. "잠깐만요. 그 연구를 할 생각은 어떻게 한 걸까요?"

"내 말이 바로 그거예요. 그리고 난 답이 브래드 대니얼스라고 생각합니다."

"아니죠, 대니얼스는 **크레이머**가 여기 오게 한 촉매였죠. 퍼디하고는 아무 상관 없고요."

"왜 그렇게 생각하죠?" 데커가 물었다.

"당신의 제1법칙 때문이죠. 우연은 없다."

"흠, 예외 없는 법칙은 없죠. 사실, 난 퍼디가 알게 된 계기가 브래드 대니얼스일 거라고 확신해요."

"뭘 근거로요?" 재미슨이 물었다.

데커가 대니얼스의 모자를 꺼내어 거기 박힌 또 다른 핀을 가리켰다.

재미슨이 자세히 들여다보았다. "공군에서 열린 기념일 행사요?"

"2년 전, 마이놋 공군 기지에서요. 바로 여기 노스다코타에 있죠."

"하지만 두 사람이 **다** 참석했는지 어떻게 알죠? 핀이 모자에 박혀 있다고 해도요."

"난 알아요. 왜냐하면 퍼디의 복무 기록에 바로 그 행사에 참여했다고 기록돼 있거든요."

"하지만 그래도 거기서 만났다고 확신할 순 없죠."

"그래서 이제 윌리스턴 요양원에 전화해서 브래드 대니얼스하고 확실히 담판을 지으려고 합니다."

"살살 해요, 데커. 노인네잖아요."

"그 '노인네'는 내가 만난 그 어떤 개자식보다 더 **뻣뻣해요.**" 데커가 투덜댔다.

"하지만 전에는 우리한테 아무 말도 안 하려 했잖아요. 지금이라고 왜 입을 열겠어요?"

데커가 모자를 들어 올리고 씩 웃었다. "왜냐하면 지금은 내가 협상 카드를 가졌거든요."

0 0060

"대니얼스 씨, FBI의 에이머스 데커입니다."

데커는 노인이 냅다 고함을 지르는 것에 때맞춰 귀에서 전화기를 뗐다.

"이 개자식. 내 모자 도로 내놔. 이 도둑놈아!"

"없어진 걸 눈치채셨네요? 말씀하신 것만큼 시력이 나쁘신 건 아닌가 봅니다."

"내가 40년만 젊었어도 넌 뒤졌어."

"하지만 그렇지 않죠. 그러니 협상을 합시다, 대니얼스 씨. 내 질문에 대답만 하면 모자를 멀쩡히 돌려드리죠."

"무슨 질문?" 대니얼스가 부르짖었다. "이미 아무것도 말해줄 수 없다고 했잖아. 기밀이라고. '기밀'이 무슨 뜻인지 몰라, 얼간아?"

"제가 물어보려는 건 기밀 정보와는 아무 상관도 없습니다. 그냥 당신이 마이놋 공군 기지에서 참석했던 기념일 행사에서 누군가를 만났는지입니다."

"도대체 그건 또 무슨 수로 알아냈지?" 대니얼스가 부르짖었다.

"모자에 거기서 받은 핀이 있더군요."

"네놈이 **훔친** 모자겠지. 그건 범죄야."

"기껏해야 경범죄죠. 그리고 이미 말씀드렸듯, 모자는 돌려드릴 겁니다. 약속하죠."

"그 약속을 지킬지 어떻게 알아?"

"왜냐하면 어르신처럼 저도 이 나라를 지키겠다는 맹세를 했거든요. 그리고 그 맹세는 제게 아주 중요합니다. 어르신에게 그런 것처럼요."

"계속해봐." 갑자기 차분해진 대니얼스가 말했다.

"거기서 혹시 벤 퍼디와 만났습니까? 공군 부사관이었는데요."

대니얼스는 곧바로 대답하지 않았다. 그러다 마침내 입을 열었다. "그 친구도 죽었나?"

"아뇨, 하지만 실종됐습니다. 그러면 그 사람과 만난 겁니까?"

"도대체 거기서 무슨 짓거리가 벌어지고 있는 거야?"

"제가 그걸 알아내려 하는 겁니다. 퍼디에게 런던 시설이 생화학 무기를 만드는 데 이용됐다는 이야기를 혹시 하셨습니까?"

"그건 기밀 사안이야, 젠장. 기밀 정보에 관련된 질문은 안 할 거라고 했잖아. 이 커다랗고 뚱뚱한 거짓말쟁이 자식."

"전 이곳과 나라 곳곳의 다른 시설들에서 진행된 모든 프로그램을 알고 있습니다. 파인 블러프, 로키 마운틴 조병창, 포트 데트릭까지 전부 다요."

"캠프 데트릭이겠지, 적어도 그 당시엔 그랬어." 대니얼스가 잠시 침묵에 잠겼다. "그래서, 속속들이 알고 있다 이거지."

"알고 있죠. 최고 기밀 정보 취급 허가를 가지고 있으니까요."

"이게 도대체 무엇과 어떻게 관련된다는 거지?"

"저도 잘 모릅니다. 하지만 많은 사람들이 다른 사람들의 목숨을 빼앗을 만큼 관심이 있는 것 같습니다. 그렇다면 당시에는 레이더 시설이 아니었다는 거죠?"

"아니었지."

"하지만 어르신은 레이더 같은 것들을 다뤘고요. 화학무기와 관련된 게 아니라면 왜 어르신이 그곳에 보내졌을까요? 그게 전문분야도 아닌데 말이죠."

수화기 저편에서 긴 한숨소리가 들리고, 이윽고 대니얼스가 입을 열었다. "그건 레이더 시설로 위장해야 했어. 그래서 레이더 전문가를 거기에 배치한 거지. 그렇지 않으면 이상해 보일 테니까. 내가 그중의 하나였지. 왜, 얼굴마담 같은 거 있잖아."

"거기서 벌어지는 일을 아셨습니까?"

"난 아무것도 몰랐어. 그저 거기로 가라니까 갔을 뿐이야."

"거기서 벌어진 일에 뭔가 관여했습니까?"

"그렇지는 않아. 우리 레이더 담당들은 뭔가가 일어나고 있다는 걸 금세 알아차렸지. 우선 우린 레이더를 다루고 있지 않았고, 기밀을 지키겠다는 서약을 했어. 보통 수준 이상으로 말이야. 서류니하는 것들에 서명해야 했지. 봐, 우린 공산당 놈들이 우리랑 핵무기 경쟁을 벌이고 있는 걸 알았어. 하지만 우린 독일놈들이 1차대전 당시 화학 무기를 만들었던 것도 알았고, 뒤처질 수 없었지. 엄청난 비밀은 아니었어. 그러니 런던에 그런 것들이 들어오는 걸 보고 우리가 뭘 했겠어? 흠, 난 해골 대가리와 십자 뼈가 그려진 상자를 볼 만큼 봤으니 무슨 일이 벌어지는지 알았어. 그리고 그 후 우리 중 몇몇은 그쪽 업무에 차출됐지. 그 망할 것을 만드는 건 아니었지만. 그래도 난 거기 있는 실험실 몇 곳을 봤어."

"피라미드 건물 지하층을 말씀하시는 거죠?" 데커가 확인했다.

"그래. 보통 우린 거기에 내려가는 건 금지였어. 우린 주로 보안과 시설을 관리하는 그런 일들을 했지. 하지만 시간이 지나면서 가끔씩 이런저런 심부름을 시키려고 우리를 그 아래로 내려보내더군. 마스크니 특수복이니 하는 것들을 착용해야 했지."

"거기서 나오는 것들을 직접 보신 적 있습니까?"

"그래, 그것들을 방폭 용기가 있는 특수한 저장실에 갖다놓는 걸 도왔거든. 무서워서 지릴 뻔했지. 그건 말해줄 수 있어. 온 사방에 경고문이 덕지덕지 붙어 있더군. '맹독성'이니 '접촉 금지'니 '마스크와 보안경 필수 착용'이니 하고 말이야. 그랬는데도 일부 사람들은 병에 걸렸지. 그게, 부주의 때문이었어. 누구한테 인체 실험하거나 그런 건 전혀 아니야. 믿음직한 옛날 미국이었지. 우린 그런 짓을 하지 않았어."

"다른 건 없었습니까?"

대니얼스는 대답하지 않았다.

"대니얼스 씨, 다른 건 없었습니까? 중요한 일입니다."

대니얼스는 대답하지 않았고 데커는 그냥 침묵이 번져가게 두기로 했다. 대니얼스가 이 순간을 충분히 음미하고, 뭔가 중대한 일이 일어나고 있으며 거기서 중요한 역할을 할 수 있다는 걸 이해하게 하고 싶었다. 그냥 스스로 입을 열게 하고 싶었다.

대니얼스가 말했다. "그 후 1960년대 후반에, 몽땅 자취를 감췄지. 셔터가 내려졌고, 그 후 우린 그 시설을 레이더 기지로 쓰기 시작했어. 난 내가 훈련받은 일을 했지. 정말 짜릿한 기분이었어. 우린 공산당 놈들로부터 우리나라를 지키고 있었지."

"그러면 그들이 '그것들'을 전부 가져간 건가요?"

"맞아."

"이제, 퍼디와 한 대화에 관해 말씀해주실 수 있습니까? 그 행사에서 만난 젊은 남자요."

"착한 젊은이였어. 내가 있던 곳에 배치됐지. 제대로 된 기밀 정보 취급 허가를 갖고 있었어. 우린 공통점이 많았지. 죽이 잘 맞았어. 술도 두어 잔 같이 마셨지. 다시 젊어진 기분이 들더군."

"그러고 나서 어떻게 됐죠?"

"그러고 나서, 음, 우리가 거기서 했던 일들을 일부 말해줬지."

"그리고 그 친구가 관심을 가졌나요?"

"그래, 질문을 백만 가지는 퍼붓더군. 가능한 선에서 대답해줬지."

"혹시 메리 라이스에 관해 말씀하셨습니까?"

"아니, 그런 적 없어."

"퍼디와의 일은 어떻게 마무리됐습니까?"

"뭘 마무리하고 할 것도 없어. 녀석이 그걸 추적했다 해도 난 거기에 관해서 아무것도 몰라." 대니얼스가 잠시 침묵을 지켰다. "그 친구가 실종됐다고 했지. 정말 착한 젊은이였어. 조국에 봉사한다는 자부심이 있었지. 무사할 것 같은가?"

"그랬으면 좋겠네요, 대니얼스 씨. 하지만 제 업무는 가끔 바라는 것만으로는 충분하지 않죠."

* * *

데커는 시설을 나오면서 재미슨에게 통화 내용을 전했다.

"그러면 벤 퍼디는 아이린 크레이머와 동일한 출처를 통해 대량 살상 무기에 관해 알게 됐군요. 브래드 대니얼스요."

"맞아요." 데커가 대꾸했다. "하지만 우린 아직 알아내야 할 게 많아요."

시설을 둘러싼 토지를 지나가는데 재미슨이 인접한 밭에서 흙먼지를 일으키고 있는 커다란 존 디어 콤바인을 가리켰다.

"브라더스가 이 일과 뭔가 관련이 있을 수도 있을까요?"

"난 가타부타 말할 수 없어요." 데커가 대꾸했다.

재미슨이 다른 방향을 가리켰다. "적어도 저건 긍정적이네요."

데커가 그쪽을 보자 석유 시추 기구가 작업 중이었다. "뭐가요?"

"저기 파이프요. 메탄가스 화염은 안 보이잖아요. 그냥 태워버리지 않고 가스를 뽑아내고 있나 봐요. 아니면, 어쩌면 스탠이 말한 것처럼 불순물을 분리하거나요."

"기적에는 끝이 없군요." 데커가 씩 웃으며 대꾸했다.

다음 순간 데커의 휴대전화가 울렸다.

데커가 말했다. "여보세요, 켈리. 무슨 일입니까?"

"데커, 여기 일이 좀 생겼어요." 켈리가 감정을 잔뜩 억누른 목소리로 말했다.

"무슨 일요?"

"스튜어트 매클렐런이 숨진 채 발견됐어요."

"숨진 채요? 어떻게? 어디서요?"

"자기 창고에 세워둔 차 안에서요. 자살한 것 같아요."

"주소를 알려줘요. 가능한 한 빨리 갈게요."

0 0061

커다란 헛간 다섯 채를 한데 합친 듯한 크기의 낡은 목재 건물이 시야로 들어왔을 때, 데커는 생각했다. 여긴 스스로 목숨을 끊기에 완벽한 장소라고. 울타리 쳐진 구역에는 굴착 장비의 파편으로 보이는 잔해들이 남아 있었다. 순찰차 세 대와 켈리의 SUV가 입구 근처에 서 있었다.

다가올 폭풍을 알리는 바람에 노란색 경찰 통제선 테이프가 파닥거렸다.

켈리가 밖으로 나와 일행을 안으로 안내했다. 넓은 공간 중앙에는 검은 구형 캐딜락 세단이 서 있었고 운전석 문이 열려 있었다. 일행은 머플러에 연결돼 아주 살짝 열린 뒷좌석 창 틈새를 통해 안으로 들어가 있는 호스를 눈여겨보았다.

켈리가 운전석 문을 가리켰다. "시신을 확인하려고 문을 열었습니다." 데커와 재미슨은 차로 다가갔다.

스튜어트 매클렐런이 앞좌석에 누워 있었다. 머리는 앞 두 좌석

사이의 콘솔박스에 기대고, 발은 바닥에 내린 채였다. 눈은 감겨 있었고 얼굴은 전형적인 붉은 체리 색이었다. 가스탱크에 꽉 차 있던 배기가스를 흡입한 결과, 일산화탄소 원자가 적혈구 세포에 업혔고 산소 원자를 버리게 만들었다. 세포들은 신체 곳곳으로 퍼졌지만 신체를 기능하게 해주는 산소 없이 목적지에 도달했고, 그 결과는 죽음과 체리 색 피부였다.

"질식사입니다. 명확히." 켈리가 말했다.

데커가 말했다. "어떤 저항이나 방어흔은 없습니까? 누군가가 기절시킨 다음 여기에 데려다 놓았다고 짐작할 만한 멍 같은 건요?"

"아직 검시가 완전히 이루어진 건 아니지만, 그런 건 발견되지 않았습니다." 켈리가 대답했다. "눈에 띄는 상처나 혈흔은 전혀 없습니다. 지문 채취는 당연히 해야겠지만 거기서 뭔가 많은 게 밝혀질 거라는 기대는 안 합니다. 자살이 명백해 보여요."

재미슨이 말했다. "혹시 누구 다른 사람은 없었나요? 활동이 기록된 보안 카메라라든가?"

"둘 다 없었습니다." 켈리가 대답했다. "이곳은 줄곧 매클렐런 소유였습니다. 하지만 지금은 대체로 쓰레기장이죠."

"유서 같은 걸 남겼나요?" 재미슨이 물었다.

"우리는 발견 못 했습니다. 하지만 자살이라고 꼭 유서가 있는 건 아니죠."

"셰인도 알아요?" 재미슨이 물었다.

"메시지를 남겼습니다. 연락 주겠죠."

"매클렐런이 마지막으로 목격된 게 언제죠?" 데커가 물었다.

"휴고 도슨과 함께 어젯밤 매디에서 저녁 식사를 하는 걸 본 사람들이 있습니다. 전 그 말을 듣고 믿을 수가 없었죠. 제 말은, 두 사람이 정중하게 대화를 나눈다는 게 상상이 안 가서요. 저녁 식사는 고사하고요."

"흠, 매클렐런은 이제 그 식당 주인이니까요. 아니, 주인이었다고 해야 하나." 재미슨이 말했다.

"뭐라고요?" 켈리가 놀라서 물었다.

"말해주는 게 좋겠군요." 데커가 말했다.

"뭘 말해요?" 켈리가 물었다.

재미슨이 대답했다. "도슨은 모든 사업을 매클렐런에게 매각하려 했어요. 그 음식점도 포함해서요."

"무슨 말도 안 되는."

"아마도 계약 성립을 축하하고 있었나 보네요." 재미슨이 덧붙였다.

켈리가 경악한 표정을 지었다. "도대체 왜 그런 짓을 하죠? 그리고 두 분은 그걸 어떻게 알았고요?"

"두 분이 만나는 자리에 우연히 저희도 가게 됐어요." 재미슨이 얼버무렸다. "매각 이유는, 도슨이 기본적으로 현금을 챙겨서 발을 빼고 싶어 했거든요. 적어도 우리한테 말한 이유는 그랬어요."

"그럼 캐럴라인은 어쩌고요?"

"아버지 말로는 괜찮을 거라더군요."

켈리가 화를 벌컥 냈다. "괜찮을 리가 없죠. 그 애가 이 모든 걸 위해서 얼마나 죽어라 일했는데. 그리고 매디는 캐럴라인의 자식이나 다름없어요. 캐럴라인은 죽어버릴 거예요."

갑작스러운 분노에 확연히 놀란 재미슨이 말했다. "아, 어렸을 때 캐럴라인과 친했다더니 그냥 하는 말이 아니었네요."

켈리는 갑자기 평정을 되찾고 소심한 표정을 지었다. "그야, 이곳에 살면서 캐럴라인 도슨에게 반하지 않은 남자는 병원에 가서 머리를 검사받아야 할걸요. 저도 예외는 아니고요."

"하지만 그건 고등학교 때잖아요." 재미슨이 말했다.

켈리가 재미슨을 물끄러미 보며 말했다. "때로 시간은 누군가에 대한 마음에 아무런 영향도 못 미치죠." 그러고는 갑자기 현실로 돌아온 듯 말했다. "하지만 그런 건 아무래도 상관없어요. 우리 앞에 있는 게 살인 현장인지 자살인지 모르니, 어느 쪽인지 밝혀내야죠."

데커의 시선이 캐딜락 내부를 훑었다. "혹시 누군가 다른 사람이 최근 여기에 있었던 흔적은요? 타이어 자국이라든가, 다른 차가 가까운 시간대에 드나든 기록 같은 건요?"

"아뇨, 그런 건 전혀 없었어요. 하지만 지금까지 일어난 모든 일을 감안하면 찬찬히 살펴봐야 할 것 같아요. 그게, 확실히 자살처럼 보이긴 하지만 전 매클렐런이 이런 짓을 할 이유를 도무지 모르겠거든요. **현실은** 매클렐런이 기절하게 부자라는 겁니다. 경쟁자를 돈으로 살 만큼요. 그리고 이 타운 전체가 매클렐런의 손바닥 안에 있어요. 말하자면 평생의 꿈을 이룬 셈이라고 해야겠죠. 그 직후에, 알렉스 말대로라면 성공 축하 자리까지 가지고 나서, 갑자기 여기로 차를 몰고 와서 배기 파이프를 물담배 피우듯 빠는 방법으로 인생 최고의 날을 축하한다? 그게 말이 되느냔 거죠."

"같은 생각입니다." 데커가 말했다.

"부검은 누가 하죠?" 재미슨이 물었다.

"월트의 부검을 하러 온 친구는 시간이 없어요."

"FBI에서 담당자를 부르도록 하죠." 데커가 말했다.

"감사합니다."

데커는 재킷 주머니에서 라텍스 장갑을 꺼내 손에 끼고 캐딜락 안으로 몸을 숙였다. 죽은 남자의 팔 한쪽을 더듬어보았다. "확실히 사후경직 상태네요. 그러니 사망한 지 최소 열두 시간은 지났고요. 주위 온도는 평균이에요. 하지만 죽은 후에 탱크 하나 분량의 기름을 태웠다면 이 안이 꽤 따뜻해졌을 수도 있겠죠."

"확실히 경직 시작과 시신 부패 속도를 재촉했겠죠." 재미슨이 지적했다.

켈리가 말했다. "그건 중요할 것 같네요. 우린 알리바이를 확정해야 하니까요."

"그래서, 휴 도슨이 어디 있었는지 혹시 압니까?"

"휴 도슨이 이 일과 뭔가 관련이 있다고 생각해요?"

"매클렐런이 죽기 전에 마지막 만난 사람이라면, 그 남자한테 물어볼 게 좀 있습니다. 빠를수록 좋고요."

0 0062

전화해보니 휴 도슨은 집에 있었다. 늦은 시각이었지만 켈리와 데커, 재미슨은 당장 그와 만나기로 약속을 잡았다. 이유는 말해주지 않았다.

메이드가 일행을 도슨의 사무실로 안내했다. 도슨은 책상 뒤에서 손님들을 맞으러 일어섰다.

"정말인가? 스튜어트가 정말 죽었다고?" 켈리에게 묻는 도슨의 표정에는 불안한 기색이 역력했다.

"그건 어떻게 아셨습니까?" 켈리는 침착하게 물었다.

"젠장, 모르는 사람이 없어. 난 메이드한테 들었지. 매클렐런 밑에서 일하는 자기 남자 친구한테 들었다더군."

"사실입니다." 데커가 말했다.

"어떻게 죽었습니까?"

도슨이 물었다. "차 안에서 죽은 채로 발견됐습니다. 일산화탄소 중독으로 추정됩니다. 부인이 돌아가신 것과 동일한 방식이죠." 데커가 덧붙인 마지막 문장은 재미슨과 켈리 양쪽에게서 날카로운 표정을 이끌어냈다.

도슨이 의자에 도로 풀썩 주저앉았다. "맙소사."

"어젯밤 매클렐런과 저녁 식사를 같이하셨다고 알고 있는데요." 켈리가 말했다.

"맞아, 매디에서."

"그곳을 그분이 골랐습니까?" 재미슨이 물었다.

"음……." 도슨이 망설이며 켈리를 보았다.

"거래에 관해서라면 이미 알고 있습니다." 켈리가 말했다.

"좋아. 물어보니까 말하는 건데, **그 친구** 생각이었습니다. 이제 자기가 주인이니까요."

"캐럴라인한테는 말씀하셨나요?" 켈리가 차가운 말투로 물었다.

"직접 만나서 말할 생각이었네."

"왜 파셨는지 물어봐도 될까요?" 켈리가 물었다. "재미슨한테 듣기로는 현금을 원한다고 하셨다던데요. 제가 저번에 여기 왔을 때는 상황을 긍정적으로 보고 계셨죠. 부동산도 사들이고 계셨고요. 캐럴라인은 식당을 열고 이런저런 일들을 했죠."

"그리고 난 석유 시추의 나쁜 점들에 관해서도 이야기했지. 그리고 난 그냥 지쳤네, 조. 이 일을 벌써 거의 40년째 해왔어."

"앞으로는 뭘 하시려고요?" 켈리가 물었다.

"프랑스에 집을 살 거야. 다만 여기서보다 훨씬 큰 집으로. 캐럴라인을 위한 저택을 샀어. 아이들이 태어나면 그 애들이 충분히 살 만큼 넓은 집으로."

"과연 그렇게 될까 싶네요." 켈리가 말했다. "기본적으로 캐럴라인의 인생을 캐럴라인 모르게 팔아버리셨으니까요."

"난 그렇게 보지 않네." 도슨의 어조에 불쾌함이 묻어났다.

"아예 보질 않으시는 거겠죠."

"자네가 어릴 때 캐럴라인과 많이 친했던 건 아네. 젠장, 두 사람이 결혼할 거라고 생각한 시기도 있었지. 하지만 이건 자네가 알바 아니야, 빌어먹을."

"좋습니다. 그럼 제 알 바로 돌아가죠. 마지막으로 매클렐런을 보신 게 언제입니까?"

"그 음식점을 나왔을 때."

"더 자세히 말씀해주시죠."

"한 11시쯤이었어. 그 친구는 자기 차에 타고 난 내 차에 탔지. 난 여기로 돌아왔고."

"혹시 그걸 입증해줄 사람이 있습니까?" 데커가 물었다.

"아니. 여기서 일하는 사람들은 그 한참 전에 귀가했어요. 나 혼자였습니다."

"그럼 소재를 증명해줄 사람이 아무도 없는 거군요?" 켈리가 물었다.

"잠깐만. 혹시 그 말은 내가……? 도대체 내가 왜 스튜어트 매클렐런을 죽여야 하지? 방금 나한테 엄청난 돈을 지불했는데."

재미슨이 끼어들었다. "우린 그저 타임라인과 알리바이를 확인하려는 것뿐입니다, 도슨 씨. 그냥 으레 하는 절차예요."

"흠, 그냥 으레 하는 절차처럼은 느껴지지 않는군요. 스튜어트는 어디서 발견됐습니까? 자기 집에서요?"

"아뇨." 켈리가 대답했다.

"그리고 아까 일산화탄소 중독이라고 했죠? 사고일 수도 있습니까? 매디처럼요."

데커가 말했다. "아뇨, 확실히 의도적이었습니다. 뭔가 짐작할 만한 자살 이유가 있습니까?"

도슨은 잠시 생각에 잠겼다. "하나도 없는데요. 이제 자기 사업을 내 것과 합쳤으니 돈을 더 엄청나게 벌 일만 남았어요. 사무실들을 병합하고 잉여를 제거하고 현금 유동성을 높이겠죠. 잘될 일만 남았어요. 그런데 자살이 웬 말입니까?"

"그러면 아무래도 살인 같군요." 데커가 말했다. "우리가 뭔가를 놓친 게 아니라면요. 혹시 누구 그분을 죽이고 싶어 할 만한 사람이 있나요?"

도슨은 경계하는 시선으로 데커를 보았다. "난 누구에게도 혐의를 씌우고 싶지 않습니다."

"그냥 추정 요주의 인물이라고 하죠." 데커가 말했다. "아무에게도 알리지 않을 겁니다. 하지만 이름을 대주시면 저희가 확인해볼 수 있겠죠."

"스튜어트는 고집 센 사업가였어요. 협상에서는 강경한 태도를 취했죠. 상대를 빈털터리로 만들기도 했습니다."

"그 사람들의 이름을 댈 수 있나요?" 재미슨이 물었다.

"업계에 남아 있는 사람은 아무도 없습니다. 그리고 이름을 댈 만한 한 명은 1년쯤 전에 이미 세상을 떠났고요." 도슨이 말을 멈추고 아리송한 표정을 지었다.

"뭡니까?" 데커가 재빨리 물었다.

"그게, 난 그 녀석을 좋아합니다. 정말이에요. 조국을 위해 싸웠고, 뭐 그런 것들 있잖아요. 하지만 스튜어트는 그 녀석한테 무자비했죠."

"셰인 말씀이세요?" 켈리가 물었다.

"둘이 친구인 건 알아."

"어릴 때 친구였죠. 전처럼 가깝지는 않지만 지금도 친구고요. 혹시 그분이 셰인을 학대했다는 것 말고 더 확실한 증거가 있나요?"

"아니, 그렇지는 않아. 하지만 묻길래 대답한 거야."

"그리고 셰인은 아버지의 재산을 물려받겠죠, 물론." 재미슨이 말했다.

"제가 아는 한은요. 아마 변호사들에게 확인해봐야 할 겁니다. 스튜어트는 누구든 자기가 주고 싶은 사람에게 재산을 준다고 유언장을 썼을 수도 있어요."

"하지만 그렇게 했어도 셰인이 그걸 모른다면, 여전히 아버지를 살해할 동기가 있는 거죠." 데커가 지적했다.

"셰인은 제가 아는 사람 중에서 가장 돈과 사업에 관심이 없는 사람인데요." 켈리가 말했다.

"셰인은 당신과 예전만큼 가까운 사이는 아니라고 하더군요." 재미슨이 말했다. "그리고 당신도 방금 같은 말을 했고요."

"고교 시절은 고교 시절이니까요. 그 후 인생이 우리를 찾아왔고요. 우린 각자 다른 길로 갔습니다. 하지만 전 당시에 그 친구를 잘 알았고, 그 친구는 변하지 않았어요. 젠장, 그 친구는 그냥 여기 가만 버티고 앉아서 아버지가 주는 돈을 받을 수도 있었어요. 하지만 군대에 가서 목숨을 걸고 조국을 지켰죠. 훈장까지 땄지만 여기 돌아온 이후로 그 이야기는 한마디도 하지 않았어요."

데커가 씩 웃으며 말했다. "두 사람은 이 타운이 낳은 최고의 미식축구 선수들이었죠."

"데커는 클리블랜드 브라운스 선수였어요." 재미슨이 말했다.

"오하이오주립대의 주전이었고요."

"와." 켈리가 말했다. "정말 대단한데요."

"흠, 둘 다 덩치를 보면 그럴 만하죠." 도슨이 데커의 거대한 골격을 눈여겨보며 말했다.

"네, 그냥 덩치만으로 되는 거였다면 전 명예의 전당에 올랐을 겁니다." 데커가 씁쓸하게 대꾸했다. 그리고 켈리를 보고 말했다. "우린 그래도 확인해야 합니다."

"저도 알아요." 켈리가 퉁명스럽게 대꾸했다. "그리고 가능성을 열어놓겠지만, 아무래도 헛수고일 거라고 봅니다."

"흠, 셰인이 알리바이가 있다면 이야기가 끝나겠지요." 재미슨이 말했다.

켈리가 도슨을 보고 말했다. "어쩌면 캐럴라인한테 바로 말씀하시는 게 좋을 것 같은데요. 그 애가 다른 사람에게서 매각 소식을 듣기를 바라지는 않으시겠죠. 그러면 좋지 않을걸요."

"그건 내가 알아서 하게 두지, 조." 도슨이 받아쳤다.

"그래서, 캐럴라인이랑 같이 프랑스에서 사실 건가요?"

"맞아."

켈리가 씁쓸한 미소를 지었다. "그리고 뭐, 그 애가 프랑스 남자를 만나 사랑에 빠져서 애를 잔뜩 낳기를 바라시기라도 하는 건가요?"

"그건 그 애한테 달렸지, 내가 아니라."

"그럼 캐럴라인이 안 간다고 하면 자기 사업을 시작할 지분을 주실 건가요?"

"글쎄. 난…… 캐럴라인이랑 떨어져 살 준비가 됐는지 잘 모르겠군. 그 애 엄마도 잃었는데 그 애까지 잃고 싶진 않아."

"흠, 각오를 하셔야 할 겁니다." 켈리가 말했다.

"그 애는 프랑스에서 다른 음식점을 시작하면 돼." 도슨이 무시하는 투로 말했다. "그 애는 저번에도 떠나려고 했었어. 지금이라고 뭐가 다르지?"

"흠, 뭐 결국은 아시게 되겠죠."

"자네가 무슨 상관인가?" 도슨이 따졌다. "여전히 그 애를 사랑한다고 말하려는 건 아닐 테고?"

"누군가를 걱정하는 건 범죄가 아니에요, 휴. 심지어 그 누군가가 내가 동의할 수 없는 결정을 내리더라도요. 그 누군가가 가족이라면 특히 더 그렇죠. 하지만 아저씨 생각은 다를 수도 있겠죠. 제 말은, 주니어가 어떻게 됐는지 생각해보세요."

도슨의 얼굴이 시뻘게졌다. "당장 여기서 그만 나가."

"걱정 마세요. 어차피 가려고 했어요."

0 0063

"정말 멍청하고 근시안적이기 짝이 없네요." 타운으로 돌아오는 길에 켈리가 투덜댔다. "자기 딸이, 방금 자기가 무시한 딸이 평생 알아온 모든 것과 모든 사람을 남겨두고 자기랑 같이 프랑스로 떠날 거라고 생각하다니."

"내가 봐도 분명 주제넘고 정말 무분별한 짓이에요." 재미슨은 그렇게 말하고 데커를 보았다. "어떻게 생각해요?"

"난 휴 도슨이 매클렐런의 죽음에 개입했을 수 있는지를 생각하고 있었어요."

"지금 우리가 얘기하고 있던 건 그게 아니잖아요." 재미슨이 말했다.

"내가 하고 싶은 얘기는 그거라서요. 난 동기가 안 보여요."

켈리가 말했다. "셰인은 아마도 동기가 있겠죠. 적어도 이론상으로는요. 하지만 재산을 물려받는 데 관심이 없는 친구예요. 그리고 자기 노친네를 죽일 거면, 그냥 총으로 쐈을 겁니다."

"돈이 눈앞에 있을 때 갑자기 관심이 생기는 사람들이 얼마나 많은지 알면 놀랄 겁니다." 데커가 말했다. "하지만 누군가를 죽여야 할 이유는 돈 말고도 많죠. 난 스튜어트가 셰인의 인생을 지옥으로 만들었을 거라고 생각해요."

"하지만 스튜어트는 셰인에게 항상 그렇게 굴었어요. 왜 이제 와서 갑자기 그것 때문에 자기 아버지를 죽이죠?"

"우리가 그런 걸 알아내라고 월급을 받는 거죠." 데커가 대꾸했다. "셰인하고는 연락이 됐습니까? 소식을 어떻게 받아들이던가요?"

"휴를 보러 가기 전에 만났습니다. 그 친구가 전 세계 수준의 명배우가 아니라면, 그 일하고는 아무 상관이 없어 보였어요."

"혹시 스튜어트를 죽이고 싶어 할 만한 사람은 모른다던가요?"

"그건 안 물어봤는데요."

"앞으로 뭘 하겠다고 말하던가요?" 재미슨이 물었다.

"아뇨. 그냥 멍한 상태로 가버렸어요. 정말이지."

재미슨이 말했다. "도슨이 아까 당신한테 엄청 화났던데요. 당신이 자기 아들 주니어 이야기를 했을 때요."

"몽땅 틀려먹었어요. 주니어는 아직 살아서 좋은, 충만한 삶을 살고 있었어야 해요. 그런데 그분 때문에 차디찬 땅 밑에 묻혀 있죠."

"정말 그렇게 안 좋았나요?" 재미슨이 물었다.

"그 정도가 아니었죠."

데커가 말을 이었다. "내가 흥미로운 점은 매클렐런이 일산화탄소 중독으로 죽었다는 겁니다."

"캐럴라인의 어머니처럼 말이죠." 재미슨이 대꾸했다.

"바로 그거예요. 매디의 사망 현장에서 뭘 봤는지 정확히 설명 좀 해주시죠." 데커가 켈리에게 말했다.

켈리는 잠시 시간을 들여 생각을 정리했다. "차가 길에서 미끄러져 엇나갔어요. 거기에 둑이 있었죠. 눈이 그 지점에 1미터 높이로 쌓여 있었고, 차량은 약 30도 경사로 기울어져 있었죠. 머플러가 둑에 부딪쳐 밀려 올라가 있었어요. 끝이 구부러져 있었고, 눈과 흙이 거기 들어가 파이프를 막았죠. 완전히 막아버렸어요."

"하지만 왜 차에서 내려 확인하지 않은 거죠?" 재미슨이 물었다. "왜 차가 멈춘 건지 당연히 궁금했을 텐데요. 상황을 벗어나야 하잖아요."

"저도 딱 그렇게 생각했습니다. 그리고 답은 길에서 옆으로 미끄러질 때의 엄청난 충격 때문에 창에 부딪혔다는 겁니다. 머리를 부딪혀 의식을 잃은 거죠. 머리 측면에 혈종이 생겼고 소량의 혈흔을 비롯한 흔적이 차창에 남아 있었어요."

"에어백은 안 터졌고요?" 재미슨이 물었다.

"그것도 확인했습니다. 전문가에게 문의했죠. 그런 상황에서는 아마 에어백이 터지지 않았을 거라더군요. 그리고 구형 모델 지프 SUV라 측면 커튼 에어백도 없었고요. 그리고 안전벨트는 옆으로 나가떨어지는 걸 막아주지는 못했을 겁니다. 누군가 다른 사람이 있었다는 흔적은 없었어요. 비록 있었어도 눈 때문에 전부 덮이긴 했겠지만요. 현금과 신용카드가 지갑에 그대로 있었고 결혼반지도 아직 끼고 있었어요. 다이아몬드 한 쌍이 그대로 박힌 채로요. 그러니 강도 목적 살인도 아니었죠. 그리고 우린 누군가가 의도적으로 매디를 죽일 이유를 찾아내지 못했어요. 그리고 게다가, 매디가 눈보라 속에 바깥에 나갈 걸 대체 어떻게 예상하죠? 앨리스 프리처드가 전기가 나갔다고 부르지 않았으면 안 나갔을 텐데요. 부검 결과가 나왔는데 사망 방식은 사고, 원인은 일산화탄소 중독으로 나왔어요."

"매디가 죽었을 때 누가 해외에 전화해서 알려줬죠?" 재미슨이 물었다.

"사실은 저였습니다. 제가 조사 책임을 맡고 있었죠. 그렇게 힘든 통화는 평생 처음이었어요. 캐럴라인은 제 이야기를 듣자마자 흐느끼기 시작했죠. 그 이후로 다른 말은 한마디도 못 했어요. 그 애를 도울 수 있는 방법이 없어서 전 마음이 안 좋았죠. 그냥 너무 무력한 기분이었어요." 켈리가 비참하게 말했다.

두 사람은 켈리를 경찰서에 내려주고 안으로 들어가는 모습을 지켜보았다.

재미슨이 가라앉은 어조로 말했다. "여전히 캐럴라인 도슨을 꽤 나 사랑하나 봐요."

"맞아요. 행운을 빌어주고 싶지만, 내가 켈리라면 그다지 큰 기대는 걸지 않을 겁니다. 캐럴라인이 갑자기 달려와 품에 안길 일은 없어 보여요."

차를 다시 출발시킬 때 재미슨이 말했다. "하지만 이건 우리가 여기 온 이유와는 아무 상관 없을 것 같은데요. 벤 퍼디가 말한 시한폭탄 이야기를 알아내는 것과는요. 우린 거기에 초점을 맞춰야 해요."

"우리 초점은 누가 아이린 크레이머를 죽였는지 알아내는 겁니다."

"하지만 두 개가 연결된 것 아닌가요?"

"꼭 그렇진 않죠."

호텔 앞에 차를 세우는데 거리에서 베이커가 그들을 향해 손을 흔들었다.

데커는 조수석 차창을 내리고 말했다. "스탠, 무슨 일이에요?"

"그냥 자네를 보러 왔어. 자네가 준 사진 말이야. 죽은 여자 사진."

"아이린 크레이머요. 그게 왜요?"

"누구 같이 **있었던** 사람이 있는지 내가 주변에 묻고 다녔거든."

"누굴 찾아냈나요?"

"남자 세 명. 전부 유전 노동자들이야."

"그리고요?"

"그리고 다들 그 여자와 섹스를 안 했다고 하더군."

"그럼 뭘 했대요?" 재미슨이 물었다.

"그 여자가 자기들한테 술과 음식을 사줬답니다."

"그거 흥미롭네요." 재미슨이 말했다.

데커가 말했다. "하지만 말이 되죠. 음식과 술을 대가로 원하는 정보를 얻을 수 있는데 뭐하러 모르는 남자들과 잠을 잡니까? 그 편이 훨씬 쉬웠겠죠."

"맙소사, 나도 그렇게 생각해요." 재미슨이 다소 급하게 맞장구쳤다. 데커가 쳐다보자 재미슨은 얼굴을 붉히고 고개를 돌렸다.

베이커가 말했다. "이미 말했듯이, 그 여자는 그들에게 술과 음식을 사줬어. 그리고 질문을 잔뜩 했다더군."

"무슨 질문요?"

"공군 기지에 관해서."

"하지만 왜 석유 노동자들한테 군 기지에 관해 묻죠?"

"그걸 내가 아나. 어쩌면 공군이 발을 빼기 전에는 군인들과도

419

이야기해봤을지도 모르지. 그리고 난 벡터 직원 누가 타운에 오는 건 본 적 없으니, 어쩌면 그들에게는 못 물어봤을 수도 있고."

"어떤 종류의 질문을 했답니까?" 데커가 궁금해했다.

"뭔가 수상한 걸 본 적 없느냐고. 혹시 시설의 역사를 아느냐고. 그리고 시설 주변 토지의 경매에 관해 물어봤다는군."

데커가 생각에 잠긴 표정으로 고개를 끄덕였다. "그거 흥미롭군요. 또 다른 건요?"

"그게 다야. 도움이 됐으면 좋겠네."

"고마워요, 스탠."

베이커가 가자 데커는 창을 도로 올렸다.

"도움이 됐나요?" 대화에 귀를 기울이고 있던 재미슨이 물었다.

"모르겠어요. 군 기지와 그 주위 땅에 관해 알고 싶어 한 건 이해가 가요. 내 말은, 결국 그게 대니얼스가 일한 곳이잖아요."

"하지만 그래도 아리송하네요." 재미슨이 인정했다.

"이 망할 사건은 모든 게 아리송해요."

0 0064

그날 밤 늦게 데커와 재미슨은 블루 맨과 만나기 위해 한 번 더 소환됐다. 로비와 릴이 호텔 앞까지 데리러 와서, 타운에서 25킬로 미터쯤 벗어난 곳에 있는 한 가정집 앞에 내려주었다.

차가 집 앞에 설 때 데커가 말했다. "버려진 곳 같네요."

"그래서 우리가 이곳을 좋아하는 거죠." 릴이 말했다. "자유로운 만남의 공간이 많으니까요."

"그게 이곳에서 우리가 유일하게 마음에 드는 점입니다." 로비가 덧붙였다. "그렇지 않으면 중동보다 더 위험한 장소일 겁니다."

일행은 안으로 안내되었다. 블루 맨이 나무 등받이 의자에 앉아 있었다. 몸에 완벽하게 맞춘 정장 차림으로. 마치 방금 하루를 시작한 사람처럼 보였다.

"알려드릴 흥미로운 사실이 있습니다." 블루 맨이 입을 열었다. "패트릭 매킨토시와 마크 섬터는 현재 법적 공방을 준비하고 있습니다. 그래봤자 유죄 인정을 대가로 협상하려는 거겠지만요."

"그럼 벡터는요?"

"차후 국방 계약에서 영구적으로 배제되어야죠. 모든 중역들과 함께요."

"하지만 실제로 그렇게 될까요?"

"두고 봐야죠. 워싱턴 D.C.는 재기에 성공한 인물들로 가득하니까요. 하지만 이 일에 관여한 군 관계자들은 몰락할 겁니다. 적어도 음악이 멈추기 전에 앉을 의자를 찾지 못한 자들은요."

"다른 건요?" 데커가 물었다.

"당신의 목적과 관련해서, 뭔가 훨씬 중요한 게 있습니다. 그리고 불길하기도 하고요."

"어디 들어보죠."

"아무 의미 없을 수도 있고 뭔가 의미가 있을 수도 있지만, 최근 중동에서 흥미로운 잡음이 들려오고 있습니다."

"어떤 종류의 잡음이죠?"

"우리에게는 썩 달갑지 않은 종류죠. 뭔가 중요한 일이 진행 중일 때 종종 통신 행위가 증가하는 현상이 포착되곤 합니다. 9.11 이전에도 그랬지만 아무도 알아차리지 못했죠. 이제 우린 이런 일들을 무척 심각하게 취급합니다."

"그 출처가 어딘지, 혹시 뭔가 조짐이 있나요?" 재미슨이 물었다.

"엄밀히는 아닙니다. 하지만 우리가 말할 수 있는 바로는, 이 나라와 연결고리가 있습니다."

"그게 무슨 의미죠?"

"좋은 건 아닙니다, 유감스럽게도."

"우리가 뭘 할 수 있죠?" 재미슨이 물었다.

"아무래도 이 일을 해결하는 속도를 더 높여야겠죠. 시간은 우리

편이 아닙니다."

"그전에도 그렇게 말하셨죠. 그리고 우린 최고 속도로 일하고 있습니다."

"그러면 최고 속도를 더 높여야겠죠."

데커가 블루 맨을 응시하며 말했다. "런던 공군 기지에서 수십 년 전에 무슨 일이 일어났는지 아십니까? 그건 레이더나 죄수들과는 아무 상관도 없었습니다."

"말해주시죠."

"그들은 생화학 무기를 만들고 있었어요." 재미슨이 말했다.

블루 맨이 고개를 끄덕이고 말했다. "그건 내 이전 시대 일이죠. 군대에서 그런 프로젝트를 진행했다는 건 나도 알고 있었습니다. 하지만 그 프로그램은 종료됐고 모든 비축분은 파괴됐죠."

"어쩌면 아무도 런던 주민들에게는 말하지 않았겠죠."

"그리고 이 정보의 출처가……?"

"요양원에 있는 브래드 대니얼스라는 노인입니다. 그 남자는 당시 거기서 일했습니다. 본 것들이 있었죠. 그리고 벤 퍼디와 아이린 크레이머를 둘 다 알았어요. 우린 그 시설에, 그 남자를 보호하도록 경비를 세웠습니다."

"대니얼스가 이 과거 일에 관해 크레이머와 퍼디에게 말한 건가요?"

"네."

"지금 일과의 관련성은요?"

"그 일에 관해 아는 사람들이 죽어가고 있다면, 틀림없이 뭔가 관련성이 있겠죠. 안 그러면 무슨 의미가 있겠습니까?"

"무슨 생각을 하고 계시죠?"

"비축분이 만약 파괴되지 않았다면, 어디 있을까요?"

"우린 그 시설에 갔었는데 아무것도 못 봤습니다. 하지만 전체 건물을 다 수색한 건 아니에요." 재미슨이 말했다.

"어쩌면 팀을 하나 보내서 더 철저히 수색하는 게 좋을지도 모르겠군요." 블루 맨이 말했다. "가능한 한 아무도 모르게요."

"그게 좋은 생각일 것 같네요." 데커가 동의했다.

"그럼 실행하도록 하죠. 자, 퍼디는 그 시설 밖으로 재배치됐으니, 만약 비축분이 여전히 거기 있다면 뭘 할 생각이었는지 궁금하군요. 런던 공군 기지로 돌아갈 수는 없었을 테니까요. 그리고 크레이머의 계획이 뭐였는지도 궁금하고요. 공군 기지 시설에 비축된 무기에 관해 자신이 뭘 할 수 있을 거라고 생각했을까요? 그곳 근처에 갈 수도 없었는데 말이죠."

"그다지 말이 안 되죠." 데커가 동의했다.

"하지만 이게 실제로 중동에서 들려오는 잡음 증가와 관련이 있다면, 누군가에게는 말이 되겠죠." 재미슨이 지적했다.

"그러면 그자들은 틀림없이 지금 여기 와 있을 겁니다." 데커가 말했다.

로비가 말했다. "날 쫓아온 남자들은 다양한 인종이었습니다. 하지만 다른 사람들에게 고용됐을 수도 있습니다. 용병 유형으로 보였습니다. 당신을 그 헛간으로 추격한 자들도 마찬가지였습니다."

"그럴 수도요." 데커가 말했다.

"그자들의 목적이 그 비축분이라면, 비축분이 실제로 존재한다고 가정하면, 그걸 해외로 빼돌리고 싶어 하겠군요." 블루 맨이 말했다.

"아니면 여기서 사용하거나요." 데커가 말했다.

"안 그래도 그 말을 하려고 했습니다." 블루 맨이 말했다. "혹시 이 대니얼스라는 남자가 그게 정확히 어떤 생화학 무기인지 짐작할 만한 말을 한 게 있습니까?"

"그냥 기밀이고 무덤으로 가져갈 거라고만 했습니다." 데커가 말했다.

"하지만 데커." 재미슨이 말했다. "대니얼스가 그랬잖아요. 퍼디가 군인이고 기밀 정보 취급 허가가 있어서 퍼디에게는 말했다고. 그리고 당신이랑 통화할 때 입을 연 것도 자기 모자를 가지고 있어서만이 아니라 당신이 기밀 정보 취급 허가가 있다고 했기 때문이었죠." 재미슨이 블루 맨을 보고 말했다. "당신들이 다 같이 그 남자를 찾아가면, 어쩌면 입을 더 열지도 몰라요. 내 말은, 당신은 확실히 기밀 정보 취급 권한이 있잖아요."

블루 맨이 로비와 릴을 보고 말했다. "처리하게. 당장."

"어디로 가면 되는지 우리가 알려드리죠." 재미슨이 말했다.

나중에, 두 사람을 도로 호텔에 내려주면서 로비가 데커에게 말했다. "우리가 이 노인을 만나러 가 있는 동안, 두 분은 스스로 알아서 자신을 지켜야 합니다."

재미슨은 자신의 글록 권총집을 툭툭 치며 말했다. "조심할게요."

"내가 지금까지 본 바로, 두 분은 더욱더 조심해야 할 겁니다." 릴이 말했다. "행운을 빌어요."

0 0065

"뭔가 낌새가 보여?" 윌리스턴으로 가는 길에 로비가 산탄총을 장전하는 동안 릴이 물었다.

"아직까지는 없어. 우리를 미행할 수 있다면 보통 녀석들은 아니지."

"흠, 지금까지는 그랬지."

"얼마나 더 가야 해?"

"20킬로미터 남았어."

"브래들리의 복무 경력을 읽어봤어." 로비가 말했다. "정말 애국자 같더군. 퍼플하트 훈장, 동성훈장, 공군십자장에 항공병기장까지. 유럽과 태평양 전장으로 백 번은 폭격을 나갔어. 두 번 총에 맞았고. 태평양에서 한 달 동안 다른 팀원 세 명과 함께 구명정을 타고 떠돌다가 해군 구축함에 구조됐지. 그 후 곧장 다시 전장으로 돌아갔고."

"네 말대로 정말 애국자네."

로비는 사이드미러를 들여다보았다. 풍경은 지난 한 시간 동안 본 것과 동일했다. 아무것도 변하지 않았다. 마음에 들지 않았다. 모든 게 잘못된 듯한 느낌이었다.

요양원에 도착했을 때는 11시도 한참 지나, 면회 시간은 이미 끝난 후였다. 하지만 연방 배지를 내밀자 잔뜩 겁을 집어먹은 야간 담당 감독들은 두 사람을 곧장 대니얼스의 방으로 안내해주고 도망쳤다.

노인은 침대에서 깊이 잠들어 있었다. 로비는 꺼져 있는 방 전등을 켤까 잠시 고민했다. 하지만 켜지 않기로 했다.

두 사람은 침대로 다가가 각각 양쪽 측면에 한 명씩 섰다.

"대니얼스 씨?" 릴이 부드럽게 부른 후 노인의 어깨를 건드렸다.

노인은 화들짝 놀라서 눈을 떴다가 다시 감았다. 그리고 잠시 그대로 있었다.

"망할, 도대체 누구야?" 노인이 눈꺼풀을 파닥거리며 살짝 일어나 앉았다.

로비와 릴은 신분증과 공식 배지를 내밀었다. "정보기관 소속입니다." 로비가 말했다.

"안 보이니까 망할 놈의 불 좀 켜봐."

릴이 머리 위 등을 켜자 대니얼스는 배지와 신분증들을 눈을 가늘게 뜨고 꼼꼼히 훑어보았다.

"시력이 별로 좋지 않으시다고 들었습니다." 로비가 말했다.

"그래, 음, 나름의 이유가 있어서 사람들한테는 그렇게 말하고 있지."

"그렇군요."

"진짜 같아 보이는군." 마침내 대니얼스가 그렇게 말하며 신분증을 돌려주었다.

"그야 진짜니까요."

"나한테 원하는 게 뭐야?"

"런던 공군 기지 아시죠?" 릴이 물었다.

대니얼스가 베개에 다시 기대 누웠다. "그 이야기는 이미 연방 요원들한테 했어. 그 커다란 녀석. FBI. 내 모자를 가져갔어. 그 개자식이."

릴은 재킷 주머니에 손을 넣어 모자를 꺼내 노인네에게 건넸다. "돌려드리라고 하더군요."

대니얼스는 기분이 좋아진 모양이었다. "흠, 적어도 약속은 지키는 놈이군."

로비가 말했다. "벤 퍼디 아십니까? 그 사람에게 데커에게 말한 것보다 더 많은 이야기를 하셨다고 들었습니다. 우린 그 나머지 이야기를 들으려고 이곳으로 파견됐습니다."

"왜?"

"지금 그 일이 다시 중요해졌습니다, 선생님." 릴이 말했다.

"선생님은 무슨 선생님."

"존경의 의미로 그러는 겁니다. 퍼플하트 훈장, 농성훈장, 공군 십자장에 항공병기장까지 따셨잖아요. 자격이 넘치시죠."

대니얼스는 다시 눈을 깜빡였다. 눈에 눈물이 차올랐다. "함께 싸운 친구들은 모두 오래전에 떠났어. 아내도 죽었고, 심지어 자식들까지. 손주들과 증손주들을 제외하면 아무도 안 남았어. 그리고 걔들은 자기 삶이 있지. 늙고 혼자라는 건 거지 같아. 난 그냥 여기 앉아서 썩어가고 있지. 끝나기만 기다리면서."

릴이 로비를 본 후 대니얼스에게 말했다. "재향군인국 시설에 가셔야 해요. 거기서는 아마 여기보다 훨씬 더 접점이 있는 사람들을 만나실 수 있을 겁니다."

대니얼스가 흥분한 표정을 지었다. "그렇게 해줄 수 있나?"

로비가 대답했다. "선생님께서 원하신다면 가능합니다."

두 사람은 대니얼스가 똑바로 일어나 앉도록 부축했다.

"알고 싶은 게 뭔데?"

"정확히 벤 퍼디에게 무슨 말씀을 하셨습니까?"

"진실을 말했지. 전부 다."

"그게 뭐죠?" 릴이 물었다.

그 순간, 시설의 전력이 나갔다. 모든 방, 구석구석까지.

공포에 질린 비명이 요양원 곳곳에서 울려 나왔다.

로비와 릴은 즉시 무기를 꺼냈다. 릴은 문을 엄호하고 로비는 대니얼스를 침대에 부드럽게 눌러 눕혔다. 그리고 귓속말로 "거기 그대로 누워 계시고 움직이지 마세요"라고 속삭인 후 창의 커튼을 닫았다.

대니얼스는 짧게 고개를 끄덕이고 그대로 얼어붙었다.

복도를 서둘러 다가오는 발걸음 소리가 들렸다. 릴은 고개를 빼꼼 내밀고 간호사들과 다른 직원들이 뛰어다니는 것을 보았다. 야간 관리자가 문으로 달려와 말했다. "어떻게 된 건지 모르겠네요. 전부 정전이에요. 그리고 비상 발전기도 안 켜져요. 그리고…… 그리고 방금 커다란 트럭 두 대가 건물 앞에 와 섰어요."

"경찰에 전화해요, 당장. 총기 난사가 벌어지고 있다고요."

"정말인가요?"

"정말입니다. 가요!"

관리자가 공포에 질린 표정으로 달려갔다.

"누구야?" 대니얼스가 침대에서 속삭였다.

"우리한테 맡기세요, 선생님." 릴이 말했다. 휠체어를 눈여겨보고, 로비를 보았다. "목표는 이 방이야. 놈들은 분명히 알고 있어."

로비는 고개를 끄덕였다. 두 사람은 침대로 가서 대니얼스를 부축해 휠체어에 앉혔다. 릴이 앞장서고 로비가 휠체어를 밀었다.

문에 다다랐다. 릴이 고개를 밖으로 내밀고 장애물이 없는지 확인했다. 그리고 재빨리 좌회전해 정문 반대 방향으로 갔다.

릴은 두 번째 권총집에서 권총을 하나 더 꺼냈다. 두 총 다 레이저 조준경이 달려 있었다. 릴은 이미 야간투시경을 착용했고, 로비도 마찬가지였다. 둘 다에게 어둠은 이제 대낮처럼 밝았다. 하지만 문제는, 적도 의심할 바 없이 같은 기술을 가졌으리라는 거였다.

로비는 권총을 쥐지 않은 손으로 휠체어를 밀었다. 세 사람은 복도를 지나 사라졌다.

* * *

30초 후 요양원 문이 강제로 열렸다. 하지만 무장한 남자들이 폭풍처럼 밀어닥치지는 않았다. 그 대신 엔진이 달린 스테인리스강 로봇이 윙윙 소리를 내며 튜브 없는 타이어로 굴러 들어왔다. 로봇은 레이저 눈으로 복도를 탐지하며 보이는 것들을 데이터베이스에 저장된 건물 배치도와 비교했다.

로봇은 우회전해 속도를 높였다. 그리고 데커가 대니얼스의 경호를 위해 배치한 경관과 마주쳤다. 경관은 권총으로 로봇을 겨눴다. 손전등 빛이 로봇의 금속 측면에 반사됐다.

"망할, 이건 또 뭐야?" 경관이 외쳤다.

레이저 눈이 자신을 훑고 무기에 멈추는 동안 경관은 무기를 아래로 내렸다. 다음 순간, 경관은 자기 가슴을 내려다보았다. 거기엔 다트가 꽂혀 있었다. 경관은 눈을 까뒤집고 바닥에 쓰러졌다.

로봇은 빙그르르 돌아 쓰러진 남자를 피해 전진했다.

대니얼스의 방에 도달했다. 레이저가 방의 네 구석을 모두 훑은 후 빈 침대에 고정됐다. 앞으로 굴러간 로봇의 전면에서 탐색침이 튀어나왔다. 이 침은 시트를 맞추고 그 작은 금속 헤드로 시트 위를 달렸다.

순식간에 정보가 로봇의 뇌에 들어 있는 감지기에 보내졌고 확인이 이루어졌다. 탐색침은 도로 들어갔지만 원래 있던 빈 공간 안으로 완전히 들어가지는 않았다. 로봇은 방향을 틀어 다시 방을 나왔다. 침이 양옆으로 흔들리며 그 길에 있는 수많은 **냄새들**을 흡수하고 있었다. 그것이 찾는 것은 유일한 대상, 브래드 대니얼스의 냄새였다.

로봇은 오른쪽 왼쪽으로 몸을 돌려 닫힌 문 앞에 멈췄다. 침이 마치 후각 사냥개의 코처럼 씰룩거리고, 붉은색 등이 로봇의 강철벽 앞쪽을 비췄다. 로봇은 30센티미터쯤 뒤로 물러났다. 앞면에 달린 문이 열리고, 측면에서 보조 바퀴가 재빨리 나와 바닥을 움켜쥐었다. 마치 똑바로 선 자세에서 균형을 잡는 데 이용되는 건축용 크레인 같았다.

다음 순간 문에서 발사된 총탄이 문을 부쉈다. 문은 그 충격으로 안쪽으로 넘어졌다.

연기 속에서 릴이 나타났다. 릴은 로봇을 보고 그 윤곽을 훑은 후 무기를 들어 올려 로봇의 엉덩이에 작렬탄 세 발을 박아 넣었다. 그리고 한 방은 기계의 레이저 눈에 맞혔다.

레이저 눈이 꺼졌고, 총탄들은 만들어진 목표를 충실히 수행하여 로봇을 두꺼운 연기구름 속에 묻어버렸다.

순간, 끼익하는 불길한 타이머 소리에 릴은 방 안으로 도로 몸을 날렸다. 그리고 동시에 로봇의 자동 폭발장치 카운터가 '0'에 맞춰졌다.

폭발은 릴이 방금 뛰어든 방의 벽을 무너뜨렸다.

연기가 걷히자 사이렌 소리가 들렸다.

요양원 앞에 주차돼 있던, 그리고 공격 로봇을 내보낸 대형 트럭 두 대는 오래전에 사라진 후였다.

로비와 릴은 기침을 하고 먼지를 털면서 산산조각 난 방의 잔해에서 천천히 일어섰다. 한쪽 벽에 기대놓은 대형 철제 찬장 뒤에 몸을 숨기지 않았다면 둘 다 살아남지 못했을 것이다.

주위를 둘러보던 두 사람의 눈길이 대니얼스에게 가 멎었다. 대니얼스는 여전히 휠체어에 앉아 있었지만 한쪽으로 축 늘어져 있었다. 머리에 출혈이 있었고 호흡은 밭았다. 폭발로 떨어진 천장 조각을 맞은 것이다.

릴이 재빨리 대니얼스에게 달려가서 맥박을 짚었다. "너무 약해."

로비는 파편들을 치우고 정문을 향해 대니얼스의 휠체어를 밀었다. 릴은 바로 옆을 지켰다.

"만약 죽으면……." 릴이 입을 열었다.

"……그럼 우린 진 거지." 로비가 대신 말을 맺었다.

0 0066

"혼수상태입니다." 로비가 말했다. "살아날지 어떨지 모른답니다. 하지만 강인한 노인네입니다. 전 그 노인네에게 걸겠습니다."

이튿날 저녁, 로비는 재미슨의 SUV 뒷좌석에 앉아 있었다. 데커는 조수석에 앉아 있었고, 릴은 병원에서 대니얼스 옆을 지키고 있었다.

"로봇이라고요?" 재미슨이 물었다. "놈들이 빌어먹을 로봇을 보냈다고요?"

"살인 기계입니다." 로비가 말했다. "그걸 노스다코타의 요양원에서 볼 줄은 미처 예상 못 했습니다."

"그러면 우린 대니얼스가 퍼디에게 무슨 말을 했는지 알 수 없게 됐군요." 데커가 말했다.

"막 말하려던 참에 모든 게 아수라장이 됐습니다."

"우린 계속 헛스윙을 하고 한 발씩 늦고 있어요." 데커가 말했다. "삼진아웃이 가까워지고 있어요." 그때 데커의 휴대전화에 문자가 도착했다.

"부검의가 방금 매클렐런의 부검을 완료했답니다. 그리고 흥미로운 것들을 발견했다네요."

"가서 뭔지 들어보죠." 재미슨이 말했다.

로비가 트럭 문을 열고 내렸다. "저는 전면에 나서지 않는 게 좋겠습니다. 나중에 알려주십시오."

* * *

로비가 가고 20분 후, 그들은 스튜어트 매클렐런의 벌거벗은 시신을 내려다보고 있었다. 조 켈리가 장례식장으로 와서 합류했다. 매클렐런은 FBI가 보내준 부검의에 의해 전문적인 솜씨로 토막 나 있었다. 부검의인 톰 레이놀즈는 머리를 군인처럼 짧게 자른 50대 후반의 남자로, 농담이 안 통할 듯한 엄격한 인상이었다. 하지만 문자에서 언급한 '흥미로운' 발견 때문인 듯, 눈동자가 반짝이고 있었다.

"뭘 알아냈습니까?" 데커가 물었다.

"사인은 확실히 일산화탄소 중독이었습니다. 조직 표본은 전형적인 미세한 출혈과 죽은 조직을 전반적으로 보여줍니다. 뇌, 비장, 간 그리고 신장에 응혈과 부종이 있습니다. 피부는 확실히 상기됐는데 그것 또한 전형적인 증상이고, 혈액은 체리 색인데 이것 역시 명확한 신호죠."

"그러면 자살이었나요?" 켈리가 물었다.

"아뇨, 그렇지 않습니다." 데커가 레이놀즈의 표정을 살펴보며 말했다. "그렇게 간단한 결론이면 내게 '흥미로운 발견'이라는 문자를 보내지 않았겠죠."

"맞습니다." 레이놀즈가 말했다. "TTX가 뭔지 아십니까?"

켈리는 고개를 저었지만 데커는 대답했다. "테트로도톡신요. 강력한 신경독이죠."

레이놀즈가 고개를 끄덕였다. "지독한 녀석이죠. 나트륨 통로를 막아 뇌와 신체 사이의 신경 전달을 막습니다. 아주 약간만 있어도 숨 쉬는 데 필요한 근육과 피를 뿜어내는 심장을 마비시킵니다. 소화하든 호흡하든 아니면 상처 같은 걸 통해 피부로 흡수하든 모두 치명적이죠. 완전히 효과를 발휘하는 데 여섯 시간쯤 걸립니다. 일단 횡격막이 멈추면, 죽는 겁니다. 지구상에서 가장 치명적인 물질로 손꼽히죠. 이 일을 시작한 이후로 단 한 번밖에 본 적이 없습니다. 지구 반대편에서요."

"그런데 여기 노스다코타주 런던에 나타났군요." 데커가 말했다.

"어떻게 알아내셨죠?" 재미슨이 물었다.

레이놀즈가 일행을 고도로 복잡해 보이는 장비 쪽으로 이끌었다. "전 늘 이 녀석을 데리고 다닙니다. 언제 필요할지 모르거든요. 뇌, 횡격막 그리고 심장에 단순히 일산화탄소만으로 설명할 수 없는, 뭔가 신경적인 문제로 짐작되는 아리송한 부분들이 있어서 의심이 갔습니다. 경미했지만 전 경고 벨이 울릴 만큼 충분히 경험이 많죠. 그래서 체내에 남아 있는 소변으로 검사를 했습니다. 그랬더니 이렇게 나온 거죠. 대낮처럼 명확하게."

"이 테트로도톡신을 도대체 어떻게 구하죠?" 켈리가 물었다.

"해양 생물 안에 들어 있습니다." 레이놀즈가 대답했다. "가장 주된 것은 복어입니다. 복어는 일본의 별미죠. 테트로도톡신으로 인한 사망은 대부분 사고인데, 제대로 요리되지 않은 복어를 먹은 게 원인입니다. 만약 그 독소를 담은 장기가 터지거나 완벽하게 제거되지 않으면 마지막 만찬이 되는 수가 있죠. 전 그냥 치킨 너깃이나 먹겠습니다. 그것도 결국 저를 죽이겠지만, 수십 년은 걸리거든요." 레이놀즈는 씩 웃으며 마지막 말을 덧붙였다.

데커는 같이 웃어주지 않고 이렇게 물었다. "중독 방식이 섭취였습니까, 호흡이었습니까, 아니면 흡수였습니까?"

"경험을 바탕으로 짐작하자면, 섭취됐다고 하겠습니다."

"그렇다면 뭔가 마신 것에 들어 있을 수도 있겠군요?"

"네."

"하지만 왜 사람에게 독을 먹이고 나서 일산화탄소 중독으로 죽이죠?" 켈리가 물었다.

"의식을 잃게 만들어서 차에 태우려고요." 재미슨이 대꾸했다. "그러면 자살처럼 보일 수 있죠." 재미슨은 레이놀즈가 독소를 찾는 데 사용한 기계에 시선을 보냈다. "저게 없었다면 우린 아마 절대 몰랐을 거예요. 월트 서던은 분명 발견하지 못했을 거고요."

"그리고 살인은 그냥 아무도 모르게 덮였겠죠." 데커가 덧붙였다. 레이놀즈를 보고 말했다. "테트로도톡신 사건을 전에 다룬 적이 있다고 하셨죠. 그게 정확히 어디서였습니까?"

"그 피해자는 브리즈번의 호텔방에서 발견됐습니다."

"오스트레일리아 브리즈번 말씀입니까?"

"복어는 그곳과 아시아의 해양에서 살죠. 미국 해양의 토착 어종이 아닙니다."

일행은 레이놀즈에게 감사 인사를 하고 다시 밖으로 나왔다.

"오스트레일리아라." 데커가 생각에 잠긴 표정으로 내뱉었다.

"그게 왜요?" 켈리가 물었다.

"휴 도슨이 매년 몇 달은 거기 가서 살죠? 그곳이 겨울일 때요."

켈리가 충격받은 표정을 지었다. "맞아요. 하지만 그 이야기는 이미 끝났잖아요. 무슨 동기가 있겠습니까? 휴는 매클렐런 덕분에 엄청난 돈을 벌 텐데요."

"무슨 동기일지는 나도 모르죠. 그냥 그 사람에게 방법과 기회가 있었다는 말입니다. 그리고 난 우연을 좋아하지 않아요. 그런데 이건 꽤나 큼지막한 우연이고요."

재미슨이 말했다. "말하자면 오스트레일리아 바다에 사는 물고기에게서 발견되는 아주 희귀한 독극물과, 거기서 일정 기간 지내는 사람 같은 거죠."

"그리고 살아 있는 매클렐런을 마지막으로 본 사람 중에 도슨이 있었다는 건 도슨에게 기회가 있었다는 뜻입니다. 살해 시각에 알리바이도 없고요." 데커가 덧붙였다.

"하지만 만약 그렇다면 도슨이 알리바이를 만들려고 노력했을 텐데요." 켈리가 말했다. "제 말은, 일산화탄소 중독으로 인한 사망 시각은 절대 분 단위로 나오지 않을 테니까요. 그냥 차에 태워서, 어딘가 사람들이 자기를 볼 수 있는 곳으로 가도 됐잖아요."

"하지만 어쩌면 자살로 보일 거라고 확신했을 수도 있죠." 데커가 반박했다. "그렇다면 굳이 알리바이를 만들 이유도 없겠죠?"

켈리는 그다지 납득한 눈치가 아니었지만, 이렇게 말했다. "저기요, 난 이 독극물 때문에 상황이 완전히 달라졌다는 건 이해합니다. 자살이 아니라 다른 뭔가가 분명히 있어요. 그 점에서는 같은 생각입니다. 그러면 다시 휴와 이야기를 나눠볼 건가요?"

"네, 지금 당장 하는 게 좋을 것 같군요."

"그러면 셰인은요?" 데커가 물었다.

"알리바이를 확인했어요. 모든 관련 있는 시간대에 타운 밖에 있었어요. 여기서 족히 다섯 시간은 떨어진 곳에서 수압파쇄 장비들을 매입하고 있었죠. 셰인이 갔던 곳 사람들에게 확인받았습니다. 제가 말했잖아요. 그 친구는 아무 상관 없다고요."

"흠, 그렇군요." 데커가 말했다.

"조!"

소리 난 쪽을 보자 캐럴라인 도슨이 성큼성큼 다가오고 있었다. 맹렬히 화난 표정이었다.

"아 이런, 뭔가 문제가 있나 보네요." 형사의 말투에 불안이 묻어났다.

캐럴라인이 다가와 켈리와 정면으로 마주 섰다. "이 개자식."

"내가 뭘 어쨌다고?" 켈리가 한 걸음 물러서며 항변했다.

"아버지가 매클렐런에게 몽땅 팔아넘겼어. 그리고 넌 전부 알고 있었지. 그런데 나한테 입을 다물고 있었어? 난 우리가 친구인 줄 알았어."

"캐럴라인, 있잖아, 우린, 내 말은, 날 이해해줘야 해……." 켈리가 도와달라는 간절한 눈빛으로 데커를 보았다.

데커가 말했다. "그걸 알아낸 건 우리고, 우리가 조에게 말했습니다."

캐럴라인은 켈리에게서 눈을 떼지 않았다. "그래서, 너도 알았다는 거잖아? 대답해, 알고 있었지?"

"그래, 알았어."

"그리고 매디도? 전부 팔린 거야?"

"그래. 봐, 난 너한테 말하려고 했는데 아저씨가……."

"정말 하나도 안 고맙네." 캐럴라인은 켈리의 뺨을 때린 후 뒤돌아 성큼성큼 떠나버렸다.

켈리는 얻어맞은 뺨을 문질렀다. "성깔이 있다고 제가 말했던가
요?"

"이런, 내가 캐럴라인의 아버지가 아니라서 다행이에요." 재미슨
이 말했다.

"말이 나왔으니, 당장 가서 그분을 만나봅시다." 데커가 말했다.
"캐럴라인이 아버지와 이야기를 끝내면 그분이 무사할지 알 수 없
으니까요. 우리가 먼저 가야 합니다."

차를 타고 가는 길에 데커가 켈리에게 물었다. "셰인은 왜 이곳에 돌아온 겁니까?"

켈리가 데커를 빤히 보며 대꾸했다. "여기가 고향이니까요."

"어머니와 가까웠던 건 알지만, 그쯤에는 어머니도 돌아가신 후였죠. 맞습니까?"

"네, 맞아요."

"그리고 셰인은 아버지를 별로 좋아하지 않았고요. 그런데 왜 여기 돌아와서 아버지 밑에서 일합니까?"

"직접 물어보시지그래요?"

"지금은 당신한테 묻는 겁니다. 친구잖아요."

"왜 돌아왔는지가 왜 중요하죠?"

"지금은 모든 게 중요합니다."

켈리가 자세를 고쳐 앉고 창밖을 내다보았다. "셰인은 저한테 한 번도 전쟁 이야기를 한 적 없어요. 전 같이 복무한 다른 사람들을 통해 알았죠. 두어 번 그 친구를 만나러 찾아갔었어요. 같이 외출해서 술도 마시고 고기도 잔뜩 먹고 미식축구 경기를 구경했죠. 남자들 하는 일 있잖아요."

"그래서, 뭐라고 하던가요?" 재미슨이 물었다.

"셰인이 정말 용감했다고요. 좋은 지도자라고요. 부하들을 자기 몸보다 더 아낀다고. 레인저 대원이었거든요."

"그건 몰랐네요." 재미슨이 말했다.

"네, 그 친구는 부사관으로 제대했어요. 군대에 남아서 더 높이 올라갈 수도 있었나 본데, 그러지 않았죠."

"어쩌면 여기에 보고 싶은 사람이 있어서 그랬을지도요." 데커가 넌지시 말했다.

켈리의 시선은 계속 창밖에 머물렀다. "캐럴라인을 말씀하시는 거면, 반박은 안 하겠습니다."

"하지만 일방이었나 봐요." 재미슨이 말했다.

"두 사람 모두 부자 아버지를 뒀다는 공통점이 있었지만 사는 세계가 달랐어요. 셰인은 '맥주를 마시고 사슴을 사냥하는' 유형의 남자였죠. 캐럴라인은 파리 한복판에 퐁당 떨어뜨려놔도 잘 살 타입이었고요." 켈리는 말을 멈추고 뺨을 어루만졌다. "진실은, 캐럴라인이 오래전에 우리 둘을 모두 뒤에 두고 떠났다는 거죠."

"하지만 그렇다고 남자가 반드시 포기한다는 뜻은 아니죠." 데커가 말했다.

"네, 맞아요." 켈리가 느릿느릿 말했다. "하지만 세월이 흐르면서 보답받을 가능성은 더 떨어지죠."

데커는 켈리가 그냥 셰인을 말하는 건지 아니면 자기 이야기를 하는 건지 궁금했다.

* * *

"이런, 영 안 좋아 보이네요. 할 파커의 집에서 본 상황의 재탕 같아요."

재미슨이 도슨의 집 앞에 차를 세우면서 말했다. 문은 휑하니 열려 있었다.

일행은 서둘러 현관으로 들어갔다.

켈리가 문간에서 안쪽을 들여다보며 외쳤다. "휴? 괜찮아요?"

아무 대답도 없었다.

켈리가 말했다. "밤늦은 시간이라 일하는 사람들은 전부 한참 전에 집에 갔을 겁니다."

총을 꺼내 안으로 돌진했다. 데커와 재미슨도 무기를 꺼내 들고 뒤를 따랐다.

"휴!" 켈리가 외쳤다. "휴, 안에 있어요? 괜찮아요? 대답해요!"

일행은 천천히 복도를 따라가면서 그 길에 있는 방들을 하나하나 시간을 들여 모두 확인했다.

아무 소리도 들리지 않았고, 아무도 보이지 않았다.

마침내 도슨의 사무실 문 앞까지 왔다. 문은 열려 있지 않았지만 문손잡이를 돌려보니 잠겨 있지 않았다. 켈리가 문을 두드리며 말했다. "휴, 저예요. 조 켈리예요."

대답은 없었다.

켈리는 문손잡이를 돌리고 천천히 문을 앞으로 밀었다.

일행은 모두 방 안을 들여다보았다. 한 곳에서 다음 곳으로 차례 차례 움직이던 시선들이 마침내 책상에 멈췄다.

"빌어먹을!" 켈리가 외쳤다.

"맙소사." 재미슨도 외쳤다.

데커는 아무 말도 하지 않았다. 바닥에 떨어진 잔해들을 피해 신중하게 책상으로 다가가 휴 도슨을, 아니 휴 도슨의 유해를 내려다보았다.

데커에게 이제 방 안은 온통 형광 파란색이었다. 마치 죽음의 먹구름이 방 안을 뒤덮은 것 같았다.

감각이 계속해서 왔다 갔다 하려나 보군. 데커는 생각했다.

유난히도 폭력적인 죽음이었다.

남자는 머리통 대부분이 사라진 채 의자에 축 늘어져 있었다. 책상, 의자, 바닥 그리고 벽까지 죽은 남자의 혈액과 살점으로 뒤덮여 있었다.

켈리와 재미슨이 범죄 현장을 건드리지 않도록 조심하며 데커에게 합류했다.

데커는 이런 엄청난 손상을 초래한 무기를 훑어보았다. 레밍턴은 책상에 얌전히 누워 있었다. 책더미 위에 마스킹 테이프로 고정된 채였다. 총구는 각을 세워 죽은 남자를 겨누고 있었다. 데커는 방아쇠에서 이어진 노끈이 총 손잡이를 한 바퀴 감은 후 도슨이 앉아 있는 곳으로 연결된 것을 알아챘다. 거기서 노끈은 책상 가장자리로 떨어져 무릎 사이로 갔다. 도슨은 노끈을 이용해 방아쇠를 당김으로써 자기 목숨을 끝낸 게 분명했다.

데커는 책상 앞과 측면 바닥의 혈흔과 살점들을 살펴보았다.

켈리가 고개를 저었다. "믿을 수가 없어요. 처음엔 스튜어트가 죽더니 이젠 휴까지?"

재미슨은 간신히 몸을 비집고 책상으로 다가가 거기 놓인 종이를 보았다. 피와 다른 물질로 뒤덮여 있었다.

"유서네요." 재미슨이 잠긴 목소리로 말했다.

"뭐라고 적혀 있습니까?" 데커가 물었다.

"스튜어트 매클렐런을 살해한 죄의식으로 자살한대요."

다들 긴 침묵 속에서 그 사실을 머리에 입력했다.

"스튜어트를 살해한 이유가 적혀 있나요?" 재미슨 뒤에 서 있던 켈리가 물었다.

"아뇨. 그냥 자기가 범인이고 그 후에 괴로웠다고만요."

뒤쪽에 발걸음 소리가 들렸다.

모두 돌아본 순간, 캐럴라인 도슨이 방 안으로 뛰어 들어왔다.

주위를 둘러보던 캐럴라인이 책상 옆에 서 있는 일행을 보았다. 시선이 아버지의 시신에 가닿은 후 망가진 얼굴을 향해 올라갔다. 모든 신체 근육이 팽팽해지고 얼굴에서 핏기가 완전히 빠져나간 캐럴라인은 그 자리에 우뚝 멈춰 서서 신경질적인 비명을 지르기 시작했다. 잠시 후 비틀대며 한쪽 옆으로 가더니 의식을 잃었다. 그리고 바닥에 쓰러지기 전에 의자에 머리를 부딪혔다.

그리고 더는 움직이지 않았다.

0 0068

병원 면회실에서 켈리가 말했다. "캐럴라인은 괜찮을 겁니다. 의사가 진찰했어요. 내출혈은 없지만 뇌진탕이에요. 그냥 진찰을 위해 입원 중이에요. 그 정도로 끝나길 다행이죠. 쓰러질 때 머리를 정말 세게 부딪혔거든요."

켈리는 병원 카페에서 산 연한 커피를 마저 비우고 쓰레기통에 종이잔을 던져 넣은 후 재미슨 옆자리에 앉았다. 데커는 벽에 기대서 있었다.

켈리가 말했다. "도슨의 지인 몇 명에게 쪽지를 보여주었어요. 도슨의 필체 같다고 하더군요."

"그럼 진짜일 가능성이 높겠네요." 재미슨이 말했다.

"그렇다면 죄의식으로 머리를 날린 거군요." 켈리가 중얼거렸다. "스튜어트의 죽음과 뭔가 연관이 있을 거라는 생각은 꿈에도 못 했는데."

"어쩌면 캐럴라인이 뭔가 알고 있을지도 모르죠."

"그 애가 이걸 예측했을 것 같지는 않은데요. 어떻게 반응하는지 보셨잖아요."

"아뇨, 내 말은, 자기 아버지가 매클렐런을 죽이고 싶어 했을 만한 이유 말입니다."

"맞아요. 두 분은 오랫동안 사업 경쟁 상대였어요. 무슨 비밀도 아니었죠. 하지만 그게 전부였어요. 사업이요. 그런데 왜 이제 와서? 거액의 거래를 마치고 나서?"

"그건 6만 4,000달러짜리 질문이죠." 데커가 말했다.

"음, 전 서로 돌아가서 서류 작업을 해야겠어요." 켈리가 말했다.

"그리고 우린 범죄 현장으로 돌아갈 겁니다." 데커가 대꾸했다.

잠시 후 비통한 얼굴의 리즈 서던이 숨 가쁘게 들이닥쳤다. 연푸른색 정장 바지에 진갈색 블라우스, 그리고 플랫슈즈 차림이었다. 머리는 동그랗게 말아 올렸다.

"휴가 정말 죽었다고요?"

"유감스럽게도 그렇습니다."

"하지만 어떻게?"

"자살 같아요." 켈리가 대꾸했다. "유서를 남겼어요."

서던은 충격받은 표정이었다. "휴가 왜 자살을 하지?"

"그건 우리가 알아내야죠."

"여긴 무슨 일입니까?" 데커가 물었다. "그리고 휴 일은 어떻게 아셨죠?"

켈리가 말했다. "제가 전화해서 무슨 일이 있었는지 알려줬어요."

"캐럴라인은 어디 있어?" 서던이 물었다. "별일 없는 거지?"

켈리가 대답했다. "203호실에 있어요." 그리고 서던의 걱정스러운 표정에 "괜찮을 거예요" 하고 덧붙였다.

"가서 옆에 있어줘도 될까? 지금 어떤 심정일지 상상도 안 가."

"안 될 것 없겠죠. 아마 옆에 같이 있어줄 사람이 필요할 거예요. 사실은 제가 그래서 전화드린 거고요."

"고마워." 서던은 서둘러 자리를 떴다.

켈리가 간 후 재미슨이 말했다. "캐럴라인이 이 일을 견뎌내려면 친구의 도움으로는 부족할 거예요. 머리가 없어진 아버지를 본다? 심리 상담이 필요하겠죠."

"그것도 엄청나게요." 데커가 덧붙였다.

*　*　*

두 사람은 병원을 나와 차를 몰고 도슨의 집으로 돌아갔다. 경찰 두 명이 현장을 지키고 있었다. 순찰대원 중 하나가 데커와 재미슨에게 과학수사대원이 안에 있다고 알려주었다.

두 사람은 부츠를 신고 장갑을 끼고 집 안으로 들어갔다.

"엉망이에요." 라이언 리키라고 자신을 소개한 젊은 남자가 이렇게 말했다.

"머리에 산탄총을 쏘면 대개는 그렇죠." 재미슨이 건조하게 대꾸했다.

데커가 방 가장자리를 돌며 모든 걸 머리에 새겼다.

"레이놀즈는 이미 와서 보고 갔대요." 재미슨이 휴대전화를 보며 말했다. "방금 추정 사망 시각을 문자로 보내줬어요. 체온을 바탕으로, 우리가 도착하기 한 시간쯤 전에 죽었대요."

데커가 고개를 끄덕였다. "그건 중요하죠. 그 정도로 좁은 시간 간격이면 용의선상에서 많은 사람들을 배제할 수 있어요." 데커는 시신에 더 가까이 다가가서 망자 앞에 매달려 있는 노끈 끄트머리를 살펴보았다. "책상 사진은 다 찍었습니까?" 리키에게 물었다.

"한 세트만요."

"여러 세트 찍으세요. 바로 위에서도 찍어야 합니다. 가능한 한 높은 지점에서요."

"차에 사다리가 있어요."

"가져오세요."

데커는 책상 안쪽으로 가서 죽은 남자의 어깨 너머를 보았다. 총과 노끈과 시신의 자세를 살펴보았다. 전부 한데 들어맞는다고 인정할 수밖에 없었다.

"뭔가 흥미로운 거라도 있어요?" 재미슨이 물었다.

"그래요, 핼러윈도 한참 멀었는데 머리가 없어진 죽은 남자요."

데커는 노끈을 내려다본 후 쪼그려 앉아 책상을 샅샅이 살펴보았다. 더 잘 보려고 몸을 숙였다.

다시 몸을 일으킨 순간 리키가 3미터짜리 사다리를 가지고 문으로 들어왔다. 데커는 리키가 올라가서 사진을 찍는 동안 사다리를 붙잡아주었다.

"노끈 길이도 재두세요." 데커가 말했다.

"노끈요?" 리키가 말했다.

"네, 노끈요. **정확한** 길이를 알아야겠습니다."

재미슨이 말했다. "데커, 뭐예요? 무슨 생각 하는 거예요."

"확실하지 않아요. 아직은요."

리키가 촬영과 측정을 마치자 데커는 방 반대편으로 가서 도슨을 처음 만나러 왔을 때 앉았던 의자에 앉았다. 재미슨이 옆에 와서 섰다.

"꽤 간단한 사건 같은데요." 재미슨이 말했다.

"네, 다만 늘 간단해 보이던 사건들이 옆으로 새더군요. 그리고 이게 '시한폭탄'과 도대체 어떻게 연결되는지 난 아직도 모르겠고요."

"내가 계속해온 게 그 얘기잖아요." 재미슨이 지적했다.

데커가 아무 대답도 하지 않자 재미슨이 덧붙였다. "흠, 적어도 이 사건에서만큼은 사망 원인과 방식에 관해 골치를 썩을 필요가 없겠네요."

"그런가요?" 데커가 단호한 표정으로 죽은 남자를 바라보며 대꾸했다.

"캐럴라인, 아버지 집에는 왜 갔죠?" 재미슨이 물었다.

이튿날, 재미슨과 데커는 병원으로 캐럴라인을 찾아갔다. 창백한 낯빛으로 병원 침대에 누워 있는 캐럴라인은 몸을 제대로 가누기도 힘든 듯했다.

리즈 서던이 맞은편 의자에 앉아 말없이 친구에게 연민 가득한 시선을 보내고 있었다.

캐럴라인은 자신을 내려다보는 재미슨과 데커를 쳐다보았다.

"뭐, 뭐라고요?"

"왜 아버지 집에 갔느냐고요."

캐럴라인은 눈을 감고 그대로 잠들었다.

서던이 말했다. "밖으로 나가죠. 캐럴라인은 휴식을 취해야 해요. 뇌진탕 정도가 처음 생각한 것보다 더 심한 것 같아요."

복도로 나와서 데커가 서던을 보고 말했다. "휴 도슨한테 당신과 캐럴라인이 가까운 친구 사이라고 들었습니다. 자매 비슷한 사이라고요?"

서던이 생긋 웃었다. "제가 한참 언니겠지만, 네. 맞아요, 우린 친구였어요." 그리고 심각한 표정으로 말을 이었다. "그 소식을 듣고 도무지 믿기질 않았어요. 간호사가 진정제를 좀 줬다고 하더군요. 아무래도 지난밤에는 거의 못 잔 모양이에요. 아버지 일 때문에 쇼크 상태일 거래요."

"이야기는 나눠보셨습니까?" 데커가 물었다.

서던이 고개를 끄덕였다. "그냥 몇 분 정도요. 띄엄띄엄."

"그렇군요, 그럼 우리보다는 더 이야기를 많이 하셨네요. 뭐라고 하던가요?"

"제가 이해한 바로는 사업 문제 때문에 아버지와 담판을 지으러 갔다고 했어요. 그 문제가 뭔지는 못 들었고요."

"맞아요, 모르시죠." 재미슨이 말했다.

"제가 뭘 모르는데요?"

"휴 도슨이 스튜어트 매클렐런에게 사업을 매각했어요."

서던이 입을 쩍 벌렸다. "'매각'이라고요? 그게 무슨 뜻이죠?"

"자기 사업과 부동산 전부를 매클렐런에게 팔았어요."

"전부 다요? 매디까지?" 서던은 한층 충격받은 표정이었다.

"네." 재미슨이 대꾸했다. "매디까지 포함해서요."

서던이 고개를 저으며 말했다. "그럼 왜 거길 갔는지 이해가 되네요. 엄청난 충격이었을 거예요." 그리고 잠시 후 덧붙였다. "그럼 스튜어트가 자살하고 그 후 휴도 자살했다는 거죠?"

"매클렐런은 자살이 아닐 수도 있어요." 재미슨이 말했다.

"누군가한테 살해당했다는 건가요?"

데커가 끼어들었다. "캐럴라인이 또 무슨 말을 하던가요?"

"그냥 대체로 횡설수설했어요. 하지만 휴가 자기 믿음을 배신했다고 하더군요. 이제야 무슨 뜻인지 이해가 되네요."

"다른 건요?" 재미슨이 물었다.

서던의 얼굴이 침울해졌다. "아버지랑 한바탕하려고 단단히 마음먹고 사무실로 갔는데 그분이…… 죽은 걸 봤다고 했어요. 그 대목에서 발작을 일으켰죠. 전 나가서 간호사를 불렀어요. 간호사가 진정제를 줬고요."

그 순간 셰인이 주위를 마구 두리번거리며 그들에게 다가왔다.

"도대체 이게 무슨 망할 놈의 상황이죠? 방금 타운에 돌아왔어요. 조한테 문자를 받았는데 캐럴라인이 입원했다면서요. 이유는 못 들었고요."

재미슨이 말했다. "별일 없을 거예요, 셰인. 하지만 충격을 받았어요. 아버지가 죽었거든요."

셰인이 몸을 홱 돌려 재미슨을 보았다. "죽었다고요! 무슨 말을 하는 겁니까?"

"어젯밤 자택에서 숨진 채 발견됐어요. 자살로 보입니다."

"캐럴라인은 어디 있어요? 좀 봐야겠어요."

"자고 있어요."

"그래도 봐야겠어요."

일행은 다시 병실로 들어갔다. 셰인이 서둘러 침대로 가서 캐럴라인을 내려다보았다. "정말…… 정말 별일 없는 건가요?"

"그래." 서던이 말했다. "뇌진탕이었어. 그냥 좀 쉬면 된대."

셰인이 침대에서 물러나는데 캐럴라인이 잠결에 몸서리를 치면서 낮은 목소리로 말했다. "우리 아빠가 왜 자살을 해?"

데커는 재미슨을 본 후 셰인에게 물었다. "혹시 아버님과 휴 도슨이 사업 계약을 맺었던 걸 아십니까?"

셰인이 서던을 본 후 의자에 털썩 주저앉았다. "네, 뭔가 거래를 하는 건 알았지만 자세한 내막은 몰랐어요. 아마 절 못 믿어서 알려주지 않으셨겠죠. 그리고 두 분이 은밀히 만나는 것도 알았어요. 하지만 전체 사업을 매각하는 건 줄은 몰랐죠."

"그걸 듣고 놀라셨나요?" 재미슨이 물었다. "아버님이 도슨의 전체 사업을 사들인다는 걸요."

"휴 도슨은 오래전부터 이곳에 질려 있었어요. 그야 무리도 아니죠. 여기 있는 거라곤 석유와 가스를 파내기 위해 땅을 파는 회사들뿐인데. 그리고 여기 오는 사람들은 아무도 이곳에 관심 없어요. 그냥 묻힌 걸 전부 꺼내고 나면 자기들이 온 곳으로 돌아갈 생각뿐이죠."

서던이 항변했다. "이젠 더는 그렇지 않아, 셰인. 여기 와서 뿌리를 내리는 가족들이 늘고 있어."

셰인이 무시하듯 손을 내저었다. "여긴 언제까지나 광산촌일 거예요. 그리고 매장량이 전부 바닥나면 그다음엔 뭐죠? 사람들이 여기 남아 있을 거라고 진심으로 생각해요?"

데커가 말했다. "그래서, 도슨은 여길 나가고 싶어 했다는 건가요? 그게 확실합니까?"

"매디가 죽기 전에는 프랑스로 떠날 계획이었어요. 다 함께, 캐럴라인도 같이요."

"하지만 그 후 매디가 죽었죠." 재미슨이 말했다.

셰인이 고개를 끄덕였다. "그리고 휴는 그 대저택을 세웠죠. 하지만 전 그분이 거기에서 마음이 떠난 게 보였어요."

"그래서 매각하고 싶어 했을 거다?"

"네, 그리고 그걸 사들일 돈이 있는 유일한 사람이 우리 노친네였고요. 그리고 노친네 사업에도 유리할 거고. 젠장, 노친네는 노동자들한테 석유와 가스를 파내라고 돈을 주고, 노동자들은 노친네한테 집세니 음식값이니 해서 그 돈을 도로 바치는 거죠."

"옛날 석탄 광산촌들의 회사들처럼 말이죠." 데커가 말했다.

"맞아요."

데커가 말했다. "심호흡을 좀 해두죠, 셰인."

"왜요?"

"왜냐하면 들으면 충격받을 말을 할 거거든요."

"젠장, 데커. 난 내 친구들이 이라크와 아프가니스탄에서 산산조각 나 날아가는 것도 봤어요. 알아요?"

"좋아요. 그럼 도슨이 당신 아버지를 살해했다는 내용의 유서를 남긴 이유가 혹시 짐작이 갑니까?"

셰인의 얼굴에서 천천히 핏기가 빠져나갔다. "휴가 아버지를 죽였다고요."

"우린 그렇게 적힌 유서를 발견했습니다. 그리고 실제로 그렇게 했다는 법의학적 증거도 어느 정도 있고요."

"어떤 증거요?" 서던이 재빨리 물었다.

"그건 말해줄 수 없습니다." 데커가 대꾸했다.

셰인이 후들거리는 다리로 일어섰다. "그분이 아버지를 죽였다고요?"

"적어도 유서에 따르면 그렇습니다." 재미슨이 말했다.

"그분이 쓴 게 확실한가요?"

"몇몇 사람들이 필체를 확인해주었습니다."

"개자식." 셰인이 몸을 돌려 캐럴라인을 보고는 낮은 목소리로 덧붙였다. "캐럴라인이…… 캐럴라인도 그걸 알고 있습니까?"

데커가 고개를 저으며 대답했다. "아뇨, 모릅니다." 그리고 잠시 후 재보는 듯한 시선을 셰인에게 던지며 말했다. "물론 아버님이 돌아가셨으니 이제 당신은 엄청난 부자가 됐죠." 그리고 캐럴라인을 보며 덧붙였다. "그리고 캐럴라인 역시 엄청난 부자가 됐고요."

셰인이 데커를 응시했다. "그건 노친네가 나한테 뭘 남겼을 경우죠."

"그럼 유언장을 아직 못 본 겁니까?"

"볼 이유가 없으니까요."

"돈에 관심이 없습니까?" 데커가 물었다. "그 돈이면 호사스러운 생활을 할 수 있을 텐데요."

"난 호사에는 한 번도 관심이 없었어요." 셰인이 말했다. 그리고 침대로 가서 허리를 숙여 캐럴라인의 이마에 입을 맞추고 그대로 병실을 나가버렸다.

서글픈 표정으로 그 모습을 지켜보던 서던이 말했다. "셰인을 어릴 때부터 봐왔어요." 그리고 덧붙였다. "그리고 조도요. 둘이 캐럴라인이랑 함께 자라는 걸 봐왔죠."

"세 사람이 꽤 가까운 사이였다고 들었습니다." 데커가 말했다.

"찰싹 붙어 다녔죠. 휴와 스튜어트가 사업 때문에 경쟁심에 불이 붙기 전이었어요. 아이들은 그냥 아이들이었죠. 캐럴라인은 든든하게 지켜주는 오빠들이 있는 여동생 같았어요. 적어도 그때는요."

"그럼 친오빠는 어땠는데요?" 재미슨이 물었다.

"주니어는 늘 조용하고 혼자 있었어요. 가족과, 특히 제 아버지와 함께 있으면 불편해했죠. 캐럴라인과 조와 셰인은 야단법석을 떨었지만 주니어는 아니었어요."

"나중에, 커밍아웃을 하고 나서는요?" 재미슨이 물었다.

서던이 볼을 부풀렸다. "캐럴라인과 매디는 주니어 편에 서줬어요. 그건 확실해요. 하지만 휴는 유달리 지독했죠."

"켈리에게 그랬다고 들었습니다."

"휴는 자기 같은 아들을 바랐어요. 강하고 공격적이고 호전적이고, 주니어하고는 정반대였죠."

"그래서 그 대신 켈리와 셰인을 자기 아들 비슷하게 생각한 건가요?" 재미슨이 물었다.

"굉장히 예리하시네요. 어떤 면에서는 실제로 좀 그랬어요. 미식축구 경기를 한 번도 안 빼놓고 보러 갔죠. 주니어는 교내 악단의 지휘자였어요. 악기라면 거의 뭐든 다룰 수 있었죠. 하지만 그 애 아버지는 그런 건 조금도 알아주지 않았어요. 그냥 조와 셰인이 터치다운을 할 때만 열광했죠."

"그리고 더 나이가 들어서는요?"

"그땐 휴와 스튜어트가 서로 못 잡아먹어 안달했죠. 캐럴라인은 사업을 물려받는 데 필요한 것들을 배우도록 대학에 보내졌어요. 조는 아시다시피 경찰이 됐고요. 셰인은 고교를 졸업하자마자 자원입대했죠. 그렇게 해서 모든 게 달라졌어요. 죽마고우들은 헤어져서 각자의 길을 갔죠."

"여기 남은 건 켈리 혼자였군요." 재미슨이 말했다.

"네. 타운에서 몇 번 봤어요. 길 잃은 강아지 같았죠." 서글픈 미소를 지으며 서던이 말했다. "어찌나 안쓰럽던지. 가장 친한 친구 두 명이 그렇게 떠나버리다니 말이에요. 그 후 캐럴라인이 대학을 졸업하고 돌아왔죠. 그리고 셰인도 돌아왔고요. 하지만 예전과 같을 수는 없었어요. 그 후 매디가 죽었죠. 휴는 그 일로 거의 사람이 망가졌어요. 딱히 호감은 없지만, 그래도 인정할 건 해야죠. 그 사람은 아내를 정말 사랑했어요."

"그 사람들 모두에 대해 확실한 견해를 가지고 계신 것 같네요." 데커가 지적했다.

서던이 데커를 빤히 보며 대꾸했다. "내 견해는 원래 그래요. 당신이 받아들이든 그렇지 않든요."

재미슨이 잠든 캐럴라인을 바라보며 말했다. "그러면 캐럴라인은요? 켈리와 휴가 캐럴라인에 관해 하는 말을 들었어요. 켈리는 휴가 캐럴라인이 프랑스로 같이 가기를 바란다고 하더군요. 거기서 남자를 만나서 대가족을 이루길 바란다고요."

"맙소사, 난 어쩌면 캐럴라인이 여기 남아서 조나 셰인이랑 결혼할지도 모른다고 생각했어요. 하지만 그런 일은 일어나지 않았죠. 나더러 묻는다면, 난 아버지가 자기 오빠를 그런 식으로 대하는 걸 보고 캐럴라인의 어딘가가 망가진 것 같다고 답하겠어요. 남들 다 있는 데서 자기 아들을 온갖 멸칭으로 부르고 그렇게 조롱을 했으니. 마치 1960년대 텔레비전 드라마를 보는 것 같았어요. 너무 잔인하고 지독했죠." 서던이 고개를 저으며 덧붙였다. "그래서, 당신 질문에 대답하자면, 난 캐럴라인이 과연 누군가를 만나긴 할지 잘 모르겠어요. 만났으면 좋겠지만요. 그 애는 행복해질 자격이 있거든요."

"아버지의 완벽한 딸." 데커가 말했다.

"뭐라고요?"

"제가 캐럴라인에게 당신은 아버지의 완벽한 딸일 것 같다고 했더니 캐럴라인이 그런 건 존재하지 않는다고 하더군요."

"흠." 서던이 말했다. "그 말이 맞는 것 같아요."

O 0070

"그래서 도슨이 경쟁 상대를 죽이고 총으로 자살했다. 적어도 사건의 그 부분은 답이 나왔네요."

재미슨은 그렇게 말한 후 파트너를 보았다. 재미슨이 운전대를 잡고 호텔로 돌아가는 길이었다.

"데커, 내 말 들었어요?"

데커는 아무 말도 하지 않았다.

"그리고 다시 말하지만 이건 똑딱거리는 시한폭탄하고는 아무 상관도 없고요." 재미슨이 덧붙였다. "우린 아직 한 발짝도 못 나갔어요."

"꼭 그런 건 아니죠."

"무슨 말이에요?" 재미슨이 재빨리 물었다. "나한테 뭐 감추고 있어요? 그런 건 정말 질색이에요. 난 당신 파트너라고요. 로비는 절대 제시카 릴한테 아무것도 감추지 않을걸요."

"감추고 있는 게 아니에요. 그냥 생각 중이죠."

"뭘요?"

데커가 눈을 감고 기억을 다운로드했다. "똑딱거리는 시한폭탄 말인데, 크레이머가 했다는 그 말 기억나요? '우리가 먹을 걸 직접 기르지 않는 게 좋겠다'고 했다던?"

"잠깐만요. 그 말을 한 게 누구였죠?"

"주디스 화이트요. 크레이머가 자기 땅에 곡식을 키우지 않는 게 좋다고 충고했다죠. 주디스를 신문했을 때 들었잖아요."

"맞아요. 그렇게 말했죠." 재미슨이 말했다. "잠깐만요, 그 사람들 농장은 공군 기지 바로 옆에 있잖아요. 혹시 당신……?"

또 다른 기억이 떠오르는 바람에 데커는 곧장 대답하지 않았다. 대니얼스가 한 말이었다. 그리고 아마도 크레이머의 말보다 더욱 불길한 말일 것이다.

"우리 브라더스 콜로니로 다시 가봅시다."

"왜요?"

"그냥 내 변덕 좀 맞춰줘요, 알렉스."

"좋아요, 하지만 내가 그러고 싶게 좀 해줘요." 재미슨이 쏘아붙였다.

"새삼스럽게 왜 그래요?"

"흠, 어쩌다 한 번쯤 노력은 해볼 수 있잖아요."

재미슨은 급격한 유턴으로 방향을 돌렸다.

40분 후, 차는 브라더스 콜로니의 정식 출입구인 농장 철문 앞에 가 섰다. 문은 닫혀 있었다.

재미슨이 주차 기어로 바꾸고 말했다. "좋아요, 이제 어쩌죠?"

데커는 차에서 내려 주위를 둘러보기 시작했다. 재미슨도 따라 내렸다.

"뭘 찾는 거예요?"

데커는 널따란 농장 땅을 응시했다. "꽤 오래전부터 있었죠? 브라더스 말이에요."

"알면서 뭘 물어요."

"그게 아니라 이곳에요."

재미슨이 아리송한 표정을 지었다. "흠, 상황으로 미루어 보면 몇 년은 된 것 같은데요. 적어도 오늘날 보이는 이 모든 걸 전부 세우려면 그 정도는 걸렸겠죠."

데커는 멀리 밭을 천천히 지나가는 존 디어 트랙터 두 대를 응시했다. 그 너머에는 공군 기지가 있었다.

"당신 말이 맞는 것 같아요."

"하지만 여기 얼마나 오래 있었는지가 왜 중요한데요?"

"그냥 한 가지 가설이에요." 데커가 건성으로 대꾸했다.

"그 가설을 설명 좀 해주시죠." 재미슨이 부루퉁하게 대꾸했다.

데커는 대답하지 않고 도로 SUV로 향했다. 재미슨은 불만 가득한 표정으로 뒤따랐다.

"이건 옳지 않아요." 데커가 조수석 앞에 서서 말했다.

"뭐가요?"

"이게 공군 기지 부지에 있다면……." 데커는 입을 열었지만 재미슨은 이제 데커의 의도를 알아차리고 더 앞으로 나아갔다.

"생화학 무기로군요. 그게 공군 기지에 있다면 아무도 그걸 손에 넣을 수 없어요. 그건 틀림없이 경매로 매각한 토지에 있어야 한다는 뜻이죠."

"맞아요. 하지만 어떻게 브라더스의 땅에 있을 수 있는지 이해가 안 가요. 어떻게 대량 살상 무기를 주민들에게 들키지 않고 손에 넣기를 바라죠?" 데커는 말을 멈추고 혼란스러운 표정을 지었다. "하지만 그게 아니라면, 왜 크레이머가 주디스 화이트에게 거기서 키우는 곡식을 먹지 말라고 했을까요."

"무기들이 거기 묻혀 있다면 새어 나와서 토양을 오염시킬 수도 있다고 생각했다는 거죠?"

"정확해요."

재미슨의 표정에 깨달음이 번져갔다. "하지만 데커, 매각된 토지의 일부는 임대됐어요. 그건 브라더스가 관리하지 않아요."

데커가 재미슨에게 재빨리 눈길을 던졌다. "시추업체. 갑시다!"

그들은 급히 차로 달려가 올라탔다.

얼마 동안 달리다가, 재미슨은 올아메리칸 에너지사의 굴착 부지가 있는 땅 옆에 차를 세웠다.

"쌍안경 있어요?" 데커가 물었다.

재미슨은 콘솔에서 쌍안경을 꺼내 옆으로 건넸다.

데커는 쌍안경의 초점을 맞추고 그곳을 탐색했다. 그 후 멀리에 인접한 공군 기지를 보고, 그 사이의 토지를 보았다.

1분쯤 후 재미슨이 말했다. "뭔가 흥미로운 게 보여요?"

"더 흥미로운 건, 안 보인다는 거죠."

"뭐라고요?" 재미슨이 물었다.

"아무도 부지에서 일하고 있지 않아요. 비어 있어요. 시추를 끝낸 걸까요?"

"어디 봐요."

재미슨은 그 땅을 천천히 살펴보고는 쌍안경을 내렸다. "하지만 시추를 끝냈다면 왜 배기관에서 가스 불꽃이 올라오고 있지 않죠? 생각해봐요. 내가 전에 그 얘길 했더니 당신이 기적이라고 했잖아

461

요. 그리고 다른 부지들처럼 석유를 퍼 올리고 있는 굴착 장치도 하나도 안 보여요."

"전문가에게 물어봐야겠어요. 마침 내가 아는 사람이 하나 있죠."

두 사람은 스탠 베이커가 일하고 있는 굴착 장치 앞에 차를 세우고 뛰어내렸다.

서둘러 트레일러로 다가갔다. 데커는 굳이 문을 두드리지 않고 그냥 박차고 들어갔다. 재미슨이 바로 뒤에 따라붙었다.

앉아서 컴퓨터 화면을 들여다보고 있던 베이커가 의자를 빙그르르 돌려 두 사람을 마주 보았다. "어이, 두 사람이 여긴 웬일로?"

"올아메리칸 에너지사요." 데커가 말했다.

"그게 왜?"

"그 부지에서 일하고 있는 사람이 아무도 없어요."

"그게 무슨 말이야?"

"거기 아무도 없다고요. 트럭도, 인력도, 작업도 전혀 없어요."

"데커는 거기서 굴착이 끝났을지도 모른다고 했는데, 확실히 몰라서요." 재미슨이 말했다.

"그래서 이렇게 만나러 왔어요. 스탠이 전문가니까요."

베이커가 고개를 내저었다. "그 유정에서 굴착이 끝났을 리가 없어. 그렇게 오래 있지 않았는걸. 그렇게 오래 굴착을 하지도 않았고. 그러니 그렇게 깊이는 못 들어갔을 거야."

"스탠, 매클렐런이 왜 그 땅의 소유권을 얻지 못했죠? 이곳의 다른 땅은 전부 차지했잖아요."

"올아메리칸이 경매가를 미친 듯이 높게 불렀다는 소문이 있던데. 원래 가격보다 두세 배는 불렀다고. 매클렐런은 그냥 그 친구들이 뭘 모른다고 생각했던 것 같아."

"내 생각엔 뭘 정확히 알았던 것 같은데요." 데커가 음산하게 말했다.

재미슨이 말했다. "그리고 우리가 이곳에서 본 그 배기 파이프가 거기도 하나 있었는데, 연기가 전혀 나오지 않았어요."

"배기 파이프라고!" 베이커가 어리둥절한 표정을 지었다. "이 단계에서 가스를 뿜어 올린다는 건 말이 안 되는데."

데커가 갑자기 흠칫했다. "지금쯤은 어느 정도 깊이까지 갔을 것 같습니까?"

"글쎄, 나더러 짐작하라면 최대한 60미터 정도일 거야."

"내가 걱정했던 대로군요."

"걱정해? 왜?"

데커는 재미슨을 보았다. "방금 문제의 똑딱거리는 시한폭탄을 발견한 것 같네요."

* * *

차가 올아메리칸 에너지사 부지를 에워싼 철망 앞에 도착하자,

데커는 차에서 내려 문을 잡고 흔들어보았다. 잠겨 있었다.

다시 차에 올랐다.

"들이받아요, 알렉스." 데커가 명령했다.

"그런……."

"그냥 해요. 시간이 없어요."

뒷좌석에 앉아 있던 베이커는 팔걸이를 꼭 붙들고 불안한 눈으로 처남을 보았다.

재미슨은 엔진을 켜고 기어를 D로 놓은 뒤 액셀을 있는 힘껏 밟았다. 커다란 SUV는 앞으로 돌진해 철문을 들이받았다.

일행은 차에서 급히 내렸고, 데커가 앞장서서 트레일러로 향했다. 문은 잠겨 있었다.

"데커, 우린 영장도 없잖아요." 재미슨이 말했다.

"영장은 엿이나 먹으라고 해요, 알렉스."

데커는 총을 꺼내 자물쇠를 쏘아 부쉈다. 문을 박차고 안으로 돌진했다. 베이커의 트레일러와 비슷하게 꾸며져 있었지만 책상 위에는 모니터가 한 대밖에 보이지 않았다. 화면에 떠 있는 것은 시추 현장 데이터인 듯했다.

데커가 화면을 보고 말했다. "스탠, 이게 말이 되는 상황인가요?"

베이커는 의자에 앉아 그래프를 비롯해 모니터 화면에 떠오르는 정보들을 들여다보았다.

"아니, 말이 안 돼. 다 엉터리야."

"왜죠?" 데커가 말했다.

"흠, 우선 내 생각이 맞았어. 아직 겨우 60미터 정도밖에 못 파고 들어갔어. 45미터 정도 지점에서 각도를 약 45도로 틀어서 수평으로 가기 시작했군." 베이커는 마우스로 화면을 조작했다. 다른 이미지가 떴다.

"그건 뭐죠?"

데커의 손끝에 두 사람의 눈길이 쏠렸다.

화면에 커다랗고 검은 것이 있었다. "구멍에 화상 센서를 넣은 것 같아. 그게 보여주는 거지."

"얼마나 큰 것 같아요?" 데커가 물었다.

"내가 익숙한 척도로 대충 어림잡자면, 가로세로 한 15미터쯤?"

"그러면 일반적인 집 한 채의 면적 정도인가요?"

"대략 그렇지. 뭐야, 저 밑에 집이 있다고 생각하는 건 아니지?"

"아뇨. 하지만 큰 공간이죠. 안에 뭐가 있는지 궁금해질 정도로요. 그리고 올아메리칸 에너지사는 확실히 흥미롭네요. 화면상으로 보면 저걸 향해 곧장 파 들어가는 것 같거든요." 데커는 그 대목에서 화면의 한 점을 가리켰다. "저기, 벽을 뚫고 있는 거 보여요?"

"데커!" 재미슨이 외쳤다. "생화학 무기요!"

"생화학 뭐요?" 베이커가 부르짖었다.

"발견한 것 같아요." 데커가 말했다. "그리고 놈들도요." 데커는 트레일러 창밖을 내다보았다. "왜 저 아래에 있는 게 공기를 매개로 하는 무기 같다는 생각이 들까요? 그리고 지금 이 순간 그게 저 파이프를 통해 지표면으로 빨아올려지고 있는 것 같아요."

"맙소사." 베이커가 말했다.

"스탠, 이걸 막으려면 어떻게 해야 하죠? 가능한 한 빨리요."

베이커가 바깥으로 뛰쳐나가자 두 사람도 따라갔다. 굴착 현장으로 달려간 베이커는 그 자리에 우뚝 멈춰 섰다. "망할, 정말 이상하군. 배기 파이프를 구멍에 곧장 달아놓다니."

데커가 부르짖었다. "이상한 게 아니죠. 그렇게 해서 지표면으로 그 망할 놈의 것을 빨아올릴 작정이면요. 이곳 전체를 뒤덮을 거예요. 어쩌면 주 전체를요."

"하지만 그걸 어떻게 빨아올리죠?" 재미슨이 물었다. "석유랑은 다르고, 스탠한테 들은 대로라면 압력이 그걸 파이프로 올려 보내서 표면으로 내보낼 텐데요."

"이 소리 들려?" 스탠이 물었다.

"무슨 소리요?" 데커가 되물었다.

"어딘가에서 낮게 웅웅대는 소리가 들리고 있어. 나더러 맞혀보라면 여기 장비에 일종의 진공 시스템을 장착한 것 같아. 아마 그렇게 해서 저 아래에 있는 뭔가를 끌어 올리고 있는 걸 거야. 흡입관 역할을 하는 거지."

"끌 수 있을까요?" 데커가 말했다.

베이커가 고개를 저었다. "찾아내서 끄는 방법을 알아내려면 너무 오래 걸려. 그리고 흡입이 이미 시작됐다면, 꺼도 소용없을지 몰라. 가스탱크에 사이펀을 연결한 것처럼 작용할 거야."

재미슨이 외쳤다. "그게 수십 년간 저 아래에 저장돼 있었다면, 뭔가 병 같은 용기에 들어 있지 않을까요? 어쩌면 심지어 보안 금고 같은 것에 넣어놨을지도 몰라요. 그냥 흡입이 시작되면 바로 올라오는 가스처럼 탱크 같은 데 담겨 있지는 않을 것 같아요."

베이커가 손가락을 딱 튕겼다. "하지만 먼저 기폭 장치를 내려보내 전부 폭파했을 수도 있어요. 그럼 용기는 다 박살났을 거고, 벙커 안이 진공 압력 상태일 수도 있죠. 일단 뚫리면, 만약 공기 매개성이라고 가정하면, 가장 저항이 작은 지점을 찾아 밖으로 나올 겁니다. 그게 이 파이프일 거고요. 적어도 가정상으로는 그게 맞아요."

베이커는 재빨리 대략 3.5미터 높이의 파이프를 훑어본 후 휴대
전화를 꺼냈다.

"릭, 나 스탠이야. 올아메리칸 에너지사 부지에 콘크리트 펌프
차 좀 보내줘. 그래, 우리 일이 아닌 거 알아. 그냥 좀 해줘. 당장 달
려오라고 해. 우린 언제든 출발할 수 있게 가득 채워놓은 펌프차가
있잖아. 10분 안에 와줘. 5분이면 더 좋고. 바로 부탁해!"

"여러분!"

트레일러로 돌아가 있던 재미슨이 문가에서 그들을 불렀다.

두 남자는 서둘러 안으로 달려 들어갔다. 재미슨이 화면을 가리
키며 물었다. "저게 스탠이 전에 트레일러에서 우리한테 보여준 압
력 표시기 맞죠?"

"맞아요." 베이커가 말했다.

"음, 저게 방금 확 튀었어요."

"그게 무슨 뜻이죠?" 데커가 불안하게 물었다.

베이커가 대답했다. "거기 있는 망할 놈의 것이 올라오고 있다는
뜻이지. 그것도 빠르게."

"이런, 젠장!" 재미슨이 외쳤다.

"제발!" 베이커가 고함쳤다.

다들 도로 밖으로 달려 나갔고, 베이커는 부지를 돌아다니며 뭔
가를 찾기 시작했다.

"뭘 찾는 거죠?" 재미슨이 외쳤다.

"뭔가 파이프를 막을 만한 거요."

"그냥 파이프 끝을 두들겨서 찌그러뜨리면 막을 수 있지 않을까
요?" 데커가 물었다.

"지면에서 3.5미터 높이에 있잖아, 에이머스. 그리고 저걸 두들

길 만한 도구가 보여? 게다가 자네 말이 맞는다면 그건 밀폐돼 있을 거야."

"뭔가 쇠로 된 거." 재미슨이 말했다.

"그 파이프 내부 압력이 크다고 했죠. 그 벙커에 갇혀 있던 공기도 있을 거고요. 그게 용접돼 있지 않으면 쇠뚜껑 같은 건 소용없어요. 그리고 용접하거나 찌그러뜨릴 시간도 없고요."

다들 미친 듯 주위를 둘러보았다.

"저거다!" 베이커가 외쳤다.

4,000리터들이 물통에 연결된 호스였다.

베이커는 호스 끝을 쥐고 다시 배기 파이프로 갔다. 그리고 상자를 뒤집어놓고 그 위에 올라섰다. "알렉스, 호스를 받아서 내 어깨에 올라타요. 에이머스, 물탱크에 수동 크랭크가 있어. 알렉스가 파이프에 호스를 넣으면 죽기 살기로 펌프질을 해."

"흠, 죽기 아니면 살기가 딱 이 상황이긴 하죠." 데커가 물탱크로 가면서 웅얼거렸다.

알렉스가 호스를 넘겨받았다. 베이커가 허리를 숙이자 재미슨은 베이커의 넓은 어깨에 올라섰다. 그리고 허리를 펴는 베이커 위에서 넘어지지 않게 균형을 잡았다. 팔을 최대한 뻗어도 파이프 끝에 닿기에는 30센티미터쯤 모자랐지만, 간신히 호스 끝을 배기 파이프로 향하게 할 수 있었다.

"얼른, 에이머스!" 베이커가 고함쳤지만 사실 그럴 필요도 없었다. 데커는 이미 미친 듯이 펌프질을 하고 있었으니까. 몇 초 후 물이 호스로 뿜어져 나와 파이프로 들어갔다.

"이게 정말 효과가 있을까요?" 재미슨이 물었다.

"물은 공기보다 무겁잖아요. 그러니 콘크리트 펌프차가 도착할 때까지 시간을 조금이라도 벌어주겠죠."

"효과가 있는지는 뭘 보고 알아요?" 재미슨이 외쳤다.

"우리가 안 죽는 걸 보고요." 데커가 수동 크랭크를 맹렬히 돌리며 숨 가쁘게 내뱉었다.

실제로 효과가 있는 모양이었다. 그들이 죽지 않은 걸 보면.

몇 분쯤 지나자 펌프 트럭이 현장에 나타났고, 그 광경을 보고 경악한 남자들에게 베이커는 파이프를 콘크리트로 채우라고 지시했다.

이윽고 데커와 재미슨과 베이커는 땅 위로 풀썩 쓰러졌다.

데커가 매형을 보고 말했다. "스탠은 천재예요. 훈장을 받아야 해요."

재미슨이 벌벌 떨리는 손을 베이커의 어깨에 얹었다. "같은 생각이에요. 그것도 큼지막한 걸로요."

데커가 긴 한숨을 내쉬며 말했다. "흠, 우리가 시한폭탄을 멈췄네요. 이젠 누가 그걸 왜 작동시켰는지만 알아내면 돼요."

"그래서, 그 땅에서 자라는 걸 먹지 말라는 크레이머의 말 한마디로 그 모든 걸 알아낸 거예요?" 재미슨이 말했다.

일행은 차를 몰아 타운으로 돌아가는 길이었다.

데커는 로비에게 전화를 걸어 상황을 알려주었다. 로비는 국방부와 국토안보부에 연락해 뒷일을 처리하겠다고 했다.

"그 한마디만이 아니죠. 브래드 대니얼스가 한 말도 있었잖아요." 데커가 말했다.

"그게 뭔데요?"

"대니얼스는 매각된 공군 부지에서 무슨 작업을 하고 있는지를 듣고 놀랐고 어쩌면 겁에 질린 것 같아 보이기도 했어요. '그 땅을 파고 있다고?'라고 했죠."

"난 그런 말을 했는지도 기억이 안 나는데요." 재미슨이 말했다.

"흠, 그런 걸 기억하는 게 내 담당이잖아요. 하지만 대니얼스는 거짓말을 했어요. 그 비축분을 없애버렸다던 거요."

"본인은 그렇게 알았을 수도 있잖아요."

"아뇨, 그게 거기 있다는 걸 **몰랐다면** 그 땅을 판다는 말에 그렇게 놀라지 않았겠죠."

재미슨이 고개를 끄덕였다. "맞아요, 나도 그쪽이 말이 되는 것 같아요. 그 기밀을 발설할 만큼 우릴 믿지 않은 거죠."

"그리고 그 레이더 건물 지하 벽에 색이 다른 부분이 있었어요. 문이었는데 나중에 벽으로 덮어버린 것 같아요. 도대체 지하 30미터도 더 되는 곳에 왜 문을 만들죠?"

"그 문과 연결된 터널이 있다는 거죠."

"바로 그거예요." 데커가 말했다.

"하지만 도대체 왜 정부는 그 무기들이 묻혀 있는 땅을 매각한 거죠? 그 부분이 이해가 안 가요."

"가장 쉬운 답은 오늘날 저기 윗분들이 그게 거기 있다는 것조차 몰랐다는 거죠."

"하지만 기록이 남아 있지 않을까요?" 재미슨이 물었다.

"그렇다 해도, 가능한 한 깊이 묻혀 있었겠죠. 하지만 솔직히 말하면, 난 중단 명령이 떨어진 후에도 공군이 계속 생화학 무기를 개발했을 것 같아요. 아니면 그렇게 오랫동안 연구해서 만든 걸 파괴하고 싶지 않았거나요. 그래서 공군이나, 거기서 일하던 어떤 악당들이 그걸 땅에 묻자고 결정한 거죠. 어쩌면 나중에 쓸 날이 오지 않을까 생각하면서요. 아니면 그냥 자기들이 한 일을 아무도 모르게 덮어버리자는 생각이었을 수도 있겠죠. 하지만 어딘가 안전한 보관 장소가 필요했어요. 당시에는 아무도 이곳을 시추할 거라는 생각을 못 했고요."

재미슨이 물었다. "그리고 대니얼스가 그 사실을 아는 사람들 중에서 유일하게 남은 건가요? 그 사람이 퍼디에게 말한 건 이해가 가요. 퍼디는 공군 소속이었고 모든 기밀 정보 취급 허가를 가지고 있었으니까. 하지만 도대체 아이린 크레이머에게는 왜 말한 거죠? 젠장, 처음에는 우리한테도 입을 안 열었으면서 말이에요."

데커가 말했다. "크레이머의 어머니는 스파이였어요. 어쩌면 딸이 어머니에게서 뭔가 신문 기법을 배웠을지도 모르죠. 천천히, 처음에는 별 뜻 없는 질문들로 시작하는 거예요. 어쩌면 나처럼 대니얼스의 모자를 봤을 수도 있고요. 물리치료사였잖아요. 대니얼스는 크레이머를 마음에 들어 했고, 크레이머는 아마 대니얼스를 잘 어르고 달랬을 거예요. 어쩌면 대니얼스가 아는 걸 거의 다 털어놓을 때까지 몇 달쯤 걸렸을 수도 있어요. 하지만 전부 알아내지는 못했죠. 그래서 여기로 와서 캐고 다니기 시작한 거고요. 크레이머가 군 시설 직원들이 아니라 유전 노동자들을 만나려 한 데서 실마리를 잡았어야 했는데. 아마 시설 근처 땅에 있다는 건 알았지만 정확히 어디 있는지는 몰랐던 거겠죠."

"하지만 그래도, 대니얼스가 그렇게 방심했다는 게 이해가 안 가요."

"노인네잖아요, 알렉스. 머리가 흐려졌다는 게 아니에요. 명석한 남자죠. 하지만 옛날 같은 수준으로 그렇게 바짝 경계하긴 힘들어요. 그리고 아마 크레이머가 그 정보로 뭘 할 거라고는 꿈도 못 꿨겠죠. 크레이머의 과거나 어머니에 관해 알 수가 없었으니까요."

"그렇다면 최악의 우연이 겹친 거군요." 재미슨이 말했다.

"바로 그거죠."

"그럼 대체 누가 크레이머를 죽인 거죠? 올아메리칸의 배후에 있는 자들?"

"확실히 그자들은 동기가 있죠. 파커와 에임스에 대해서도 그렇고요. 두 사람은 아는 게 있었으니 제거돼야 했어요. 퍼디 역시 같은 경우였을 수 있고요."

"어쩌면 크레이머가 뭔가 증거를 손에 넣어서 그걸 삼켰는데 놈들이 그걸 되찾으려고 배를 가른 거죠. 그리고 월트 서던을 협박해 부검을 엉망으로 하게 만들고요."

"전부 말이 되죠." 데커가 동의했다. "사실, 그게 유일하게 말이 되는 설명이에요."

"그럼 이 뒤에 있는 누군가는 꽤나 자금이 두둑하겠군요."

"그리고 여기에 쏟아부은 화력도 보통 돈이 드는 게 아니죠. 로비도 말했지만."

"하지만 이렇게 외딴곳에 생화학 무기를 터뜨려서 도대체 뭘 얻죠? 내 말은, 어디서 일어나도 끔찍한 일이지만, 가장 큰 피해를 입히려면 수백만 명의 사람과 수백만 달러의 재산이 희생될 대도시에서 하는 게 보통이잖아요."

"흠, 아무도 모르게 벙커를 파헤치기가 불가능했을 수도 있죠. 그리고 실제로 그걸 파헤치는 데 성공한다 해도, 어떻게 그 지하실을 안전하게 열고 내용물을 회수하겠어요? 거기다 그걸 아무도 모르게 여기서 내가려면?"

"하지만 그래도요."

"그리고 비록 여기 노스다코타에 수백만 인구가 살지는 않아도, 수십억 달러어치의 재산은 있죠."

재미슨이 말했다. "당연하죠, 석유랑 가스가 있으니. 유전 부지의 오염은 수 세기는 갔을 테고 이곳은 사람이 살 수 없는 곳이 됐을 거예요."

"맞아요."

호텔에 도착하자 재미슨은 차를 연석에 세우고 물었다. "이젠 어쩌죠?"

"당신은 어떨지 모르지만 난 샤워부터 할 겁니다. 그 물질이 파이프에서 못 나왔을 수도 있지만, 어쩌면 약간은 나왔을 수도 있으니까요. 누가 알겠어요? 스탠에게도 전화해서 그러라고 해야겠어요."

재미슨이 눈을 휘둥그레 떴다. "맞아요. 나도 샤워해야지. 비누를 두 개는 써줘야겠어요."

차에서 막 내리려는 참에 제시카 릴이 운전석 창 앞에 불쑥 나타나 말했다. "같이 가주셔야겠습니다."

"왜요?"

"오염 제거를 위해서요."

"저 아래에 뭐가 있는지 아세요?" 재미슨이 불안하게 물었다.

"확실히는 아니지만 추정되는 건 있죠. 두 분은 가셔서 오염 제거와 검사를 받으셔야 합니다."

"제 매형도……." 데커가 입을 열었다.

"그분은 이미 모셔 왔습니다. 그리고 펌프차에 있던 분들도요." 릴이 차도를 가리켰다. "저쪽에 밴이 있습니다. 뒷좌석에 타서 거기 있는 방호복을 입으세요."

"잠깐만요…… 우리가 전염 위험이 있다고 말하는 건가요?"

"모른다고 말씀드리는 겁니다. 이 차는 저희가 알아서 처리하겠습니다. 차도 검사를 받아야 합니다. 그러니 열쇠를 두고 가세요." 릴은 뒤로 물러나 밴을 가리켰다.

두 사람은 밴 뒷좌석에 올라 준비해놓은 방호복을 입었다. 휴대용 공기통과 보호 마스크가 연결된 공기 공급 장치도 있었다.

"이런, 겁나네요." 재미슨이 마스크 속에서 말했다. "정말 우리가 오염된 것 같아요?"

"곧 알게 되겠죠." 데커가 말했다. "아니면 좋겠지만요."

"누가 아니래요."

"아뇨. 내 말은, 우린 아직 살인사건을 해결해야 하니까요."

0 0073

이튿날, 두 사람과 베이커와 다른 남자들은 차량들까지 포함해 할 수 있는 모든 검사를 받은 후, 안전하다는 확인을 받았다. 우선 물이, 다음으로는 콘크리트가, 파이프에 들어 있던 무언가가 빠져 나오지 못하게 막아준 것이다. 연방 소속 화학구조센터가 현재 그 부지에 가서 외부인의 접근을 차단하고 정교한 탐지기술을 이용해 상황을 파악 중이었다.

재미슨과 데커는 호텔의 작은 회의실에서 로비와 릴, 그리고 블루 맨과 마주 앉아 있었다.

블루 맨이 말했다. "훈장을 받으실 겁니다. 여러분 덕분에 수많은 사람이 목숨을 구했습니다."

"놈들이 노린 건 확실히 석유와 가스였습니다." 데커가 말했다.

"그렇다면 우리가 중동에서 들은 잡음의 답이 되죠." 블루 맨이 말했다.

"그 위협의 근원이 거기라는 뜻이고요." 재미슨이 말했다.

"우린 그렇게 믿습니다. 그리고 지정학적 관점에서도 말이 되고요. 노스다코타의 석유 시추는 미국의 에너지 자립에 큰 도움을 주었습니다." 블루 맨이 말했다. "그건 우리에게 좋은 일이고 다른 원유 생산국들에게는 아주 좋지 않은 일이죠. 그중에는 OPEC 회원국들도 있습니다. 특히 사우디아라비아를 포함해서요. 우린 여전히 그쪽으로부터 석유를 수입하지만, 전에 비하면 많이 줄었죠."

"그래서, 정확히 땅 밑에 있는 게 뭐였나요?" 재미슨이 물었다. "아무도 말 안 해주던데요."

"그건 우리도 확실히 모르기 때문입니다. 하지만 여러분이 알려준 이후로 국방부의 고위 인물들에게 연락을 해서 여기 상황을 알렸습니다. 제 상관들이 재촉을 좀 해준 덕분에 그쪽에서 옛 기록들 일부를 깊이 파헤쳤고요."

"그래서, 결과는요?" 재미슨이 물었다.

"수십 년 전에 공군 내의 특정 인물들이 무기 개발을 중단하고 실제로 존재했던 비축분을 파괴하라는 대통령 지시를 따르지 않은 모양입니다. 개발이 계속 진행된 프로젝트가 있었던 것 같습니다. 그 결과가 그 벙커의 내용물이었던 듯하고요."

"'듯하고요'가 아니죠." 데커가 말했다. "그게 확실해요."

"혹시 그 프로젝트가 뭐였는지 아세요?" 재미슨이 물었다.

"벙커에 들어가 내용물을 검사하기 전에는 확실히 알 수 없죠. 그러려면 시간이 좀 걸릴 겁니다. 파이프로 쏟아부은 콘크리트도 있지만, 증기 밀봉 방식과 여압실 기술 같은 것들을 이용해 파이프와 벙커에 들어 있는 것이 확실히 처리될 때까지 밖으로 나오지 못하게 할 겁니다. 하지만 벙커를 뚫는 데 폭약이 사용됐다면 내용물 일부가 이미 주위 토양으로 새어 나왔을 가능성도 있죠. 구조센터에서도 그 점을 인지하고, 철저한 연구가 이루어지고 전면적인 해결책이 실행될 때까지 그게 새어 나오지 않도록 모든 수단을 강구하고 있습니다."

하지만 재미슨은 그 설명에 만족하지 않았다. "그 사람들하고 이야기한 후에도 뭔가 알아낸 게 없나요?"

"당시에 공군이 핵무기 사용에 대한 대안으로 공기 매개성 '합성' 무기를 개발하는 데 무척 열을 올렸다는 걸 알게 됐습니다. 리신, 탄저병균, 사린, 오늘날 '1080'으로 알려진 화합물, 그리고 세계에서 가장 치명적인 독인 보툴리누스균을 흡입 가능한 형태로 가공한 것들이죠. 저더러 짐작하라면 연구실에서 만들어진 일종의 **포자**라고 하겠습니다. 그렇게 생각하는 이유는 냉전 기간 소련에서 수행한 비슷한 프로젝트에 관해 알고 있기 때문입니다."

"머리 좋은 사람들이 서로 상대를 죽이는 데 그렇게 열을 올리다니, 정말 멋지네요." 재미슨이 역겨움이 역력한 표정으로 말했다.

"네, 뭐, 어쨌든, 그 무기들은 공중에서 투하될 예정이었습니다. 그러니 물론 그걸 사용하기에는 공군이 가장 적합했지요. 또한 이런 독극물이 몇 세기 동안 토양에 남아 있게 만들겠다는 게 당시의 의도였습니다. 핵폭발 방사능처럼요. 오랜 세월이 지나, 그곳을 지나가다가 우연히 토양에 남아 있던 그런 독소들을 건드리거나 흡입하면 몇 시간, 아니 심지어 몇 분 만에 원인도 모르고 죽을 수 있다는 거죠. 그리고 이런 독성 물질 중 일부, 어쩌면 전부는 일단 흡입하면 공기를 통해 한 생물체에게서 다른 생물체에 전염되게 하는 게 목적이었답니다. 다른 말로, 기존보다 훨씬 치명적인 합성 전염병을 만들고 싶었던 거죠."

"정말 끔찍하기 이를 데 없군요." 재미슨이 말했다.

"하지만 효율적이죠. 장기간에 걸친 대량 학살이 목적이라면 말입니다." 블루 맨이 지적했다. "그 무기가 결국 벙커에 묻힌 것도 놀랍지 않습니다. 아마도 안전하게 폐기할 방법을 몰랐을 테니까요. 땅에 묻을 수도 없고, 폭파할 수도 없고. 그러면 그런 공기 매개성 오염물질들이 일부 빠져나올 위험이 있으니까요. 그리고 그렇게 빠져나온 오염물질은 아주 오랜 시간 잠복해 있다가 아무것도 모르는 사람의 목숨을 앗아갈 수 있죠. 그리고 우세풍이나 폭풍은 물론이고 자신이 오염된 걸 모르는 이들이 여기저기로 옮겨 다니면, 단순히 노스다코타를 넘어 훨씬 더 큰 지역에 영향을 미칠 수 있습니다. 그랬다면 진정한 재앙이 됐을 테고, 이 나라는 대처할 능력을 잃었겠죠." 블루 맨이 두 사람에게 웃음을 지어 보이며 말을 이었다. "하지만 두 분과 그 매형분 덕에 그걸 막을 수 있었지요."

"그 치하는 제 매형에게 돌아가야 합니다." 데커가 말했다.

"데커." 재미슨이 나무라는 투로 말했다. "당신이 알아내지 못했다면 스탠은 그걸 막을 수 없었을 거예요."

"공은 모두에게 돌아갈 만큼 충분합니다." 블루 맨이 말했다. 그리고 데커에게 기대하는 시선을 보냈다. "자, 그런 계획을 막는 것도 중요하지만 그런 짓을 저지른 자를 잡는 것 역시 못지않게 중요하죠."

데커가 말했다. "배후가 아주 깊은 것 같습니다. 놈들이 고용한 용병들은 싼값에 움직이지 않는 이들이고, 거의 성공할 뻔했던 그 계획을 위해 토지와 온갖 장비를 사는 데도 엄청난 돈이 들었을 테니까요."

"지금 조사하고 있지만 길고 복잡한 과정이 될 테고, 어쩌면 명확한 답이 나오지 않을지도 모릅니다. 그리고 배후를 알아냈다고 해도, 우리가 할 수 있는 일에는 한계가 있을 수도 있습니다."

"말도 안 돼요." 재미슨이 말했다.

블루 맨이 점잖게 미소를 지었다. "지정학이라는 게 원래 그렇습니다. 좋든 싫든, 이 일의 배후에 있는 몇몇은 분명 지구상에서 저쪽 지역의 안정을 유지하는 데 필요한 국가들입니다."

"그래서, 그냥 넘어가준다고요?" 재미슨이 말했다. "아무런 후환이 없으면 또 이런 짓을 시도하지 않을 이유가 없을 텐데요?"

"후환이 없을 거라고는 안 했습니다." 블루 맨이 대꾸했다. "하지만 **공개적인** 후환은 없을 겁니다."

"그래서, 은폐한다는 건가요?" 재미슨이 외쳤다.

"전직 기자로서는 그런 걸 생각만 해도 세포 하나하나까지 들고 일어나겠죠. 압니다. 탓할 생각은 없습니다. 그냥, 문제가 복잡하고, 모든 권력자가 투명성을 믿지는 않는다고만 해두죠. 아니, **투명성**이라는 개념에 대한 생각 자체가 다를 수 있습니다."

재미슨은 포기한 듯 고개를 젓고 입을 꾹 다물었다.

데커가 말했다. "우리에겐 누가 아이린 크레이머와 파멜라 에임스를 죽이고 할 파커를 납치했는지 알아내는 일이 아직 남아 있습니다. 그리고 벤 퍼디와 그 모친을 살해한 자들도요. 물론 벤 퍼디가 살해됐다는 건 추정이지만."

재미슨이 덧붙였다. "그리고 월트 서던을 협박한 자도요. 틀림없이 생화학 무기 음모의 배후와 동일인물일 거예요."

"어떤 국내인이 외세와 협력해 이 음모를 꾸몄을 수도 있습니다." 로비가 말했다.

"전 그게 정확한 설명이라고 생각합니다." 데커가 말했다. "이젠 그 **국내인**이 누군지 찾아야죠."

0 0074

데커, 베이커 그리고 재미슨은 그날 저녁 오케이 코럴 살롱에서 저녁 식사를 하고 있었다.

"신병 훈련소 이후로 그렇게 쿡쿡 찔려가면서 검사를 받은 건 처음인 것 같아." 베이커가 병맥주를 홀짝이면서 말했다.

"흠, 그 정도로 끝난 게 다행이죠." 재미슨이 말했다. "영안실에 누워 있을 수도 있었는데."

베이커가 고개를 끄덕였다. "그래서, 거기 있는 게 뭔지 알아냈답니까? 시야를 차단하려고 막을 설치하기 전에 엄청난 인력이 거길 조사하고 있는 걸 봤는데."

"그냥 애초에 거기 넣었으면 안 되는, 과거의 심각한 물질이라는 정도로 해두죠." 재미슨이 말했다.

베이커가 고개를 저었다. "빌어먹을, 군은 늘 지들이 신이라도 된 것처럼 군다니까. 도대체 언제쯤이면 정신을 차릴까?"

"기대하지 마세요." 데커가 대꾸했다. "혹시 휴 도슨 소식은 들으셨죠?"

베이커가 서글픈 표정으로 고개를 끄덕였다. "병원으로 캐럴라인을 면회하러 갔는데 아직 약에 취해서 자고 있다더군. 좀 어쩌고 있나?"

"시간이 좀 걸릴 거예요." 재미슨이 말했다. "많은 일을 겪었거든요."

"셰인도 아버지를 잃었지만 상황이 달랐죠." 데커가 지적했다. "비록 우린 휴가 그리 선량한 인물이 아니었다는 걸 알게 됐지만요."

"휴 도슨이 매클렐런을 죽였다는 걸 감안하면 셰인도 만만찮게 힘들 것 같은데요." 재미슨이 반박했다.

"도대체 그건 또 뭔 놈의 소리랍니까?" 베이커가 외쳤다.

데커가 재빨리 상황을 설명해주었다.

베이커가 깊은 생각에 잠긴 표정으로 맥주를 홀짝였다. "돈으로 행복을 살 수 없다는 말이 맞나 봐. 내 말은, 둘 다 돈을 갈퀴로 긁어 들이고 있었잖아. 그런데 둘 다 죽어서 한 푼도 못쓰게 됐으니."

그때 문이 열리고 켈리, 셰인, 리즈 서던이 들어왔다. 그리고 놀라운 것은, 지친 표정의 캐럴라인도 함께였다는 점이었다.

"다들 다시 모였네요." 재미슨이 말했다.

"네 명의 유사 남매들이요." 데커가 덧붙였다.

"저 두 남자는 남매라고 하면 싫어할걸요." 재미슨이 반박했다.

켈리가 일행을 보고 앞장서서 테이블로 다가왔다.

베이커가 자리에서 일어나 도슨에게 한 손을 내밀었다. "병원으로 보러 갔었는데 자고 있다고 해서요, 캐럴라인. 정말, 음, 전부 다 유감이에요."

"고마워요, 스탠. 그렇게 말해줘서 고마워요." 캐럴라인이 부자연스럽게 느린 말투로 나지막이 대답했다.

데커는 캐럴라인의 초점 풀린 동공과 무기력한 태도를 눈여겨보았다. 아직도 많이 힘든 듯했다.

재미슨이 눈치채고 말했다. "벌써 나와도 괜찮은 거예요? 아직 병원에 있어야 할 것 같은데요."

서던이 대신 대답했다. "목이 쉬도록 말렸는데 내 말을 들어야 말이죠."

도슨이 말했다. "더는 병원에 있기 싫었어요. 폐소공포증이 올 것 같아서요."

셰인이 끼어들었다. "의사가 괜찮다고 했어요. 그냥 무리만 안 하면 된다고요."

"아파트까지 태워다 드릴까요?" 재미슨이 제안했다.

도슨이 말했다. "아뇨, 전 여기 위층 방으로 올라가려고요. 그리고……."

켈리가 재빨리 끼어들었다. "같이 가줄까?"

"같이 가줄 수 있어." 셰인이 덧붙였다.

"아니. 괜찮을 거 같아. 고마워." 캐럴라인이 서던을 보고 덧붙였다. "병원에서 같이 있어줘서 고마워요, 리즈. 내일 전화할게요."

"푹 자." 서던이 다정하게 말했다.

다들 캐럴라인이 떠나는 모습을 지켜보았다. 그 후 셰인, 서던 그리고 켈리는 테이블에 앉았다.

"안 좋아 보여요." 베이커가 말했다.

"그야, 지옥에 갔다 돌아왔으니까요." 서던이 방어조로 말했다.

"셰인도 그래요." 켈리가 지적했다. "아버지를 잃은 것도 그렇고." 그리고 셰인을 보며 말을 이었다. "게다가 **그런 식으로** 돌아가 셨으니."

셰인은 그 말에 어깨를 으쓱하고는 웨이트리스를 불러 데커가 마시고 있던 것과 같은 맥주를 주문했다. "노친네가 날 끔찍하게 아낀 것도 아닌데, 뭐. 그렇다고 그런 식으로 죽어야 할 분도 아니었지만." 셰인이 데커를 보며 물었다. "정말 휴가 아버지를 죽였다고 생각하세요?"

재미슨이 대신 대답했다. "그게 아니라면 그런 유서를 쓰실 이유가 없긴 하죠."

셰인이 켈리에게 물었다. "넌 어떻게 생각해, 조?"

켈리는 양손을 내려다보았다. "오래전부터 두 분 사이가 어땠는지는 너도 알지. 어쩌면 휴는 그냥 마지막 지푸라기가 끊어졌을 수도 있어. 너희 아버지한테 전부 매각한 다음 절대 그 결실을 맛보지 못하게 하겠다고 결심한 건 아닐까?"

"하지만 그러고는 자기도 자살해서 한 푼도 못 쓰고 간다고요?" 재미슨이 의심스러운 말투로 물었다.

"사람들은 죄의식 때문에 미친 짓을 하기도 하죠." 켈리가 말했다. "하지만 저도 아닙니다. 전혀 말이 안 되는 얘기죠."

주문한 맥주가 나오자 셰인은 한 모금 마시고 데커를 보았다. "브라더스 콜로니 근처에서 뭔가 큰일이 벌어지고 있는 것 같던데요. 사람들이랑 트럭이 잔뜩 와서 가림막을 쳤더라고요. 혹시 무슨 일인지 아십니까?"

"여기로 차를 몰고 오는 길에 나도 봤어요." 서던이 말했다.

"올아메리칸 에너지사에 관해 혹시 아시는 게 있습니까?" 데커가 셰인에게 물었다.

"근처에서 몇 번 봤죠. 이야기를 나눠본 적은 한 번도 없고요. 가끔 거기 유조차가 지나다니던데요."

켈리가 말했다. "거기서 벌어지는 일에서 우린 철저히 차단돼 있어요, 데커. 내가 아는 건 거기 들이닥친 사람들이 연방 요원들이라는 것까지예요. 당신은 분명 뭔가 알고 있죠."

"하지만 말할 수는 없습니다." 데커가 셰인을 보고 말을 이었다. "아버지의 유산에 관해서 정말 모릅니까? 돈이니 사업이니 하는 데 관심이 없는 건 알지만, 그래도요. 대다수 사람들은 궁금해할 텐데요."

셰인이 맥주를 벌컥벌컥 마셔버린 후 데커를 노려보았다. "봐요, 난 전쟁터에 나갔다 왔어요. 알겠습니까? 거기서 목숨이 몇 번은 왔다 갔다 했다고요. 그래서 내가 아버지보다 더 오래 살 거라는 생각 자체를 안 했어요. 도대체 아버지가 내게 돈을 남겼든 말든 그게 나하고 무슨 상관입니까? 난 아버지가 땅에서 그걸 파내서 번 돈 따위 필요 없고, 갖고 싶지도 않아요."

"그럼 뭘 하려고?" 서던이 물었다.

"내 농장이 있어요. 저축도 좀 있고요. 노친네가 나한테 뭔가 남겼다면, 어쩌면 기부할 수도 있겠죠. 제가 아는 빈털터리 재향군인이 좀 있거든요."

"그거 좋은 생각이네요, 셰인." 재미슨이 말했다.

"그러면 캐럴라인은요?" 데커가 물었다.

"캐럴라인이 왜요?" 셰인이 날카롭게 되물었다.

"아버지 유산을 물려받을 것 같은데요."

"그렇겠죠. 휴가 무척이나 아꼈으니까."

"캐럴라인의 오빠와는 잘 알았나요?" 재미슨이 물었다.

셰인이 서글픈 표정으로 천천히 고개를 끄덕였다. "주니어는 정말 좋은 사람이었어요. 점잖고 재미있었죠. 마음도 넓었고. 우린 친구였어요. 그렇게 갈 사람이 아니었는데."

"동성애자였다고 들었어요." 재미슨이 말했다.

"네, 그래서요?" 셰인이 따지듯 물었다.

"아버지는 이해해주지 않았다죠?"

"아들의 인생을 지옥으로 만들었죠. 그래서 자살한 거예요."

"캐럴라인 말로는 약물 과용이었다고 하더라고요." 재미슨이 말했다.

켈리가 말했다. "유서는 안 남기지 않았어요. 대신 녹음을 남겼죠. 녹음은…… 정말 슬펐어요."

"들었나요?"

"그 사건 조사에 저도 참여해서, 네, 들었죠. 사실 복사해놨어요. 그 이후로는 한 번도 안 들었지만요. 그걸 듣고 울었어요. 부끄럽지는 않습니다."

"캐럴라인과 어머니가 특히 큰 충격을 받았겠어요." 재미슨의 말에 서던이 고개를 끄덕였다.

켈리가 어깨를 으쓱하며 말했다. "그랬죠. 원래는 그 일로 캐럴라인과 휴 사이에 마지막 쐐기가 박혔어야 했는데, 매디가 죽는 바람에 두 사람만 남았죠. 캐럴라인이 끝까지 아버지를 싫어했다는 건 아닌데…… 복잡해요."

"우리도 캐럴라인한테 비슷한 말을 들었어요." 재미슨이 말했다.

그때 데커의 휴대전화가 울렸다. 전화기를 꺼내어 방금 이메일로 도착한 사진들과 보고서들을 훑어보던 데커의 얼굴에 긴장감이 서렸다. 그러더니 뭔가를 깨달은 표정을 지었다.

재미슨이 알아차리고 속삭였다. "뭐예요?"

데커가 도슨이 방금 올라간 계단을 바라보더니 자리에서 일어섰다.

재미슨이 물었다. "어디 가요?"

"우린 캐럴라인을 보러 갈 겁니다."

서던이 말했다. "같이 가죠. 내가 도움이 될지도 몰라요. 아직 무척 약한 상태예요."

데커가 재미슨을 보자 재미슨이 고개를 끄덕였다.

"좋아요, 하지만 무슨 말을 듣든 절대 누구에게도 발설하면 안 됩니다."

"알겠어요."

켈리가 말했다. "그 누구에서 저는 빼주시죠! 전 이 사건을 조사하고 있는데요."

"나중에 알려줄게요." 재미슨이 안심시켰다.

세 사람은 자리에서 일어나 계단으로 향했다. 켈리와 셰인은 복잡한 표정으로 그 뒷모습을 바라보았다.

0 0075

바 위에는 방이 여러 개 있었다. 하나는 아마도 행사장으로 쓰이는 듯한 넓은 개방형 공간이었다. 의자와 접이식 탁자들이 벽 쪽에 차곡차곡 쌓여 있었다. 한쪽 벽에 대놓은 뷔페 테이블 위에 리넨 냅킨들과 테이블보들이 놓여 있었다. 데커와 재미슨과 서던은 그 공간을 지나 아래와 똑같이 생겼지만 더 작은 바로 다가갔다.

"이건 용도가 뭐죠?" 재미슨이 물었다.

"곧 알게 될 거예요."

열린 문 앞을 지나 좌회전하자 다시 문이 나왔다.

데커가 문으로 가서 노크를 했다.

"캐럴라인, 데커와 재미슨이에요. 이야기를 좀 하고 싶어서요."

"제발 가주세요. 몸이 안 좋아요."

"캐럴라인." 서던이 불렀다. "나도 같이 왔어. 아무래도 이분들하고 이야기를 해야 할 것 같아."

"난 너무 피곤해요. 자야겠어요."

서던이 무력한 표정으로 데커를 보았다.

"아버님은 자살하신 게 아닙니다." 데커의 말에 재미슨이 흠칫했다. "살해당하셨어요."

그러자 다가오는 발걸음 소리가 들렸다. 열린 문 뒤에 도슨이 맨발로 서 있었다. 눈물이 그렁그렁했지만 분노로 가득한 얼굴이었다. "도대체 무슨 헛소리를 하는 거예요? 아버지는 자살하셨어요. 다들 봤잖아요."

"들어가도 될까요?" 데커가 물었다.

도슨은 당장이라도 면전에서 문을 꽝 닫아버릴 듯한 기세였다. 하지만 이윽고 누그러진 얼굴로 뒤로 물러섰다.

재미슨은 의자에 앉았고 데커는 서 있었다. 도슨은 침대에 웅크려 누웠다. 서던은 도슨 곁에서 불안하게 친구를 내려다보았다.

"도대체 그게 무슨 소리죠?" 도슨이 따졌다.

데커는 휴대전화를 꺼냈다. "방금 아버님의 범죄 현장을 조사한 과학수사팀에게서 이 사진들과 보고서를 받았어요. 거기에 따르면 이건 자살이 아닙니다."

"어떻게요?"

데커는 대답 대신 노끈 한 타래를 꺼내 자기 신장보다 30센티미터쯤 더 길게 푼 후 들어 올렸다.

"노끈인가요?" 도슨이 어리둥절한 표정으로 물었다.

"전문가한테 현장에서 발견된 노끈 길이를 측정하게 했습니다. 225센티미터였어요. 대략 이 정도 길이죠."

"그래서요?"

"왜 그렇게 긴 끈을 써야 하죠? 방아쇠에서 개머리판을 감아 손에 쥐려면 1미터면 충분한데요. 방아쇠를 당겨서 총을 제대로 발사하려면 개머리판을 몇 바퀴 감아야 하고, 그다음에 그걸 손에 감으면 10센티미터쯤 더 추가될 겁니다. 그런데 남은 150센티미터는 어디다 쓰죠?"

"난…… 난 모르겠어요. 어쩌면 미리 재지 않고 그냥 길게 끊어냈을 수도 있죠. 나머지는 그냥 여분이고요. 그건 아무 증거도 안 되잖아요."

"아뇨, 사실은 그 길이가 **전부** 필요했습니다."

"무슨 말이에요?"

"노끈이 남긴 흔적이 아버님의 손목에서 발견됐고 책상 서랍 손잡이에도 있었습니다. 그리고 전 과학수사팀에게 머리 위에서 사진을 찍게 했습니다. 책상 상판을 보려고요."

"왜 그러셨는데요?" 캐럴라인이 물었다.

"혈액이 튄 형태가 천 마디 말보다 더 많은 걸 알려주거든요. 혈액을 비롯한 유기물들이 온 사방에 튀어 있었습니다. 그런데 제가 방금 받은 사진은 책상 위를 가로지르는 길고 가느다란 선을 보여주더군요. 전혀 피가 튀지 않은 부분요."

"그게 무슨 뜻이죠?"

"그건 데커 말이 맞는다는 뜻이야." 데커의 말에 귀를 기울이고 있던 서던이 말했다. "누군가가 네 아버지를 살해한 거야."

데커가 설명했다. "산탄총이 발사됐을 때, 방아쇠를 당기는 데 쓰인 노끈은 책상 위에 있었고 팽팽하게 당겨졌습니다. 그래서 피와 다른 유기물들이 그 노끈이 가리고 있던 부분에 닿지 못한 거죠. 무척 가느다란 선이었지만, 확실히 거기 있었습니다." 데커는 사진을 띄워놓은 전화기를 도슨에게 건넸다.

"이해가 안 가요." 도슨이 사진을 내려다보며 말했다.

"누군가가 산탄총을 책상에 고정한 후 방아쇠와 개머리판에 노끈을 감고 다시 아버님 손목을 감았죠. 그 노끈은 다시 책상 서랍 손잡이를 거쳐 책상 위를 지나 범인이 쪼그려 앉아 있는 바닥으로 내려왔고요. 범인은 그 위치에서 노끈을 당겨 산탄총을 발사해 아버님을 죽인 겁니다. 그러면 우리가 발견한 모든 증거가 설명되죠."

"하지만 아버지는 덩치 크고 힘센 분이었어요. 그런 식으로⋯⋯."

데커가 말을 끊고 끼어들었다. "분명히 의식이 없는 상태였을 겁니다. 약을 먹인 거라면 부검 결과로 확인할 수 있겠죠. 머리에 충격을 받고 기절한 거라면 산탄총 때문에 흔적이 사라졌겠지만요."

"그럼 정말 아버지가 살해당했다는 말씀이세요?" 도저히 믿기지 않는다는 어조로 도슨이 물었다.

"전 그렇게 믿습니다."

"유서를 남기셨나요?"

"맞습니다. 아직 모르셨겠죠." 데커가 말했다.

재미슨이 말했다. "스튜어트 매클렐런을 살해하고 죄의식 때문에 자살한다고 적혀 있었어요."

"그 유서, 가지고 계세요?"

재미슨이 휴대전화를 꺼냈다. "여기 사진이 있어요."

도슨은 사진을 자세히 들여다보았다. "아버지 필체와 서명 같아 보이는데요. 볼 만큼 본 제 눈에는요. 누군가 위조한 거면 보통 솜씨가 아니네요."

데커가 말했다. "아버님의 필체를 잘 아는 사람들 몇 명에게 확인했더니 같은 말을 하더군요. 하지만 꼭 그렇다고 확정된 건 아닙니다. 전문가한테 보내서 확인 중입니다. 아마 솜씨 좋은 위조로 판명 나겠죠."

"하지만 왜 그런 수고를 감수하죠?"

"스튜어트 매클렐런의 살해와 연관이 있을지도 모르죠. 그리고 비록 전 그 유서가 가짜라고 생각하지만, 아버님이 스튜어트의 죽음에 관여했을 가능성을 보여주는 증거가 존재하긴 합니다. 그리고 그 때문에 자살했을 가능성이 아예 없는 건 아니고요. 제 생각은 다르지만요. 그건 별개의 문제입니다."

"증거라면 어떤?"

"아직은 말씀드릴 수 없습니다."

도슨은 전화기를 도로 건네며 말했다. "하지만 왜 아버지가 스튜어트를 죽여야 하죠?"

"혹시 뭔가 짐작 가시는 것 없습니까?" 데커가 물었다.

도슨은 심란한 마음을 가라앉히고 다시 침대에 누웠다. "아뇨, 제 말은, 두 분은 사업상 경쟁 상대였지만 그건 아니에요. 두 분은 서로 필요한 관계였어요. 그리고 스튜어트가 아버지에게 엄청난 돈을 준 직후였잖아요."

데커가 실망한 표정을 짓는 순간 서던이 몸을 부르르 떨었다. "저기요, 증거는 없지만, 그래도……." 서던이 말끝을 흐렸다.

"뭐라도 말씀해주시면 저희한테는 도움이 될 겁니다." 데커가 말했다.

서던이 안절부절못하는 표정으로 도슨을 보았다. "매디의 죽음 말인데."

"뭐죠?" 데커가 물었다.

서던이 데커를 본 후 다시 도슨을 보고 말했다. "다들 사고였다고 했잖아. 하지만 너희 어머니는 여기서 태어나 자랐어. 눈보라 속에 밖에 나간 게 처음도 아니었지. 차가 길에서 벗어났을 때 왜 차에서 내려 상황을 확인하지 않았을까? 그러면 머플러 속에 눈이 가득 찬 걸 봤을 거야. 난 당시에 월트한테도 같은 말을 했었어. 월트도 같은 생각이었어. 비록 부검에서 수상한 뭔가가 나오지는 않았지만."

"사고의 충격으로 의식을 잃었다고 짐작할 만한 증거가 있었어요." 재미슨이 말했다.

서던이 고집스럽게 고개를 저었다. "전 안 믿어요. 정말 못 믿겠어요. 그리고 너도 안 믿잖아, 캐럴라인. 이곳에서 자란 사람들은 누구나 악천후에 운전하는 데 익숙하지." 서던이 도슨의 눈을 똑바로 들여다보며 말했다. "그리고 매디가 타고 있던 지프는 아주 믿음직한 녀석이었잖아. 안 그래?"

도슨이 고개를 끄덕였다. "오래 타셨어요."

"스튜어트 매클렐런이 캐럴라인 어머니를 살해할 이유가 있었다고 말씀하시는 겁니까?" 데커가 물었다. "왜죠?"

"전부 그냥 제 생각이에요."

"그 생각을 좀 들어보죠."

서던이 도슨을 보고 말했다. "너희 가족은 함께 이곳을 떠나 프랑스로 갈 계획을 세우고 있었지."

"맞는데, 그래서요? 그게 스튜어트와 무슨 상관이죠?" 도슨이 물었다.

"난 스튜어트 매클렐런이 너희 어머니를 사랑했던 것 같아."

재미슨이 데커와 눈길을 교환한 후 말했다. "그 이야기는 처음 듣는데요."

"저도 처음 들어요." 도슨은 어리둥절한 표정이었다.

서던은 상황이 몹시 불편한 눈치였지만 그래도 자기주장을 꺾지 않았다. "캐서린 매클렐런과 네 어머니는 친구였어. 남편들끼리는 사이가 별로였지만. 하여튼 그래서 스튜어트와 네 엄마도 여러 차례 만났지. 난 캐서린과 매디를 다 알았지만 캐서린과 더 가까웠어. 캐서린은 죽기 전에 자기 남편이 매디를 사랑한다고 믿고 있었어."

"맙소사." 경악한 도슨이 말했다.

"너한테는 힘든 얘기인 거 알아." 서던의 눈가가 촉촉해졌다.

"왜 한 번도 말하지 않았어요, 리즈?"

"너한테 충격을 주고 싶지 않았으니까. 그리고 증거도 없었고. 하지만 이제 이런 일들이 벌어지고 나니까……." 서던은 말을 멈추고 난처해하는 얼굴로 데커를 보았다. "하지만 어쩌면 이제 그냥 입을 다무는 게 낫겠다."

"그러기엔 너무 늦은 것 같은데요." 데커가 말했다.

서던이 도슨의 어깨에 한 손을 얹었다. "캐럴라인? 내가 어떡하면 좋을까?"

"난…… 전부 말해줘야 한다고 생각해요, 리즈."

서던이 고개를 끄덕이고 잠시 생각을 정리했다. "정말 아름다운 사랑도 있지만, 보답 없는 사랑은 뭔가 다른 것으로 변하기도 해요. 파괴적인 증오심으로."

"그래서 매디 도슨이 스튜어트의 마음을 알고 퇴짜를 놓았다고 말씀하시는 겁니까?" 데커가 물었다.

"아마 그랬던 것 같아요. 그리고 스튜어트 같은 남자는 거절을 잘 받아들이지 못하죠."

"그럴 것 같네요." 재미슨이 말했다.

잠시 침묵이 흐른 후, 데커가 말했다. "그래서, 매디를 살해할 동기가 뭐죠? 퇴짜 맞은 보복으로?"

"자신이 못 가지면 아무도 갖지 못하게 하겠다는 거죠." 서던이 바로잡았다.

"그러면 휴 도슨은요?" 재미슨이 물었다.

"캐서린이 스튜어트가 매디에게 끌리는 걸 알았다면, 휴도 알았을 수밖에 없겠죠. 그리고 스튜어트가 매디의 죽음과 뭔가 관계가 있다고 생각했다면……?"

"하지만 왜 굳이 이제 와서?" 재미슨이 물었다.

서던이 어깨를 으쓱했다. "사업을 전부 매각했잖아요. 여길 완전히 뜰 작정이었던 거죠. 그러니 마지막 기회라고 생각한 게 아닐까요."

재미슨이 말했다. "프랑스로 가겠다는 말을 하긴 했어요. 캐럴라인이 같이 가줬으면 한다고 했죠."

도슨이 머뭇거리며 서던을 보고 다시 데커를 보았다. "내 온 세상이 방금 거꾸로 뒤집힌 것 같아요."

"무리도 아니죠." 데커가 말했다.

"이제 어떻게 할 건가요?" 서던이 물었다.

"살인자를 찾아야죠." 데커가 말했다. "그게 우리가 여기 온 유일한 이유니까요."

0 0076

"어떻게, 살인자를 잡을 방법이 좀 생각났어요?" 재미슨이 질문했다.

두 사람은 재미슨의 호텔방에 있었다. 데커는 살롱을 나온 이후로 한마디도 하지 않았다.

데커는 재미슨의 질문에 곧장 대답하지 않았다. "우리 기본으로 돌아갑시다. 동기, 수단 그리고 기회로요."

"음, 캐럴라인은 아버지를 살해할 동기가 있었어요. 유산 상속자고, 사업을 매각한 데 화가 났죠. 하지만 기회는 없었어요. 도슨이 살해당한 시간대에 우리가 타운에서 캐럴라인을 봤죠. 그러니 제외. 이제, 생각해보면 셰인은 자기 아버지를 살해할 동기가 있었어요. 유산 상속자니까요. 하지만 셰인 역시 매클렐런이 살해당한 시각에 알리바이가 있죠. 그 희귀한 독극물의 원산지는 휴가 자주 가는 곳인데, 난 이곳에 그 사람 말고 오스트레일리아를 자주 찾는 사람이 또 있을까 싶어요. 그리고 심지어 도슨이 자살한 게 아니라고 해도, 그게 매클렐런을 죽이지 않았다는 뜻은 아니죠. 오늘 밤 리즈 서던이 한 이야기로 미루어 보면, 매클렐런이 자기 아내를 죽 였다고 믿는다면 동기가 성립해요. 복수죠."

데커는 아무 말 없이 자리에서 일어나 문으로 향했다.

깜짝 놀란 재미슨이 말했다. "어디 가요?"

"산책하러요."

"왜요?"

"생각을 좀 해야겠어요. 뭔가 말이 안 되는 게 있어요."

데커가 나가자 재미슨은 침대에 쓰러져 누웠다. 베개에 얼굴을 묻고 좌절감 가득한 비명을 질렀다.

쌀쌀하고 바람 부는 날이었다. 데커는 양손을 주머니에 깊이 찔 러 넣은 채 어둡고 인기척 드문 런던 거리를 걸었다. 이 사건의 가 장 난감한 점은 접근 각도가 하도 다양해서 하나를 오래 붙잡고 있을 수 없다는 것이었다. 계속해서 뒷북만 치는 기분이었다. 뭔가 실마리를 잡았다고 생각할 때마다 다른 사건이 그들을 전혀 다른 방향으로 밀어붙였다. 그 일부는 우연이겠지만 나머지는 분명히 누군가의 의도라고, 데커는 확신했다.

다시 오케이 코럴 살룽으로 가서 바에 자리를 잡고 맥주를 주문 했다. 맥주병을 감싸 쥔 채 잠시 눈을 감고 머릿속에서 모든 걸 다 시 훑었다.

아이린 크레이머는 죽었다.

파멜라 에임스는 죽었다.

할 파커는 납치당했다.

베벌리 퍼디는 죽었다.

월트 서던은 자살했다.

브래드 대니얼스는 살해당할 뻔했다.

스튜어트 매클렐런은 죽었다.

휴 도슨은 죽었다.

그리고 한 무리의 외국인 용병들 역시 로비와 릴 덕분에 이 세상을 떠났다. 하지만 아직 주위에 더 남아 있을 수도 있었다.

그렇지만 데커는 비밀 감옥이 위의 사건들과 연관이 있을 거라고 생각지 않았다. 그건 별개 사건이었고, 해결됐으며, 당사자들은 적절한 응징을 당했다.

하지만 올아메리칸 에너지사와 독성 화학물질 및 생화학 무기로 가득한 그 벙커는 틀림없이 관련이 있었다. 그리고 당사자들은 아직 제대로 책임을 추궁당하지도, 처벌받지도 않았다.

데커를 정말 괴롭히는 또 다른 질문이 있었다. 무기가 숨겨진 비밀 벙커를 그 용병들은 도대체 어떻게 알게 됐을까? 외국인처럼 보이는 사람들이 찾아와 이상한 질문을 하고 다녔다면 브래드 대니얼스는 분명 뭔가 낌새를 챘을 것이다.

그러니 소거법으로 추정해보면 그들이 그것에 관해 알게 된 경로는 단 둘뿐이었다. 벤 퍼디 아니면 아이린 크레이머. 그 후 놈들은 벙커가 묻힌 땅을 브라더스로부터 매입해 채굴을 시작했고, 그 모든 일이 일어났다.

하지만 크레이머는 살해당했고, 데커가 짐작하기에는 퍼디 역시 살해당한 것이 분명했다. 그렇다면 놈들은 그 두 사람을 통해 벙커 및 그와 관련된 것들에 관해 알게 된 것일까? 그래서 나중에 두 사람을 다 살해한 것일까?

그때 데커는 한 번도 생각해보지 않은 질문을 떠올렸다.

퍼디와 크레이머가 서로를 알았을까? 이 일을 파헤치려고 서로 손

을 잡았을까? 그러다 발각되어 살해당한 걸까?

그리고 크레이머가 삼킨 것이 놈들에게 너무나 귀중한 것이어서, 그걸 찾아 돌려받으려고 크레이머의 배와 장을 가른 것일까?

모두 유용한 질문들이었다. 그리고 데커는 그중 단 한 질문의 대답도 갖고 있지 않았다.

조사가 이 정도 단계에 이르면 최소한 하나쯤은 답이 나왔어야 하는데.

데커는 눈을 뜨고 맥주를 마시며 시무룩하니 바를 응시했다.

비밀을 꽁꽁 감추고 절대 내놓을 마음이 없는 듯한 이 타운이 슬슬 지겨워지려고 했다. '오류 없는' 기억력도 영 도움이 되지 않았다.

그때 한 남자가 데커 옆자리에 와 앉았다.

고개를 돌려보니, 윌 로비였다.

청바지와 오버사이즈 운동복 상의에 낡은 부츠를 조합한, 눈에 띄지 않는 차림새였다. 존 디어 야구모자를 쓰고 있었고, 총은 어디다 숨겼는지 전혀 티가 나지 않았다. 어쩌면 오버사이즈 운동복 속 어딘가에 있을까?

로비는 주문한 맥주가 나오기를 기다리면서 실내와 그 안에 있는 사람들을 계속해서 둘러보았다.

"생각이 많아 보입니다." 로비가 말했다.

"잘 봤네요. 벙커에 뭐가 있었는지 알아냈습니까?"

"우린 공식적으로 거기 관여하지 않습니다. 그건 국방부와 국토안보부 소관입니다. 하지만 비공식적으로 말씀드리자면 아직 알아내지 못했습니다. '천천히 꾸준히' 진행 중입니다. 터널에 관해서는 당신 말이 맞았습니다. 벽을 부수자 터널이 발견됐습니다. 그

500

리고 그 안에 있는 게 표면으로 나오지 못하도록 당신 친구가 파이프에 부은 콘크리트 위에 추가로 보호조치를 마련해두었습니다. 아마 그걸 열어서 안에 정확히 뭐가 있는지 확인하기 전에 안전을 확보할 목적으로 원래 금고 주위에 벙커를 하나 더 지을 것 같습니다."

"다른 건요?" 데커가 물었다.

"올아메리칸 에너지사에 관련해서 좀 파헤쳐봤습니다. 알고 보니 해외와 관련된 부분이 있어서 드디어 우리 기관이 다룰 수 있게 됐습니다."

"해외라니, 어떻게요?"

로비가 말했다. "페이퍼 컴퍼니인데 버뮤다에 있는 또 다른 페이퍼 컴퍼니의 소유로, 다시 그걸 소유한 페이퍼 컴퍼니가 런던에 있다는 것까지는 알아냈습니다. 그 이후로는 흔적이 사라졌습니다."

"그리고 노스다코타의 유정을 감안하면 그게 미국의 에너지 독립성에 어떤 영향을 미치죠?"

"도움이 되지 않습니다. 그리고 특정 유형의 원유와 심지어 천연가스 가격도 치솟았을 겁니다."

"그럼 다른 산유국들한테는 이롭겠군요." 데커가 말했다.

"중동, 러시아, 캐나다, 베네수엘라."

"캐나다가 이 일의 배후일 것 같지는 않은데요. 그리고 베네수엘라는 지금 붕괴되고 있고요."

"그러면 샤이크(이슬람 단체나 국가의 우두머리─옮긴이)나 푸틴일 겁니다." 로비가 대꾸했다.

"아니면 둘 다일 수도 있고요." 데커가 말했다. "최근 세계에는 기묘한 동맹들이 결성됐죠. 그리고 물론 러시아는 그 지역들로 침투했고요. 하지만 여기에도 분명 현지 공작원들을 뒀을 겁니다. 지형을 파악하고 부동산 매입 거래를 처리하고 그 모든 준비를 갖추면서 들키지 않은 걸 보면요."

로비가 맥주를 한 모금 마셨다. "타당한 설명이라고 봅니다. 그래서, 사건을 어떻게 마무리할 생각입니까?"

"우린 계속 파헤치고 있어요. 다른 방법은 없으니까요."

"벤 퍼디는 그 일을 파헤치다가 그런 대가를 맞이했습니다. 퍼디의 모친도요."

"맞아요." 데커가 말했다. "하지만 내가 아직 모르겠는 건 퍼디가……." 데커가 말을 멈추고 맥주병을 내려놓았다.

"뭡니까?" 데커가 대답하지 않자 로비가 한 번 더 다급하게 불렀다. "데커!"

데커가 로비를 보고 말했다. "젠장, 난 이걸 완전히 거꾸로 보고 있었어요."

"어떻게 말입니까?"

"당장 가야 해요."

"어디로 말입니까?" 로비가 물었다.

"할 파커의 집으로요."

0 0077

로비의 차를 타고 가는 길에 데커가 말했다. "난 그냥 퍼디가 브래드 대니얼스한테 벙커 이야기를 듣고 진실을 파헤치다가 잘못된 사람들을 만나서 그런 운명을 맞았다고 생각했어요."

"흠, 우리 모두 그렇게 생각해왔습니다."

"하지만 그렇다고 그 생각이 옳다는 뜻은 아니죠."

"그럼 당신의 이론을 말씀해주십시오." 로비가 말했다.

"브래드 대니얼스가 퍼디에게 모든 걸 알려줬다고 했다면서요?"

"맞습니다. 뭔가를 감춘 것 같지는 않습니다. 우리에게도 다 말해주려는 참에 그 습격이 일어났습니다."

데커가 말했다. "좋아요. 우리, 상황을 단편적이 아니라 전체적으로 봅시다. 퍼디는 공군의 전문가였어요. 훈련을 받고 경험도 있었죠."

"맞습니다."

"그리고 군 행사에 갔는데 거기서 수십 년 전에 하필이면 자기

와 동일한 시설에서 근무했던 사람을 만나 공군 소유 토지에 생화학 무기로 가득한 벙커가 묻혀 있을 가능성을 알게 됐어요. 그 지역에 사는 모두에게 명확하고 현재적인 위험이 될 무기가요. 그런 게 있다면 국가 보안에 정말 심각한 문제가 되겠죠, 맞죠?"

"맞습니다."

"좋아요. 당신이 퍼디의 입장이라면, 퍼디처럼 경험이 있다면, 그리고 그 모든 걸 알게 됐다면, 어떻게 하겠습니까?"

"저라면 상관에게 보고하고 알아서 처리하도록 맡길 겁니다. 그게 상식이고, 퍼디 같은 사람이라면 자연히 그렇게 대응할 겁니다."

"**바로 그거예요**. 하지만 이렇게도 한번 생각해봐요. 난 대니얼스가 퍼디한테 한 이야기를 아이린 크레이머에게도 전부 했을 것 같지는 않아요. 그러니 퍼디는 아무것도 파헤칠 필요가 없었죠. 이미 알아야 할 걸 전부 알고 있으니까. 그냥 상부에 보고하면 공군이 알아서 하겠죠. 그럼 자기 몫은 다 한 거예요. 만약 그 보고 내용이 맞는다면 훈장을 받고 어쩌면 승진도 하겠죠. 더는 관여할 필요가 없어요."

"흠, 모든 걸 폭로하면 공군 내부에서 보복이 있을까 봐 두려워했을 수도 있습니다."

"왜요? 브래드 대니얼스는 90대예요. 난 공군에 이 일에 관련된 인물이 남아 있을 것 같지 않습니다. 그리고 보복이 두려웠다 해도 퍼디 같은 정보를 지닌 사람들을 보호하기 위한 내부고발자 보호법이 있어요. 퍼디는 자기가 아는 걸 그 채널을 통해 안전히 보고하고 소통할 수 있었을 겁니다."

"그러면 무슨 말을 하려는 겁니까, 데커."

"곧 보게 되겠죠."

할 파커의 집에 도착하자 데커는 앞장서 안으로 들어갔다. 전에 왔을 때 본, 벽에 걸린 사진들 앞으로 가서 그중 하나를 가리켰다.

"누군지 알아보시겠습니까?"

로비가 이를 악물고 내뱉었다. "벤 퍼디."

"퍼디는 파커를 알았어요. 같이 사냥을 다닌 게 분명하죠. 몬태나에 있는 퍼디의 목장 벽에는 동물 머리들이 걸려 있었어요. 베벌리 퍼디가 남편과 아들이 뛰어난 사냥꾼이라고 했죠."

"그럼 당신은 퍼디와 파커 사이에 모종의 관계가 있었다고 생각하는 겁니까? 아이린 크레이머의 시신을 찾아낸 건 파커였습니다."

"네, 관계가 있었다고 생각합니다."

"그럼 당신의 이론이 뭡니까?"

데커는 이 질문에 깜짝 놀란 눈치였다. "내 이론은 퍼디가 자기가 아는 걸 상부에 보고하지 않았다는 겁니다. 그걸 감추면 개인적으로 이득을 볼 거라고 생각해서요. 그걸 온전히 이용하고 싶었던 거죠."

"'온전히 이용'한다는 게 정확히 무슨 말입니까?"

"복무 기록에 따르면 퍼디는 정말 영리한 친구였어요. 승진도 빨랐고 추천도 많이 받았죠. 해외에도 자주 나가서 학회를 비롯한 미팅에 다수 참여했어요. 그리고 늘 공부를 했죠. 퍼디가 간 곳 중에는 카타르와 요르단도 있었어요."

잠시 생각에 잠겼던 로비가 이윽고 입을 열었다. "그럼 당신 말은, 퍼디가 거기서 노스다코타의 석유 산업을 무너뜨리고 싶어 하는 자들과 만났다는 겁니까?"

"네. 그리고 그자들은 틀림없이 막대한 금액을 지불했을 테고 아울러 퍼디에게 필요한 인력도 전부 제공했겠죠."

"그럼 퍼디의 어머니는?"

"네, 그자들은 퍼디의 어머니를 살해했습니다. 퍼디가 그 결정에 관여했는지 안 했는지는 모르지만요. 하지만 깡촌 출신으로 군에 몸담은 지 10년 만에 상사가 될 만큼 영리한 아이라면? 아마 더 높은 곳이 목표였을 겁니다. 너무 높은 곳을 목표로 해서 돈과 권력을 대가로 조국을 배신할 정도로요. 그러면 탈영한 이유도 설명이 되겠죠."

"그러면 당신이 목장에서 찾아낸 인쇄물은? 대니얼스가 모든 걸 말해줬다면 그건 필요 없지 않았겠습니까?"

"내가 퍼디라면, 그리고 어떤 장난 아니게 위험한 사람들을 상대해야 하는 대형 계획을 세웠다면, 모든 걸 확실히 해두고 싶었을 겁니다. 그냥 요양원에 사는 아흔몇 살 노인네 말을 그대로 믿지는 않았겠죠. 퍼디는 확실히 해둘 필요가 있었던 겁니다. 그냥 노인네의 왜곡된 기억일 수도 있는 걸 맹목적으로 믿지 않고요."

"그러면 퍼디가 크레이머와 에임스를 살해하고······." 로비는 사진을 가리켰다. "파커를 납치한 겁니까?"

데커가 불확실한 표정으로 고개를 저었다. "그건 확실히 모르겠어요, 로비. 내가 말했듯, 퍼디는 크레이머보다 훨씬 많은 걸 알았어요. 크레이머는 여기 와서 숨겨진 것들을 파헤치고 다녀야 했습니다. 그게 공군 기지 주변 굴착지와 관련이 있다는 건 알았고, 그게 뭐든 간에 땅속에 있고 위험하다는 것도 알았죠. 그래서 주디스 화이트한테 여기서 키우는 곡식을 먹지 말라고 한 겁니다. 하지만 크레이머가 아는 건 그게 전부였어요. 아마 이 일을 전부 폭로해서 미국 정부를 우스운 꼴로 만들고 싶었던 것 같아요. 자기 어머니가 당한 일에 대한 복수로요. 하지만 퍼디에게 크레이머가 왜 필요했을까요? 크레이머가 말해줄 수 있는 건 이미 자기가 다 아는 것들인데. 그리고 우린 둘 사이에 아무런 연관성도 찾지 못했습니다."

"하지만 크레이머가 여기 와서 상황을 파헤치기 시작하다 퍼디를 만났을 수도 있지 않습니까. 크레이머가 누군가에게 말하기라도 하면 퍼디는 곤란해졌을 겁니다. 계획이 어그러지는 걸 막으려면, 퍼디는 크레이머를 죽일 이유가 충분했습니다."

"그리고 퍼디가 되찾아야만 했던, 크레이머가 삼킨 건 뭐였을까요?"

"계획이 탄로 날 만한 뭔가였을 겁니다."

데커는 고개를 끄덕였지만 납득한 표정이 아니었다. "가능은 하겠죠. 하지만 파커와 에임스에게 일어난 일은 설명이 안 돼요."

"그럼 이제 계획은 뭡니까?" 로비가 물었다.

"퍼디를 찾아야죠. 그게 확인할 수 있는 유일한 방법이니까요."

"이 일의 배후가 퍼디라면, 지금은 멀찌감치 사라지지 않았겠습니까?"

"그럴 수도 있고 아닐 수도 있죠."

"그리고 당신 생각이 틀렸고, 퍼디가 이 일의 배후가 아니라면?"

"그러면 아마 죽었겠죠."

두 남자가 집을 나선 순간, 암흑이 두 남자를 덮쳤다.

0 0078

뜨일 듯 말 듯 파들거리던 로비의 눈꺼풀이 다시 닫혔다. 로비는 근육 하나 움직이지 않고 놀라울 정도로 미동도 없이 가만있었다. 실은 손발목이 어느 정도나 세게 묶였는지 가늠하는 중이었다. 냄새를 맡아보니 유독한 냄새가 폐 가득 들어왔다. 다음으로 귀를 쫑긋 세웠다. 사람, 사물, 근처에 어떤 위험 요소들이 있는지. 마침내 로비는 눈을 뜨고 시선을 차례차례 옮기며 그곳의 모든 것을 머리에 입력했다.

그곳은 창문도 문도 없는 방이었다. 로비는 어리둥절했지만 잠시뿐이었다. 시선을 드니 천장에 나 있는 트랩도어로 연결된 사다리가 보였다. 팔을 어느 정도 이상 들어 올리자 저항이 느껴졌다. 다리도 마찬가지였다. 내려다보니 천장에 매달린 하나뿐인 알전구의 흐릿한 빛 아래, 사지를 얽어맨 사슬이 보였다. 사슬은 바닥에 박힌 두꺼운 철제 고리에 연결돼 있었다. 양손은 몸통 앞쪽에 족쇄로 묶여 있었는데, 그게 로비가 볼 수 있는 유일하게 긍정적인 면이었다.

오른쪽으로 돌아눕자 30센티미터 거리에 누워 있는 에이머스 데커의 커다란 덩치가 보였다. 데커 또한 족쇄에 묶여 있었고, 데커의 사슬 역시 바닥의 동일한 고리에 연결돼 있었다.

데커 또한 깨어서 로비를 보고 있었다. "영 안 좋네요." 데커가 나지막이 말했다.

로비는 무뚝뚝하게 고개를 한 번 끄덕였다. 로비는 놈들이 총을 빼 간 총집의 빈자리를 느끼며 데커 역시 마찬가지일 거라고 확신했다. "우린 기습당했습니다."

"혹시 여기가 어딜지 짐작 가요?" 데커가 물었다.

로비는 다시금 주위를 둘러보았다. "지하입니다. 공기가 퀴퀴하고 원유 가공품의 냄새로 한 겹 덮여 있습니다. 창은 없고 천장에 트랩도어가 있습니다. 아마 버려진 유정의 오래된 지하 저장시설로 보입니다."

데커는 고개를 끄덕이고 주위를 둘러보았다. 간신히 일어나 앉아 벽에 등을 기댔다. 로비도 그렇게 했다. 두 남자는 어깨를 맞댄 채 그들의 자유를 옭아맨 굵은 사슬을 내려다보았다.

"트럭에 치인 기분이에요." 데커가 말했다. "하지만 어떻게 된 건지 하나도 기억이 안 나요. 나한테는 흔히 있는 일이 아닌데 말이죠."

"아마 내가 공군 시설의 여자에게 사용한 것과 동일한 약물을 사용한 모양입니다. 마취제를 기억을 잃게 하는 성분과 섞는 겁니다. 그러면 무슨 일이 있었는지, 누굴 봤는지, 여기로 우릴 어떻게 데려왔는지 아무것도 기억할 수 없습니다. 하지만 스프레이는 거의 즉시 효과를 발휘하니까 어차피 본 것도 얼마 없을 겁니다."

"그래서, 여기서 벗어날 계획은 있나요?"

"세우는 중입니다." 로비가 사슬의 강도를 재차 확인했다. 단단하고 틈새가 없었으며 엉성한 부분이나 약한 지점도 전혀 보이지 않았다. 바닥의 고리는 너비가 5센티미터 정도였다. 코끼리도 끊지 못할 것이다. 그것과 붙어 있는 강철판은 바닥에 단단히 박혀 있었다. 로비가 천장의 문을 보고 말했다. "나갈 길은 저기뿐입니다. 어쩌면 만일을 대비해 전류를 통하게 해놨을지도 모릅니다."

"어차피 저기까지 가지도 못할 텐데, 상관없지 않을까요?"

로비는 데커의 말에 대꾸하지 않고 상의를 걷어 올리고 허리 벨트를 풀었다.

"거기에 사슬을 녹이는 산성 용액 같은 게 들어 있는 건 아니겠죠." 데커가 불신이 가득한 눈으로 로비를 보며 말했다. "텔레비전에서 본 것 같아서 하는 말이에요."

로비는 벨트 안쪽에서 벨크로를 분리해 거기 숨겨져 있던 얇은 금속 두 조각을 뽑았다. "그냥 자물쇠를 딸 겁니다. 텔레비전하고 현실은 다릅니다."

로비는 자기 족쇄를 풀고 곧 데커를 자유롭게 풀어주었다.

이제 로비는 사다리와 천장의 문을 보았다. "기다리십시오. 확인해보겠습니다." 로비는 사다리를 붙잡고 올라가기 시작했다. 거의 문까지 다다라서 문틈을 살펴보고 전선이나 배터리 같은, 뭔가 부비트랩의 흔적 같은 게 있지 않은지 확인했다. 아무것도 보이지 않자, 신중하게 문을 밀어보았다. 꿈쩍도 하지 않았다.

"잠겼습니다." 로비가 말했다. "예상한 대로입니다."

로비는 다시 내려와서 방 안을 둘러보았다. 낡은 양동이에 긴 쇠못 네 개가 있었다. 허리춤에 못을 집어넣고 장화를 벗어들자 굽에

나 있는 구멍이 보였다.

데커는 그 구멍에 찰흙처럼 보이는 작은 덩어리가 들어 있는 걸 보았다. "C-4(플라스틱 폭약—옮긴이)인가요?"

"셈텍스(불법 폭탄 제조에 흔히 쓰이는 폭약—옮긴이)입니다. 하지만 기능은 동일합니다." 로비는 그 구멍에서 또 다른 뭔가를 꺼내며 대답했다. 그리고 두 물질을 한데 섞었다. 작업을 마친 후 다시 사다리를 올라가서 셈텍스를 문에 눌러 붙이고, 셈텍스 덩어리에 집어넣었던 철사 두 개의 끝을 서로 꼬았다. 그러고는 재빨리 내려와 데커를 붙잡고 황급히 문에서 떨어졌다.

10초 후, 폭발이 일어나 천장 문을 저만치 날려버렸다. 이제 탈출 통로가 생겼다.

하지만 로비는 급히 달려 나가지 않았다. 데커의 어깨에 한 손을 얹었다. 로비가 얼마나 집중한 표정으로 귀를 기울이며 상황을 감시하고 있을지, 데커는 보지 않고도 알 수 있었다.

"좋습니다, 갑시다."

로비가 먼저 사다리를 올라갔고 데커는 더 천천히 그 뒤를 따랐다. 로비는 문 위로 고개를 빼꼼 내밀고 주위를 둘러보았다. 그리고 단번에 뛰어올라 데커를 붙잡아 올려주었다. 이제 두 남자가 나온 곳은 흙과 바위로 만들어진 듯한 긴 통로였다. 천장을 떠받친 강철 대들보와 일정 간격으로 서 있는 기둥들이 보였다. 머리 위의 형광등 불빛이 어슴푸레한 빛을 던졌다.

"어느 쪽으로 가죠?" 데커가 물었다.

로비는 양방향을 확인하고 공기 냄새를 맡은 다음 문 양쪽의 흙을 살펴본 후 오른쪽을 가리키며 말했다. "발자국과 공기 흐름이 저쪽에서 오고 있습니다."

로비는 허리띠에서 못을 꺼내 양손에 각각 두 개씩 쥐었다. 손가락 틈새에서 튀어나온 못이 마치 동물의 발톱 같았다.

"누가 여기 있었다면 폭발음을 들었을 겁니다." 데커가 말했다.

"사실 그러길 바라고 있습니다." 로비가 말했다.

30미터쯤 갔을까. 로비는 갑자기 데커를 붙잡아 벽 바로 옆에 있는 그림자 속으로 밀어 넣었다. 그리고 위로 손을 뻗어 머리 위에 있는 전등에서 아래로 늘어진 전선을 잡아당겼다. 주위는 이제 더 어두워졌다.

누군가가 급히 다가오고 있었다.

잠시 후 남자 세 명이 불쑥 눈앞에 나타났다. 모두 무장을 갖춘 채 일렬종대로 달려오고 있었다.

그들이 옆으로 지나가는 순간, 로비는 못으로 공격했다. 한 남자의 목을 찌르고 그대로 빙글 돌아 못 두 개를 다음 남자의 배에 박아 넣은 후 횡격막을 향해 쭉 그었다. 두 남자 다 쓰러졌고 다시는 일어나지 못할 듯했다.

셋째 남자가 뒤돌아 기관단총으로 로비를 겨눴다. 하지만 방아쇠를 당기지는 못했다. 데커가 덮쳤기 때문이다. 135킬로그램에 육박하는 데커의 몸이 남자를 바닥에 납작 찍어 눌렀고, 남자의 손에서 기관단총이 굴러떨어졌다.

로비는 무기를 집어 들고 다른 두 남자를 보았다. 하나는 죽었고 하나는 마지막 숨을 가쁘게 몰아쉬고 있었다. 로비는 남자의 숨이 다하기를 기다려 데커에게 말했다. "이제 일어나십시오."

데커는 천천히 남자 위에서 몸을 일으켰다. 로비가 말했다. "누구냐?"

남자는 쪼그려 앉은 채 고개를 저었다. 나이는 40대가량으로 검은 곱슬머리 사이사이에 흰머리가 가득했다.

"어디서 왔나?" 로비가 말했다.

남자는 다시 고개만 저었다.

"왜 우릴 납치했지?"

이번에 남자는 굳이 고개를 젓지도 않았다. 그냥 가만히 앉아 잠시 로비를 빤히 보다가 손을 입으로 가져갔다.

로비가 몸을 날렸지만 한발 늦었다. 남자는 뭔가를 삼킨 후였다.

남자는 경련을 일으킨 후 입에 거품을 물고 모로 쓰러졌다. 마지막 숨을 괴롭게 몰아쉬다 이내 축 늘어졌다.

데커는 몸을 숙여 남자를 살펴보고 맥박을 짚었다. 멈춰 있었다.

"약효가 빠르네요." 데커가 말했다.

"그게 핵심입니다." 로비가 말했다.

데커는 기관단총을 집어 들었고, 두 남자는 가던 방향으로 계속 나아갔다.

저 앞쪽에 문이 보였다.

로비는 기관단총을 고쳐 잡고 데커를 보았다.

"셋 세고 왼쪽으로 가십시오. 난 오른쪽을 맡겠습니다."

데커가 고개를 끄덕였다.

"하나…… 둘…… 셋."

두 남자는 문을 박차고 들어갔다. 로비는 오른쪽 절반을, 데커는 왼쪽 절반을 기관단총으로 겨눴다.

방 한복판에 벤 퍼디가 서 있었다.

다만 혼자가 아니었다.

벤의 총구 끝에 겨눠진 다른 사람이 있었다.

알렉스 재미슨이었다.

O O079

"정말 대단한 친구들이군." 퍼디가 고개를 저으며 말했다. "너희를 공격할 친구들도 이젠 다 떨어지고 말았어."

"그 사람을 놔주면 우린 이대로 가겠다." 데커가 말했다.

"그렇게는 안 될 거야." 퍼디가 사무적인 어조로 말했다. "너희가 내 계획을 전부 망쳐버렸거든."

"그 계획 이야기 좀 들어볼 수 있을까?" 데커가 물었다.

"아니, 그보다는 너희 셋을 전부 죽이고 싶은데. 하지만 그 전에 무기를 내려놔. 아니면 이 여자 머리에 원치 않는 구멍이 생길 테니까. 당장." 이어서 퍼디는 차분하고 계산된 목소리로 덧붙였다. "난 더는 잃을 게 없어."

로비와 데커는 무기를 내려놓고 뒷걸음쳤다.

"여기로 돌아오다니, 뜻밖인데." 데커가 말했다.

"음, 나한테 엄청난 돈을 주기로 한 분들이 이제 내가 죽을 때까지 날 쫓아다니게 생겨서 말이야. 그분들도 너처럼 생각할 것 같았어. 그 이론으로 마지막 남은 팀원들을 설득해 여기로 데려왔는데, 너희가 그 친구들을 제거해버리는 바람에 나 혼자 남고 말았지."

퍼디가 총구로 재미슨의 머리를 꾹 누르며 말을 이었다. "그리고 내 인생을 망가뜨린 너희한테 보답을 꼭 해야겠더라고. 사실은 그게 지금 내 인생의 유일한 목표라고 할 수 있지."

"그럼 할 파커의 집까지 우리를 미행한 건가?" 데커가 물었다.

"너희를 줄곧 감시하긴 했지. 네가 그 집 안에서 내가 한 일을 설명하는 걸 내 부하들이 들었어. 더 일찍 알아내지 못한 게 놀랍지만 말이야. 그래서, 음, 너희를 여기로 데려오는 게 최선이겠다 싶었지. 사실, 너희 셋의 시체 사진을 보여주면 내 상관들이 날 좀 봐줄지도 모르거든. 뭐, 밑져야 본전이니까."

"그 용병들은 어떻게 미국으로 데려온 거지?" 로비가 물었다.

"다른 방법이 있나? 우리의 친구, 캐나다 국경을 통해 데려왔지. 간단하던데." 퍼디가 데커를 보고 말했다. "벙커가 발각된 거, 맞지?"

데커가 고개를 끄덕였다.

"대니얼스 말처럼 그렇게 강력한 물질인가?"

"아무래도 그런 모양이야. 그 '물질'이 수백만 명을 죽일 수도 있었다는 건 알고 있겠지."

퍼디가 무시하듯 고개를 저었다. "아니, 대니얼스는 피해가 지역에만 국한될 거라고 했어. 넓은 지역으로 바람에 실려 운반되기에는 너무 무거워서, 그 농도를 유지하면서 퍼질 수는 없을 거라고. 사방으로 기껏해야 160킬로미터 정도일 거라더군."

"그 정도라도 장난 아니지."

"개소리. 뭐 하나 알려줄까?"

"뭔데?"

"그게 공군이 그 프로그램을 쫑 낸 이유라고, 대니얼스가 그러더군. 사람들을 **충분히 많이** 죽일 수 **없어서** 말이야. 우리나라 좋은 나라 미국이. 놈들이 하는 짓거리를 알면 못 믿을걸. 그런데도 내가 나쁜 놈이라고 생각해?"

"생각이 아니라 **사실이지.**" 데커가 대답했다.

"그래, 좋아. 여기서 그 물질을 누출하면 시추 산업은 확실히 끝장낼 수 있었지."

"그리고 넌 사실 거기에 대해서 보수를 받기로 한 거고." 데커가 말했다.

"액수를 알면 못 믿을걸."

"지역에만 국한된다고 해도, 수많은 사람들이 죽었을 텐데." 데커가 지적했다.

"부수적인 피해는 모든 계획에 필연적으로 따르는 거야. 펜타곤은 모든 시나리오에 그걸 감안해. 민간인 사망자 수가 얼마나 될지. 얼마나 많은 아이들이 비참한 삶을 살게 될지. 그게 전쟁이라는 사업의 비용이지. 거기에 무고한 건 없어. 우린 다른 누구나와 똑같아."

"아니, 그렇지 않아. 그리고 넌 지금 네가 조국과 전쟁을 벌였다는 말을 하고 있어." 로비가 말했다.

퍼디가 로비를 노려보며 말했다. "난 저임금 단순노동자였어. 평생 그렇게 살 거였지. 하지만 난 머리가 있었고 야심도 있었어. 그게 날 여기로 데려온 거야. 위험을 무릅쓰고 그렇게 노력했는데. 모두 수포로 돌아가다니." 퍼디가 치솟는 분노로 재미슨을 잡은 손에 힘을 주자 재미슨이 고통스러운 신음을 토했다.

"똑딱거리는 시한폭탄은?" 데커가 말했다. "술집에서 만난 남자한테 그 말을 했지. 그 덕분에 네가 우리 레이더에 들어왔고. 다만 그땐 네가 좋은 놈인 줄 알았지만."

퍼디가 얼굴을 찡그렸다. "그때 난 모든 사실을 알았지만 아직 그걸 어떻게 이용할지 결정 못 했어. 그리고 당시엔 취해 있었지. 내 발밑에 아마겟돈이 잠들어 있을지도 모른다고 생각하면 아무래도 술 생각이 나지 않겠어? 나중에 그 말 한 걸 후회했지만 누구한테 말했는지도 기억이 안 나더군."

데커가 말했다. "그 좋은 머리로 실리콘 밸리에 갔으면 나라에서 주는 돈보다 훨씬 많은 돈을 벌었을 텐데."

"그것도 내가 받기로 한 돈에 비하면 아무것도 아니야. 백만 년쯤 등골이 빠지게 일한다면 모를까. 난 포브스 부자 명단에 오를 수도 있었어. 농담 아니고."

"그래서, 그 돈을 주기로 한 게 누구지?" 로비가 물었다.

"누군지 알아도 넌 건드리지도 못해."

"어째서?"

퍼디가 씩 웃었다. "왜냐하면 우리나라의 귀중하고 믿음직한 동맹이거든. 그게 이유야. 우린 절대 놈들이 한 짓을 까발리지 못해. 신문 안 봐? 우리가 을이야. 우린 놈들이 나쁘다는 걸 알지만 뒷짐만 지고 있지. 왜 그런지 알아? 석유 때문이지! 역겨워."

"그래서, 그 부수적인 피해에 본인 어머니도 포함인가?" 데커가 꼬집었다.

퍼디의 표정이 어두워졌다. "그건 네 탓이지. 난 잘못 없어. 네가 거기 가서 캐묻는 바람에 내 파트너들이 겁먹고 그 부분에 매듭을 지은 거야. 나라고 달갑진 않았지만 다른 수가 있어야지. 그냥 알아두라고 말하는 건데, 난 어머니에게 좋은 집을 사드리고 잘 모실 생각이었어. 하지만 살아 계셨다 해도 무슨 좋은 꼴을 봤겠어? 넌 직접 가서 봤잖아. 그 허허벌판 깡촌을. 어디로 가셨든, 그게 여기 보단 나을 거야."

재미슨과 데커 둘 다 그 잔인한 말에 흠칫했다.

로비가 말했다. "누가 너한테 어머니 대신 결정할 권리를 줬지?"

"내가 줬다!" 퍼디가 쏘아붙였다.

"뭐 하나 물어봐도 돼?" 데커가 물었다.

"뭔데?"

"아이린 크레이머와 할 파커와 파멜라 에임스를 네가 죽였나?"

퍼디의 어리둥절한 표정은 연기가 아닌 듯했다. "할은 알아. 같이 사냥을 다녔지. 죽었는지는 몰랐는데."

"흠, 우리도 확실한 건 아니야. 하지만 실종 중이지. 그럼 나머지 둘은?"

"들어본 적도 없어. 이름이 뭐라고 했지?"

"아이린 크레이머와 파멜라 에임스."

퍼디가 고개를 저었다. "그 둘이 무슨 일을 당했는지 몰라도 나하고는 아무 상관 없어."

"좋아, 그럼 이제 우린 어떻게 되는 거지?" 데커가 물었다.

"너희 셋은 죽고 난 사는 거지. 무기를 포기하다니 믿을 수가 없군. 실수한 거야."

데커는 재미슨을 보았다. 하지만 재미슨은 데커를 보고 있지 않았다. 데커 뒤편 어딘가를 보는 것 같더니 갑자기 의식을 잃은 듯 뒤로 축 늘어졌다. 그러자 퍼디는 손을 뻗어 재미슨을 붙잡았다.

다음 순간, 데커는 귀 옆으로 뭔가가 날아가는 걸 느꼈다.

못은 퍼디의 귓속 깊숙이 꽂혔다. 퍼디는 비명을 내지르더니 총을 떨어뜨리고 비틀대며 뒷걸음쳤다. 이윽고 몸부림치며 바닥으로 쓰러졌다. 누운 채 빙글빙글 돌면서 못을 잡아 빼려고 안간힘을 썼지만 결국 손에 힘이 풀리고 잠잠해졌다.

데커가 재미슨을 부축해 일으키는 동안 로비는 퍼디에게 다가가 내려다보았다. 그리고 손을 뻗어 못을 뽑아 바닥에 던져버리고는 나지막이 "개자식" 하고 내뱉었다.

이윽고 데커와 재미슨을 돌아보고 말했다. "신호를 눈치채줘서 고마웠습니다, 재미슨."

"정확히 던져줘서 고마워요." 재미슨이 숨을 몰아쉬며 대꾸했다.

"여기서 나갈 준비 됐습니까?"

"여부가 있으려고요."

수평선 저편에 먼동이 트긴 했지만 바깥은 아직 어두웠다.

일행이 잡혀 있던 건물은 실제로 버려진 창고 비슷한 곳이었다. 높이가 3미터쯤 되는 기우뚱한 철망 담장 뒤편에 녹슨 장비들이 세워져 있었다.

SUV도 거기 서 있었고, 차 안에는 차 열쇠와 놈들이 빼앗은 총과 휴대전화들이 놓여 있었다.

로비가 운전대를 잡고 두 사람을 타운에 도로 데려다주었다.

"아까 그곳에 사람을 좀 보내서 시체를 치우게 하겠습니다." 로비가 말했다.

"그럼 퍼디가 돈을 위해 이 모든 짓을 저지른 거군요." 재미슨이 말했다. "그리고 자기 친어머니마저 희생시킨 거고요. 정말 엄청난 놈이네요."

"당신은 어떻게 납치당했죠?" 데커가 물었다.

"SUV를 타러 나갔는데 다음 순간 깨어나보니 그곳 바닥에 누워 있었어요." 재미슨이 로비를 보고 덧붙였다. "이 일의 배후들이 어떤 응징을 당하게 될지에 관해 퍼디가 한 말 있잖아요. 당신 상관이 한 말이랑 똑같던데요."

"맞습니다." 로비가 대꾸했다.

"정말 실제로 그렇게 되는 건가요?" 재미슨이 물었다.

"아마도."

"당신은 화나지 않아요?"

"온몸의 세포 하나하나까지 화납니다."

"그런데 그냥 가만히 있을 건가요?"

로비가 거울로 재미슨을 보았다. "전 그런 말은 하지 않았습니다. 하지만 그건 나중 일입니다. 그리고 퍼디를 만난 것과 거기서 있었던 일은 기밀입니다. 나라에도 이로울 게 없고, 피하는 편이 훨씬 바람직한 악몽 같은 시나리오가 펼쳐질 수도 있습니다."

데커는 재미슨과 눈길을 교환한 후 말했다. "그건 좀 무리한 부탁인데요, 로비."

"중요한 일이 아니면 부탁하지도 않았을 겁니다. 정말 중요한 일입니다."

마침내 데커와 재미슨이 동의의 뜻으로 고개를 끄덕였다.

"음, 적어도 이 악몽은 끝났네요. 안 그래요, 데커?" 재미슨이 말했다.

"아직 안 끝났죠." 데커가 대꾸했다.

"응? 왜 안 끝나요?"

"왜냐하면 아이린 크레이머, 파멜라 앤더슨 그리고 할 파커, 스튜어트 매클렐런, 그리고 매디와 휴 도슨에게 정의를 찾아줘야 하니까요. 그리고 그건 아직 일어나지 않았고요. 난 그 전까지는 노스다코타를 떠날 생각이 없습니다."

0 0080

이튿날 호텔 식당에서 아침 식사를 마친 후 데커는 커피 한 잔을 들고 방으로 가 침대에 앉았다. 커피를 홀짝이며 생각했다. 그러니까, 이 모든 것에 관해서.

하지만 더 복잡해지기만 하는 것 같았다.

데커는 지갑에서 아내와 딸 사진을 꺼냈다. 얼굴에 주름이 질 정도로 환하게 웃고 있는 어린 몰리의 얼굴과 통통한 뺨을 바라보았다. 그 얼굴에서는 데커도 조금 보였고 캐시는 많이 보였다. 이윽고 눈을 감고 다시금 두 사람이 옆에 있다고 상상했다. 서로 손을 잡고, 입을 맞추고 포옹하고, 한가로이 산책을 가고, 몰리에게 자전거 타는 법을 가르쳐주고, 아이를 낳으려고 침대에 누워 있는 캐시를 응원해주고.

정화의 순간을 마치고 눈을 떴다. 아내와 딸은 도로 데커의 기억 속으로 물러나면서 데커에게 말을 거는 듯했다. 뭔가를 말하는 것 같았다.

해낼 수 있어.

그게 상상이든 뭐든, 데커는 아무래도 좋았다.

당신은 탐정이잖아. 탐정답게 행동해.

데커는 뒤로 기대앉아 다시 생각에 집중했다. 오래전부터 배 속에 뭔가 따끔거리는 느낌이 있었는데 계속 무시하고 있었다. 그냥 안일하게 일반적인 조사 단계만 밟았다.

좋아, 백지로 돌아가서 시작하자. 제1원칙, 아무도 믿지 마라. 관련된 제2원칙, 의심을 해소해줄 확실한 증거가 나타날 때까지 모두를 의심하라.

데커는 이 모든 사건의 핵심이 일주일 전이나 한 달 전, 심지어 1년 전에 시작된 게 아니라고 굳게 믿었다. 벙커 사건이라면 그럴 수도 있었다. 노스다코타의 땅 밑에 지구상에서 가장 치명적인 물질이 묻혀 있다는 걸 벤 퍼디가 알게 된 시점이 그쯤이었을 테니까. 하지만 현 사건에서 정말 중요한 뭔가가 시작된 건 그것보다도 더 전이었다.

데커가 특정한 몇몇 가능성에 생각을 집중하는 동안, 기억 클라우드에서 내려온 파일이 전두엽 앞쪽 중심에 자리 잡았다. 이 기억 속에서 데커는 계단을 올라가는 여자를 보았다.

데커는 재킷을 집어 들고 밖으로 나갔다.

마침내, 마침내, 방향을 제대로 잡았다.

* * *

데커는 아직 영업을 시작하지도 않은 오케이 코럴 살롱 문을 박차고 들어갔다.

직원들은 탁자에 올려놓은 의자들을 내리고 바의 월넛 상판을 닦고 유리잔을 세고 재고를 정리하고 식기세척기에 든 식기들을 꺼내는 중이었다.

"정오에 영업 개시합니다." 한 직원이 데커에게 말했다. "문이 잠겨 있었을 텐데요."

데커는 성큼성큼 걸어가 FBI 신분증을 내밀고 2층으로 올라가는 계단을 가리키며 말했다. "난 위층에 볼일이 있습니다."

"안 됩니다." 뼈만 앙상하고 뺨에는 여드름이 나 있으며 염소 수염을 듬성듬성 기른 20대 남자가 말했다.

"왜 안 되죠?"

"아직 영업 개시 전이니까요. 방금 말씀드렸잖아요!"

데커는 신분증을 남자의 코앞에 들이밀었다. "이게 된다고 말하는데요."

남자는 다른 직원들을 둘러보았다. 직원들은 이제 하던 일을 그만두고 두 남자의 대거리를 지켜보고 있었다.

"왜죠?"

"캐럴라인 도슨의 방이 저 위에 있죠."

"그래서요?"

"그래서 그걸 봐야 합니다. 당장."

"자꾸 그러시면 사람을 부를 겁니다."

"그럼 난 경찰을 불러야겠군요. 당신이 날 올려 보내주지 않으면 말이죠."

누군가 도와줄 사람을 찾아 동료 직원들을 간절하게 둘러보는 남자의 목젖이 오르락내리락했다.

하지만 다들 고개를 돌리고 멈췄던 일을 다시 시작했다.

"좋아요." 마침내 남자가 말했다. "하지만 열쇠가 있어야 해요."

"어디 있습니까?"

남자는 득의양양한 웃음을 지으며 말했다. "도슨 씨가 가지고 있죠."

"문제없습니다." 데커가 계단을 올라가며 말했다.

"저기요!"

데커는 걸음을 두 배로 빨리했다.

위층 공간으로 가는 유일한 입구인 듯한 문 앞에 다다랐다. 전에 열려 있었던 문은 이제 잠겨 있었다.

데커는 작은 가죽 키트를 꺼냈다. 안에는 자물쇠 따는 도구 두 개가 들어 있었다. 데드볼트가 아닌 일반 자물쇠라 이 작업에는 하나면 충분했다.

문을 밀어 열고 안으로 들어갔다. 행사 공간과 바 구역을 재빨리 지나 좌회전하자 유일한 문이 바로 나타났다.

이 문을 여는 데는 도구 두 개가 다 필요했다. 그리고 두 개 다 통하지 않자, 이번에는 데커의 어깨가 활약할 차례였다.

자물쇠가 박살나고 무거운 문이 안쪽으로 벌컥 열렸다. 데커는 전에 캐럴라인 도슨과 만났던 호화로운 방 안을 둘러보았다. 사주식 침대, 거대한 장식장, 침대 옆 협탁 두 개. 그리고 전에 왔을 때는 눈에 띄지 않았던 딸린 욕실이 보였다. 욕실에는 변기 하나, 비데 하나, 화강암으로 마감한 화장대, 그리고 샤워기가 천장에 매립된 샤워 부스가 있었다.

그 모든 것을 천천히 머리에 입력하던 데커의 눈길이 장식장에 가서 멎었다. 그리로 다가가 문을 열었다. 여성복으로 가득했고, 모조 보석류 몇 점, 그리고 신발이 잔뜩 있었다. 전부 수색했지만 딱히 쓸 만한 건 발견하지 못했다.

　장식장 문을 닫고 군용 손전등을 켰다. 가구 밑을 차례로 비추다 침대에 다다랐다. 그리고 드디어 금광을 발견했다. 침대 틀과 박스 스프링 사이에서. 자세히 들여다보지 않았으면 아무도 찾아내지 못했을 것이다.

　그 조그만 물건을 끄집어내 자세히 들여다보았다. 전에도 본 적 있었다. 바로 아래 바에서. 주머니에 집어넣고 도로 아래층으로 내려왔다.

　아까 그 남자가 층계 밑에서 기다리고 있다 데커를 막아섰다.

　"경찰에 신고했어요." 남자가 쏘아붙였다.

　"안부 전해줘요." 데커는 남자를 지나쳐 문밖으로 나갔다.

0 0081

데커의 긴 다리로 장례식장에 도착하기까지는 얼마 걸리지 않았다. 가는 길에 재미슨에게 전화해 뭘 발견했는지 알려준 후 장례식장에서 만나기로 했다.

장례식장 주차장에는 긴 검은 영구차 두 대와 가족을 묘지로 데려가기 위한 리무진 한 대가 보였다. 최신형 머스탱 컨버터블도 한 대 있었는데, 지붕이 열린 채 식장 옆문 근처에 서 있었다. 면허판에는 '천국'이라고 적혀 있었다.

재미슨이 문 앞에서 데커를 맞았다. "무슨 계획이에요?"

"담판을 지으려고요." 데커가 대꾸했다.

두 사람이 앞문으로 들어가자 일전에 만났던 그 젊은 남자가 막아섰다.

"이런, 또 당신이군요."

"서던 씨는 어디 있습니까?"

"지금 바쁘세요."

"그걸론 안 되죠." 재미슨이 배지를 내밀며 말했다. "좀 더 구체적으로 말해요."

"그분은…… 그분은 작업 중입니다."

"어디서요?" 데커가 물었다.

"거기는 못 들어가세요."

"과연 그럴까요."

데커는 성큼성큼 걸음을 옮겼고 재미슨도 따라갔다.

젊은 남자가 외쳤다. "경찰에 신고할 거예요."

"잘됐네요." 데커가 말했다.

그때 뭔가 소리가 들렸고, 두 사람은 그 소리의 근원지로 향했다. 전에는 들어가본 적 없는 방이었다.

데커는 문손잡이를 잡고 재미슨을 보았다. 재미슨이 고개를 끄덕이자 문을 밀어 열고 안으로 들어섰다.

작업 중이던 리즈 서던이 고개를 들어 두 사람을 보았다. 장례식을 위해 남편의 시신을 방부 처리하는 모양이었다. 탁자 위에 월트의 벌거벗은 시신이 누워 있었다. 작업에 사용하는 모든 도구와 화장품은 바퀴 달린 카트 위에 놓여 있었다.

"도대체 이게 무슨 일이죠?" 서던이 펄쩍 뛰어 일어나며 쏘아붙였다. "여긴 어떻게 들어왔고요?"

"할 이야기가 있어서요." 데커가 말했다.

"두 사람 다 절대……."

서던은 데커가 침대 밑에서 꺼낸 물건을 들어 올려 보이자 말을 멈췄다.

"찾으시던 물건일 것 같은데요." 데커가 말했다.

카운터 위에 놓여 있는 휴대전화를 향해 가던 서던의 손이 그대로 공중에 얼어붙었다. 데커의 손에 들린 것에 최면이라도 걸린 듯, 서던은 몸을 돌려 그것을 받으려고 손을 내밀었다.

거의 손이 닿은 순간, 데커가 손을 뒤로 감췄다.

"옥 귀걸이. 바에서 처음 만났을 때 당신이 하고 있던 거죠. 불교 절 모양. 아주 예쁘더군요."

"어디서 찾았죠?" 서던은 두 사람이 들어올 때 앉아 있던 의자에 무너지듯 주저앉아 나지막한 목소리로 물었다.

데커가 월트 서던의 시신을 보며 말했다. "난 이런 일에 썩 수줍음을 타는 편은 아니지만, 그래도 좀 덮어주시겠습니까?"

서던이 서둘러 남편의 유해에 시트를 덮었다.

"당신이 직접 하다니 놀랍네요." 데커가 말했다.

"누군가는 해야 하니까요." 서던이 눈을 내리깐 채 말했다. "난 그이가…… 그이가…… 좋아 보이길 바랐어요."

"무척 힘드시겠어요." 재미슨이 공감 어린 투로 말했다.

"지금은 안 힘든 일이 없죠." 서던이 쏘아붙였다. 그리고 데커를 보고 말했다. "그리고 아무래도 더 힘들어질 것 같고요."

"당신 질문에 대답하자면, 오케이 코럴 살롱에서, 캐럴라인 도슨의 침대 밑에서 발견했습니다. 그날 밤 당신이 거기 올라갈 때 그 귀걸이를 하고 있었죠. 그리고 난 캐럴라인 도슨 역시 그날 밤 거기 있었다는 확실한 증거가 있습니다. 도슨은 두통 때문에 올라가서 쉬겠다고 했지만 그건 사실이 아니었죠. 당신이 확인해줬으면 좋겠는데요."

"난 아무것도 확인해야 할 의무도 없고 그러고 싶지도 않아요."

"당신은 캐럴라인과 연인 관계입니까?" 데커가 물었다.

"정말이지 무슨 소리를 하는 건지 모르겠네요." 서던이 무심한 투로 대꾸했다.

"당신은 남편이 바람을 피워서 협박당했다고 했죠. 만약 진실이 밝혀지면 끝장일 거라고요. 흠, 우린 그 이야기를 확인해보았습니다. 그리고 그런 일이 있었다는 증거를 하나도 발견하지 못했죠."

서던이 당혹스러운 표정으로 대꾸했다. "그럴 리가 없어요. 그이가 바람을 피웠다는 건 내가 알아요."

"그리고 난 그게 사실이 아니었다고 말하는 겁니다. 그건 당신이 거짓말했다는 뜻이죠."

서던이 데커의 말에 충격받은 표정을 지었다. 잠시 진정하려 애쓰는 듯하더니 이윽고 입을 열었다. "좋아요, 당신 말이 맞아요. 그이는 바람을 피우지 않았어요. 내가 거짓말했어요."

"그러면 남편이 협박당한 이유가 정확히 뭐죠? 이번에는 거짓말하면 안 됩니다, 리즈."

서던이 자포자기한 듯 긴 한숨을 내쉬었다. "그이는 도둑질을 했어요."

"뭘 훔쳤는데요?" 재미슨이 물었다.

"시신과 함께 매장해야 할 개인 물품들요. 시계니 반지니 장신구니 하는 것들 있잖아요. 고별식과 장례식 동안에는 시신과 함께 뒀다가 관을 봉인하기 직전에 꺼냈죠. 누가 알겠어요? 도로 파내서 확인하거나 할 것도 아닌데. 그리고 화장하면 확인할 방법 자체가 없고요. 그다음에 다른 도시로, 아니 아예 다른 주로 가서 팔아 치우곤 했죠. 돈이 꽤 쏠쏠했어요."

"왜 그런 짓을 했죠?" 재미슨이 물었다.

서던이 데커를 보고 대답했다. "우리가 처음 만났을 때, 힘든 시기에 사람들이 장례식 비용을 낼 수 없어서 물물교환을 부탁했다고 내가 말했죠."

"네."

"음, 월트는 절박했어요. 아마 그냥 그렇게 해서 망자로부터 자신의 업무에 대한 보수를 받고 있다고 스스로를 설득한 것 같아요."

"그렇다고 합리적이거나 옳은 일이 되지는 않죠." 재미슨이 지적했다.

"절박한 사람들은 절박한 일을 하니까요." 서던이 비꼬았다.

"당신도 알았습니까?" 데커가 물었다.

"의심은 했죠. 자살하기 직전에 우린 심한 말다툼을 했어요. 그게요, 고객 중 한 명이 다이아몬드 약혼반지를 끼고 있었는데, 제가 그걸 알았거든요. 적어도 4캐럿은 됐죠. 휘황찬란했어요. 월트는 장례식 이후 묘지로 가는 영구차에 시신을 싣기 직전에 관을 닫았어요. 그런데 고별식 전에 시신을 화장하는 데 쓰는 내 도구 하나가 없어진 거예요. 시신을 방부 처리하는 데 썼던 게 생각이 났죠. 그래서 관을 열었더니 거기 들어 있더군요. 시신 옆쪽으로 떨어져 있었어요. 그리고 그때 반지가 없어진 걸 알아챘죠. 장례식이 끝난 후 그이한테 따졌어요. 그이는 격분했죠. 미쳤냐고 하더군요. 절 때릴 것 같았어요."

"그러면 유서에 쓴 게 납득이 가네요." 재미슨이 말했다. "미안하고 자신이 싫다고 한 거요."

"그런 것 같아요, 네."

"그리고 또 다른 누군가가 알아낸 거군요." 재미슨이 말했다. "그걸 가지고 협박했고요."

"협박이 어떻게 시작됐습니까?" 데커가 물었다.

"아이린 크레이머의 시신이 발견됐을 때쯤에 그이한테 익명의 문자가 오기 시작했어요."

"월트가 보여주던가요?"

"네. 화났고 겁에 질려 있기도 했어요."

"문자 내용이 뭐였습니까?"

"간단히 말하자면, 시키는 대로 하지 않으면 월트가 한 짓을 까발리겠다는 협박이었죠."

"부검 결과를 망치라고요?" 재미슨이 물었다.

"네, 특히 위와 장을 가른 부분이요. 솔직히 전 그이가 보고서에 그걸 적은 것 자체가 놀라웠어요. 하지만 그이는 자기 일을 정말 중시했죠. 그것만은 알아주고 싶어요."

"월트의 도둑질을 폭로하겠다는 협박범의 말이 허세가 아니라는 걸 어떻게 알았습니까?"

"월트가 '출장'을 다녔다고 했죠? 그자들은 월트가 훔친 물건들을 전당포에 파는 사진을 갖고 있었어요. 그리고 거래 명세서랑 영수증도요."

"혹시 짐작 가는 인물은 없습니까?"

서던은 고개를 저었다.

"월트가 왜 그 이야기를 당신에게 했을까요?"

"제 생각엔 아마 일을 해결하는 데 제 도움이 필요했던 것 같아요. 제 말은, 저도 사업에 관여하잖아요. 우리 인생 전체가 이곳에 매여 있죠. 장례식장이 망하면 우린 빈털터리예요. 그리고 월트는 자기가 잡혀가면 나도 다 알고 있었다고 말할 거랬어요. 그럼 저도 같이 감옥에 가야 한다고요. 그래서 전 그냥 따를 수밖에 없었어요."

"월트가 자살한 이후로 혹시 협박범들에게 연락받은 적 있습니까?" 데커가 물었다.

"아뇨, 왜 저한테 연락을 하겠어요?"

"모르죠. 하지만 할지도 모릅니다. 만약 그러면 저희한테 알려주십시오." 데커는 잠시 후 말을 이었다. "그래서, 이젠 어쩔 계획입니까?"

"모르겠어요. 머릿속이 너무 꽉 차 있어서 제대로 생각하기가 힘들어요. 우선 사업을 유지해야겠죠."

"가능하시겠습니까?"

"월트는 검시관 면허가 있었고 저는 없어요. 하지만 저는 장의사 면허가 있어요. 방부 처리랑 시신의 메이크업과 화장도 할 수 있어요. 숨이 다한 사람들을 제대로 보내주는 데 필요한 모든 일을 할 수 있죠."

"언젠가는 여길 떠나실 건가요?" 재미슨이 물었다. "그러니까, 다른 곳에서 사업을 시작하실 수 있잖아요."

"캐럴라인의 동의를 받아야죠. 전 캐럴라인 없이는 가고 싶지 않아요. 그 애를 정말 좋아해요. 그리고, 네, 우린 연인 사이예요."

"하시반 캐럴라인은 제 매형을 만나고 있습니다. 오케이 코럴에서 둘이 같이 있는 걸 보셨잖습니까."

서던이 우울한 미소를 지었다. "그 애는 그저 **이성애자**인 척하는 거였어요."

"이렇게 조그만 타운에서 그런 비밀은 지키기 힘들었을 텐데요."

"우린 노력했어요. 무척 조심했죠."

"바 위의 침실에서 둘이 만나는 게 썩 조심하는 것처럼 보이지는 않는데요." 데커가 지적했다.

"어쩌다 한 번 그런 거예요. 게다가 바 손님들은 다 고주망태고 직원들은 눈코 뜰 새 없이 바쁘거든요. 그리고 우린 친구고요. 다들 알아요. 그냥 우리가 얼마나 가까운 '친구'인지를 모를 뿐이죠. 그리고 우린 아주 늦은 밤에만 그리로 올라갔어요. 대부분은 우리 부모님이 옛날에 살던 농가에서 만났죠. 그 집을 팔까도 생각했어요. 월트도 그러길 바랐고요. 우리 아버지가 베트남에서 싸우셨는데, 거기서 꽤 가치가 나갈 법한 흥미로운 물건들을 잔뜩 가져오셨어요. 그리고 무기도 잔뜩요. 상당한 총기 애호가셨죠. 하지만 그곳은 캐롤라인과 저에게 둘만의 장소를 제공해줬어요. 그래서 팔지 않은 게 다행이라고 생각했죠."

"주차장에 있는 게 당신 차인가요?" 데커가 물었다. "'천국'?"

"네." 서던이 생긋 웃었다.

"왜 웃으시죠?" 데커가 물었다.

"물물교환 얘기 기억나세요? 음, 머스탱의 타이어는 파커가 자기 아내의 장례식을 치러준 대가로 준 거예요."

"사람들은 어떻게든 살길을 찾나 보군요."

"이 이야기를 밖에다 하실 건가요? 캐럴라인과 제 이야기 말이에요."

"지금은 많은 동성애자들이 공개적으로 자유롭게 살아가고 있어요." 재미슨이 말했다.

"맞아요, 단 여기서는 아니죠."

"미안하지만……." 데커가 말했다. "우린 아무것도 보증할 수 없습니다. 우린 일련의 범죄를 해결하려고 노력 중입니다. 증거가 이끄는 곳으로 가야 하죠."

"그건 이해할 수 있어요. 캐럴라인하고도 이야기하실 건가요?"

"아마도요."

"우리 사이를 저한테서 들은 게 아니라고 말해줄 수 있나요? 그냥 당신들이 알아냈다고 해줄 수 있을까요?"

"그게 당신한테 중요하다면요." 재미슨이 대답했다.

"중요해요. 정말 중요해요."

"그런 것 같군요." 데커가 나지막이 말했다.

0 0082

데커는 옛날 보고서를 찾아보려고 경찰서에 잠깐 들렀다. 그 후 재미슨과 함께 런던 시 중심가의 건물에 자리한 도슨 엔터프라이즈의 사무실로 갔다.

"여긴 왜 온 거죠?" 재미슨이 물었다.

"모르는 걸 알아내려고요." 데커의 알 듯 말 듯한 대답이었다.

두 사람은 최고재정책임자의 사무실로 안내됐다. 이름은 애브너 크러치필드로, 말쑥한 차림새의 덩치가 작은 50대 후반 남자였다. 단호한 성격이 엿보이는 얼굴에, 목소리는 깊었다. 목 단추를 푼 셔츠에 정장 바지를 입고 태슬 달린 로퍼를 신었는데, 구두가 번쩍번쩍 광이 났다.

"도슨 씨와 매클렐런 씨 일은 정말 끔찍하더군요." 남자가 입을 열었다. "아마 그 사건을 조사 중이시겠죠."

"맞습니다." 데커가 대꾸했다. "범행 동기를 찾는 중인데, 두 분이 사망 전에 맺은 사업 계약에 관해 좀 알고 싶습니다."

"좋습니다. 제가 아는 거라면 전부 말씀드리죠." 크러치필드가 조심스럽게 대답했다.

데커가 재미슨을 한번 본 후 입을 열었다. "도슨이 사업을 매각했다는 데 놀랐습니다. 적어도 제가 듣기로는 부동산을 마구 사들이고 있었다고 하던데요. 그런데 심지어 딸의 음식점까지 몰래 팔아버렸다니요."

"네, 맞습니다. 여기 회사 사람들도 다들 놀랐으니까요."

"매클렐런이 거액을 지불했나요?"

"구체적인 건 말씀드릴 수 없지만 아홉 자리 금액이었습니다."

"와." 재미슨이 감탄을 토했다.

"맞습니다." 크러치필드가 말했다. "꽤 거액이죠."

"매클렐런이 도슨의 사업을 인수하게 될 걸 언제 아셨죠?" 재미슨이 물었다.

"두 달쯤 전에요. 그 이후로 극비리에 거래를 진행해왔습니다. 그리고 마침내 성사시켰죠. 모든 서류는 서명을 마치고 봉인되고 배송됐습니다. 돈은 이미 이체됐고 명의도 바뀌었죠. 그래서 매클렐런은 이제 말 그대로 타운 전체의 주인입니다." 크러치필드는 민망한 표정으로 잠시 입을 다물었다. "이젠 과거가 됐지만요."

"그러면 지금은 그 아들이 이 타운의 주인인가요?" 재미슨이 물었다.

"전 그 부분은 모릅니다. 매클렐런 씨의 최고재정책임자와 잘 아는 사이긴 하지만요. 그 친구한테서 매클렐런 씨가 아들을 유언장에서 뺐다는 말은 아직 못 들었으니, 전 셰인이 물려받을 거라고 생각합니다."

"그분은 사업에 그다지 관심이 있어 보이지 않던데요." 데커가 말했다.

"이곳 사람들은 대개 그렇게들 생각하는 것 같습니다. 하지만 제 개인적인 의견을 말씀드려도 될까요?"

"부디 말씀해주시죠."

"전 셰인이 아주 어렸을 때부터 알고 지냈습니다. 그 친구는 자기 어머니를 정말 많이 따랐고 어머니도 아들을 몹시 아꼈죠. 하지만 스튜어트는 오로지 사업에만 몰두했습니다. 두 사람에게 거의 애정을 보여주지 않았죠."

"계속하세요." 데커가 재촉했다

"셰인은 고등학교 때 아주 인기가 많았어요. 운동을 잘했죠."

"조 켈리와 함께 강력한 쿼터백과 리시버 콤비였다고, 본인이 그러더군요."

크러치필드가 온화한 미소를 지으며 맞장구쳤다. "맞아요. 둘이 늘 붙어 다녔죠. 아니, 캐럴라인까지 셋이요. 사실 2학년 무도회에서 조와 캐럴라인이 각각 홈커밍 킹과 퀸을 차지했어요. 그리고 3학년 때는 캐럴라인과 셰인이 각각 퀸과 킹이 됐죠."

"그건 몰랐네요." 데커가 말했다.

"하지만 그 후 세 사람은 학교를 졸업했죠. 캐럴라인은 대학에 갔고 셰인은 전쟁터로 갔어요. 조는 경찰이 됐고요. 그 후 셰인이 돌아왔죠. 셰인의 어머니는 세상을 떠난 후였어요. 셰인은 마지못해 사업에 참여한 것 같아요. 스튜어트는 아들을 칭찬해주거나 격려해주는 법이 일절 없었죠. 오히려 그 반대였다면 모를까. 하지만 이건 매클렐런의 최고재무책임자인 제 친구한테 들은 이야긴데, 사실 셰인은 무척 영리하고 세심하답니다. 전쟁에서 살아남은 걸 보면 짐작이 가겠지만요. 실제로 일을 잘했어요. 그리고 이제 들볶는 아버지도 없으니, 아마 회사를 아주 잘 운영하지 않을까 싶네요. 여하튼 제 생각은 그렇습니다."

"유용한 말씀 감사합니다." 데커가 말했다. "한 가지만 더 여쭙겠습니다. 캐럴라인이 자기 아버지가 사업을 매각하는 걸 알고 있었습니까?"

크러치필드의 표정이 바뀌었다. "그건 대답하기 쉽지 않은 질문이군요."

"그냥 가능한 한도 내에서 말씀해주시면 됩니다."

"작년 한 해 내내 두 사람 사이에 뭔가 불편한 기운이 느껴지긴 했습니다. 심각한 건 아니고요. 하지만 도슨 씨가 어느 날 저한테 오더니 캐럴라인이 런던을 지겨워한다고 하더군요. 그때쯤부터 매클렐런 쪽에 매각을 타진한 것 같습니다."

"왜 그렇게 생각했는지, 혹시 이유를 들으셨습니까?" 데커가 물었다.

"아뇨. 그리고 저도 딱히 묻지 않았습니다. 그분 사업이지 제 사업이 아니니까요. 그 이후로 거래가 꽤나 빨리 진행됐죠."

"그 식당, 매디는요?" 데커가 물었다. "어머니를 생각하며 만든 곳이죠?"

"네, 캐럴라인은 어머니와 무척 가까웠어요. 주니어 도슨에 관해서 아십니까?"

재미슨이 말했다. "자살했다고 알고 있어요."

"네, 옛날에, 부모님에게 커밍아웃한 후에요." 크러치필드가 서글프게 고개를 저었다. "그런 비극도 없었죠."

"아버지가 '대안적인' 삶의 방식을 마음에 들어 하지 않았나 봐요." 재미슨이 말했다.

"캐럴라인은 오빠를 사랑했지만 아버지하고는 사이가 좋지 않았어요. 휴가 주니어에게, 그것도 유독 사람 많은 곳에서 함부로 대했거든요. 그리고 매디도 캐럴라인과 같은 마음이었죠. 그래서 그것 때문에 부부 사이에 갈등이 있었어요. 사실 매디가 그 비극적인 사고로 죽지 않았다면 두 사람이 아직도 같이 살고 있었을지 잘 모르겠습니다."

"하지만 당시에 프랑스로 함께 떠날 계획 아니었나요?" 데커가 물었다.

"네, 음, 제가 말씀드릴 수 있는 건 그저 어디로 가든 두 사람이 거기서 계속 같이 살았을지 잘 모르겠다는 겁니다."

"혹시 스튜어트 매클렐런이 매디 도슨에게 빠져 있었다거나 하는 눈치는 없었습니까?" 데커가 물었다.

"스튜어트가요? 흠, 전 그분을 그 정도로 잘 알지는 못해서요. 하지만 제 생각에 그분이 누군가에게 빠져 있다면 그 대상은 오로지 자기 자신일 것 같네요."

두 사람은 크러치필드의 사무실을 나와 차로 돌아갔다. 가는 길에 데커가 나지막이 말했다. "있잖아요, 알렉스. 때로는 가장 복잡해 보이는 사건들이 가장 단순해요."

"나라면 이 사건을 **절대** 단순하다고 하지 않겠어요."

"아, 하지만 그게 사실이에요. **무척** 단순하죠. 그걸 우리가 복잡하게 만든 거예요. 하지만 뜻밖의 출처로부터 도움을 얻었죠."

"무슨 뜻이죠?"

"저쪽이 우리를 본격적으로 가지고 놀았다는 뜻이죠. 이젠 우리 차례예요."

O 0083

몇 시간 후, 데커와 재미슨은 경찰서로 조 켈리를 만나러 갔다.

켈리가 두 사람을 보고 말했다. "요 며칠 두 분 얼굴 뵙기 힘드네요? 벤 퍼디에 대해, 그리고 퍼디의 현재 소재에 관해서 제가 생각한 게 좀 있는데요."

"퍼디 일은 잊어버려요." 데커가 말했다. "우린 수색영장이 필요합니다. 그것도 당장."

"누구에, 어디에 대해서요?" 데커의 대답에 켈리가 눈을 휘둥그레 뜨고 다시 물었다. "이유를 물어봐도 될까요?"

"지금 말해줄 수 있는 건 판사가 수색영장을 발부하는 데 필요한 정도까지만입니다. 나머지는 직접 가서 보죠."

그날 저녁, 수색영장을 손에 넣은 일행은 런던 시내 변두리의 잘 관리된 대저택으로 차를 몰고 가서 문을 두드렸다.

"진입로에 차가 없네요." 데커가 말했다.

"집에 없는 거 아닐까요." 켈리가 말했다.

"흠, 수색영장도 있는데, 그냥 들어가면 되죠." 재미슨이 말했다.

데커가 앞문을 따고 세 사람은 안으로 들어갔다.

데커는 위층 침실로 가지 않았다. 세탁실로 곧장 갔다. '드라이 클리닝'이라고 적힌 자루가 못에 걸려 있었다.

데커는 그 안을 뒤져 정장 바지와 블라우스를 꺼냈다. "아직 세탁을 보내지 않았다니, 정말 운이 좋았어요."

그 후 벽장 선반에서 펌프스를 꺼내 사이즈를 확인했다. 그리고 혼자 고개를 주억거렸다.

켈리가 물었다. "이제 도대체 어떻게 된 건지 말해줄 수 있어요?"

"이것들의 분석이 끝나는 대로 내가 아는 건 전부 알려드리죠."

* * *

그날 밤 늦은 시각, 데커는 런던 시내에 세워둔 차 안에 재미슨과 함께 앉아 있었다.

재미슨은 못 믿겠다는 듯 고개를 가로저었다. "아직도 머릿속이 정리가 안 돼요."

데커가 재미슨을 보고 말했다. "준비됐어요?"

재미슨이 글록을 툭 치며 대답했다. "네."

차로 가는 데 한 시간쯤 걸렸다. 두 사람은 목적지를 한참 앞두고 차에서 내려 남은 길을 걸어갔다. 집 앞에 차 한 대가 서 있었다. 전에 본 적이 있는 차였다. 데커는 차로 가서 타이어를 살펴보았다. 그리고 손전등 빛으로 샅샅이 비췄다.

"뭘 찾는 거죠?" 재미슨이 물었다.

"정확히 내가 발견한 거요."

단층으로 된 농가는 낡았고 수리가 시급해 보였지만, 고립돼 있었고 주위에 다른 집은 한 채도 보이지 않았다.

데커가 앞장서서 먼저 헛간으로 향했다. 문은 잠겨 있지 않았다. 안으로 들어가 군용 손전등 빛으로 주위를 비춰보았다. 파리와 모기들이 윙윙대며 날아다녀서 계속 찰싹찰싹 때려 쫓아야 했다.

마침내 한쪽 벽에 나 있는 문을 발견했다. 자물쇠가 매달려 있었지만 잠겨 있지는 않았다.

두 사람은 안으로 들어가 짚으로 덮인 바닥을 둘러보았다.

재미슨은 얼굴로 몰려드는 벌레들을 때려 쫓았다. "웩. 한 마리가 목에 들어간 것 같아요."

데커는 전혀 개의치 않는 눈치였다. 무릎을 꿇고 바닥의 지푸라기를 전등으로 비췄다. "저기 혈흔이 있는 것 같아요. 나중에 사람을 시켜 확인하게 하죠."

"아이린 크레이머의 시신이 여기 보관돼 있었다고 생각해요?"

"여긴 벌레들은 들어올 수 있지만 동물은 들어올 수 없죠. 그러니 안전하죠. 그리고 비명을 질러도 아무도 들을 사람이 없고요."

"그건 확실하죠." 재미슨이 맞장구쳤다.

두 사람은 헛간 뒤에 있는 또 다른 별채를 수색했다. 안에는 방수포로 덮어놓은 차 한 대가 있었다. 방수포를 들어 올리자 소형 혼다가 드러났다. "아이린 크레이머의 차가 틀림없어요." 재미슨이 말했다.

데커가 미처 뭐라고 대답하기 전에 차 소리가 들려왔다.

두 사람이 멀리서 지켜보는 사이에 노란 포르쉐 SUV가 농가 앞에 와 섰다. 캐럴라인 도슨이 차에서 내려 집으로 들어갔다.

"이런, 이건 예상 못 한 전개인데." 데커가 말했다.

"그럼 우린 어쩌죠?"

"가서 여기 온 목적을 수행해야죠."

데커는 재미슨과 함께 앞문으로 살금살금 다가가 문을 벌컥 열었다.

거실에 서 있는 것은 캐럴라인과 리즈 서던이었다.

"도대체 뭐야?" 서던이 외쳤다. "여긴 왜 왔죠?"

도슨은 뒤돌아 멍한 눈으로 두 사람을 보았다.

데커의 시선이 서던 옆에 놓여 있는 여행 가방에 멎었다.

"어디 가시게요?"

도슨이 말했다. "캐나다에 며칠 다녀오려고요."

"며칠만요?" 데커가 서던을 보며 물었다.

"네, 리즈가 좀 떠나 있으면 도움이 될 거라고 해서요."

"우린 당신과 리즈 사이를 압니다." 재미슨이 말했다.

도슨은 경악한 표정이었다. "무슨 소리예요. 우린 그저⋯⋯."

서던이 끼어들었다. "우리가 무슨 사이인지는 당신들이 알 바 아니죠. 그리고 여기서 뭘 하는 거죠?"

데커가 두 사람에게 총구를 겨눴다. "우린 진실을 찾아왔어요, 리즈. 이제 때가 된 것 같군요."

0 0084

서던이 도슨 앞을 가로막고 나섰다. "이런 식으로 들이닥쳐서 사람을 위협하면 안 되죠. 경찰을 부르겠어요."

"걱정 마세요. 이미 불렀으니까." 미처 예상치 못한 데커의 대답이었다.

잠시 후 바깥에서 소음이 들렸다. "이제 왔네요. 두 사람을 잘 감시해요." 데커는 재미슨에게 그렇게 말하고 문가로 가서 문을 열었다. "들어오세요."

이윽고 안으로 들어선 것은 조 켈리였다. 의문이 가득한 표정으로 데커를 보며 켈리가 물었다. "왜 여기로 오라고 한 겁니까?" 그리고 그제서야 서던과 도슨을 알아차리고 말했다. "바깥에 포르쉐서 있는 거 봤어요. 도대체 무슨 일이죠?"

데커가 말했다. "이 사건의 결말이 맺어지는 현장에 당신도 자리하고 싶을 것 같아서요."

켈리는 더 갈피를 못 잡겠다는 표정이었다. "저 두 사람이 사건과 무슨 관계가 있는데요?"

"두 사람이 아니라 **저 사람**이라고 해야겠죠. 음, 우선 리즈는 매디 도슨과 앨리스 프리처드를 죽였어요."

켈리가 외쳤다. "뭐라고요? 아뇨, 그럴 리가 없어요. 그건 사고였잖아요."

서던이 쏘아붙였다. "도대체 왜 내가 매디나 앨리스를 죽여야 하죠?"

"당신은 캐럴라인을 사랑했고, 캐럴라인이 프랑스로 떠나기를 바라지 않았어요. 무슨 수를 썼는지는 모르겠지만, 뜻을 이뤘죠."

도슨이 외쳤다. "도대체 무슨 헛소리를 하는 거예요?" 그리고 서던에게 눈길을 던졌다. "리즈, 도대체 이 사람이 무슨 소릴 하는 거죠?"

"나도 알았으면 좋겠어, 캐럴라인. 터무니없는 누명을 씌우고 있어."

"그리고 캐럴라인, 당신 어머니가 돌아가셨고 오빠는 이미 죽었으니 리즈는 당신 아버지만 처리하면 됐죠. 하지만 리즈에게는 다른 문제가 또 있었어요."

"뭐죠?" 서던이 따지듯 물었다.

"누군가가 당신과 캐럴라인의 관계를 알아낸 거죠."

"무슨 관계요?" 충격받은 표정으로 켈리가 물었다.

도슨이 켈리를 흘끗 보았다. "맞아, 조. 난 리즈와 사귀는 사이야."

켈리의 쩍 벌어진 입에서는 아무 소리도 나오지 않았다.

"하지만 당신 아버지는 몰랐죠?" 데커가 물었다.

"아버지랑은 상관없는 일이었으니까요. 전 커밍아웃하고 싶었지만 리즈가 비밀로 해야 한다고 했어요."

"하지만 누군가가 알아냈다고 했잖아요. 그게 누구죠?" 켈리가 물었다.

"아이린 크레이머요." 데커가 대답했다.

"그게 도대체 무슨 소립니까? 어떻게요?" 켈리가 도슨에게 시선을 꽂은 채 물었다.

"캐럴라인과 때때로 바 위의 아파트에서 만나곤 했다고 리즈가 말했죠. 두 사람은 밤늦게, 바가 문을 닫은 다음 뒷문으로 그곳을 나오곤 했습니다. 다들 알다시피 크레이머는 야심한 시각에 주로 활동했죠. 난 크레이머가 두 사람이 함께 있는 걸 봤다는 데 내기를 걸어도 좋습니다. 그리고 크레이머는 얼마 동안 도슨 타워에 살았어요. 그 건물엔 캐럴라인의 아파트가 있었죠. 크레이머는 아마 거기서도 두 사람을 봤을 겁니다."

재미슨이 말했다. "그게 크레이머가 이사를 한 이유였을지도 모르겠군요. 리즈의 협박 때문에."

도슨이 서던을 노려보았다. "콘도에서 우리가 함께 있는 걸 본 그 여자? 그게 아이린 크레이머였어?" 그리고 데커 일행을 보고 말했다. "리즈는 저한테 이름을 말해주지 않았어요."

"그랬다고 치면, 그게 뭐?" 서던이 대꾸했다.

도슨은 데커를 보고 말했다. "아마 그때 우리가 아파트 입구에서 키스하고 있었을 거예요. 그 크레이머라는 사람이 지나갔죠. 방해해서 미안하다고 우리에게 사과하더군요. 별일도 아니었어요." 도슨이 다시 서던을 보고 말했다. "그건 별일도 **아니었잖아**, 리즈."

"아마 크레이머는 아무 문제 없었을 겁니다. 오로지 리즈가 문제였겠죠."

"무슨 말이에요?" 도슨이 물었다.

데커가 말을 이었다. "크레이머는 신경 쓰이는 쪽지를 받았어요. 알렉스가 말한 게 그겁니다. 리즈의 협박이요. 크레이머는 타운을 떠날 생각이었어요. 하지만 그러기 전에 납치됐죠. 그리고 여기 헛간에 갇혀 있었어요. 그러다 아마 도망쳐 나와서 뭔가 범죄의 증거를 잡아서 삼켰을 겁니다." 데커가 서던을 돌아보며 말을 이었다. "하지만 당신은 크레이머가 그러는 걸 봤죠. 그걸 되찾아야 한다는 걸 알았으니까." 데커는 말을 멈추고 서던과 도슨의 손을 보았다. 둘이 새끼손가락에 반지를 끼고 있는 건 전에 이미 보아서 알고 있었다. 그러나 **한자리에서** 보는 건 이번이 처음이었다.

"둘이 똑같은 반지를 끼고 있네요. 서로한테 선물한 거 맞죠?"

도슨이 반지를 문질렀다. "둘 다 리즈가 샀어요. 둘 다 안에 각인이 있어요."

"두 사람이 커플임을 알 수 있는 각인이겠죠?"

"그 비슷한 거죠." 도슨이 당혹스러운 표정으로 말했다. 서던은 침묵을 지키고 있었다.

"그렇다면, 리즈는 그걸 되찾아야만 했습니다. 그리고 크레이머를 부검하는 건 당신한테는 쉬운 일이었죠, 리즈. 당신 남편의 직업이었으니까. 그리고 당신은 틀림없이 남편에게서 기술과 지식을 많이 습득했을 겁니다. 그리고 장의사 면허가 있다고도 했죠. 당신은 시신을 방부 처리 할 수 있어요."

도슨이 서던에게서 한 걸음 떨어졌다. "리즈, 이건 미친 소리야. 당신이 그런 짓을 했을 리 없잖아요."

"당신이 그 사람의 배를 갈랐다고요?" 켈리가 역겨워하는 표정으로 물었다.

547

서던은 여전히 아무 말이 없었다. 냉랭한 시선은 오로지 데커에게 꽂혀 있었다.

"그리고 월트의 죽음 역시 당신에게 원인이 있었죠." 데커가 말했다.

"그 사람은 권총으로 자살했어요." 서던이 차분하게 말했다. "다들 알고 있잖아요."

"월트가 도둑질을 했다는 당신 말은 진실일 겁니다. 하지만 당신은 우리한테 말한 것보다 훨씬 일찍 알아냈죠. 그리고 그걸 이용해 남편을 협박했고요."

"그럼 월트가 죽을 때 어째서 나를 지목하지 않았죠?" 서던이 응수했다.

"당신인 줄 몰랐으니까요. 월트가 받은 건 그저 익명의 편지였습니다. 사업이 망하고 감옥에 갈 수 있다는 위협은 월트가 말을 듣게 만들기 충분했죠. 월트는 아마 당신이 크레이머의 죽음과 관련이 있다고는 상상도 못 했을 겁니다. 그리고 그 유서는 전적으로 진실이었어요. 월트는 자신이 한 짓에 대해 죄책감을 느꼈고 자신을 혐오했죠."

"전부 추측일 뿐이잖아요."

"아뇨, 그렇지 않습니다. 다음은 할 파커와 파멜라 에임스로 넘어가죠."

"리즈가 그 사람들한테 왜 무슨 짓을 하겠어요?" 도슨이 물었다.

"아이린 크레이머는 키가 컸고 체중은 아마 60킬로그램 좀 안 됐을 겁니다. 시신은 허허벌판에서 발견됐죠. 당신은 그 사람을 그 먼 곳까지 끌고 갈 수 없었어요, 리즈. 그래서 **차에 싣고** 갔죠. 크레이머를 죽인 후 당신은 사망 시각을 추정하지 못하게 하려고 시신을 헛간에 보관했어요. 그 후 늑대가 출몰한다고 알려진 지역에 갖다 버렸죠. 늑대가 시신의 냄새를 맡고 올 테니까요. 당신은 아마 늑대가 시신을 찢어발기기를 바랐을 겁니다. 그러면 당신이 크레이머가 삼킨 걸 되찾기 위해 한 짓은 더 잘 감춰졌겠죠. 하지만 시신은 내다 버린 지 얼마 안 되어 파커에게 발견됐어요. 시신의 상태가 그걸 말해줍니다. 아마 당신은 파커가 거기 나가 있었는지 몰랐을 겁니다. 그런 뜻밖의 상황은 미처 생각지 못했겠지요. 그리고 파커는 시신만 찾은 게 아니라 다른 것도 찾아냈죠. 안 그렇습니까?"

"타이어 자국." 재미슨이 대신 대답했다.

데커가 고개를 끄덕였다. "파커가 아주 잘 아는 자국이었죠. 왜냐하면 당신이 우리에게 말했듯이, 그 타이어는 파커가 아내의 장례식 비용 대신 당신들에게 준 거니까요. 비가 흔적을 씻어버렸지만, 파커가 이미 그걸 본 후였죠. 혹시 당신을 폭로하겠다고 위협하던가요?"

서던은 양손을 주머니에 찔러 넣고 아무 말도 하지 않았다.

"그럼 파멜라 에임스는요?" 켈리가 물었다.

"콜로니에서 크레이머와 알게 됐죠. 그곳을 떠난 후 도움을 받으려고 크레이머를 찾아갔다 해도 이상한 일은 아닐 겁니다. 젠장, 내 생각엔 아마 크레이머가 거길 나오라고 부추겼을 것 같아요. 그러니 크레이머가 리즈와 캐럴라인이 애정행각을 벌이는 걸 봤다는 얘길 에임스에게 했다면? 그런데 그 후 크레이머가 시신으로 발견됐다면?" 데커는 그 대목에서 캐럴라인을 돌아보고 물었다. "에임스는 타운을 벗어나려면 돈이 필요했습니다. 혹시 당신한테 돈을 달라고 한 적이 있습니까?"

"아뇨, 저는 연락받은 적 없어요."

그러자 데커는 서던을 돌아보고 물었다. "당신은 어떻습니까? 아니면 파멜라가 경찰에 의혹을 털어놓으려고 했나요? 어느 쪽이든, 당신은 파멜라와 파커를 처리해야 했습니다. 파멜라가 입고 있던 옷은 아마 당신 옷장에서 나왔을 겁니다. 당신 옷 사이즈는 에임스가 입고 있던 옷과 동일해요. 그리고 신발 사이즈도 그렇죠. 이미 다 확인했습니다."

"리즈?" 도슨이 떨리는 목소리로 말했다.

데커가 말했다. "그러면 이제 휴 도슨만 남죠."

"우리 아버지가 이 일과 무슨 상관인데요? 그리고 왜 리즈가 그분을 해쳐야 하죠?"

"당연히 돈 때문이죠." 재미슨이 대신 대답했다.

"돈요?"

"당신이 받을 **유산**이요." 데커는 그렇게 대꾸하고 서던을 보았다. "당신은 캐럴라인**만이 아니라** 캐럴라인의 재산도 원했습니다. 하지만 휴가 두 사람의 관계를 알게 된다면 전부 물거품이 되겠죠. 그래서 캐럴라인에게 비밀로 하자고 한 거고요. 주니어가 어떻게 됐는지 봤으니까. 당신은 휴를 치울 필요가 있었습니다. 그래서 우리에게 스튜어트 매클렐런이 매디 도슨을 원했고 그래서 죽였다는 헛소리를 떠먹였죠. 매디의 남편이 의심을 품고 뒤늦게 복수를 감행했다고도요. 복어 독을 쓴 건 꽤 솜씨가 좋았어요. 기록을 확인해보면 아마 당신이 그걸 어떻게 손에 넣었는지가 밝혀지겠죠. 일단 매클렐런에게 독을 먹이고 나면, 나중에 시신이 발견된 장소로 데려가서 일산화탄소 중독사처럼 꾸미는 것쯤은 어렵지 않았겠죠."

"하지만 스튜어트를 왜 죽여야 하죠?" 켈리가 물었다.

"휴에게 자살 동기를 주기 위해서죠." 데커가 대답했다.

"하지만 아버지가 남긴 유서는요?" 도슨이 물었다. "다들 아버지 필체라고 했잖아요."

"전문가에게 필체 감정을 맡겼는데 위조로 판명됐습니다. 리즈가 한 거죠. 리즈는 휴를 오랫동안 알아왔어요. 아마 휴의 필체를 많이 봤을 겁니다."

"당신은 아무런 증거도 없어요, 데커." 서던이 말했다. "전혀, 한 토막도 없죠. 하지만 내겐 증거가 있어요. 당신이 날 모함한 증거가요."

"흠, 크레이머의 차가 당신 별채에 있다는 게 당신의 발목을 잡을 증거가 돼주겠죠."

데커는 재킷 주머니에서 증거물 보관 봉투를 꺼냈다. 안에는 블라우스 한 벌이 들어 있었다. "우린 영장을 얻어 타운에 있는 당신 집을 수색했습니다. 드라이클리닝 봉투에 들어 있는 이것과 당신 바지를 찾아냈죠. 이건 휴가 죽은 당일, 당신이 캐럴라인을 보러 병원에 갔을 때 입었던 블라우스입니다. 세탁을 곧장 맡기지 그랬어요."

서던은 불안한 시선으로 블라우스를 보았고 도슨은 어리둥절한 표정을 지었다.

데커가 말했다. "캐럴라인, 당신 아버지가 긴 노끈을 이용해 살해당했다는 내 이론은 이미 설명했죠. 음, FBI 부검의에게 오늘 이 블라우스의 분석을 맡겼습니다. 뭐가 발견됐는지 아십니까?" 도슨이 아무 대답도 하지 않자 데커가 말을 이었다. "당신 아버지의 혈흔입니다. 완벽하게 일치합니다." 데커는 캐럴라인이 이 상황을 완전히 이해할 수 있도록 잠시 뜸을 들였다 말을 이었다. "당신이 만약 과학수사 전문가라고 해도, 산탄총이 발사됐을 때 혈액과 DNA가 어떤 방향으로 튈지 완벽하게 예측하는 건 불가능합니다. 아무리 당신이 책상 반대편에 무릎을 꿇고 있었다고 해도 말이죠. 아마 핏방울이 옷에 튄 것도 인지하지 못했을 겁니다. 하지만 간단히 말하죠, 리즈. 그 산탄총이 발사됐을 때 당신이 그 방에 있지 않았다면 당신 블라우스에 혈흔이 남아 있을 확률은 전혀 없습니다. 그게 당신이 요구한 증거죠."

"맙소사, 리즈." 켈리가 도저히 못 믿겠다는 듯 고개를 저으며 내뱉었다.

도슨이 서던을 보고 말했다. "우리 아버지야, 리즈. 당신이 그런 짓을 한 건 우리 아버지라고요."

서던의 표정에 경멸이 어렸다. "그 남자는 네가 나와 만나는 걸 알면 널 혐오했을 거야. 네 죽은 오빠한테 어떻게 했는지 생각해 봐. 그런데 그게 그렇게 아쉬워할 일이야?"

"그런…… 어떻게 그런 말을 할 수가 있어. 당신은 우리 아버지를 죽였다고요!"

서딘이 고개를 저으며 웃음을 지었다. 그리고 말했다. "하지만 데커, 당신은 자기 생각만큼 그렇게 똑똑하지 못해요."

"왜 그렇죠?" 데커가 물었다.

"내 이웃이 당신이 우리 집에 다녀갔다고 말해줬거든. 그리고 내 옷을 가지고 나갔다는 것도."

데커는 서던에게 경계하는 시선을 보냈다.

"그래서 캐나다로 떠나 있자고 내가 말한 거야, 캐럴라인." 서던이 말했다. "데커가 당장이라도 우리 앞에 들이닥칠지도 모른다고 생각했거든." 그리고 데커를 향해 말했다. "우리 아버지가 베트남 전에 참전했다고 말한 거 기억해요? 그리고 흥미로운 것들을 가져 왔다고 한 것도?"

"그런데요?" 데커가 되물었다.

"이것도 그중 하나예요." 비로소 주머니에서 나온 서던의 손에는 수류탄이 들려 있었다.

"안 돼요, 리즈. 안 돼!" 도슨이 비명을 질렀다.

서던은 핀을 뽑고 수류탄을 데커에게 던졌다.

데커는 재미슨을 붙잡아 방에서 현관으로 끌어냈다.

폭발의 충격파는 앞창을 날려버렸고, 정면 벽 일부가 두 사람 위로 무너져 내렸지만, 동시에 폭발의 충격을 어느 정도 막아주었다. 여기저기 멍들긴 했지만 둘 다 심각한 부상은 없었다.

두 사람은 비틀대며 일어나 주위를 둘러보았다.

"켈리는 어디 있죠?" 재미슨이 외쳤다.

두 사람은 파편을 헤집으며 도로 집으로 들어갔다. 거실은 무너져 있었다.

방 안쪽에서 깨진 창문 밖으로 나가려 하는 켈리가 보였다. 온통 피투성이였고 한쪽 팔이 옆구리에 축 늘어져 있었다.

"켈리, 잠깐만요." 데커가 다급히 외쳤다.

하지만 켈리는 시야에서 사라졌다.

"리즈와 캐럴라인은 어디 있죠?" 재미슨이 외쳤다.

데커는 깨진 창문으로 달려가 바깥을 내다보았다. "아무것도 안 보여요. 하지만 앞에 차들이 있어요. 나갈 길은 저것뿐이에요."

두 사람은 파편을 헤치고 집 밖으로 달려 나갔다.

집 앞에 주차된 차 근처에는 아무도 없었다.

"이런 젠장!" 데커가 외쳤다. "도대체 어디 간 거지?"

엔진 시동 소리가 들렸다. 잠시 후 크레이머의 혼다가 별채에서 튀어나왔다. 두 사람이 차를 향해 달려갈 때 차도 그들을 향해 돌진했다.

마지막 찰나, 데커와 재미슨은 차를 피해 서로 반대편으로 몸을 날렸다.

그때 총소리가 들렸다. 데커가 땅에서 고개를 들자 켈리가 찻길 한복판에 서 있었다. 못쓰게 된 한쪽 팔은 옆구리에서 달랑거렸지만 다른 손에는 경찰 권총을 쥐고 있었다. 방금 차의 운전석을 향해 탄창을 전부 비운 후였다.

"켈리, 조심해요." 재미슨이 외쳤다.

오른쪽으로 덜컹 움직인 차는 한순간 켈리를 피해 가려는 것 같았지만 이윽고 방향을 틀어 곧장 켈리를 향해 질주했다.

켈리는 옆으로 몸을 날렸지만 1초 늦었다. 차 우측 범퍼가 켈리의 다리를 들이받아 켈리를 공중에 날려버렸다.

6미터쯤 날아가 땅바닥에 세게 처박힌 켈리는 그대로 꼼짝도 하지 못했다.

운전석 창이 깨지고 엉망이 된 혼다는 멈춰서 후진한 후 방향을 틀었다. 이제는 데커를 향해 곧장 달려오고 있었다. 데커는 일어서서 권총을 겨눴다.

재미슨도 똑같이 했다.

두 사람이 미처 방아쇠를 당기기 전에 구경이 큰 탄환 한 발이 차의 전면 그릴 중앙을 정통으로 맞혀 폭발시켰다. 공중으로 붕 떴던 혼다가 다시 흙바닥 위에 쿵 떨어졌다.

데커가 미처 정신을 차리고 움직이기 전에, 긴 총을 든 남자가 옆에 와 서 있었다.

로비가 말했다. "괜찮습니까?"

데커는 고개를 끄덕였다.

제시카 릴이 나타나 재미슨을 부축해 일으켰다. "부러진 데 없어요?" 릴이 물었다.

"괜찮아요." 재미슨은 그렇게 대답하고 땅바닥에 쓰러져 고통으로 몸부림치는 켈리를 보았다. 서둘러 켈리에게 다가가 외쳤다. "911을 불러줘요. 당장!"

데커가 휴대전화를 꺼냈지만 릴이 외쳤다. "구급차가 이미 오고 있어요. 1분이면 도착할 겁니다. 여기로 지원을 보내달라는 데커의 연락을 받고 아마 필요할 것 같았어요."

데커와 로비와 릴은 혼다를 응시했다. 더는 차라고 할 수 없는 몰골이었다. 그러니 이쪽으로 달려들까 봐 걱정할 필요는 없었다. 하지만 아무도 차에서 내리지 않았다. 두 사람 다.

로비의 소총과 릴의 권총이 동시에 차를 겨눴다.

데커가 외쳤다. "리즈, 차에서 내려요. 당장!"

몇 초 후 조수석 문이 열렸다. 서던이 도슨의 머리에 총구를 겨눈 채 차에서 내렸다.

로비와 릴이 차를 향해 걸음을 떼어놓자 데커가 외쳤다. "잠깐. 제발…… 기다려요."

혼다에서 내린 두 여자는 차 앞쪽으로 갔다.

"총을 내려, 당장." 로비가 부르짖었다. 로비와 릴의 총은 둘 다 서던의 머리를 직통으로 겨누고 있었다.

"그건 힘들 것 같은데." 서던이 말했다. "자, 우릴 그만 보내줘. 우린 캐럴라인의 포르쉐를 타고 이 망할 시궁창을 벗어날 거야."

"리즈, 제발." 도슨이 말했다. "날 놔줘요."

"괜찮을 거야, 캐럴라인. 그냥 나만 믿어. 넌 늘 날 믿었잖아. 난 절대 널 다치게 하지 않아."

"당신은 캐럴라인의 머리에 총구를 겨누고 있는데요." 데커가 지적했다.

"흠, 그리고 그렇게 만든 건 당신이지."

도슨의 시선이 켈리와 그 옆에서 무릎을 꿇고 있는 재미슨에게 향했다. "조가 무사했으면 좋겠어요. 운전대를 돌리려고 했는데."

"쓸데없는 짓을 했어, 캐럴라인. 하지만 괜찮아. 내가 우리 두 사람 몫까지 더 강해지면 되니까. 내가 널 보살펴줄게."

"총 내려놔요, 리즈." 데커가 서던의 움직임 하나하나를 감시하며 말했다. 로비와 릴도 주시했다. "당신은 여길 떠날 수 없어요."

"흠, 그럼 아주 큰 문제가 생길 거야. 왜냐하면 난 감옥에 갈 생각이 없거든."

"크레이머를 꼭 죽여야만 했습니까?" 데커가 물었다.

"난 크레이머를 납치해 여기로 데려왔어. 캐럴라인에게 돈을 좀 달라고 해서 다신 우릴 귀찮게 하지 않도록 치워버리려고 했지."

"크레이머는 도슨 타워를 나갔고 타운을 떠날 생각이었어요. 두 사람한테 무슨 해를 끼칠 생각은 전혀 없었을 겁니다. 당신이 겁에 질려서 상황을 너무 심각하게 본 거죠."

"당신은 완전히 잘못 생각한 거야, 데커. 캐럴라인에 대한 내 사랑은 절대적이야. 하지만 다른 사람들이, 우릴 갈라놓으려고 하는 사람들이 너무 많아. 캐럴라인도 그걸 알고 있어. 그리고 내가 그런 일을 할 수밖에 없다는 것도."

도슨은 그 말에 흠칫했지만 침묵을 지켰다.

"그럼 크레이머는 어떻게 죽어서 도살당했죠?" 데커가 음울하게 물었다.

"먹을 걸 갖다 주러 갔는데 도망쳐버렸지 뭐야. 몸싸움이 벌어졌어. 내 반지가 빠졌지. 그리고…… 크레이머가 그냥 그걸 삼켜버렸어. 도저히 못 믿겠더라고. 그래서…… 칼로 찌르고 시신을 갖다 버렸어. FBI가 여기로 조사하러 올 줄은 상상도 못 했으니까."

"당신은 크레이머의 과거를 몰랐죠." 데커가 말했다.

"그리고 어느 날 할 파커가 찾아와서는 날 협박했지. 타이어 얘기는 당신 말이 맞았어. 사진을 가지고 있더군. 돈을 달라고 했어."

"에임스는?"

"딱 그때쯤에 주위를 캐고 다니기 시작했지. 크레이머에 관해서. 나와 리즈 사이를 아는 것 같았어. 에임스는 크레이머랑 콜로니에서 아는 사이였으니까, 크레이머가 에임스에게 자기가 본 걸 말했을 수도 있잖아. 난 겁이 났지. 휴가 알아내면 유언장에서 캐럴라인을 빼버릴 테니까."

"그럼 그냥 돈 때문이었어?" 도슨이 쓰디쓰게 내뱉었다.

"난 널 사랑했어." 서던이 외쳤다. 눈물이 뺨으로 굴러떨어졌다. "평생 누구도 그렇게 사랑한 적은 없었어. 너와 남은 생을 함께하길 기대하고 있었어."

"리즈, 당신은 나한테 정말 특별했어요. 너무 다정하고 나를 지지해줬죠. 하지만…… 사람들을 죽이고는 날 위해 한 일이라니. 그건…… 그럴 순 없어요. 그건 잘못이에요. 당신도 알잖아요."

서던은 도슨의 목을 움켜쥔 손에 힘을 주었다. "난 널 사랑했어. 그래서 그런 일들을 한 거야. 전부 널 위해서였어! 널!"

"알았으니까 이제 총 내려놔요, 리즈." 데커의 목소리에 불안함이 묻어났다. 서던은 갈수록 통제력을 잃어가고 있었다.

서던은 고개를 저었다. "그럴 일은 없을 거야, 데커."

"왜죠?"

"캐럴라인과 나는 언제까지나 함께할 거거든. 그 무엇도 그걸 막진 못해."

서던은 깊은숨을 들이쉬었다. 이제 결정을 내린 듯, 시선과 표정에는 흔들림이 없었다. 손가락이 방아쇠로 미끄러졌다. "우린 함께할 거야. 다음 생에서라도."

데커가 외쳤다. "안 돼!"

총소리가 메아리쳤다.

마치 시간이 얼어붙은 듯했다. 아무도 움직이지 않았고 숨조차 쉬지 못했다.

총탄은 서던의 머리를 곧장 통과해 뒤통수로 나왔다. 1초도 안 되는 찰나, 서던은 죽은 채로 그 자리에 서 있었다. 그리고 비틀대며 흙바닥에 쓰러졌다.

도슨이 비명을 지르며 세 사람을 향해 달려왔다.

그리고 뒤편 100미터쯤 떨어진 곳에서, 배를 땅에 깔고 엎드려 있던 셰인이 몸을 일으켰다. 손에는 소총과 조준경을 들고 있었다.

"난 군에서 저격수였어요." 셰인이 차분하게 말했다.

로비는 서던의 시신을 보았다.

"뛰어난 저격수였겠군요."

O O0086

"거의 원래대로 회복할 수 있을 거래요." 재미슨이 말했다.

재미슨은 데커와 함께 병원 침대에 누운 조 켈리를 내려다보고 있었다.

켈리는 팔, 다리, 엉덩이 골절과 수류탄 파편 제거를 위해 수술을 받았다.

켈리가 무력함과 괴로움으로 가득한 표정으로 두 사람을 올려다보았다.

"도…… 도저히 믿을 수가 없어요. 리즈가 그런 짓을 하다니."

"평생 감옥에서 썩는 건 면했죠." 재미슨이 말했다.

데커는 켈리를 뚫어져라 바라보며 앉았다. "이제 어떻게 할 겁니까?"

"달리 뭐가 있겠습니까? 다 낫고 나면 다시 경찰서로 돌아가야죠."

"다른 선택지도 있을 텐데." 누군가의 목소리가 끼어들었다.

일제히 돌아보니 셰인이 문간에 서 있었다.

셰인이 침대 옆으로 다가왔다.

켈리가 눈물이 그렁그렁한 눈으로 셰인을 쳐다보았다. "언제쯤 와줄지 기다리고 있었어."

셰인이 켈리의 어깨에 한 손을 얹고 말했다. "지옥에 갔다가 돌아왔군, 조."

"그건 우리 둘 다 마찬가지잖아, 셰인."

"그리고 우린 같이 견뎌냈지."

"그날 밤 리즈의 집에 와 있었던 이유를 아직 못 들었는데요." 데 커가 말했다.

"그냥 드라이브 중이었어요. 캐럴라인이 지나가는 걸 보고 따라갔죠. 만나서 얘기한 지 한참 된 것 같아서요. 그냥, 어떻게 지내나 궁금했어요. 그랬는데 캐럴라인이 리즈의 집으로 갔고 그 후 그 아수라장이 벌어졌죠. 전 소총을 꺼냈어요. 당신이 '안 돼!' 하고 소리쳤을 때 발사했죠." 셰인은 고개를 젓고 비참한 표정을 지었다. "해외에서 그렇게 총을 많이 쐈는데. 여기서도 쏘게 될 줄은 몰랐어요. 전 리즈를 알았어요…… 리즈를 좋아했죠."

재미슨이 말했다. "'다른 선택지'라니, 무슨 말이에요?"

"전 부자잖아요." 셰인이 희미하게 웃으며 말했다. "사업 운영을 도와줄 사람이 필요해요. 저 혼자 하기에는 무리죠."

"뭐야. 난 사업가가 아니야, 셰인." 켈리가 말했다.

"사업이야 배워서 하면 되지. 나를 봐." 셰인은 이제 좀 더 진지한 어조로 말했다. "중요한 건, 조, 내가 널 믿는다는 거야. 내게 그건 네 생각보다 더 중요해."

켈리가 고개를 저었다. "고등학교 시절이 언제 적인데. 너한테 터치다운 패스를 던진 지 10년도 더 됐어."

"그러니 이제 우리가 다시 만날 때도 된 거지." 셰인이 대꾸했다. "그리고 어쩌면 지금이 딱 좋은 때인지도 몰라."

"그러면 사업을 계속하실 건가요?" 재미슨이 물었다.

"이 타운에 필요하니까요. 젠장, 나한테도 필요하고요."

"그 식당은?" 켈리가 물었다. "매디는?"

"그건 내가 생각이 있지." 또 다른 목소리가 말했다.

다들 돌아보자 도슨이 병실 문간에 서 있었다. 유령 같은 얼굴과 비틀거리는 걸음걸이를 보니 아직 완전히 회복하지 못한 모양이었다.

도슨이 셰인 옆에 가 섰다.

"넌 내 목숨을 구해줬어."

셰인이 떨리는 목소리로 말했다. "그 여자가 널 쏘게 놔둘 순 없잖아."

도슨이 셰인의 뺨에 입을 맞추고 켈리의 손을 다독였다. "넌 좀 어때, 조?"

"나아졌어." 켈리는 웃음을 지었지만 힘겨운 기색이 역력했다.

켈리의 마음을 읽은 듯, 도슨이 말했다. "난 여전히 네가 아는 캐럴라인이야. 음, 어쩌면 똑같지는 않을 수도 있겠지. 지난 며칠간 나이를 두 배로 먹은 것 같아."

셰인이 말했다. "나도 같은 기분이야."

켈리가 동의의 뜻으로 고개를 끄덕이고는 이렇게 말했다. "생각이 있다는 게 무슨 말이야?"

도슨은 침대 한쪽에 앉아 켈리와 셰인의 손을 하나씩 잡았다. "여긴 우리 고향이야. 아버지는 프랑스로 떠나고 싶어 했지만 난 한 번도 그러고 싶었던 적 없어. 우린 여기서 자랐지. 너무 많은 게 변하는 걸 봤어." 그리고 잠시 후 말을 이었다. "그리고 이젠 너무 많은 사람들이 죽었어. 스튜어트, 우리 아버지, 월트, 리즈, 그리고 그 밖에도 수많은 사람들이."

켈리가 말했다. "그리고 군 기지와 유정 근처에서 뭔가 큰일이 일어났는데 데커는 말해줄 수 없다고 하고."

"내가 말하려는 건……." 도슨이 말을 이었다. "지금 이 타운에 우리가 정말 필요하다는 거야. 이제는 거의 모든 게 셰인 소유야. 하지만 런던의 미래는 지금 어떤 투자를 하고 어떤 결정을 내리느냐에 달려 있어. 말하자면 우린 교차로에 서 있는 셈이지. 불황은 이제 지나간 것 같지만 세상은 영원히 석유로만 굴러가지는 않을 거야. 우린 잘해야만 해. 잘못한다는 선택지는 존재하지 않거든."

셰인이 말했다. "난 여기에 조한테 같이 일하자고 부탁하러 온 것도 있어. 너는 떠날 줄 알았어, 캐럴라인. 아니면 너한테도 부탁했을 거야."

"음, 난 안 가. 여기 남을 거야. 이유는 많지." 도슨이 긴 한숨을 내쉬었다. "그래서 난 우리가 손을 잡으면 모든 게 잘 돌아가게 만들 수 있을 것 같아. 난 노스다코타주 런던에 내 운을 걸 거야. 그냥 시추 타운을 사람들이 살고 싶어 하는 곳으로 만드는 거지. 그리고…… 너희도 같은 생각이었으면 좋겠다."

셰인이 말했다. "난 아버지의 사업을 물려받고 싶은 생각이 전혀 없었어. 하지만 이제 내 손에 들어오니까 생각이 완전히 바뀌었어. 난 석유 시추에 관해서만 알지만, 나머지에 관한 건 네가 전부 알고 있지, 캐럴라인. 그러니까 같이 일하면 정말 좋을 것 같아." 셰인이 켈리를 보고 말했다. "같이할래?"

켈리가 도슨의 손을 꼭 쥐며 말했다. "음, 아무래도 다시 경찰 체력 시험을 통과하지 못할 수도 있으니까. 그리고 너희 둘이 내 가장 친한 친구로 남아준다면, 뭐 나로서야 쉬운 결정이지."

도슨은 켈리와 셰인을 차례로 포옹했다. 세 사람의 눈에 다시금 새로운 눈물이 차올랐다.

"모쪼록 행운을 빌어요." 재미슨의 말에, 데커는 말없이 고개를 끄덕였다.

켈리가 말했다. "다시는 FBI가 필요할 일이 없었으면 좋겠지만, 만약 그런 일이 생기면 꼭 두 분을 보내줬으면 좋겠네요."

셰인이 말했다. "저도요."

도슨이 재미슨과 데커를 포옹했다. "고마워요. 전부 다요."

재미슨과 함께 병실을 나오는 길에, 데커는 잠시 멈추어 세 명의 평생 친구를 돌아보았다. 그들은 이제 자신들의 작은 세계를, 적어도 노스다코타주 런던이라는 그 작은 부분만이라도 더 좋게 바꾸려고 머리를 맞대고 있었다.

* * *

블루 맨은 데커와 재미슨과 로비와 릴을 D.C.로 태워 오기 위한 제트기를 보냈다.

비행기가 런던의 공군 시설 활주로에서 이륙한 후, 로비는 생각에 잠겨 있는 데커를 바라보았다.

"잘했습니다, 데커." 로비가 말했다. "수많은 목숨을 구했습니다."

"**다들** 잘했죠." 재미슨이 말했다. "그리고 두 분이 없었다면 우린 여기 없을 거예요."

데커는 아무 말도 하지 않았다. 그저 앞좌석 등받이만 바라볼 뿐이었다.

"그리고 브래드 대니얼스는 회복해서 지금은 재향군인 병원에서 지내고 있습니다." 로비가 말했다. "옛날이야기를 나누며 즐겁게 지내고 있다고 합니다."

비행기가 착륙을 앞두고 수평 비행을 하는 동안 로비가 맥주 두 병을 앞쪽 바에서 가져와 데커에게 하나를 건네고 옆자리에 앉았다. 릴과 재미슨은 자리에서 일어나 커피를 들고 뒤쪽 테이블에 가 앉았다.

로비가 맥주를 한 모금 마신 후 창밖을 내다보며 말했다. "퍼디의 동업자들은 신원이 확인됐습니다. 그들에게 철퇴를 내리고 몇몇 사람들을 확실히 처벌하기 위한 적절한 비밀 루트가 열렸습니다. 후환이 있을 겁니다."

"그렇군요." 데커가 무심하게 대꾸했다.

"아뇨, 후환이 **정말** 있을 겁니다. 그리고 제스와 저는 그 창끝이 될 겁니다. 우리가 자원했습니다."

데커가 로비를 자세히 뜯어보며 말했다. "그 말을 들으니 좀 낫네요." 진심 어린 말투였다.

로비가 데커를 보고 말했다. "난 임무를 하나 마칠 때마다 밤늦게 워싱턴 D.C.의 메모리얼 브리지를 산책합니다."

"왜요?" 데커가 갑자기 흥미가 동한 듯 물었다.

"모르겠습니다. 왜 사람들은 어떤 일을 합니까?"

"어쩌면, 생각하려고?"

"어쩌면, 혼자만의 시간을 좀 가진 후……."

"일터로 다시 돌아가기 위해서?"

"맞습니다."

데커가 맥주를 반쯤 마셨다. "어쩌면 그게 우리가 가진 전부일지도 모르죠."

"일 말입니까?"

"그거 말고 뭐가 있죠?" 데커가 대답했다.

"당신은 업무에 능숙합니다."

"당신도 그렇죠."

"전 전에는 그거면 충분하다고 생각했습니다." 로비가 말했다.

데커가 로비를 흘끗 쳐다보았다. "그런데 지금은 아닌가요?"

"지금은…… **어쩌면** 아닌 것도 같습니다." 로비가 잠시 말을 멈추고 맥주병을 응시했다. "당신 자료 파일을 읽었습니다."

"난 당신 자료 파일을 아직 못 읽었는데요."

"전 아이가 없는 건 물론이고 결혼도 한 적이 없습니다, 데커. 그런 일을 당했다면 누구라도 힘들었을 겁니다. 당신이 그런 일을 당해서 유감입니다."

데커는 아무 대답 없이 시선을 옮겨 어두운 창밖을 바라보았다.

"벙커에 진입 준비가 거의 다 됐습니다." 로비가 말했다. "그곳을 싹 치워버릴 겁니다."

"듣던 중 반가운 소리네요."

"가끔씩 하면 도움이 됩니다. 싹 치워버리는 것 말입니다."

이 말에 데커는 고개를 돌려 로비를 보았다. "의외로 철학자 같은 면이 있네요."

"그걸 그렇게 말합니까?"

"모르겠어요. 그냥 생각난 대로 말한 건데요."

"무슨 뜻인지 알 것 같습니다."

"사람들은 나한테 충고가 필요하다고 느끼나 봐요." 데커가 뼈 있는 말을 던졌다.

로비가 천천히 고개를 끄덕였다. "저도 그렇게 느꼈습니다. 하지만 어느 순간 제가 한 번도 그런 충고를 따른 적이 없다는 걸 깨달았습니다. 그리고 정신을 차려보니 전 가고 싶지 않은 곳에 가 있었습니다."

"그래서 지금은 그곳을 벗어났나요?"

"아직 멀었습니다. 하지만 다른 가능성을 아예 생각하지도 않았다면 내가 지금 어떻게 됐을까 상상해봅니다." 잠시 침묵이 흐른 후 로비가 일어서서 말했다. "더는 말하지 않겠습니다."

로비는 제트기 앞쪽으로 갔다.

데커가 뒤에서 외쳤다. "착륙하고 나면 메모리얼 브리지로 갈 겁니까?"

"언제나와 마찬가지입니다." 로비가 돌아보았다. "모두가…… 어딘가가 필요하지 않습니까?"

0 0087

거의 세 시간 가까이 지나, 제트기가 워싱턴 D.C.의 지면에 닿고 굴러가다가 멈췄다. 비행기에서 내린 네 사람은 작별 인사를 나눴다.

재미슨이 로비, 릴과 악수를 하고 말했다. "다음에 또 볼 기회가 있었으면 좋겠네요."

"뭔가를 바랄 때는 조심해야 해요." 릴이 반짝이는 눈에 장난기를 가득 담고 말했다. "우린 보통 세계가 종말을 앞뒀을 때만 모습을 드러내거든요."

"흠, 그런 상황이라면 두 사람이 우릴 지켜주는 것도 나쁘지 않죠."

데커가 릴과 악수를 나눈 후 로비를 돌아보고 말했다. "메모리얼 브리지에서 좋은 시간 보내요."

"그 '혼자만의 시간'을 가지러 어디로 가든, 당신 역시 거기서 좋은 시간 보내길 바랍니다."

터미널로 가는 길에 재미슨이 데커에게 말했다. "노스다코타로 다시 돌아가고 싶은지 잘 모르겠어요."

"어이, 노스다코타는 아무 잘못 없어요. 그리고 켈리와 셰인, 캐 럴라인이 그곳을 곧 최상의 조건으로 만들어놓을 거고요."

재미슨이 데커를 보고 말했다. "하지만 당신이 어떻게 이 사건을 단순하다고 할 수 있는지 난 아직도 이해가 안 가요. 당신이 알아 낸 것들을 생각하면요. 리즈의 집에서 당신이 한 말도 그렇고."

"하지만 내가 실마리를 잡아서 쭉 당기게 해준 핵심 열쇠는요? 그건 단순했잖아요."

"무슨 말이에요?"

"맙소사, 알렉스. 그건 인류 역사상 가장 오래된 동기예요. 그거 하나면 리즈가 한 짓을 전부 설명할 수 있죠."

"난 거기에 한 가지 더 보태야 할 것 같아요, 데커."

"그게 뭔데요?" 데커가 놀란 표정으로 재미슨을 보며 물었다.

"어쩌면 유사 이래 누군가를 해칠 **가장 오래된** 동기요."

"그게 뭔데요?"

"사랑." 재미슨이 툭 던졌다. "캐럴라인에 대한 리즈의 일그러진, 끔찍한 사랑요. 하지만 그래도 사랑이죠."

데커가 긴 한숨을 내쉬고 고개를 끄덕였다. "이 사건에 관해 우 리가 한 말 중에서 그게 가장 통찰력 있는 말인 것 같네요, 알렉 스."

"와, 당신이 그런 말을 하다니, 엄청난 칭찬인데요?" 재미슨이 대 꾸했다.

터미널로 들어갈 때 데커가 말했다. "음, 누나한테 보름쯤 뒤에 캘리포니아로 놀러 오라고 초대받았어요. 애들도 볼 겸. 스탠도 온다고 하고요."

"잘됐네요, 데커. 갈 거죠?"

"아직 결정 못 했어요."

재미슨이 데커를 찬찬히 뜯어보며 말했다. "음, 난 꼭 가야 할 것 같아요. 정말로요. 여기서 이렇게 많은 일을 겪었으니, 가족과 함께 보내는 시간이 큰 도움이 될 거예요. 난 가족들을 만나러 갈 거예요. 포옹과 입맞춤이 간절해요."

데커가 말했다. "알아요, 알렉스. 나도 가족이 **있었거든요.**"

"당신은 **지금도** 가족이 있어요, **에이머스.**" 재미슨이 반박했다.

두 사람은 택시를 타고 함께 묵고 있는 워싱턴 D.C. 남동부의 아파트로 돌아왔다.

아파트에 도착하자 재미슨은 샤워를 하고 추리닝으로 갈아입고 침대에 쓰러져 곧장 잠들었다.

데커는 벗어놓았던 외투를 다시 걸치고 애너코스티어 강가로 산책하러 나섰다.

타운 반대편에서는 윌 로비가 생각에 잠겨 메모리얼 브리지와 포토맥 강가를 걷고 있을 것 같았다.

데커는 벤치에 앉아 검게 흐르는 물과 강 저편의 깜빡이는 불빛들을 바라보았다.

다음은 뭐지? 로비의 말이 떠올랐다.

휴대전화를 꺼내 누나에게 전화를 걸었다.

두 번째 신호음에 르네가 전화를 받았다. "맙소사, 에이머스. 스탠이 전화해서 무슨 일이 있었는지 들려줬어. 다들 아직 살아 있다니 기적이야."

"그래, 그런 것 같아."

"넌 이런 일을 많이 겪는 것 같다."

"아마 대부분의 사람에 비하면 그렇겠지. 있잖아, 보러 오라고 한 것 말이야."

"안심해, 너 혼자만의 공간을 줄게. 사랑과 애정으로 질식시키거나 하지는 않을 거야." 르네가 가벼운 어조로 덧붙였다. 하지만 곧 장난기를 거둔 목소리로 물었다. "너…… 올 거야?"

데커는 곧장 대답하지 않았다. "잘 모르겠어, 르네. 나중에 알려줄게."

"그래, 좋아." 르네의 실망이 전파를 타고 전해졌고, 데커는 미식축구 구장에서 태클을 당했을 때에 비할 만한 아픔을 느꼈다.

"그냥, 상황이 좀 복잡해서 그래."

"알아. 그리고 에이머스, 있잖아. 네가 오든 안 오든……."

"응?"

"넌 늘 내 사랑하는 동생일 거야."

"나한테는 과분한 것 같아, 르네."

"음, 넌 자격이 충분해. 그리고 누나로서 하는 말인데, 그게 얼마나 중요한 건지 네가 알았으면 좋겠다."

전화가 끊긴 후, 데커는 일어나서 걷기 시작했다. 어쩌면 **그 자신의** 메모리얼 브리지를 찾고 있었을지도 모른다. 어쩌면 뭔가…… 뭔가 **다른 걸** 찾고 있었을지도. 그걸 찾지 못할까 봐 두려웠다. 어쩌면 자신 같은 사람에게 그런 건 애초에 존재하지 않는 게 아닐까 싶어서.

캐시와 몰리의 사진을 꺼내 달빛에 찬찬히 비추어보았다.

시간은 데커의 모든 상처를 치유해주지 못했다. 아니, 사실 거의 건드리지도 못했다. 암 덩어리에 소독약을 바르는 격이었다.

두 사람에 대한 그리움은 시간이 지나도 줄어들지 않는다. 오히려 커지기만 할 뿐이다. 안타깝지만 그건 내가 어떻게 할 수 있는 일이 아니다.

데커는 사진을 도로 집어넣고 다시 걸음을 떼놓았지만, 이내 멈춰 섰다.

아내와 딸의 모습이 눈앞에 떠올랐다.

데커는 그 자리에 얼어붙은 듯 우두커니 서 있었다. 두 사람은 데커에게 말을 거는 듯했다. 데커도 이미 알고 있지만 한사코 받아들이지 않으려 했던 사실을, 들려주려는 듯했다.

그리고 그때, 재미슨의 마지막 말이 떠올랐다.

당신은 지금도 가족이 있어요.

데커는 천천히 주머니에 손을 집어넣고 휴대전화를 꺼내 번호를 눌렀다.

"르네?"

"에이머스, 무슨 일 있어?"

"그냥 이 말 하려고 전화했어…… 나 산다고."

〈끝〉

작가 노트

이 책의 영감을 준 것은 내가 노스다코타에 관해 알게 된 세 가지 사실이었다. 그 첫째는, 노스다코타 그랜드포크스 근처에 있는 스탠리 R. 미컬슨 방어 복합체가 공군 전자 감시 시설이라는 것이었다. 둘째는 2012년에 공군이 그 인근 부지를 경매로 매각했다는 것이었다. 그리고 셋째는 재세례파 소속 후터라이트 일파의 사람들이 경매에서 그 땅을 낙찰받아 그곳에 공동체를 설립했다는 것이었다.

그리하여 난 머릿속으로 나만의 공군 설비를 만들어 그걸 노스다코타의 그 반대편, 석유 시추 시설 한복판에 갖다놓았고, 거기서부터 플롯이 시작됐다.

부디 독자 여러분이 이 이야기를 즐기셨으면 좋겠다.

감사의 말

아내 미셸에게, 에이머스 데커가 또 찾아왔어. 그 덩치 큰 친구, 좋아하지, 당신?

마이클 피치, 지속적인 지지를 보내줘서 고마워요.

벤 세비어, 엘리자베스 쿨하네크, 조녀선 발루카스, 매슈 밸러스트, 베스 더구즈만, 앤서니 고프, 레나 콘블루, 카렌 코스톨닉, 브라이언 맥렌던, 앨버트 탕, 앤디 도즈, 아이비 쳉, 조지프 베닌케이스, 앤드류 덩컨, 보건 스위프트, 밥 카스틸로, 로라 아이젠하드, 션 포드, 크리스틴 르미어, 브리아나 로언, 마크 롱, 토머스 루이, 레이첼 켈리, 커사이아 맥나마라, 니타 바수, 리사 칸, 메건 피츠패트릭, 미셸 맥고니글, 앨리슨 라자루스, 배리 브로드헤드, 마사 부치, 릭 코반, 앨리 커트론, 레일런 데이비스, 트레이시 다우드, 진 그리핀, 엘리자베스 블루 게스, 줄리 에르난데스, 에리카 호호스, 린다 재미슨, 존 리어리, 존 레플러, 레이첼 헤어스턴, 수전 마르크스, 크리스토퍼 머피, 롭 필포트, 바버라 슬레이빈, 카렌 토레스, 메리 어번,

제프 셰이, 칼라 슈토칼퍼, 그리고 그랜드 센트럴 퍼블리싱의 모든 분들, 멋진 팀으로 함께 일해줘서 고마워요.

그리고 애런과 알린 프리스트, 루시 차일즈, 리사 에르바흐 밴스, 프랜시스 잘렛-밀러, 존 리치먼드, 그리고 줄리아나 나도르. 여러분이 하는 그 수많은 일 하나하나에 모두 감사해요.

더 잘하라고, 한 번 더 밀어붙여준 미치 호프먼에게도!

팬맥밀런의 앤서니 포브스 왓슨, 제러미 트레바산, 트리샤 잭슨, 알렉스 손더스, 로라 셜록, 세라 로이드, 클레어 에반스, 세라 애러툰, 스튜어트 드와이어, 조너선 앳킨스, 애나 본드, 린 윌리엄스, 내털리 영, 스테이시 해밀턴, 로라 리체티, 샬럿 윌리엄스 그리고 닐 랭, 덕분에 작년에 멋진 투어를 즐기고 킬트도 입어볼 수 있었어요. 2020년도 멋진 한 해가 될 것 같아요!

프라빈 나이두와 오스트레일리아 팬맥밀런의 멋진 팀에,

맡은 일을 더할 나위 없이 잘해준 캐스피언 데니스와 샌디 바이올렛에게,

그리고 너무나 여러모로 힘써준 크리스틴 화이트와 미셸 버틀러에게,

모두모두 감사드립니다.

옮긴이 김지선

서강대학교에서 영어영문학을 전공하고 출판 편집자를 거쳐 전문 번역가로 활동하고 있다. 옮긴 책으로 《살인자의 동영상》, 《진실에 갇힌 남자》, 《이노센트 와이프》, 《위스퍼맨》, 《83년째 농담 중인 고가티 할머니》, 《따르는 사람들》 등이 있다.

사선을 걷는 남자

초판 1쇄 발행 2023년 11월 17일
초판 2쇄 발행 2024년 1월 2일

지은이 데이비드 발다치
옮긴이 김지선
펴낸이 신경렬

상무 강용구
기획편집 최장욱 송규인
마케팅 박진경
디자인 박현경
경영지원 김정숙 김윤하
제작 유수경

편집 박은경

펴낸곳 ㈜더난콘텐츠그룹
출판등록 2011년 6월 2일 제2011-000158호
주소 04043 서울시 마포구 양화로 12길 16, 7층(서교동, 더난빌딩)
전화 (02)325-2525 | **팩스** (02)325-9007
이메일 longest@thenanbiz.com | **홈페이지** www.thenanbiz.com

ISBN 979-11-5879-210-7 03840